BLT
Mit der Welt
auf Buchfühlung

Irina Ratuschinskaja, 1954 in Odessa geboren, galt bereits als eine der bedeutendsten Lyrikerinnen ihres Landes, als sie 1982 wegen »antisowjetischer Agitation und Propaganda« in ihren Schriften zu sieben Jahren Arbeitslager verurteilt wurde. Nach ihrer Freilassung im Jahr 1986 schilderte sie ihre Erlebnisse in dem Band *Grau ist die Farbe der Hoffnung*.

Irina Ratuschinskaja lebt heute mit ihrer Familie in London.

IRINA RATUSCHINSKAJA

DIE FRAUEN VON ODESSA

Aus dem Russischen von
Bernd Rullkötter

BLT

BLT
Band 92085

1. Auflage: Oktober 2001

Vollständige Taschenbuchausgabe
der in der editionLübbe erschienenen Hardcoverausgabe

BLT und editionLübbe
sind Imprints der Verlagsgruppe Lübbe

Titel der russischen Originalausgabe: ОДЕССИТЫ

Einbandgestaltung: Gisela Kullowatz
Titelbild: Bavaria, München
Satz: Kremerdruck GmbH, Lindlar-Hartegasse
Druck und Verarbeitung: Elsnerdruck, Berlin
Printed in Germany
ISBN 3-404-92085-6

Sie finden uns im Internet unter:
http://www.luebbe.de

Der Preis dieses Bandes versteht sich einschließlich
der gesetzlichen Mehrwertsteuer.

Mein Dank gilt all den alten Menschen von Odessa,
die nie müde wurden, ihre Geschichten zu erzählen,
und von den jungen Leuten unerbittlich erwarteten,
daß sie aufmerksam zuhörten.
Hätte ich nicht zu diesen jungen Leuten gehört,
wären mir einige Seiten der Geschichte meines Landes
und meiner Heimatstadt für immer verborgen geblieben.

Herzlich danke ich auch Richard Cohen, der mich
dazu brachte, dies aufzuschreiben.

Erster Teil

Kapitel 1

Man muß sich noch im Dunkeln überzeugen: Hat es über Nacht getaut? Wenn nicht, dann kann mit dem »breiten« Wind gerechnet werden. Die Wellen werden wärmer, ein trübes Gelb fügt sich ihrem Grün bei, und auf dem Land wie auf dem Wasser wissen alle, die das Meer kennen, noch vor der Morgendämmerung, daß der »breite« Wind kommt. Es ist ein zuverlässiger Wind. Ein schöner Wind. Der beste Wind für die Fischer. Nun können sie mit dem Fang der großen Makrelen beginnen, die sich Odessa in jedem Mai nähern. So, wie sie es noch viele Jahre tun werden. Und die auf der Reede liegenden Schiffe, ob groß oder klein, gehen auf Kurs Nordost.

Unterdessen kann das übrige Odessa weiterschlafen. Kurz vor Sonnenaufgang werden dann die Vororte zum Leben erweckt. Die Straßen im Zentrum erwachen noch ein wenig später – es sei denn, etwas Außergewöhnliches hätte sich ereignet.

Doch man schrieb das Jahr 1905, und die Zeitungsjungen mit ihren täglichen Sensationsmeldungen über Streiks, Studentenunruhen und Revolutionäre hatten sich heiser geschrien und wurden von niemandem mehr beachtet. Das Außergewöhnliche war zum Alltäglichen geworden – zu sehr hatten sich die Menschen daran gewöhnt, und an diesem Morgen hatte Odessa keine Eile zu erwachen.

Maxim Petrow war eine Ausnahme. Er war der erste in

dem Haus an der Koblewskaja-Straße, der sich rührte. Und schon während er die schläfrigen Lider voneinander löste, ahnte er freudig, daß ihn etwas Schönes erwartete. Denn immer wenn er die Augen öffnete und das Flimmern eines grünen Lichts sah (was nur bei hellem Sonnenschein vorkam), wußte er, daß es ein glücklicher Tag werden würde. Plötzlich erinnerte er sich, lächelte und drückte das Gesicht ins Kopfkissen. Heute wurde er fünf Jahre alt – das war's also! Gestern abend und die ganze Nacht hindurch war er noch vier Jahre alt gewesen, aber nun brauchte er nur aufzustehen, und schon war er fünf. Jetzt war er ein großer Junge, alle würden ihn beglückwünschen, und seine Geschenke warteten auf dem Wohnzimmertisch... Solange er die Geschenke noch nicht gesehen hatte, war es am besten, noch ein bißchen von ihnen zu träumen. Aber wie konnte er im Bett liegenbleiben, wenn ihm fast schlecht wurde vor Aufregung? Maxim sprang auf seinen Lieblingsteppich mit der Pferdetroika. Wie an jedem Morgen darauf bedacht, auf keines der Pferdchen zu treten, um sie nicht zu verärgern. Und nachdem er eine Sekunde lang seine nackten Füße bewundert hatte (schließlich waren sie schon fünf Jahre alt!), marschierte er auf seinen Beobachtungsposten an der Fensterbank zu. Aber diesmal kam er nicht bis zur Fensterbank: Auf dem Stuhl mit den geschwungenen Beinen lag, sorgfältig zusammengefaltet, etwas Weißes – und Schwarzes –, und darauf ruhte eine Matrosenmütze! Noch bevor er es hastig entfaltet hatte, wußte er schon, was es war: ein echter Matrosenanzug mit einer langen Hose!

Und als seine Mutter hereinkam, um ihren Sohn zu wecken und zu beglückwünschen, mühte dieser sich bereits schnaufend damit ab, die Hose zuzuknöpfen. Denn wie sich herausstellte, mußte eine echte Matrosenhose ganz anders angezogen werden als eine kurze Hose. Aber er wollte es allein schaffen, alles andere wäre zu beschämend gewesen. Seine Mutter durfte ihm trotzdem ein wenig helfen, da sie nie über Maxim lachte. Wie immer begrüßten sie einander mit einem Kuß auf die Handfläche. Das taten sie nie in Gegenwart anderer, denn es war ihr Geheimnis.

»Mama! Wie schön du bist! Das ist ein neues Kleid, nicht wahr?«

»Ich habe etwas Neues an, mein kleiner Maxim, und du auch. Laß uns nach unten gehen und ein bißchen angeben«, sagte seine Mutter lächelnd und unterdrückte ein Seufzen. Sie schaute ihrem Jüngsten in die Augen und wunderte sich wieder einmal, wie blau sie waren. Alle anderen in der Familie hatten graue Augen. Ja, er war der Jüngste und ja, ihr Liebling, was sich nicht verbergen ließ. Und warum auch? Wer sonst im Haus sagte ihr jemals, wie schön sie sei?

Papa saß unten beim Tee und las die Morgenzeitung. Er nickte beifällig, als sein Sohn hereinrannte, doch die leichte Falte zwischen seinen Augenbrauen, vor der sich Maxim fürchtete, verschwand nicht.

»Was für ein prächtiger Kerl! Herzlichen Glückwunsch, Söhnchen. Dreh dich mal um! Ein Seemann von Kopf bis Fuß. Von welchem Schiff mögen Sie wohl kommen? Das weißt du nicht? Was steht denn auf deiner Mütze? Na, lies es vor.«

»A-li-ma… Alma…«, begann Maxim schüchtern. Ins Fettnäpfchen getreten! Er hätte sich Zeit nehmen und das Wort in seinem Zimmer entziffern müssen, aber nun, da Papa ihn drängte, würde er es niemals herauskriegen. Was bedeuteten die beiden Kringel am Ende?

Mama machte eine kaum merkliche Bewegung, um ihm zu

helfen, aber Papa gebot ihr Einhalt, und sie blieb stehen. Das alles geschah über Maxims unglückseligem Haupt. Dem Kleinen wurde heiß. Und der Geburtstag, der so vielversprechend begonnen hatte, hätte in Tränen enden können, wären nicht sein Bruder und seine Schwestern – alle drei auf einmal – ins Zimmer gestürzt. Zu Maxims Erleichterung wirbelten sie ihn sofort herum, bestaunten seine Mütze, und Sina las beiläufig vor: »Die Almas! Du bist also auf demselben Schiff wie Onkel Sergei, stimmt's?«

Ihr Vater runzelte verärgert die Stirn, aber es war schon zu spät, um sie aufzuhalten. Und seit wann hätten Blicke Sina aufhalten können?

Die Kinder eilten zu dem Tisch mit den Geschenken, und Rufe des Entzückens erklangen. Dann riefen sie ihre Mutter herbei, und sie schloß sich ihnen mit einem entschuldigenden Lächeln an. Der Vater blieb allein mit seiner Zeitung zurück.

Iwan Alexandrowitsch Petrow. Adliger. Hauseigentümer. Glücklicher Familienvater. Nun feierte er den Geburtstag seines Sohnes voller Freude im Kreise seiner Lieben – und wurde ungehalten. Er wußte selbst, daß es albern war, denn alle anderen befanden sich rein zufällig in einer anderen Ecke des Zimmers und konnten nicht ahnen, was ihm gerade zugestoßen war. Und trotzdem – war es wirklich zuviel verlangt, daß sich einer von ihnen sensibel genug zeigte, einen Blick auf den Vater zu werfen?

Von den Kindern konnte er nichts anderes erwarten. Aber von Mascha? Er war es doch gewohnt, morgens von ihrem schüchternen Blick begrüßt zu werden: »Ist bei uns alles in Ordnung?« Aber an diesem Morgen, gerade als er diese Aufmerksamkeit benötigt hätte (meistens erzürnte sie ihn nur), verhielt Mascha sich ganz anders. Als wäre sie zu sehr mit sich selbst beschäftigt. Er zuckte die Schultern und riß sich zusammen. Was war ihm denn eigentlich zugestoßen? Da es sich aus heiterem Himmel ereignet hatte, mußte es wohl etwas Unwichtiges sein, wie ihm jeder Arzt bestätigen würde. Er mußte sich bloß auf seine Zeitung konzentrieren, dann würde alles normal sein, und er würde über sich selbst lachen.

Aber wie zuvor verschwamm der Zeitungstext vor seinen Augen, und Iwan Alexandrowitsch konnte nichts außer den Schlagzeilen lesen. Also wurden seine Augen wirklich schlechter. Es war ganz plötzlich geschehen, in der Mitte einer Zeile. Ein Mann seines Alters mußte auf solche üblen Überraschungen wohl gefaßt sein. Was nun? Eine Brille? Einen Zwicker? Wie abscheulich. Iwan Alexandrowitsch war stolz auf sein gutes Aussehen und hielt es für selbstverständlich. Sein ganzes Leben lang war er ein gutaussehender Mann gewesen. Nach seiner Heirat hatte er nicht mehr daran denken müssen, in den Staatsdienst einzutreten, und im stillen hatte er sich über seinen Bruder Sergei lustig gemacht, der dem Zaren, der Flotte, seinem Schiff gehörte – wem auch immer, nur nicht sich selbst. Und was war daraus geworden? Sergei weilte irgendwo im Fernen Osten, und ganz Rußland begeisterte sich über den Heldenmut der Soldaten, die den Krieg gegen Japan führten. Aber wer kannte Iwan Alexandrowitsch? Na ja, die Mitglieder der Adelsversammlung von Odessa kannten ihn und auch die Damen in der Oper…

Iwans Besitz war zum ersten-, dann zum zweitenmal verpfändet worden und nach und nach fast ganz in andere Hände übergegangen. Jetzt war nur noch wenig davon übriggeblieben – gerade genug, um die vertraute Lebensweise nicht ändern zu müssen. Und daran hatte Mascha natürlich wie immer keine Schuld… Er unterdrückte seine Erbitterung und hing weiter seinen Gedanken nach.

Was besaß er noch? Vier Kinder. Auf sie hätte er stolz sein können. Aber wie behandelten sie ihren Vater? Die beiden älteren, Pawel und Sina, hatten wenigstens einen gewissen Grund für ihr Verhalten. Sie mußten einiges von der Geschichte mit Annette mitbekommen haben. Und sie hatten sich noch fester an ihre Mutter geklammert, die sie nach ihrem Gutdünken erzog und allzusehr verwöhnte; er hatte nicht gewagt, sich einzumischen, da er über eine Scheidung nachdachte. Aber dann war alles ins reine gekommen. Wieso konnten Kinder ihres Alters nur so nachtragend sein? Marina, sein Liebling, ein Mädchen mit einem Herzen aus Gold – nun, sie liebte ihren Vater natürlich. Aber schließlich liebte sie jeden: das Kindermädchen Dascha genauso wie den Hausmeister oder den nächstbesten Straßenköter. Das entspach nun einmal ihrem Charakter. Maxim dagegen war vor ihm auf der Hut, aber warum eigentlich? Er hatte ihn kein einziges Mal geschlagen oder auch nur angeschrien. Es wurde Zeit, sich wenigstens bei ihm um eine richtige Erziehung zu kümmern. Der Junge brauchte eine feste Hand. Aber Mascha hatte irgendwie eine Schranke zwischen ihm und den Kindern errichtet... Genug. Seine Augen mochten zwar schlechter werden, aber er würde sich keine schlechten Gedanken gestatten. Er hatte sich ihr gegenüber schuldig genug gemacht.

Sie liebte ihn und wäre für ihn gestorben. Am Abend würde er ihr von seinen Augen erzählen, sie würde erschrecken und ihn dann trösten, so daß ihm seine jetzigen Gedanken absurd vorkommen würden. Wenn Mascha nicht wäre, hätten diese Anfälle von Gereiztheit ihn längst umgebracht. Nein, er mußte ein Mann sein! Also, Vater, geh zu deinen Kindern und Gästen und feiere gemeinsam mit ihnen!

Es war ein langer Tag, der sich allen Petrows einprägen sollte. Noch Jahre später würden sie ihn als einen der letzten Tage im Gedächtnis behalten, an denen die Ereignisse noch in schöner Gleichmäßigkeit verliefen, Rücksicht auf die Menschen nahmen, keine wilden Sprünge machten und nicht über ihren Köpfen zusammenschlugen.
Maxim sprang mit seiner heißersehnten Pistole herum. Pawel zeigte ihm, wie die rosa Zündstreifen zu laden waren, und der blaue Pulverrauch schwebte zum Fenster hinaus und ließ sich auf den zarten Zweigen der Kastanien nieder. Dann trafen die Gäste mit ihren Kindern ein, und Sina, die bereits das Gymnasium besuchte, vergaß ihre erwachsene Überlegenheit und organisierte, rot vor Aufregung, immer neue Spiele. Alle riefen ständig nach Sina, und die Mutter hatte ihre Ruhe.
Nur nicht übermütig werden, Schwesterchen, dachte Pawel, der sich bemühte, in seinem gewohnten Tonfall der Herablassung mit den Jüngeren umzugehen. Wer würde glauben, daß sie sonst so ein zimperliches Fräulein sein konnte? Aber einen Moment später vergaß er sein Gehabe und rannte gehorsam davon, um ein Glas Wasser zu holen.
»Achtung, fertig... los!« riefen die jüngsten Kinder aufgeregt, und mit einer Geste, die von Kleopatra hätte stammen können, warf Sina ein graues Papierknäuel in das Glas. Vor aller Augen entfaltete sich langsam ein grellhimbeerrotes, blaues und weißes Wunder mit Spiralen sich drehender Blütenblätter.
»Chinesische Blumen! Wie schön! Wunderbar! Noch mal, Sina, noch mal!« riefen die Kinder entzückt, und eine Reihe von Gläsern wurde auf der festlichen Tischdecke aufgestellt: ein ganzer chinesischer Blumengarten.
Dann kam die lange Fahrt vom Nikolajewski- zum Französischen Boulevard mit der Kutsche der Petrows, der Kut-

sche der Serdjuks und zwei Droschken. Eine Flut rosigweißer Kastanienblüten schlug gegen die Bürgersteige, und der breite Wind blies unablässig, während die Frauen lachten und ihre Hüte festhielten.

Alles erschien Maxim wunderbar neu, als wäre es gerade geschaffen worden: die blaue Wölbung des Meeres, die Maidüfte und die Wölkchen, die sich wie chinesische Blumen feucht über den ganzen Himmel verteilten. Gegen Abend wurde er müde vor Glück, und als nach dem Tee »Lebendige Bilder« gespielt wurde, brach er plötzlich in Tränen aus und lief in sein Zimmer. Marina bemerkte es sofort und eilte hinter ihm her, doch vorher warf sie ihrer Mutter noch einen Blick zu: Ich bleibe eine Weile bei ihm, und du tust so, als wäre nichts geschehen. Schick Dascha zu uns, und komm dann selbst, wenn es günstig ist! Die Mutter verstand und lächelte hinter der achtjährigen Diplomatin her.

Das Kindermädchen Dascha betrat Maxims Zimmer, während er sich weinend bei seiner Schwester über etwas beklagte, das er sich gerade ausgedacht hatte, um seine Tränen und seinen Kummer zu rechtfertigen. Er habe sich in Wirklichkeit ein Kätzchen gewünscht, doch er habe alle möglichen Geschenke erhalten, bloß kein Kätzchen. Mittlerweile war er selbst von seinem Elend überzeugt, und Marina blieb nichts anderes übrig, als den Kopf ihres Brüderchens an sich zu drücken und rasch und eindringlich zu flüstern: »Maxim, Maximka, wein doch nicht, mein Kleiner. Du kriegst dein Kätzchen schon. Papa wird's erlauben, und dann ist alles in Ordnung…«

»Er ist so müde. Es war ein langer Tag für ihn«, sagte Dascha gutmütig und richtete Maxims Bett her. »Komm, mein Goldstück, es wird Zeit zu beten. Ach, du hast Marinkas Spitzenkleid ganz vollgeheult.«

Aber Maxim klammerte sich weiter an Marinas zerknittertes Kleid, bis er mitten im Schluchzen an ihrer Schulter einschlief.
Unten im Wohnzimmer waren nur noch ein paar Gäste. Alle, die Kinder hatten, waren bereits gegangen. Das Gespräch war leise und schien sich um nichts zu drehen, wie es manchmal bei Menschen der Fall ist, die sich seit langem kennen. Pawel und Sina, die auf dem grünen Plüschsofa in der Ecke saßen, schauten einander an und prusteten los.
»Warum lachst du?«
»Einfach so. Wir haben den ganzen Tag wie Kinder herumgetollt. Vielleicht sollten wir besser unters Klavier kriechen, damit wir nicht gesehen und ins Bett geschickt werden.«
Die Türklingel klirrte kurz, und alle blickten sich erstaunt um, denn zu dieser Stunde wurden keine weiteren Gäste mehr erwartet. Rasch und ohne sich das graue, von seiner Uniformmütze zerzauste Haar geglättet zu haben, schritt San Sanytsch herein, ein pensionierter Marineoffizier, der mit den Petrows befreundet war. Alle konnten seinen Augen und Bewegungen ansehen, daß etwas vorgefallen war, und man begrüßte sich schnell und ohne viel Aufhebens.
»Gerade ist eine Depesche aus Petersburg gekommen. Andrejew hat's mir erzählt. Das Geschwader ist vernichtet. Zwölf Schiffe sind mit Sicherheit verloren, von den übrigen weiß man noch nichts. Es ist die schrecklichste Niederlage des ganzen Krieges.«
»Lieber Himmel! Und die Almas?« stöhnte die Hausherrin.
»Meine liebe Maria Wassiljewna, ich habe Ihnen alles gesagt, was ich weiß. Andrejew meint, es gibt noch keine Nachricht über die Almas. Die Osslabja, die Nawarin, die Uralez und die Kamtschatka sind gesunken, außerdem

zwei Minensuchboote und zwei, wenn nicht drei Transporter. Admiral Nebogatow ist mit dreitausend Mann gefangengenommen worden. Wenn jemand die beste Methode gesucht hätte, Rußland zugrunde zu richten… Wir sind erledigt!«

»Aber ist es sicher? Woher weiß Andrejew das?«

»Direkt von Silotti. Leider ist es sicher. Wie ist das möglich – ein ganzes Geschwader in den Tod zu schicken?« ereiferte sich San Sanytsch. »Die Flotte war ein bunter Haufen, und wieso hatten die Schiffe nicht genug Kohle an Bord? Roschestwenski hat das schon vor einiger Zeit telegrafiert… Und plötzlich mußte er seine Kohle auf See nachladen. Deshalb ist er in der Meerenge bei Tsushima steckengeblieben, denn er konnte sie nicht umfahren.«

San Sanytsch benutzte bereits das Mundstück seiner Pfeife, um auf der Tischdecke zu skizzieren, welche Richtung das Geschwader hätte einschlagen müssen, um der Meerenge auszuweichen. Die anderen verfolgten seine Bewegungen schweigend, aber sie konnten seine Worte nicht voll erfassen. Für die Gastgeber war, was das gesamte Geschwader und den gesamten Krieg anging, nichts wichtiger als das Schicksal der Almas, auf der Sergei diente. Doch die übrigen begriffen die Tragweite der Nachricht sofort: Rußland hatte den Krieg verloren. Diesmal war die Niederlage endgültig und unwiderruflich. Es war unmöglich, niemand wollte es glauben.

»Sogar wenn Sie recht haben, San Sanytsch, ist wirklich alles verloren?« beharrte Nikolai Nikitytsch, der Bibliothekar der Handelsversammlung. »Ich meine, da waren die Niederlagen bei Port Arthur, Liaotung und Mukden, aber trotzdem…«

»Aber jetzt ist alles vorbei, mein Guter! Diesmal ist's schlimmer als alle anderen Niederlagen zusammen. Das können Sie sich einfach nicht vorstellen, Sie sind kein Marinemann. Aber ich habe dreißig Jahre bei der Flotte gedient. Oh, daß Gott mich diese Schande erleben läßt! Nachdem sie die Flotte in einen solchen Zustand gebracht hatten, weshalb mußten sie sich dann bloß auf diesen Krieg einlassen? Sie sind zu sehr daran gewöhnt, sich auf eine rein zahlenmäßige Überlegenheit zu stützen... Zu Lande hätte es vielleicht geklappt, aber auf See – kein Gedanke! Und die verfluchte, unnütze Bucht von Port Arthur, wofür brauchten wir die denn?« rief San Sanytsch aufgebracht.

»Wofür wir die brauchten? Und die Konzessionen am Yalu?«

Trotz der Tragik von San Sanytsch' Nachricht war verhaltenes Gelächter im Wohnzimmer zu hören. In Odessa galt die wahre Ursache des Krieges als offenes Geheimnis. San Sanytsch ließ sich nun über die vorrangige Bedeutung des Torpedos für die moderne Kriegführung aus; dies hätte bei der Ausrüstung der Flotte berücksichtigt werden müssen, anstatt sich ganz auf die Schiffskanonen zu konzentrieren.

An diesem Abend konnte Pawel nicht länger zuhören. Er rannte die Treppe hinauf und schlug seine Zimmertür hinter sich zu. Hier war alles so wie früher, als wäre Rußland nicht zerschmettert worden: der zerkratzte Tisch, der Teppich und die hellblauen Tapeten mit den Möwen darauf. Das einzige Licht kam von dem Öllämpchen unter der alten Ikone seines Urgroßvaters. Pawel machte sich nicht die Mühe, die große Lampe anzuzünden. Welchen Sinn hatte das noch?

Zum erstenmal seit langer Zeit sank er auf die Knie und sprach inbrünstig auf das kaum zu erkennende dunkle Gesicht in dem Silberrahmen ein. »Lieber Gott, ich bitte Dich so, wie ich Dich noch nie gebeten habe: Mach, daß es nicht wahr ist! Und laß uns, laß Rußland Japan zerstören. Ganz Japan, ein für allemal. Lieber Gott...«

Pawel spürte, daß er weinte, aber er hörte nicht auf, Schwüre und Gelübde zu flüstern, damit Rußland den Sieg davontrug. Dann stand er erschöpft, doch seltsam beruhigt auf. Er hatte das Gefühl, daß Gott, der stets fern und nie leicht zu verstehen war, ihn diesmal bemerkt und ihm zugehört hatte.

Unten hatten alle den ersten Schock überwunden, und ihre Zungen lösten sich wieder.

»Was soll nun werden, meine Herren?«

»Wieso? Jetzt kommt natürlich eine Verfassung! Schließlich kann's so nicht mehr weitergehen«, sagte die Gymnasiallehrerin Nina Borissowna und war damit wieder einmal bei ihrem Lieblingsthema. Ihre radikalen Ansichten und scharfen Urteile waren in Odessa bekannt. Deshalb hatte sie vor kurzem ihre Stellung am staatlichen Mädchengymnasium aufgeben und einen Posten in der liberaleren Privatschule Krol übernehmen müssen.

»Jeder vernünftige Mensch weiß seit langem, daß die Monarchie am Ende ist. Um so mehr, als niemand sagen kann, wer unfähiger ist: der Zar oder seine Minister.« Sie rückte nervös ihr einziges Schmuckstück zurecht, ein Medaillon, das sich an seinem Samtband umgedreht hatte. »Die haben das zweite Geschwader in den Tod getrieben, und sie ersticken alle klugen, eigenständigen Ideen...«

»Na, na, meine Dame«, unterbrach San Sanytsch überraschend, »und was haben Ihre klugen Leute mit den eigenständigen Ideen seit Beginn des Krieges getan? Bomben geworfen? Für Unordnung gesorgt? Das war wirklich eine große Hilfe für das Land... Wenn man denen Freiheit gibt, dann...«

»Was soll man denn machen, wenn keine legale Möglichkeit besteht, die Situation zu ändern? Ich unterstütze die Revolutionäre nicht, aber im Grunde opfern auch sie ihr Leben für Rußland.«

»Und das ist unser Hauptproblem, meine Herren«, schaltete sich der Arzt Dr. Dultschin ein. »Alle sind bereit, für Rußland zu sterben – sie reißen sich geradezu darum. Die Revolutionäre glauben, für Rußland in den Tod zu gehen. Und das gleiche gilt für die Menschen, die sie ermorden. Die reinsten Kinder, Studenten, die noch nicht einmal die Universität abgeschlossen haben, sind darauf erpicht, in den Krieg zu ziehen und für Rußland zu sterben. Und wer soll das Land retten – die Toten? Begreifen Sie doch, solange wir nicht gelernt haben, für Rußland zu arbeiten, statt für Rußland zu sterben ...«

An jenem Abend verließen die letzten Gäste das Haus der Petrows erst zu später Stunde. Die allgemeine Ansicht lautete, daß man nun eine Verfassung und einen großen Umschwung erwarten könne.

Iwan Alexandrowitsch, der ein modern denkender Mann war, betete abends nicht. Seine Haltung zur Religion war von formeller Höflichkeit: Er besuchte die Kirche zweimal im Jahr an den Hauptfesttagen und war der Meinung, dadurch ein vernünftiges Maß an Toleranz zum Ausdruck zu bringen. Er hielt es jedoch für angebracht, die Frauen in ihrer Frömmigkeit zu bestärken, und es gefiel ihm, daß Mascha jeden Abend lange vor der Ikone stand. Er war überzeugt, erraten zu können, wofür sie betete, und er wäre verblüfft gewesen, wenn er herausgefunden hätte, wie sehr er sich irrte. Aber an diesem Abend irrte er sich nicht. Sie betete tatsächlich für Sergei.

Ein paar Tage später trafen weitere Nachrichten ein, welche die Niederlage bestätigten. Aber das allwissende Odessa kochte bereits vorher vor Entrüstung. Man bemitleidete

Admiral Roschestwenski, der in den sicheren Untergang geschickt worden war, und vermutete scharfsinnig, daß er zum Sündenbock gemacht werden sollte. Berichten zufolge hatten sich Jung, der Kapitän der Orjol, und sein Erster Offizier erschossen; die Hälfte der Matrosen hatte gemeutert – was konnte man von »Reservisten« schon anderes erwarten? – und war gefesselt worden, und die restliche Besatzung reichte nicht aus, um den Kampf fortzusetzen. Die Gerüchte, daß Roschestwenski mit der Suworow nach Wladiwostok durchgeschlüpft sei, erwiesen sich als falsch. Es war die Almas, die nach Wladiwostok durchgebrochen war. Von dort trafen die ersten Meldungen über die Geschehnisse ein.

Sergei war am Leben.

Der Krieg war verloren.

Kurz darauf wurde ein Dankesschreiben im Namen des Großfürsten Alexei Alexandrowitsch veröffentlicht, in dem man Sergeis Abschied von der Marine bekanntgab. Sergei Alexandrowitsch Petrow, Erster Offizier der Almas, trat in den Ruhestand, noch bevor er eine Auszeichnung erhalten hatte. Als Vorwand diente ihm eine unbedeutende Verletzung. Erst ein halbes Jahr später hatte er sich soweit beruhigt, daß er über den wahren Grund sprechen konnte.

Auf den Schießständen der Marktbuden fand man inmitten der fallenden Figuren weiterhin einen lächerlichen japanischen Soldaten, der nach einem Treffer kopfüber umkippte. Aber der Scherz löste nicht mehr soviel Heiterkeit aus wie früher.

Kapitel 2

Ein langgezogenes Dröhnen erscholl irgendwo in der Höhe und wurde immer lauter. Am liebsten hätte man den Kopf eingezogen oder sich auf den Fahrdamm gehockt. Wladek schluckte krampfhaft und richtete sich auf. Pawel, der sich gerade zusammenkrümmen wollte, bemerkte das Verhalten seines Freundes und reckte die Brust. Im nächsten Moment zersprang die Luft um sie herum wie eine Glasschüssel, der Himmel explodierte, und sie sahen und hörten nichts mehr.

Sie kamen, auf den blauen Pflastersteinen sitzend, zu sich, und jemand rief: »He, ein paar Schulkinder sind tot!« Und dann fegte ein zweites Dröhnen über die Neschinskaja-Straße hinweg. Die Jungen hatten nie zuvor Kanonenfeuer gehört, doch nach dem ersten Schuß war ihnen klar, daß es besser war, vorläufig sitzen zu bleiben. In der Ferne donnerte es von neuem, und dann rappelten sie sich auf und klopften sich den Staub von ihren hellgrauen Sommeruniformen. Ein bärtiger Mann mit einer Schürze, an der ein Blechschild befestigt war (der Hausmeister, wie sie vage vermuteten), schüttelte sie aus irgendeinem Grund an den Schultern.

»Was ist, sind die Knochen noch ganz? Der Allmächtige muß euch gerettet haben! Das ist um Haaresbreite an euch vorbeigeschrammt!«

Nachdem er sich überzeugt hatte, daß sie lediglich benommen waren, eilte er zu der Menschenmenge an der Ecke des nächstgelegenen Gebäudes. Eigentlich hatte es keine Ecke mehr. Staub und Rauch waberten daraus hervor. Auf dem Fahrdamm schlug ein Pferd mit den Beinen und verdrehte die Augen. Ein verstörter Kutscher lief hektisch hin und her und versuchte, das Geschirr des Pferdes zu entwirren. Pawel und Wladek entnahmen dem mitleidigen Gemurmel der Menge, daß das Pferd von einem Steinsplitter getroffen worden war.

»Herrje! Was für ein Blutbad!«

»Eine Ader ist zerfetzt. Verbinde ihm doch das Bein, du Idiot!«

»Was geht da bloß vor? Er könnte die ganze Stadt in Trümmer legen!«

»Und ob. Das sind Neunzöller, was meint ihr denn! Die lassen keinen Stein auf dem anderen.«

»Er« war natürlich der von Meuterern besetzte Panzerkreuzer Potemkin, der vor Odessa ankerte. Jeder hatte seine eigene Theorie darüber, was die Meuterei ausgelöst hatte. Aber man wußte, daß die Matrosen ihre Offiziere umgebracht und die rote Fahne gehißt hatten und nun irgend etwas von der Stadt forderten. Die Jungen hatten am Abend zuvor davon erfahren, als nicht einmal daran zu denken war, daß ihre Eltern sie aus dem Haus lassen würden.

Pawel saß bis zur Schlafenszeit mit seinem Kindermädchen Dascha zusammen. Dascha begann zu weinen, denn ihr Sohn Wassili diente als Matrose auf dem Panzerkreuzer Potemkin. Aber sie hatte nicht die geringste Ahnung, was genau an Bord des Schiffes geschah, und jammerte nur dauernd: »O mein lieber Sohn, was soll nun werden?«

Ihre faltigen Wangen bebten, und Pawel bemerkte plötzlich, daß sie schon fast eine alte Frau war und nicht mehr

jene fröhliche, behende Dascha, die alle vier Kinder aufgezogen hatte.
Am nächsten Morgen behauptete Pawel natürlich, er sei von seinem Klassenkameraden Wladek Teslenko eingeladen worden. Wladek erzählte die gleiche Geschichte über Pawel, und sie trafen sich auf der Neschinskaja-Straße, um gemeinsam zum Hafen hinunterzugehen und herauszufinden, was sich dort abspielte. Als sie auch ihren Freund Jura Neschdanow abholen wollten, mußten sie feststellen, daß sie einen unnützen Umweg gemacht hatten. Juras Eltern waren eilig aufgebrochen und hatten ihren Sohn zu seinem Großvater mitgenommen, der in der deutschen Kolonie Lilienthal lebte. Dort wollten die Neschdanows die weiteren Ereignisse abwarten. Der arme Jura, was der alles verpaßte!
Das Bombardement schien beendet zu sein. Die Straßen waren voll von aufgeregten Bürgern, aber die Panik wirkte eher oberflächlich.
»Wer hat denn heute Glück? Leute, ihr braucht doch ein bißchen Glück, oder? Los, Jascha, fisch etwas für die Dame aus dem Glückstopf, damit sie sich nicht wegen Kleinigkeiten beunruhigt!« rief ein schäbig aussehender Leierkastenmann in einer plötzlichen Eingebung. Es war ihm gelungen, sich an einem Ort aufzustellen, wo er allen im Weg sein mußte. Der kleine Papagei Jascha wühlte geschäftig zwischen einigen Papierröllchen. Die Lose wurden rasch verkauft, und der gerissene Leierkastenmann hatte die Preise bereits erhöht.
Die Jungen überquerten den Kathedralenplatz, wo einige berittene Kosaken postiert waren. Die Kosaken hatten bereits unnahbare Mienen aufgesetzt – für den Fall, daß sie die Menge zerstreuen mußten. Die roten Biesen an ihren Uniformhosen kräuselten sich bei der Bewegung der Pferde. Manche behaupteten, daß die Potemkin auf die

Kosaken gezielt habe. Andere erklärten, dies sei Unsinn. In Wirklichkeit sei auf das Städtische Theater geschossen worden, wo ein Militärrat unter Vorsitz von General Kaulbars abgehalten wurde. Wie auch immer, der Panzerkreuzer hatte danebengeschossen, und beide Granaten waren in Wohnvierteln gelandet.

Pawel schien es, als ob die ganze Stadt, die noch eine Stunde zuvor von mitfühlender Neugier erfüllt gewesen war, nun die unglückselige Potemkin haßte. Es tat ihm leid um Dascha und ihren Wassili. Aber vielleicht war es sogar Wassili, der die Schüsse abgefeuert hatte?

Pawel und Wladek ärgerten sich nicht über das Bombardement. Im Gegenteil, was für ein Abenteuer! Sie hatten die Rote Gasse erreicht, als Wladek an Pawels Ärmel zupfte.

»Der ›Nasenbär‹!«

Beide tauchten in die nächste Toröffnung.

»Hat er uns gesehen?«

»Wer weiß? Aber keine Sorge, wir werden's gleich erfahren.«

Nossow, der Gymnasialinspektor, war ein pedantischer Mann. Wenn er sie entdeckt hatte, waren sie natürlich erledigt. Er würde sie nicht nur sofort nach Hause schicken, sondern sie, was schlimmer war, persönlich begleiten und ihren Eltern übergeben. Sie warteten ein paar Minuten in einem verträumten kleinen Hof mit griechischen Veranden, die von wilden Weinreben umsäumt waren. Doch sie hatten Glück, denn als sie vorsichtig hinauslugten, war der Inspektor bereits verschwunden. Ohne weitere Zwischenfälle gelangten sie zum Boulevard mit seinen roten Blumenbeeten, die nun in der Junisonne immer stärker austrockneten.

Das Schlachtschiff hatte drei Schornsteine. Wie weiß und klein es vor der grellen Himmelsbläue wirkte! Es ankerte weit draußen auf dem Meer zwischen dem Leuchtturm und dem Wellenbrecher und sah überhaupt nicht gefährlich aus. Es schien unvorstellbar, daß es die ganze Stadt innerhalb einer Stunde in Schutt und Asche hätte legen können. Ein wenig enttäuscht kehrten Pawel und Wladek heim. Auf den Straßen schleppten sich bis zum Bersten mit Habseligkeiten vollgestopfte Fuhrwerke und Kutschen dahin. Die Neschdanows waren offenbar nicht die einzigen, die beschlossen hatten, die Stadt zu verlassen.

Zu Pawels Erleichterung hatte sein Vater keine derartigen Pläne. Zu Hause gab es natürlich eine Szene: Die Stadt wird beschossen, und der Junge ist nirgends zu finden!

»Aber ich habe dir doch gesagt, wo ich bin, Mama! Ich war nebenan bei Wladek. Wir haben uns ein paar Bücher angesehen. Wie sollte ich ahnen, was passieren würde!«

»Und warum hast du so lange gebraucht? Du wußtest doch, daß wir uns Sorgen machen.«

»Ich wollte sofort nach Hause laufen, als sie anfingen zu schießen, aber Wladeks Vater hat mich zurückgehalten. Ich sollte dableiben, bis man sicher sein konnte, daß alles vorbei ist.«

»Dem Himmel sei Dank dafür. Er ist wirklich ein Heiliger«, sagte seine Mutter einlenkend und beruhigte sich.

Die Lüge war unerläßlich, und trotzdem fühlte Pawel sich unwohl. Wladek und er hatten sich in der Vorschulklasse angefreundet und gingen nun bereits in die dritte Klasse, aber Wladek hatte ihn bisher kein einziges Mal zu sich eingeladen. Sie begleiteten einander gewöhnlich bis zu Papudowas Haus, wo die Teslenkos eine Mietwohnung hatten, dann verabschiedete sich Wladek, und Pawel kehrte in die Koblewskaja-Straße zurück. Die Sache war irgendwie geheimnisvoll. Aber der hochgewachsene, schlanke Wladek mit den langen Wimpern und dem Grübchen am Kinn

war in der Klasse so angesehen, daß man ihn nicht mit neugierigen Fragen behelligen konnte.
Im ersten Herbst am Gymnasium hatte der kräftige Schmukler Wladek als kleines Mädchen verspottet – entweder wegen seiner Wimpern oder weil er sich weigerte, bei irgendeinem Streich mitzumachen. Wladek erbleichte und stand auf. Bei der anschließenden Prügelei floß Blut, was in der Schule als eines der schwersten Vergehen galt. Eine Lehrerkonferenz wurde einberufen, und eine Delegation von Schülern der Vorschule erschien – ein beispielloses Ereignis –, um sich für Wladek einzusetzen. Es war Pawels Idee, und er persönlich suchte den Direktor des Gymnasiums auf, um mit vor Entsetzen ausgetrockneter Kehle eine tapfere Rede zu halten. Der Direktor, in eine Uniform mit zwei Reihen von Goldknöpfen geschnürt, war ein stocksteifer Herr mit Backenbart, der Mühe hatte, nicht in Gelächter auszubrechen. Warum nur hatten alle Vorschüler so abstehende Ohren? Pawel glaubte jedoch, daß der Direktor kaum seine Wut unterdrücken konnte. Vielleicht würde er gleich explodieren, und was dann passieren konnte, war zu schrecklich, um es sich vorzustellen. Jedenfalls blieb die Petition nicht wirkungslos, und Wladek wurde lediglich für eine Woche vom Gymnasium suspendiert. Auch Schmukler erschien eine Woche lang nicht, wenn auch aus anderen Gründen. Pawel verlor Wladek gegenüber natürlich kein Wort über seine Rolle in der ganzen Geschichte. Aber nachdem Wladek als Held in die Klasse zurückgekehrt war, schien es selbstverständlich zu sein, daß sie dieselbe Bank teilten. Sie fragten ihre früheren Nachbarn zwar nicht um Erlaubnis, doch es wagte niemand, Einwände zu erheben. Pawel war geschmeichelt, aber trotzdem bestand weiterhin eine gewisse Distanz zwischen ihnen, was ihn ein wenig verletzte.

Am Morgen nach ihrem Abenteuer sollte sich dies ändern. Es gelang den Freunden nach einigen komplizierten diplomatischen Manövern, sich morgens aus dem Haus zu schleichen. Inzwischen wußten sie, daß der Hafen den Mittelpunkt des Interesses darstellte. Dorthin hatte man die Leiche eines ermordeten Matrosen gebracht, und dort fanden die öffentlichen Versammlungen statt. Riesige Menschenmengen waren unterwegs.

»Er ist auf der Platonow-Mole, ich bin gerade dort gewesen. Nichts an ihm ist noch heil! Alles schwimmt vor Blut!« erfuhren die Passanten von einem etwas zweifelhaften Herrn (oder Vagabunden?), der zwei nicht zueinander passende Stiefel und eine zerlumpte Hose trug.

Wie sich bald zeigte, hatte er jedoch gelogen, und man mußte die Neue Mole aufsuchen. Aber die Jungen hörten, daß die Kosaken die Mole abgesperrt hatten und niemanden durchließen. Sie machten sich trotzdem auf den Weg dorthin und entdeckten weder Soldaten noch Kosaken. Mehr noch, sie konnten ohne weiteres bis zum Ende der Mole vordringen, wo man ein behelfsmäßiges Zelt aufgeschlagen hatte. In diesem Zelt lag der Matrose.

Sein Gesicht war grau und sein Schnurrbart weizenfarben. Er lag ganz friedlich da, und nichts deutete auf seine Wunden hin. An seine Brust war ein Stück Papier geheftet. Es war das zweite Mal, daß Pawel eine Leiche zu Gesicht bekam. Früher hatte er bereits seinen Klassenkameraden Serjoscha Sasonow gesehen, der an Scharlach gestorben war. Damals waren alle zur Beerdigung gegangen. Es hatte geschneit, ein scharfer Wind wehte vom Meer her, und Serjoscha hatte mit einem seltsamen Lächeln in der Paradeuniform des Gymnasiums dagelegen. Pawel wußte seitdem, daß Tote unbemalten Puppen ähnelten.

Bevor er sich den Matrosen genau anschauen konnte,

wurde er jedoch beiseite geschoben. Doch selbst wenn er ihn genauer betrachtet hätte, wäre er nicht klüger gewesen, denn Pawel hatte Wassili nie gesehen und hätte ihn nicht erkannt, falls er der Tote war.

Ein schneidiger, dunkelhaariger Matrose begann, die »Proklamation« vorzulesen, wie das Blatt auf der Brust des Ermordeten genannt wurde.

»Genossen! Der Matrose Grigori Wakulentschuk ist von einem Offizier brutal ermordet worden, nur weil er gesagt hat, daß der Borschtsch schlecht sei... Nehmt Rache an den Tyrannen. Bekreuzigt euch, und ihr Juden tut es auf eure Weise. Es lebe die Freiheit!«

Die Menschen im Zelt brüllten: »Hurra!«, und Hunderte von Stimmen im Hafen nahmen den Ruf auf. Der Haß auf die Matrosen war völlig vergessen. Oder hatte sich hier am Hafen vielleicht eine ganz andere Menge versammelt? Diese Menschen rochen nach den Docks: nach Salz, Weizenstaub und getrockneter Plötze. Es war eine Mischung aus Landstreichern und gutgekleideten Menschen. Ein Herr, der eine Militärmütze mit einer Kokarde trug, nahm die Mütze ab, bevor er den Fuß auf die Mole setzte – weniger aus Respekt vor dem Toten, wie Pawel vermutete, sondern weil er die Kokarde verbergen wollte. Hier stand eine Sammelbüchse für die Beerdigung des Matrosen, und ein Strom von Münzen ergoß sich in sie.

Pawel hatte ein Zehnkopekenstück und gab es Wladek. »Du bist näher dran. Wirf's rein!« Er wußte aus dem Gymnasium, daß Wladek zum Frühstück niemals Kringel oder Fleischklopse kaufte, sondern sich mit einer Tasse Tee begnügte.

Ein paar langhaarige junge Männer redeten auf die Menge ein, damit sie nicht auseinanderging, sondern auf Anweisungen vom Panzerkreuzer wartete. »Das sind Es-Des«,

sagte ein neben Pawel stehendes Mädchen. Aber es war ihm peinlich, sich nach der Bedeutung von »Es-De« zu erkundigen. Nun geschah nichts mehr, doch es machte den Jungen nichts aus, weiter auszuharren. Immer wieder wurde die Proklamation unter Hurrarufen verlesen.
Erst mehrere Stunden später entfernten sie sich von der Mole und beobachteten, wie viele Menschen aus der Stadt herunterkamen: Studenten, Eisenbahnarbeiter, Fischer, Frauen mit Kopftüchern und Mädchen aus der höheren Ausbildungsanstalt für junge Damen. Es war ein seltsames Gefühl – alle schienen in Bewegung zu sein, und sie gehörten dazu.
Oben auf der Griechischen Straße angelangt, erblickte Pawel plötzlich Dascha in einem karierten Kleid und stürzte auf sie zu.
»Dascha! Er ist es nicht!«
»Wer ist es nicht?«
»Der ermordete Matrose. Er heißt Grigori, nicht Wassili. Also muß Wassili am Leben sein!« sprudelte Pawel atemlos hervor.
»Ach, mein Liebling! Jetzt weiß ich, wo du hingelaufen bist!«
Ohne lange zu zögern, küßte Dascha ihn vor aller Augen auf die Stirn. Früher wäre Pawel vor Scham vergangen, wenn sie so etwas getan hätte. Aber nun benahmen sich alle ganz ungewöhnlich, und die Dinge erschienen ihm in einem anderen Licht. Daschas Kuß war ihm sogar angenehm. Er versicherte ihr, daß den Matrosen nichts zustoßen werde, da nicht einmal Polizisten aufmarschiert seien und alle Anwesenden die Aufständischen unterstützten. Wladek wartete geduldig, und Pawel entdeckte keine Spur von Spott in seinen Augen. Sie erreichten die Ecke, wo sie sich gewöhnlich voneinander verabschiede-

ten, aber sie hatten das Gefühl, daß solch ein bedeutender Tag nicht einfach so enden durfte. Sie mußten noch etwas unternehmen, was der beeindruckenden Tragödie am Hafen und dem weißen Panzerkreuzer mit der vom Ufer kaum sichtbaren roten Fahne gerecht wurde.

»Wladek, laß uns… ich weiß nicht… laß uns einen Eid schwören…«

»Ja, laß uns schwören, daß wir, was auch geschieht, unser ganzes Leben lang für die Matrosen sein werden!« rief Wladek inbrünstig.

Pawel dachte einen Moment lang nach. Irgend etwas stimmte hier nicht, und er mußte sich beeilen, um herauszufinden, was das war. »Für die Matrosen« bedeutete – so, wie sich die Dinge entwickelt hatten – »gegen die Offiziere«. Aber was war dann mit Onkel Sergei? Und mit General Kondratenko, der in der Mandschurei gefallen war und an dessen Begräbnis die ganze Stadt kurz vorher teilgenommen hatte? Man hatte den General auf einer Lafette vom Hafen heraufgebracht und sein Pferd hinter ihm hergeführt – zweifellos war er ein Held, der sein Leben für Rußland geopfert hatte.

»Sagen wir nicht: ›Für die Matrosen‹, sondern lieber: ›Immer für das Volk!‹« Das war die passende Formulierung.

Wladek widersprach nicht, denn diese Wendung gefiel auch ihm besser. Sie schüttelten einander unter den verblühenden Akazien die Hände. Jetzt war ihr Leben vorherbestimmt. Sie überquerten den Kathedralenplatz mit einem Gefühl leichter Erschütterung und überließen sich dem gemächlichen Rhythmus des Sommerabends. Die Blumenhändler verkauften Päonien und frühe Rosen. Die Blumen schwammen in schweren Emailleschüsseln, und die riesige Kathedrale wirkte noch gewaltiger vor dem hellen, nun in tiefes Blau übergehenden Himmel. Wenn ich bloß einem Mädchen mit solchen Augen begegnen würde, dachte Pawel plötzlich.

Auch Wladek ging etwas durch den Sinn, und er fragte jäh: »Kommst du mit mir nach Hause?« Da er Pawels Verblüffung für Zögern hielt, setzte er rasch hinzu: »Nur kurz. Ich weiß, daß du daheim erwartet wirst. Ich möchte dich nur meiner Familie vorstellen, es sind ja bloß zwei Schritte. Und morgen abend kommst du zum Tee zu uns.«

Die Teslenkos hatten eine kleine Wohnung im zweiten Stock, die sehr sauber war, aber deutlich erkennen ließ, daß sie kein Vermögen besaßen. Als Wladek ihn vorstellte, wurde Pawel aus irgendeinem Grund verlegen, obwohl man ihn wie einen alten Bekannten begrüßte.

»Pawel? Wir haben so viel von Ihnen gehört«, sagte Wanda Kasimirowna, Wladeks Mutter, mit einem Lächeln.

Pawel war überrascht, daß Wladek eine Mutter hatte. Bei den Weihnachts- und Ostergottesdiensten, die beide Familien in derselben Kathedrale besuchten, war Wladek stets von einem hochgewachsenen Herrn, wahrscheinlich seinem Vater, einem Mädchen mit blonden Zöpfen und einem kleinen Jungen, etwa in Maxims Alter, begleitet worden. Aber sie hatten nie eine Frau bei sich gehabt.

»Unsere Mutter ist Polin und katholisch. Aber unser Vater ist orthodox. Früher haben sie im Cholmer Gebiet gewohnt, und dort sind die Katholiken und die Orthodoxen so verfeindet, daß die beiden einfach keine Ruhe hatten. Es war wie mit den Montagues und den Capulets. Deshalb sind sie hierher gezogen. Mama geht in ihre polnische Kirche und wir in die Kathedrale. Natürlich macht sie sich deshalb Sorgen«, erklärte Wladek, während er seinen Freund nach Hause begleitete. »Aber das ist unnötig. Niemand kümmert sich hier um solche Sachen. In Wirklichkeit tut es ihr nur leid, daß wir keine Katholiken sind – ich meine, wir Kinder. Aber Vater und Mutter haben sich selbst dafür entschieden. So wäre es für uns am besten. Aber wenn es nach mir ginge, würde ich lieber beim katholischen Pfarrer in den Religionsunterricht gehen als bei unserem Medwedew.«

Pawel prustete los. Die ganze Klasse haßte den orthodoxen Priester Medwedew zutiefst, der erbarmungslos die schlechtesten Zensuren verteilte, wenn seine Schüler den kleinsten Fehler in der Auslegung der Heiligen Schrift machten. Die katholischen Schüler dagegen wurden von dem alten Gubinski unterrichtet, der nie jemanden verärgerte und mit Vorliebe Geschichten über Rom erzählte. Er war zweimal dort gewesen und plante dauernd, wieder nach Italien zu reisen. Die übrigen Schüler beneideten die Katholiken. Aber noch besser erging es den Juden, denn sie ließen den Religionsunterricht einfach aus und brauchten erst zur zweiten Stunde in der Schule zu erscheinen.

Daheim konnte Pawel zur Befriedigung seiner Mutter endlich genauer von Wladeks Familie berichten: Der Vater arbeitete als Ingenieur bei der Südöstlichen Eisenbahn, die Mutter war eine große Musikliebhaberin und spielte Klavier, und Wladeks Schwester war ein stilles und bescheidenes Mädchen. Pawel warf Sina einen bedeutungsvollen Blick zu. Sina brach in Gelächter aus.

»Sie heißt Anna und ist in meiner Klasse. Natürlich war sie still. Denn du redest die ganze Zeit und läßt niemanden zu Wort kommen, besonders wenn du Eindruck schinden willst. Nun werde ich ihr erzählen, daß du sie in der Kathedrale begafft hast!«

Pawel verstummte vor Entrüstung. Wladeks Schwester war eine von Sinas Klassenkameradinnen, und sie hatte nie ein Wort darüber verloren! Wie hinterlistig dieses Mädchen war! Und das wollte seine Schwester sein. Wladek

dagegen hatte offenbar Glück gehabt. Man merkte sofort, daß sich seine Anna nicht zu solchen Streichen herablassen würde. An diesem Punkt hatte Pawel seine Fassung zurückgewonnen.
»Weißt du, was du tun solltest? – Du solltest dir an deiner Klassenkameradin mal ein Beispiel nehmen!«
Als Pawel am nächsten Abend zu den Teslenkos ging, diesmal bereits als zum Tee geladener Gast, spürte er zu seinem Ärger, daß er nervös war. Bevor er klingelte, wischte er sich die verschwitzten Handflächen an der Hose ab. Doch Wladek kam heraus und begrüßte ihn mit so unverhohlener Freude, daß Pawel seine Verlegenheit sofort vergaß. Um so mehr, als Wladek ihn sogleich in sein Zimmer schleppte. Es war ungefähr so groß wie eine Kajüte, und das erste, was Pawel auffiel, war ein gelbes Schaukelpferd aus Holz.
»Das ist Basja«, sagte Wladek. »Sie war früher mein Pferd, aber jetzt gehört sie Antos. Wir beide teilen uns dieses Zimmer, aber Anna hat ein eigenes«, betonte er stolz.
Der kugeläugige Antos war entzückt darüber, einen Gast zu haben. »Sind Sie Wladeks Freund? Haben Sie auch eine Schulmütze mit Blättern darauf? Sehen Sie mal, was für eine ich habe!« Er zog eine hohe Mütze aus Schaffell hervor. »Eine echte Kosaken-Papacha. Und ganz alt. Mein Papa hat sie mir geschenkt, und er hatte sie von seinem Vater!«
Antos hatte offenbar vor, den Gast mit Beschlag zu belegen und ihm all seine Schätze zu zeigen, aber dann wurden sie zum Tee gerufen. Wanda Kasimirowna bewirtete sie mit hausgemachten polnischen mürben Mandelplätzchen.
»Mama backt alles Polnische selbst, sie traut der Köchin nicht«, sagte Wladek mit einem Zwinkern. »Anna traut sie auch nicht, und das mit Recht!«
Antos lachte laut, und Anna fiel ein.

»Ich hab's einmal versucht«, meinte sie. »Aber Antos war der einzige, der sie beißen konnte. Deshalb hat er alle gekriegt!«
Nach dem Tee küßte Iwan Timofejewitsch, das Familienoberhaupt, seiner Frau die Hand. »Der Dame des Hauses unseren untertänigsten Dank.«
Dies gefiel Pawel sehr. Sein Vater küßte seiner Mutter nach dem Abendessen nie die Hand. Es war wahrscheinlich ein polnischer Brauch... Aber Iwan Timofejewitsch war Ukrainer. Es konnte also auch ein ukrainischer Brauch sein.
»Papa, singst du uns heute etwas vor?« fragte Antos, der von seinem Stuhl aufgesprungen war.
»Ein andermal, Söhnchen. Heute bin ich müde. Wir hatten ein paar Schwierigkeiten bei der Arbeit.«
»Wird gestreikt?« fragte Antos verständnisvoll.
»Noch nicht. Aber ich möchte nicht darüber reden! Anna soll uns lieber etwas vorlesen.«
Pawel war verblüfft über die Art und Weise, wie der Mann mit dem kleinen Jungen sprach. Als wären sie gleichberechtigt. Pawels Vater redete mit keinem aus der Familie über seine Angelegenheiten.
Im Zimmer brannte nun nur eine einzige grüne Lampe – die gewöhnliche Lampe mit schwerem Fuß und gewölbtem Glasschirm, wie man sie in halb Rußland fand. Ohne sich zu sträuben oder viel Aufhebens zu machen, holte Anna ein Buch. In dieser Familie schien niemand je in Verlegenheit zu geraten – alle waren mit sich selbst und den anderen im reinen.
»Wo haben wir letztes Mal aufgehört, Antos?«
»Dort, wo der Jude Taras verkleidet und ihn auf den Platz führt.«
Es war Gogols »Taras Bulba«, eines von Pawels Lieblings-

büchern. Aber Anna las es anscheinend zum erstenmal und verlor die Fassung. Sie versuchte, es mit gleichmäßiger Stimme zu lesen, aber als sie zu Ostaps Hinrichtung kam, merkte Pawel, daß ihr die Lektüre schwerfiel. Ihre Stimme bebte, doch sie beruhigte sich sogleich und fuhr tapfer fort. Antos hörte mit blitzenden Augen zu, während die Eltern ihren eigenen Gedanken nachhingen. Mittlerweile hatte Anna die letzten Seiten erreicht.

»Aber kein Gehör schenkten ihm die grausamen Kosaken; sie lasen mit ihren Lanzen die Säuglinge von der Straße auf und warfen sie zu ihren Müttern ins Feuer. ›Das, ihr verdammten Ljachen, ist die Totenfeier für Ostap!‹ sagte Taras immer wieder.«

An dieser Stelle schluchzte Anna, sprang auf, ließ das Buch aufgeschlagen auf dem Sofa liegen und rannte aus dem Zimmer. Pawel verschlug es den Atem. Schließlich konnte er diesem fremden Mädchen nicht in ihr Zimmer folgen, ihr die Tränen fortwischen und bei ihr bleiben, bis ihr Lächeln zurückkehrte. Sie war das erste Geschöpf, das er jemals vor allen Tränen der Welt beschützen wollte, aber was konnte er gegen Gogol ausrichten? Warum hatte er nie bemerkt, wie grausam das Buch war? Darin taten die Ukrainer und Polen ja nichts anderes, als einander dauernd umzubringen. War so etwas denn passend für ein Mädchen aus dieser Familie?

Die Strecke zur Koblewskaja-Straße war so kurz, daß Pawel einen Umweg machte. Dann noch einen. Er hatte keine Lust, nach Hause zurückzukehren, wo alles so öde wie immer sein würde. Konnte sie wirklich genauso alt sein wie Sina, diese Anna? Pawel kam sie viel älter vor. Sie war die Schwester eines Freundes, und das war eigentlich auch schon alles. Die Schwester eines Freundes.

Kapitel 3

Sie brauchten lange, um in den kleinen Laden einzubrechen, denn er hatte eine dicke Tür und ein Gitter vor dem Fenster. Die hitzigen Schreie, mit denen sie sich ans Werk machten, wurden bald von einem kurzen, sachlichen Gespräch abgelöst.

»Mitso, geh mit dem Brecheisen ran!«

»Es gibt nicht nach. Ach, diese verwöhnten Juden mit ihren verdammten Schlössern!«

»Mach schon. Moment... Das Mistding ist offen!«

Die Männer hatten gerötete Gesichter, aber sie waren nicht betrunken und arbeiteten zügig. Es ging ihnen weniger ums Vergnügen als um die Beute, denn dies war ein Juweliergeschäft.

Isaak Geiber stand wie angewurzelt da. Vielleicht bemerkte ihn deshalb niemand: weder diese Männer mit ihren wulstigen Hälsen und den noch am Morgen blankpolierten Stiefeln noch die Horde von Vagabunden und kreischenden Frauen, die sie von ihrem Diebesgut verjagt hatten, noch die Kosakenpatrouille in Paradeuniform, die beflissen vorbeigeritten war. Alles, was von Isaaks Hoffnungen übriggeblieben war, lag nun in Scherben: der Umzug nach Kischinjow, Jakows Aufnahme ins Gymnasium, sein Ehrenplatz in der Synagoge und ein anständiges Grabmal für Schimek auf dem jüdischen Friedhof von Odessa.

Vor seiner eingeschlagenen Tür brach eine Prügelei los.

Einer Frau mit scharlachrotem Kopftuch war es gelungen, ein mit blauem Samt unterlegtes Kollier zu packen. Aber Isaak blieb still stehen, und nur seine Augen – das einzige, was er von seinem Vater hatte – flackerten, bevor sie langsam erstarben.

Sein Söhnchen Jakow lief mittlerweile fröhlich nach Hause; er war so aufgeregt, daß er hin und wieder in die Luft sprang. Mit gutem Grund! Heute hatte er zum erstenmal einen Drachen steigen sehen, und für einen kurzen, doch seligen Moment hatte er sogar die Schnur halten dürfen.

»Jüdchen, Jüdchen – wie alt bist du, o Jüdchen mein?«

Die Stimme hatte etwas Einschmeichelndes und doch Bedrohliches an sich, und Jakow erstarrte mitten im Lauf. Aber der Besitzer des riesigen Schattens, der sich über ihn legte, war ein alter Bekannter, der Schuster Simonenko. Jakow wurde manchmal zu ihm geschickt, um Schnürsenkel oder Schuhcreme zu holen, und der Schuster lächelte immer und sang etwas. Einmal hatte er Jakow sogar einen grünen Lutscher in Form eines Hahns geschenkt.

Jakow lächelte schüchtern.

»Onkel Simonenko, ich bin's, Jakow!«

Doch zu seinem Entsetzen war Simonenko heute ganz anders als sonst, und von ihm ging ein fremder, schrecklicher Geruch aus. Sie waren allein in dieser stillen Gasse mit den gelben Kletten. Aber Simonenko erkannte ihn nicht. Oder er verstellte sich. Jakow fürchtete sich vor der schweigenden Sonntagssonne und Simonenkos fröhlichen weißen Augen.

»Du lügst, du bist nicht Jakow, du bist ein kleiner Abraham. Also raus damit! Wie alt bist du, kleiner Abraham?«

»Sechs, Onkel Simonenko. Das wissen... Sie doch.«

Jakow spürte, daß er antworten und lächeln mußte, um dieses merkwürdige Spiel fortzusetzen. Wenn er eine jähe Bewegung machte, in Tränen ausbrach oder nach seiner Mama rief, dann würde etwas Schreckliches geschehen.

»Ich bin nicht dein Onkel. Und was hat der kleine Abraham da in der Tüte?«

Jakow sah sich gezwungen, eine Erklärung abzugeben. »Lorbeerblätter. Ich hab' sie für Mama geholt. Wir haben heute Gäste.«

»Das Mamachen hat also Gäste. Oje, wie schön heute getanzt wird!«

Simonenko riß die Tüte an sich. Ein paar harte Blätter fielen in den weißen Staub. Die übrigen versuchte er irgendwie zusammenzustecken.

»Weißt du, was das ist, Abraham? Schweinsohren. Du magst doch Schweinsohren? Hier, probieren wir sie an.« Er packte Jakow am Haar und steckte ihm sorgfältig und ohne Eile etwas Hartes und Stacheliges in die Ohren. Es tat weh, aber Jakow leistete keinen Widerstand und versuchte, nicht mit der Wimper zu zucken. Wenn er brav war, würde alles gut werden. Am meisten Angst hatte er davor, sich in die Hose zu machen. Und Simonenko ließ ihn tatsächlich los.

»Das sieht besser aus! Und nun, kleiner Abraham, tanz!«

Jakow war vernünftig genug, auf einen Fluchtversuch zu verzichten. Denn der Schuster hatte einen Stock mit einem Eisenhaken unter den Arm geklemmt und nahm ihn nun in die Hand. Jakow brachte ein gequältes Lächeln hervor und begann fleißig zu springen.

»Hop-sa-sa! Hop-sa-sa«, sang Simonenko zu seiner Begleitung. »Ein bißchen schneller, kleiner Abraham, ein bißchen schneller!«

Jakow spürte, daß sich der Schuster in die richtige Stimmung für etwas Unerhörtes bringen wollte. Immer häufiger ließ er den Jungen über den Stock springen. Der Haken berührte Jakow schmerzhaft an den Beinen. Wenn er bloß seinen neuen Anzug nicht zerriß! Dann war alles verloren. Da erschien eine dritte Person in der Gasse: Simonenkos Frau. Ihre Wolljacke war aufgeknöpft, und sie atmete schwer.

»Da bist du also, du Fluch meines Lebens! Drüben auf der Ochotnizkaja-Straße schnappen die Leute sich Stiefel und Stoff und Schals. Und du alberst hier mit 'nem Jüdchen herum! Die schleppen alles weg! Michaila hat ganze Ladungen mit seinem Karren nach Hause geschafft, und was treibst du? Gott, was manche Frauen auf sich nehmen müssen!«

»Komme gleich, Katja, komme gleich. Ich will dem kleinen Abraham nur einen Kuß geben. Zum Abschie-e-d!«

Simonenko näherte sich ihm mit offenem Mund, doch nun schrie Jakow auf und ergriff die Flucht. Es war der richtige Augenblick. Denn Simonenko hielt es für unsinnig, dem Jungen hinterherzurennen, wenn er statt dessen zur Ochotnizkaja-Straße eilen konnte, wo alle vernünftigen Leute die Waren aus den jüdischen Geschäften an sich rafften.

Nach Atem ringend, doch ohne anzuhalten, wimmerte Jakow ständig: »Mama! Mamotschka...«

Aber als er zu Hause ankam, war auch das Gebäude in einem schrecklichen Zustand und nicht wiederzuerkennen. Genau wie Simonenko und alles andere. Einige seltsame Erwachsene waren damit beschäftigt, die Fenster einzuschlagen. Eine dicke Frau schleppte Schmuck, den sie in eine orangefarbene Samttischdecke gewickelt hatte, durch ein Loch in der Mauer, wo früher die Tür gewesen war. Und etwas Weißes flog durch die Luft, blieb

an Jakows Anzug kleben und legte sich auf seine Augen. Es war eine andere Welt als die, in der er früher gelebt hatte.
Das mußte Gottes Strafe für Jungen sein, die nicht sofort mit ihren Lorbeerblättern nach Hause liefen, sondern statt dessen zusahen, wie Waska seinen Drachen steigen ließ. Er wußte nicht mehr, wohin er rannte, und seine Tränen verschleierten ihm die Sicht. Aber trotzdem achtete er darauf, seinen Anzug nicht zu beschmutzen. Lieber Gott, war der Anzug wirklich sauber geblieben? Offenbar ja, denn als er, von Lärm und Entsetzen betäubt, um die Ecke bog, sah er seine Mutter auf sich zulaufen. Nun weinte er laut und ungehemmt und vergrub den Kopf an ihrem weichen Leib. Rachel nahm ihren Sohn auf die Arme wie ein Baby und trug ihn davon.
An jenem Morgen hatte Rachel nicht sofort begriffen, wovon Madame Dombatsch, die Frau des Telegrafisten aus der Nachbarstraße, sprach.
»Was für ein Pogrom?« hatte sie gesagt. »Ich bitte Sie, wie kann es denn ein Pogrom geben, nachdem das Manifest des Zaren und die Verfassung herausgekommen sind und alle die gleichen Rechte haben!«
Und wie konnte sie weggehen, wo doch der Fisch noch nicht gebacken und Isaak noch nicht mit seinem Gast aufgetaucht und der Junge noch nicht aus dem Laden zurückgekehrt war?
Aber der dumpfe Lärm aus den unteren Straßen wuchs ständig an, und bald waren auch Schüsse zu hören. Sie mußte die Kinder retten! Nun erst wurde Rachel klar, was sich abspielte. Sie stürzte zu Madame Dombatsch hinüber und küßte ihr die Hände.
»Schnell, schnell«, mahnte Madame Dombatsch. »Ich nehme das Mädchen, und Sie suchen den Jungen. Kom-

men Sie dann sofort zu uns. Ihr Mann wird sich schon denken, wo Sie sind...«

Die sonst so widerspenstige Rimma folgte der Russin gehorsam, während Rachel durch die umliegenden Straßen hastete. Eine Ewigkeit verging, bis sie Jakow fand. Nun, hinter der rettenden Pforte mit dem aufgezeichneten Kreuz und hinter den mit Ikonen vollgestellten Fenstern, konnte sie sich endlich um ihren Sohn kümmern.

»Er kommt gleich zu sich. Jemand muß ihn erschreckt haben«, sagte die Gastgeberin beruhigend. »Ich hole etwas Essig.«

Sie rieb Jakows Schläfen mit Essig ein, und der Junge wachte schluchzend auf.

»Vera Nikolajewna! Sie sind eine Heilige!«

»Hören Sie auf damit, Rachel. Geben Sie ihm etwas Heißes zu trinken. Dort ist der Samowar. Na, mein Kleiner? Geht's dir besser? Was für ein kluger Junge. Und eure Rimma ist auch ein tapferes Mädchen.«

Die elfjährige Rimma saß still auf ihrem Platz, doch ihre trockenen Augen brannten. Auf den fernen Straßen ertönten Schüsse. Sie hatte von Vera Nikolajewna erfahren, daß Jugendliche eine jüdische Selbstverteidigungsgruppe gebildet hatten. Mehrere Studenten, die zufällig in der Stadt waren, gehörten ebenfalls zu der Gruppe, darunter auch der Sohn der Dombatsch'. Sie versuchten, die Pogrombanditen aufzuhalten. Rimma wünschte sich, bei ihnen zu sein und in diese Gojimfratzen zu schießen... Es gehörte sich nicht, so etwas zu denken. Der Student Dombatsch aus dem Haus mit den Ikonen war schließlich auch ein Goi. Aber die übrigen – man müßte sie alle erschießen! Umbringen bis auf den letzten Mann. Oh, warum konnte sie kein Junge sein? Sie wäre dorthin gerannt, sie hätte ihnen geholfen, sie würde...

Nun umarmte ihre Mutter, die Jakow beruhigt hatte, auch Rimma, und sie schmiegten sich aneinander, um zu warten, bis alles vorbei war. In demselben kleinen Zimmer mit einem einzigen Fenster auf den Hof hinaus – es war der abgeschiedenste Raum des Hauses – saßen auch der bucklige Glaser Schaja mit seiner Familie und die Nachbarin Ethel mit ihrem Baby, einem Mädchen. Vera Nikolajewna lächelte aufmunternd, während sie ihren Besuchern Kekse reichte. Die Kinder nahmen sie, ohne aufzuschauen, und aßen sie ganz vorsichtig, damit keine Krümel auf den Parkettboden fielen.

»Was für wunderbare, stille Kinder Sie haben, Schaja!« sagte Madame Dombatsch entzückt.

»Reden Sie mir nicht von diesen kleinen Gaunern. Ein Pogrom hat's gebraucht, um sie zum Schweigen zu bringen. So ist das Leben, Madame Dombatsch. Ausgerechnet als das Erdbeben ausbrach, waren wir in Kischinjow, erinnern Sie sich, das stand sogar in den Zeitungen. Aber das Erdbeben hat denen noch nicht gereicht. Es ist das erste Mal, daß die den Mund halten, wenn Sie's genau wissen wollen«, spottete Schaja. Der vom Glück begünstigte Schaja fühlte sich verpflichtet, die anderen zu unterhalten: Seine ganze Familie, bis hin zu der betagten Großmutter, war hier versammelt. Aber was konnte er für die Frauen tun, deren Sohn oder Mann oder sogar Vater – wie der Ethels – nun draußen in die Straßenkämpfe verwickelt war? Also machte er seine Witzchen, und die Frauen lächelten mühsam.

Inzwischen begriff Rachel, daß Isaak sie kaum hier suchen würde. Sie konnte nur hoffen, daß auch er irgendwo untergekommen war. Schaja versprach, später nach ihm Ausschau zu halten. Aber die Lage beruhigte sich erst am Abend des nächsten Tages. Entweder hatten sich die

Behörden endlich eingeschaltet, oder der seit Montag unablässig fallende Oktoberregen hatte die Leidenschaften der Stadt Nikolajew abgekühlt.
Isaak wurde erst am Dienstag gefunden, als sie sich bereits im Haus des Kutschers Meier aufhielten, das vom Pogrom verschont geblieben war. Der alte Meier selbst führte Isaak wie ein Kind an der Hand herein. Er wackelte mit dem Kopf und schaute sich erstaunt um, doch er folgte Meier gehorsam. Rachel stöhnte und begann zu weinen. Isaak lächelte geistesabwesend.
»Bist du's, Rochl? Und die Kinder sind auch hier. Wie schön. Eine kluge Frau bist du. Und Schimek? Wo ist Schimek?«
»Isaak, um Gottes willen, was redest du denn? Mach den Kindern keine Angst!«
Schimek, der erste Sohn der Geibers, war an Hirnhautentzündung gestorben, als sie noch in Odessa wohnten, und lange vor Jakows Geburt beerdigt worden. Aber Isaak konnte sich an nichts mehr erinnern.
»Rochl, sag mir die Wahrheit. Wo ist Schimek? Haben die Gojim ihn ermordet?«
Rimma und Jakow, die sich in einer Ecke aneinanderdrängten, beobachteten verstört ihren Vater, der durch das Zimmer wankte und an die Stühle stieß. Seine breiten Schultern fegten ein paar Vasen von der Kommode, und er löste sich immer wieder aus den Armen der Mutter. Dann umschlang er den Nachttisch auf dem gewundenen Eichenständer und preßte seine Wange daran.
»Schimek, mein Junge. Sieh deinen Papa an. Wie groß du geworden bist. Du brauchst nicht zum Militär, du spielst besser als Mischa Elman... Der Zar hat ein Manifest über dich geschrieben...«
Isaak glühte am ganzen Körper, und es fiel Meier und Ra-

chel, die nun vor Kummer verstummt war, schwer, ihn ins Bett zu bringen. Gott war Isaak gnädig. Er brauchte nicht lange zu leiden. Kurz vor dem Ende kam er noch einmal zu sich und wechselte ein paar Worte mit Rachel. Niemand hörte, was sie sagten.
Jakow, der nun der einzige Mann der Familie war, tat alles, was Rabbi Mowsche ihn gelehrt hatte. Er versprach sich kein einziges Mal, als er das Kaddisch am Grab seines Vaters verlas. Er weinte nicht und stützte seine Mutter am Ellbogen, während sie den Friedhof verließen. Und er brach das Sabbatbrot, als seine Mutter die Kerzen an ihrem vorletzten Abend in Nikolajew anzündete.

Der Dampfer durchquerte gelbes Wasser. Dann kam das Schwarze Meer, das wirklich schwarz aussah, denn mittlerweile war der Himmel dunkel geworden. Später funkelte ein helles rubinrotes Licht. Das war der Leuchtturm. Dahinter begann Odessa, die märchenhafte Stadt, über die Jakow und Rimma soviel von ihren Eltern gehört hatten. Dort hatte ihr Vater als *balagula* gearbeitet – er besaß ein eigenes Pferd –, aber später hatte er keine langen Fahrten mehr gemacht, sondern Ladungen vom Hafen heraufbefördert. Die Männer vergnügten sich mit Wetten darüber, wer die meisten Säcke heben konnte, und die Frauen waren unglaublich schön. Dort hatte ihr erstaunlicher Bruder Schimek mit fünf Jahren gelernt, Geige zu spielen – jemanden wie ihn nannte man ein Wunderkind. Er machte Konzertreisen durch verschiedene Städte, und Papa verkaufte Pferd und Wagen und begleitete ihn. Sie fuhren nach Warschau, Wilno und Wien, und Schimek – in seinem schwarzen Samtanzug und mit seiner speziell angefertigten kleinen Geige – verdiente Unmengen Geld. Aber dann starb Schimek, denn ein Junge wie er war zu begabt für diese Welt. Danach hatten Mama und Papa Odessa verlassen. Jetzt aber lag die Stadt wieder vor ihnen. Über dem Meer hingen zahlreiche Lichter, und sie fuhren ihnen entgegen.

Niemand holte Rachel ab, obwohl Meier an einige Bekannte in Odessa geschrieben hatte. Ungeachtet der späten Stunde drängten sich etliche Kutscher an der Anlegestelle. Rachel entdeckte einen Juden – unter seiner Schirmmütze quollen die unverkennbaren Locken hervor – und begann, mit ihm zu feilschen. Die einzige Pension mit einem anständigen Ruf, die sie in Odessa kannte, lag in der Dalnizkaja-Straße.

»Sie sind wohl verrückt geworden? Die Dalnizkaja ist meilenweit vom Hafen entfernt. Wissen Sie, was das kostet?« Der Kutscher nannte einen viel zu hohen Preis, und Rachel stemmte die Hände in die Hüften.

»Ich würde gern erfahren«, sagte sie mit trügerischer Sanftheit, »ob Sie schon übergetreten sind, junger Mann, oder ob Sie nur versuchen, sich an die christlichen Sitten zu gewöhnen?«

»Warum springen Sie mir denn gleich an die Kehle, Madame? Ich gebe ihr den bestmöglichen Rat, und sie schimpft mir die Ohren voll!«

Der Kutscher war in die Defensive gedrängt, und Rachels Stimme gewann die Kraft ihrer Jugend zurück.

»Wenn Sie also noch nicht zu den Gojim übergelaufen sind, dann soll unser jüdischer Gott Ihnen etwas von unserem jüdischen Glück schicken! Dafür, daß Sie die Lage einer Witwe und ihrer beiden Kinder so schamlos ausnutzen.«

Rachel war bereits klargeworden, daß die Summe, die man in Nikolajew für sie gesammelt hatte, schwerlich wie geplant für drei Monate reichen würde. Sie hatte vergessen, wie hoch die Preise in Odessa waren. Aber sie konnte keine Zugeständnisse machen, und der Kutscher mußte nachgeben. Ohne einen Muckser fuhr er die drei durch die ganze Stadt.

Jakow war fasziniert. Schließlich fuhr ein Junge nicht jeden Tag mit einer Droschke, und dann noch durch so elegante Viertel! Odessa kam ihm wie eine Stadt vor, in der sich niemand je schlafen legte. Und es hatte so wunderbare Straßen! Und soviel Licht! Zur Krönung von allem stieg in der Ferne, genau über der Küste, ein phantastischer Stern – eine Rakete – in die Höhe. Sie beschrieb einen flachen Bogen und ließ verschiedenfarbige Lichtbündel aufstrahlen. Hinter ihr wirbelten gleichzeitig drei große, geschweifte Feuerkugeln und schraubten sich spiralförmig in den Himmel hinauf. Dann erschienen so viele magische und außergewöhnliche Farben, daß Jakow nicht wußte, wohin er schauen sollte.

»Was ist das? Mama, was ist das?«

»Ein Feuerwerk. Ich würde gern wissen, was hier gefeiert wird«, antwortete Rachel knapp.

Die eleganten Viertel blieben allmählich zurück, und Monja Speiers Pension, wo der nachgiebige Kutscher ihre Sachen auslud, erwies sich keineswegs als der Palast, den die Kinder erwartet hatten. Rachel war jedoch zufrieden. Sie erfuhr, daß man ein Zimmer für sie bereithielt, obwohl Monja selbst erst am nächsten Tag auftauchen würde. Daraufhin steckte sie dem Empfangschef eine Anzahlung zu, brachte die Kinder ins Bett und sang ihnen ihr Lieblingslied von der Ziege, den Rosinen und den Mandeln vor.

Keine Minute lang bedauerte sie, Nikolajew verlassen zu haben. Ihr erschöpftes Herz pochte vor mütterlicher Unruhe. Odessa war eine anständige Stadt – hier würde sie ihren Kindern ermöglichen können, auf eigenen Beinen zu stehen. Selbst wenn ihr dabei niemand half. Sie hatte keine Ahnung, was sie tun sollte, aber sie zweifelte nicht daran, daß sich irgend etwas ergeben würde. Und es war die erste Nacht nach jenem Sonntag, in der sie sofort in einen tiefen Schlaf fiel.

Kapitel 4

Vor den Fenstern war es immer noch dunkel, und es schien eine unangenehme Dunkelheit zu sein – keine tiefblaue, sondern eine feuchtgraue. Und vielleicht regnete es auch. Jedenfalls war es neblig. Heruntergeleierte französische Verben… die Punischen Kriege – der Erste, der Zweite… Man brauchte sie nur zu zählen, um sofort einzuschlafen. Schlafen. Was hieß »Murmeltier« auf französisch? Blödsinn, dort gibt's keine Murmeltiere, dachte Anna ärgerlich und wachte endlich auf.

Aus dem Zimmer ihrer Brüder war Antos' singendes Stimmchen zu hören. »Durch viele Länder bin ich gezogen und mein Murmeltier mit mir…«

Als nächstes hörte sie Poltern und Gelächter. Ach so, Antos versuchte, Wladek zu wecken, und wurde mit einem Kissen abgewehrt. Anna flocht sich rasch die Zöpfe und dachte, wie schön es wäre, nicht ins Gymnasium gehen zu müssen. Antos war ein Glückspilz! Dabei wußte er gar nichts von seinem Glück und stand schon im Morgengrauen auf. Nur damit er zusammen mit seinem Bruder und seiner Schwester den Morgentee trinken konnte, als wäre er schon groß.

Anna und Wladek konnten einen Teil ihres Schulwegs gemeinsam gehen. Aber früher war Wladek immer in Eile gewesen – erpicht darauf, sich am Tor von ihr zu verabschieden.

»Weil Männer schneller gehen«, hatte er erklärt. Aber nun begleitete er sie fast den ganzen Weg zum Butowitsch-Gymnasium, ehe er sich zum Richelieu-Gymnasium aufmachte. Anna wußte nicht, was sie davon halten sollte. Der Grund für sein Verhalten lag wohl in einem Gespräch zwischen Wladek und seinem Vater, das den Damen nicht offenbart werden sollte. Iwan Timofejewitsch hatte seinem Sohn gesagt, nun seien Zeiten angebrochen, in denen man nicht wisse, was geschehen könne. Es gebe Anarchisten mit Bomben – zum Beispiel habe man das Café Dietmann ohne jeden Grund in die Luft gejagt –, der Polizeibeamte Panasjuk sei ermordet worden, die Eisenbahnen seien zum Stillstand gekommen, und außerdem trieben sich plötzlich Vagabundenhorden auf den Straßen herum. Natürlich habe es Anusja nicht weit zur Schule, und im großen und ganzen sei der Weg sicher. Aber trotzdem wäre er dankbar, wenn Wladek ein Auge auf seine Schwester werfen könnte. Der Vater hatte traurig geklungen und müde ausgesehen.

Er ging vorläufig nicht zum Dienst. Da er nichts mit Politik zu tun haben wollte, befürwortete er den Streik nicht, aber er hatte sich auf keine Diskussionen mit den Arbeitern eingelassen – jedenfalls solange nicht, bis sie sämtliche Weichen am Güterbahnhof von Odessa abmontierten. Mit einer solchen Barbarei konnte sich Iwan Timofejewitsch nicht abfinden! Er versuchte die näheren Umstände aufzuklären und kümmerte sich darum, daß die Weichen wieder instand gesetzt wurden. Ein Ziegelstein, von einem Unbekannten in der Dunkelheit auf ihn geschleudert, hatte ihm das Schlüsselbein gebrochen, und er war beurlaubt worden. Doch das Wohlergehen der Familie hing völlig von seinem Verdienst ab, und obwohl die Eltern tapfer lächelten, spürte Wladek ihre Sorge. Zum erstenmal bemerkte er, daß die Haare seines Vaters grau wurden. Demnach war es wohl an der Zeit, daß Wladek erwachsen wurde. Er schluckte schwer und versprach, die Bitte seines Vaters zu erfüllen. Auf seine Schwester aufpassen zu müssen – das gehörte nicht zu den Freuden des Erwachsenenlebens, die er sich ausgemalt hatte. Und was würde Pawel davon halten, auf seinen Weggefährten verzichten zu müssen?

Bald stellte sich jedoch heraus, daß auch Pawel die Bewachung des schönen Geschlechts sehr ernst nahm. Er wartete jeden Morgen an der Ecke der Koblewskaja-Straße, und sobald er Anna erblickte, wurde er ein paar Zentimeter größer und warf sich »in Positur«, wie Sina es nannte. Aber er blieb schweigsam. Was hätte er im Beisein von Sina mit ihren großen spöttischen Augen auch sonst tun können? Aber wie sollte er seine Schwester loswerden, da sie und Anna doch in dieselbe Klasse gingen?

Also legten sie den Weg zu viert zurück. Wenn Sina sich bloß in Wladek verlieben würde, dachte Pawel mürrisch. Das geschähe ihr recht. Wladek war als »Herzensbrecher« bekannt und verliebte sich, wie er Pawel freimütig erzählte, ungefähr alle drei Wochen. Jedesmal hielt Wladek respektvolle Distanz zu seiner Auserwählten, und jedesmal war er sicher, daß er sie sein ganzes Leben lang lieben würde. Seine letzte Angebetete war eine Zirkusreiterin gewesen, die auf dem Pferderücken Salti vollführte. Aber dann war sie vom Pferd gestürzt, und der Zirkusarbeiter, der herbeieilte, um ihr aufzuhelfen, hatte ihr – absichtlich oder aus Versehen – die blonde Perücke vom Kopf gestreift. Unter der Perücke erwies sich die schöne Dame als kahl; nur ein paar kümmerliche schwarze Haarbüschel wuchsen auf ihrem nackten Schädel. Diesem Schauspiel war Wladek nicht gewachsen, und so war sein Herz wieder frei. Doch es war unwahrscheinlich, daß Sina die neue Auserkorene sein würde. Sie und Wladek zogen sich in einer Art auf, wie es sonst nur Geschwister machten. Und Sina mit ihrem unausstehlichen Charakter war wahrscheinlich überhaupt nicht fähig, sich zu verlieben. Vielleicht wird sie zur Strafe eine alte Jungfer, dachte Pawel voller Genugtuung.

Anna wußte nichts von all diesen komplizierten Überlegungen. Sie spazierte in ihrem grünen Uniformmäntelchen mit der schwarzen Pelerine plaudernd neben Sina daher und lauschte mit halbem Ohr den Gesprächen der Jungen über Fußball. Sie waren geradezu fanatisch, nannten Schuhe »Stiefel« und das Herumgelaufe »Sport« – ein Glück, daß wenigstens der Ball ein Ball blieb. Anna bemerkte, daß sie ein wenig neidisch war, und lachte laut.

An der Mauerecke klebte ein Zettel, der im Nieselregen aufweichte. Doch sie schenkten ihm keine Beachtung.

»Um das Manifest Seiner Majestät zur Gewährung von Bürgerrechten zu würdigen, wird der Unterricht am Gymnasium für drei Tage eingestellt«, teilte die Klassenlehrerin den Mädchen mit, die einen Knicks gemacht und sich hingesetzt hatten. »Geht alle nach Hause und versucht, nicht in dieselbe übertriebene Ausgelassenheit zu verfallen wie die Erwachsenen.«

Solange Anna sich erinnern konnte, hatte ihre »Madame Bonton« nie gelächelt. Nur ihre Augen und ihre Stimme ließen manchmal einen Anflug von Heiterkeit erkennen.

»Na, das paßt ja mal wieder wunderbar«, kommentierte Sina. »Die Erwachsenen kriegen ihre Freiheit wahrscheinlich für immer, aber wir haben nur drei Tage etwas davon!«

Die Mädchen nutzten ihre Freiheit sofort aus, indem sie die Treppe des Gymnasiums hinunterrannten, was streng verboten war. Es regnete nicht mehr, und eine Gruppe von

Menschen hatte sich um das feuchte Stück Papier versammelt. Jemand begann sogar, die Marseillaise zu singen. Anna und Sina wären gern näher herangetreten, um den Text zu lesen, denn inzwischen wußten sie, daß es sich um ein Regierungsmanifest handelte. Doch trotz ihrer neugewonnenen Freiheit hielten sie es für ungehörig, sich in die Menge zu drängen. So gingen sie zu Sina nach Hause, um in aller Ruhe darüber nachzudenken, wie sie den größten Vorteil aus der glücklichen Lage ziehen konnten, in der sie sich so unerwartet wiederfanden.

Bei den Petrows herrschte bereits jene Ausgelassenheit, vor der »Madame Bonton« vermutlich gewarnt hatte. Es war zwar keineswegs so, daß sich die älteren Petrows die Bedeutung der Geschehnisse in aller Tragweite klargemacht hatten, doch sie waren von einer beunruhigenden Erregung erfaßt, von dem Gefühl, daß große Ereignisse bevorstanden. Rußland würde nie wieder dasselbe Land sein, und all das spielte sich jetzt vor ihren Augen ab! An jenem Abend wurden wie immer Gäste erwartet. Maria Wassiljewna erteilte der Köchin Anweisungen. Iwan Alexandrowitsch schritt im Wohnzimmer auf und ab und summte eine Melodie aus »Tosca«. Aber dann hielt er es nicht mehr aus, zog seinen Mantel an und verkündete, daß er einen Spaziergang machen wolle.

Die Mädchen schlüpften in Sinas Zimmer, ohne von den jüngeren Kindern bemerkt zu werden. Es wäre dumm gewesen, den Eltern jetzt Fragen zu stellen. Aber die Sätze, die sie aus dem Manifest gehört hatten, waren für sie ziemlich unverständlich. Sie machten es sich auf dem himbeerroten Sofa mit den zahlreichen runden Kissen bequem.

»Anna, Gewissensfreiheit – was heißt das wohl?«

»Ich weiß nicht. Nina Borissowna hat gesagt, es bedeutet, daß alle beten können, wie sie wollen, je nach ihrem Glauben. Wir Russen beten zu unserem Gott, die Juden zu ihrem jüdischen Gott und die Muslime zu Allah.«

»Sie hat bestimmt irgendwas durcheinandergebracht. Alle haben doch schon immer so gebetet, wie sie wollen, und es gibt Kirchen und Moscheen und Synagogen. Was hat das mit Freiheit zu tun?«

»Das finde ich auch«, seufzte Anna. »Wenn es um das Gewissen geht, was soll dann die Freiheit? Dies ist verboten, das ist verboten, geh dorthin, tu das. Und wenn du nicht gehorchst, dann wirst du von genau demselben Gewissen gequält und weinst im Bett. Und weißt du, Natascha hat mir gesagt, weshalb Mila Stezko aus der sechsten Klasse solche Augenwimpern hat. Warum? Sie schmiert sie mit Vaseline ein! Sie schmiert sie ein, wenn sie abends ins Bett geht, und wäscht sie am Morgen. Und keiner ahnt was.«

»Und woher weiß Natascha das?« fragte Sina skeptisch. Dieses Thema beschäftigte die beiden eine ganze Weile, und sie bemerkten nicht, wie man unten herumhastete, sich erregte und laute Rufe ausstieß.

Als sie schließlich, voll von Plänen für die nächsten drei wonnigen Tage, ins Wohnzimmer hinuntergingen, erstarrten sie auf der Schwelle: Vor ihnen saß ein prächtig aussehender Marineoffizier. Er trug eine Uniform mit goldenen Litzen und hatte einen erstaunlichen Schnurrbart. Er lachte gerade, und Maxim hatte sich schon auf seinen Knien niedergelassen und spielte mit seinem Dolch, der wie ein schwarzes, mit Gold besetztes Kreuz aussah.

»Onkel Sergei!« kreischte Sina, stürzte auf ihn zu, wurde jedoch verlegen und blieb mitten im Zimmer stehen.

»Mein Gott. Ist das wirklich Sina? Und schon in Schuluniform… Du gehst also aufs Gymnasium? Ja, wie alt bist du denn?« fragte der Offizier überrascht. Er erhob sich ein wenig, wobei er Maxim ungelenk am Hinterkopf stützte, als wäre er ein Baby.

»Elf. Fast zwölf. Ach, Onkel Sergei, du siehst so... Ich meine, du siehst wie ein richtiger Marineoffizier aus!«

Onkel Sergei war natürlich der bemerkenswerteste Erwachsene, den sie sich nur hätten vorstellen können. Er machte sich formvollendet mit Anna bekannt, behandelte beide Mädchen wie junge Damen und stellte keine langweiligen Fragen nach Art von: »Wie läuft's in der Schule?«

Den ganzen Abend hindurch glühte Iwan Alexandrowitsch vor Stolz, obwohl er in tiefster Seele spürte, daß sein Bruder ihn, den Hausherrn, ohne es zu wollen, in den Hintergrund gedrängt hatte. Natürlich waren Gäste anwesend, und alle sprachen hochgestimmt über das Manifest, in dem Gefühl, an einer großen geschichtlichen Wende teilzunehmen. Sergei wich diesem Thema aus, obwohl sämtliche Bemerkungen in erster Linie an ihn gerichtet waren.

Erst nach Mitternacht, als die Brüder allein zurückgeblieben waren, konnten sie eine vertrauliche Unterhaltung führen.

»Ich begreife nicht, warum du so aufgekratzt bist, Iwan. Begreifst du nicht, wohin das alles führt?«

»Mein Lieber, du bist schon immer ein Skeptiker gewesen. Es ist ein wunderbares Manifest. Nur schade, daß es erst jetzt erscheint. Es ist ein Sieg für die Gedankenfreiheit in Rußland oder jedenfalls der erste wesentliche Sieg.«

»Aber die Gedankenfreiheit muß doch eine gewisse Vorstellung davon haben, was aus ihr werden soll, oder? Es ist der Anfang vom Ende!«

»Aha, du prophezeist also das Ende der Welt?«

»Nur das Ende Rußlands. Vielleicht mit Verzögerungen. Aber es ist unvermeidlich. Und dafür ist der Zar verantwortlich! Ich muß zugeben, daß ich damit nicht gerechnet habe.«

»Sergei, was höre ich denn da? Du bist doch immer der größte Monarchist in unserer Familie gewesen!« spottete Iwan und drückte seine Zigarette aus.

»Genau deshalb bin ich Monarchist! Weil ich den Monarchen als von Gott Gesalbten verehre und glaube, daß er das Recht und die Pflicht hat, das Schicksal Rußlands zu bestimmen. Die Pflicht, verstehst du? Und wenn der Zar das Land in den Abgrund schlittern läßt, dann erfüllt er seine Pflicht nicht. Wir alle dürfen blind sein, aber er hat kein Recht dazu! Es sei denn, der Allmächtige hat beschlossen, ihn zum Instrument von Rußlands Untergang zu machen. Ich bestreite nicht, daß wir das möglicherweise verdient haben, aber sollen wir triumphieren, während wir unser eigenes Grab schaufeln?«

Sergeis Gesicht wurde von der Tischlampe nur schwach beleuchtet, und die Schatten seiner geraden Nase und seiner tiefen Augenhöhlen ließen ihn fast wie einen alten Mann aussehen. Und nun sprach er von Gräbern... Plötzlich wünschte Iwan sich sehnlichst, daß hinter diesem zermarterten Gesicht jener fröhliche, langbeinige Serjoscha auftauchte – sein nur ein Jahr jüngerer Bruder, der sich, bevor sie schlafen gingen, stets auf Iwans Bett setzte und unbekümmert über wichtige und unwichtige Angelegenheiten plauderte. Nicht, daß es damals unwichtige Angelegenheiten gegeben hätte. Und schließlich war Sergei wirklich Seemann geworden, während Iwan es nicht zum Luftschiffer gebracht hatte.

»Aber Serjoscha, mein Lieber, warum so trübsinnig?«

»Also gut. Ich will's dir jetzt sagen und dann nie wieder darüber reden. Das Land ist in einem Zustand des Ruins und der Unordnung. Wer ist unzufrieden? – Die Bauern

verbrennen die Gutshöfe, aber im Manifest steht kein Wort über den Boden. Die Sozialisten – na, die sind überhaupt nicht zufriedenzustellen. Und die Juden – also, ist die Besiedlungsgrenze etwa abgeschafft worden? Alle, die jetzt unzufrieden sind, werden's auch bleiben. Wir haben es noch nicht mit einer Revolution zu tun, aber mit einem Vorgeschmack davon. Es ist ein Probelauf für die blutige und betrunkene Gemeinheit, nach der sich unsere Intelligenzija so sehnt. Und nun schwindet sie dahin, süß wie eine Jungfer. Zudem hat man den Eindruck, daß das Manifest der Regierung aufgezwungen worden ist, und genau so wird es eingeschätzt werden: als furchtsames Zugeständnis und als Aufforderung zu weiteren Rebellionen. Nur zu, Leute, jetzt ist's erlaubt! Alle, die für die Revolution sind, und alle, die sie ablehnen – du stimmst mir doch zu, daß es davon nicht wenige gibt –, werden einander die Köpfe einschlagen. Und schon kommen Soldaten, Polizisten, Kosaken, die sie gewaltsam auseinanderbringen sollen. Danach sind Ausschreitungen gegen die Regierung unvermeidlich, und man wird den Zaren für alles verantwortlich machen. Er habe Freiheit versprochen und sie nicht gewährt. Morgen fängt es an – nicht im übertragenen, sondern im buchstäblichen Sinne.
Welcher Tag ist morgen? Der neunzehnte Oktober? Wart's nur ab! Und ich rate dir, für ungefähr drei Wochen mit Mascha und den Kindern zu mir hinaus an den Brunnen zu kommen. Ich habe das Haus schon heizen und aufräumen lassen. Nikita ist mir vorausgereist.«
»Hättest du nicht etwas davon sagen können?«
Iwan war fast beleidigt. Solange Sergei bei der Marine diente, war sein Haus am Brunnen Iwans Obhut anvertraut gewesen. Gewiß, Iwan selbst hatte es seit langem

nicht mehr aufgesucht, aber er achtete genau auf die Rechnungsführung, damit alles seine Ordnung hatte.

»Ich wußte ja selbst nicht, daß ich so bald zurückkehren würde. Eigentlich hätte ich im Ministerium einen Bericht über Panzerkreuzer erstatten müssen. Ich dachte, man würde mir dort zuhören, denn schließlich bin ich vom Fach. Ich weiß genau, welche Geschosse welche Panzerung durchbohren. Aber falsch gedacht! Stell dir vor, sie lassen noch zwei Schlachtschiffe mit derselben siebeneinhalb Zentimeter dicken Panzerung bauen... Aber ich sehe schon, das ist dir gleichgültig.«

»Nein, nein, ganz und gar nicht... Sprich weiter, Serjoscha!«

»Was gibt es da noch zu sagen? Ich wollte noch eine Woche im Ministerium bleiben, um vielleicht jemanden am Kragen zu packen und mich durchzusetzen. Aber dann wurde mir klar, daß ich meine Zeit verschwende. Schön, meine Herren, wenn Sie die Flotte zerstören wollen, dann bitte ohne mich. Und dann bin ich sofort hierhergekommen. Wo soll ich schlafen?«

»Na komm, dein Bett ist schon bezogen!« Iwan lachte. »Ich habe die Nase voll von deiner Apokalypse, aber es ist schön, daß du hier bist!«

Sie stiegen die Treppe zum Eckschlafzimmer hinauf. Obwohl bereits doppelte Fensterrahmen eingebaut waren, konnten sie hören, wie die mächtige Kastanie im Wind rauschte – derselbe Baum, von dem die Kinder glaubten, er sei hundert Jahre alt.

»Soll ich bei dir sitzen bleiben, bis du einschläfst?« fragte Iwan, und beide lachten.

»Inzwischen kann ich wohl kaum noch zu dir ins Bett kriechen. Du bist verheiratet! Deine Frau ist reizend, und die Kinder sind auch wunderbar geraten. Hör zu, du glaubst mir doch kein einziges Wort... Aber wenn es morgen in der Stadt Tote gibt – egal, auf welcher Seite –, dann laß uns nicht länger streiten. Ich nehme euch alle mit zu mir.«

»Serjoscha, wie redest du denn bloß? Brauchen die Kinder etwa nicht mehr ins Gymnasium zu gehen?«

»An den Gymnasien wird es keinen Unterricht mehr geben! Und die Kinder brauchen nicht zu sehen, wie alles anfängt. Also, ich habe dein Wort.«

Am Morgen ging das Gerücht um, daß mehrere Juden in der Dalnizkaja-Straße ermordet worden seien. Verkleidete Polizisten hatten die Morde angeblich aus Rache verübt, weil Juden in irgendeiner Kneipe auf dem Porträt des Zaren herumgetrampelt hatten. Der Stadtgouverneur bat in einem Aufruf um Ruhe. Kurz vor dem Mittagessen teilte die allwissende Dascha ihren Herrschaften mit, daß ein patriotischer Demonstrationszug aus dem Hafen in die Stadt heraufkomme und daß die Juden unter roten Fahnen auf dem Kathedralenplatz begraben werden sollten – die Duma habe es genehmigt. Das war natürlich Unsinn, aber wenn man auch nur eine Minute daran glaubte, mußte man annehmen, daß der Demonstrationszug und die Trauerprozession praktisch vor dem Haus aufeinanderstoßen würden. Niemand wollte sich ausmalen, was dann geschehen könnte.

Iwan gab also nach und ließ Sergei die Vorkehrungen für ihre Abreise treffen, während er selbst den Hausangestellten die letzten Anweisungen gab.

Kapitel 5

Es war unglaublich – sie wohnten mitten im trüben Herbst direkt am Meer. In Pawels Vorstellung hatte das Meer stets mit den Ferien und mit dem Sommer zu tun. Nicht etwa, daß es im Winter verschwunden wäre, denn er konnte es vom Nikolajewski-Boulevard aus sehen. Aber dann war es einfach etwas, über das er kaum nachdachte. Manchmal sagten die Leute: »Die Bucht ist zugefroren.« Dann verboten ihm die Eltern immer streng, zum Hafen hinunterzulaufen und die Festigkeit des Eises auszuprobieren. Aber er war nie lange in Versuchung, dieses Verbot zu brechen, denn man konnte die Eisbahn im Palais Royal benutzen. Überhaupt spielte sich das eigentliche Leben in der Stadt ab, wo es den Zirkus und das Gymnasium gab und wo man Weihnachten feierte. In Herbst und Winter gab es eine Menge Feiertage. Die Beleuchtung, das heißt die bunten, zwischen den Bäumen gespannten Lämpchen, wurde eingeschaltet. Die feuchten, schwarzen Äste tauchten im Nebel unter, und die nächste Lichterkette ließ den Nebel grün, rosa und blau schimmern. Die Stadt wurde kleiner, gemütlicher und glich einem Spielzeug. Es war schön, Bücher über ferne Reisen zu lesen und in einem warmen Zimmer über einer Karte von Amerika einzuschlummern. Doch hier draußen war es eine ganz andere Welt: einsame Schluchten, bedeckt von Wermut und Ginster, und ein allein stehendes Haus. Und in dieser Welt war das Meer die Hauptsache. Es lag gleich nebenan, unterhalb der Schlucht, und man konnte es riechen. Außerdem war es ständig zu hören. Es klang wie ein riesiges Tier, das seine schweren Pranken ständig hin und her wuchtete und es sich nicht bequem machen konnte. Sobald sie ankamen, sagte Onkel Sergei, daß am Abend ein Sturm ausbrechen und er mit ihnen zum Ufer gehen werde, um ihn anzuschauen. Ihre Mutter war so verblüfft, daß sie keine Einwände erhob.

Sie alle, sogar Maxim, waren in schwere, nach Guttapercha riechende Regenmäntel gehüllt, und sie stiegen mit einer Laterne die Steinstufen hinunter – der Schwärze und dem Brüllen entgegen. An der Klippe, die nach Meer und aus irgendeinem Grund nach Schießpulver roch, sagte Onkel Sergei, daß sie nicht weitergehen dürften. Also blieben sie auf der Klippe stehen. Sergei löschte die Laterne; wie sich zeigte, war es gar nicht so dunkel, und man konnte alles sehen. Die Wellen waren pechschwarz und donnerten ans Ufer wie Artilleriefeuer. Dann explodierte alles zu weißem Schaum, der eine erstaunliche Höhe erreichte. Der Himmel war unsichtbar. Pawel schien es, daß er gleich davonfliegen würde, nein, daß er bereits flog – hinein in diese Seligkeit, in den Schrecken und das Donnern. Onkel Sergei lachte und schrie etwas, doch der benommene Pawel verstand ihn nicht und wollte ihn auch nicht verstehen. Das Meer und er gehörten zusammen, und niemand, nicht einmal Sergei, konnte sich zwischen sie drängen.

Und später, als sie in die Stadt zurückgekehrt waren, spürte Pawel diese neue Bindung zwischen sich und dem Meer immer noch. Hätte man ihm gesagt, daß dies Liebe sei, wäre er sehr überrascht gewesen. Etwas zog ihn ständig dorthin zurück. Zu jener Klippe. Zu jenem Flug. Er wußte noch nicht, daß es für alle Zukunft so sein würde.

Wieder in der Stadt, mußte Pawel entdecken, daß sich hier zahlreiche Ereignisse abgespielt hatten, die ihm entgangen waren.
»Hier hat's eine wilde Schießerei gegeben!« erzählte Wladek aufgeregt. »Stell dir vor, über der Duma wehte die rote Fahne, und alle meinten, die Juden hätten die Macht ergriffen, aber dann brach der Aufstand im Hafen los. Und wie plötzlich geschossen wurde! Manche feuerten aus den Fenstern, und andere jagten Salven in die Fenster. Maschinengewehre gab's auch. Irgendeine jüdische Redaktion ist zusammengehauen worden, anscheinend die von der ›Südlichen Rundschau‹. Von dort wurde geschossen. Und dann kamen sie von den Höfen, um die Stadt zu vernichten – und diesmal nicht nur die Juden, sondern überhaupt alle, erklärten sie. Na, danach sind natürlich die Soldaten anmarschiert, und dann ging's erst richtig los! Ich sage dir, mein Freund, ich war bei den Studenten, und sie hatten ihre eigene Truppe organisiert. Das war eine richtige Kampfeinheit!«
»Und was hast du dort gemacht?« fragte Pawel. Er versuchte zu verbergen, daß er vor Neid verging. »Haben sie dir eine Waffe gegeben?«
»Nein«, seufzte Wladek aufrichtig. »Bis dahin war noch nichts passiert, und ich sollte einfach nur dableiben, falls Botengänge gemacht werden mußten. Aber später, als die Verwundeten rangeschafft wurden, hatte ein Medizinstudent es auf mich abgesehen. Erst im zweiten Jahr, und schon kommandiert er herum. Schlimmer als unser Nasenbär. Sie haben mich nach Hause gebracht wie 'nen Erstklässler, und weil bei der Eisenbahn gestreikt wurde, war mein Vater gerade da. Danach hat er mich nicht mehr rausgelassen. Dann kam das Pogrom, und alle stellten Ikonen auf ihre Fensterbänke. Darum durften Anna und ich nicht

mal aus dem Fenster gucken. Dabei wurde vor unserem Haus überhaupt nicht geschossen. Aber auf der Romanowka soll's Hunderte von Toten gegeben haben! Und du kennst doch diesen Verrückten, Grischa das Pferd – der ist jetzt vor der Kathedrale und weint. Er schreit, daß die Ikonen nun geschändet sind und Rußland nicht mehr beschützen werden.«

»Und wie geht's Anna?« fragte Pawel mit großer Mühe. Er mochte gar nicht daran denken, daß sie hiergeblieben war, während man die Stadt fast in Trümmer gelegt hatte. Nun gut, sie war natürlich bei ihren Eltern und bei Wladek gewesen, aber trotzdem. Ein so zartes Mädchen, und in der Stadt wurden Menschen umgebracht.

»Anna geht's gut. Zuerst hat sie mit großen Augen dagesessen, still wie ein Mäuschen, aber dann hat sie sich dauernd um den kleinen David gekümmert. Der hatte wohl 'ne Magenverstimmung oder so was. Sie mag Babys sehr gern.«

»Welcher kleine David ist das?«

»Der Junge von Gurwitz. Kann erst krabbeln und nur ein bißchen quieken – mehr nicht. Kennst du Gurwitz? Er hat den Tabakladen nebenan, wir haben unsere Hefte bei ihm gekauft. Seine Familie ist für zwei Tage bei uns untergekommen. Wir sind in Ruhe gelassen worden, denn der Hausmeister hatte eine Ikone direkt ans Tor gehängt. Komisch, das kann ich dir sagen: eine Zimmerikone, und plötzlich war sie da draußen im Regen.«

Pawel konnte sich kaum vorstellen, daß sich all das vor kaum zwei Tagen abgespielt hatte. Ihre Straße sah so aus wie immer: Es gab keine Blutlachen, keine verängstigten Gesichter, keine Ruinen. Nur muntere Glaser brüllten auf Schritt und Tritt: »Fensterschei-ei-ben!« Und auf dem Hof tauschten kleine Jungen Geschoß- und Patronenhülsen aus, die, wie sie schworen, echt waren. Aber Pawel mußte es glauben.

»Dann taten sie allen leid«, flüsterte Dascha, die einen Blick zur Tür hereingeworfen hatte, um nach Pawel zu schauen. Sie bezweifelte, daß Iwan Alexandrowitsch solche Geschichten gutheißen würde, doch sie konnte ihren Liebling nicht enttäuschen. »Den Juden keine Macht übers Volk zu geben, das ist eine Sache. Aber einfach so auf sie loszuschlagen? In Moldawanka sind sie kurz und klein gehauen worden, dabei waren viele unschuldig – das darf nicht sein. Und dann sind die Kosaken gekommen und haben sie aus der Stadt gekarrt und ihnen Brot zu essen gegeben. Hab' ich selbst gesehen. Kleine Kinder waren darunter – was für ein trauriger Anblick! Arme Dinger.«

Sie wollte fortfahren, zögerte jedoch. Dann neigte sie sich ganz dicht zu Pawel hinunter. Sie roch nach dem Blumenparfüm ihrer Lieblingsseife, und Pawel drückte die Wange an ihre Schulter, wie er es als kleiner Junge getan hatte.

»Du darfst niemandem was davon sagen, Pawlik... Versprich's mir!« Pawel bekreuzigte sich schweigend. »Wassili hat mich besucht. Er ist gesund und munter. Ein paar Studenten und einige andere Kameraden haben ihn hier in der Stadt versteckt. Jetzt ist er nach Petersburg gefahren, weil er dort geschäftlich zu tun hat. Ich habe nicht gefragt, was für Geschäfte das sind, sondern nur still geweint. Aber er hat gelacht und gesagt: ›Keine Sorge, Mama, dort gibt's Arbeit, und sie ist nicht gefährlich. Man hat neue Papiere für mich ausgestellt. Uns stehen gute Zeiten bevor.‹ Er war gut angezogen und nicht hungrig. Hat nicht mal was von meinem Kuchen gegessen«, fügte sie mit einem gewissen Kummer hinzu.

Für Pawel begann nun ein sterbenslangweiliges Leben: Gymnasium, nach Hause, Unterricht. Die Lichter wurden jetzt früher angezündet. Es war Spätherbst, und während es dunkel wurde, hörte Pawel manchmal die gleichmäßigen Schläge der Sturmglocken von der Küste her.

Rachels Geld ging zur Neige. Mirliz, der bei Isaak Schulden hatte, war, wie sich herausstellte, nach Amerika ausgewandert. Ihre wenigen Bekannten, die noch in Odessa wohnten, konnten ihr kaum helfen, denn fast alle waren in einer ähnlich schlechten Lage. Wer hätte je gedacht, daß in Odessa und Nikolajew gleichzeitig Pogrome stattfinden würden? Rachel hatte vor der Abreise Gerüchte darüber gehört, ihnen jedoch keinen Glauben geschenkt: Odessa war eine anständige Stadt, wo sich so etwas nicht ereignen konnte. Aber es hatte sich ereignet, und nun wußte sie nicht, wie ihre Familie weiterexistieren sollte.

Speier jagte sie nicht aus dem Haus, obwohl sie ihm die Miete für drei Wochen schuldete. Das hiesige Viertel war nicht in Mitleidenschaft gezogen worden, denn die Jungen dieser Gegend ließen nicht mit sich spaßen und hatten, ohne ein Wort zu verlieren, Maschinengewehre auf den Dächern aufgestellt. Speier konnte das Pogrom also nicht als Vorwand benutzen, um sie vor die Tür zu setzen. Aber trotzdem, was sollte in Zukunft werden?

»Madame Geiber, hier ist Besuch für Sie!« rief der Kutscher Jankel vom Hof, und Rachel ging nervös zur Tür.

Auf der Schwelle stand ein solide wirkender Herr in einem Mantel, der aus London hätte stammen können. Er strahlte Selbstbewußtsein aus und wirkte in Monja Speiers Pension völlig fehl am Platz. Ein ganz und gar russischer Herr – mit ganz und gar jüdischen Augen.

»Rachel, meine Liebe. Erkennst du mich nicht?«

Und da erkannte Rachel ihn und hätte sich am liebsten auf der Stelle hingesetzt. Aber sie hielt sich am Türpfosten fest und blieb schweigend stehen. Sie wußte nicht, was sie sagen oder auch nur wie sie ihn anreden sollte. Schließlich war er nun wohl ein ganz anderer als der Moissei der Vergangenheit.

Viele Jahre zuvor, als Rachel noch ein kleines Mädchen war, hatte ihr Vater mit bleicher und zitternder Miene das Haus betreten. Er hatte sorgfältig die Schuhe ausgezogen, sich in Socken auf den Fußboden gesetzt und zu ihrer Mutter gesagt: »Betja, wir haben keinen Sohn mehr.«

Ihre Mutter schluchzte und heulte, so daß Rachel erschrak und ebenfalls zu schluchzen begann. Die Familie betrauerte Moissei wie einen Verstorbenen, und sein Name wurde im Haus nicht mehr erwähnt. Eine größere Schande war für eine jüdische Familie nicht denkbar: Ihr Sohn hatte sich taufen lassen! Ein Wunder, daß danach überhaupt noch jemand bereit gewesen war, Rachel zu heiraten.

Und jetzt stand er lächelnd vor ihr, ihr Bruder Moischa, der ein magerer, kluger Junge und der Stolz seines Vaters gewesen war. Die Nachbarn hatten vorausgesagt, er sei zum Rabbiner bestimmt, aber nun war er ein Goi und durfte nicht einmal ins Haus gelassen werden. Der feuchte Wind wirbelte wieder durch Monjas Hof, so daß einige Segeltuchplanen flatterten. Schwerer Regen prasselte von neuem nieder, und Moissei hielt seinen Hut fest, schickte sich jedoch nicht an einzutreten. So blieb er stehen, und das Wasser strömte seine Wangen hinunter. Selbst wenn Rachel ihn niemals hereingelassen hätte, wäre er mit seinem feuchten Gesicht ewig so stehen geblieben...

Rachel brach in Tränen aus und umarmte ihn. Oh, wie schön es war, an der Schulter ihres Bruders zu weinen, während er ihr etwas Tröstendes zumurmelte, und den Geruch des nassen Pelz an seinem Kragen, aber auch etwas

Russisches und Fremdes wahrzunehmen. Sie zog ihn in ihr Zimmerchen hinein, wo ein mit einem Wachstuch bedeckter Tisch und ein eisernes Bett standen. Der getünchte Boden klebte ein wenig an den Sohlen. Rachel überlegte eine Weile, wo ihr Bruder Platz nehmen konnte. Er sah so groß aus, und die beiden Stühle waren so wackelig mit ihren dünnen Beinen, die ständig auseinanderzubrechen drohten.

Aber die unerläßlichen weiblichen Pflichten halfen ihr aus ihrer Verlegenheit. Sie mußte rasch Wasser aufsetzen und Tee kochen – in der grünen Büchse war noch ein wenig übriggeblieben. Und sie mußte seinen Mantel zum Trocknen auf dem Bett ausbreiten, die Krümel vom Tisch wischen und immer wieder Moisseis Gesicht zur Lampe drehen, damit sie sich überzeugen konnte, was für ein Mann er geworden war. Rachel tat all das gleichzeitig und redete unablässig für beide. Wenn sie plötzlich geschwiegen hätte, wäre der alte Schmerz wieder aufgebrochen, und sie hätten gedacht, daß es zwischen ihnen nichts mehr zu sagen gäbe.

Sie erzählte ihm von allem, was ihr zugestoßen war, und flocht Fragen ein, die zu beantworten er keine Zeit hatte. Nun erst spürte sie, wie sehr sie jemanden gebraucht hatte, dem sie ihr Herz ausschütten konnte. Aber niemand war dagewesen! Natürlich konnte sie sich hier in Odessa stets mit jemandem unterhalten, sei es auch nur mit ihrer Nachbarin Sonja oder mit den lieben alten Lotmans oder mit Monjas Frau, die so viele Kinder hatte und ständig mit der Hausarbeit beschäftigt war. Und sie hatte einige von Isaaks alten Bekannten besucht, alles entgegenkommende und gutmütige Menschen. Aber irgendwie war sie nie in der Lage gewesen, ihnen vollständig zu erzählen, was sie durchgemacht hatte. Niemand widersprach ihr, aber alle

ließen sich sofort über die Geschehnisse in Odessa aus, und dann wurde deutlich, daß die Dinge hier viel schlimmer gewesen waren als in Nikolajew.
Aber Moissei hörte genauso zu, wie sie es sich wünschte. Wie ein Verwandter zuhören sollte. Und daran, wie sich seine Miene veränderte, wie er dauernd »Mein armes Kind« sagte und jedes Detail aufnahm, konnte sie erkennen, daß er immer noch ihr Verwandter war. Ob Christ oder nicht, er war ihr Bruder und nicht irgendein Fremder. Endlich verstummte sie erschöpft, denn sie hatte keine Angst mehr zu schweigen. Moissei hielt sie in den Armen, wiegte sie sanft hin und her wie ein kleines Mädchen und begann zu sprechen. Rachel hörte ihm kaum zu, als ob sie bereits wüßte, was er sagen wollte. Ja, natürlich würde er Monja bezahlen und sie und die Kinder sofort mitnehmen. Er hatte einen Großhandel in Odessa und besaß mit einem Partner mehrere Mietshäuser. Rachel würde eine hübsche kleine Wohnung in einer guten Gegend haben, sie bräuchte sich keine Sorgen mehr um ihren Lebensunterhalt zu machen und sich überhaupt, solange Moissei lebte, nicht mehr den Kopf zu zerbrechen. Auch sollte sie keine Angst mehr davor haben, was die Leute sagen würden, denn dies war keine finstere Provinz, sondern hier gab es viele kluge Leute, die aus Kleinigkeiten keine Tragödie machten, sondern wie Europäer dachten. Moldawanka konnte man natürlich nicht als Europa bezeichnen, aber sie würde in der eigentlichen Stadt wohnen, die zweifellos zu Europa gehörte und keine Vorurteile kannte.
In diesem Moment wurde die Tür zugeschlagen (wie oft mußte sie den Jungen noch ermahnen, die Tür nicht so zu knallen!), und die Kinder rannten mit einer großen Neuigkeit herein.
»Mama, weißt du, daß Bobik, der dem Kutscher Sanja

gehört, überhaupt kein Bobik ist, sondern eine Bobka? Und nun hat sie Junge gekriegt, vier Stück!« brüllte Jakow noch von der Schwelle her. Dann erblickte er Moissei und verstummte. Rimma sagte überhaupt kein Wort, sondern blieb einfach stehen und wartete auf eine Erklärung.
Und Rachel hielt eine Erklärung für nötig. In letzter Zeit hatte sie sich immer mehr Sorgen um das Mädchen gemacht. Jakow nahm alles unkompliziert hin: Er war schmaler und erwachsener geworden, doch das hatte nicht lange gedauert. Anderthalb Monate später war er schon wieder der gleiche fröhliche Junge wie früher und wachte nachts nicht mehr weinend auf. Rimma dagegen hatte sich abgekapselt, und obwohl sie dem Anschein nach gehorsamer war, empfand Rachel ihr gegenüber ein ständiges Schuldbewußtsein, das sie zornig machte. Dann erkannte sie die Ursache: Die Augen des Mädchens waren unverschämt geworden! Und nun schien diese Unverschämtheit an die Oberfläche zu drängen.
»Kinder, das ist euer Onkel Moissei«, sagte Rachel so selbstsicher wie möglich.
»Aha, unser Onkel. Das ist also Ihr Pelzmantel? Sind Sie mit einer Droschke gekommen? Ich heiße Jakow, und ich bin sieben Jahre alt, und ich kann alles lesen. Haben Sie da eine Uhr?«
Jakow drängte sich bereits an den lächelnden Moissei heran und versuchte, die Uhrkette, die mattglänzend an seiner schwarzen Weste hing, in Augenschein zu nehmen.
»Onkel? Aber Papa hatte doch keine Brüder«, meldete sich Rimma, deren Stimme überaus argwöhnisch klang.
»Das ist mein Bruder. Und das ist Rimma, Moissei – meine Älteste.«
»Ein prächtiges Mädchen. Wie alt bist du?« fragte Moissei freundlich, doch er erhielt keine Antwort.

»Papa hat gesagt, du hast keine Brüder. Eine Schwester, ja, aber die ist gestorben, und Papa hat gesagt, du hattest einen Bruder, aber er ist zum Christentum übergetreten, und deshalb gibt es ihn auch nicht mehr. Sind Sie etwa der Christ?« fragte sie diesen Fremden, der es sich am Tisch bequem gemacht hatte, geradeheraus. Gleichzeitig bemerkte sie, wie die Unruhe in den Augen ihrer Mutter wuchs und wie der Fremde verlegen wurde. Das gefiel ihr: Sollten sie doch verlegen sein!

»Rimma, was fällt dir ein!«

»Laß nur, Rochl. Warum soll das Mädchen nicht fragen? Ja, Rimma, ich bin der Bruder deiner Mutter, der Christ geworden ist. Bist du deshalb so wütend auf mich?«

»Nein, wieso denn? Ich kenne Sie doch überhaupt nicht. Ich verstehe bloß nicht, warum Sie plötzlich mein Onkel sind. Wahrscheinlich heißen Sie auch gar nicht mehr Moissei. Ich habe gehört, solche Leute kriegen einen neuen Namen, wenn sie getauft werden. Wie heißen Sie denn jetzt?«

»Michail«, gab ihr Onkel zu. Seine Verlegenheit war zu Rimmas Verblüffung nun gewichen, und er sah sie belustigt an. »Und mein Nachname ist jetzt Kazenko. Hast du noch mehr Fragen? Sei nicht schüchtern. Ich werde nicht beleidigt sein.«

Das war für Rimma die Höhe... Als ob sie besorgt wäre, diesen Goi zu beleidigen! Plötzlich überwältigte sie ein Zorn, den sie noch nie erlebt hatte, und nun schien es ihr, als ob dieser Michail-Moissei an allem schuld wäre: am Pogrom, am Tod ihres Vaters, an ihrem erbärmlichen Leben im gepriesenen Odessa, an den groben Flüchen der Kutscher auf dem Hof, an der Tatsache, daß sie sich ein Zimmer mit ihrer Mutter und Jakow teilen mußte, daran, daß auf dem Tisch statt einer Decke ein Wachstuch lag, daran,

daß sie seit Tagen ihre Schuhe drückten und daß sie sich fürchtete, es ihrer Mutter zu sagen, weil das Geld für ein neues Paar nicht reichte. Und nun war auch noch dieser Mann aufgetaucht, um sich einzumischen und zu spotten!
Sie konnte sich später nicht mehr an ihre Worte erinnern, aber sie versuchte, so gehässig wie möglich zu sein: »Hat Onkel Michail am Pogrom teilgenommen, und ist er für die Taufe gut bezahlt worden?« Sie setzte noch mehr beleidigende Dinge hinzu. Voller Entsetzen spürte sie, daß sie nicht aufhören konnte, während ihr Onkel nur schwieg, bis ihr nichts mehr einfiel. Mit einemmal schluchzte sie zu ihrer eigenen Überraschung los, und die Scham ließ sie aufschreien und mit den Füßen stampfen.
Da hob dieser Michail sie ohne Umstände auf (er hatte sehr kräftige und liebevolle Hände), legte sie aufs Bett und deckte sie mit seinem Mantel zu. Sie zitterte am ganzen Körper, leistete aber keinen Widerstand mehr und vergrub das Gesicht in dem süß riechenden braunen Pelz. Ihre Mutter legte ihr ein feuchtes Tuch auf die Stirn, und Rimma fühlte sich plötzlich sehr wohl, wie ein kleines Mädchen, obwohl sie sich immer noch ein wenig schämte.
Im Halbschlaf hörte sie Gesprächsfetzen: die schüchterne Stimme ihrer Mutter und die männliche, selbstbewußte des neuen Onkels.
»Ich nehme euch gleich mit zur Koblewskaja... Ihr habt Schlimmes durchgemacht... Wie könnte ich beleidigt sein, Rochl... Das Mädchen hat den Verstand eines Mannes... Aufs Gymnasium... Gut, nehmen wir zur Vorbereitung erst mal einen Nachhilfelehrer... Eine gute Privatschule... Butowitsch... Keine Widerrede, Rochl, die bestmögliche Ausbildung für beide Kinder... Nicht schlechter als für andere... Wir müssen Europäer sein... Pack deine Sachen!«

Dann wurden sie zu Jakows Freude mit einer Kutsche in eine elegante Straße und dann in einen gepflasterten Hof gefahren. Dort war ein kleiner Garten mit Bäumen. Und die Fenster ihrer neuen Wohnung gingen zum Garten hinaus. Drei Zimmer mit Parkettfußboden, und in einem stand sogar ein Klavier! Onkel Moissei versprach, alles in Ordnung zu bringen und die Wohnung zu einer »Schmuckstube« zu machen. Er war Rimma nicht im geringsten böse. Später werde er ihr alles erklären, auch über Gott (er grinste, als habe er überhaupt keine Angst vor ihm), und ein so kluges Mädchen werde alles begreifen. Rimma schlief mit dem Gefühl ein, daß nun das Leben im wirklichen Odessa begonnen hatte – in einer Stadt, die nun endlich so märchenhaft war wie in den Erzählungen ihrer Mutter. Es würde ein neues, interessantes Leben sein, in dem alles möglich war. Auch für Mädchen.

Kapitel 6

Wenn dreißig Mädchen aufstehen, sieht es so aus, als würden Vögel auffliegen. F-r-r-r! Identische Vögel mit schwarzen, an Schürzen erinnernden Flügeln. Die Deckel der Schulbänke nicht zuschlagen. Das gehört sich nicht. Und wenn du nicht aufpaßt und der verflixte Deckel ein hölzernes Klappern von sich gibt, schauen sich alle um; und die Klassenlehrerin schickt dir ihren besonderen Blick, der in der Klasse als »Gorgo in Sirup« bekannt ist. Dann brennen dir eine halbe Unterrichtsstunde lang die Wangen. Also mußt du einfach aufflattern und sofort erstarren. Dreißig Gesichter beobachten dich – so beginnt das Gymnasium, wenn man mitten im Schuljahr eintrifft.

»Ich möchte euch eure neue Mitschülerin vorstellen: Rimma Geiber. Empfangt sie freundlich und helft ihr, sich mit unserer Ordnung vertraut zu machen.«

»Madame Bonton« sprach immer, als lese sie ein Diktat vor. Man mußte sie mehrere Monate lang kennen, um zu merken, daß sie im Grunde harmlos war. Das neue Mädchen, das die gleiche schwarze Schürze trug wie alle anderen, hielt sich sehr gerade und lächelte tapfer.

»Hübsch ist die«, murmelte jemand in der letzten Reihe. Und sie war wirklich hübsch, diese Rimma mit den klaren braunen Augen und den schwarzen Locken. Allerdings stand fest, daß sie nicht für sich beanspruchen konnte, die größte Schönheit der Klasse zu sein. Dieser Rang gebührte eindeutig Sina.

In der ersten Pause wurde die Neue, wie es üblich ist, umringt und ausgefragt.

»Aus Nikola-a-jew? Ach, wie provinziell«, näselte Ljolja Gubinskaja und zuckte die Achseln. Ljolja war in der Klasse nicht beliebt. Natürlich gab es nichts daran auszusetzen, daß ihr Papa dem evangelischen Krankenhaus soviel Geld gespendet hatte. Das war anständig, und jeder, der etwas für die Stadt tat, konnte sicher sein, daß ganz Odessa darüber sprechen würde. Aber doch nicht derjenige selbst oder seine Familie! Ljoljas schamloses Geplauder über diese Dinge war irgendwie demütigend für die Stadt: Als würde Odessa seine Dankbarkeit vergessen, wenn Ljolja nicht ständig daran erinnerte! Die Mädchen fanden, daß so etwas schlimmer sei als gewöhnliche Prahlerei, aber sie dachten nicht weiter über die Ursache nach. Noch empörter zeigten sie sich, als Ljolja wegen der Zauberlaterne, die sie zu Weihnachten bekommen hatte, in Entzücken ausbrach. Eine Zauberlaterne – das war geradezu ein Wunder, und es hatte keinen Sinn, auch nur davon zu träumen. Dann brauchte man auch nicht zuzugeben, daß man Ljolja insgeheim beneidete!

Rimma konnte nichts von alldem wissen, aber sie spürte, daß die Klasse auf ihrer Seite war, und schaute herausfordernd auf Ljoljas zerknittertes Haarband.

»Sind Sie mal dagewesen? In Nikolajew?« fragte sie einschmeichelnd.

»Natürlich nicht!« Ljoljas Kinn zuckte hoch, als hätte jemand von hinten an ihrem Zopf gezogen.

»Dann muß es wohl provinziell sein«, stimmte Rimma fröhlich zu, und die Mädchen brachen in Gelächter aus.

Wie temperamentvoll sie ist! Und was für eine flinke

Zunge sie hat, dachte Anna und beschloß, die Neue unter ihre Fittiche zu nehmen. Das könnte durchaus nötig sein, denn Ljolja war nicht bereit nachzugeben.

»Und weshalb sind Sie aus Nikolajew weggezogen?«

Nun brauchte Rimma mit der Wahrheit nicht mehr hinter dem Berg zu halten. Sie hatte gemerkt, daß niemand es wagen würde, sie auszulachen oder sie auch nur ohne Mitgefühl zu behandeln.

»Mein Vater ist gestorben. Unter tragischen Umständen. Und meine Mutter konnte dort nicht mehr leben.«

»Wieso nicht?«

Mittlerweile tat es Ljolja selbst leid, daß sie Streit mit diesem Naseweis gesucht hatte, aber nun konnte sie nicht klein beigeben. Sie brauchte irgendeinen Ausweg, um ihr Gesicht zu wahren!

»Weil sie ihn geliebt hat. Aber Sie sind wohl noch zu jung, um etwas von Liebe zu verstehen.«

Das war eine Ohrfeige. Keines der Mädchen in der zweiten Klasse des Gymnasiums konnte sich erlauben, nichts von Liebe zu verstehen. Alle ergriffen für Rimma Partei, und Ljolja durfte keine Gnade mehr erwarten.

»Natürlich versteht sie nichts davon. Kommen Sie, Rimma, ich zeige Ihnen, wo wir Tee trinken«, sagte Sina und legte den Arm um die Neue. Und sie machten sich auf, um Rimmas Sieg bei Tee und Kringeln zu feiern, die gewöhnlich in der ersten Pause verkauft wurden.

Wie sich herausstellte, wohnte Rimma in demselben Gebäude wie die Petrows, doch in einem Flügel für Mieter. Das wurde als eine erstaunliche Fügung des Schicksals angesehen, und Sina, Anna und Rimma waren schon nach wenigen Wochen enge Freundinnen und in der Schule unzertrennlich.

Aus irgendeinem Grund waren es nicht die Vögel, sondern

die Katzen, die den Beginn des Frühlings in Odessa als erste spürten. In einer Februarnacht hörte man plötzlich Kampfschreie, Triumphgeheul und wildes Kreischen. Neben den Hauskatzen, die offenbar ihre Zugehörigkeit zur Zivilisation vergessen hatten, gab es ungezählte Banden von rastlosen Vagabunden, denen es nicht schwerfiel, den milden südlichen Winter zu überleben, und die nun bis zur Heiserkeit jaulten. Von den schäbigen Dächern der Vorstadtsiedlung bis zum Dach des Gouverneurspalastes erklang der Katzenchor. Die Hausverwalter tobten, waren jedoch machtlos. Und die lautesten Herumstreuner veranstalteten Gerüchten zufolge ein Abendkonzert auf dem gemeißelten Dach des Opernhauses.

Am nächsten Morgen erwachte die Stadt in der neuen Frühlingsluft. Sie verlockte entweder zum Weiterschlafen oder dazu, Dummheiten zu machen. Frühlingshaft waren auch die Gespräche, ebenso wie die Gesichter und eine gewisse Verwirrung, die die alltäglichsten Dinge durchzog. Von der Fastnachts- bis zur Palmwoche schien alles seltsam konfus zu sein, und Anna konnte nie so recht ergründen, ob die Zeit dazwischen unendlich lang war oder, im Gegenteil, rascher verging, als sie es sich gewünscht hätte. Auf dem Rückweg vom Gymnasium konnten die Mädchen frühe Veilchen kaufen, sie aus dem Eiswasser in den Schüsseln der Blumenläden herausfischen und sich darüber freuen, wie ihre Finger vor Kälte augenblicklich rot wurden. Der beste, behaglichste Platz der ganzen Welt war das kleine himbeerrote Sofa in Sinas Zimmer, wo sich die drei niederlassen konnten, um über wichtige, fesselnde und ein wenig peinliche Dinge zu plaudern.

»Willst du denn heiraten? Ich auf keinen Fall! Sina, du Scheusal, warum lachst du wieder?«

»Es ist ein Omen: Wer das sagt, heiratet als erste.«

»Was für ein Blödsinn.« Rimma lächelte herablassend, genau wie ihr Onkel Moissei, wenn er sich über provinzielle Vorurteile ausließ.
»Wart's nur ab. Du wirst ein weißes Kleid tragen und Blumen in der Hand haben, und wir werden dir gratulieren und dich ganz, ganz schrecklich beneiden, denn Anna und ich werden noch ledig sein, während du schon eine Dame bist. Mit einem Hut aus Paris.«
»Ja, ja«, fiel Anna ein, »und dann wirst du ein Baby haben, mit solchen Locken, und wir werden ihm Spielzeug schenken.«
»Auf gar keinen Fall! Ich werde Sängerin und reise nach Italien und trete dort in Mailand auf. Und alle Männer werden mich anstarren, aber ich werde keinen einzigen Blick erwidern.«
»Das bedeutet, daß du einen Italiener heiratest. Also ist es noch wahrscheinlicher, daß dein Baby einen Wuschelkopf haben wird.«
»Was soll das denn, ihr mit eurem Baby!«
Rimmas Augen funkelten wütend, aber die beiden anderen Mädchen prusteten so einstimmig los, daß auch sie nicht ernst bleiben konnte. Gespräche dieser Art endeten stets mit Gelächter, denn es handelte sich trotz allem um ein heikles Thema. Deshalb war es besser, Witze darüber zu machen oder über andere Leute zu reden. Die Liebe glich einem gefährlichen Spiel oder einer Krankheit, gegen die es keine Medizin gab. Sie sorgte dafür, daß sich Männer erschossen und Frauen Gift nahmen oder sich unter einen Zug warfen. Je fürchterlicher die Liebe endete, desto schöner schien sie gewesen zu sein. Und da Bücher über die Liebe mit der Heirat abschlossen, geschah danach offenbar nichts Aufregendes mehr. Also war dann tatsächlich alles vorbei.

»Hast du denn schon mal gelesen, daß ein Ehemann und eine Ehefrau sich lieben? Schau dir Tolstoi an – oder wen du willst. Erinnerst du dich, wie Graf Nikolai seiner Frau Maria erklärt, daß er sie nicht liebt und daß sie für ihn so etwas ist wie ein Finger, den er sich nicht abschneiden kann. Pfui, wie häßlich!«

»Nein, Rimma, einen Moment. Ich will mich nicht mit dir streiten, denn du hast recht, aber es gibt auch Ausnahmen.«

Rimma fuhr konzentriert mit dem Finger über das bestickte runde Kissen, als zähle sie die gelben Blütenblätter in den sich hervorwölbenden Kreuzstichen.

»Erstens war Nikolai ein Dummkopf, wie die meisten Männer. Aber nimm den Grafen von Monte Christo – der hat seine Griechin geliebt, weil er ein bemerkenswerter Mann war.«

»Was war so bemerkenswert an ihm!« rief Anna aufgebracht. »Er hat sein Leben lang nichts anderes getan, als Menschen zu quälen.«

»Aber aus Rache!«

»Wird es dadurch etwa besser? Er nahm wieder und wieder Rache, bis er selbst ein grausamer Mensch wurde – und ein Betrüger und Sklavenhalter. Und ob er die Griechin geliebt hat... Erstens war sie nicht einmal seine Frau, zweitens hat er ihr später bestimmt die Kehle durchgeschnitten oder sie ertränkt.«

»Was soll das heißen – ›später‹? Der Roman endet doch damit, daß die beiden in See stechen, und als letztes sieht man das Segel.«

»Na ja, überleg dir die Sache! Ich denke immer darüber nach, wie die Handlung weitergeht. Nachdem er einmal beschlossen hatte, alle Schuldigen hinzurichten, konnte er bestimmt nicht mehr aufhören, oder? Und als er sich mal

gelangweilt und nichts Besseres zu tun gehabt hat, ist sie ihm bestimmt auch schuldig vorgekommen.«
»Aber er schneidet ihr nicht die Kehle durch!«
»Und ob!«
»Mädchen, was höre ich denn da? Wer schneidet wem die Kehle durch?« Maria Wassiljewna hatte die Tür geöffnet. »Ich gehe durch den Flur und höre plötzlich, wie drei wohlerzogene junge Damen einen blutigen Mord planen – und so laut, daß es sogar die Hausangestellten mitbekommen.«
Sie bedauerte sofort, das Gespräch unterbrochen zu haben. Die Mädchen erröteten und waren verlegen, als wären sie auf frischer Tat ertappt worden. Wie komisch sie sich in diesem Alter verhielten! Fast wie junge Damen und dann manchmal wie Kätzchen in einem Korb. Was würde in drei oder vier Jahren aus ihnen werden? Sie wußte natürlich nicht, daß die Mädchen bereits Pläne geschmiedet hatten: Das wirkliche Leben begann ihrer Meinung nach mit ungefähr sechzehn Jahren. Aber würde Maria Wassiljewna sie in drei oder vier Jahren noch hier sehen? Sie lächelte so unbekümmert wie möglich.
»Mädchen, unten gibt's Erdbeeren. Aus dem Treibhaus der Bugajewskis. Laßt uns schlemmen!«
Erdbeeren im April – das war viel wichtiger als das Schicksal der unglückseligen Griechin und als alle eheliche Liebe der Welt. Aus dem Speisezimmer waren bereits lebhafte Stimmen zu vernehmen, doch Maria Wassiljewna beeilte sich nicht, den Mädchen zu folgen. Wahrscheinlich holte sie noch etwas, das auf dem Samtsofa zurückgeblieben war.
Dr. Wilme hatte gerade das Haus verlassen und ihr versichert, daß keine Gefahr bestehe. Es sei nur der rechte Lungenflügel und auch nur ganz oben. Von Schwindsucht

könne noch keine Rede sein. Und außerdem, wie könne sie sterben: eine Mutter, die vier Kinder zu versorgen habe? Zu albern, nichts als weibliche Nervosität! Sie solle sofort nach Jalta reisen, und sobald der Unterricht am Gymnasium beendet sei, werde Iwan sich ihr mit der ganzen Familie anschließen. Sie würden einen wunderbaren Sommer verleben. Dr. Wilme wußte, wovon er sprach. In Jalta geschahen tatsächlich Wunder.

Iwan würde das natürlich nicht gefallen. »Und wenn schon«, flüsterte ihr eine Stimme mit noch nicht erstarrtem jugendlichem Hochmut vom warmen Samt her zu. Schließlich war sie diejenige, die krank war, und sie mußte entscheiden, was nun geschehen sollte. Aber sie würde Maxim mitnehmen. Ja, ja, Maxim sollte sie schon jetzt begleiten.

Ruhiger geworden, ging sie die Treppe hinunter. Und Maxim fand nie heraus, daß er dem himbeerroten Sofa die glücklichste Reise seines Lebens verdankte. Er fuhr mit seiner Mama und seinem Kindermädchen Dascha ab, und alle übrigen kamen mit zum Hafen, um die drei zu verabschieden, und sie taten ihm sogar ein wenig leid, besonders sein Papa. Aber so mußte es schließlich sein, denn Maxim, seine Mutter und Dascha würden mit einem weißen Dampfer abfahren.

Und dann waren sie in Jalta, ja, im heißen Jalta, wo man schon im Mai baden konnte. Und Mama war die Schönste in der Menge der Urlaubsgäste. Man verdrehte sich den Kopf nach ihr, und Maxim, der ein weißes Badekostüm trug, setzte eine strenge, ritterliche Miene auf.

In den beiden ersten Wochen versuchte Maria Wassiljewna stets, sich daran zu erinnern, daß sie aus einem keineswegs fröhlichen Anlaß hierher gekommen war. Ihr war ein wenig unbehaglich zumute, wenn sie sich der Freude über die Zypressen, die Freiheit, die erstaunlichen Badehäuser und ihre neuen Bekannten überließ. Und sie hörte so rasch zu husten auf, daß sie sich dem berühmten Kurarzt Asmejew gegenüber fast schuldbewußt fühlte. Obwohl Dr. Asmejew die Möglichkeit von Schwindsucht ausgeschlossen hatte, bestand er darauf, daß sie den ganzen Sommer in Jalta verbrachte.

»Wenigstens bis September. Ka-te-gorisch! Sie müssen zu Kräften kommen. Sonst ist ein Rückfall möglich!«

Diese beiden Wörter – »kategorisch« und »Rückfall« – überzeugten Maria Wassiljewna, daß sie nichts Ungebührliches tat und ihre Freude nichts Verbotenes war. Maxim und sie ritten auf Eseln, sammelten Kiesel am Ufer, kauften allerlei Schnickschnack, darunter eine völlig nutzlose Korallenkette, und spielten im Stadtpark Federball. Einige Male hielt man sie für Maxims ältere Schwester. Sie hatte Gefallen an ihrem frischer und schlanker gewordenen Körper, es gefiel ihr, wieder zierlich und leicht zu sein, weit hinauszuschwimmen und abends, wenn sie Maxim bei Dascha zurückließ, Freiluftkonzerte zu besuchen oder an der Promenade spazierenzugehen, wo sie, wie sie wußte, neben ihren alten Bekannten aus Odessa auch neuen, unbekümmerten und geistreichen Menschen begegnen würde.

Die vornehme Gesellschaft im Jalta des Jahres 1906, die fast nur aus Urlaubern und Zugereisten bestand, erlaubte sich genußvoll eine Ungezwungenheit, die in den Salons der Hauptstadt fast als Dreistigkeit gegolten hätte. Und während es im übrigen Rußland Brauch war, über Politik, internationale Probleme und Fragen wie »Wohin soll das alles führen?« zu diskutieren, wurde dies in Jalta von einem ungeschriebenen Gesetz verboten. Auch das gefiel Maria Wassiljewna. Nun begriff sie, daß sie all der Gespräche in ihrem eigenen Wohnzimmer über Streiks, Demonstrationen, die Liberalisierung der Gesellschaft, die Emanzipation und die Hinrichtung von Revolutionären überdrüssiger war, als sie geahnt hatte. Nun, da sie sich außerhalb des Zirkels dieser endlosen Debatten befand, erinnerte sie sich leichten Herzens und fast ein wenig belustigt daran.

Natürlich machte man ihr den Hof, und auch das gefiel ihr. Es bereitete ihr besonderes Vergnügen, solchem Werben nicht freien Lauf zu lassen, und deshalb beschränkte es sich – scheinbar – nur auf Tänze oder ein gemeinsames Spiel. Als sie ihren Mann dann doch zum erstenmal im Leben betrog – sorglos und sogar kaltblütig –, war sie verblüfft über sich selbst. Weniger, weil es geschehen war, als wegen ihres schamlosen Mangels an Reue.

Sie wußte, daß sie in tiefster Seele kein Schuldgefühl ihrem Mann gegenüber empfinden konnte, denn seit ihrer Abreise nach Jalta dachte sie mit einer gewissen Verbitterung an Iwan. Aber hätte die Niedrigkeit einer Kuraffäre wenn nicht ihr Gewissen, so doch wenigstens ihren Geschmack verletzen müssen? Sie indessen empfand nichts Niedriges – weder an sich selbst noch an jenem jungen Mann, der kaum die Universität beendet hatte und unzweifelhaft in sie verliebt war. Er stellte keine Ansprüche und gehorchte ihr wie ein kleiner Junge. Sie kannte den Tag seiner Abreise und ließ nur einmal zu, daß es geschah: an jenem letzten Abend. Dann fuhr er davon, zitternd vor Glück und Kummer, aber er wagte nicht, ihr Verbot zu brechen. Sie hatte gewünscht, daß er sich nicht umschauen und nicht zurückkehren sollte.

Am nächsten Morgen rannte sie mit Maxim um die Wette, und ihre neue Eigenschaft – die einer gefallenen Frau – ließ sie nur heftiger als sonst lachen und herumalbern. Es würde natürlich nie wieder vorkommen, davon war sie überzeugt. Das eine Mal genügte für den Rest ihres Lebens: nicht als schmerzliche, sondern als wunderbare Erinnerung. Ein kleiner Schatz in ihrem Leben, ihr einziges Vergehen, das sie vor allen verbergen und nicht durch Wiederholung schmälern durfte.

Als Iwan Alexandrowitsch im Juli mit den Kindern eintraf, rief er überrascht: »Mascha, Liebling, du siehst wieder aus wie ein junges Mädchen!«

»Das liegt daran, daß ich auf sie aufgepaßt habe«, warf Maxim prahlerisch ein.

Maria Wassiljewna freute sich über die Ankunft ihres Mannes, was sie nicht erwartet hatte. Er hatte sie wirklich vermißt, das war offenkundig, und als er ihr am Abend auf der Veranda zuflüsterte: »Ich kann ohne dich nicht leben, ich wäre fast verrückt geworden«, wußte sie, daß dies ebenfalls der Wahrheit entsprach. Es brachte sie ein wenig aus der Fassung, daß sie sich ihrem Mann gegenüber nun anders benahm – »unverschämt«, wie sie selbst es nannte. Früher hatte sie sich nicht das geringste vorzuwerfen gehabt, jedoch stets mit schuldiger Miene gehandelt und gesprochen und sich davor gefürchtet, ihn zu erzürnen. Jetzt gab es eine Schuld, die verborgen werden mußte, und das Versteck war im Inneren Marias, jener Magd Gottes, von deren Existenz Iwan Alexandrowitsch nie etwas geahnt hatte. Je unabhängiger und selbstbewußter die äußere Maria Wassiljewna auftrat, desto besser gefiel es zu ihrer Überraschung ihrem Mann. Ebenso wie die Tatsache, daß sie ihr Parfüm gewechselt hatte. Ihm kam nicht einmal in den Sinn, daß etwas anderes als ihre vollständige Genesung die Ursache sein könnte, und er machte sich Vorwürfe, weil er Mascha nicht schon viel früher zur Kur geschickt hatte, bevor sich ein Arzt einschalten mußte.

Die glückliche Familie Petrow verließ Jalta im September und kehrte zum gesetzten Leben von Odessa zurück. Während der Weihnachtsfastenzeit beichtete Maria Wasiljewna dem Priester ihre Sünde, und der liberal gesinnte Pope vergab ihr, ohne ihr eine Buße aufzuerlegen.

Kapitel 7

Der Dezember 1908 war herrlich: ohne Wind und reich an Schnee. Die Bürger von Odessa, die nicht jeden Winter vom Schnee verwöhnt wurden, holten begeistert lang Vermißtes nach und häuften Spaß auf Vorrat an. Die ganze Stadt – oder jedenfalls das, was in den Zeitungen von Odessa als »ganze Stadt« bezeichnet wurde – war unterwegs und erfreute sich an ihren Schlitten, den malerischen blauen Schneewehen an den Rändern der Trottoirs, den zum Weihnachtsfest geschmückten Geschäften und der besonderen hermelinzarten winterlichen Stille. Wegen der Fastenwoche kamen ausgelassene Vergnügungen nicht in Frage, doch etliche Wohltätigkeitsvereine wetteiferten darum, jeden Abend ein Ereignis zu veranstalten: sei es ein Konzert im Börsensaal zugunsten von ehemaligen Häftlingen und Obdachlosen, sei es einen Basar mit Tee zugunsten von Waisenhäusern oder Gesangsauftritte bei Kerzenschein.

Wanda Kasimirowna, die sogar in der erlesenen Gesellschaft von Odessa als »gottbegnadete Musikerin«, vor allem als feinfühlige Begleiterin galt, teilte ihre Tage zwischen der katholischen Kirche und den abendlichen Konzerten am Flügel. Sie standen in allen für Besucher geöffneten Häusern der Stadt, diese Konzertflügel: gepflegt, gestimmt und mit jeweils eigenen Mucken wie ein Vollblut. »Madame Teslenko ist unser Schatz«, verkündeten die Mitglieder des »Frauen-Wohltätigkeitsvereins«, der für die unbarmherzige Manier bekannt war, mit der er jede durchreisende Berühmtheit in den Dienst nahm. Eine Weigerung wäre undenkbar gewesen: Masini, Tamagno, Giraldoni und sogar der göttliche Battistini hatten nicht gezögert, den Armen zu helfen – das jedenfalls behaupteten die hartnäckigen Damen des Vereins. Wanda Kasimirowna begleitete alle »Kriegsgefangenen«, wie sie die Opfer der Damen scherzhaft nannte, und alle waren zufrieden und küßten ihr die Hand, wenn sie den Beifall entgegennahmen.

Wladek, der seine Mutter immer vergöttert hatte, empfand diese Jahreszeit als doppelt festlich. Zuerst kam das katholische Weihnachten seiner Mutter. Der Stern von Bethlehem spiegelte sich in den Buntglasfenstern aus Rom und Warschau, und seine Mutter brachte aus der Kirche einen Abglanz davon mit nach Hause. Dann schien der Stern zu verblassen und am Horizont zu verschwinden, bis er dreizehn Tage später von neuem erstrahlte; diesmal glänzte er für die orthodoxe Weihnachtsfeier auf den Meßgewändern der Priester und den gewölbten goldenen Kuppeln.

Mittlerweile war Wladek siebzehn Jahre alt und besuchte die letzte Klasse des Gymnasiums. In einem grauen Mantel mit schwarzem Kragen begleitete Wladek – er hatte einen zarten, weizenfarbenen Flaum über der Oberlippe – seine Mutter stolz und aufmerksam zum Gottesdienst in die Jekaterinskaja-Straße. Ihn lockten die Kirchenstufen und die Engel an der Decke, die er durch die geöffnete Tür sehen konnte, aber als Orthodoxer durfte er nicht eintreten. Nicht daß es verboten gewesen wäre, doch seine Mutter drückte am Eingang jedesmal seine Hand und lockerte dann den Griff, als müsse sie sich von ihm losreißen. Und weiter wagte er sich nicht vor. Sie ging allein in die Kirche, um das Jesuskind zu treffen, und sie schritt aufrecht und ernst dahin, in schwarzer und violetter Kleidung, die leicht hin und her schwang, während sie die Stufen hochstieg. Und er blieb zurück mit all seinen Sünden und unreinen Gedanken, kein Junge mehr und noch kein Mann, doch der Sohn seiner Mutter, mit ihren Augen und ihrer Haarfarbe.

An Heiligabend schmückte die ganze Familie den Weihnachtsbaum. Und das war viel schöner als in den anderen Häusern, wo die Kinder erst später hereingelassen wurden, wenn alles fertig war. Ihr Vater brachte die noch tropfende Tanne mit, und Antos küßte sie in seiner Aufregung sogar direkt auf die feuchten Nadeln. Ihre Mutter holte ein paar Schachteln aus der Speisekammer, und die Kinder griffen mit ungeduldigen Fingern nach ihrem Lieblingsschmuck in der grau werdenden Watte. Danach, wenn alles an seinem Platz war, zündete ihr Vater die Kerzen an, während ihre Mutter Chopin spielte, und der Weihnachtsbaum begann zu duften und unter der goldenen und violetten Kantille zu zittern.

Aus Respekt vor der Mutter aß niemand, bevor der Stern erschienen war. Schon mit fünf Jahren hatte der Junge sämtliche Verlockungen mit dem polnischen *»Nie chciem«* abgelehnt. Dann deckte die Mutter den Tisch; die knisternde Decke und die polnischen Fastengerichte waren die gleichen wie bei ihren Großmüttern und Urgroßmüttern. An jenem Abend konnten die Kinder lange nicht einschlafen: Die Festlichkeit zeigte sich an den Eisblumen der Fenster und im leeren Eßzimmer, wo der Weihnachtsbaum stand und auch nicht schlafen konnte, und sogar am Geruch der besonders gestärkten Bettwäsche.

Die Mutter fastete natürlich bis zum orthodoxen Weihnachtsfest. Sie begrüßte alle, wenn sie, fröhlich und betäubt von Glocken und Gesang, nach der Nachtmesse zurückkamen, küßte jeden dreimal und beglückwünschte ihn zur Geburt Christi. Und wie es sich gehörte, bereitete sie das orthodoxe Fastengericht aus Graupen, Honig und Rosinen zu. Am nächsten Morgen warteten die Geschenke auf die Kinder, und die Päckchen waren fertig für die Dienstboten, für die Jungen, die zum Lob Christi sangen, für den Hausmeister und überhaupt für alle, die sich einstellten, um ein frohes Fest zu wünschen. Damit begann die Feier, die sich bis zur Erschöpfung der Teilnehmer hinziehen würde: Die Theater, der Zirkus und die Eisbahn wurden geöffnet – genau wie alles andere, was die Weihnachtsferien mit sich brachten. Dann erst würde das neue Jahr anbrechen: 1909.

Die Kinder der Petrows erhielten von ihren Eltern ein gemeinsames Geschenk: ein kompaktes Bündel Eintrittskarten für »Die Kinder des Kapitäns Grant«.
»Ich habe genug davon, dauernd ins Theater zu fahren«, sagte Iwan Alexandrowitsch und machte ein komisches Gesicht. »Nehmt einfach all eure Freunde mit, die großen und die kleinen, und fahrt selbst. Bei Fedko paßt ihr nicht alle rein, also müssen wir noch eine Kutsche mieten. Und dich und Wladek, als junge Männer, bitte ich, auf die Kinder und die Mädchen aufzupassen«, fuhr er, an seinen Sohn gewandt, fort.
Pawel, dessen Stimme sich bereits zu einem tiefen Bariton zu brechen begann, antwortete knapp: »In Ordnung, Papa, vielen Dank.« Aber er konnte ein zufriedenes Kinderlächeln nicht unterdrücken. Das Stück war natürlich eher für Kinder gedacht, aber da er sozusagen die Eltern vertreten würde, brauchte er sich nicht zu genieren.

»Ach, Kinder«, seufzte Maria Wassiljewna, »das ist euer erster gemeinsamer Ausflug, und ihr werdet ohne Begleitung fahren, wie Erwachsene. Und vielleicht ist es euer letzter: Unser Pawlik wird ja bald Student. Wenn ihr doch nur ein bißchen langsamer wachsen könntet!«
Schade, daß der Weg zum Theater so kurz war. Die breiten Schlitten kamen gerade erst in Schwung, als bereits die Laternen auf der Theaterveranda aufleuchteten. Man hatte die Schneewehen weggefegt, und hier parkten sogar einige Autos. Wladek und Pawel fiel es schwer, Antos und Jakow zurückzuhalten, die sofort hinüberlaufen und die Wagen begutachten wollten: Für Kinder war ein Auto in jenen Tagen die Erfüllung des Menschheitstraums. Nur Maxim, als einziger unter den Jungen, verachtete Automobile: Welchen Sinn hatte eine Maschine, die nicht fliegen konnte? Die Zukunft gehörte eindeutig den Flugzeugen, und er hatte nicht die Absicht, sein unbeugsames Herz spalten zu lassen. Auch verachtete er Menschen, die Achtjährige für kleine Jungen hielten, aber jetzt stand ihm nicht der Sinn danach, seinem älteren Bruder diese Dinge zu erklären. Hin und wieder warf er einen Blick auf Jakow und überlegte: Sollte er wegen Antos eifersüchtig auf ihn sein oder ihn als Dritten im Bunde aufnehmen? Er kannte Antos seit langem, sie bereiteten sich gemeinsam auf die Aufnahmeprüfung des Gymnasiums vor, und überhaupt gehörte der jüngere Teslenko fast zur Familie. Und was war schon dabei, daß Rimmas Bruder im selben Gebäude, aber im Mietsflügel wohnte? Rimma hatte ihn früher nie mitgebracht, und überhaupt war sie ein hochmütiges Mädchen, das Jüngere nicht beachtete. Deshalb konnte Maxim sie nicht leiden. Doch nun spielte sich vor seinen Augen ein kleiner Verrat ab: Sein bester Freund Antos unterhielt sich mit diesem

langnasigen Jungen wie mit einem alten Bekannten über Motoren und ausländische Automarken, als wäre er, Maxim, gar nicht da.

Dann wurden sie von der warmen Theaterluft eingehüllt, von Parfüm und einem ganz besonderen Aroma, das nur in Theatern zu finden ist. Es war Jakows erster Theaterbesuch, und die Lichter, die vergoldeten Spiegelrahmen und der kirschrote Samt der Logen bezauberten ihn sofort. Ja wirklich, sie hatten Logen – zwei ganz für sich –, und zu seinem Glück fand er einen Platz in der Loge, wo seine Schwester Rimma nicht saß. Deshalb konnte er sogleich die Ellbogen auf die herrliche Samtbrüstung legen, und dann faßte er den Mut, sich darüber zu beugen und sich von oben am Geschehen satt zu sehen. Er war glücklich, er liebte alle, und er betrachtete seine neuen Bekannten entzückt. Die jüngere Tochter der reichen Petrows, die in derselben Loge saß, lächelte ihm zu.

»Sind Sie Jakow? Wie schön, daß Sie mitgekommen sind. Ich wußte ja, daß Rimma einen Bruder hat, aber niemand hat uns einander vorgestellt. Möchten Sie durch mein Fernglas gucken?«

Diese Marina schien Jakow ein ganz außergewöhnliches Mädchen zu sein, geradezu eine grauäugige Prinzessin, obwohl sie eine Schuluniform trug. War sie wirklich älter als er? Die beiden waren ungefähr gleich groß, aber für alle Fälle hob sich Jakow ein wenig auf die Zehenspitzen. Tatsache war jedoch, daß sie bereits das Gymnasium besuchte, während er noch die Aufnahmeprüfung bestehen mußte. Und er konnte die Prüfung erst in mehr als einem Jahr ablegen.

»Sie halten das Glas falsch herum«, schaltete sich Maxim ein. »Dadurch sieht alles weit entfernt aus. Sie müssen durch die kleinen Löcher schauen.«

Jakow war sehr dankbar für die Protektion dieses breitschultrigen Jungen, und er bemerkte, daß wenigstens sein Helfer – Gott sei Dank – nicht älter war als er selbst. Denn der Junge trug keine Schuluniform, sondern einen Matrosenanzug.
»Sie gehen wahrscheinlich oft ins Theater?« fragte Jakow. Maxim war sofort versöhnt und erwiderte, daß er in der Tat häufig ins Theater und sogar in die Oper gehe. Er geriet so sehr in Fahrt, daß er zu einigen Flunkereien ansetzen wollte, doch da erloschen die Lichter, und der Vorhang öffnete sich weit.
Noch begann die Vorstellung nicht: Einige Zöglinge des Waisenhauses sangen die Nationalhymne »Gott rette den Zaren«. Diese Tradition wurde bei allen Wohltätigkeitsveranstaltungen eingehalten. Maxim konnte Jakow noch zuflüstern, daß die Sänger Waisen seien. Jakow war verblüfft, denn diese Jungen waren keineswegs ärmlich gekleidet und sangen nicht kläglich, wie er es von Waisen erwartet hätte, sondern so wie die Kinder der Leierkastenmänner auf den Höfen. Es war ein prächtiger Vorgeschmack auf das Stück, und Jakow wünschte sich, daß sie ein bißchen länger gesungen hätten.
Schon vor der Pause brannten den Kindern die Wangen. Sie klatschten dankbar und gewissenhaft in die Hände und freuten sich, am Beifall beteiligt zu sein. Die älteren betrachteten die jüngeren belustigt, doch auch sie waren verdächtig rot geworden.
»Sieh mal! Onkel Sergei!« rief Sina fröhlich. Und Pawel erspähte tatsächlich Sergei, der mit zwei Herren durchs Parkett schritt. »Aber wer sind die beiden anderen? Weißt du das, Pawlik?«
Eine solche Frage konnte nur ein Mädchen stellen! Denn neben Onkel Sergei ging – der Boden schien unter seinen

Füßen nachgeben zu wollen – Iwan Saikin, ein Ringkämpfer, der in ganz Odessa und vermutlich auf der ganzen Welt berühmt war. Außerdem war er der einzige Ringer, der gelernt hatte, ein Flugzeug zu führen. Den zweiten Mann erkannte Wladek. »Das ist Jura Morfessi!«

Ja natürlich, obwohl der leibhaftige Jura wenig mit der schicksalhaften Gestalt gemein hatte, die auf den Plakaten abgebildet war. Trotzdem gab es keinen Zweifel: Der gefeierte König des Zigeunerliedes war hier im Theater.

»Pawlik, mach uns mit ihm bekannt!«

Pawel und Wladek tauschten einen Blick. Obwohl noch Gymnasiasten, hatten sie Kontakt zu den Studenten ihrer künftigen Fakultäten und wußten, daß die Universitätsjugend große Pläne für Jura Morfessi schmiedete. Welch eine Gelegenheit! Sie verließen die Loge, und Maxim begriff, daß die übrigen nun wahrscheinlich auf die Eiscreme verzichten mußten, mit der sie so fest gerechnet hatten.

Unterdessen riefen sich Anna, Rimma und Sina sämtliche Legenden über Jura, die seit vielen Jahren in Odessa umliefen, ins Gedächtnis.

»Sein Großvater war ein richtiger griechischer Pirat. Er hat irgendwo einen gewaltigen Schatz vergraben, aber dann ist er gestorben, bevor er seiner Familie das Versteck verraten konnte.«

»Was soll er denn mit einem Schatz! Er war doch schon mit acht Jahren Sänger. Durch die halbe Welt ist er gereist, und in Petersburg steht er dauernd auf der Bühne.«

»Nein, im Moment tritt er in Moskau auf. Er hat ein paar Grammophonplatten herausgebracht. Angeblich hat er in Zarskoje Selo vor dem Thronfolger gesungen. Und der Großherzog protegiert ihn.«

»Welcher?«

»Nikolai Konstantinowitsch – der in Taschkent.«

»Ach so, der…«
»Aber trotzdem!«
»Stimmt es, daß er vor kurzem zwei Deutsche verprügelt hat, weil sie Rußland schlechtgemacht haben?«
»Ich weiß nicht. Wahrscheinlich ist es erfunden. Er ist doch kein Bandit, sondern Sänger.«
»Aber es gibt auch jähzornige Sänger. Ihr braucht nur an Schaljapin zu denken.«
»Schaljapin ist ein Bauer, Morfessi dagegen ein gebildeter Mann – das läßt sich doch nicht vergleichen.«
Unterdessen stellte Sergei seinen Begleitern Pawel und Wladek vor, wobei Pawel heftig errötete, während Wladek wie gewöhnlich keine Verlegenheit erkennen ließ.
»Zwei langjährige Verehrer von dir, Iwan: mein Neffe und sein Freund. Meines Wissens haben sie keinen einzigen deiner Kämpfe verpaßt und ihr Frühstück am Gymnasium geopfert, um sich Karten zu besorgen. Da am Gymnasium kein Abendessen serviert wird, waren sie nicht in der Lage, dich mit ähnlicher Aufmerksamkeit zu bedenken, Jura. Du solltest im Zirkus auftreten, mein Lieber!«
»Eine glänzende Idee!« lachte Morfessi. »Wir könnten damit anfangen, daß Iwan und ich gemeinsam singen, und dann wirft Iwan mich auf den Rücken! Das würde eine Menge Geld einbringen! Aber ich freue mich sehr, Ihre Bekanntschaft zu machen. Vielleicht werden wir noch gute Freunde. Schließlich nehmen Sie, wie ich höre, nächstes Jahr Ihr Studium auf? Für welche Fächer haben Sie sich entschieden?«
»Ich werde Medizin und Pawel Physik studieren. Er möchte Flugzeugkonstrukteur werden«, erwiderte Wladek ehrerbietig.
»Wieder ganz nach deinem Geschmack, Iwan!« sagte Sergei lächelnd. »Er könnte eine Maschine für dich konstru-

ieren, die nicht einmal du kaputtkriegst, und dann würdest du Antara nicht in den Bankrott treiben.«
Arthur Antonowitsch Antara, Eigentümer und Direktor der »Pilotenschule von Odessa«, hatte seinem Liebling Saikin tatsächlich völlige Freiheit in seinem Unternehmen eingeräumt und dafür mit mehreren Maschinen bezahlt, bis Saikin zum Jubel von ganz Odessa seinen ersten Kreis über der Stadt zog.
Die Jungen waren ein wenig enttäuscht von Saikins Händedruck, der sich trotz der Größe seiner Handfläche nicht als bärenhaft, sondern einfach nur als höflich erwies. Morfessi scherzte weiter, und als er erfuhr, daß die Herren Gymnasiasten in der Loge einige junge Damen zurückgelassen hatten, bat er sogleich, ihnen vorgestellt zu werden. Ihn amüsierte der Gedanke, daß die eleganten Damen, die seine Aufmerksamkeit zu erringen suchten, ihn die ganze Pause hindurch dabei beobachten würden, wie er sich mit ein paar Mädchen in Schuluniform unterhielt. Außerdem erwiesen sich die Mädchen als ganz reizend: Das eine war eine Schönheit, das andere, dunkeläugige betrachtete ihn mit einer sprachlosen Bewunderung, zu der nur Gymnasiastinnen fähig sind.
Morfessi, der in beiden Hauptstädten auftrat sowie Gastspiele in der Provinz gab, kam nach Odessa, um sich zu entspannen und um die muntere Atmosphäre zu genießen. Und nun vergnügten sein alter Freund Iwan und er sich prächtig. Auch Iwan Saikin amüsierte sich, wie es schien, nicht schlecht: Er bot gerade den ohnehin schon seligen kleinen Kerlen in der Loge an, sich einer nach dem anderen auf seine ausgestreckte Heldenhand zu stellen, und alle drei hatten Zeit zu einem Versuch, bevor es zum nächsten Akt klingelte. Jakow war im siebten Himmel und konnte nur darüber staunen, daß Rimma nicht ebenfalls

darum bat, sich auf Iwans Handfläche stellen zu dürfen. Statt dessen starrte sie diesen griechischen Sänger an, der, auch wenn er vielleicht von Piraten abstammte, trotzdem wie ein gewöhnlicher – noch dazu ziemlich dicker – schwarzhaariger Mann aussah. Und das, obwohl Iwan Saikin neben ihr stand!

Pawel fragte seinen Onkel halblaut, ob es ein geeigneter Zeitpunkt sei, sich mit einer Bitte an Herrn Morfessi zu wenden, die ihm auch die Studenten vortragen wollten; sie hätten bisher nur noch keine Gelegenheit dazu gehabt. Man wollte eine Veranstaltung zugunsten bedürftiger Studenten ins Leben rufen, und wenn Morfessi mitwirken könnte, wäre der Erfolg garantiert. Sergei antwortete, es sei ein sehr günstiger Zeitpunkt für eine solche Frage, und der großherzige Morfessi versprach, schon am nächsten Tag eine Studentenabordnung im Hotel London zu empfangen, um eine Vereinbarung mit ihr zu treffen.

Rimma wußte, daß Menschen, die sich verlieben, nachts auf keinen Fall schlafen können. Deshalb sagte sie ihrer Mutter, als sie nach Hause kam, daß sie müde sei, und legte sich ins Bett, um nach Herzenslust zu träumen. Aus dem Nachbarzimmer war Jakows Stimme zu hören, der sich nicht beruhigen konnte, bis Rachel ihm genau erklärt hatte, welche Teile des Buches im Theaterstück aus irgendeinem Grund weggelassen worden waren. Jakow beklagte sich darüber, daß das Stück nicht länger gedauert hatte, und verkündete, was für ein wunderbarer Mann sein neuer Freund Iwan Saikin sei. Außerdem habe Maxim Petrow Antos und ihn für den nächsten Tag zu sich eingeladen, und vielleicht würden sie am Samstag in den Zirkus gehen. Daraufhin folgte eine Diskussion mit seiner Mutter, ob man an einem Samstag den Zirkus besuchen dürfe, und Jakow beharrte, nun schon weinend: »Aber wieso darf Rimma dann samstags ins Gymnasium gehen?«

Aber Rimma hörte ihn bereits nicht mehr, denn sie war in die Erinnerung an ihr Treffen mit dem großen Morfessi versunken, das ihr nun schicksalhaft erschien. Was für einen gebieterischen Blick er hatte und was für eine Stimme – so leise, als halte er seine ganze Seele in den Händen. Und wie er ihr die Hand geküßt hatte – so vorsichtig und mit so heißen Lippen, obwohl ihre Hand wie ein Eisklumpen gewesen war… Ja, er hatte ganz anders mit ihr gesprochen als mit den übrigen und nur sie gefragt, ob sie sich mit Gesang beschäftige. Warum hatte sie früher nie daran gedacht, Gesang zu studieren? Schließlich besaß sie das absolute Gehör! Onkel Moissei bezahlte eine Lehrerin für Klavierstunden und würde wahrscheinlich dazu bereit sein, sie durch einen Gesangslehrer zu ersetzen! Mit vierzehn Jahren war es für Rimma noch nicht zu spät. Schließlich hatte sie einmal davon geträumt, Sängerin zu werden! Eines Tages würde sie berühmt sein und mit Jura Morfessi auf derselben Bühne auftreten. Dann würde er sehen, daß er sich nicht geirrt, sondern ihr Talent im ersten Augenblick entdeckt hatte. Und dann würden sie beide…

Sie stand auf und trat an den Spiegel. Ja, sie hatte ein ausdrucksstarkes Gesicht. Ihr Kinn war zu spitz, doch sie würde zunehmen, wenn sie zu wachsen aufhörte. Aber dafür besaß sie sprechende Augen. Sie hatte irgendwo gelesen, daß Frauen mit sprechenden Augen *femmes fatales* seien, selbst wenn sie einen etwas zu großen Mund hatten. Rimma warf den Kopf zurück und versuchte, wie eine Femme fatale auszusehen. Das Ergebnis war gar nicht schlecht. Aber es gelang ihr nicht, die ganze Nacht wach zu bleiben. Sie schlummerte unmerklich ein und schämte sich am nächsten Morgen. Vielleicht war es doch noch nicht die Liebe?

Die Probleme des Lebens wurden diesmal nicht auf Sinas Sofa, sondern in Annas Zimmerchen bei den Teslenkos besprochen. Dort war es enger, aber neben dem schneeweißen Bett und dem kleinen Tisch aus Kiefernholz gab es gerade genug Platz für den herrlich altmodischen, mit graugrünem Plüsch bezogenen Sessel, in dem die Mädchen zu zweit sitzen konnten, auch wenn sie die Beine anzogen. Dieser Sessel stand direkt an der Fensterbank, und vor dem hohen Fenster regte sich eine gewaltige Platane, die fast ins Zimmer hereinragte und den Blick auf die öde Gasse völlig verdeckte. Im Sommer verlieh sie dem Zimmer ein grünes Licht, doch jetzt ließ sie es blau und verschneit wirken, und der Sessel schien zusammen mit den Ästen dieser Riesin zu schaukeln oder aus einem der Äste herausgewachsen zu sein. Hier konnte man an Annas Schulter weinen, das Schicksal beklagen und sich selbst bemitleiden – und aus irgendeinem Grund brauchte man sich dabei kein bißchen zu schämen. Es gab niemanden, der so mitfühlend sein konnte wie Anna, und alle wußten das. In der Klasse nannte man sie scherzhaft »die barmherzige Schwester«, aber wenn den Mädchen nicht zum Scherzen zumute war, dann gingen sie zu Anna, ihrer Platane und ihrem Sessel, die es verstanden, ein Geheimnis zu hüten.
Und jetzt, während Anna im Eßzimmer Tee und Gebäck auf ein Tablett lud, rollte sich Rimma gemütlich in dem vertrauten Sessel zusammen. Er knarrte und murmelte tröstend, als wäre er schlaftrunken. Das gab ihr neuen Mut, und als Anna zurückkam, hielt Rimma bereits alles

für möglich: sowohl eine Karriere als Sängerin als auch ihre ungewöhnliche Liebe.
Anna war nicht im geringsten überrascht über die Geschichte ihrer Freundin. »Ich habe immer gewußt, daß du ein erstaunliches Leben führen wirst, so wie keine andere.«
»Wirklich?«
»Ganz bestimmt. Du kannst es selbst nicht wissen, und überhaupt kann niemand sich so sehen, wie er ist, aber du hast etwas Besonderes an dir, Rimma. Kein Wunder, daß Jura Morfessi dich so angeschaut hat – anders als Sina und mich. Er ist schließlich Künstler, und die spüren solche Dinge von der ersten Sekunde an.«
»Meinst du, daß er mich anders angeschaut hat?«
»Keine Frage. Du warst natürlich aufgeregt, aber ich konnte es sehen. Und vergiß nicht, wir waren zu dritt, aber Sina und ich haben uns nicht in ihn verliebt, obwohl er ein bemerkenswerter Mann ist. Das ist Schicksal.«
Dieses Argument kam Rimma unwiderlegbar vor, und sie seufzte tief. »Den Eindruck hatte ich auch. Aber wenn er mich nicht liebt, sondern nur zufällig auf mich aufmerksam geworden ist?«
»Dann wird deine Liebe unglücklich sein, das läßt sich nicht ändern. Und dadurch wirst du Sängerin oder etwas anderes werden, jedenfalls eine herausragende Frau. Und dann wird er dich vielleicht lieben, aber zu spät.«
Und dabei beließen sie es. Die ganze Stadt war damals mit Plakaten vollgeklebt, auf denen die Aufführung eines Aktes der »Schönen Helena«, inszeniert von Morfessi, angekündigt wurde. Folgende Personen sollten mitwirken: Achilles – Saikin; Kalchas – Kuprin; Ajax – Giacomino; Menelaos – Morfessi selbst.
Das war beispiellos, und Odessa geriet in höchste Aufre-

gung. Der Ringer, der Schriftsteller und der Clown – alle drei waren berühmte Lieblinge der Stadt, aber es schien unvorstellbar, sie auf derselben Bühne auftreten zu lassen. Außerdem, wenn Morfessi selbst Regie führte… Man würde ungeheure Einnahmen erzielen, und der großherzige Regisseur hatte, um der Wahrheit die Ehre zu geben, nicht die geringste Ahnung, wer in der ganzen Stadt am stärksten nach dem unerfüllbaren Traum schmachtete, die schöne Helena in diesem Stück zu spielen. Vielmehr widmete er seine ganze Aufmerksamkeit weniger den Proben als den Versuchen, seine ausgelassenen Freunde davon abzuhalten, Bacchus zuviel Tribut zu zollen.
Sie betrachteten das ganze Projekt als einen prächtigen Streich, ganz im Geist von Odessa: Man würde sich ein wenig auf der Bühne vergnügen und die karge Studentenkasse gleichzeitig um mehrere tausend Rubel aufbessern. Allein Morfessi besaß den professionellen Instinkt, das Gespenst eines Skandals in der Luft zu wittern: Leichtsinn war eine Sache, aber wenn man die Zuschauer beleidigte, konnte die Angelegenheit mit einem Reinfall enden, und das würde ihm die Stadt nie verzeihen. In Odessa wurden manchmal sogar Berühmtheiten ausgepfiffen, wenn sie sich zuviel einbildeten. Hier im Süden kannte man keine goldene Mitte: Ein Stück war entweder ein voller Erfolg oder eine absolute Katastrophe.
Das Theater war überfüllt, und es gab nicht einmal genug zusätzliche Stühle. Nicht nur Gymnasiasten und Studenten, sondern auch etwas ältere Herrschaften standen geduldig in den Durchgängen. All unsere jungen Freunde waren gekommen. Es hatte sie besondere Mühe gekostet, Karten zu erhalten, denn Gymnasiasten war es, unabhängig von ihrem Alter, verboten, ohne Genehmigung des Schulinspektors öffentliche Schauspiele zu besuchen. Sol-

che Genehmigungen wurden höchstens zweimal, am Butowitsch-Gymnasium jedoch nur einmal pro Woche erteilt – und das während der Theatersaison! Trotzdem war auch Wladek, der keine Erlaubnis besaß, wie durch ein Wunder erschienen. Er hoffte, daß ihn in der Menge niemand bemerken würde. Es war eine riskante Sache, denn der gute alte »Nasenbär« ging leidenschaftlich gern ins Theater, und abends konnte er das Angenehme mit dem Nützlichen verbinden: Er sah sich alles in der Stadt an, was einen Besuch wert war, und konnte gleichzeitig eigenwillige Gymnasiasten ertappen. Dadurch drohten auch der Abschlußklasse sehr üble Gefahren. Aber wie man weiß, verlangt die Kunst Opfer.

Auf der Bühne war der prächtig gewandete Kuprin – Kalchas – inzwischen vom Text abgekommen und erfand mit majestätischer Miene einen neuen. Dies fiel nicht nur Morfessi auf, der sich hinter den Kulissen die Hände vor den Kopf schlug, sondern auch dem Publikum. In der elektrisierten Atmosphäre des überfüllten Theaters hätte ein einziger Pfiff genügt, um das grandiose Unternehmen zu ruinieren und den Ruf des Regisseurs zu vernichten. Rimma stand da und fühlte sich eher tot als lebendig. Aber dann lächelte Kuprin – ein wenig spöttisch, ein wenig schüchtern –, und dieses Lächeln rettete die Situation, wie Morfessi spürte. Schließlich war Kuprin ein Idol der Jugend. Morfessi bekreuzigte sich mit einer ausholenden Bewegung und trat mit dem Gefühl, daß alles gutgehen würde, hinaus auf die Bühne. Rimma war nicht ganz im Recht, als sie später behauptete, er habe »allein die Last des ganzen Stücks getragen«. War es denn schlimm, daß Kuprin als Seher Unsinn geredet hatte? Das war doch die Aufgabe von Sehern. Aber wer hatte Kuprin je zuvor in ein Bettlaken gehüllt bewundern können? Die Dielen bebten unter dem gewaltigen Achilles, die Schultern barsten aus dem Harnisch, und er feuerte die Phantasie durch seine prachtvolle Erscheinung an. Wer achtete schon darauf, daß er eher brummte als sang?

Das Publikum war entzückt. Die Spannung, die sich zu einem Aufruhr angestaut hatte, entlud sich in endlosem Beifall. Die Freude steigerte sich noch, als sich Achilles unter Ovationen verbeugte und die Schnalle an seinem Reiterharnisch endlich aufsprang.

Im folgenden Jahr gehörte Wladek zu den Studenten, denen durch die unerhörten Einnahmen aus der Vorführung ermöglicht wurde, ihre Unterrichtsgebühren zu bezahlen. Rimma, die eine endgültige Entscheidung über ihr Schicksal getroffen hatte, fiel es nicht besonders schwer, ihre Mutter und ihren Onkel davon zu überzeugen, daß sie unbedingt Gesang studieren müsse. Sie war inzwischen die beste Schülerin des Gymnasiums, und es wäre albern gewesen, das Mädchen daran zu hindern, das zu studieren, was sie gerne wollte. Jakow war der einzige, der wenig von »diesen Solfeggien« hielt, und manchmal störte er die Stimmübungen seiner Schwester, indem er mit einem langgezogenen »Miau-au« Note für Note in Rimmas Melodien einfiel. Dann mußte sie ihren Gesang abbrechen und ihren flinken kleinen Bruder durch alle drei Zimmer jagen. Jakow gefielen diese Hetzjagden, und unter solchen Bedingungen war er bereit, sich mit der ihm so lästigen Musik im Haus abzufinden.

Kapitel 8

In ganz Rußland begann die Palmwoche auf die gleiche Art: Die Fastengottesdienste in den Kirchen wurden abgehalten, während auf allen Straßen bereits die Karren und sogar Wagenzüge zum Palmmarkt rollten. Die Plätze, auf denen das große Ereignis stattfinden sollte, wurden geräumt und verschönert. Im April war es in Odessa schon warm, und das Kulikowo-Feld war nach dem Frühjahrsregen getrocknet; es lag friedlich in der Sonne und wartete auf die kommenden Feiertage und Vergnügungen.

Der Pope des Gymnasiums, den Pawel und Wladek so verabscheut hatten, übte nun, da sie Studenten waren, keine Macht mehr über sie aus. Doch nach den Erzählungen ihrer jüngeren Brüder zu urteilen, hatte er nichts von seiner Strenge eingebüßt. Jedenfalls hielt er es für nötig, die Vorschüler mit einer besonderen Ermahnung zum Thema »Müßiggang in der Palmwoche« zu bedenken.

»Lassen Sie mich Ihnen in Er-in-nerung rufen, meine Herren, daß die Kirche Sie in diesen Tagen zum Fasten und zur Reue aufruft und nicht zu leichtfertigen und häufig sündhaften Amüsements. Wenn das Gymnasium Sie eine Woche lang vom Unterricht befreit, dann nur zu dem Zweck, daß Sie sich gebührend auf den Empfang der Sakramente vorbereiten und nicht, damit Sie zusätzliche Ferien machen. Und wenn Sie auch nur ei-nen Gottesdienst verpassen, dann brauchen Sie nicht damit zu rechnen, daß das

Gymnasium, das Sie erst vor kurzem mit der Aufnahme geehrt hat, die guten Beziehungen mit Ihnen fortsetzen wird. Vor allem möchte ich Sie vor dem sogenannten Palmmarkt warnen. Zwar ist es Gymnasiasten nicht verboten, ihn zu besuchen, aber Sie müssen trotzdem im Gedächtnis behalten, daß wir uns in diesen Tagen für den großen Festtag rüsten, an dem unser Herrgott in Jerusalem eingezogen ist. Und nach der kirchlichen Tradition begrüßt das rechtgläubige Volk diesen Feiertag mit Weidenzweigen – anstelle der Palmzweige, mit denen unser Herrgott in Jerusalem begrüßt wurde. Petrow, wie werden die Palmzweige in der Heiligen Schrift genannt?«

»*Baion*, Väterchen«, antwortete Maxim, der Habtachtstellung eingenommen hatte.

»Richtig, aber bemühen Sie sich in Zukunft, eine vollständige Antwort zu geben! Sie dürfen sich setzen. Und genau deshalb werden auf dem Markt Weidenzweige verkauft. Es ist auch erlaubt, Kränze, Schmuck für Ikonen und Ostergeschenke für Freunde und Verwandte zu kaufen. Aber es ist eines Christen un-wür-dig – auch eines schulpflichtigen Knaben, der schon Verantwortung für die Rettung seiner Seele trägt –, sich in diesen Tagen mit allen möglichen Pfeifen, Panoptiken oder gar mit Abbildern des Teufels in einer Flasche zu vergnügen. Da ich Ihren kindlichen Leichtsinn kenne, möchte ich Sie be-son-ders vor folgendem warnen: Wenn Sie Ihrem Beichtvater Ihre Sünden offenbart haben, bemühen Sie sich bitte, nicht sofort neue zu begehen – jedenfalls nicht vor der Osterfeier.« Er lächelte unerwartet.

Wie immer, wenn er gelächelt hatte, taute der finstere Medwedew auf und sprach in herzlicherem Tonfall weiter: darüber, wie der Herrgott alles, was in Rußland in Seiner Obhut sei, so weise eingerichtet habe. Zu dieser Jahreszeit seien nirgends Blumen zu sehen, von Palmen gar nicht zu reden, doch die Weide blühe und bringe den Rechtgläubigen Trost. Während er die Klasse zweifelnd betrachtete, ließ er sich sogar dazu hinreißen, die besondere Rolle der Kinder an den bevorstehenden Feiertagen zu erörtern, und schließlich wünschte er ihnen Frieden und entließ sie, ohne auch nur eine einzige schlechte Zensur ausgeteilt zu haben.

Die »für die Rettung ihrer Seele verantwortlichen Knaben« rannten erleichtert und unter ziemlichem Lärm aus dem Klassenzimmer hinaus. Sie waren ein wenig verdutzt über die Bedeutung der Palmzweige. Denn sie wußten fast von Geburt an, daß am Palmsonntag Weidenzweige – nichts anderes – mit in die Kirche gebracht werden mußten, und es war so angenehm, nach dem abendlichen Gottesdienst die Zweige mit ihrem zarten Flaum nach draußen zu tragen. Die Flämmchen der Kerzen waren genauso zart, und die Düfte der Weide und des Wachses verschmolzen zu einem überraschenden, festlichen Aroma. Aber weshalb wurden Blumen und Palmzweige in dieser Gegend durch andere Pflanzen ersetzt? Im südlichen Odessa waren im April bereits Blumen zu sehen, und fast jedes Haus besaß Topfpalmen. In den reichen Villen und in einigen Gärten wuchsen sie sogar direkt aus dem Boden. Man hatte sie nur über Winter umwickelt und mit Brettern verkleidet, um sie vor Kälte zu schützen. Sollte das heißen, daß Odessa nicht zu Rußland gehörte?

»Medwedew hat doch dummes Zeug geredet, nicht?« fragte Antos, als Maxim und er bereits draußen waren und die Augen in der Frühlingssonne zusammenkniffen.

»Wer weiß? In der Heiligen Schrift steht etwas ähnliches, aber Blumen gibt's dauernd, und die Weiden blühen nur einmal im Jahr – das kann man doch nicht vergleichen.

Wenn es stimmt, was er sagt, ist ›Grischa das Pferd‹ der einzige, der sich richtig verhält. Sollen wir vielleicht das gleiche tun und Palmzweige in Arkadien abreißen?«
Beide lachten. Grischa das Pferd war ein Schwachsinniger aus der Umgebung, der diesen Spitznamen wegen seines lauten und unerwarteten Wieherns erhalten hatte. Niemand wußte, wo er wohnte, aber gewöhnlich war er im Vorhof der Kirche oder, während des Gottesdienstes, in der Kirche selbst zu sehen. Am Palmsamstag schleppte er stets ein Bündel Palmzweige herbei und versuchte, sie unter den Jungen zu verteilen, aber das lag eben an seinem Schwachsinn. Es wäre den Freunden genauso verrückt erschienen, an den Festtagen ohne ihr Lieblingsspielzeug auskommen zu müssen: ein Glasteufelchen in der Flasche. Die Teufelchen mit ihren Hörnern, ihrem Schmerbauch und ihren Hufen an den krummen Beinen waren bezaubernd. Sie schwammen fröhlich auf und nieder, machten Purzelbäume im Spiritus und hatten überhaupt keine Ähnlichkeit mit Teufeln, vor denen man sich fürchten mußte. Jedes Kind, das in der Palmwoche kein Teufelchen und keine bemalte Blechflöte geschenkt bekam, hatte das Recht, sich vernachlässigt zu fühlen. Etwas ganz anderes wäre es gewesen, wenn Medwedew gesagt hätte, sie seien bereits zu alt für solche Spielereien. Dann hätten die Herren Gymnasiasten die Sache von der Warte ihrer zehn oder elf Jahre aus noch einmal ins Auge gefaßt.
Aber die Freunde hatten ohnehin genug andere Dinge im Kopf. Es wäre undenkbar gewesen, die Festlichkeiten zu verpassen, erst recht da ihre Eltern sie zum erstenmal ganz allein dorthin ziehen ließen. Nur Jakow hatte Schwierigkeiten. Medwedews Hinweise auf mögliche üble Folgen betrafen ihn als Juden nicht, aber dafür konnte Rachel nicht verstehen, weshalb ein jüdischer Junge einen Markt

der Gojim besuchen wollte. Doch Jakow brauchte sich nur die Lüge einfallen zu lassen, daß ein reicher Schulkamerad ihn eingeladen habe, denn unter solchen Umständen schlug sich Onkel Moissei stets auf seine und Rimmas Seite. Der Onkel sprach davon, daß »die Kinder Kontakte knüpfen« müßten, und ermunterte sie bei jeder Gelegenheit, was ihnen die Chance bot, bei Auseinandersetzungen mit ihrer Mutter die Oberhand zu gewinnen.

Aber woher sollten sie das Geld nehmen? Bereits im November hatten die drei Freunde endgültig beschlossen, nach Amerika zu fliehen. Der Termin war auf Juni – oder spätestens Juli – festgelegt, und sie hatten den beängstigenden Eid geschworen, ihr ganzes Geld bis zur letzten Kupfermünze für dieses Vorhaben zurückzulegen, denn die Ausgaben würden nicht gering sein. Jakow war ehrlich genug, sogar das Chanukka-Geld beizusteuern, das sein Onkel ihm großzügig geschenkt hatte. Maxim und Antos bemühten sich, nicht von ihm in den Schatten gestellt zu werden. Das Weihnachtsfest verbrachten sie auf heroische Weise: Da sie zahlreiche Geschenke erhielten, konnten sie ohne Geld auskommen. Im Frühjahr verkauften sie dem Standinhaber Schleme auf dem Neuen Basar sogar ihre Schlittschuhe, denn in Amerika bewegte man sich bekanntlich nicht auf Schlittschuhen, sondern auf Mustangs fort. Den Beginn des Jahres 1911 würden sie bereits in Amerika feiern. Wie dort wohl der Winter sein mochte? Aber für den Palmmarkt – vielleicht den letzten ihres Lebens – keine Kopeke zu haben… Das ging wirklich zu weit. Sie hielten Kriegsrat und beschlossen, sich etwas Spaß zu gönnen, aber nicht mehr als fünfzig Kopeken pro Person auszugeben. Den Verlust wollten sie ausgleichen, indem sie im Gymnasium später auf ihren Tee verzichteten.

Am Hauptfeiertag brannte die Sonne so stark, daß einem der Kopf schwirrte und sich vor den Augen dauernd bunte Kreise drehten. Drüben auf dem Kulikowo-Feld spielte bereits ein Blasorchester, Flöten zirpten, und von den zahllosen Menschen ging ein lautes Stimmengewirr aus. Am ruhigsten verhielten sich die Pferde, doch sogar sie erfaßte hin und wieder eine Welle der Erregung: Wenn nur eines von ihnen loswieherte, erhielt es Antwort aus allen Ecken des Platzes. Die Jungen trennten sich, nachdem sie vereinbart hatten, sich eine Stunde später vor dem Zelt mit dem Wachsfigurenkabinett wieder zu treffen. Jeder von ihnen wollte die gerade erst gewonnene Freiheit zuerst für sich allein genießen.

Jakow spazierte selig an den Verkaufsständen mit ihren Bergen von Papierrosen und ihren Topfpalmen, an unzähligen Zelten mit Waffeln, Flöten, Spielzeug und allen möglichen Nippsachen entlang. Er beherrschte sich und faßte den Entschluß, auf keinen Fall Geld auszugeben, bevor er sich alles gründlich angesehen hatte – als ob das in einer Stunde zu bewerkstelligen gewesen wäre! Um den Kampf gegen die Verlockungen erträglicher zu gestalten, kaufte er sich sofort ein Stück in Spitzenpapier eingewickeltes Zitronengelee, brachte seinen kostbaren Geldbeutel sicherheitshalber in einer inneren Brusttasche unter und gab sich in aller Gelassenheit seinen Betrachtungen hin.

»Onkelchen, Sie haben hier wohl kein Fünfkopekenstück gefunden?« ertönte eine klägliche Stimme. »Es war ganz neu, mit einer Kerbe am Rand...«

Jakow erblickte einen schwarzhaarigen, mageren Jungen, der nicht besser als ein Zeitungsverkäufer angezogen und ungefähr so groß wie er selbst war. Der Junge blinzelte häufig, und es war klar, daß er mit letzter Kraft versuchte, nicht in Tränen auszubrechen. Jakow ging das Herz vor Mitleid über. Das Fünfkopekenstück war offenbar der einzige Besitz des Jungen gewesen, und nun hatte der Dummkopf es fallen lassen und würde es unter den Füßen einer so großen Menschenmenge nie wiederfinden. Und wenn tatsächlich jemand darauf stieß, würde er schwerlich nach dem Eigentümer suchen. Jakow konnte diesen Kummer nicht ertragen, er stöberte in seinem Geldbeutel nach einer Fünfkopekenmünze und hielt sie rasch, bevor er es sich anders überlegen konnte, dem Jungen hin.

»Habe ich gerade gefunden. Gehört wahrscheinlich dir«, log er großmütig und war sehr stolz auf sich.

Aber statt Freude oder Dankbarkeit erkennen zu lassen, stieß der Junge Jakows Hand wütend weg und zischte leise: »Was mischst du dich ein? Stör mich nicht bei der Arbeit!«

Jakow war so verdutzt, daß er den Mund nicht schließen konnte, und der geheimnisvolle Junge wurde sanfter. Er legte eine recht schmutzige Hand auf Jakows Schulter und sagte freundlich: »Mach dir nichts draus, Kumpel. Natürlich bin ich dir dankbar. Steck deine fünf Kopeken weg – was soll ich mit solchem Kleingeld? Du verstehst nichts vom Leben – das seh' ich schon. Wenn du willst, bring' ich dir was bei, aber rück mir nicht so auf die Pelle. Hier hast du mir das Geschäft verdorben, laß uns woanders hingehen. Bleib da drüben an der Seite stehen und guck zu.«

Ungefähr zwanzig Schritte weiter wiederholte sich die Geschichte: kummervolle Fragen nach einem Fünfkopekenstück mit einer Kerbe. Jakow beobachtete, daß der Junge sich nicht an jeden Beliebigen wandte, sondern ausschließlich an gutgekleidete Männer in Begleitung von Damen. Der erste drückte einfach sein Bedauern aus und ging weiter, doch der zweite wurde von seiner Begleiterin so vielsagend angeblickt, daß er rasch in die Tasche griff und etwas Kleingeld hervorholte. Die kleinste Münze, die er bei sich hatte, war ein Zwanzigkopekenstück, und dann redete er dem Jungen einige Zeit zu, bevor dieser das Geld annahm. Der Junge strahlte vor Dankbarkeit und zeigte seine noch nicht ausgewachsenen, kindlich verschrammten Schneidezähne. Plötzlich begriff Jakow, daß sein neuer Bekannter wahrscheinlich jünger war als er. Inzwischen war der gerissene Kleingeldsammler bereits zu einer anderen Stelle, unweit von einem Leierkastenmann, übergewechselt, und auch dort hatte er Erfolg, bevor er weiterging… Jakow folgte ihm wie in Trance. Sehr bald drehte sich der Junge herablassend um. »Kapiert? Ein Rubel und zehn Kopeken – wieviel macht das? Was lernt ihr am Gymnasium bloß?«

»Bist du selbst auf die Idee gekommen?« fragte Jakow respektvoll.

»Na klar. Und Konkurrenz habe ich auch nicht. Ich zeige dir nur, wie man's macht, weil ich weiß, daß du mich nicht nachäffst. Du bist ein schlapper Gymnasiast – das merkt man doch gleich. Du hast Glück, daß ich dich nicht in der Botanika erwischt habe!«

»Botanika« nannten die Jungen von Odessa den verwilderten botanischen Garten oberhalb des Meeres, der völlig überwuchert war. Es war ein sehr anziehender Ort für Kinder, aber wenn die nach ihren eigenen Gesetzen lebenden Straßenjungen dort einen Gymnasiasten in die Hände bekamen, verprügelten sie ihn ohne Zögern.

Jakow wußte selbst, daß er für dieses Gewerbe nicht taugte, aber er bewunderte seinen neuen Freund – der Junge hieß Andreika – aufrichtig. Wie sich herausstellte, wuchs Andreika ebenfalls ohne Vater auf; seine Mutter war Waschfrau, doch »jetzt nicht mehr auf dem Damm«. Aber

es gab keinen Zweifel daran, daß Andreika sich durchschlagen würde.
»Weißt du, wovon ich lebe? Was ich auf dem Jahrmarkt verdiene, lohnt sich kaum, aber heute abend und morgen kriege ich bestimmt zehn Rubel zusammen. Weißt du, was für eine Stimme ich habe? Einen Alt, und unser Chorleiter sagt, er möchte mich unbedingt in Faigs Schule schicken oder einen anderen Geldgeber finden, damit ich bloß in seinem Chor bleibe.«
Andreika sang also in einem Kirchenchor. Er erzählte Jakow, welch gewaltige Mengen die Bässe trinken könnten, daß Temljakow aus dem Chor früher am Kaiserlichen Theater gesungen habe, wie Nutzen aus reichen Beerdigungen zu ziehen sei, und gab noch allerlei andere wertvolle Informationen preis.
Es ergab sich wie selbstverständlich, daß sich die beiden schließlich gemeinsam zum Wachsfigurenkabinett aufmachten: Andreika war heute eher nach Unterhaltung als nach Arbeit zumute. Der glückliche Maxim wartete bereits am Treffpunkt und vertrieb sich die Zeit damit, seinem Teufelchen in dem länglichen Gefäß einen dreifachen Salto beizubringen. Bald erschien auch Antos. Er hatte sich die längste »Schwiegermutterzunge« gekauft, die, wie er versicherte, auf dem Jahrmarkt zu finden sei. Es war tatsächlich eine wunderbare »Zunge«: violett, mit einer lustigen Windung und einem Quietschen. Um sich zu vergewissern, daß Antos nicht übertrieb, probierten alle die Papierschlange aus und bliesen hinein, solange sie konnten. Um sie herum ging das Getöse weiter:
»Ein Panoramakaleidoskop für die Kleinen! Man sieht tausend Bilder! Möchtest du eins, Kleiner? Was für ein kluger Junge! Madame, seien Sie nicht kleinlich – schenken Sie ihm eine goldene Kindheit!«

»Brötchen, süße Brötchen!«
»Ein Wunder des zwanzigsten Jahrhunderts: ein Pappfrosch, der auf lebendige Menschen springt!«
Die Jungen hatten gerade genug Geld, um sich vier Eintrittskarten für das Wachsfigurenkabinett leisten zu können. Andreika wurde natürlich auch eingeladen, bestaunte den »echten Schädel Alexanders des Großen«, die Nixe, die in südlichen Gewässern gefangen worden war, und den rosigen, wogenden Busen einer ewig sterbenden Kleopatra, an den sich eine kleine schwarze Schlange schmiegte. Das größte Vergnügen stand ihnen jedoch noch bevor. Als sie das Zelt verließen, erklärte Andreika mit einer ausladenden Geste: »Laßt uns ein paar Schüsse bei ›Monte Christo‹ machen! Auf meine Kosten.«
Das war eine unerhörte Großzügigkeit, und die Jungen folgten ihm ehrfürchtig in den improvisierten Schießstand, wo man jedem für einen wonnigen Moment ein echtes Gewehr und fünf kostbare Kügelchen überreichte. Maxim, der bereits einmal das Gewehr seines Onkels abgefeuert und gelernt hatte, wie man den Atem anhält, war überzeugt, daß er nun zeigen konnte, aus welchem Holz er geschnitzt war. Aber es gelang ihm lediglich, eine alberne Windmühle zum Drehen zu bringen, und auch das nur durch Zufall: In Wirklichkeit hatte er auf einen japanischen Samurai gezielt. Aber er war klug genug, diese Tatsache für sich zu behalten. Als bester Schütze erwies sich Jakow: Fünf Blechfigürchen überschlugen sich nacheinander, und eine Gruppe von Zuschauern applaudierte.
»Na, junger Mann, Ihnen hilft wohl der Meeresgott«, sagte der Schießbudenbesitzer mit dem pomadisierten Schnurrbart grinsend und übergab Jakow feierlich einen Preis: ein komisches, an einem Gummiband hängendes Äffchen mit verdrehten Drahtbeinen.

Der Spaß endete damit, daß sie ein Glas Selterswasser tranken. Und dann weihten die Freunde zu ihrer eigenen Überraschung Andreika in ihren großen Fluchtplan ein. Sie erwarteten natürlich, daß ihr neuer Freund sich dadurch geehrt fühlte. Aber zu ihrem Erstaunen war Andreika alles andere als begeistert.

»Was soll das ganze Gerede über Amerika? Das ist alles Quatsch. Ich bin wer weiß wie oft im Hafen gewesen, als Weizen für Amerika geladen wurde – nichts als Unmengen von Weizen! Wahrscheinlich haben sie dort nichts zu beißen, aber bei uns gibt's einfach alles! Und die Indianer – na und! Wir haben hier Griechen und Italiener und Bob Hopkins, den Tänzer – kennt ihr den? Pechschwarz und mit einer Kosakin verheiratet. Wir haben hier alle möglichen Leute, und wer noch nicht hier war, der kommt schon noch. Wohin denn sonst? Alle kommen nach Odessa.«

»Aber viele fahren auch nach Amerika«, widersprach Jakow.

»Kein Vergleich! Das sind die Versager. Haben hier kein Glück gehabt und hauen deshalb nach Amerika ab. Aber wer kommt nach Odessa? Berühmte Leute. Denkt mal drüber nach. Legodé hat vielleicht in Belgien gelernt, Straßenbahnen fahren zu lassen. Aber als er Bescheid wußte, wohin ist er dann gekommen?«

Die Straßenbahnen waren ein starkes Argument. Sie sollten demnächst in Odessa in Betrieb genommen werden, und die Jungen hofften, daß sie dieses große Ereignis noch vor dem geplanten Zeitpunkt ihrer Flucht erleben würden. Wie auch immer, der Plan mußte ausgeführt werden, und nicht einmal ein Patriot wie Andreika konnte sie umstimmen. Nicht daß er sich besondere Mühe gegeben hätte.

»Dann fahrt doch, wenn ihr Lust dazu habt. Guckt euch die Sache selbst an. Ich würde vielleicht für ein Jahr mit-

kommen, aber dann hätte meine Mutter keinen Ernährer mehr. Wißt ihr was?« ereiferte er sich. »Mit dem Boot, das ist doch verrückt. Fahrt lieber mit der Wladimir. Das ist das Schiff, das Häftlinge transportiert.«
»Wohin?«
»Wohin, fragt er... Nach Sachalin natürlich! Ihr seid wirklich grün hinter den Ohren! Sie fährt über Konstantinopel und wird heute abend beladen. Springt drauf, und weg seid ihr! Versteckt euch und fahrt nach Konstantinopel, kein Problem. Dort seht ihr dann weiter. Das ist ein Rie-iesenhafen!«
Es war ein vernünftiger Vorschlag, und die Freunde bedauerten später, ihm nicht gefolgt zu sein. Aber sie wollten ihre Pläne nicht von einem Moment zum anderen ändern: Sie hatten beschlossen, ein Boot zu kaufen und damit das Schwarze Meer zu überqueren – basta. Andreika ließ sich gar nicht erst auf eine Auseinandersetzung ein, sondern erkundigte sich nur, wieviel Geld sie hätten, und rechnete vor sich hin. »Das reicht nicht für ein richtiges Ruderboot. Oder habt ihr vielleicht nur an eine Jolle gedacht?«
Es klang fast wie eine Beleidigung: Jollen mit ihrem geringen Tiefgang hatten viele Vorzüge, aber nur ein Kleinkind konnte sich einbilden, damit viel weiter als bis zum Leuchtturm zu kommen. Nun riet Andreika ihnen, ihr bereits vorhandenes Geld zu investieren.
»Sonst wird nichts aus der Sache. Ihr versteht nichts von Geschäften, wie man sieht, aber das braucht ihr auch nicht. Hört zu: Ihr habt jetzt zweiundzwanzig Rubel. Gebt sie mir, und ihr habt mein Ehrenwort, daß ihr Anfang Juni vierzig zurückkriegt. Ich habe da gerade ein Geschäft eingefädelt. Gut für euch und gut für mich.«
Die Jungen schauten einander an, und der entschlossene Antos sagte als erster: »Abgemacht!«

Sie zogen weder Andreikas finanzielle Begabung noch seine Ehrlichkeit – wenigstens ihnen gegenüber – in Zweifel, denn es stimmte: Aus der Sache würde sonst nichts werden. Plötzlich sahen sie das ganze Abenteuer in einem neuen Licht, mit Andreikas Augen. Die Teile des Planes, die sie nicht durchdacht hatten, waren in der Tat beschämend kindlich. Um so versessener waren sie nun darauf, sich selbst und der ganzen Welt zu beweisen, wozu sie zu dritt – und ohne Hilfe von Erwachsenen – fähig waren.

Das Geld wurde dem neuen Freund feierlich ausgehändigt, und kurz darauf fanden ihre Prüfungen statt, so daß sie keine Zeit hatten, sich um etwas anderes Sorgen zu machen. Am ersten Tag der Ferien pfiff Andreika vor Jakows Fenster. Dieser ging hinaus, und Andreika drückte ihm ein Bündel in die Hand. »Hier, zähl nach. Wenn ihr ein Boot braucht, sagt mir Bescheid. Ich kann eins besorgen.«

Aber sie hatten sich bereits ein Boot bei einem Fischer aus Peressyp ausgesucht. Er war ein solide wirkender, älterer Mann und schwor, daß »dieses Fahrzeug« nicht nur nach Amerika, sondern sogar bis nach China schwimmen werde. Es war ein ordentliches Boot mit einem geteerten Segel, und der Fischer hatte außerdem versprochen, es noch einmal anzustreichen, bevor es in See stechen sollte, dafür werde er keine Kopeke mehr verlangen. Jetzt brauchten sie nur noch ihre Sachen zu packen und den Tag zu bestimmen. Die Prärie wartete. Träge Wellen schwappten sanft vom Schwarzen Meer in den Hafen, und in jenem Monat war offenkundig nicht mit einem Sturm zu rechnen. Ihre Mütter, hofften die Reisenden, würden ein paar Tränen vergießen, dann ihre Fassung wiedergewinnen und mit der Zeit sogar stolz auf sie sein.

Kapitel 9

Der festgesetzte Tag brach an, und der Fischer Fomitsch sollte das Boot bis fünf Uhr nachmittags zu einer kleinen Bucht unweit von Lanscheron bringen. Das Geld war ihm am Vortag ausgezahlt worden. Fomitsch hatte gesagt, das Boot müsse »noch ein bißchen trocknen«, weshalb er es ihnen nicht früher übergeben könne.

Den ganzen Morgen wich Jakow seiner Mutter nicht von der Seite. Er hatte seine Sachen gepackt, die Bündel waren versteckt, und es gab nichts mehr zu tun – außer zu warten. Rachel, froh darüber, daß der Junge einmal nicht versuchte, schon am frühen Morgen zu verschwinden, war in einer sentimentalen Stimmung. Eigentlich konnte sie an ihren Kindern nichts aussetzen. Vielleicht fürchtete sie grundlos, daß die beiden mit ihren Freunden ein eigenes Leben führen würden, das sich von dem Rachels völlig unterschied. Hatte Moissei vielleicht recht, wenn er behauptete, daß »goische Vergnügungen« wie Fußball, »lebende Bilder« und Ausflüge aufs Meer harmlos seien? Gewiß war es schrecklich, die Kontrolle über die Kinder zu verlieren, aber sie war eine ungebildete Frau und fühlte sich sogar in Moisseis Wohnzimmer verlegen, als wäre sie nicht richtig gekleidet oder als könne sie nicht über moderne Themen sprechen. Die Kinder dagegen erhielten eine Ausbildung, von der Isaak und sie nie zu träumen gewagt hätten; die Freunde der Kinder kamen alle aus anständigem Hause und benahmen sich so höflich. Rimma ging zwar kühl mit ihrer Mutter um, aber das lag einfach an ihrem Charakter. Und wie konnte man ein Mädchen kritisieren, das im Gymnasium die Klassenbeste war und dazu noch Gesang studierte? Heute zum Beispiel hatte sie ihre Abschlußprüfung abgelegt – und wußte Rachel etwa nicht, welche Zensur ihre Tochter nach Hause bringen würde? Und Jakow, obwohl kaum ein Tag verging, an dem ihm kein verrückter Plan einfiel, hatte ein Herz aus Gold. Er war so zärtlich, und sein Leichtsinn – was konnte man von einem elfjährigen Jungen schon anderes erwarten? Und gesund war er, Gott sei Dank. Als kleiner Junge hatte er dauernd gehustet, sie hatte ihn zum Essen zwingen und ihm Brustwickel machen müssen, aber nun hatte er einen solchen Appetit und war schon braun von der Sonne…

Die beiden saßen einträchtig an dem kleinen Tisch neben dem Fenster. Jakow war zum Eckladen hinuntergerannt, um frühe Kirschen zu kaufen, und nun häufte er auf einer blauen Untertasse eine Pyramide aus Kernen an. Dabei fragte er Rachel aus, wie Papas Pferd geheißen, wie Mama und Papa einander kennengelernt und was für eine Hochzeit sie gehabt hatten. Das waren Themen, auf die seine Mutter nur zu gern einging und von denen er nie genug hören konnte.

Es machte ihr nichts aus, ihn ziehen zu lassen, als er sagte, er wolle sich mit seinen Freunden in Lanscheron treffen, und sie war von neuem gerührt über die Zärtlichkeit, mit der er sie küßte. Während Jakow den Hof verließ, blickte er sich um. Es würde viele Jahre dauern, bis er das Haus wiedersah. Aber wirklich bedrückende Gedanken stellten sich nicht ein, denn seine Hauptsorge war, daß er vergessen haben könnte, die Perlen für den Tauschhandel mit den Indianern einzupacken. Ihn erfüllte bereits ein süßer

Schauder der Erwartung, wenn er an die Reise dachte, und alles um ihn herum sah so gewöhnlich und von der Sommerhitze ermattet aus, daß er nicht das geringste Bedauern über seinen Aufbruch empfand.

Die behagliche kleine Bucht strahlte die während des Tages angestaute Wärme aus, und die Freunde machten es sich auf einem muschelförmigen, ins Meer ragenden Felsen bequem, um Fomitsch und sein Boot sofort erspähen zu können. Keiner hatte eine Uhr bei sich, aber sie konnten an den Schatten ablesen, daß der Zeitpunkt näher rückte. Doch Fomitsch erschien nicht, und Maxim wurde als erster unruhig.

»Und wenn er heute nicht kommt?«

»Was soll das heißen: ›Wenn er heute nicht kommt?‹? Wir haben doch eine Vereinbarung mit ihm!« sagte Antos empört.

Aber es wurde bereits dunkel, und das vertraute Boot war nirgends zu entdecken. Sie musterten jedes Segel, doch keins hatte die geringste Ähnlichkeit mit ihrem. Dann waren sogar die Segel nicht mehr zu erkennen, nur vereinzelte Lichter blinkten draußen auf dem Meer. Unter ihnen, in der Dunkelheit, rauschte das warme Wasser über das unsichtbare Geröll. Es war klar, daß Fomitsch nicht kommen würde. Ob er sie betrogen hatte? Sie waren noch nie auf eine Gemeinheit solchen Ausmaßes gestoßen und weigerten sich, es zu glauben. Plötzlich fiel ihnen ein, daß sie nicht einmal wußten, wo sie nach ihm suchen sollten. Er stamme aus Peressyp, hatte er ihnen mitgeteilt, aber sie waren ihm in Lanscheron begegnet und hatten dort auch das Boot inspiziert: Jetzt argwöhnten sie bereits, daß sie diesen Mann nie wieder in Lanscheron zu Gesicht bekommen würden. Sie würden auch nie wieder so viel Geld besitzen. Was mochte Andreika sagen, wenn sie, die kühnen

Abenteurer, ihm im Stadtpark über den Weg liefen, als wäre nichts geschehen?

Jakow lachte auf. »Wie blöd wir sind!«

»Ich verstehe nicht, was es da zu lachen gibt!« entrüstete sich Maxim.

»Soll ich etwa weinen? Eines Tages kannst du deinen Enkeln erzählen, was für ein großer Abenteurer ihr Großvater war!«

Trotz seines aufrichtigen Kummers ließ diese unerwartete Erwähnung von Maxims Enkeln auch Antos kichern, aber er beherrschte sich und sagte streng: »Also gut, uns bleibt nichts anderes übrig, als heimzukehren, wenn's auch eine Schande ist. Ich hoffe, meine Herren, ihr versteht: Kein Wort darüber. Die Sache muß unter uns bleiben.«

»Ja-a, wie sollen wir zurückkehren? Es ist doch schon spät. Und was sollen wir zu Hause sagen?« jammerte Maxim.

Aber die Freunde brachten ihn rasch zum Schweigen: Was passiert war, war passiert, und sie mußten es wie Männer hinnehmen. Später würde ihnen vielleicht etwas Neues einfallen, aber vorläufig mußten sie heimkehren und den Mund halten! Die Rückkehr war höchst unerfreulich. Antos beantwortete die barsche Frage seines Vaters, wo er sich bis spät in die Nacht herumgetrieben habe, mit den energischen Worten: »Papa, ich habe nichts Schlimmes getan. Aber ich habe meinen Freunden mein Wort gegeben, nicht darüber zu sprechen.«

Iwan Timofejewitsch kannte seinen Sohn und wußte, daß er nun nichts Vernünftiges mehr aus ihm herausholen würde. Der Junge war verstört, aber er blickte seinem Vater offen in die Augen. Dieser ließ sich nur versichern: »Aber du hast nichts angerichtet?«

»Ehrenwort!«

Danach ertrug Antos heldenhaft eine Woche Hausarrest,

und die Angelegenheit war beendet. Jakow erfand für seine Mutter eine lange Geschichte über ein Feuer in Blischnije Melnizy. Aber sein größtes Problem war nicht, den häuslichen Ärger zu überstehen, sondern alles für sich zu behalten. Seine Erinnerung schmückte den Vorfall mit einer Menge humoristischer Einzelheiten aus, und der Drang, jemandem davon zu erzählen, ließ ihn fast platzen. Vorläufig jedoch fand er sich damit ab. Was Maxim anging, so wurde er von seiner Mutter, die vor Sorge außer sich gewesen war, in die Arme geschlossen, sobald er das Haus betrat. In den ersten Minuten dachte niemand daran, ihm Vorwürfe zu machen: Gott sei Dank, der Junge war in Sicherheit! Und dann, immer noch erschüttert über die Ungerechtigkeit, die ihm widerfahren war, berichtete er seiner Mutter unter Tränen von seinem Mißgeschick. Was für schreckliche Menschen es auf der Welt gab!

Seine Verzweiflung war so groß, daß er nicht einmal gescholten, sondern nur ins Bett geschickt wurde. Aber bevor er einschlief, zwang seine Mutter ihn, das Kreuz zu küssen und zu schwören, daß er nie wieder von ihr fortlaufen werde, und der zutiefst gerührte Maxim folgte ihrem Wunsch gern. Am nächsten Tag lachten die erwachsenen Petrows bereits in Sergeis Datscha über die Eskapade, und die belustigten Gäste erinnerten sich an ihre eigenen kindlichen Streiche. Dr. Dultschin entwickelte sogar eine ganze Theorie zu diesem Thema.

»Was soll man da machen – so sind die Kinder von Odessa nun mal! Geborene Dichter und Abenteurer, und dazu wachsen sie schließlich auf. Wissen Sie, warum? Alles hängt von der Astrologie und von der Akazie ab! Ja, ja, meine Damen und Herren, von der Akazie! Nur von ihr!«

Damit erhielt das Gespräch eine Wendung, und die Gäste, an Dultschins paradoxe Äußerungen gewöhnt, wußten bereits, daß ihnen nun etwas Geistreiches und Unerwartetes aufgetischt werden würde, das sie später ihren Bekannten gegenüber genußvoll wiederholen konnten. In Odessa blühten die Akazien mit der Kraft einer Naturgewalt: Sie waren überall, ihr süßer, sündhafter Geruch durchdrang die ganze Stadt, die Zweige der Bäume bogen sich unter den Blüten, Vasen wurden mit ihnen gefüllt, Jungen aßen die feuchten, cremefarbenen Blütenblätter handvollweise, und Damen steckten sie sich ans Kleid. Nachdem die Blüten vertrocknet waren, ergossen sie sich über die Fahrdämme, und Pferde harkten sie mit den Hufen beiseite. Auch jetzt, obwohl die Blütezeit ihrem Ende entgegenging, wehte von Sergeis geöffneter Veranda mit jedem Windstoß ein Akazienduft herein, der ein leichtes Schwindelgefühl auslöste.

»Wissen Sie, meine Damen und Herren, was dieser Geruch den Menschen antut? Wir können auf Details verzichten… Aber als Arzt sage ich Ihnen: Die Geburtenziffer in Odessa erreicht ihren Höhepunkt neun Monate nach der Akazienblüte. Darüber habe ich eine Statistik angelegt – es hat also keinen Zweck, mir zu widersprechen. Und das bedeutet, abhängig von dem jeweiligen Jahr, daß die Kinder, wenn sie im Zeichen des Wassermanns geboren werden, Unternehmer, Abenteurer, Reisende – eben äußerst aktive Menschen – werden. Werden sie im Zeichen der Fische geboren, dann hat man es mit Kindern zu tun, die nach Höherem streben. Das sind Maler, Dichter, Musiker und überhaupt Menschen mit einem Gefühl für Schönheit. Ich wiederhole, das ist die Mehrheit, und sie bestimmt das Gesicht der Stadt. Durch sie werden die Bürger von Odessa zu dem, was sie sind«, schloß Dultschin befriedigt und lehnte sich zurück in seinen Korbsessel.

Die Theorie schien sehr angreifbar zu sein – schon deshalb, weil der Junge, der soviel allgemeinen Frohsinn ausgelöst hatte, im Mai zur Welt gekommen war. Aber mit Dultschin stritt man sich nicht: Damals war der Mystizismus in Mode, und alle freuten sich darüber, daß sich die Einzigartigkeit von Odessa begründen ließ.

Man scherzte über die aufrichtigen christlichen Gefühle, mit denen Maria Wassiljewna nun für den Schurken Fomitsch, der ihrem Sohn so übel mitgespielt und ihm zugleich wahrscheinlich das Leben gerettet hatte, beten würde. Damit war das Thema erschöpft – nur nicht für Sergei. Er wußte besser als alle anderen, wie wichtig es war, daß sich die Kinder mit dem Meer vertraut machten. Da er keine eigene Familie besaß, hatte er sich eng an Iwans Familie angeschlossen: Er ging respektvoll und zartfühlend mit »unserem Engel Mascha« um, verwöhnte die Kinder und fühlte sich bei seinem Bruder wie zu Hause. Er sah jedoch deutlich, daß die Kinder auch von den anderen verwöhnt wurden und daß ihr Leben, anders als das ihrer Eltern, schwer sein würde. Mascha und Iwan ahnten nichts davon, was sich abspielen würde, und es hatte keinen Zweck, es ihnen zu erklären. Sergei erfuhr zu seinem Entsetzen, daß Iwan den Sozialdemokraten 1905 eine beträchtliche Summe gespendet hatte – einfach deshalb, weil dies zum guten Ton gehörte. Alle Versuche, mit seinem Bruder darüber zu reden, führten zu nichts. Also blieb Sergei nur eines übrig: Er mußte für die Abhärtung der Kinder sorgen. Vielleicht würden sie ihm später dankbar sein.

Er schlug Iwan und Mascha vor, die Kinder für den ganzen Sommer zu ihm auf die Datscha zu schicken: Er habe Reitpferde und eine Jacht, und man könne vielleicht ein »häusliches Kadettenkorps« aufbauen. Die Kinder sollten auch ihre Freunde einladen, und er, Sergei, garantiere, daß die

ganze Gesellschaft am Abend vor Erschöpfung umfallen werde. Disziplin, frische Luft und keine Phantastereien!
»Wie meinst du das, Sergei – die Mädchen auch?« war alles, was Maria Wassiljewna einfiel.
»Meine liebe Mascha, auch Mädchen sind zu Phantastereien fähig! Emanzipation, tragische Liebe und so weiter – Gott behüte. Sie sollen lieber reiten und schwimmen, das nützt auch der Gesundheit. Sina kann unsere Haushälterin sein, und Marina wird braun werden, wie es sich gehört, statt dauernd vor dem Spiegel herumzuheulen.«
Die Eltern brachen in Gelächter aus. Marina, die bereits dreizehn Jahre alt war und wahrscheinlich ein hübsches Mädchen werden würde, hatte ein paar Pickel auf der Stirn und hielt sich für hoffnungslos entstellt. Das einzige Gegenmittel für ein Mädchen ihres Alters war, wie die Erwachsenen wußten, eine ordentliche Sonnenbestrahlung. Alles wurde entsprechend arrangiert. Maria Wassiljewna stattete Rachel und den Teslenkos Besuche ab und versprach, sich persönlich um die Mädchen zu kümmern; um die Jungen brauche man sich keine Sorgen zu machen, da Sergei sich ihrer annehmen werde.
»Schenkel! Schenkel locker lassen!« brüllte der fürsorgliche Onkel, während Maxim, verschwitzt und erschöpft, wieder einmal aus dem Sattel flog. Sergei, ein begeisterter Reiter, war der Meinung, daß der Anfangsunterricht ohne Steigbügel stattfinden sollte. Ein guter Reiter konnte sich allein mit den Knien festhalten. Sein einziges Zugeständnis galt den Mädchen, die auf der friedlichen Stute Brysja übten, während die Jungen mit der holprigen Gangart von Arap vorliebnehmen mußten. Den Abenteuerlustigen stand allerdings auch Onkel Sergeis Lieblingspferd Strelez, ein vollblütiger Kirgisenhengst, zur Verfügung.
Im Wasser war es noch lustiger. Bald stellte sich heraus,

daß Jakow nicht schwimmen konnte. Gott allein wußte, wie es ihm gelungen war, dies so lange zu verbergen, aber er wäre offenbar lieber mit einem solchen Makel nach Amerika gereist, als seine Schande einzugestehen. Doch im Moment war seinen Freunden nicht nach Spott zumute, denn Antos brachte es einfach nicht fertig, im Takt zu rudern, und ließ das Wasser dauernd aufspritzen, während Maxim an Seekrankheit litt. Sergei war unbarmherzig: Er fuhr mit all seinen Schutzbefohlenen aufs Meer hinaus, als der breite Wind wehte, und ließ sie »ein für allemal gründlich durchschütteln« – eine brutale, doch wirksame Methode. Maxim und Jakow sehnten sich nach einem baldigen Tod, Antos saß stolz und bleich da, und Marina, die überhaupt nicht seekrank wurde, zeigte ihr Mitgefühl nach Kräften, indem sie mit feuchten Handtüchern behende durch die Jacht glitt. Zum Entzücken und Erstaunen der Kinder wurde ihrer Seekrankheit tatsächlich für immer ein Ende gesetzt, und schon auf dem nächsten großen Meeresausflug zeichnete sich Jakow dadurch aus, daß er sämtliche Zwiebäcke aufaß.

Die »Herren Studenten« – Pawel und Wladek – waren vom Unterricht des Onkels freigestellt. Sie waren nach Sergeis Meinung bereits ausreichend ausgebildet, jedenfalls »blamierten sie sich nicht, vom Strand her betrachtet«. Sie wohnten auch nicht in seinem Landhaus. Wladek verbrachte die Sommerferien an der Andrejewski-Bucht, wo er den Sohn des Getreidehändlers Walijew auf die Aufnahmeprüfung des Gymnasiums vorbereitete. Pawel hatte sich für die Idee der drahtlosen Kommunikation begeistert und sein Zimmer in der Koblewskaja-Straße mit Kabelrollen und hausgemachten Induktionsspulen vollgestopft. Fessendens Ruhm ließ ihm keine Ruhe. Pawel und Wladek besuchten das Haus am Brunnen gelegentlich. Beide waren »Freidenker«, wie Sergei sich ausdrückte, und lächelten ermutigend, wenn sie die sich abschälenden Nasen und die aufgeschabten Handflächen der jungen »Kadetten« betrachteten. Ihre Ankunft ließ die weiblichen Bewohner des Hauses stets lebhafter werden, denn nun kündigten sich längere und unterhaltsamere Abende an. Sina, die sich mittlerweile an die Rolle der Haushälterin gewöhnt hatte, goß allen Tee ein, Rimma sang nach kurzem Zureden romantische Lieder, und Wladek, der sich scherzhaft zu Marinas ritterlichem Beschützer ernannt hatte, neckte Jakow, der offenbar die gleiche Rolle angestrebt hatte. Aber wie Sergei versprochen hatte, kämpften die »Kadetten« am Abend bereits gegen den Schlaf an und gingen fast ohne Widerrede ins Bett. Maria Wassiljewna, die immer zu solchen Zusammenkünften erschien, behielt die jungen Leute scharf im Auge. Sie war für die Mädchen verantwortlich, und Gymnasiastinnen, die die vorletzte Klasse besuchten, mußten besonders aufmerksam kontrolliert werden. Schließlich war bekannt, was an solchen Abenden in Landhäusern geschehen konnte: Bevor man sich versah, hatten sich alle ineinander verliebt. Die blauen Augen der kleinen Teslenko schienen ihren älteren Sohn zu beunruhigen. Aber war es für so etwas nicht noch ein wenig früh?

»Erste Begegnungen, letzte Begegnungen,
Sanfte Stimme, geliebte Klänge …«,

sang Pawel mit seinem jungen Bariton, während Sergei mit gesenktem Kopf seinen eigenen Gedanken nachhing. Marina, die jede Stimmung rasch erfaßte, legte ihre schlanke Hand auf den Arm ihres Onkels, und er küßte dankbar ihre kindlichen Finger. Aus irgendeinem Grunde

schien es ihm, als habe dieses modische Lied noch einen anderen, prophetischen Sinn: als würden sie alle Rußland verlassen oder als existierten Rußland oder sie selbst bereits nicht mehr und als würde nichts mehr so sein wie früher – weder diese Lampe noch der warme Duft der Levkojen, noch die weiße Tischdecke, noch diese jungen Gesichter, die so bereitwillig von Nachdenklichkeit zu Gelächter überwechselten. Und sie waren deshalb so glücklich, weil sie meinten, ihr wahres Glück noch vor sich zu haben… Aber er saß mit seinem Weltschmerz da und bildete sich ein, die Zukunft zu kennen. »Ich werde alt und sentimental«, dachte Sergei und lächelte spöttisch.
Die jungen Leute hatten den Gesang beendet und debattierten nun heiß über die russischen Zaren. Hatte es unter ihnen wenigstens einen einzigen fortschrittlichen Menschen gegeben? War Peter I. die Ausnahme? Sie wußten, daß es unverschämt war, sich in Onkel Sergeis Anwesenheit so freimütig über die Monarchen zu unterhalten, aber genau das stachelte sie an.
»Ja, Peter war natürlich ein anständiger Mann – seinen eigenen Sohn zu ermorden!« meinte Wladek mit einem Schulterzucken.
Es war wieder einmal an der Zeit, ihnen auf die Sprünge zu helfen, und Sergei erkundigte sich leise: »Was war also nach Ihrer Meinung, Wladek, nicht fortschrittlich?«
»Bitte sehr, Sergei Alexandrowitsch, was gibt's da zu diskutieren? Mord ist Mord.«
»Aber er hat ja nicht nur seinen eigenen Sohn ermordet. Sie werden mir zustimmen, daß die ganze Geschichte den Rahmen häuslicher Gewalt sprengt. Außerdem ließ er einen Anwärter auf den russischen Thron ermorden – und das ist doch wohl eine politische Sache.«
»Aber Onkel, ob es ein politischer Mord war oder nicht –

dafür gibt es trotzdem keine Rechtfertigung!« warf Pawel ein.
»Das ist also nun deine Ansicht, mein Freund? – Aber ich erinnere mich, daß Wladek, Rimma und du vorgestern begeistert über Wera Sassulitsch und ihren Freispruch wart, obwohl sie auf Trepow geschossen hat. Ich dachte, daß ihr politische Morde billigt, und nun heißt es plötzlich: ›Nicht fortschrittlich‹...«
Das war ein schwerer Schlag. Sie hatten kein Gegenargument, und der errötende Pawel rechtfertigte sich: »Aber vorgestern hatten Sie, Onkel Sergei, überhaupt keine Einwände, wenn ich mich richtig erinnere.«
»Natürlich nicht, mein Junge. Ich bin noch nicht so alt, um zu vergessen, daß euch bei solchen Diskussionen die Meinung eures mürrischen Onkels nicht interessiert – nein, überhaupt keine Meinung außer eurer eigenen. Damit will ich euch keine Vorwürfe machen: Die Jugend hat ihre eigenen Rechte. In eurem Alter war ich genauso. Deshalb wollte ich euch vorgestern nicht widersprechen. Ich kann euren Urteilen nur eure eigenen Urteile gegenüberstellen. Und ich hoffe, daß ihr sie wenigstens in eine logische Ordnung bringt.«
»Trotzdem ist der Vergleich nicht ganz zutreffend«, sagte Rimma eigensinnig. »Schließlich hat Sassulitsch Trepow nicht getötet!«
»Ja, ich erinnere mich, es tat Ihnen leid, daß sie ihn nicht getötet hat«, erwiderte Sergei und neigte höflich den Kopf. »Wo ist also der Unterschied? Ob Trepow überlebt hat oder nicht – das würde doch nichts an Ihren Prinzipien ändern, oder?«
»Onkel Sergei! Jetzt reicht's aber, das ist ja das reinste Blutbad. Als Haushälterin befehle ich Ihnen: Schluß!« lachte Sina. Im tiefsten Innern war sie froh darüber, daß Pawel

und Wladek in ihre Schranken gewiesen worden waren, aber sie merkte, daß Rimma gleich aufbrausen würde, und das mußte verhindert werden.
»Zu Befehl, Schluß mit dem Blutbad!« gab Sergei gutgelaunt zurück. »Darf ich Ihnen eine Erfrischung anbieten, meine Königin?«
Die jungen Leute nahmen das Angebot wohlwollend an. Eine marmorierte Wassermelone wurde aufgeschnitten und mit gebührenden Komplimenten bedacht, obwohl die »Herren Studenten« durch ihr Mienenspiel erkennen ließen, daß sie sich unter einer Erfrischung etwas Kräftigeres vorgestellt hatten.
Vor dem Schlafengehen fuhr sich Rimma unbarmherzig mit dem Kamm durchs Haar. Warum ließ sie sich von Sinas Onkel so ärgern? Ein alter Kauz, der zu modernem Denken nicht fähig war. Wahrscheinlich hatte er nicht einmal Kropotkin gelesen. Er hatte in der russischen Marine gedient und war nun ein russischer Grundbesitzer. Aber welche Arroganz! Er schien sich dauernd über sie – und auch über die anderen – lustig zu machen. Doch er war ein freundlicher Gastgeber und sehr aufmerksam. Jakow folgte ihm auf den Fersen wie ein Hündchen. Und er behandelte Jakow sehr zartfühlend. Aber was mochte er bloß von ihr, Rimma, halten? Und spielte das überhaupt eine Rolle? Er war von einer undurchdringlichen Mauer aus guten Manieren umgeben und machte ihr für ihren Gesang höfliche Komplimente, mehr jedoch nicht. Erbittert merkte sie, daß sie diesem Mann unbedingt etwas beweisen wollte… Und was? Warum mußte sie ihm etwas beweisen? Weshalb war sie auf den wilden Strelez gestiegen – nur, damit Sergei Alexandrowitsch ihren Mut bestaunen konnte? Schön, er hatte gestaunt – na und? Wie behutsam er immer mit Anna sprach, wie er ihr hinterherlächelte, als wäre

sie eine Art Wunder! Mit Sina scherzte er dauernd, aber schließlich war sie seine Nichte. Nur vor Rimma errichtete er die Mauer. Lag es an der Einstellung eines Adligen zu einer Jüdin? Aber wieso – sie konnte solche Dinge spüren – zeigte er keine Kälte Jakow gegenüber? Sollte sie mit Anna sprechen? Doch Anna würde sie nicht verstehen, denn sie hielt jeden für einen guten Menschen – eine originelle Einstellung! Sina würde wie immer laut lachen. Sie nahm überhaupt nichts ernst. Die Tochter eines Adligen und noch dazu eine Schönheit – warum sollte sie sich den Kopf zerbrechen? Seit ihrer Geburt besaß sie alles, was sie sich wünschen konnte. Diese Welt der Reitpferde, der gespiegelten Schaufenster, der Jachten und höflichen Diener war ihr vertraut. Nein, daran lag es nicht. Die Schaufenster und die Jachten – all das konnte mit Geld gekauft werden. Auch Onkel Moissei war reich, aber er würde nie so geachtet werden wie Sina. Ganz ungezwungen gab sie Nikita, dem Diener ihres Onkels, Anweisungen, und er machte sich sofort ans Werk, obwohl Sina noch ein Mädchen war. War er ein Kriecher? Nein, manchmal knurrte er sogar Sergei Alexandrowitsch an, der dann nur auf komische Art die Hände ausbreitete… Nikita gehörte sozusagen zur Familie, das war alles.

Doch sie, Rimma, gehörte nicht in diese Welt. Jakow konnte tun, was er wollte, sie jedoch nicht. Aber war es denn nicht möglich, eine andere Welt zu lieben? Morfessi zum Beispiel war kein Russe, aber mit Sergei Alexandrowitsch befreundet. Nein, er war Russe – ein russischer Grieche. Weshalb war sie bloß in ihn verliebt? Aber darauf kam es jetzt nicht an, dieser Gedanke verwirrte sie nur. Eines immerhin war klar: Sie würde die Welt dieser Petrows entweder lieben oder hassen müssen. Und es sah nicht nach Liebe aus.

Kapitel 10

»Attentat auf Minister Stolypin! Hand und Leber durchschossen! Sensationelle Einzelheiten!« brüllten die Zeitungsjungen an einem klaren Septembermorgen und warfen sich geradezu unter die Räder der Kutschen. Odessa, damals bereits aufgebracht über den Streik der Handelsmarine in den drei Küstenhäfen, ließ politischen Leidenschaften freien Lauf, die man bereits für überwunden gehalten hatte.

»Onkel, was meinen Sie – wird es Pogrome geben?« fragte Jakow.

»Wie kommst du denn darauf?« erwiderte Moissei mit einem Lächeln.

»Dann stimmt es nicht, daß Bogrow Jude ist? Das habe ich gerade im Gymnasium gesagt, aber die anderen ...«

»Du solltest im Gymnasium lieber den Mund halten, Freundchen. Schweigen ist Gold, das weißt du doch? Bogrow ist tatsächlich Jude, also bestimmt kein Dummkopf. Schließlich hat er nicht auf den Zaren geschossen, obwohl er dabei genauso erfolgreich gewesen wäre. Von den beiden Monarchisten – wenn man Nikolaus überhaupt als Monarchisten bezeichnen kann –, hat er sich den gefährlicheren ausgesucht. Hätte er den Zaren ermordet, dann gäbe es natürlich ein Pogrom wie noch nie. Aber wegen Stolypin wird sich niemand die Mühe machen. Nicht einmal Nikolaus soll besonders verärgert sein.«

»Und wer wird Stolypin jetzt ersetzen, Onkel Moissei?« warf Rimma ein, die gespannt zugehört hatte.
»Rasputin wird schon einen Rat wissen, keine Sorge.«
Wenn Moissei das Wort ergriff, schien alles klar zu sein: Es gab keinen Grund zur Unruhe, die Sache konnte mit einer spöttischen Bemerkung abgetan werden. Viel Lärm um nichts. Aber an jenem Abend hörte Rimma, wie Moissei mit ihrer Mutter sprach. Diesmal jedoch ernsthafter. Er plane, sein ganzes Kapital nach Wien zu verlagern und sich dort irgendwann für immer niederzulassen. Die Monarchie werde bald zusammenbrechen, was ihr recht geschähe. Welchen Zweck habe es, sich unter ihren Trümmern zu begraben? Wer könne voraussagen, was sich als nächstes ereignen werde? In diesem Land sei mit allgemeiner Brüderlichkeit wohl kaum zu rechnen. Auch Rachel solle sich Gedanken über die Zukunft machen. Es sei jedoch noch Zeit, und sie brauche sich nicht von einem Tag zum anderen zu entscheiden.
Aber Rimma hielt diese Argumente nicht für überzeugend. Der Zar saß auf seinem Thron, und in zwei Jahren würde man den dreihundertsten Jahrestag seiner Dynastie feiern – warum also sollte die Monarchie zusammenbrechen, wenn alle nur die Hände in den Schoß legten? Hatte jemand wirklich die Möglichkeit gehabt, den Zaren zu ermorden, und es sich dann anders überlegt? Wahrscheinlich hatte dieser Bogrow daneben geschossen. Es war schwierig, aus einem Theaterpublikum ins Ziel zu treffen. Von der Bühne aus, wo der ganze Saal vor einem lag, wäre es etwas anderes gewesen! Warum hatte noch niemand eine solche Idee gehabt? Die Künstler wurden schließlich nicht durchsucht. Man müßte mit Pistolen auf die Bühne gehen – zum Beispiel Morfessi und sie – und es dieser Monarchie heimzahlen: Da, für eure Besiedlungsgrenze!

Das ist für eure Zensur! Das für eure Kosaken mit den Peitschen! Für die Hausdurchsuchungen! Für die Geheimpolizei! Egal, wenn sie danach aufgehängt oder in Stücke gerissen würde. Welch ein Glück, zusammen mit dem geliebten Mann für eine gerechte Sache zu sterben. Hatten die besten Menschen Rußlands – die Dezembristen, die Narodniki, Leutnant Schmidt – den gleichen Traum gehabt?

Sie konnte ihre Gedanken mit niemandem teilen, denn wie hätte sie mit ihren Verwandten über solche Themen sprechen sollen? Auch nicht mit ihren Freundinnen, denn die hatten ebenfalls bourgeoise Ansichten. Besser gesagt, es war ungewiß, ob sie überhaupt irgendwelche Ansichten hatten. Sina allerdings war phantasievoll und irgendwie unberechenbar. Wladek hatte ihr zu Recht den Spitznamen »Schneekönigin« gegeben: Niemand wußte, was ihr durch den Kopf ging, doch sie tat immer alles auf ihre Weise und zwang andere, ihrem Beispiel zu folgen. Anna war einfach zu anständig. Ein solches Mädchen konnte nur heiraten, Kinder haben und Gummibäume in Töpfen züchten. Aber wie sollte man auf eine Bühne gelangen, von der man den Schuß abfeuern konnte? Der Zar verbrachte die meiste Zeit in St. Petersburg – wann würde man sie dorthin fahren lassen, über die Besiedlungsgrenze hinweg? Wie einsam sie war. So brauchte es nicht zu sein, schließlich gab es noch Revolutionäre in anderen Kreisen. Sie mußte sich zu ihnen aufmachen – Odessa war nichts als ein Sumpf. Hier wohnten nur vergnügungssüchtige Menschen, die nichts ernst nahmen und auch 1905 nur mit der Revolution gespielt hatten. Immerhin würde sie bald das Gymnasium beenden. Auf keinen Fall wollte sie hier aufs Konservatorium gehen, sondern lieber in Kiew studieren. Und dann würde sich alles fügen und von selbst entwickeln.

Tatsächlich überredete sie ihre Mutter, sie nach Kiew ziehen zu lassen, und im Herbst 1913 wollte sie ihr Studium am dortigen Konservatorium beginnen. Vor ihrer Abreise veranstalteten die Mädchen eine Feier für sie, und Rimma vergoß aufrichtige Tränen, als sie sich von ihren Freundinnen verabschiedete. Wie schön ihre gemeinsame Zeit gewesen war! Sie hatten »Madame Bonton« Streiche gespielt, sich von denselben Büchern rühren lassen, ihre Brüder geneckt und geheime Wörter erfunden, die nur sie drei verstehen konnten. Auf so vieles hätten sie sich noch freuen können, aber dafür war es nun zu spät. Ein neues Leben – ein Leben für Erwachsene – kündigte sich an.

»Mama, setz dich ein bißchen zu mir.«
Wanda Kasimirowna lächelte seufzend. Beide liebten dieses »Setz dich ein bißchen zu mir«. Schon bevor Anna sprechen konnte – und vielleicht schon früher –, hatten sie es sich zu zweit in dem alten Sessel bequem gemacht, die Mutter auf dem Sitz und Anna auf der Armlehne. Hier hatten sie polnische Lieder gesungen, hier hatte Anna ihrer Mutter über die Schulter geblickt und lesen gelernt, hier hatte ihre Mutter harmlose kindliche – und später nicht mehr kindliche – Fragen beantwortet. Ihr kleines Mädchen, ihr Töchterchen. Mit den Jungen war es etwas anderes, doch ihrer Tochter konnte sie Spitzenkleider anziehen, ihre Grübchen küssen, ihre Locken einlegen und ihr Strohhüte kaufen – immer wieder, bis Anna erwachsen wurde. Aber wie mager sie aussah – was war aus den Grübchen geworden? Nun hatte sie eine frauliche Frisur und trug ein graues Kleid ohne Spitzen. Eine Studentin. Und ihre Mutter spürte bereits, daß das heutige Gespräch schwierig werden würde. Anna war in letzter Zeit unruhig und verschlossen und aß fast nichts – das lag bestimmt

nicht nur an der Sorge um ihre Taille. Na ja, das Mädchen war achtzehn Jahre alt. Hatte sie sich verliebt? Hoffentlich war das alles! O Gott, schütze uns und sei uns gnädig!
Anna drückte wie immer die Wange an die Schulter ihrer Mutter, doch dann hob sie den Kopf.
»Mama, ich habe solche Angst, dir weh zu tun... Aber du mußt doch Bescheid wissen, wenn's etwas Wichtiges ist, oder?«
Wanda Kasimirowna nickte tapfer. Anna umarmte sie weiterhin, und sie merkte, wie angespannt ihre Tochter war.
»Mama, ich glaube wohl nicht an Gott.«
Das war es also! Bloß nicht losschreien oder in Tränen ausbrechen. Ganz ruhig. Vielleicht war alles gar nicht so schlimm. Aber es schien trotzdem wichtig zu sein.
»Hat dir das jemand eingeredet, Anusja?«
»Nein, Mama, es ist etwas anderes. Wenn es nur Gedanken wären – verstehst du mich? –, Ideen und solche Sachen, dann könnte man natürlich endlos darüber diskutieren, aber solche Diskussionen kenne ich auswendig. Weißt du, wenn ich jemandem zuhöre, scheint er recht zu haben, und dann spricht ein anderer, und er hat auch recht. Wem soll ich bloß zustimmen? Später bleibe ich dann sowieso bei meinen eigenen Gedanken. Wahrscheinlich bin ich so dumm, daß mich niemand überzeugen kann. Ich glaube nicht an Gott – nicht mit dem Kopf, und ich spüre einfach nichts. Vielleicht habe ich etwas gespürt, aber jetzt nicht mehr. Ich fühle mich, als wäre ich eine Lügnerin; zum Abendmahl gehe ich, als wäre ich eine Diebin. Es ist doch unehrlich – in die Kirche zu gehen und nicht zu glauben?«
»Schämst du dich vor dir selbst, Anusja, oder vor den anderen?«
»Wen meinst du, Mama?«

»Du weißt schon, wen ich meine, Kindchen. Du hast neue Bekannte – dort an der Universität, und ihr habt eure eigenen Kreise. Dazu gehören Studenten, aber nicht nur Studenten. Ich weiß, die meisten halten es für rückständig, in die Kirche zu gehen. Du denkst, daß auch du nicht an Gott glaubst – schämst du dich also vor ihnen, weil du dich anders benimmst? Oder ist es so, daß du glauben möchtest, aber nichts spürst und dir deshalb Sorgen machst? Du brauchst jetzt nicht zu antworten, wenn du es nicht willst, aber das erste ist eine große Sünde, das zweite dagegen stößt jedem von uns irgendwann zu. So stellt der Herr deine Treue auf die Probe.«
»Mama, ich weiß nicht, so habe ich mir das noch nie überlegt. Meinst du, daß ich eines Tages wieder glauben werde?«
»Ich werde sehr darum beten. Und du mußt auch beten, selbst wenn es ins Leere zu gehen scheint. Anusja, mein Kleines! Ich werde mein ganzes Leben lang für dich beten, und wenn ich sterbe, dann bete ich im Jenseits weiter. Gott wird dich nicht im Stich lassen, wenn du dich nicht ganz verschließt… Anusja…«
Nun weinten beide, und Wanda Kasimirowna fühlte sich erleichtert, daß das Entscheidende gesagt worden war und alles weitere nicht so schrecklich sein würde. Eine Hand schien sich auf ihre Schulter gelegt zu haben, nicht die Hand ihrer Tochter, sondern eine andere – ein Zeichen Gottes. Dabei hatte sie noch gar nicht gebetet. Das Mädchen würde gerettet werden – Wanda Kasimirowna hätte nicht überzeugter sein können, wenn sie in jenem Moment eine Stimme vernommen hätte.
»Mama, verzeih mir. Wie rücksichtslos ich bin – dir solchen Kummer zu bereiten. Es wäre besser, wenn Gott existieren und mich dafür bestrafen würde.«

»Vor langer Zeit habe ich meiner eigenen Mutter genau solchen Kummer gemacht, Anusja. Und ich war ungefähr so alt wie du. Es ist nicht deine Schuld, so ist das eben in einer Familie: Alles, was wir tun, wird dann von unseren Kindern wiederholt, wenn auch auf ein bißchen andere Art. Und deine Kinder werden genauso handeln.«

»Du sprichst von der Zeit, als du mit Papa durchgebrannt bist, stimmt's? Aber Großmutter hat dir doch später verziehen.«

»Trotzdem hat es ihr sehr weh getan. Und daß sie mir verziehen hat – auch ich werde dir alles verzeihen, genau wie du deinen Kindern.«

»Aber wenn sie es nicht getan hätte? Großvater war schließlich...«

»Es genügt, wenn einer dazu bereit ist. Jeder Kummer, jede Sünde – sei bereit zu verzeihen. Damit setzt du ihnen ein Ende, so daß nichts mehr von ihnen übrigbleibt. Verstehst du mich?«

»Du hast recht. Aber ich werde nie davonlaufen.«

»Bist du sicher?« fragte Wanda Kasimirowna lächelnd.

»Aber du magst Pawel doch gern, nicht wahr?«

»Aha, ihr habt euch also schon entschieden? Schön, daß du nicht vergessen hast, mir Bescheid zu sagen.«

Anna schüttelte den Kopf. »Wir haben noch nichts entschieden. Eher im Gegenteil. Er hat mir einen Heiratsantrag gemacht, aber ich habe geantwortet, daß wir vorläufig noch nicht darüber sprechen sollten. Ich weiß, daß er mich liebt, aber ich selbst bin mir nicht sicher. Alles ist irgendwie zu alltäglich.«

»Wie klug von dir, nichts zu übereilen. Er ist verrückt geworden – noch Student und macht schon Heiratsanträge... Zu unserer Zeit mußte ein Mann erst mal auf eigenen Beinen stehen, bevor er an Heirat denken konnte.«

»Nein, er hat von der Zukunft gesprochen – wenn er Wissenschaftler ist.«

»Also wollte er, daß du ihm schon vorher dein Wort gibst und dich an ihn bindest?«

»Das hat mir auch nicht gefallen. Weißt du, ich möchte ihn überhaupt nicht heiraten. Nur glaube ich, daß es sowieso so kommen wird... Albern, was?«

»Wenn du heiraten willst, dann wirst du es auch tun. Du brauchst nicht zu hoffen, daß deine Eltern dich dazu zwingen werden«, lachte die Mutter.

»Dann muß ich mich wohl verrechnet haben, Mama. Ich dachte nämlich, wenn du wüßtest, was ich von Gott halte, würdet ihr mich aus dem Haus jagen.«

»Anusja, wie viele fixe Ideen hast du denn noch?«

Wie immer, wenn die beiden geweint hatten, waren sie danach zu keinem ernsthaften Gespräch mehr fähig. Ihnen war nach Plaudern und Scherzen zumute, und plötzlich hatten sie beide großen Appetit.

Pawel hetzte Strelez wütend über den welkenden Steinklee. Er war schon vor langer Zeit vom Weg abgewichen, und nun ritt er durch die Steppe mit ihren Vogelschreien und wilden Düften. Anna hatte seinen Antrag zu Recht abgelehnt. Ein Rotzjunge war er, ein Idiot! Was für einen Unsinn er vor Verlegenheit geredet hatte – er schämte sich, daran zu denken. Pawel erinnerte sich, schüttelte den Kopf und stöhnte. Er hatte gedacht, er müßte sich bloß ein Herz fassen, nachdem der Entschluß einmal gefällt war, dann würden sich die Worte schon von selbst finden. Ein toller Kerl war er! Ein Student, der das Pulver nicht erfinden würde – Professor Nowikow hatte ganz recht. Was lag vor ihm? Die Laufbahn eines durchschnittlichen Wissenschaftlers? Natürlich konnte er Ingenieur werden, doch weshalb hatte er sich dann an der Universität eingeschrieben? Ein Polytechnikum hätte durchaus genügt. Anna berührte das natürlich nicht... Aber was berührte sie eigentlich? Was war er überhaupt für ein Mann? Weder Fisch noch Fleisch... Ihm fehlte auch die geringste geistige Größe: Was hatte ihn bloß dazu getrieben, mit ihr über die Zukunft zu sprechen? Er hatte befürchtet, daß jetzt, wo sie kein Kind mehr war, ein interessanterer und klügerer Mann als er auftauchen und sie ihm wegnehmen könnte. Und dann würde er sie für immer verlieren. Das wäre entsetzlich. Er hätte seine Sorgen für sich behalten sollen, armselig wie er war!

Schon auf dem Gymnasium hätte er sich den Marinekadetten anschließen sollen. Es war falsch, daß sein Onkel ihm davon abgeraten hatte. Was machte es schon, wenn die Kriegsmarine auseinanderfiel? Ein Grund mehr, ihr beizutreten. Also war sein Onkel an allem schuld. Warum machte jeder dauernd andere für die eigenen Schwierigkeiten verantwortlich? Das galt für seinen Vater, für Maxim und für ihn selbst. Ob es erblich war? Warum zum Beispiel ritt er jetzt das Pferd seines Onkels zuschanden? Ließ er seine Wut an dem Tier aus? Ach, zum Teufel! Er erblickte einen dicht mit Ginster bewachsenen Graben und trieb das Pferd grob voran. Strelez sprang gehorsam hinüber, blieb jedoch fast mit der Hinterhand hängen. Ernüchtert versuchte Pawel, zum Trab überzugehen.

Durch die Einsicht, daß sein Leben nie erfolgreich sein würde, wurde ihm irgendwie leichter ums Herz. Es hatte keinen Zweck, sich den Kopf über die Zukunft zu zerbrechen, und im Moment war alles wunderbar. Von Strelez ging der Geruch eines erhitzten Pferdekörpers aus, und zur Rechten begann der Himmel bereits dunkler zu werden – Pawel ritt schräg auf den Sonnenuntergang zu, und jedes Grashälmchen warf einen scharfen Schatten. Er war jung, er war allein, und das reichte, ihm ein Gefühl der Unsterblichkeit zu geben. Was geschehen würde, würde geschehen. Nun konnte er auch das Meer erkennen. Er wollte die Nacht nicht bei seinem Onkel verbringen, sondern ritt in die Stadt, zur Koblewskaja-Straße.

Zu Hause spielten die Kinder ein altes Spiel, das auch Pawel Spaß machte: »Wo ist das Meer?« Alle ließen sich der Reihe nach die Augen verbinden und wurden an den Schultern herumgewirbelt. Wenn man anhielt, mußte man sofort in die Richtung des Meeres zeigen, und wer sich irrte, bezahlte mit einem Pfand dafür. Pawel machte bei diesem Spiel nie einen Fehler und ließ sich gutgelaunt die Augen verbinden. Während Marina den Knoten zuzog, glättete sie sein Haar, und plötzlich spürte er, wie sehr er dieses Haus liebte. Es war stets dasselbe gewesen und würde immer dasselbe bleiben: mit eingetopften Gummibäumen, dem Konzertflügel, dem abendlichen Klirren von Geschirr und dem Zeitungsstapel auf dem kleinen sechseckigen Tisch.

Aber das Haus der Petrows hatte sich damals bereits geändert. Die Kinder waren herangewachsen und brachten, ohne es selbst zu bemerken, eine neue Atmosphäre in die Familie. Es hatte mehrere Jahre zuvor begonnen und war natürlich von Sina ausgelöst worden. Iwan Alexandrowitsch war wütend über Pawels Fußballbegeisterung gewesen und hatte ihm schroff verboten, an einem Spiel des Gymnasiums teilzunehmen.

»Was für ein flegelhaftes Spiel ist das eigentlich, den Ball mit den Füßen herumzustoßen?« donnerte er. »Und dieser unglaubliche Jargon: Verteidiger, Stürmer, dribbeln... Und die Bekleidung sieht aus wie Unterwäsche. Ein Sportclub soll das sein... Ich kenne alle anständigen Clubs hier

in Odessa, und so einen gibt's nicht! Wo findet es statt? Was heißt ›hinter dem Französischen Boulevard‹? Das ist eine völlig vernachlässigte Fläche! Ein Platz für Häftlinge, nicht für Kinder aus angesehenen Familien!«
»Papa, willst du wirklich konservativer sein als ›Wolf-Lamm‹?« ließ sich Sina plötzlich vernehmen.
»Und wer ist das?« fragte ihr Vater und drehte sich rasch zu ihr um.
»Entschuldige, Papa«, sagte Sina lächelnd. »Ich meine den Inspektor des Schulbezirks von Odessa, Herrn Schtscherbakow. Weißt du, daß dieses Match ohne seine Erlaubnis... Was für ein Match ist es, Pawel? Ach ja, das Endspiel der Gymnasiumsmeisterschaft... Ohne seine Erlaubnis könnte es gar nicht stattfinden.«
Iwan Alexandrowitsch betrachtete seine Tochter, deren Augen einen erwachsenen und schlauen Ausdruck hatten. Und wie sie den Kopf neigte... Meine Güte, das Mädchen sah genauso aus wie er! Zu was für einem Teufelsweib sie herangewachsen war! Nun begriff er, daß sie ihn stets um den Finger wickeln konnte. Und er würde sich sogar darüber freuen. Wieso hatte er früher nie bemerkt, welches der Kinder ihm am ähnlichsten war?
»›Wolf-Lamm‹ sagst du?« fragte er grinsend.
Das war etwas, was er seinen Bekannten genußvoll erzählen konnte – welchen Spitznamen die Gymnasiasten dem für seinen Konservatismus berühmten Schtscherbakow gegeben hatten. Wolf-Lamm – nicht schlecht.
Pawel schaute in Sinas lachende Augen, und ihm wurde klar, daß sein boshaftes Schwesterchen doch vernünftig sein konnte. Danach wurden sie Freunde. Und ihr Vater war bald allen Neuheiten der damaligen Zeit gegenüber milder gestimmt. Als seine Söhne Anhänger von Utotschkin wurden, dem tollkühnsten Draufgänger aller Sportler

von Odessa, versuchte er nicht einmal, sie zurückzuhalten, sondern schloß sich ihnen sogar in der entzückten Menge an, die den rothaarigen Helden bewunderte, während er auf einem Fahrrad die Potemkin-Treppe hinunterraste. Einhundertzweiundneunzig Stufen! Eine höhere Treppe gab es nirgends in der Stadt, und danach blieb Utotschkin nichts anderes übrig, als Pilot zu werden und seine Anhänger von neuem zu begeistern, indem er einen Kreis über der Stadt und dem Meer zog.

Sogar die Bezeichnung »Sport« war damals noch neu, und Iwan Alexandrowitsch ließ sich davon hinreißen – natürlich nicht als Sportler, sondern als Mäzen. Er legte sich neue Bekannte zu, spendete dem Luftfahrtverein von Odessa eine gewisse Summe, wurde zu einem ständigen Besucher des Hippodroms und dozierte mit großem Vergnügen über die Vorzüge der russischen gegenüber der englischen Reitschule.

Maria Wassiljewna befürchtete zunächst, daß ihr Mann die Familie bei Pferderennen ruinieren würde, aber dazu kam es nicht. Iwan Alexandrowitsch versprach, auf hohe Wetteinsätze zu verzichten, und er hielt Wort. Überhaupt schien er jünger geworden zu sein, und die Beziehungen im Haus wurden unbeschwerter und einfacher. Die Atmosphäre eines ständig drohenden Sturmes, die Maria Wassiljewna früher so gequält hatte, löste sich auf. Der Vater brauchte nur die Stirn zu runzeln, und die Kinder rannten mit gespieltem Entsetzen zum Bronzebarometer. Das Barometer war hoffnungslos altersschwach, und sobald jemand mit dem Finger anklopfte, zeigte es »Klar«.

Die finanzielle Situation der Teslenkos verbesserte sich. Der Vater erhielt eine Gehaltserhöhung. Wladek, der als Nachhilfelehrer arbeitete, konnte seine Kosten, wie viele andere Studenten, selbst bestreiten. Die Professoren an der Medizinischen Fakultät galten praktisch als »Schwarzhunderter«, was damals bedeutete, daß sie gnadenlose Anforderungen an die Studenten stellten. Bei seinem ersten Examen in Anatomie wäre Wladek wegen einer Frage über den Schädelknochen fast durchgefallen, und seitdem stand ihm nicht mehr der Sinn nach dem stürmischen Studentenleben, das in den Korridoren und bei den Zusammenkünften der Verbindungen wogte. Rektor Kischenski, selbst Medizinprofessor und als Reaktionär verschrien, ließ keine Versammlungen zu: »Das Jahr 1905 ist vorbei, meine Herren!« Und wenn trotzdem Treffen stattfanden, hatten die Medizinstudenten einfach keine Zeit, daran teilzunehmen, denn die vom Flieder umsäumten Institute der Medizinischen Fakultät waren zu weit vom Hauptgebäude entfernt.

Wladek brachte die üblichen Marotten frisch gebackener Medizinstudenten rasch hinter sich: Er entdeckte, daß er an jeder in den Lehrbüchern beschriebenen Krankheit litt, er mißbrauchte das Wort »Kollege«, und im Anatomiesaal schreckte er vor den Leichen zurück, deren Muskeln sich durch den Verwesungsprozeß manchmal zusammenzogen. Und nach einer Weile erkannte er zu seinem Entsetzen, wie wenig die Medizin, die er vorher für allmächtig gehalten hatte, in Wirklichkeit ausrichten konnte.

»Gestern, Kollegen, habe ich an der Obduktion eines fünf Monate alten Säuglings teilgenommen. Es tut mir leid, daß Sie nicht anwesend sein konnten, denn es handelte sich um eine polizeiliche Ermittlung. Eine banale Geschichte: Eine Frau vom Land kam auf Arbeitssuche in die Stadt, gebar ein Kind und erdrückte es angeblich im Schlaf. Natürlich bestand Mordverdacht«, erklärte Professor Telessin gedehnt und hob seine großen weißen Hände. »Ich untersuchte die Lunge, die Blutgefäße – kein Zeichen von Zyanose. Im Magen keine Spur von Gift. Ein völlig gesunder Säugling. Die Todesursache war ein Rätsel. Versetzen Sie sich in meine Lage: Ich sollte ein Gutachten schreiben, aber es gab keine Diagnose. Das erzähle ich Ihnen, damit Sie wissen: Die Medizin ist nicht nur unfähig, solche ›erdrückten‹ Kinder zu retten, sondern auch, dieses Phänomen zu erklären. Ein Dilemma: Sollte ich die Sünde auf mein Gewissen laden, Mitleid mit der Frau haben und etwas über einen angeborenen Geburtsfehler schreiben? Oder sollte ich die Tatsachen zu Papier bringen und die Ermittlung ihren Lauf nehmen lassen? Nein, ich werde Ihnen nicht sagen, wie ich mich entschieden habe. Ein Arzt ist nicht Gott, aber Gott ist der einzige Richter eines Arztes. Merken Sie sich das für die Zukunft, Kollegen.«

Wladek hatte bereits festgestellt, daß es zwei Arten von Medizin gab: eine für die Uneingeweihten – mit medizinischen Größen, erstaunlichen Heilungen und ewiger Hoffnung auf den mächtigen, selbstbewußten Arzt – und eine andere für die Ärzte selbst, die so erbärmlich wenig zu tun vermochten und sich dessen bewußt waren.

»Doktor, nähen Sie mir die Arme wieder an!« hatte ein Arbeiter aus der Seilfabrik halb im Delirium gefleht.

»Alles kommt in Ordnung, mein Lieber«, hatte Dr. Golowin versichert, und die Studenten, die sich einen typischen Fall von Blutvergiftung ansehen sollten, schritten zum nächsten Patienten. Keiner hatte einen Zweifel, daß der Fall des Mannes hoffnungslos war.

Wladek war Idealist. Er hatte die Wahl, sich unbändigem Zynismus hinzugeben oder dieses Gefühl zu überwinden, sich mit dem aktuellen Stand der Medizin vertraut zu machen und sich später mit dem Unmöglichen zu beschäftigen. Wenn niemand die nötigen Kenntnisse hatte, dann

mußte er selbst sie erwerben. Nun erschreckte er seine Eltern durch seine eingefallenen Wangen und den fanatischen Glanz seiner Augen. Nachts murmelte er manchmal lateinische Brocken vor sich hin, so daß Antos ihn unsanft in die Seite knuffte.
»Ich mache mir solche Sorgen um ihn, *pan* Kanonikus«, sagte Wanda Kasimirowna zu dem schwarzäugigen katholischen Priester Orylski, einem Freund der Familie.
»Der Junge ist heißblütig, *paní* Wanda, der Junge ist heißblütig. Denken Sie an meine Worte, ein solcher Sohn wird Sie zur Sünde des Hochmuts verleiten«, erklärte der Priester lächelnd und nahm ein Schüsselchen mit Aprikosenkonfitüre entgegen.

Eines Tages im Dezember 1913 wurden die Petrows von Nikita geweckt. Mit bebenden Händen knüllte er seine Mütze zusammen. Schnee schmolz an seinen Stiefeln. Er wartete mit leerem Blick auf Iwan Alexandrowitsch, der im Morgenrock herausrannte.
»Der Herr... Er ist gestorben...«
Sergei, der nie über seine Gesundheit geklagt hatte, war an jenem Morgen nicht aufgewacht, und Dultschin, der sofort herbeigeeilt war, hatte nichts mehr tun können.
»Es ist immerhin die barmherzigste Form eines Schlaganfalls«, versicherte er Iwan Alexandrowitsch leise und umarmte ihn. »Er hat nicht gelitten, es ist zu keiner Lähmung gekommen...«
Sergei wurde auf dem Zweiten Friedhof beigesetzt. Die Uniformen seiner Freunde, der Marineoffiziere, hoben sich schwarz vom hellblauen Schnee ab. Der Wind zauste die Kränze, und die Blütenblätter der Gebinde aus frischen Blumen schrumpften im Frost zusammen. Der alte Pope sang mit schwacher Stimme – oder vielleicht wirkte sie nur

so, nachdem der Chor verstummt war. Das Grab, in das Sergei hinuntergelassen wurde, war genauso schwarz wie die Marineuniformen. Pawel betrachtete den stetig wachsenden Grabhügel mit stumpfem Blick. Auf dem Nachbargrab – dort lagen seine Großeltern – landete eine Krähe mit flaumigem grauem Kragen. Neugierig musterte sie den Teller mit der Rosinengrütze. Jemand legte Pawel eine Hand auf den Arm. Er wußte, wer es war. Dankbar drückte er ihre kalten Finger mit seiner Hand – aus irgendeinem Grund trug sie keine Handschuhe –, spürte, wie die Starre von ihm fiel, und versuchte, die Tränen zurückzuhalten.

Nikita kehrte bereits am Abend in das leere Landhaus zurück. Nun wußte er, daß dieses Haus anderen Petrows gehören und eine neue Ordnung einziehen würde. Er ging in den Pferdestall und umarmte Strelez' warmen Hals.

Zweiter Teil

Kapitel 11

»Pawlik, du bist wahnsinnig geworden!«

Seine Mutter sank kraftlos in ihren Korbstuhl zurück.

»Liebe Mama, alles wird gut werden. Es ist ein ausgezeichnetes Regiment, und normalerweise nimmt es Freiwillige nur ungern, aber ich bin Physiker, und man braucht Männer mit einer guten Ausbildung. Schließlich reden wir von Artillerie, nicht von Infanterie. Alles ist schon durchgeplant. Ich werde noch vor Jahresende Fähnrich sein. Und es heißt, daß man jetzt leichter befördert wird. Was für ein Glück, daß sich alles so entwickelt hat! Nur du bist plötzlich unzufrieden. Morgen bekomme ich meine Uniform – so schnell geht das!«

Pawel – er war ungewöhnlich aufgeregt, und seine Augen blitzten – schilderte seiner Mutter die Vorteile des Dienstes bei der Artillerie. Der Krieg werde nicht lange dauern, und er werde sein Studium ohne weiteres ein Jahr später abschließen können. Er versuchte mit allen Mitteln, sie zu beruhigen und ihre Tränen aufzuhalten. Mit Tränen hatte er gerechnet, aber es wurde Krieg geführt, und er war ein Mann. Wie hätte er sich anders verhalten können? Auf keinen Fall konnte er sich vom Wehrdienst freistellen lassen und weiter im Hörsaal sitzen! Dann wäre er vor Scham gestorben.

»Mascha, kein Grund zur Sorge, Liebling«, seufzte Iwan Alexandrowitsch. »Aber was rede ich denn da? Wir haben solche Kinder herangezogen, daß wir uns natürlich Sorgen machen müssen. Zurückhalten lassen sie sich nicht... Das liegt den Petrows im Blut.«

»Papa, wie großartig und klug und erstaunlich du bist!« sagte Sina und stürzte zu ihrem Vater, um ihn zu umarmen. »Und wo hat mein Papa graue Haare? Hier, hier und hier... Alles wegen seiner bösen, respektlosen und ungehorsamen Kinder. Früher haben sie ihren Brei nicht gegessen, dann schlechte Zeugnisse nach Hause gebracht, als nächstes ziehen sie in den Krieg – und dann erst kommen sie zu Verstand.«

Sie trieb Unfug, küßte ihren Vater auf den Kopf, und plötzlich merkte Iwan Alexandrowitsch, daß ihm die Augen feucht wurden.

»Gott sei Dank, daß wenigstens du nirgendwohin verschwindest, du Frechdachs. Von Dultschin weiß ich, daß es hier in den Krankenhäusern genug Arbeit für alle gibt. Du kannst also froh sein und eine barmherzige Schwester werden!« scherzte er und schob Sina von sich.

»Papa, wenn sie durch irgendein Wunder die Prüfung besteht, wird sie die unbarmherzigste Schwester, die man sich vorstellen kann! Das muß ich wohl am besten wissen!« schaltete sich Pawel ein. Er war erleichtert, weil das schwierige Gespräch eine solche Wendung genommen hatte.

In diesem Moment rannte der erhitzte Maxim ins Zimmer und teilte ihnen mit, daß man in der Puschkin-Straße einige Soldaten und irgendwelche Serben auf den Schultern trage, daß alle »Hurra!« schrien und Blumen aus den Fenstern warfen. Und gerade jetzt werde eine Prozession mit dem Porträt des Zaren und einem Orchester abgehalten – direkt am Haus vorbei, in Richtung Boulevard. Tatsächlich war kurz darauf das Schmettern eines Helikons und das Gedonner einer Trommel zu hören. Dann erklangen Trompeten, und unter den Tönen dieser silbernen Fanfaren hatten die Petrows den Eindruck, daß alles auf der Welt in Ordnung sei. Der Zar hatte an Rußland appelliert, und Rußland hatte sich zum Kampf erhoben; natürlich würde es den Krieg gewinnen, und danach würde alles zum Besten stehen.

Bei dem Studentenschmaus, der zu Pawels und Wladeks Ehren abgehalten wurde, stellte man den Punsch nach allen Regeln der Kunst her: Der Zuckerhut, der nicht auf einem gewöhnlichen Gitter, sondern auf zwei Degen ruhte, wurde über dem Krug mit dem Wein in Stellung gebracht, der vorher angewärmte Rum über den Zucker gegossen und der Strom abgeschaltet, so daß das flackernde blaue Feuer die einzige Beleuchtung des Zimmers lieferte. Jura Neschdanow, der sich ebenfalls freiwillig gemeldet hatte, behielt die Flamme im Auge und dämpfte sie von oben mit Champagner, wenn sie allzusehr aufloderte. Die ganze Gesellschaft hatte sich auf Teppichen um den Krug gelagert und betrachtete die großen, goldenen, brennend heißen Zuckertropfen mit Wohlgefallen. Sie plätscherten langsam und wild zischend hinunter in den Wein. Bald würden die Studenten voneinander Abschied nehmen müssen, und alle waren sich dessen bewußt.

»Wladek, wenn ich dir an der Front jemals in die Hände fallen sollte, würdest du mir aus alter Freundschaft dann bitte nicht die Arme und Beine abschneiden?« fragte Jura mit gespieltem Entsetzen.

»Ich werde als erstes deinen Kopf behandeln – mit einem Eimer kalten Wassers. Wollen wir gleich anfangen?« erwiderte Wladek und griff nach der Kelle. Er würde als Sanitäter in einem Lazarettzug arbeiten, hatte jedoch gehofft, Arztgehilfe zu werden. Aber um an der außerplanmäßigen

Arztgehilfenprüfung teilnehmen zu können, benötigte er seine Universitätsunterlagen, und Wladeks Lehrstuhlinhaber hatte sich kategorisch geweigert, ihm zu helfen.
»Sie, junger Mann, müssen Ihr Studium beenden. Unser hoffnungsvollster Student – und plötzlich will er unbedingt an die Front! Die Jugend, die Romantik – ich verstehe das schon. Jeden anderen würde ich ziehen lassen, aber Sie niemals! Ein solches Talent kann ich nicht mit eigenen Händen vernichten ...«
Damit erhob sich Professor Antonow hinter seinem Schreibtisch und gab zu verstehen, daß das Gespräch beendet war. Rektor Kischenski erwies sich ebenfalls als unzugänglich, und der erboste Wladek beschloß, auf den Beistand der Universität zu verzichten. Sanitäter waren sehr begehrt, und man forderte keine Fachausbildung. Na gut, er würde die Verwundeten füttern und ihnen die Bettpfannen unterschieben. Aber an Ort und Stelle würde er beweisen, wozu er fähig war. Nachdem der Krieg begonnen hatte, zweifelte Wladek keinen Moment an seiner Aufgabe. Schließlich marschierten die Deutschen bereits durch Polen! Schade, daß er nicht Soldat werden konnte wie Pawel und Jura. Aber jetzt, wo er sich einmal der Medizin verschrieben hatte, konnte er sich nicht mehr von ihr lossagen. Das wäre Verrat gewesen. Er schüttelte den Kopf und hörte einer lauten Auseinandersetzung zwischen seinen bereits ziemlich angeheiterten Freunden zu.
»Jetzt werden Gottesdienste für den Sieg der russischen Waffen abgehalten. Und die Engländer und Franzosen tun das gleiche. Und du kannst drauf wetten, daß die Deutschen auch für ihren Sieg beten. Und alle glauben, Christen zu sein«, erklärte Pawel. »Wenn ich nur einen einzigen Menschen sehen könnte, der so betet, wie von Gott geheißen: für alle, nicht nur für unsere Männer, sondern

auch für die Deutschen. Dann würde ich etwas Gescheites von der Kirche erwarten.«

»Dann bete doch, wenn du so rechtschaffen bist! Für die Deutschen, für die Rumänen, für die Juden und für weiß wen noch! Aber wir bleiben bei dem alten Brauch, für die russischen Waffen zu beten!« gab Jura wütend zurück.

»Ich würde gern beten. Aber ich glaube nicht an Gott«, meinte Pawel grinsend.

»Also hör auf, große Reden zu führen. Gib mir lieber dein Glas! Ein Lied, meine Herren – auf Tatjana!«

Die heilige Tatjana galt als Beschützerin aller Studenten, der gläubigen wie der ungläubigen. Deshalb feierte die ganze Studentengemeinschaft ihren Namenstag und schrieb unzählige Lieder auf sie.

Gegen Morgen gingen alle auseinander, nachdem sie versprochen hatten, auf jeden Fall brieflich miteinander in Kontakt zu bleiben. Pawel hatte das Gefühl, kein bißchen berauscht zu sein. Der Kopf war ihm ungewöhnlich leicht, und ein Gefühl der eigenen Unsterblichkeit verschaffte ihm eine angenehme Kühle unter der Herzgrube. Natürlich war es beschämend, sich über den Krieg zu freuen. Im Grunde freute er sich ja auch nicht. Aber ihm war nicht entgangen, daß sich sein ganzes Leben seit Kriegsbeginn zum Positiven gewandelt hatte. Was war er vor nur einer Woche gewesen? Und nun ein Freiwilliger auf dem Weg an die Front. Seine Familie und sein geliebtes Mädchen würden unter seinem Schutz stehen. Wie richtig, sogar rechtschaffen das war – und wie beruhigend. Alles geriet ins Lot: Wenn er fiel, würde Anna seinem Andenken nicht verpflichtet sein, denn sie hatte ihm nichts versprochen. Wenn er zurückkehrte, dann als Held, und sie würde ihn vielleicht mit anderen Augen betrachten. Im tiefsten Innern glaubte er nicht, daß der Krieg vor Weihnachten beendet sein würde, wie die Zeitungen prophezeiten. Er hatte noch viel Zeit – tatsächlich hatte er nun Zeit für alles, was er in seinem Leben tun wollte.

Die frische Augustnacht verstrich rasch und änderte ihre Farben. Gleich würden die Vögel in Gesang ausbrechen. Und dann, ohne Übergang, würde die Sommerhitze zunehmen. Der Moldauer Wind würde sich erheben, aber keine Erleichterung bringen. Der ausgetrocknete Ginster auf den Klippen über dem Meer würde rascheln, die Blütenblätter der Rosen auf den Balkons schrumpfen, und in den heißen Stunden würden sogar die lautesten Hausfrauen in den Höfen von Odessa verstummen. Nur die Babys des Jahres 1914 würden unermüdlich brüllen, begleitet von den Messingstimmen der Militärkapellen auf dem Kulikowo-Feld.
Die Prüfung als Krankenschwester in der Kriegszeit war nicht schwierig. Man hielt kurze Lehrgänge und etwas praktische Arbeit im Militärlazarett von Odessa ab, wo der gute alte Dultschin als Chefarzt tätig war, so daß Anna und Sina überhaupt nicht durchfallen konnten. Wäre Wladek nicht so ungeduldig gewesen, dann hätte er genausogut Krankenpfleger werden können, was immer noch besser war als der Sanitätsdienst. Doch Wladek war bereits mit dem Zug zu einem unbekannten Ziel aufgebrochen. Pawel war zum Bahnhof begleitet worden, und nun wartete man auf seine Briefe aus Polen. Und Anna, die zur Operationsschwester ernannt worden war, geriet in beschämende Verlegenheit, als sie auf dem Operationstisch – zum erstenmal in ihrem Leben – einen Mann ohne Hose sah. Sie wußte nicht, wohin sie schauen sollte, doch ihre Augen kehrten, ganz unabhängig von ihrem eigenen Willen, immer wieder zu dem eingefallenen gelben Bauch, den enor-

men bläulichen Beuteln darunter und dem blutigen Teig zurück, der früher ein Knie gewesen sein mußte.

»Schwester! Was glauben Sie, was Sie hier tun – Gänseblümchen pflücken? Skalpell, her damit! Wattebäusche bereithalten!« brüllte der Arzt, und Anna, brennend vor Scham, konzentrierte sich auf die Instrumente. Es war ein gutes Krankenhaus; man brachte erst seit kurzem Verwundete hierher, und diese Amputation wurde unter Chloroform vollzogen. Um so schrecklicher fand Anna das Geräusch der Säge auf dem blutbedeckten, cremefarbenen Knochen und die Abruptheit, mit der sich das Bein vom Körper trennte und klein und welk wurde, bevor der Pfleger es in eine Abflußrinne in der Ecke schleuderte. Es klatschte hohl auf, und der Arzt vernähte den Stumpf bereits zu einem ordentlichen Päckchen. Anna war genauso ordentlich und leblos wie dieser Stumpf. Als hätte man auch von ihr etwas abgetrennt und fortgeworfen. An jenem Tag hatte sie Mühe, mit Sina zu sprechen, denn ihre Lippen schienen steif gefroren zu sein. Erst am Abend, als sie nach Hause zurückgekehrt war, ließ sie ihren Tränen freien Lauf. Im Grunde wegen einer Kleinigkeit: Antos hatte das Schaukelpferd Basja ein paar kleinen Jungen aus der Umgebung geschenkt, und als sie durch den Hof ging, bemerkte Anna, wie Basja, die bereits ein Bein eingebüßt hatte, von einem vielleicht sechsjährigen, schmutz- und ruhmbedeckten General in die Schlacht geritten wurde.

Aber sie gewöhnte sich bald an den Geruch von Blut, den Anblick aufgerissener Eingeweide und ihr eigenes Aussehen: Mit ihrem weißen Kopftuch ähnelte sie einer Nonne. Sina erging es noch schlechter. Sie zeigte nicht die geringste Nervosität, und zuerst konnten die Ärzte sie nicht hoch genug loben, aber ihr wurde übel vom Geruch wundgelegener Stellen. Das ließ sich natürlich nicht verbergen, sobald Männer mit solchen Wunden eintrafen. Dultschin tröstete sie – es sei eine Sache der Gewohnheit –, und er behielt recht. Drei Wochen lang ließ man Sina nur Wunden verbinden, und ihre Unpäßlichkeit verschwand schlagartig.

»Du brauchst dich nicht zu schämen, Schwester, wenn du dich übergeben mußt«, sagte ein älterer Soldat, dessen Gesäß völlig abgerissen worden war. »Mir wird auch schlecht davon.«

»Schon gut, mein Lieber, das wird heilen. Wenn's die Knochen wären…«, erklärte Sina munter, während sie sich ihm mit einer Sublimatlösung näherte. »Das wird brennen. Wenn du schreien willst, nur zu.«

Es war das erste Mal, daß ein Verwundeter Sina die Hand küßte, nachdem sie ihn verbunden hatte. Ihre Hände mit den dünnen blauen Äderchen waren so sehr mit weltlichen Küssen vertraut, daß Sina sie kaum bemerkte. Aber dies war etwas anderes, es machte sie verlegen, und sie behielt den Mann lange im Gedächtnis.

Kurz darauf beschlossen Anna und Sina, eine Versetzung an die Front zu beantragen. Sie wandten sich an die Allrussische Ständeunion, verschwiegen dieser jedoch vorläufig ihren Familien. Natürlich hofften sie, gemeinsam abkommandiert zu werden.

Mittlerweile war es Oktober geworden, und das Leben in Odessa hatte sich seit der Vorkriegszeit nicht geändert. Gewiß, vom Bahnhof wurden Verwundete abtransportiert, gewiß, die Zeitungen druckten Verzeichnisse gefallener Offiziere, und die ersten Witwen und Mütter erschienen in Trauerkleidung – es gehörte sich, sie aufzusuchen und ihnen sein Beileid auszudrücken. Aber die Theater waren genauso geöffnet wie früher, man amüsierte sich in Re-

staurants und Clubs, und dieser Frohsinn hatte sogar ein noch größeres Ausmaß angenommen als vorher. Es war ein schöner Herbst: trocken und warm. Die Zeitungen meldeten, daß es irgendwo in Zentralrußland sogar Wald- und Torfbrände gäbe. Im Süden dagegen fand man nichts, was verbrennen konnte. Das Meer ließ sich nicht anzünden, höchstens vielleicht von der Meise im Märchen.
Jakow glaubte seit langem nicht mehr an Gott, aber er hatte sich angewöhnt, scherzhaft um alles mögliche zu beten. Das war um so leichter und angenehmer, als er wußte, daß es niemanden gab, vor dem er sich zu schämen brauchte. Die Schüler der unteren Klassen des Richelieu-Gymnasiums hatten sogar ein von ihm geschriebenes Versgebet auswendig gelernt. Es begann mit der Bitte, sämtliche Lateinlehrer von der Pest heimsuchen zu lassen, und endete mit der Hoffnung, daß der Unterricht wegen eines Erdbebens ausfallen werde. Ungefähr in diesem Geist betete er auch vor der zweiten Stunde, in der eine Geometrieprüfung stattfinden sollte, dazu noch in Anwesenheit des Schulinspektors. Aber die Klasse hatte kaum aufgehört, mit den Pultdeckeln zu donnern, als ein zweites, viel längeres Donnern ertönte. Nowizki, der Klassen- und Mathematiklehrer, wollte gerade »Aufhören!« brüllen, als es von neuem donnerte. Damit war klar, daß es sich nicht um einen Streich der Fünftkläßler, sondern um etwas Ernstes handelte.
Wurde die Stadt bombardiert? Aber die Front war weit entfernt, und bestimmt wollte niemand ernsthaft Odessa unter Beschuß nehmen. Eine Revolution? Einen Moment lang fuhr Jakow hoffnungsvoll auf, doch er beruhigte sich sofort wieder. Seit Kriegsausbruch war die Revolution irgendwie eingeschlafen. Die Studenten nahmen an patriotischen Märschen teil und sangen »Gott rette den Zaren«.

Jakow hatte es im August mit eigenen Augen gesehen, und seitdem hatte er beschlossen, sich von nichts mehr überraschen zu lassen.

»Bitte, bewahren Sie die Ruhe, meine Herren«, ordnete Nowizki an, aber an seiner Miene ließ sich ablesen, daß er nicht wußte, was er als nächstes zu tun hatte. Sollte er die Klasse hinüber in die Aula führen? Oder nach draußen? Oder sollte er den Klassendiensthabenden zum Direktor schicken, um Anweisungen einzuholen? Ihm waren dreißig Jungen anvertraut – nein, neunundzwanzig, Sinjuchin war krank –, und das Donnern kam immer näher. Er mußte die Kinder retten! Doch wie sollte er sie in Sicherheit bringen, wenn die Stadt beschossen wurde? Auf keinen Fall durfte eine Panik ausbrechen... Aber nein, das war nicht zu erwarten. Die Jungen waren fünfzehn oder sechzehn Jahre alt – da hatte man vor allem möglichen Angst, bloß nicht vor dem Tod. Wie ihre Augen funkelten. Alle brannten vor Neugier und dem Verlangen, Heldentaten zu vollbringen. Ein Junge fragte bereits: »Erlauben Sie, daß ich hinüberlaufe und herausfinde, was vorgeht, Fjodor Andrejewitsch?«

»Es gibt nichts herauszufinden, Geiber. Da werden schwere Flottengeschütze abgefeuert. Sachen einsammeln. Und wachsam sein. Wir, meine Herren, sind für die jüngeren Klassen verantwortlich. Das sind kleine Jungen. Sie könnten losheulen und nach ihren Müttern schreien. In dieser Klasse rufe ich das Kriegsrecht aus. Wir gehen nach unten – zur Vorschul- und zur ersten Klasse. Dort bleiben Sie im Flur stehen, und warten auf Anweisungen! Diensthabender Ustimowitsch, Sie sorgen für Disziplin!«

Jakow beobachtete den wie verwandelt wirkenden Nowizki entzückt. Woher kam diese abgehackte Kommandostimme? Warum war der mit Kreide befleckte Ärmel seiner Jacke nicht mehr lächerlich, genausowenig wie die Jacke selbst, und warum hatten die Knöpfe nun einen militärischen Glanz? Oh, jetzt waren sie bereit, Nowizki durch dick und dünn zu folgen. In Zukunft würde sein Spitzname am Richelieu-Gymnasium nicht mehr »Sinus«, sondern »Oberst« sein. Dieser Spitzname sollte im Jahre 1918 in seine Ermittlungsakte gelangen und der Grund dafür sein, daß er wegen konterrevolutionärer Tätigkeit erschossen wurde.

Das Donnern schien vom Praktischewski-Kai zu kommen. Es hörte sich nicht mehr nach einer einfachen Beschießung an, sondern so, als habe dort draußen auf dem Meer eine Schlacht begonnen. Die jüngeren Schüler wurden in Begleitung nach Hause geschickt. Genaugenommen gehörte die fünfte Klasse noch nicht zur Oberstufe, doch Nowizki hatte dafür gesorgt, daß jedem seiner Zöglinge die Verantwortung eines Oberstufenschülers übertragen wurde. Jakow runzelte finster die Stirn und verfluchte seine geringe Körpergröße, während er zwei Jungen aus der Vorschulklasse durch die von aufgeregten Menschen wimmelnden Straßen führte. Einer der Jungen war erstaunlich lebhaft und versuchte dauernd, in Richtung Hafen zu entwischen. Jakow mußte die Hand des kleinen Teufels, die mit Tinte und etwas Klebrigem beschmiert war, festhalten und sogar drohen, ihn sofort an den Polizisten zu übergeben.

Aber die Polizei hatte ohnehin genug zu tun: An der Ecke der Sadowaja hatten Kutschen eine Behinderung verursacht, so daß die Straße nun fast verbarrikadiert war. Die Jungen mußten warten und konnten gleichzeitig den Neuigkeiten lauschen.

»Wir werden von den Türken angegriffen – ich komme gerade aus dem Hafen. Die Anlegestelle ist zertrümmert – Ehrenwort! Und sie haben ein französisches Schiff versenkt.«

»Das können keine Türken sein! Mit denen haben wir keinen Krieg!«

»Also wirklich, Madame, glauben Sie etwa, daß die Türken vorher den Krieg erklären würden? Vielleicht eine Stunde später! Diesen Heiden ist alles egal. Haben Sie je erlebt, daß sich Türken anständig benehmen?«

»Herr im Himmel, die Türken haben uns gerade noch gefehlt! Gott sei uns gnädig …«

»Nur die Nerven behalten! Sie werden bestimmt gleich zurückgeschlagen.«

»Los, meine Herren, was soll der Auflauf! Dreh doch die Deichsel nach rechts, du Trottel!«

»Kein Grund zu brüllen, Hochwohlgeboren, mein Pferd hat seine Mucken …«

Am nächsten Tag hieß es in den Zeitungen: »Odessa, Noworossisk und Sewastopol unter Beschuß … Heimtückischer Angriff der türkischen Flotte … Rußland nimmt die Herausforderung an …« Schon eine Woche später war von glänzenden Siegen an der türkischen Front die Rede; das Heer stoße nun, fast ohne auf Widerstand zu treffen, tief in die Türkei vor.

»Na ja, es wird höchste Zeit, diese Sache mit Konstantinopel und dem Bosporus hinter uns zu bringen«, sagte Nina Borissowna, nun zu einer unerbittlichen Patriotin geworden, im Wohnzimmer der Petrows.

»Da könnte es noch ein Problem mit unseren Verbündeten geben«, kommentierte der nachdenkliche San Sanytsch mit schleppender Stimme.

»Ach, hören Sie doch auf! Wo wären die Verbündeten ohne uns? Und wem würde Paris jetzt gehören, wenn un-

sere Männer nicht an der Westfront wären?« ereiferte sich Nina Borissowna und knetete eine ihrer üblichen Zigaretten.
»Aber nun haben wir noch eine Front. Wir dürfen uns nicht übernehmen«, seufzte Iwan Alexandrowitsch. Er hatte gemerkt, daß er nach Sergeis Tod immer häufiger in die Rolle des Skeptikers schlüpfte, als hätte er die Einstellung seines Bruders geerbt.
Dultschin konnte sich nicht mehr beherrschen. »Was würden Sie denn tun? Schließlich sind wir angegriffen worden. Sollen wir denen etwa Odessa überlassen? Soviel ist über deutsche Greueltaten geschrieben worden – und jetzt brauchen wir auch noch türkische? Meine Herren, mein Kollege Samarin ist zur Zeit in einem Feldlazarett bei Lwow stationiert. Sie können sich nicht vorstellen, was für Dinge er mir schreibt!«
»Was? Was schreibt er?« fragte Maria Wassiljewna aufgeregt, und Dultschin begriff, daß er einen Fauxpas begangen hatte. Denn Pawels letzter Brief war ausgerechnet aus der Nähe von Lwow gekommen.
»Alles ist so wie immer, liebe Maria Wassiljewna... Eigentlich gibt's nichts Neues. Was soll man schon von den Deutschen erwarten? Machen Sie sich bloß keine Sorgen, unser Heer ist nie stärker gewesen. Schließlich sind all unsere besten Leute an der Front. Die Zierde Rußlands!«
Dultschin gefielen solche blumigen Wendungen, und bis zum Rückzug im Jahre 1915 klangen sie gar nicht so seltsam, denn die gesamte Intelligenzija sprach und schrieb recht hochtrabend über den Krieg.
»Zierde hin oder her...« Iwan Alexandrowitsch schüttelte den Kopf. »Am wichtigsten ist, daß die Heimat sie nicht im Stich läßt.«
»Da tun wir unser Bestes, mein Freund«, entgegnete Dul-

tschin und hob die vom Schlafmangel geröteten Augen. Iwan Alexandrowitsch sah ein, wie taktlos er gewesen war.

Anna und Sina erfuhren am selben Tag von ihren lange erwarteten Abkommandierungen: Sina würde in einem Lazarettzug dienen, der Verwundete von der Westfront herantransportierte, während Anna der siebten, vorgeschobenen Abteilung der Allrussischen Ständeunion zugeteilt wurde, die man an die türkische Front beordert hatte. Es tat den beiden leid, sich voneinander trennen zu müssen, doch Anna wußte, daß sie unglaubliches Glück gehabt hatte: Gewöhnlich wurden nur Rotkreuzschwestern so verantwortungsvolle Aufgaben übertragen. Sie hatten die nötige Berufserfahrung, während die Sonderschwestern der Kriegszeit als zu schlecht ausgebildet galten. Man betonte Anna gegenüber, daß in ihrem Fall eine Ausnahme gemacht worden sei. Das war schmeichelhaft, aber auch demütigend. Zum Abschied ließen sich die beiden in Brujewitsch' Studio fotografieren; zwanzigjährig, lächelnd und mit Kopftüchern, die Hals und Stirn bedeckten, sahen sie einander seltsam ähnlich. Anna wußte, daß Sina Pawel einen Abzug schicken würde, und es erbitterte sie, daß sie auf dem Foto eine breite Nase und Schatten unter den Augen zu haben schien. Aber es lohnte sich nicht, eine neue Aufnahme machen zu lassen!

Kapitel 12

Alles war so anders gekommen, als Wladek es sich vorgestellt hatte. Und das nur, weil er so überstürzt gehandelt hatte. Die Städteunion war schließlich ein ziviler Verband, und ihre Beziehung zur Regierung und zur Armee war nicht völlig klar. Immerhin war ihre Tätigkeit offiziell abgesegnet worden, doch die Obrigkeit, die den komplexen Apparat des militärischen Gesundheitswesens verwaltete und über die Wladek nichts wußte, betrachtete alle Initiativen der Union mit einem gewissen Mißtrauen. Auch die hastig organisierte Struktur der Städteunion selbst war völlig zerrüttet. So kam es, daß Wladek zu einem Lazarettzug in der Etappe geschickt wurde und daß er Reisen von Moskau nach Tambow oder Jaroslawl oder Saratow machen mußte. Er vermutete hinter alledem eine Verschwörung. Die rasch rekrutierten studentischen Freiwilligen, die nicht einmal ihre Studentenmützen abnahmen, sondern sie jetzt zur Soldatenuniform trugen – eine Freizügigkeit, die beim aktiven Heer undenkbar gewesen wäre –, wirkten als potentielle Meuterer und Propagandisten offenbar nicht besonders vertrauenerweckend. Deshalb sandte man sie in die Etappe, möglichst weit von der Front entfernt. Irgendwo da draußen hatte man Lwow erobert, und Brussilows Name war auf aller Lippen. Samsonows Armee rückte bereits zu den Masurischen Seen vor. Tannenberg, früher höchstens aus Geographiestunden bekannt, hatte nun etwas Unheilvolles an sich, und Wladek schleppte immer noch Eimer mit heißem Wasser und Kohlsuppe herum. Dies verlangte fast artistische Geschicklichkeit: zwei dampfende Eimer, einer in jeder Hand, mußten rasch, bevor sie sich abkühlten, an ihr Ziel gebracht werden; und dabei mußte man auch noch die Türen vom Waggon zur Plattform irgendwie öffnen und schließen, während der Zug über die Weichen holperte. Wie viele Waggons man beliefern mußte, war reine Glückssache. Wladek hatte natürlich kein Glück: Er mußte zweiundvierzig oder gar sechsundvierzig Türen hinter sich lassen. Warum zum Teufel hatte jeder Waggon so viele Türen?

»Schreib, daß mein Liebling ist Wowa,
Nur ihm will meine Küsse ich schenken.
Mit 'nem öst'reich'schem Helm aus Lwow
Möcht' ich ihn so gern bedenken...«,

sang jemand zur Gitarre im Offizierswaggon. Offenbar war der Mann nur leicht verwundet, denn seine Stimme klang kräftig, nicht angespannt oder kurzatmig. Wladek eilte vorbei, zurück zu seinem eigenen Waggon und seinen vierzig Soldaten. Die Hälfte – manchmal auch mehr – war bettlägerig, und er mußte alle versorgen.

Von der Krankenschwester Saleskaja, die Augen wie ein verschüchtertes kleines Mädchen hatte, war nicht viel Hilfe zu erwarten. Wenn sie einen Verband wechselte, hatte sie immer noch Angst, dem Mann weh zu tun, und ihre furchtsame Geschäftigkeit war kaum mit anzusehen. Wladek geriet außer sich, als sie einmal wegen eines Soldaten mit einer völlig harmlosen Wunde zum Chefarzt laufen wollte: Aber seine Temperatur sei doch plötzlich gestiegen, und wenn die Wunde nun brandig werde? Das alles, ohne auch nur den Verband überprüft zu haben. Gewiß, es war ein komplizierter Gipsverband, der eigentlich nicht im Zug gewechselt werden sollte. Aber Wladek hatte allmählich genug und befahl der Schwester, sich nicht von der Stelle zu rühren. Sie gehorchte (was typisch für diese Frau war!), und Wladek beschnupperte die eingegipste Schulter: Wenn eine Entzündung begonnen hatte, ließ sich das am ehesten durch den Geruch feststellen. Es war offensichtlich, daß die Wunde gut verheilte, und man brauchte kein Genie zu sein, um herauszufinden, weshalb der Mann Fieber hatte. Nachdem Wladek ein paar Worte mit dem Patienten gewechselt hatte, ging er auf Saleskaja zu und ließ seinem Ärger freien Lauf: »Er hat schon seit fünf Tagen Verstopfung! Worauf warten Sie, Schwester? Darauf, daß der Chefarzt kommt und ihm einen Einlauf macht?«

Saleskajas klare, ein wenig an eine Füchsin erinnernde Augen wurden noch größer, und sie schien den Tränen nahe zu sein. Deshalb knurrte Wladek nur: »Überlassen Sie's mir.«

Sie legte diese Worte sehr großzügig aus und überließ Wladek nun fast die ganze Arbeit im Waggon. Ihm sollte es recht sein. Auf diese Weise war er wenigstens unabhängig, und es redete ihm niemand in seine Arbeit hinein. Sein Waggon war immer makellos sauber, und er achtete darauf, daß die Männer rechtzeitig ihr Essen und ihre Getränke erhielten und gründlich gewaschen wurden. Wladek kümmerte sich auch um die Verbände und die Medikamente. Chefarzt Korotin hatte natürlich bemerkt, daß Sanitäter Teslenko seine Befugnisse überschritt. Aber wenn er durch den Waggon schritt, murmelte er stets nur etwas Aufmunterndes vor sich hin. Fast alle Sanitäter des Zuges waren Studenten, aber nur einer hatte eine medizinische Ausbildung hinter sich, und wenn es nach Korotin gegangen wäre, hätte er Wladek sofort zum Arztgehilfen ernannt. Vorläufig ließ er jedoch keinen Zweifel daran, daß er Wladek einen Sonderstatus einräumte. Dieser nahm es zur Kenntnis und wurde um so zorniger, wenn die Verwundeten ihn baten, das »Schwesterchen« zu rufen. Und sie taten es immer wieder mit unbegreiflicher Beharrlichkeit.

Der Schnee klebte an den schwarzen Fenstern, und der Zug fuhr durch eine gottverlassene Gegend ganz ohne Lichter. Der Soldat in der äußeren Koje – seinem Tonfall nach stammte er aus Rjasan – stöhnte dauernd, daß sein Arm jucke, und verlangte nach Nastja. Wladek verstand nicht sofort, wen der Mann meinte, denn er hatte sich nie für Saleskajas Vornamen interessiert. Aber es war besser, dem Verletzten seinen Wunsch zu erfüllen, bevor alle Insassen des Waggons geweckt wurden.

»Schwesterchen, oh, es brennt! Was ist das? Guck's dir an, Schwesterchen. Spritz ein bißchen Wasser darauf... Wasser.«

Also holte Schwester Nastja etwas Wasser – nicht für seinen Arm, der nicht mehr existierte, sondern um es ihm einzuflößen. Sie legte die Hand auf seine heiße Stirn und murmelte ein paar zärtliche Worte, die Wladek nicht verstehen konnte.

»Ja, das ist besser! Geh nicht weg, Schwesterchen. Guck raus und sag mir, wo wir sind. Haben wir Rjasan schon erreicht oder nicht?«

»Es wird nicht mehr lange dauern. Du hast also jemanden in Rjasan?« fragte Saleskaja, als habe sie, nachdem sie mitten in der Nacht ohne Grund geweckt worden war, überhaupt keine Lust weiterzuschlafen, sondern wolle sich lieber über Rjasan unterhalten.

Während Wladek versuchte, etwas von ihrem leisen Gespräch zu erhaschen, merkte er zum erstenmal, daß das ständige Geräusch im Zug, an das er sich nun gewöhnt hatte, nicht nur von den Rädern, sondern auch von einem langgezogenen, verhaltenen Stöhnen und Murmeln herrührte. Tagsüber bemühten sich die Soldaten, nicht zu stöhnen, und sie waren überhaupt weniger launisch als die Offiziere. Aber im Schlaf wimmerten sie hilflos wie Kinder. Und dann brauchten sie eine Frau, wenn nicht ihre Mutter, dann wenigstens eine Krankenschwester, die sie liebkoste und bemitleidete. Genau dazu war Wladek nicht fähig, während Nastja wie all die anderen jungen Schwestern, die so unerfahren, unprofessionell und zimperlich waren, diese Fähigkeit von Geburt an besaß. Sie konnten noch nicht wissen, daß sie Krankenschwestern in einem Krieg waren, der später als der Erste Weltkrieg in die Geschichte eingehen würde. Später, wenn viele von ihnen bereits ihr Leben verloren hatten.
Nach außen hin änderte Wladek sein Verhalten Saleskaja gegenüber nicht, aber ihr Vorname Nastja verknüpfte sich bereits auf erstaunliche Weise mit diesem verschneiten Zentralrußland, mit den Pausen auf Nebengleisen in Kleinstädten, mit den vernachlässigten, von Rauhreif bedeckten Gärten und Holzhäusern. Nicht daß er sich verliebt hätte, aber wann immer er Saleskaja anschaute, erinnerte er sich unwillkürlich an Sina, seine »Schneekönigin«. Und aus irgendeinem Grunde schämte er sich dessen. Gerade die Unähnlichkeit der beiden ließ ihn dauernd an Sina denken. Er konnte sich nicht vorstellen, daß Sina jemals die Fassung verlieren oder in Tränen ausbrechen würde; ihr Gesicht hatte nichts mit Nastjas recht schlichten Zügen gemeinsam, und sie hatte Wladek nie mit so vertrauensvoller, gehorsamer Hilflosigkeit angesehen. Er wußte, daß

er mit diesem Mädchen machen konnte, was er wollte, aber eben deshalb stand sie unter Sinas unsichtbarem Schutz. Hinter ihrem weißen Kopftuch glaubte Wladek eine andere Frau zu sehen, und dann schlug er die Augen nieder.

Heimliche Küsse und nächtliche Affären an den Haltepunkten fielen Wladek in jenem langen Winter mühelos zu. Er war derselbe Herzensbrecher wie immer und lächelte nur, wenn jemand aus der Mannschaft ihn damit aufzog. Aber wenn sie über Saleskaja scherzten, wurde er rasend vor Wut, und bald wagte es niemand mehr. Die Freude darüber, seine Wut auslassen zu können, war ebenfalls eine neue Erfahrung. Sie erinnerte ihn an kindliche Prügeleien, doch diese lagen lange zurück und waren ohnehin anders gewesen. Zum erstenmal gestattete er sich einen solchen Ausfall im Speisewagen, als man versuchte, ihm lauwarme Suppe für seine Patienten auszuhändigen. Plötzlich trat er mit blitzenden Augen auf einen der Helfer zu und zischte: »Ihr Halunken! Ich mache euch fertig!«

Wie sich zeigte, war dieses Verhalten wirksam, niemand leistete ihm Widerstand, und es gab Situationen, die sich nur so bewältigen ließen: indem er seine Bereitschaft erkennen ließ, eine gewisse Grenze zu überschreiten und jeden, der sich ihm in den Weg stellte, niederzumachen. Der Krieg, der ihn fast aller Freiheiten und Chancen beraubt hatte, schien ihm nun neue zu eröffnen.

Im Frühjahr 1915 wurde die gesamte Zugmannschaft in ein Feldlazarett versetzt, und Wladek fand sich zum erstenmal in seinem Leben in Polen wieder. Es war keineswegs das Polen, das er sich aufgrund der Erzählungen seiner Mutter vorgestellt hatte. Durch das Waggonfenster sah er kleine Eisenbahnstationen, feuchte Felder und Störche auf Strohdächern. Aber die Mädchen, die Gurken und Milch zum

Zug brachten, sprachen Polnisch, wenn auch nicht alle goldene Zöpfe hatten, wie Wladek seltsamerweise erwartet hatte. Fast alle Kinder, die an den Bahndämmen winkten, waren blond – im Gegensatz zu den Erwachsenen. Hin und wieder erblickte er Kruzifixe an der Strecke: Kreuze unter Holzdächern wie an Bauernhütten. Der Zug näherte sich der Weichsel.

»Nummer zwei, Feuer!« brüllte Fähnrich Kossow mit seltsam freudiger Stimme. Fast direkt unter ihm explodierte die Erde in einer schwarzen Rauchwolke. Die Deutschen hatten den Standort seiner Batterie ausgemacht, hielten aber noch ein wenig zu weit nach links. Nach jeder Explosion schien Pawel den Mund voller Erde zu haben und wollte dauernd ausspucken. Zwischendurch sah er, daß das dreizöllige Feldgeschütz auf der anderen Seite mit einem zerbrochenen Rad eingesunken war, und der zweite Munitionsvorbringer schien verschwunden zu sein. Ach, schade um die Kanone!

»Nummer eins, Feuer!«

Aber dann folgte eine neue Explosion, und Nummer eins war ausgelöscht... nein, es schien nur so. Zwei Kanonen waren außer Gefecht gesetzt, vier blieben noch übrig und feuerten weiter. Da rannte auch schon ein überlebender Munitionsvorbringer herbei, um jemanden zu ersetzen.

Der Rückzug hatte bereits begonnen, und auch Pawels Einheit hätte sich anschließen sollen, aber wie es das Pech wollte, war ihr am Tag zuvor ein zweiwöchiger Granatenvorrat geliefert worden. Und man konnte einfach nicht zurückweichen, bevor diese Granaten abgefeuert waren. Es wäre zwar kein Verrat gewesen, aber doch eine unsagbare Schande. So etwas konnte Hauptmann Kawelins Batterie nicht zulassen. Immerhin, jedes Unglück hat auch sein

Gutes: Wenigstens würden sie einer anderen Einheit beim Rückzug Schutz bieten. Wie sich die Dinge entwickelten, würden sie den Feind gleich unter direkten Beschuß nehmen... Saß Kawelin auf dem Hügel dort drüben fest? Es war ein nützlicher Hügel, von dem aus sich die Umgebung überblicken ließ – genau der richtige Platz für den Batteriekommandeur, um das Feuer zu koordinieren. Aber das setzte voraus, daß sich die Batterie in Deckung befand – und wie lange noch?

Pawel sprang auf Ogurtschiks Rücken und freute sich wieder einmal, ein so kluges Pferd zu besitzen. Ohne auf einen Befehl zu warten, lief Ogurtschik sofort auf den Hügel zu, doch nicht in gerader Linie, sondern durch eine Mulde, durch die Pawel ihn beim letztenmal gelenkt hatte. Die Mulde war nun völlig aufgewühlt, und an ihrer Böschung hingen nur noch ein paar alberne Sträucher mit halb herausgerissenen Wurzeln. Pawel merkte, daß er vor sich hin murmelte und die Schweinehunde beim Stab und in der Etappe mit Unflätigkeiten überhäufte: Zuerst gab es überhaupt keine Granaten, dann wurde der Batterie befohlen, nicht mehr als drei pro Tag abzufeuern – und das an der Front! Und schließlich – es war kaum zu glauben – lieferte man Granaten ausgerechnet in dem Moment, als die Batterie mit ihrem Vorrat in die Hände des Feindes zu fallen drohte.

Nun erreichte er jene Vertiefung in der Mulde, in der eine junge Tanne überlebt und einige Spindelbäume Wurzel gefaßt hatten. Hier waren Osman und Ochalnik, die Pferde des Kommandeurs und des Feldwebels, angebunden. Die Namen sämtlicher Pferde des Regiments begannen natürlich mit dem gleichen Buchstaben. Kaum war Pawel abgesprungen, als oben Schüsse ertönten. Gut, daß er sich beeilt hatte! Pawel hatte keine Zeit, Ogurtschik anzubinden, sondern ließ die Zügel einfach fallen. Er zog seinen Revolver, rannte auf den Hügel zu und nahm hinter einem mit Brombeeren überwachsenen Felsblock Deckung. Da waren sie, die Hundesöhne! Eine berittene deutsche Patrouille – also mußten es fünf sein, nein, es waren nur vier Reiter. Kawelin hatte wahrscheinlich schon einen niedergestreckt. Dort drüben saß er auf dem Boden, während Dudko seinen Karabiner von neuem lud. Alles spielte sich ganz langsam ab, als würden die Pferde nicht heranpreschen, sondern durch dichtes Gelee schwimmen; der Feldwebel hantierte immer noch an seinem Karabiner herum, und Kawelin hob seinen Revolver mit der Linken – es schien ewig zu dauern –, während die Feinde dabei waren, ihre eigenen Karabiner an die Schulter hochzureißen. Pawel erkannte jedoch, daß es ihnen nicht gelingen würde, bevor sie auf gleicher Höhe, vielleicht vier Meter von ihm entfernt, mit dem Felsen waren. Zuerst erschien der Mann auf dem Braunen, und Pawel brauchte nur zu warten, bis er ein wenig weiter geritten war. So kühl wie bei seiner Ausbildung traf Pawel ins Ziel, als der Reiter ihm bereits halb den Rücken zuwandte – und dann löste sich die Zeit von ihrer Kette und bewegte sich mit normaler Geschwindigkeit voran.

Pawel hörte seinen Schuß nicht, aber der Deutsche stürzte, verfing sich in den Steigbügeln und wurde von seinem Braunen in die Mulde geschleift. Die Deutschen schafften es, zwei Schüsse abzufeuern und einen Gewehrständer zu zerschmettern. Pawel zielte nun auf den zweiten, und dessen Pferd stolperte. Noch einen Schuß! Und noch einen! Gleichzeitig feuerte Dudko – der Deutsche rutschte aus dem Sattel, und sein Karabiner flog davon. Die beiden letzten Deutschen hatten nun gemerkt, daß sie vom Fels her beschossen wurden, zügelten ihre Pferde und wandten sich vom Hügel ab. Ohne zu zögern, feuerte Pawel seine letzten vier Kugeln hinter ihnen her und drückte dann noch zweimal den Abzug durch. Sein Revolver klickte gehorsam, und dies waren die beiden ersten Geräusche, die Pawel ins Bewußtsein drangen. Auf der anderen Seite des Hügels standen ein paar kümmerliche Kiefern, durch die hindurch die Deutschen entkommen waren.

Pawel schüttelte die warmen Patronenhülsen aus dem Revolver. Seine Finger zitterten, und er verlor eine Sekunde beim Nachladen. Dann erst lief er hinüber zu seinen Kameraden. Sie waren am Leben! Kawelins Ärmel war geschwärzt, aber sein Blick war klar. Um den Mund hatte er tiefe Falten, die wie in Stein gemeißelt schienen: eine Grimasse der Anspannung. Er versuchte, sich aufzurappeln. Dudko kümmerte sich schon um ihn, und seine Augen blickten glücklich: Sie waren davongekommen! Der tote Deutsche – sein Helm war ihm vom Kopf gerollt – lag mit kindlichem Lächeln da. Eine Hand ruhte unter der Wange – er würde nicht mehr kämpfen. Seine Augen waren offen, und über seine Schläfe krabbelte bereits eine Ameise. Pawel verspürte den Drang, die Ameise fortzuschnipsen, aber es wäre irgendwie nicht richtig gewesen. Das verletzte Pferd des Toten schlug um sich und sah ihn flehend an. Pawel hielt dem Tier seinen Revolver ans Ohr: Nur gut, daß er keinem Menschen, sondern nur einem Pferd den Gnadenschuß geben mußte. Denn wie hätten sie einen Verwundeten von hier aus in die Gefangenschaft schleppen können?

Dudko und er hoben ihren Hauptmann auf. Dudko legte sich dessen linken Arm um den Nacken und sagte scherzhaft: »Immer mit der Ruhe, Euer Wohlgeboren.«

»Das haben Sie gut abgepaßt, Petrow!« Kawelin bleckte die Zähne, und während sie sich zu den Pferden vorarbeiteten, zischte er nur ab und zu leise und kniff die Augen zu. Der brave Ogurtschik war nicht durchgebrannt, sondern wartete genau dort, wo Pawel ihn zurückgelassen hatte. Pawel wuchtete den Hauptmann auf Osman hinauf, und Dudko fing inzwischen den Braunen ein, zerrte den Deutschen aus den Steigbügeln und griff nach dessen Karabiner. Der Feldwebel war kein Mann, der etwas Nützliches hätte verkommen lassen. Die deutschen Pferde waren kräftig und wohlgenährt. So kehrten sie schließlich mit einem zusätzlichen Tier zu ihrer Batterie zurück.

Dort war Fähnrich Kossow immer noch dabei, die letzten Granaten abzufeuern. Da er keine Befehle von seinem Kommandeur erhalten hatte, handelte er auf eigene Initiative. Anscheinend hatten die Granaten ins Ziel getroffen, denn der deutsche Geschoßhagel hörte plötzlich auf. Entweder war ihr Beobachtungspunkt vernichtet worden, oder sie konzentrierten sich darauf, ihre Positionen zu wechseln. Aber die Batterie konnte keine Zeit mehr verschwenden, sondern mußte sehen, daß sie davonkam. Dudko machte sich sofort daran, die noch unversehrten Pferde vor die verbliebenen drei Geschütze anzuspannen, auch das neue deutsche. Nun sollte es sich einmal als Zugtier abmühen. »Wir setzen uns sofort in Marsch, Herr Hauptmann!« sagte Kossow. Dabei hatte der Hauptmann noch gar nicht den Befehl zum Rückzug gegeben. Doch dann sagte er: »Fähnrich, zurück. Übernehmen Sie das Kommando!«

Das war alles, was Kawelin hervorbrachte. Dann schüttelte er den Kopf und setzte sich auf den Boden. Er hatte einen Durchschuß in der rechten Schulter. Dudko hob ihn auf und trug ihn hinüber zum Geschützwagen. Von wem hätte man im August 1915 erwarten können, daß er noch saubere Fußlappen bei sich hatte, um damit die Wunden zu verbinden? Aber Dudko hatte genug für seinen Kommandeur und noch etliche mehr. Offenbar hatte er Sachen aus dem Kleiderlager gestohlen. Doch Fähnrich Kossow war nicht danach zumute, seinen Verdacht weiterzuverfolgen. Der Kommandeur des zweiten Artilleriezuges war gefallen, weniger als die Hälfte der Männer hatte überlebt, und Kossow war der einzige unversehrte Offizier.

»Kommando übernommen! Die Verwundeten auf die Lafetten! Gemeiner Prjanik, das ist Ihre Aufgabe! Unteroffizier Petrow, mit dem Beobachtungszug zur Aufklärung!«

Pawel lenkte Ogurtschik nach vorn, und vier Männer folgten ihm – die einzigen Überlebenden des Beobachtungszugs: drei Kundschafter und der Telefonist Schuleiko. Nun mußten sie den kürzesten und ungefährlichsten Rückzugsweg finden und die hinter ihnen zurückgebliebene Batterie zu ihren eigenen Linien führen.

Es tat Pawel nicht mehr leid, daß Kommandeur Kawelin ihn vom Artilleriezug zur Aufklärung versetzt hatte. Zunächst war er verstimmt gewesen, denn die Schneider-Feldgeschütze gefielen ihm sehr. Sie waren kraftvoll, leicht und hatten ein modernes Ladesystem mit Patronengeschossen. Die sechs Richtschützen der Batterie waren natürlich ihre besten Soldaten, und Pawel konnte stolz darauf sein, daß er so rasch und mühelos zu ihnen aufgerückt war – schließlich hatte er als bloßer Ladeschütze begonnen. Kurz darauf war er bereits zum Unteroffizier und Waffenleitvormann ernannt worden. Dann stellte sich heraus, daß er sich auch mit der Landkarte auskannte, den Telefonisten vertreten konnte und mit der ganzen Kommunikationstechnik vertraut war: Mehrere Male reparierte er kleinere Defekte der Geräte. Dadurch wurde der Batteriekommandeur auf ihn aufmerksam, ungeachtet dessen, daß Pawel Student und Freiwilliger war. Inzwischen hatte Kawelin ihn zu seiner rechten Hand gemacht: Der Kommandeur bezog an seinem Beobachtungsposten Stellung, um die Schußlinien und -winkel zu bestimmen, Fähnrich Kossow, der zweithöchste Offizier der Batterie, lenkte das Feuer, und Pawel hielt die Verbindung zwischen den beiden aufrecht. Er fühlte sich endgültig getröstet, als man ihm Ogurtschik zuteilte. Denn die Zugpferde der Artillerie waren schwer und ungelenk, während die der Aufklärer so behende waren wie Vögel. Es waren Offizierspferde.

Und in diesem Moment drehte Ogurtschik mißtrauisch den Kopf. Der kleine Sumpf gefiel ihm nicht, aber er trottete gleichwohl gehorsam am Rand entlang. Pawel hatte auf der Karte überprüft, daß die Batterie, wenn sie sich einen Weg zwischen diesem Sumpf und einem zweiten zur Rechten hindurchbahnen konnte, eine Lichtung und von dort die Straße nach Kowno erreichen würde, die vermutlich immer noch in russischer Hand war. Aber die Regenfälle hatten die beiden Sümpfe fast zu einem einzigen verschmelzen lassen, und es war höchst zweifelhaft, ob man die Geschütze über dieses Terrain befördern konnte. Wenn sie einige junge Kiefern fällten und sie unter die Räder schoben, hatten sie jedoch vielleicht eine Chance.

Es wurde bereits Abend, als die Soldaten unter Dudkos unermüdlicher Führung genug Baumstämme niedergelegt hatten, um die Kanonen am Einsinken zu hindern. Der Feldwebel wollte alles »ganz ordentlich« machen, doch der Fähnrich hatte es eilig, und sie konnten die Kanonen nur mit Mühe hinüberschieben. Dann ertönte von neuem das Donnern deutscher Granaten: von rechts vorn.

»Nach links, weiter nach links!« brüllte Dudko, und sein Gesicht lief dunkelrot an. Aber links war überhaupt kein

Durchkommen, und das erste Geschütz steckte bereits fest und blockierte den schmalen Weg. Ganz in der Nähe schlug eine Granate ein und wirbelte eine Fontäne aus Schlamm auf. Einem Pferd im ersten Gespann sprudelten rosige, feine Wasserstrahlen aus dem Hals und um die Hufe. Eine umstürzende Kiefer streifte Fähnrich Kossow, den Hauptschlag jedoch erlitt sein Pferd. Kossow stand mit wackeligen Beinen auf.

»Die Futterale! Die Futterale unter die Räder!« schrie Pawel. Der Fähnrich, betäubt von dem Schlag, schien vorläufig nicht sprechen zu können. Pawel interpretierte Kossows schwache Bewegung als ein Nicken, und nun kommandierte er die Batterie. Die Futterale wurden von den Geschützen gerissen und über den Schlamm und die Balken gelegt.

»Schieben!«

Jemand hatte dem verwundeten Pferd bereits das Zuggeschirr abgeschnitten, aber trotzdem bewegte sich nichts. Dann sah Pawel, daß sich Kawelin auf der Lafette ein wenig aufgerichtet hatte und über die Seite rollte. Die anderen sechs Verwundeten, die noch bei Bewußtsein waren, taten das gleiche. Die erste Kanone und danach die übrigen, nun vom Gewicht der sieben Männer befreit, setzten sich in Bewegung. Später konnte sich Pawel nicht mehr daran erinnern, wie sie das Stück bis zur Lichtung zurückgelegt hatten, aber sie schafften es. Die Lichtung führte nach links, und nun waren sie außer Reichweite der Granaten. Der Kommandeur und die anderen Verwundeten – alle waren vom Schlamm durchnäßt – wurden zur Lichtung getragen und wieder auf die Lafetten gelegt.

»Großartig gemacht, Fähnrich!« murmelte Kawelin Pawel zu, als dieser ihn auf die Lafette hob. Und Pawel wußte nicht, ob der vom Schmerz geblendete Hauptmann ihn für

Kossow gehalten oder ihn auf der Stelle zum Offizier befördert hatte. Dazu wäre Kawelin natürlich nicht bevollmächtigt gewesen. Er konnte höchstens einen Antrag auf Beförderung stellen, aber im Moment hatte er andere Sorgen. Pawel hätte sich für diese Gedanken am liebsten geohrfeigt. Über Schulterklappen konnte er sich später immer noch den Kopf zerbrechen!

Danach konzentrierte er sich unablässig auf seine Aufgabe. Ungehindert überquerten sie die Lichtung, und Pawel bemerkte zu seiner Freude, daß Kossow wieder auf seinem Pferd saß. Sein rothaariger Schopf, nun ohne Mütze, war sogar im Zwielicht gut zu erkennen, und der Fähnrich schien nicht ernstlich verletzt zu sein. Insgesamt hatte Pawel die Batterie höchstens für eine halbe Stunde befehligt, und er beklagte sich nicht darüber, daß es zu kurz gewesen sei. Sie erreichten die Straße, auf der sich ihnen bereits eine endlose Kolonne entgegenschleppte. Ob Rückzug oder nicht, es waren Kameraden, und Dudko jauchzte vergnügt: »He, Freunde!«

Fast vierundzwanzig Stunden lang marschierten sie ohne Pause zurück. Die Straße wurde nicht mehr von der Artillerie beschossen, doch einige Male flogen deutsche Doppeldecker vorbei, und das verhieß nichts Gutes. Die Verwundeten wurden einer Feldsanitätsabteilung übergeben. Die Abteilung bestand aus einem Karren, einem vierrädrigen Fuhrwerk und mehreren berittenen Männern. Diese »fliegenden Kommandos« bewegten sich rascher an der Kolonne entlang als alle anderen, denn man machte ihnen den Weg frei. Dudko war es bereits gelungen, das vorhergehende »fliegende Kommando« mit Unflätigkeiten zu überschütten, aber hauptsächlich der Form halber, denn ihm entging natürlich nicht, daß auf den Karren kein Platz für weitere Verwundete war. In der Kolonne lief das Gerücht um, daß sich auch die motorisierte Sanitätsabteilung Ihrer Majestät in der Nähe befinde, und Dudko hatte gehofft, seinen Kommandeur bei ihr abzuliefern. Statt dessen mußte er sich mit dem ersten Fuhrwerk begnügen, das freie Plätze hatte.

»Wie legst du sie hin, du Teufelsbraten! Die haben Schmerzen! Los, du Saukerl, erst was Stroh drunter! Laß die Pfoten davon, ich mach's schon selbst! Herrje, trägt 'nen Säbel, der blöde Zivilist! Weißt du überhaupt, wen du da auf den Karren ziehst, du Rotznase? Unseren Hauptmann! Und ich werd' dich noch auf dem Meeresboden aufstöbern, du Lump, wenn unserem Kommandeur was zustößt!«

Pawel hörte Dudkos wütende Schreie und ritt an das Fuhrwerk heran.

»Beruhigen Sie sich, Feldwebel. Machen Sie die Verwundeten nicht nervös«, erklang da eine schroffe, doch seltsam vertraute Stimme.

»Wie redest du denn mit mir!« brauste Dudko auf.

Da erkannte Pawel den hochgewachsenen Mann mit seiner merkwürdigen Uniform... Er hatte silberne Schulterklappen mit einem Sternchen und ein Schwert mit glänzendem Griff. »Wladek!« keuchte Pawel.

Wladek betrachtete das unrasierte Gesicht und die eingefallenen Wangen des Reiters in der Abenddämmerung mit verständnislosen Augen. »Pawel? Bist du's?«

»Wer denn sonst?« schrie Pawel aufgeregt und sprang aus dem Sattel. »Sehe ich etwa anders aus?«

»Ach, alter Freund, wie mager du bist! Und der Schnurrbart...«

Wladek umarmte ihn bereits, und beide riefen lachend: »Du lebst noch!«

Zwei Minuten eines unzusammenhängenden Gesprächs –

sie sprangen von einem Thema zum anderen –, das war alles, was sie sich erlauben konnten.
»Wie geht's Anna?«
»Gut, sie ist in der Türkei. Letzte Woche habe ich einen Brief von zu Hause gekriegt. Sie ist im Krankenhaus. Nein, nicht verwundet, du Witzbold, sondern als Krankenschwester! Bei deiner Familie ist alles in Ordnung. Und Sina arbeitet hier irgendwo in einem Zug.«
»Mein Gott! Sie hat hier doch nichts zu suchen!«
»Nein, wenn's nach mir ginge, würden keine Mädchen hierher abkommandiert. Pawlik, wie froh ich bin!«
»Was ist denn das für eine Uniform? Bist du nun Fähnrich oder nicht?«
»Die ist von der Städteunion. Idioten sind das. Als wollten sie die Soldaten wütend machen. Aber schließlich kommt's nicht auf die Uniform an – man sieht, daß ich kein Deutscher bin, und das ist das wichtigste.«
Dudko kam plötzlich der Gedanke, daß die persönliche Bekanntschaft zwischen den beiden Männern seinem Kommandeur zu einer besseren Behandlung verhelfen konnte, und senkte seine Stimme bis zur Unterwürfigkeit.
»Also, Euer Wohlgeboren …« Dann merkte er, daß es wohl doch übertrieben war, einen Zivilisten mit eigenmächtigen Sternchen als »Euer Wohlgeboren« zu titulieren, und verbesserte sich: »Also, Herr Arztgehilfe, Sie kümmern sich doch persönlich um unsere Männer… Unser Kommandeur ist seit anderthalb Tagen übel dran. Können Sie vielleicht mal nachschauen, ob die Sache gefährlich ist?«
»Sie ist nicht gefährlich, Feldwebel. Aber wir müssen uns beeilen. Wenn wir ihn nach hinten gebracht haben, kann er verbunden werden, wie sich's gehört. Keine Sorge.«
»Aber ich meine, Sie persönlich …«
»Das garantiere ich Ihnen.«

Kawelin schüttelte Pawel die Hand. Seine linke, obwohl schwach, ließ sich bewegen, und er lächelte mit klarer Miene. Das war irgendwie seltsam, und Pawel brauchte eine Weile, um sein eigenes Befremden zu verstehen: Es war einfach zu lange her, daß er jemanden hatte lächeln sehen. Höchstens den toten Deutschen, aber keinen der Lebenden. Auch Wladek hatte nicht gelächelt, sondern gelacht, und Pawel dann sofort wieder aufmerksam gemustert, als habe er ihn noch nicht richtig erkannt.

»Zur Seite! Aus dem Weg! Verwundete kommen durch!« brüllte Dudko weiter vorn, und die beiden Freunde, bereits wieder im Sattel, wiederholten ein Ritual aus ihren Schülertagen: Sie versuchten, einander die Hand so fest wie möglich zu drücken. Pawel schloß den geheimen Pakt, daß Wladek alles überstehen würde, wenn er sich nicht mehr umblickte. Und Wladek blickte sich nicht um.

Erst nachdem sie Kowno passiert und weit hinter sich gelassen hatten, gestattete der Oberst eine Ruhepause. Nun waren sie wieder bei ihrem Regiment, das die Hälfte seiner Männer verloren, aber seine Fahne und einige Geschütze gerettet hatte. Da man ihnen nicht den Weg abgeschnitten hatte – und dank ihrer Ausgangsposition –, war ihr Rückzug kürzer gewesen als der vieler anderer. Pawel wußte, daß der Rückmarsch noch nicht beendet war, aber wenigstens würden die Soldaten diesen Abend an Lagerfeuern verbringen, etwas Heißes essen und sich dann ein paar Stunden Schlaf gönnen. Eine berittene Patrouille wurde zum nächstgelegenen Gehöft – was mochte das polnische Wort für »Gehöft« sein? – ausgeschickt, um Proviant zu holen. Aber der Hof war verlassen. Offenbar hatte man ihn hastig aufgegeben, denn die Patrouille kam mit zehn Hühnern und mehreren Ziegen zurück. Auch Heu gebe es dort, denn das Gehöft sei nicht abgebrannt worden. Die Flücht-

linge hatten wahrscheinlich anderes im Kopf gehabt, als das Heu mitzuschleppen.
Man hätte annehmen sollen, daß die erschöpften Männer, sobald ihre Kleidung getrocknet war, wie Murmeltiere schlafen würden. Doch statt dessen saßen sie um die Lagerfeuer herum und löffelten genußvoll Suppe. An einem der benachbarten Feuer wurde sogar gesungen.
»Tja, Freunde«, erzählte Dudko, der bereits etwas Heu herangeschafft hatte, »das war kein Zuckerschlecken, sondern eine kai-ser-liche Inspektion! Wir alle waren in Paradeuniform, und unser Kommandeur Kawelin – er sah aus wie ein Adler! Und, Freunde, wir haben in jedes Ziel geknallt – nichts als Volltreffer. Wir haben besser geschossen als alle anderen, und da gab's 'ne Menge Batterien! ... He, du Miststück, bist du schon wieder da.« Er war nun abgelenkt und kratzte sich unter der Achsel.
»Komisch ist das – wenn man kämpft, beißen sie einen nicht, die Viecher!« sagte der junge Soldat Jefimkin erstaunt.
»Die Laus ist ein gerissenes Tierchen: Schüsse mag sie nicht. Am wohlsten fühlt sie sich in der Etappe, und wenn's ruhig geworden ist, kriecht sie sofort wieder raus«, erklärte Dudko schulmeisterhaft. »So war das bei der Inspektion, Freunde: Die beste Batterie, also ihr Kommandeur, kriegte 'nen Pokal von 'ner Hofdame Ihrer Majestät persönlich. Was für eine Ehre! Eine silberne Tasse auf einem goldenen Teller, und da waren der Zar und sein ganzes Gefolge. Keiner durfte was trinken, nur der Kommandeur – direkt vor dem Zaren! Und als der Hauptmann den ziselierten Pokal in der Hand hatte, hat er sich verbeugt und alles mit einem Zug runtergekippt – da wurde uns ganz warm ums Herz. Wir wurden natürlich auch nicht vergessen: Danach hatte die Batterie drei Tage Urlaub.«

»Und was war in dem Pokal? Wodka oder vielleicht Krimsekt?« erkundigte sich der praktisch denkende Kanonier Schidkow.
»Unverschämtheit! Als ob der Zar seinem besten Offizier Sekt geben würde! Das war Wodka, mein Lieber, da kannst du sicher sein. Ich habe den Kommandeur extra gefragt.«
Pawel entfernte sich vom Lagerfeuer und legte den Kopf in den Nacken. Es war polnischer Boden, doch die Sterne sahen aus wie zu Hause. Er erinnerte sich, wie Onkel Sergei ihm die Kassiopeia und den Orion, sein Lieblingsgestirn, gezeigt hatte, und unterdrückte ein Seufzen. Irgend etwas beunruhigte ihn, aber er konnte nicht ergründen, was es war. Hatte es damit zu tun, daß er unlängst zum erstenmal einen Menschen – sogar zwei – getötet hatte? Nein, das war gut und richtig gewesen. Außerdem hatte er wahrscheinlich schon früher Menschen getötet, es nur nicht gesehen. Schließlich war er bei der Artillerie. Oder lag es daran, daß er zum falschen Zeitpunkt an Schulterklappen gedacht hatte? Aber er beschloß, sich diesen Fehler zu verzeihen: Kawelin hatte ihn verwirrt, und ihm hatte der Schädel gebrummt – das war die Ursache gewesen. Er hatte sich ja nicht freiwillig gemeldet, um Offizier zu werden. Es wäre ein leichtes gewesen, einen Artillerie-Lehrgang zu machen und kurz darauf Fähnrich zu werden wie Kossow. Überhaupt zog er es vor, zusammen mit den gemeinen Soldaten zu kämpfen, denn in Studentenkreisen wurden Offiziere schief angesehen, als Verkörperungen der Reaktion… Ach, was für Dummköpfe sie gewesen waren! Hätte er länger mit Wladek sprechen sollen? Aber die Zeit hatte für eine ausführliche Unterhaltung nicht gereicht… Trotzdem, er kam der Sache näher. Aber es lag nicht an Wladek…
Das war's also! Der tote Deutsche mit der Ameise – wieso

war Pawel nicht sofort aufgefallen, daß der Mann Jura Neschdanow glich. Auch er hatte hellblaue Augen, ein ausgeprägtes Kinn und die gleiche Haarfarbe gehabt! Er hätte Juras Zwillingsbruder sein können. Moment, Jura hatte einige deutsche Verwandte und folglich auch deutsches Blut. Früher war das nebensächlich gewesen. Und nun? Wo mochte Jura sein? Vielleicht war auch er tot, und Ameisen krabbelten über seinen Körper. Wie albern, daß Pawel es für falsch gehalten hatte, die Ameise wegzuschnippen. Aber was hätte das schon ausgemacht?
»Na, Petrow, träumen Sie auch?« ertönte eine Stimme aus der Dunkelheit. Ein Zweig knarzte, und an Pawels Seite erschien Fähnrich Kossow. »Ich kann auch nicht schlafen.«
Kossow, der aus unbekannten Gründen – vielleicht wegen der Aufmerksamkeit des Kommandeurs? – auf Pawel eifersüchtig war, behandelte ihn stets mit betonter Herablassung. Doch diesmal sprach der Fähnrich mit ihm wie mit einem Ebenbürtigen.
»Ich wette, daß ich weiß, wovon Sie träumen. Wenn jetzt eine Frau hier wäre! Aber da können wir lange warten... Ach, Petrow, Sie sollten die Frauen in Petersburg sehen! Hören Sie, ich hatte da mal eine Ballerina...«
Pawel wurde wütend. Plötzlich durchfuhr ihn ein Zittern, ein Brennen geradezu, denn er spürte, daß er das gleiche wollte: sofort und unbedingt. Aber welchen Grund gab es dann, aufgebracht zu sein? Und da keine Frauen zu finden waren, begannen der Fähnrich und der Unteroffizier, ihre Herzen zu erleichtern, indem sie über sie sprachen.

Kapitel 13

»Oberleutnant, bei Ihnen sterben doch jeden Tag Kühe… Und ich habe nichts, womit ich die Flüchtlinge ernähren kann. Geben Sie mir zwei Kühe, das ist für Sie doch auch leichter.«

»Dafür wird eine schriftliche Genehmigung benötigt. Sind Sie dazu bevollmächtigt?«

»Nein, der Bevollmächtigte ist unterwegs! Er ist allein für acht Abteilungen zuständig!«

»Dann kann ich nichts für Sie tun.«

»Aber ich kann was tun!« schrie Wladek wütend und riß seinen Revolver hervor.

»Sie wollen also wegen ein paar Kühen eine Schießerei anfangen? Sie sind verrückt, Fähnrich!«

»Ich bin kein Fähnrich, sondern ein verdammter Zivilist – nach Ihren Maßstäben! Aber ich bin adlig. Sie wahrscheinlich auch?«

Der Oberleutnant, der von grauem Staub bedeckt war, streckte die Hand nach seinem Revolver aus, und dann lachte er plötzlich. »Sie gefallen mir, Sie verdammter Zivilist! Wer hat Ihnen diese Uniform zugeteilt?«

»Noch eine Frage nach meiner Uniform, Oberleutnant, und ich weiß nicht, ob ich mich länger beherrschen kann. Wir sind hier alle etwas durchgedreht.«

»Das will ich glauben. Nehmen Sie drei Kühe, aber dann machen Sie, daß Sie mit Ihren Flüchtlingen verschwinden.

Mackensen kommt bald. In vierundzwanzig Stunden werden die Deutschen hier sein.«
»Und was wird dann aus Ihrer Herde?«
»Noch eine Frage nach diesen verdammten Kühen…«
Sie grinsten einander an, und Wladek befahl zwei Sanitätern: »Schlachtet sie sofort, und bringt die Kessel her! Ich komme gleich wieder – muß mich nur um die Leute da kümmern.«
Wladek, der mittlerweile eine Feldsanitätsabteilung leitete, war dazu abkommandiert worden, für die Ernährung und Gesundheit der Flüchtlinge zu sorgen. Mit seinen Polnischkenntnissen war er unersetzlich. Die Fuhrwerke der Flüchtlinge rumpelten im Gefolge der zurückweichenden Armee auf Kobrin zu. Am Straßenrand stieß man immer wieder auf zurückgelassene Leichen; die meisten waren Säuglinge. Manchmal befahl Wladek, haltzumachen und sie zu begraben.
»Zehn Männer zu mir!« rief er der Flüchtlingsmenge auf polnisch zu. »Bleibt hier stehen, und laßt niemanden über diese Linie.« Er zog mit dem Säbel einen Strich durch den grauen Sand. »Wir werden jetzt Brühe kochen, und zwar genug für alle. Aber niemand tritt vor, bis ich das Kommando gebe. Sonst – das ist ein heiliges Versprechen – werde ich schießen! Verstanden?«
»Verstanden, *pan* Fähnrich!«
Wladek hatte seit langem jegliche Sentimentalität und alle vornehmen Manieren gegenüber den Flüchtlingen aufgegeben, die vor Erschöpfung und Hunger wie die Tiere waren. Er hatte nicht vergessen, wie jemand bei der ersten Essenausgabe »Los!« schrie und wie die Flüchtlinge zu den Kesseln stürmten. Ein zweijähriges Kind wurde seiner Mutter aus den Armen gestoßen, und Wladek sah, wie es unter die Füße der Menge rollte. Außer sich vor Zorn

schoß er in die Luft. Das genügte, um eine sekundenlange Pause entstehen zu lassen, und die zerlumpte Frau schaffte es, ihr Kind zwischen Bastschuhen und Stiefeln hervorzuziehen. Dann küßte sie dem *pan* Offizier die Hand, was ihn daran hinderte, auf Ordnung zu achten. Aber was war das für eine Ordnung, wenn Dutzende von Händen jedes Stück an sich reißen wollten... Seitdem gab Wladek sich nicht mehr mit improvisierten Maßnahmen zufrieden, sondern hielt sich an ein exaktes, von ihm ausgearbeitetes System. Auch half ihm der Umstand, daß sich ein alter katholischer Priester, dessen Kirche in Ljachowice niedergebrannt worden war, seiner Abteilung angeschlossen hatte. »*Pan* Pfarrer, beginnen Sie mit dem Gebet«, befahl Wladek. Und während die Sanitäter, deren Uniformärmel nun von Blut geschwärzt waren, die Kühe in Stücke schnitten, das Fleisch in die Kessel warfen und den rötlich-grauen Schaum von der Oberfläche der Brühe abschöpften, legte sich der hagere Priester eine schmutzige Stola um den Hals, sang eine Litanei, und die gehorsame Menge antwortete ihm. Vom täglichen Brot und von der Mutter aller Leidenden war die Rede, doch Wladek hörte nicht zu. Der Priester verstand sein Geschäft und zog den Gottesdienst in die Länge, bis alles fertig war. Und dann verteilte er auf Wladeks Befehl hin das Brot, indem er es theatralisch in Stücke brach. Nun erst durften die Flüchtlinge an die Kessel herantreten, während Wladek mit seinem Revolver bereitstand.

Diesmal ging alles gut, und keiner wurde niedergetrampelt. Wladek wußte, daß mehrere Stunden später, wenn sie bereits unterwegs waren, einigen von ihnen übel werden würde, denn so reagierten verhungernde Menschen gewöhnlich auf Fleisch. Würde es in Kobrin ein Krankenhaus geben, das Patienten aufnehmen konnte, oder hatte sich das Personal bereits zurückgezogen? Und wo sollte er das nächste Mal Nahrung auftreiben? Wladek inspizierte die Fuhrwerke. Aus einem war das Stöhnen einer Frau zu hören, die in den Wehen lag. Es war ihre erste Geburt, und Wladek hoffte, daß er nicht zu helfen brauchte. Wahrscheinlich würde sie noch zehn Stunden schreien, und mit etwas Glück dürfte man Kobrin bis dahin erreicht haben. Er gab den Befehl zur Weiterfahrt und döste im Sattel. Natürlich schlief er nicht, doch ab und zu hatte er überraschend klare, wenn auch unzusammenhängende Visionen: eine gelbgraue Schrapnellwolke, irgendwelche Pappeln, den Operationswaggon, der mit der blauen Spiritusflamme und dem Kampfer- und Karbolgeruch nun so gemütlich wirkte. Und die zerbrechlichen Fläschchen der Zugapotheke – so zerbrechlich, daß sie geradezu rührend wirkten... Und Christbaumschmuck... Er verkroch sich hinter dem Sofa und hatte Angst, seiner Mutter zu gestehen, daß er den Glasbären vom Baum stibitzt, ihn mit ins Bett genommen und dann aus Versehen zerbrochen hatte... Das Geräusch von splitterndem Glas – ein Zeppelin über Brest, der beschossen wurde und seine Bomben abwarf.

Es war schon Abend, aber am Horizont konnte er noch einen rötlichen Schein entdecken. Man verbrannte das Getreide beim Rückzug. Kobrin war so gut wie verlassen: Die Armee und fast alle Bewohner hatten sich abgesetzt. Das Feldlazarett war jedoch erst im Aufbruch, und Wladek konnte seine Kranken auf den letzten Karren unterbringen, die gerade zum Zug befördert wurden. Da aber nicht feststand, wann der Zug abfahren würde, mußte Wladek sie zum Bahnhof begleiten.

Glücklicherweise wartete der Zug mit seinen beiden Rotkreuzflaggen noch auf dem Gleis. Wladek machte rasch den Chefarzt ausfindig, um ihm seine Patienten zu übergeben.

»Eine Frau liegt in den Wehen. Ihre Kontraktionen sind schwach, aber regelmäßig«, meldete er dem rundgesichtigen Mann, dessen Schnurrbart dem eines Katers ähnelte. Er trug die gleiche elende Uniform der Städteunion wie Wladek.

»Mein Guter, wo soll ich denn bloß hin mit ihr? Bei uns ist jetzt schon alles voll, und eine Abteilung muß noch aufgeladen werden.«

»Stecken Sie die Leute zum Personal! In die Durchgänge, in die Apotheke! Und dann aufs Dach, bis alle untergebracht sind!« sagte Wladek erbost.

»Schön, wenn Sie ein solcher Experte sind, könnten Sie die Leute dann nicht selbst aufladen? Mein Operationssaal ist von Granatsplittern getroffen worden, es gibt keinen Strom, und ich kann zu operieren anfangen, sobald wir uns in Bewegung setzen!« sprudelte es aus dem Arzt hervor.

»Warum haben Sie das nicht gleich gesagt? Ich kümmere mich sofort darum. Wo ist Ihre zweite Abteilung?«

»Dort drüben, auf den Gleisen.« Der Chefarzt deutete in die Dunkelheit.

Wladek sprang vom Trittbrett, und in der nächsten halben Stunde brüllte er, mit einer Laterne in der Hand, auf seine Sanitäter und die des Zuges ein, schob Tragbahren beiseite und ließ die Kranken, ohne ihr Stöhnen zu beachten, auf Kojen, unter Kojen, in Korridore und in alle möglichen anderen Lücken zwängen.

»Alles klar«, zischte er immer wieder durch die Zähne, »ich kenne diese Lazarettzüge, die können doppelt beladen werden. Ihr kommt alle mit!«

Der Leiter der zweiten Abteilung hatte zum Glück keine

Einwände, obwohl er etliche Minuten früher eingetroffen war. Vielmehr stimmte er sofort zu, daß sämtliche Patienten – sowohl seine eigenen als auch Wladeks – in den Zug verfrachtet werden müßten. Nur noch wenige waren übrig, als aus der Dunkelheit das Kreischen einer Frau und ein Brüllen ertönten. Wladek sprang aufs Gleis und entdeckte mit seiner Laterne zwei auf dem Kies zappelnde Körper. Ein Schuß in die Luft blieb ohne Wirkung, und Wladek machte sich mit einem herbeigeeilten Sanitäter daran, die beiden auseinanderzuzerren, aber vergebens. Der Hüne im Soldatenmantel hatte einen eisernen Griff, und sie mußten ein Stück des weißen Kopftuchs abreißen, an das er sich klammerte. Dann erst konnten sie die halb erstickte Krankenschwester befreien. Wladek half ihr mit einem Ruck auf die Beine, und zu seiner Überraschung war sie leicht wie ein Kind. Sie wankte, blieb jedoch stehen. Wladek ließ sie schluchzen, stellte einen Fuß auf das zuckende Bein des Soldaten und fand einen Holzlöffel im Stiefelschaft. Dort verstauten alle ihre Löffel, ob Epileptiker oder nicht.

Er bedeutete dem Sanitäter mit einem Nicken, den Kopf des Kranken ruhig zu halten, schob den Löffelstiel in den weit aufgerissenen, röchelnden Mund des Mannes und zwängte ihn quer zwischen die Zähne. Nun konnte er sich wenigstens nicht die Zunge abbeißen. Die heilige Krankheit. Armes Mädchen. Da schleppte sie Verwundete hin und her, und plötzlich hatte jemand einen Anfall. Epileptiker waren die Geißel der Lazarettzüge: Sobald einer von ihnen anfing, schien er fast alle Passagiere anzustecken. Dabei handelte es sich zumeist um rein hysterische Anfälle, die allerdings ebenfalls von Krämpfen und Schreien begleitet wurden. Deshalb war es ratsam, Epileptiker separat zu befördern. Aber dazu gab es jetzt keine Möglichkeit... Der Kranke hatte sich beruhigt, und Wladek wuchtete ihn zusammen mit einem fremden Sanitäter – ein prächtiger Bursche mit Riesenpranken! – in einen Gang am Ende des Waggons. Er war der letzte, und sie schafften es gerade noch. In der Ferne knallten bereits Schüsse.

Die Lokomotive stieß einen Pfiff aus und umgab sich mit zwei schnurrbartähnlichen Dampfschwaden. Wladek schöpfte erleichtert Atem. Die Schwester, die beinahe erwürgt worden war, machte das Kreuzzeichen hinter dem abfahrenden Zug her und ließ sich einfach auf den Kies sinken. Sie gehörte also nicht zum Zug, sondern zur zweiten Abteilung. Wahrscheinlich brauchte sie ein paar Baldriantropfen, aber er hatte alle Vorräte im Lazarett zurückgelassen.

»Wladek, erkennen Sie mich denn nicht?« fragte die Schwester.

Ihre Stimme war leise, doch sie ließ Wladek zusammenfahren. »Sina? Sina, meine Güte...«

Er tastete nach der Laterne. Vertraute Augen, grau und streng, musterten ihn. Sie schob die Laterne zur Seite.

»Sehen Sie mich jetzt nicht an. Aber Sie haben sich auch sehr verändert. Wollen Sie ins Lazarett? Wir haben also denselben Weg. Fjodor, machen Sie die Wagen fertig, wir fahren gleich los.«

Ihre letzten Worte waren an den Sanitäter mit den Riesenpranken gerichtet, und er begann gehorsam, die Pferde zu wenden. Wladek konnte sich kaum von der Stelle rühren. Er hatte sie nicht erkannt! Es war dunkel, aber egal, er hatte sie an den Schultern gehalten und trotzdem nicht erkannt. Natürlich hatte er sie nie zuvor an den Schultern gehalten... und wohl auch kein anderer. Er habe sich verändert, hatte sie gesagt. Also mußte es wohl eine starke Verände-

rung sein. Wie oft er darum gebetet hatte, ihr zu begegnen – und nun war es geschehen.
Erst jetzt begriff er, daß es sich wirklich ereignet hatte, und eine Woge von heißem Glück überflutete ihn.
Sina war in den vorderen zweirädrigen Wagen gesetzt worden, und Wladek ritt neben ihr her. Er mußte sich vorbeugen, um ihre leise Stimme zu hören. Seine Hände schienen immer noch ihre schmalen, harten Schultern zu umfassen, und er ertappte sich dabei, daß er die Zügel wie etwas Zerbrechliches in der Hand hielt.
Im Lazarett hatte man mittlerweile zusammengepackt. Es bestand nur noch aus zwei Ärzten, mehreren Schwestern und einem Karren mit Medikamenten. Der zerzauste Tschemodanow – er war der bevollmächtigte Arzt – erteilte bereits Befehle. Seine Uniformmütze hatte einen roten Streifen auf seiner Stirn hinterlassen und war dann offenbar verschwunden. Nun mußte man sich nach Slonim zurückziehen. Das Lazarett sollte zuerst abfahren, während Wladek zurückbleiben und den erschöpften Pferden und Menschen zwei Stunden Ruhe gönnen würde. Die Beschießung von Südwesten her hatte nachgelassen, und bis zum Morgen würde kaum etwas geschehen. Seine Sanitäter hatten seit drei Tagen nicht geschlafen. Der Chef der anderen Abteilung, ein Mediziner aus Moskau, ließ die Lebensmittel auf einem früheren Operationstisch ausbreiten: Zwieback, Fleischkonserven und eine Art Preiselbeerextrakt.
»Oho, meine Herren, ihr lebt nicht schlecht!«
»Setzen Sie sich zu uns, Kollege. Moment, hier haben wir noch was anderes. Reinen Spiritus – kann ich empfehlen. Ihre Leute sind wahrscheinlich auch bis auf die Knochen durchgefroren?«
Es war ein merkwürdiges Festmahl, beleuchtet von Altar-

kerzen (das Lazarett hatte sich in einer verlassenen katholischen Kirche einquartiert) und abgehalten in diesem fast leeren Städtchen, aus dem die einen geflohen waren und das die anderen noch nicht erreicht hatten. Die Teilnehmer waren ein für zwei Abteilungen zuständiger Arzt, mehrere Krankenschwestern und Sanitäter und der alte *pan* Pfarrer, der seine Spitzenstola noch nicht abgenommen hatte. Er sprach ein polnisches Gebet, und alle warteten respektvoll. Zu einem solchen Anlaß hätte sogar der heilige *pan* Jesus das Trinken von Spiritus in seinem Haus gesegnet. Im Oberlicht loderte Röte aus der Dunkelheit auf: Es hieß, daß die Kosaken beim Rückzug einige Speicher und eine Synagoge verbrannt hätten. Das Flackern, das durch das Buntglas drang, ließ blaue, kirschrote und gelbe Flecke wie Nordlichter auf den gewölbten Mauern erscheinen.

Wladek nahm einen Schluck aus einem Arzneifläschchen und spürte nicht einmal ein Brennen in der Kehle. Er saß Seite an Seite mit seiner »Schneekönigin«. Wer weiß, wie es ihr gelungen war, aber ihr Kopftuch sah nun ganz glatt und sogar gestärkt aus. Auf ihrer Wange, nicht weit von der Schläfe, war eine frische Schramme – das einzige, was ihr Zusammenstoß mit dem Epileptiker hinterlassen hatte. Diese dunkle Spur in ihrem Gesicht flößte Wladek die gleiche Ehrfurcht ein wie die karminroten Farbrinnsale an polnischen Gipskruzifixen – gnadenlos in ihrer anatomischen Genauigkeit, aber dennoch ehrfurchtgebietend.

Beide streckten gleichzeitig die Hand nach dem herabsinkenden Docht der Kerze aus, und ihre Finger verhedderten sich ineinander. Sina lachte so glücklich, wie Wladek es aus Odessa kannte. Der Priester betrachtete das russische Mädchen mit seinen klaren schwarzen, vom Alter unbe-

rührten Augen und lächelte Sina zu wie einem Kind. Überhaupt machten alle am Tisch ein verständnisvolles Gesicht, was Wladek nicht verärgerte, sondern eher erheiterte. Es war, als vollführten sie alle einen altertümlichen, komplizierten Tanz und als wäre Sina seine Partnerin.
»Trinken wir, meine Damen und Herren, auf alles Schöne, was nach diesem Krieg von unserer Jugend übrigbleibt«, sagte der Moskauer Mediziner Birjulin und hob sein Fläschchen. Alle verstummten, um darüber nachzudenken, was dieses Schöne sein könnte. Dann redeten plötzlich alle gleichzeitig, wie es oft geschieht: über vertraute und doch äußerst irritierende Dinge.
»Wie kann das etwas anderes als Verrat sein, meine Herren? Es gibt keine Medikamente, die Soldaten haben fast nichts anzuziehen und hungern. Du brauchst einen Verwundeten nur hochzuheben, und schon fällt sein Mantel unter deinen Händen auseinander.«
Wie die Artilleristen munkelten, habe Suchomlinow unerhörte Bestechungsgelder von den Industriellen erhalten, damit sie ihren Ramsch bei der Armee absetzen konnten.
»Tja, alter Junge, Bestechungsgelder – das versteht sich von selbst, aber ich rede von Verrat. Wie könnte ein Kriegsminister in unserem lieben Vaterland denn keine Bestechungsgelder nehmen? Aber woher kommt das Geld? Warum krepieren Artilleriegeschosse im Rohr? Wieso gibt's an der Front plötzlich keine Munition mehr, wo die Zeitungen – Sie erinnern sich? – 1914 doch geschrieben haben, daß es uns an nichts fehlt? Sie müssen höher Ausschau halten als beim Kriegsminister.«
»Sie meinen doch nicht etwa…«
»Ich weiß nicht. Aber man hört, daß die Zarin nicht umsonst Alix von Hessen ist.«

»Ach, hören Sie bloß auf! Jeder weiß doch, daß Rasputin hinter der ganzen Spionage steckt! Als wenn das was Neues wäre!«

Wladek war nicht geneigt, sich über diese Themen auszulassen. Alix von Hessen und Rasputin, sogar der Rückzug selbst spielten nun keine Rolle mehr! Sina machte eine Bewegung und stand vom Tisch auf; Wladek wartete eine Minute und folgte ihr. Alle waren so sehr ins Gespräch vertieft, daß niemand es bemerkte.

Sina stand an einer Steinmauer, die ihr bis zur Hüfte reichte. Ihr schmaler, klarer Schatten brach sich auf den groben Pflastersteinen des Hofes. Sie wandte nicht den Kopf, als Wladek neben sie trat, sondern streckte einfach die Hand aus.

»Sina, es muß Schicksal sein!«

»Ja, ja, Schicksal«, erwiderte sie spöttisch und brach in Tränen aus.

Wieder hielt Wladek sie an den Schultern fest, und sie schluchzte lange an seiner Brust. Es war schmerzlich und schön, sie weinen zu sehen. Eine unbekannte Schwere – nicht die Last ihres nahezu gewichtlosen Körpers, sondern etwas anderes – machte Wladek fast Angst. War es Liebe? Nannte die Schwere sich Liebe? Ein Panzer schien auf seinen Schultern und seiner Brust zu lasten und ihn am Atmen zu hindern. Er war nicht mehr sein eigener Herr, in diesem Panzer gehörte er völlig… Seine Lippen wurden kalt. Er hatte so lange darauf gewartet, ihr ewige Treue zu schwören, und nun war es so schwierig. Aber die Zeit war gekommen. Er mußte sie fragen.

»Sina, ich liebe Sie. Werden Sie meine Frau.«

»Ja, ja«, wiederholte sie und drückte seinen Kopf an sich. »Wie kalt deine Lippen sind! Und wie heiß deine Hände…«

Sie flüsterte noch etwas anderes und lachte, und Wladek wollte sich nicht aus ihrer Umarmung lösen. Schließlich kam er zu sich und sagte: »Gehen wir.«
»Wohin, Wladek?«
»Wir heiraten.«
»Jetzt? Aber es ist doch Nacht! Wer soll uns denn trauen?«
»Wir können den Priester fragen.«
»Aber er ist katholisch!«
»Was macht das schon aus? Wo sollen wir jetzt einen Popen finden?«
»Aber er schläft doch schon, du Verrückter! Schau mal, sie haben schon die Kerzen gelöscht. Und wir müssen in zwei Stunden aufbrechen.«
»Genau deshalb. Ich lasse dich nie wieder gehen. Du wirst meine Frau.«
»Ganz bestimmt. Aber wir brauchen niemanden zu wecken. Mir ist jetzt so froh ums Herz. Er soll uns morgen trauen. Laß uns beide nun lieber allein bleiben. Auch ich lasse dich nie wieder gehen. Da ist die Vorhalle – auf der anderen Seite. Hab keine Angst, Gott wird uns verzeihen. Ich habe keine Angst…«
Wladek küßte immer noch ihre von Karbol verbrannten Hände, als ganz in der Nähe eine neue Explosion ertönte; die Erschütterung ließ die Kirchenglocke klirren. Sein Rosenkranz verfing sich in der Halskette ihres Kreuzes, und sie entwirrten das Knäuel rasch mit ungeduldigen Fingern. Auf dem Hof spannte man bereits eilig die Pferde an. Zum Glück befand sich das Lazarett am rechten Ufer des Muchawez, so daß er nicht überquert zu werden brauchte. In den nächsten vierundzwanzig Stunden waren sie unablässig in Bewegung.
»Was für eine Sprache! Da bricht man sich die Zunge ab!« rief Birjulin empört. »Gerade sind wir an Prushany vorbei-

gekommen. Und wohin fahren wir nun? Nach Rushany! Der nächste Ort heißt bestimmt Ushany, oder?«

»Der nächste ist Miechowice«, sagte der Priester beherrscht, und die Mediziner wurden verlegen. Dies war sein Polen, und sie waren auf dem Rückzug und überließen das Land den Deutschen. Gut, sie waren keine Soldaten, aber trotzdem... Sie waren Russen, und sie zogen sich zurück.

»Das ist sie, die versprochene Autonomie«, erklärte Wladek mit unterdrückter Wut. Zum erstenmal seit der letzten Nacht wurde ihm klar, wo er sich befand und was er tat. Und es machte ihn krank. Warum hatte jedes Glück eine Schattenseite? Als wäre es so geplant... Vielleicht war es wirklich so geplant...

Sina saß in einer Haltung im Sattel, die auch Onkel Sergei gebilligt hätte. Wladek ritt neben ihr her und musterte ihr bleiches Gesicht besorgt.

»Meine arme Kleine! Bist du müde?«

»Hör auf, mich zu bemitleiden. Ich bin glücklich. Unter einem Glücksstern – erinnerst du dich?«

»Ja. Das hat dir die Zigeunerin auf dem Jahrmarkt vorausgesagt. Und ich dachte damals: Warum die Zigeunerin, sie hätte doch mich fragen können...«

»Warum hast du den Rosenkranz bei dir?«

»Meine Mutter hat ihn gesegnet. Sie ist doch katholisch.«

Bei Smoljaniza schloß sich ihnen eine neue Flüchtlingsgruppe an, und sie hatten keine Gelegenheit zu weiteren Gesprächen. Wladek war von seiner Arbeit in Anspruch genommen und sah Sina, die sich mit den Frauen abmühte, nur von Zeit zu Zeit. Mehrere Fieberkranke wurden auf die Fuhrwerke gehoben. Wladek legte wieder die Hand an den Revolver und befahl den Flüchtlingen, einen Teil ihres Gepäcks herunterzuwerfen und ein paar Kinder

auf den Wagen zu lassen. Dann rief Birjulin ihn zur Seite.
»Sieht schlecht aus, Kollege. Sie wissen, was mit denen los ist?«
»Ich hatte noch keine Zeit, darüber nachzudenken. Typhus?«
»Ganz genau. Nun werden sich alle anstecken, aber wir können sie nicht zurücklassen...«
»Dann teilen wir uns eben. Die Gesunden können los, und die an Typhus Erkrankten kommen nach hinten zu mir auf die Karren. Wenn Gott will, komme ich mit ihnen durch. Sagen Sie den Sanitätern, daß ich ein paar Freiwillige brauche. Und lassen Sie mir etwas Morphium und Kampfer zurück.«
»Was soll das heißen? Warum denn Sie? Eine gute Idee, aber ich bin hier schließlich der Arzt, und ich sollte zurückbleiben.«
»Kollege, ein Studienjahr ist der einzige Unterschied zwischen uns. Und für Typhus spielt das keine Rolle. Tun Sie, was ich sage.«
»Also, hören Sie mal...«
»Ich bin Pole. Begreifen Sie das?« zischte Wladek wütend. In jenem Moment begriff er plötzlich, daß er, der sich sein ganzes Leben lang für einen Russen gehalten hatte, in Wirklichkeit Pole war. Und es konnte kein Zufall sein, daß er den Rosenkranz seiner Mutter bei sich hatte.
Man trennte sich rasch voneinander. Die ruhig gewordenen Flüchtlinge widersetzten sich weder der Beschlagnahme ihrer Karren noch den energischen Befehlen des *pan* Fähnrich. Nur die Mütter, die im Typhus-Wagenzug blieben, wandten heulend ein, daß ihre Kinder gesund seien und in die vordere Kolonne gehörten. Aber Birjulin sortierte alle aus und duldete keine Widerrede. Drei Sanitäter, die sich freiwillig für diese Aufgabe gemeldet hat-

ten, luden die notwendigen Medikamente um. Der Priester blieb, wie zu erwarten war, ebenfalls bei Wladek. Es wurde Zeit, sich von Sina zu verabschieden.

»Mein Mädchen, wir treffen uns in Slonim. Ich werde so schnell wie möglich dort sein.«

»*Wir* werden so schnell wie möglich dort sein, wolltest du sagen. Birjulin hat mich gehen lassen.«

»Dieser Idiot! Aber jetzt stehst du nicht unter Birjulins Befehl, sondern unter meinem. Also verschwinde von hier, und warte in Slonim auf mich!«

»Bitte, keine Familienszene. Wir haben noch nicht geheiratet, und schon brüllst du mich an. Ich bin Krankenschwester und werde hier gebraucht.«

Wladek sah ein, daß es sinnlos war, sich mit ihr zu streiten. Und er wußte, daß Sina recht hatte – mit jener kalten Aufrichtigkeit des Gewissens, die kein Erbarmen kennt. Der Priester segnete die abfahrende Kolonne mit seiner mageren braunen Hand. Und wieder erstreckten sich vor ihnen Sandflächen und verlassene Felder. Sie kamen nur langsam voran. Hin und wieder machten sie halt, um Injektionen zu verabreichen, im Delirium Liegende festzubinden oder um Tote zu begraben. Der Priester erteilte die Sterbesakramente, ohne vom Pferd zu steigen. Ein ungefähr dreijähriger Junge wurde überraschend wieder gesund: Er hatte bereits hohes Fieber gehabt, doch gegen Morgen besserte sich sein Zustand offenkundig. In jener Nacht starb seine Mutter, aber der Junge wußte nichts davon. Im Fieberwahn hielt er Sina für seine Mutter. Bei jedem Halt zerriß Sina ein paar Lappen und wickelte ihn wie einen Säugling. Sie zwang ihn, soviel wie möglich zu trinken, und er durchnäßte sämtliche Lappen. Als die Kolonne einen kleinen Fluß jenseits von Miechowice überquerte, nutzte Sina sogar die Gelegenheit, ein paar Kleidungsstücke zu waschen.

Bis Slonim war es nur noch ein Katzensprung, und Wladek begann, jene zähe Besorgnis zu überwinden, die sein Herz hatte erstarren lassen. Da berührte Sina seinen Arm.
»Wladetschek…«
Ein Blick genügte ihm: Nein, sie war nicht verschont worden. Sie hatte brennende Augen und scharlachrote Wangen…
»Hab keine Angst, mein Liebling, ich bin bei dir.«
Nun empfand er nicht einmal Entsetzen. Als hätte er es vorher gewußt. Mutter Gottes, hilf ihr. Mutter Gottes, rette und bewahre sie, und sei ihr gnädig. Wladek flüsterte nichts und bewegte nicht einmal die Lippen. Sein Herz betete aus eigener Kraft, während er Sina auf einen Karren legte und sie mit seinem Mantel zudeckte.
»Hast du Schmerzen?«
»Nein, es geht mir gut… Ich schwebe… glücklich – sieh dir die Wolken an, wie rosig sie sind. Mach dir keine Sorgen, ich werde nicht sterben, ich bin stark. Im Moment bin ich abgemagert, aber das geht vorbei. Alles geht vorbei… Und wenn wir wieder in Odessa sind, werden wir mit Onkel Sergeis Jacht segeln, und das Wasser wird grün und undurchsichtig sein und uns schaukeln, schaukeln… Möchtest du etwas?«
»Sina. Ich rufe den Pfarrer, damit er uns trauen kann.«
»Gut, mein Herz. In Ordnung. Aber ich habe keinen Ring, den ich dir geben kann.«
»Ich auch nicht. Egal, es wird sich schon irgendwie machen lassen.«
Sie mußten ohnehin anhalten, um zwei weitere Tote am Straßenrand zu begraben. Der Priester war keineswegs erstaunt über Wladeks Bitte. Es schien überhaupt nichts mehr zu geben, was die Menschen in Erstaunen versetzen konnte. Er holte zwei dunkle Wachskerzen und die ge-

weihten Gaben aus seinem Beutel hervor und zog einen Ring mit violettem Stein von seinem Finger.
»Hier bitte, es ist kein Ehering, aber ich werde ihn weihen. Und den anderen können Sie aus Gras flechten.«
»Wenn's der jungen Dame nichts ausmacht... Ich bin Witwe, ich brauche ihn nicht mehr«, ließ sich eine Stimme aus Sinas Karren vernehmen. Und eine alte Bäuerin mühte sich, einen eingewachsenen Ring von ihrem Finger zu lösen. »Die *paní* soll heiraten und mit dem *pan* Fähnrich glücklich werden. Jesus Maria, die *paní* ist so gütig wie die heilige Theresa. Möge Gott ihr Glück und viele Kinder schenken. Ich bin eine alte Frau, ich weiß alles.«
Sina lächelte und flüsterte: *»Dziekuje«*, das einzige polnische Wort, das sie kannte.
Es war eine kurze Trauung: Sina konnte nicht stehen und saß auf dem Karren, während Wladek neben ihr stand. Er übersetzte die Frage des Priesters, die mit »Ja« beantwortet werden mußte. Sina hörte alles übrige wie in einem Traum. Der Priester rief mit lauter Stimme ein paar Worte zum Himmel empor. Von jenem Moment an waren sie, wie Sina begriff, Mann und Frau. Wladek küßte sie, und sie stürzte irgendwohin, doch es war ein warmer und angenehmer Ort.
Nach einer Weile kam sie durch das Weinen des kleinen Jacek zu sich. Der verwaiste Junge wollte nicht auch noch Sina verlieren und bat dauernd, zu ihr gelassen zu werden.
»Mama! Ich will meine Mama!«
»Wladek... Ich möchte ihn segnen. Überlaß ihn nicht dem ersten besten, ja? Ich habe ihn so lange gepflegt, als wäre er unser Junge.«
»Ich werde ihn niemandem überlassen. Sina, fühlst du dich besser? Wir sind in Slonim, Sina, nun wird alles gut.«

»Ich weiß. Alles wird gut, und du läßt mich nie wieder fort.«

Aber kaum etwas wurde gut. Im Lazarett untersuchte der Arzt Sina und sagte zu Wladek: »Ist sie Ihre Frau? Ich kann sie natürlich aufnehmen, aber noch eine Verlegung übersteht sie nicht. Fühlen Sie ihren Puls. Und wir befördern jetzt alle weiter nach hinten. Ich rate Ihnen, es nicht zu riskieren, Herr Kollege. Bleiben Sie noch wenigstens vierundzwanzig Stunden mit ihr hier – die Krise kann jeden Moment eintreten. Über die Behandlung sind Sie sich wohl selbst im klaren. Nebenan ist eine leere Wohnung mit einem Herd. Sie können später zu uns aufschließen, aber jetzt braucht sie Ruhe. Sie sehen ja selbst, wie schwach Ihre Frau ist. Eine Schwester, eine Polin, bleibt zurück. Sie wird Ihnen helfen – der reinste Schatz.«

Schwester Stanislawa war tatsächlich der reinste Schatz. Trotz seiner Erfahrung zeigte sich Wladek verstört wie jeder Ehemann, doch Stanislawa entwickelte eine stürmische Aktivität. Eine halbe Stunde später lag Sina bereits in einem sauberen Bett und hatte eine Injektion erhalten. Stanislawa zwang Wladek, den Kaffee zu trinken, den sie in einem Topf gekocht hatte, und ein paar Zwiebäcke zu kauen. Wladek begriff nicht sofort, daß sie nicht nur Sina, sondern auch Jacek unter ihre Fittiche genommen hatte. Anscheinend hielt sie ihn für Wladeks und Sinas Kind. Nun sang sie ihm ein polnisches Lied vor und versicherte ihm, daß seine Mutter nur ein wenig ausruhe, bevor sie ihn wieder in die Arme nehmen werde.

»*Pan* Fähnrich! Haben Sie Ihren Kaffee ausgetrunken? Das Kind weint – es ist so durcheinander. Weine nicht, mein Kleiner, Papa wird dich gleich küssen.«

Sie setzte dem verblüfften Wladek das Kind auf die Knie,

und der Junge klammerte sich mit seinen Ärmchen und Beinchen an ihn wie ein Affe.

»Schwester Stanislawa! Gott helfe Ihnen! Ich werde Ihnen alles erklären!« unterbrach der Priester, dem die energische Schwester ebenfalls Kaffee gereicht hatte. »Keine Sorge, mein Sohn, wenn sich der Junge ein bißchen beruhigt hat, werde ich mich selber um ihn kümmern. Jacek, kommst du zu Opa?«

Aber Jacek wollte nicht zu Opa gehen, und es kostete einige Mühe, ihn ins Bett zu bringen.

Während der Nacht schien sich Sinas Zustand zu bessern. Nun konnte Wladek an ihrem Bett sitzen und ihre Hand halten. Sie phantasierte nicht mehr, sondern redete sehr vernünftig.

»Wladek, wir haben immer noch keine Zeit gehabt, richtig miteinander zu sprechen. Und ich habe so davon geträumt, dich zu treffen und dir alles zu erzählen, was passiert ist: einfach, um mich wie ein kleines Mädchen zu beklagen. Du bist so stark, aber kannst du dir vorstellen, wie schrecklich es am Anfang für mich war? Schon im Zug war es entsetzlich, unsere Operationsschwester wurde krank, und ich mußte … Und dann fragte ein Soldat: ›Schwesterchen, wo ist mein Arm?‹ Als wollte er wissen, was man damit angestellt hatte, nachdem er abgeschnitten worden war. Ich sagte: ›Er ist bei einem Halt begraben worden.‹ ›Mit den Toten?‹ fragte er. ›Nein, Arme und Beine werden getrennt beerdigt, in einem Massengrab.‹ Und er meinte ganz ernst: ›Dann liegt also ein Teil von mir in einem Massengrab.‹ Später habe ich so sehr geweint, Wladetschek, so sehr …«

»Mein armer Liebling.«

»Und Pawlik ist also immer noch gesund und munter? Was haben wir angerichtet, Wladek – nun können Anna und er nicht mehr heiraten, stimmt's? Oder macht es nichts, weil wir katholisch getraut worden sind?«

»Ich weiß nicht. Wahrscheinlich macht es nichts. Ich muß den Priester fragen. Mein Mädchen, meine Freude, du wirst bald gesund werden, und dann werden wir…«

»Ja, Wladetschek, ja. Wer steht da drüben am Herd? Jag ihn weg! Nein, nicht nötig… Wie albern von mir, mich so zu erschrecken. ER ist ja zu uns gekommen. Ah, wie schön! Wladek, was ist denn? Kannst du IHN etwa nicht sehen?«

Sie starb im Morgengrauen und wurde auf einem kleinen polnischen Friedhof beigesetzt. Der Priester nahm die Beerdigungszeremonie genauso vor wie die Trauungszeremonie: feierlich und ein wenig streng. Oder lag es einfach an den Worten des Gottesdienstes? Direkt neben ihnen stand Schwester Stanislawa, der die Tränen über die Wangen rollten. Außerdem waren ein paar alte Frauen erschienen, wie sie immer auf Friedhöfen zu finden sind. Wladek konnte nicht beten. Er drückte nur krampfhaft den Finger mit dem Ring, den Sina ihm gegeben hatte.

»Und was nun, mein Sohn?« fragte der Priester, als alles vorbei war. »Ich kümmere mich um Jacek, denn ich weiß, daß *paní* Sina Sie gebeten hat, ein Heim für ihn zu finden. Gott schütze Sie. Möge Er Sie in Ihrer Trauer trösten und Sie vor allem Unglück bewahren.«

Er machte das Zeichen des Kreuzes über Wladek, und dieser küßte seine trockene Hand.

»Und was wird aus Ihnen, *pan* Pfarrer, bleiben Sie hier?«

»Dort drüben ist Rußland, mein Sohn. Und ich bin Pole, genau wie Jacek. Wie können wir weiterfliehen? Wir werden das teilen, was Gott uns zugedacht hat. Leben Sie wohl, und lassen Sie den Mut nicht sinken – das wäre eine große Sünde.«

Wladek wanderte mit leerem Blick durch die verlassenen Straßen von Slonim. Wohin sollte er sich jetzt wenden? Er war Pole, und aus diesem Grund war Sina gestorben. Sie würde als seine Frau auf polnischem Boden bleiben. Sollte er nun nach Rußland zurückkehren? Und Polen im Stich lassen? Er hatte die Typhuskranken nicht den Deutschen ausgeliefert, aber was nun?

Er riß den Kragen seines Militärhemdes auf und betastete den Rosenkranz. Hilf mir, Gott, gib mir Weisheit und Rat! Was würde seine Mutter sagen? Nein, seine Mutter würde alles verstehen. Und er war kein Soldat und an keinen Eid gebunden. Außerdem hatte seine Mutter ihm schon alles gesagt – damals, als sie Wladek in der Wiege »Fließ, Weichsel, fließ« vorgesungen hatte.

Ja, er würde bleiben und jegliches Schicksal, das Polen heimsuchte, teilen. Hier wurde er gebraucht, hierher hatte Gott ihn geschickt. Und nun würde er zum Pfarrer zurückgehen und ihn um seinen Segen bitten.

Kapitel 14

»Ich schwöre bei der Gesundheit meiner seligen Mama, Madame Keguliches, sie hat's mir direkt ins Gesicht gesagt: einen Rubel! Für eine mickrige alte Scholle, können Sie sich das vorstellen?«

»Oh, Rachel, Sie sprechen mir aus der Seele! Ich habe immer gesagt: Heutzutage schämen sich die Leute kaum noch, und bald werden sie sich überhaupt nicht mehr schämen. Und was haben Sie geantwortet?«

»Also, ich sag': ›Warum haben Sie mir so eine Scholle 1913 für fünfzig Kopeken verkauft?‹ Und sie sagt: ›Was Sie für ein Gedächtnis haben, aber der Krieg dauert schon mehr als ein Jahr.‹ Dann sag' ich: ›Leute, ihr alle seid Zeugen! Werden Schollen jetzt etwa zum Militär eingezogen? Was haben Fische mit dem Krieg zu tun?‹«

»Sie sind so eine vernünftige Frau, Rachel. Es ist immer ein Vergnügen, sich mit Ihnen zu unterhalten.«

Zu ihrer Überraschung waren diese Stunden auch für Rachel ein Vergnügen. Zuerst hatte sie sogar geweint, weil sie arbeiten gehen mußte. Aber was hätte sie sonst tun können? Moissei war nach Wien übergesiedelt und hatte natürlich für den Unterhalt seiner Schwester gesorgt. Sie erhielt das Geld pünktlich jeden Monat, aber die Preise waren nun so hoch, daß man sich hätte umbringen können. Es war ihr peinlich, Moissei zu schreiben und ihn um mehr Geld zu bitten. Er tat ohnehin schon so viel für die Familie. Rachel zahlte nichts für die Wohnung, und in einer so schlimmen Zeit war nichts wichtiger, als ein Dach über dem Kopf zu haben. Aber um über die Runden zu kommen, hatte Rachel begonnen, die alte Frau zu versorgen. Die Familie war reich, doch alle wurden von ihrer Arbeit in Anspruch genommen, und dann hatte sich die Großmutter die Hüfte gebrochen. Und nun mußte sich jemand tagsüber um sie kümmern. Offiziell war Rachel als »Vorleserin« angestellt – eine saubere und respektable Arbeit. Aber obwohl Rachel Aufschriften entziffern konnte, war sie keineswegs fähig, jemandem laut vorzulesen. Wie sich herausstellte, kam es darauf allerdings nicht an. Die alte Frau war eigensinnig und giftig, und die Familienangehörigen hatten ein wenig Angst vor ihr, doch sie schloß Rachel sofort ins Herz – nicht wegen ihrer Lesekünste, sondern wegen ihrer gemeinsamen Plauderei. Sie fand es tröstlich zu hören, daß die Zeiten nun schlecht seien und alles schiefgehe – ganz anders als in ihrer eigenen Jugend.

»Man hat also aufgehört, die Straße zu pflastern?«

»Ja, und können Sie sich vorstellen, wie das aussieht? Ein gelber Fleck mitten in Odessa, wo ihn jeder sehen kann, und drum herum ganz andere Pflastersteine. Da wäre es besser gewesen, überhaupt nicht anzufangen.«

Die Rede war von einem deutschen Klinker, mit dem man begonnen hatte, den Platz außerhalb der Duma zu pflastern, doch der Vertrag war wegen des Krieges gekündigt worden.

»Und in den Zeitungen gibt's fast nur noch weiße Stellen. Wo sie nun die Zensur eingeführt haben, können sie kaum noch was drucken. Also verkaufen sie weißes Papier.«

»Aber wenigstens haben die Zeitungen nun einen Zweck. Früher konnte man nichts darin einwickeln – man hat sich die Hände schwarz gemacht und alles andere auch. Und was schreibt Ihre Tochter Ihnen?«

»Gott sei Dank ist sie nun zufrieden. Aber was ich nicht verstehe, Madame Keguliches: Sie ist so begabt – warum also dieses ganze Theaterstudium und warum ausgerechnet in Moskau? Als Schimek studierte, ist er immer in Odessa geblieben, und er hat gespielt wie ein Engel, und die Menschen haben geweint, wenn sie ihn gehört haben, das schwöre ich Ihnen. Aber als man die Besiedlungsgrenze abgeschafft hat, ist die ganze Jugend verrückt geworden. Die Hauptstädte müssen's sein, Odessa ist zu klein für sie.«

»Und wird ihr in dem Studio irgendwas bezahlt?«

»Im Moment muß ich ihr noch aushelfen. Denn in Moskau kann man vom Gesang allein nicht leben. Aber sie ist bescheiden und braucht nicht viel.«

»Da können Sie dem Himmel dankbar sein, Rachel. Sie wissen ja, wie sich Sängerinnen heutzutage aufführen. Die fahren in Troikas herum, haben dauernd neue Liebhaber und baden in Champagner. Das ist kein Beruf für ein anständiges Mädchen. Lieber bescheiden mit Mamas Hilfe leben als unbescheiden mit der Hilfe von wer weiß wem…«

»Was reden Sie denn da – so eine ist meine Tochter doch nicht…«

Am meisten fürchtete Rachel, daß Jakow herausfinden könne, wohin sie ging. Deshalb richtete sie es so ein, daß sie Madame Keguliches besuchte, wenn Jakow in der Schule war. Der Junge brauchte nicht zu wissen, daß seine Mutter Geld verdienen mußte. Er war ohnehin schon sehr angespannt und konnte, wenn sie nicht aufpaßte, jederzeit das Gymnasium hinwerfen. Gerade hatte sie ihm eine neue Uniform kaufen müssen, denn er war aus seiner

alten herausgewachsen – die Arme hatten schon um eine Handbreit aus den Ärmeln geragt. Und wie er sich angestellt hatte. Sechzehn Jahre, ein unruhiges Alter. Und was sie ein wenig verärgerte: Wenn er wie sein Vater schon mit vierzehn Jahren gearbeitet hätte und regelmäßig in die Synagoge gegangen wäre, hätte er bestimmt nicht die Zeit gehabt für solche Überspanntheiten.
Die Erinnerung an den Uniformkauf auf dem Alexandrowski-Prospekt war auch für Jakow frisch geblieben. Über den gelackten Regalen stand die ebenfalls gelackte Inschrift: »Feste Preise«. Er probierte eine Jacke an, und dann ging es los. Man versicherte ihm, wie stattlich er aussehe und was für ein bezaubernder junger Mann er sei, doch der geforderte Preis war so hoch, daß Rachel aufstöhnte und zu jammern anfing. Glühend vor Verlegenheit, zog er die Jacke aus und erklärte seiner Mutter energisch: »Komm, wir gehen.«
»Junger Mann, wohin wollen Sie denn? Werfen Sie einen Blick in den Spiegel: Mit der Jacke sehen Sie aus wie der nächste Max Linder! Madame, wo sind Ihre Augen? Perfekt ist das – so was gibt's nur einmal in tausend Jahren!«
Rachel drehte sich um und bot die Hälfte.
»Ich schwöre bei meinen Kindern, Madame, schon bei diesem Preis mache ich Verlust! Nur aus Respekt vor einem so hübschen jungen Mann lasse ich mich darauf ein.«
Dieses Gefeilsche unter Geheul und Schwüren zog sich endlos lange hin, und Jakow schämte sich seiner Mutter, und dann schämte er sich, daß er sich schämte. Mit brennenden Wangen mußte er anschließend auch noch den Kauf einer Hose ertragen (Rachel hatte sie natürlich in den von ihr gebotenen halben Preis einbezogen), aber als die Reihe an den Mantel kam, drohte er seiner Mutter mit erstícktem Flüstern, er werde das Gymnasium aufgeben,

wenn sie nicht sofort das Geschäft verließen. Mäntel waren nicht vorgeschrieben. Genau in jenem Moment kam Jakows Klassenkamerad Kuzap mit seinem Vater herein, um ebenfalls eine Uniform zu kaufen. Die Angestellten holten unter Verbeugungen einen Mantel und den anderen Plunder herbei, und sie halfen Kuzap in den Mantel, statt ihn einfach auf den Tresen zu schleudern, wie sie es bei Jakows Mutter getan hatten.

Mittlerweile stand Jakow über solchen Vorurteilen. Er brüstete sich mit seiner Armut und pfiff auf untertänige Verkäufer. Sein Leben war nun von etwas anderem erfüllt – es hatte ganz unerwartet im Sommer, im Theater »Humor«, begonnen. Jakow liebte dieses kleine Sommertheater im Garten des Jekaterinskaja-Platzes. Abends war das verstaubte Brettergebäude wie umgewandelt: Die Bogenlampen strahlten mit milchiger Klarheit, die Girlanden aus bunten Glühbirnen zwinkerten verführerisch, und der Kies, den man nach der Tageshitze begossen hatte, knirschte gutmütig unter den Füßen. Hier glänzten Tschernow und Wronski, wobei letzterer, der ein dunkelhaariger Beau war, sämtliche Liebhaberrollen der Theatertruppe übernahm. In der Stadt galt es als besonders elegant, »sich à la Wronski zu kleiden«. Der damals noch junge Chenkin ließ das Publikum Tränen lachen, wenn er seine Couplets vortrug, die dann von ganz Odessa gesungen wurden, und jeden Abend fügte er ein paar neue hinzu. Er spielte einen Lehrer mit zahlreichen Kindern, der Tanz und gute Manieren unterrichtete: Seine Familie lärmte während der Lektionen unaufhörlich und zettelte dauernd etwas an, was mit guten Manieren nichts zu tun hatte. Dabei stand nur ein einziger Mann auf der Bühne, doch sie schien so voll zu sein, als könnte jederzeit einer der Darsteller ins Publikum stürzen.

»Kavaliere, ladet ein die Damen:
Vorn ist, wo die Brosche lacht!
Nach links, nach rechts, nur nicht lahmen,
Vorwärts marsch und kehrt gemacht!«

Jakow stöhnte vor Lachen. Er stellte sich vor, wie erfolgreich diese Couplets dem Leben am Gymnasium angepaßt werden könnten. Man hatte nun eine obligatorische Militärausbildung mit Holzgewehren eingeführt, und bald würde es wieder »Vorwärts marsch« heißen. Jakow war als Klassendichter anerkannt – wer also hätte sich bessere Verse einfallen lassen können?

In diesem Augenblick stupste ein Student, der am Ende der Reihe saß, seinen Ellbogen an, und als Jakow mürrisch den Kopf wandte, deutete der Student mit den Augen auf zwei Polizisten, die gerade das Theater betraten. Dann steckte er Jakow irgendein Bündel zu, legte den Finger an die Lippen und setzte sich rasch wieder auf die hintere Bank. Jakow schloß aus alledem, daß der Student Revolutionär war; er fühlte sich geschmeichelt und drückte das recht schwere Bündel an sich. Es handelte sich jedoch um einen falschen Alarm: Niemand rührte den Studenten an.

Am Ende der Vorstellung schlenderte Jakow langsam in die abendliche Kühle des Gartens hinaus. Er versuchte, sich nicht umzusehen. Bestimmt folgte ihm der Student.

»Nun geben Sie mir das zurück, junger Mann. Vielen Dank für Ihre Hilfe«, sagte der Student schließlich, als sie sich im Schutz der Dunkelheit befanden. »Sie sind offensichtlich kein Feigling.«

»Überrascht Sie das?« erwiderte Jakow. Und damit begann ihre Bekanntschaft.

Was war Jakows Leben – und er selbst – vorher gewesen? Er hatte vage von dichterischem Ruhm geträumt, sich mit

dem Gedanken gequält, ob er ein Genie war oder nicht, oberflächliches Interesse an der zionistischen Bewegung gehabt und unter seiner geringen Körpergröße gelitten... Er hatte Freunde, die das gleiche sinnlos-alberne Leben führten wie er: Maxim und Antos. Ihre heldenhafteste Lektüre waren Pissarews Schriften gewesen – und das auch nur, weil dessen Werke am Gymnasium verboten waren. Der Student – er nannte sich Genosse Andrejew – säuberte und ordnete das Chaos von Jakows Anschauungen, und alles wurde herrlich klar. Die ganze militärisch-patriotische Prahlerei war, wie auch Jakow selbst geglaubt hatte, nichts als das Todesröcheln eines zum Untergang verurteilten Imperiums. Es wurde Zeit, die Welt zu ändern. Die Monarchien gehörten auf den Schutthaufen, und alle Macht gebührte den Arbeitern und ihren Führern. Die Haßpropaganda gegen die Deutschen war unsinnig, wie überhaupt all das nationale Gepoltere. Die Deutschen hatten der Welt Karl Marx geschenkt, und Marx hatte den Internationalismus verkündet. Ob Jakow gewußt habe, daß 1905 die Hälfte der russischen Exemplare des »Manifests« hier in Odessa gedruckt worden war? Im Untergrund natürlich. Gebe es denn eine höhere Berufung als die, im Untergrund zu arbeiten? Durch Gefängnisse, Schafott und Zuchthaus dem Glück der Menschheit entgegen!
Das waren nicht nur leere Worte für den Studenten, denn er selbst hatte zwei ganze Monate im Gefängnis gesessen und erlebt, wie die Häftlinge dort die »Warschawjanka« sangen und Schüsseln mit kalter Suppe auf die Wärter schleuderten. Genosse Andrejew stammte nicht aus Odessa: Er sagte »übel« statt »schlecht« und »Stiefel« statt »Schuhe«. War er aus Petersburg? Der Genosse lächelte geheimnisvoll: Wohin die Partei ihn schickte, dort sei er zu Hause. Er fragte Jakow, ob er wisse, was Marx über Peters-

burg geschrieben habe? »Ohne Petersburg und Odessa wäre Rußland ein Riese mit abgehackten Armen.« Die Idioten hätten Petersburg zu Beginn des Krieges in Petrograd umbenannt – als Teil des Kampfes gegen alles Deutsche –, aber dadurch ändere sich nichts. Und Marx habe Odessa als »einen aufgehenden Stern« bezeichnet – diese Worte müßten unbedingt gerechtfertigt werden. Es werde tatsächlich ein aufgehender Stern der Revolution sein. Auch Uljanow selbst, also Lenin, ein Delegierter auf dem dritten Parteikongreß, komme von hier, aus »Marusja«. Was, Jakow kenne »Marusja« nicht? Das Komitee der Russischen Sozialdemokratischen Arbeiterpartei von Odessa. Jakow vermutete, daß Andrejew ein Deckname war, und dies ließ ihm einen wonnigen Schauer über den Rücken laufen. Anders konnte man schließlich im Untergrund nicht vorgehen: Die Geheimpolizei schlief ja nicht, also mußte man Decknamen benutzen.

»Aha, ist Tante Vera eingetroffen?« bemerkte ein grauhaariger Mann gutmütig; er hatte feingliedrige Hände und trug eine Arbeiterjacke, und Jakow wußte von ihm nur, daß er der »Pate« war. Jakow schlug den angebotenen Tee wacker aus, nahm das kostbare Päckchen für »Tante Vera« entgegen und machte sich auf den Rückweg: aus der Siedlung Kujalnik nach Blischnije Melnizy. Die kleine Dampflokomotive, die zwischen der Stadt und dem Schewachowa-Berg hin- und hertuckerte, schnaufte gemütlich, und Jakow dachte, wie treffend der Name der Zeitung – »Iskra«, der »Funke« – war. Seine Hände brannten, genau wie sein Herz: Furcht und Begeisterung! Wenn die Geheimpolizei ihn nun durchsuchte, konnte er sich vom Gymnasium und von Odessa verabschieden. Dann drohte ihm Sibirien, besonders jetzt während der Kriegszeit. Das

Häuschen in Kujalnik hatte ein erstaunliches Zimmer mit einem Ausgang, der direkt in die Katakomben führte und von dem die Geheimpolizei nichts ahnte. Niemand besaß eine vollständige Karte der Katakomben. Sie bestanden aus kilometerlangen Verbindungswegen mit zwei oder drei Etagen und zahlreichen Höhlen und hatten die überraschendsten Ausgänge zur Stadt und zum Meer. In einer dieser Höhlen stand die illegale Druckerpresse, mit der die »Iskra« hergestellt wurde. Und in Blischnije Melnizy wohnten Arbeiter. Eisenbahn-Metallarbeiter. Dort hatte »Marusja« einen geheimen Treffpunkt, und von dort brachte Jakow angenehm schwere Säcke mit dem Typenmetall nach Kujalnik, in die blaue Ferne zwischen dem Schewachowa- und dem Schkodowa-Berg.

Genosse Andrejew und der »Pate« waren mit ihm zufrieden, aber sie betonten dauernd, welch hohe Ehre es sei, der Partei als Kurier dienen zu dürfen. Er müsse erwachsen werden: die einschlägige Literatur lesen, auf dem laufenden sein und vor allem lernen, mit dem einfachen Volk zu reden. Jakow gab sich Mühe, doch mit dem einfachen Volk zu reden erwies sich als recht schwierig. Sein erster Versuch war beschämend. Er spielte sich in Gorjatschka ab, auf dem Strand von Peressyp hinter Weinsteins Mühle, wo er, Maxim und Antos sich seit langem mit Vorliebe trafen. Natürlich verachteten sie Strände wie die in Arkadien oder Lanscheron, auf denen sich verwöhnte Müßiggänger einfanden. Dort mußte man sogar drei Kopeken Eintrittsgeld zahlen! Und wofür denn wohl? Man verkaufte Cremehörnchen und Honiglebkuchen, und die Händler schrien: »Hei-ei-ße, frische, gekochte Ma-ai-s-kolben«; Kinder plärrten, und auf dem Wasser schwammen durchgeweichte Zigarettenschachteln und Melonenschalen. Arkadien, mit Orchesterklängen aus dem

Restaurant, war vornehmer, während Lanscheron als ärmer galt. Aber beide waren, wie alle Orte für das anständige Publikum, recht langweilig. Ganz anders sah es in Swai oder Gorjatschka aus! Gorjatschka war überhaupt erstaunlich – dort konnte man das ganze Jahr lang baden! Hier ergoß sich das heiße Wasser des städtischen Kraftwerks ins Meer, und die Anwohner brauchten kein Geld für den Besuch von Badehäusern auszugeben. An kalten Tagen schwebte dichter Dunst über Gorjatschka, und man konnte hören, wie Köpfe, die aussahen wie Wassermelonen, im Dampf zufrieden grunzten. Natürlich konnte man sich auch eine etwas kühlere Strömung aussuchen, wo sich das heiße Wasser bereits mit dem Meer vermischte und wo Sandkrabben über den gerippten, gelbgrauen Boden krochen. Dort badeten die hiesigen Arbeiter, Schauermänner und Fischer – ein bescheidenes und fröhliches Volk.

Und dort fiel es Jakow ein, einen alten Schauermann – schließlich jemand, der zu den am stärksten unterdrückten Klassen gehörte! – über den Sozialismus aufzuklären. Er wußte, daß es sich empfahl, keine gelehrten Begriffe, sondern einfache, einprägsame Worte zu benutzen.

»Unter dem Sozialismus wird es keine Reichen und Armen, keine Russen oder Juden oder Polen mehr geben«, sagte er, um ein überzeugendes Bild des allgemeinen Glücks zu zeichnen.

»Dann werden also alle umgebracht, Bürschchen, was?«

»Nein, wieso denn? Alle werden gleich sein, verstehen Sie? Es wird keine Unterschiede mehr geben!«

»So, so, dann geht man samstags in die Synagoge und sonntags in die Kirche?«

»Aber Synagogen und Kirchen wird's auch nicht mehr geben! Religion ist Opium für das Volk!«

»Genau, so hab' ich mir das vorgestellt, alle werden umgebracht. Glaubst du etwa, daß ich meine Kirche kurz und klein hauen lasse, solange ich am Leben bin? Zieh bloß Leine, Bürschchen, und sag deinem Vater, daß er dir den Hintern ordentlich versohlen soll!«

»Mein Vater ist tot!« erwiderte Jakow trotzig. Das war gewöhnlich ein unfehlbarer Schachzug. Die Leute wurden verlegen, als wäre es ihre Schuld. Aber dieser massige Kerl mit Falten am roten Nacken war nicht so sensibel und zeigte sein Mitgefühl auf eigene Art: »Armer Kleiner! Hat seinen Vater verloren und nun auch noch den Verstand! Will den Rebellen spielen! Komm her, und ich versohl' dich selbst.« Er streckte die Hand nach dem Gürtel seiner abgelegten Hose aus. Es wurde Zeit, sich eilig zurückzuziehen. Der Mann sah stark wie ein Baum aus. Was, wenn er keine Witze machte?

Später gewann Jakow mehr Erfahrung. Er schloß sich dem Genossen Andrejew an, wenn dieser »Barschana«, ein Asyl für obdachlose Hafenarbeiter, besuchte. Genosse Andrejew, energisch und stets mit einer makellos sauberen Arbeiterjacke bekleidet, ließ sich nicht davon beeindrucken, daß er in diesem Loch – mit stinkendem Dampf statt sauberer Luft und mit Holzspanmatratzen auf dem Zementfußboden – völlig fehl am Platze zu sein schien. Zuerst erkundigte er sich nach einem nichtexistierenden Tarassow aus Bugajewka, als wäre er auf der Suche nach einem Freund. Alle gaben ihm sofort zahlreiche Auskünfte, und mancher erinnerte sich sogar an Tarassow. Danach entspann sich ein Gespräch »über das Leben«. Sofort beklagten sich die Arbeiter über ihre Lage und über die Preise – und alle waren sich darin einig, daß sie etwas Besseres verdient hatten. Brodski, Walujew und die übrigen Eigentümer von Zuckerraffinerien und Getreidehandlungen sollten mal nach »Barschana« kommen und sich die Verhältnisse ansehen. Nun brauchte Genosse Andrejew ihnen nur noch einzuschärfen, wie dieses Ziel zu erreichen sei. Und sie stimmten zu. Sobald der Krieg beendet sei, müsse man streiken und all das Gesindel ins Meer werfen. Niemand war bereit, schon jetzt zu streiken, aber immerhin, es war ein guter Anfang.

Jakow merkte sich alles. Am schwersten fiel es ihm, sein Tagebuch zu verbrennen. Andrejew hatte ihn sofort gefragt: »Sie führen bestimmt ein Tagebuch, oder?«

Er war glühend rot geworden und hatte es zugegeben.

»Ihr seid alle gleich, ihr Herren Gymnasiasten! ›Ich liebe Schura, und ich sehne mich nach Mura.‹ Aber wenn eine Hausdurchsuchung kommt, steht dort mehr als nur Schura und Mura! Verbrennen Sie's! Und in Zukunft Schluß damit.«

Jakow wußte, daß Andrejew recht hatte, aber es tat ihm trotzdem schrecklich leid. Nicht, daß von irgendwelchen Schuras oder Muras die Rede gewesen wäre – Jakow führte sein Tagebuch für die Nachwelt. Es enthielt Skizzen für künftige Verse, zum Beispiel: Der Betrunkene schaukelt wie eine Wiege unter der Laterne. Außerdem hatte er ein paar scharfsinnige Kommentare zu den Tagesereignissen niedergeschrieben: In den Zeitungen würden Verzeichnisse der gefallenen Offiziere, nicht jedoch der gemeinen Soldaten abgedruckt. »Und warum auch?« bemerkte Jakow mit beißender Ironie. »Die Frauen der gemeinen Soldaten können schließlich nicht einmal lesen.«

»Die gesamte Schwierigkeit der Jugend besteht darin, daß man herausfinden muß, ob man ein Genie ist oder nicht«, las Jakow zum letztenmal in seinem Heft mit dem blauen Wachstuchumschlag. »Dann, wie das Ergebnis auch lauten mag, wird das Leben einfacher, aber weniger interessant.«

Jakow selbst wußte, daß er ein Genie war und daß man sein Heft nach seinem Tod entdecken und ständig von neuem veröffentlichen würde. Und damit niemand erriet, daß es zu diesem Zweck geschrieben worden war, hatte er listige Bemerkungen wie »Heute ist es windig. Ich habe Borschtsch mit Spinat gegessen« eingefügt. Nun mußte das alles verbrannt werden. Widerwillig riß er den Umschlag ab – sonst hätte die ganze Wohnung gestunken! – und steckte langsam eine Seite nach der anderen in den Ofen. Die Seiten krümmten sich, als täte es auch ihnen weh. Dann schrieb Jakow, aufgeregt und erleichtert, ein Gedicht über das Abbrechen von Brücken. Er brachte es in einem Zug, ohne Korrekturen, zu Papier.

Eine Versetzung nach Karakalissa – das klang eindrucksvoll und gefährlich. Man hatte die Krankenschwestern und Sanitäter gewarnt, daß es gefährlich sei und man für diese Aufgabe nur Freiwillige akzeptieren werde. Aber was für eine Reise war das von Igdyr aus! Die Gebirgspässe waren noch verschneit, so daß sie nur mit Pferden überquert werden konnten. Anna sah abenteuerlich aus: Ihr Gesicht war vom Wind gegerbt, und der Sonnenbrand hatte rote Flecken darauf hinterlassen. Ein Blick in ihren Taschenspiegel genügte: Was für eine Fratze, Herzchen. Sie hatte sich freiwillig gemeldet. Ihr leichter Mantel war ursprünglich hellgrau gewesen, doch nun hatte er so viel Pferdeschweiß aufgesogen, daß seine Farbe unkenntlich geworden war. Ihre zu großen Stiefel boten außer ihren Füßen noch zwei Fußlappen Platz. In Jerewan war ihre Größe nicht vorhanden gewesen; und wo sollte sie nun neue Stiefel finden? Die Abteilung drang tief in die Türkei vor, und hier war überhaupt nichts zu sehen außer seltenen Rauchwolken, die aus dem Boden aufstiegen. Die Kurden wohnten unter der Erde. Und wenn sie auftauchten, neigten sie dazu, hin und wieder vorbeiziehende Kolonnen zu überfallen. Anna hatte wie die anderen Schwestern immer etwas Zyankali bei sich. Es hieß, daß die Kurden gefangene Frauen vergewaltigten – und offenbar hatte es tatsächlich solche Fälle gegeben.

Der Sanitäter Petja mühte sich dauernd mit den Kamelen ab, die mit Petroleum beladen waren und den Geruch verabscheuten. Die Tiere, die die übrigen Vorräte trugen, erhoben sich bereitwillig, aber die »Petroleum-Kamele« rührten sich nicht einmal, wenn sie mit einem Stock geschlagen wurden.

»Meine Damen, halten Sie sich die Ohren zu!«

Anna und die Arztgehilfin Natascha lachten und hielten sich die Ohren zu, aber sie konnten ihn immer noch hören. Nicht, daß Petja schuld gehabt hätte. Die Kosaken in Igdyr hatten die Kamele an einige wüste obzöne Ausdrücke gewöhnt, und nun setzten die Tiere sich erst in Bewegung, wenn sie mit den vertrauten Flüchen angestachelt wurden.

Die Berge waren blau, ebenso wie die Blumen ringsum. Vergißmeinnicht? Nein, dafür waren sie zu groß. Die dort drüben – gelb und rot, mit kurzen Stengeln – mußten Tulpen sein. Nach dem langen Ritt waren Nataschas Pluderhosen zerrissen, doch Anna hatte ihre mit Leder gefüttert. Annas Stute war sanft, ganz anders als Strelez damals am Brunnen. Aber sie mußte Strelez und Sergei Alexandrowitsch dankbar sein, denn anfangs hatten alle gestöhnt, sogar der Kolonnenführer, während Anna eher an einen Ausflug auf dem Lande erinnert wurde. In Igdyr war sie erschöpft gewesen, nachdem sie so viele schwere Verbände hatte anlegen müssen. Und die Amputationen und die Fälle, bei denen es schon nichts mehr zu amputieren gab.

Die Türken benutzten Dumdumgeschosse. Sie hatte einen Verwundeten gesehen, dem die graue Gehirnmasse aus dem zertrümmerten Schädel sickerte, und er war noch am Leben gewesen und hatte um etwas zu trinken gebeten. Seit ihrer Abreise aus Odessa hatte Anna kein einziges Mal geweint. Sie fühlte sich einfach nur müde, Herrgott, wie müde!

Wenn ein Soldat im Sterben lag, nannte er die Schwester gewöhnlich Marusja oder Dascha oder sonstwie, da er sie für seine Frau hielt. Und die Unverheirateten verlangten nach ihrer Mutter. Aber solange sie bei Bewußtsein waren, riefen alle nach Anna, was sie nicht verstehen konnte. Es gab Schwestern, die erfahrener und freundlicher waren als sie – zum Beispiel die Arztgehilfin Natascha, die jeden Mann mit »mein Liebling, mein Guter, mein Sonnenschein!« anredete. Natascha war verheiratet gewesen, doch sie hatte ihren Mann verloren. Sie wußte – im Unterschied zu Anna –, wie mit den Patienten umzugehen war. Dann schnappte Petja etwas auf, und als er es Anna erzählte, herrschte plötzlich Klarheit: Unter den Kosaken lief das Gerücht um, daß es »eine Schwester mit goldenen Zöpfen gibt, die Tote auferstehen lassen kann«. Nach der Ausbildung hatte Anna aufgehört, sich das Haar zu schneiden, und nun trug sie Zöpfe, die sie nicht gern geopfert hätte. Aber wie die Männer von ihren Zöpfen erfahren hatten – das war ein Rätsel! Alle Schwestern im Lazarett trugen das gleiche graue Kleid und ein weißes Kopftuch. Das Kopftuch war absichtlich so geschnitten, daß es nicht nur das Haar, sondern auch die Stirn der Schwestern verhüllte. Dadurch wirkten ihre Gesichter breit und flach wie Pfannkuchen. Das Tuch fiel wie ein Umhang über Brust und Schultern, und sein Ende reichte fast bis zur Taille. Also gab es nichts anzustarren, und eine Schwester war wie die

andere. Und trotzdem hatten die Männer ihre Zöpfe erspäht. Die Schlauberger!
Natürlich konnte sie keinen Toten auferstehen lassen. Manchmal schien einer im Sterben zu liegen, und plötzlich atmete er wieder, lächelte und blieb am Leben. Die Kosaken waren kräftige Männer. Einer von ihnen – er hieß Stezko – bat Anna dauernd: »Schwesterchen, tu was, sag doch wenigstens ein Gebet! Damit ich überlebe! Es wäre eine Schande für mich, jetzt zu sterben. Meine Zeit kann noch nicht um sein! Ich habe noch keinen Sohn, das wäre das Ende unserer Familie!«
Anna wurde von solchem Mitleid gerührt, daß sie tatsächlich zu beten begann, als wäre das ganz selbstverständlich für sie. Zuerst sprach sie alle Gebete, die sie kannte, aber dann ließ sie sich eigene einfallen: »O Herr, sorg dafür, daß er nicht stirbt! Du mußt unbedingt etwas tun!« Später konnte sie sich nicht mehr an ihre Worte erinnern.
Zur allgemeinen Überraschung überlebte Stezko, und er ließ sich nicht davon abbringen, daß er seine Rettung Anna zu verdanken hatte. Doch was wäre aus Stezko ohne den Chirurgen Malinin geworden, der elf Splitter eines Dumdumgeschosses aus seinem Körper entfernte? Anna hatte ihm, als alles vorbei war, nur ab und zu eine Salzlösung eingeflößt. Aber so sind die Menschen: Bei Malinin bedankte Stezko sich nicht einmal, während er Anna eine Schaffellmütze mit weißem Oberteil schenkte, damit sie bloß keinen Sonnenstich bekam! Außerdem einen zottigen Filzumhang, mit dem sie auf der Erde schlafen konnte. Es war ihr fast peinlich, denn die anderen Schwestern begannen sofort zu klatschen und Witze zu machen.
Da sie jetzt in den Bergen übernachtete, erwies sich der Umhang als sehr nützlich. So war sie von ihrer Mutter als kleines Mädchen in eine Decke gehüllt worden: Sie mußte

sich auf den einen Zipfel legen und sich dann mit dem anderen zudecken. Und jetzt, mit dem Sattel unter ihrem Kopf, lag sie wieder auf dem einen Zipfel, schlug den Umhang über sich und genoß die Wärme. Der Umhang roch nach Hammel und Wermut, denn die Schwestern hatten gelernt, alles mit Wermut zu besprenkeln, um sich die Flöhe vom Leib zu halten. Hier oben standen die Sterne erstaunlich niedrig am Himmel – sie sahen gewaltig aus, und jeder hatte eine eigene Farbe. Wie an den Himmel geklebte Bonbons. Wenn man zwinkerte, schien man sie fast mit den Wimpern zu berühren.

Karakalissa war ein schäbiges Dorf, nur wenige Häuser konnte man überhaupt als Häuser bezeichnen… Aber es klang so beeindruckend: das Hauptquartier von General Abazijews Armee! Das Hauptquartier war ebenfalls in einer der kümmerlichen Behausungen untergebracht. Für das Lazarett mußte man Zelte aufschlagen. Es gab keinen Strom, und man ging so sparsam wie möglich mit dem Petroleum um. Und wieder diese schrecklichen Nächte: mit einem einzigen Sanitäter pro Zelt und nur einer diensthabenden Schwester. Eine Schwester für fast zweihundert Patienten!

Müdigkeit ist wie ein Sprung in kaltes Wasser: eine gräßliche Vorstellung, doch sobald man hineingesprungen ist, spürt man die Kälte nicht mehr. Wer müde wird, tut sich selbst leid und ärgert sich über alles mögliche, besonders wenn er eine Pause verdient hat und dann plötzlich ein neues Problem auftaucht. Aber man weiß ja, daß man nur weiterzuschwimmen braucht, damit es vorbeigeht – nur noch ein bißchen Geduld. Und dann wird es leichter, man kann wieder lächeln, und der Körper scheint ebenfalls an Schwere zu verlieren. Anna hatte sich bereits damit abgefunden, daß sie eine hoffnungslose

Egoistin war, und sie bemühte sich mit allen Kräften, diese Tatsache zu verbergen. Hier befanden sich mehr Typhuskranke als Verwundete, und drei Zelte waren für verschiedene Typhusarten vorgesehen: für Fleck-, Bauch- und Rückfalltyphus. Dreimal am Tag erhielten die Opfer, besonders diejenigen mit Flecktyphus, Kampferinjektionen. Das vierte Zelt war für Verwundete bestimmt. Sie schrien weniger häufig, während die an Flecktyphus Leidenden im Delirium wie entfesselt heulten. Der Sanitäter Petja steckte sich ebenfalls an, aber er wurde gesundgepflegt. Doch im Fieber hatte er geweint und dauernd um Preiselbeeren gebeten.
Im Lazarett arbeitete noch eine andere Schwester namens Alexandra, die angeblich Gräfin war, obwohl sie breite Knochen und Hände wie eine Bäuerin hatte. Anna konnte einiges von ihr lernen! Der Himmel wußte, wo Alexandra etwas Preiselbeerextrakt für Petja aufgetrieben hatte. Und bevor man sich versah, züchtete sie bereits Hühner. Sie war einfach zum General gegangen und hatte ihn aufgefordert, ihr ein paar Hühner zu besorgen. Und der gutmütige Mann tat, wie ihm geheißen. Danach verschaffte sie sich auch noch eine Kuh, damit die Patienten Milch erhielten.
»Nicht mit einem Ruck zupacken, Anna! Dann ist sie zu nervös, um Milch zu geben. Ganz zart müssen Sie ihr Euter streicheln, damit sie Ihre ganze Güte spürt. – Na, komm schon, Schatz, gib uns ein bißchen warme Milch …«
Anna taten die Hände bald so weh, daß sie vor Schmerz nicht schlafen konnte. Wer hätte ahnen können, daß es Schwerstarbeit war, eine Kuh zu melken? Alexandra dagegen machte es nichts aus – sie lachte nur. Ihr Vater habe ihr geraten, das Melken auf dem Familiengut zu lernen. Es gab wirklich absonderliche Grafen.

Die Allrussische Städteunion schien nicht so recht zu wissen, wie sie das ihr unterstellte medizinische Personal einsetzen sollte. Man schickte die Leute hin und her, und die meisten Schwestern und Arztgehilfen blieben aus unerfindlichen Gründen in Jerewan stecken. Anna war also nicht überrascht, als sie zurück nach Igdyr kommandiert wurde, wo man das Lazarett vergrößerte.

Sie hatten den Gebirgspaß bereits hinter sich gelassen. Petja und Anna saßen auf ihren Pferden, und ihnen folgte der Sanitäter Iwaschtschenko mit den unbeladenen Kamelen. Petja war immer noch geschwächt und wurde zur Genesung nach Jerewan geschickt.

»Anna! Was für ein Morgen! Am Himmel schweben Engel! Sehen Sie, Anna?« fragte Petja vergnügt. Genesende haben immer Ähnlichkeit mit Kindern. Vielleicht hatte er wirklich Engel gesehen...

Plötzlich faßte sich Petja an die Brust und stürzte vom Pferd. Dann erst hörte Anna den Schuß.

»Kurden! Anna, weiter, ich gebe Ihnen Deckung!« rief Iwaschtschenko. Weitere Schüsse ertönten, und er hörte auf zu rufen. Anna gab dem Pferd die Sporen: Rette mich, Täubchen!

Aber sie holten auf. Niemand schoß auf sie, doch das Hufgetrappel kam immer näher. Anna blickte sich um: vier Männer mit Turbanen. Die Kurden trugen also wirklich Turbane. Die Männer würden sie gleich einholen, es gab kein Entkommen. Mamotschka! Mamotschka, verzeih! Das Reagenzglas mit dem Zyankali war nicht zugelötet, aber der Stöpsel saß so fest, daß sie keine Zeit hatte, ihn herauszuziehen. Das Glas knirschte unter ihren Zähnen, und Anna schluckte krampfhaft.

Sie wurde von einer schrecklichen, brutalen Kraft aus dem Sattel geworfen und mit dem Gesicht nach unten hinge-

schleudert. Etwas pochte in ihrer Magengrube, und Anna erbrach sich. Dann konnte sie nicht mehr atmen und wurde in der Luft herumgewirbelt.
Die vier Männer hielten inne: Ihre Beute war verdorben. Der Reiter, der Anna quer über seinen Sattel geworfen hatte, wischte sich angeekelt und zaghaft rötlichen Schleim vom Knie. Unterdessen schlug diese Teufelin in Pluderhosen immer noch um sich und erbrach sich unaufhörlich.

»Schwesterchen! Hörst du mich, Schwesterchen!«
Es fiel ihr schrecklich schwer, die Augen zu öffnen: Was mußte sie tun? Nein, es war zu mühsam. Und kam es darauf an, sie war ja ohnehin tot?
Aber das Gesicht über ihr war so pockennarbig, stoppelbärtig und unzweifelhaft russisch, daß sie begriff: Nein, ich bin noch da. Ein Soldat. Einer von unseren.
»Schwesterchen, hörst du mich, lebst du noch?«
»Sie lebt, guck mal! Ein Blinzeln. Vielleicht war sie starr vor Angst. Sie sieht entsetzlich aus!«
»Weil sie sich dauernd übergeben hat. Vielleicht ist sie schwanger. Das kann bei Frauen ja vorkommen. Gib mir die Flasche, Mitritsch.«
Als Anna wieder zu sich kam, war sie bereits in Igdyr. Sie lag auf einer Krankenhauspritsche, und man hatte eine grobe graue Decke über sie gebreitet. Um so besser, denn trotz der Hitze wurde sie von einem Frösteln geschüttelt.
»Na, meine Dame, wie fühlen wir uns heute?« fragte Dr. Malinin und setzte sich auf ihren Bettrand.
»Ni-i-cht schlecht. Aber kalt ist mir. Aber wieso lebe ich noch? Doktor, das ist doch unmöglich!«
»Stimmt, Sie haben unwahrscheinliches Glück gehabt. Weil die Kurden noch auf der Straße geblieben sind, statt

gleich davonzupreschen... Und weil es gerade passiert war, als ein paar unserer Männer Räder zur Reparatur bringen mußten... Eine Glückssträhne. Vielleicht werden Sie sich freuen zu hören, daß drei dieser Kurden getötet worden sind. Der vierte ist verwundet und liegt hier im Lazarett. Als Kriegsgefangener, das Scheusal. Ich habe ihm eine Kugel herausoperiert.«

»Nein, Doktor, das meine ich nicht... Ich habe nämlich Zyankali genommen.«

»So, so, so! Das hat also die Krämpfe verursacht. Dann ist die Sache viel weniger erstaunlich. Ihr Schwestern glaubt an Zyankali wie an den Herrgott. Aber in Wirklichkeit zersetzt es sich bei hohen Temperaturen. War die Kapsel versiegelt?«

»Nein, aber sie hatte einen festen Stöpsel.«

»Aha, ich verstehe schon... Dazu noch die Hitze, und Sie haben es bestimmt schon den ganzen Sommer mit sich herumgeschleppt? Außerdem sind Sie über den Sattel geworfen worden, bevor Sie richtig schlucken konnten. Natürlich ist Ihnen übel geworden, und Sie sind zur allseitigen Freude mit dem Schrecken davongekommen.«

»Ist es wirklich so unzuverlässig?«

»Was wollen Sie denn bloß? Eine hundertprozentige Garantie gibt es nicht. Haben Sie von dem Fall Sarajew gelesen? Das war eine ähnliche Geschichte: Ein Attentäter nahm etwas von diesem prächtigen Zeug, starb aber nicht. Er fiel der Polizei in die Hände, wie Sie mir in die Hände gefallen sind. Sie sind bei mir in Haft, bis Sie sich völlig erholt haben. Und das Gute ist: Sie werden an keinen Nachwirkungen leiden. Na ja, Ihre Muskeln werden ungefähr eine Woche lang schmerzen, aber dann sind Sie wieder kerngesund.«

»Doktor... Was ist mit Petja?«

»Petja – leider... Wir konnten ihm nicht mehr helfen. Die Kugel hatte ihn durchbohrt, und eine Arterie war durchschossen. Na, na, Kindchen... beruhigen Sie sich doch... Eines Tages werden wir alle dort enden. Na, weinen Sie ruhig, das ist gut für Sie nach allem, was Sie durchgemacht haben. Ich werde Ihnen eine der Schwestern schicken.«

Als Anna zu Kräften gekommen war, wurde sie zur Genesung nach Tiflis gesandt. Es war unglaublich, wieder elektrische Straßenlaternen und Geschäfte zu sehen und ein heißes Bad nehmen und sogar ein Kleid kaufen zu können. Ihre alte Kleidung hatte wie Fetzen an ihr gehangen. In Tiflis mußte sie auf eine neue Abkommandierung warten, so daß sie vorläufig keinerlei Pflichten hatte. Es war ein Wunder, so lange schlafen zu können, wie sie wollte. Also schlief Anna sich aus. Sie schickte ihren Eltern einen tapferen Brief, in dem sie ihre Abenteuer natürlich nicht schilderte. Statt dessen beschrieb sie das prächtige örtliche Klima, die Obstsorten und die Heilquellen.

Wanda Kasimirowna seufzte, als sie den Brief erhielt. Anna hatte sich zuviel Mühe gegeben, und ihre Mitteilungen klangen allzu fröhlich. Offenbar machte das Mädchen Schweres durch. Gott sei Dank hatte sie sich in jenen fernen Gebieten wenigstens nicht mit Malaria angesteckt. Auch an Typhus konnte sie nicht erkrankt sein, da sie ihre Zöpfe erwähnte... Wie klug von ihr, sie nicht abgeschnitten zu haben. Doch Anna hatte kein Foto beigelegt – was hatte das zu bedeuten? Wie mochte sie aussehen? Tiflis war schließlich eine zivilisierte Stadt, und sie hätte eine Aufnahme machen lassen können... Unwichtig, sie war am Leben – Gott sei gelobt! Aber Wladek ließ immer noch nichts von sich hören...

Dann kam eine Nachricht von Wladek auf einem unge-

wöhnlichen Weg. Eines schönen Tages nach der Messe bedeutete der Priester Wanda Kasimirowna durch ein Nicken, auf ihn zu warten, und das Herz erstarrte ihr.
»*Paní* Teslenko, ich habe eine Mitteilung für Sie. Fragen Sie mich nicht, woher, aber es stimmt: Wladek ist gesund und munter. Er schickt Ihnen Grüße und bittet Sie um Ihren Segen. Aber vorläufig kann er nicht schreiben. Er ist immer noch in Polen.«
»Was? Unter den Deutschen?«
»In Polen, meine Tochter, kommen und gehen alle anderen Völker. Nur die Polen sind ewig dort. Es überrascht Sie, daß er sich dort zu Hause fühlt? Er hat auch beschlossen, den Herrn zu rühmen, und ist in den Schoß unserer heiligen Kirche eingekehrt. Der heiligste *pan* Jesus hat Ihre mütterlichen Gebete erhört.«
Wanda Kasimirowna schaute auf und folgte dem Blick des Priesters zu den dunklen Engeln an der Decke. Sie bekreuzigte sich mechanisch mit kalten Fingern.
»Sagen Sie mir, *pan* Pfarrer, ist es... sehr gefährlich in Polen?«
»Er ist großen Gefahren entgangen, *paní* Teslenko. Und das wird ihm auch in Zukunft gelingen. Männer wie er werden in Polen gebraucht. Der Krieg wird nicht ewig dauern, die Deutschen werden nicht ewig dort sein. In Polen wird eine neue Geschichte beginnen, und er gehört zu denen, die sie gestalten werden. Soll ich ihm Ihre Vergebung und Ihren Segen schicken?«
»Ja, ja, *pan* Pfarrer... Möge Gott ihn behüten und ihn allezeit mit seiner Gnade bedenken. Wissen Sie noch mehr über Wladek?«
»Ja, noch eines. Er hat in Polen ein russisches Mädchen geheiratet, aber im Schoß unserer Kirche. Sie ist kurz darauf gestorben; die beiden waren nicht lange zusammen.«

»Wladek hat geheiratet? Mein Gott, wen denn?«
»Ich habe ihren Namen nicht erfahren. Schließlich ist sie gestorben, und deshalb ist nichts über sie bekannt. Im Namen des Vaters, des Sohnes und des Heiligen Geistes…«
Er segnete Wanda Kasimirowna und ließ sie gehen. Erst draußen im feuchten Dezemberschnee fragte sie sich, wie sie ihrem Mann das alles sagen sollte.

Kapitel 15

Maria Wassiljewnas teuerster Besitz war ein grün bemaltes Kästchen mit hervorstehenden Messingecken. Darin verwahrte sie ihre Hochzeitskerzen, die Taufhemden ihrer Kinder, deren erste Locken und ein paar vergilbte Fotos mit gezacktem Rand: von Pawel mit seiner Schürze, von Sina auf einem Pony, von Marina und Sina mit ihren Puppen und von dem fünfjährigen Maxim in seinem Matrosenanzug. Hier befand sich auch ein Ordner mit Kinderzeichnungen und nun ein weiterer mit Briefen. Darin lag das Schreiben, das Pawel ihr geschickt hatte, nachdem er für die Rettung seines Kommandeurs mit dem Georgskreuz ausgezeichnet und zum Offizier befördert worden war. Dieser Brief, um den sie ein schwarz und orange gestreiftes Band geschnürt hatte, war von den anderen getrennt, damit sie ihn jederzeit herausgreifen konnte.

Nachdem sie ausgiebig geweint und sich gefreut hatte, las sie den Brief nun jedem Besucher vor, einigen aus Vergeßlichkeit sogar zwei- oder dreimal. Daschas Versuch, den Brief an sich zu bringen, wies sie sanft, doch entschieden zurück. Und was wollte Dascha, die nicht lesen konnte, schließlich damit anfangen? Aber Dascha blieb nicht lange gekränkt. Marina, die große Diplomatin, konnte es nicht ertragen, wenn jemand schmollte, und löste jedes Problem auf ihre Art: durch unzählige Küsse und ein Lachen, von dem man unweigerlich angesteckt wurde.

»Warum hat man ihm nur das Georgskreuz für Soldaten gegeben – er war doch so tapfer? Jura Neschdanow hat das Offizierskreuz zweiter Klasse gekriegt, und bloß für irgendeinen Munitionskasten …«, hatte sich Maria Wassiljewna anfangs bei ihrem Mann beklagt.

Aber er erwiderte lachend: »Mascha, mein Engel, was für eine typische Frau du bist! Was verstehst du schon von Orden! Das Georgskreuz für Soldaten ist die höchste Auszeichnung, die es gibt – das kannst du mir glauben. Damit kann sich das Georgskreuz für Offiziere überhaupt nicht vergleichen, und es ist auch für einen Offizier die höchste Ehre, mit dem Soldatenkreuz ausgezeichnet zu werden. Aber es wird nur auf Empfehlung der allgemeinen Regimentsversammlung, an der die gemeinen Soldaten teilnehmen, verliehen. Jura wäre froh, mit Pawlik zu tauschen, da kannst du sicher sein.«

Danach betonte Maria Wassiljewna stolz, daß Pawel kein einfaches Georgskreuz, sondern das für Soldaten erhalten habe. Die Stimmung in ihrem Salon war nun vom extremen Liberalismus der Vorkriegszeit in gemäßigten Patriotismus umgeschlagen. Das bedeutete: Man durfte sämtliche Minister und das ganze Gefolge des Zaren nach Herzenslust beschimpfen, aber niemand konnte wagen, das siegreiche Ende des Krieges oder den Heldenmut der Armee in Zweifel zu ziehen. Strenggenommen hätten die Petrows weniger Abendgesellschaften abhalten sollen. Ihr Vermögen, das ohnehin nicht erheblich war, drohte durch die Abwertung des Rubels vollends dahinzuschmelzen. Es wurde immer schwerer, Lebensmittel zu bekommen. In »Piter«, wie St. Petersburg liebevoll genannt wurde, waren sie bereits rationiert, und auch in Odessa würde man bald Lebensmittelkarten einführen. War es da etwa ratsam, Gäste zu bewirten? Aber wenn sie die morgendliche Qual

des Zeitunglesens hinter sich hatten, sollten sie sich dann nicht wenigstens einen fröhlichen Abend mit alten Bekannten gönnen?
Die Zeitungslektüre war wirklich zu einer Qual geworden, denn nun wurden Verzeichnisse gefallener Offiziere gedruckt.
Petrow!
Petrow!
Petrow! Jeden Tag sprang der Name Maria Wassiljewna aus den Zeitungsseiten entgegen. Und jedesmal mußte sie sich anhand der Vornamen und Regimentsnummern vergewissern, daß es sich bei den Toten um andere Petrows, nicht um Pawlik handelte. Es war ein so häufiger Familienname. Welcher russische Name ist verbreiteter als Petrow? Höchstens Iwanow. Maria Wassiljewna konnte die Tränen über die anderen Petrows nie unterdrücken. Und wie viele mochte es noch unter den Mannschaften geben? Im Grunde wußten Pawels Eltern, daß er durch die Beförderung zum Fähnrich – oder falls er noch weiter aufstieg – keinem größeren Risiko ausgesetzt war als zuvor. Aber die Gefahr war nun so offensichtlich geworden, und es zerriß ihnen jedesmal das Herz, wenn sie in der Zeitung auf den Namen stießen. Von Sina hatten sie seit Ewigkeiten keinen Brief bekommen, aber um ihre Tochter machten sie sich weit weniger Sorgen. Gott sei Dank waren die jüngsten Kinder vorläufig noch zu Hause.
»Mascha, mein Schatz, schläfst du nicht?« fragte Iwan Alexandrowitsch. Er tastete mit den Fingern über den Nachttisch und zündete die Kerze an; nach elektrischem Licht war ihm nicht zumute. Sie konnte seinen Kopf und seine nackte Brust im schwachen Licht erkennen. Nun waren sogar die Haare auf seiner Brust grau geworden. Wir

werden alt, dachte Maria Wassiljewna, aber Iwan ist immer noch so forsch, und die grauen Schläfen stehen ihm. Sie drückte ihre Wange an seine Hand.

»Iwan, Pawlik wird doch nichts zustoßen? Ich habe so ein Gefühl, daß ihm nichts passiert...«

»Ja, ja, ich auch. Erinnerst du dich, wie er als kleiner Junge Scharlach hatte und wir überhaupt keine Angst hatten, obwohl es gute Gründe dazu gab? Aber wir wußten immer, daß er gesund werden würde – wer weiß, wieso.«

»Ja, und erinnerst du dich, wie der Hausmeister ihm aus Holz eine kleine Axt zurechtgeschnitzt hatte und wie er sie mit ins Bett nahm?«

»Schon damals war er ein Krieger...«

Beide Eltern litten nun häufig an Schlaflosigkeit.

Anna freute sich, daß sie vor ihrer neuen Abkommandierung nach Moskau reisen mußte. Das hieß wahrscheinlich, daß man sie nach Westen schicken würde. Es wäre ihr schwergefallen, in die Türkei zurückzukehren. Zwar hatte sie ihre Erschöpfung nun überwunden, aber nun machte ihr ein Gefühl der Beschmutzung viel schlimmer zu schaffen. Vielleicht, weil sie nur durch einen Zufall nicht vergewaltigt worden war? Was ein vergewaltigtes Mädchen empfinden mochte, konnte sie sich nicht vorstellen, und sie kaute an ihren Fingern, wenn es ihr nicht gelang, diese Gedanken zu verbannen. Oder lag es vielleicht daran, daß ihr Selbstmordversuch so erbärmlich und erniedrigend gewesen war – ganz anders, als sie erwartet hatte? Doch was hatte sie eigentlich erwartet? Eine sofortige tödliche Vergiftung und ein würdevolles Ende. Hatte der Mensch nicht wenigstens darauf ein Recht? Sie wußte, daß sie sich geschämt hätte, Malinin und den Schwestern in Igdyr wieder zu begegnen. Diese Scham war natürlich unbegründet,

aber deshalb brannte sie nicht weniger stark in ihr. Mußte sie in Zukunft damit leben?
In Moskau war sie begeistert und erstaunt über den dichten Schnee, die Schlitten mit dem verwegen geschmückten Geschirr, den starken von den Pferden aufsteigenden Dampf und das allgemeine Durcheinander. Diese Stadt hatte sich nie angestrengt, eine Stadt zu werden; sie war stolz darauf, aus einem Dorf gewachsen zu sein – nicht planmäßig, sondern auf üppig wuchernde Art, ohne irgendwelche Wünsche zu erfüllen, abgesehen von ihren eigenen. Hier läuteten ständig Kirchenglocken, und hier hingen überall Plakate des Künstlertheaters. Daß es auf der Welt überhaupt noch Theater gab! Wer Karten bekommen wollte, mußte sich schon tagelang vorher anstellen, aber dazu hatte sie keine Zeit mehr. In zwei Tagen würde sie zu ihrem neuen Standort Salesje reisen. Sie hätte noch warten können, doch die Wohnung, in der man sie vorübergehend mit zwei anderen Krankenschwestern untergebracht hatte, war ungemütlich – das lag zum Teil an der Einrichtung, zum Teil aber auch daran, daß die Hauswirtin den Mädchen mißtrauisch begegnete. Dauernd beobachtete sie die Schwestern mit runden, wässrigen Augen, die aus einem teigigen Gesicht starrten: Ob sie Angst um ihr Silber hatte?
Immerhin besichtigte Anna den Kreml (der Kutscher fuhr sie durch den Erlöser-Turm hinein und nahm dabei, wie es das Ritual verlangte, die Mütze ab). Sie ging zu der Iwerskaja-Ikone in der Kapelle und stellte dort eine Kerze auf, war jedoch unfähig zu beten. Auf diesem dunklen Bild konnte sie das Gesicht der Mutter Gottes nicht erkennen. In ihrer heimischen Kathedrale befanden sich Ikonen der südrussischen Schule, deren Stil nicht so streng wirkte. Und die Madonna im Zimmer ihrer Mutter war schön und

hatte ein liebevolles Gesicht. Anna steckte die Hände ein wenig tiefer in ihren Muff aus Hasenfell und trat hinaus in den herabfallenden Schnee. Es war herrlicher Schnee: knirschend und mit blauen Schatten. Plötzlich fühlte sie sich einsam: Sie war in Moskau, aber ganz allein. Die Petrows hatten keine Bekannten in der Stadt. Rimma war irgendwo in Moskau, wie Anna aus einem Brief von zu Hause wußte. Doch wie hätte sie ihre Freundin finden sollen? Nicht einmal der Name des Studios war in dem Brief erwähnt worden. Außerdem machte die Truppe wahrscheinlich eine Gastspielreise.
Es war zu kalt, um spazierenzugehen, die Transportmittel waren zu teuer, und die Wohnung schreckte sie ab. Das fröhliche Moskauer Leben mit seiner Großzügigkeit und Gastfreundschaft, mit seinen Theatern und Konzerten blieb ihr verschlossen. Immerhin machte sie eine Fahrt mit einer Straßenbahn, in der sich lustige Hochschülerinnen und Studenten neben alten Frauen mit fadenscheinigen Mänteln und Herren mit Biberpelzen drängten. An die von Dunst beschlagene Fensterscheibe hatte jemand eine Grimasse mit herausgestreckter Zunge gezeichnet und darunter den Namen »Grischka« geschrieben. Ein Student am Fenster fügte nun eine Schlinge um den Hals und den Familiennamen »Rasputin« hinzu. Die Fahrgäste lachten beifällig. Hier schien der Krieg gar nicht zu existieren – wenn man von den Verwundeten absah, die auf den Straßen an Krücken dahinhumpelten. Aber niemand schenkte ihnen Beachtung.
So ist das also, dachte Anna. Ich habe mich daran gewöhnt, dauernd von jemandem gebraucht zu werden. Tag und Nacht. Aber hier braucht mich niemand, und ich kann mit mir selbst nichts anfangen. Es wird Zeit, sich darauf einzustellen, Prinzessin! Bei diesem Gedanken wurde ihr

gleich wohler, denn sie wußte, daß sie keine Zeit hatte, sich darauf einzustellen. Denn was immer in Salesje auf sie warten mochte, soviel war sicher: Sie würde ihren Schlaf wieder ergattern müssen, wenn sich die Gelegenheit bot, würde keine Zeit haben, sich das Haar zu waschen und zu trocknen, ihre Arme würden wieder von Quetschungen übersät sein, verursacht von den Griffen der Männer im Delirium, und man würde sie von neuem immer wieder bitten: »Etwas zu trinken, Schwesterchen.« Das Gefühl, von niemandem gebraucht zu werden, hatte auch mit Freiheit zu tun. Es war schön, allen in der Stadt fremd zu sein, als wäre sie von einer Maske geschützt.
Anna ging zu einem Damenfriseur und ließ sich das Haar kurz schneiden. Der Friseur, ein dürrer Jude, erinnerte an seine Kollegen in Odessa. Er streute französische Brocken in seine Sätze ein und äußerte sich begeistert über die Form ihres Gesichts.
»Charmant, charmant, Madame! Ich werde Sie in eine Vera Cholodnaja verwandeln! Was für eine erstaunliche Haarfarbe: Gold, reines Gold! Wenn Madame so gut sein wollen, im Spiegel einen Blick auf ihren Hinterkopf zu werfen…«
Annas Stimmung besserte sich – wie immer, wenn sie den Friseur aufsuchte. Es war ein bißchen Albernheit, ein bißchen Maskerade. Ob es vielleicht sogar stimmte, daß sich die Sorgen nicht im Herzen, sondern in den Haarspitzen ansammelten? Wenn sie abgeschnitten werden, verschwinden auch die Sorgen. Deshalb lassen sich Soldaten den Kopf scheren. Doch Anna wollte keinen trüben Gedanken nachhängen: Ihr Spiegelbild gefiel ihr. Sie hatte große Augen, und auch ihre Magerkeit änderte nichts an ihrem hübschen Äußeren.
Der Friseur verlangte einen unerhörten Preis und jam-

merte vorsichtshalber, er sei »der Vater einer vielköpfigen Familie«. Anna lachte, zahlte und ging hinaus. Moskau begann ihr zu gefallen.

Am Abend fand ein Konzert für alle, die zur Front aufbrechen mußten, statt. Das war immerhin eine gewisse Anerkennung. Ein Mann mit einer Bürstenfrisur und in einem schwarzen Frack trug schleppend einige Kriegsgedichte vor. Sie hatten wenig mit der Realität zu tun. Ein neben Anna sitzender Leutnant grinste schief und rasselte mit den Sporen. Sie klingelten subtil und gehässig im Takt des Vortrags. Anna und der Leutnant tauschten einen Blick aus und lächelten einander zu wie Verschwörer. Dann wurde gesungen, und die Darbietung wurde lebhafter. Der Conférencier kündigte jemanden an, und Anna stockte der Atem: Rimma – nein, es war eine andere Rimma. Wolynzewa oder vielleicht Wolanzewa? Aber dann erschien doch Rimma auf der Bühne, das Leuchten ihrer Augen war nicht zu verkennen.

»Los denn, Troika, der Schnee ist flauschig,
Ringsum gefror'ne Steppe ...«

Anna klatschte lauter als alle anderen, und der Leutnant zog verblüfft die Brauen hoch. Aber sie nahm ihn nicht mehr zur Kenntnis. Rimma war hier! Und welch ein Auftritt!

Sie wartete bis zum Ende, als Rimma mit mehreren jungen Männern herauskam, und rief schelmisch nach Art von »Madame Bonton«: »Rimma Geiber! Unregelmäßige Verben!«

Und Rimma schaute sich überrascht um, erkannte sie sofort und lief herbei, um ihre Freundin zu umarmen. Sie schleppte Anna zu ihren Studiokollegen zurück, aber das

hätte sie auch bleiben lassen können: Es war offensichtlich, daß die beiden nur füreinander Interesse hatten.
Später, in Rimmas kleinem Zimmer, knabberten sie Gebäck aus dem letzten Jahrhundert und versuchten, ein vernünftiges Gespräch zu führen. Zuerst redeten sie über alles mögliche, aber dann – gänzlich unerwartet – nur noch über Nichtigkeiten. Während sich die beiden an alte Bekannte erinnert hatten – wer mochte jetzt wo sein? –, war Rimma die alte: scharfzüngig und witzig. Doch dann wurde sie zu einer Fremden, zu einer Frau aus einer anderen Welt.
»Was hast du denn von all den Scherereien, Anna? Was du erzählst, ist schrecklich. Und dafür eignest du dich überhaupt nicht. Aber du bist schöner geworden. Ein sehr interessantes und zartes Gesicht – auf der Bühne würdest du Furore machen. Nur deine Hände hast du schlimm vernachlässigt. Ich verstehe schon, Karbol und so weiter. Weißt du, was gut dafür ist? Kleie! Versuch's mal. Moment, ich gebe dir ein bißchen Creme. Ich habe nämlich zwei Töpfchen.«
Anna nahm die Creme verstört entgegen und drehte sie mit den Fingern. Ihre Hände – ja, sie hatte natürlich kaum Zeit gehabt, an ihre Hände zu denken. Aber inzwischen ließ sich Rimma bereits über die Kunst aus – daß sie das einzige wäre, dem man sich völlig verschreiben sollte. Und im Studio gebe es einige so eifersüchtige Mädchen – Anna könne sich kein Bild machen! Den Krieg nannte sie – Anna verhörte sich nicht – viel Lärm um nichts. Und alles schien sie in Erstaunen zu versetzen.
»Du warst von uns natürlich immer die gefühlvollste. Sogar am Gymnasium hast du den Spitznamen ›barmherzige Schwester‹ gehabt. Aber kannst du dir Sina als Krankenschwester vorstellen? Das war, wenn ich mich recht entsinne, ein Mädchen mit handfesten Vorstellungen. Und

letzten Endes ist es so wenig ästhetisch. Diese Kopftücher sind fürchterlich, da sieht man aus wie eine Nonne. Aber vergessen wir die Ästhetik. Die Hauptfrage ist: Warum tut ihr das?«

Anna wußte nicht, was sie darauf antworten sollte. Sie hatte nie über ihre Beweggründe nachgedacht. Wo sonst hätte sie denn arbeiten sollen, wenn nicht im Lazarett? Aber nun sah es so aus, als ob Rimmas Lebensweise die einzig mögliche war und daß sich das wirkliche Leben nicht an der Front abspielte. Wie sich die Idee der Kunst in den letzten beiden Jahren weiterentwickelt hatte! Wie die Interpretation von Gesten auf der Bühne verändert worden war! Und wie konnte man sich von den vielen neuen Schulen und Richtungen fernhalten, die nun entstanden waren?

»Du hast jetzt einen anderen Familiennamen? Bist du verheiratet?«

»Wieso denn? Es ist völlig normal, einen Bühnennamen zu haben. Geiber klingt nicht gut. Aber ich denke daran, meinen Namen von neuem zu ändern, denn er erinnert zu sehr an Wjalzewa. Es hätte mir noch gefehlt, mit einer Grammophonsängerin verwechselt zu werden.«

Trotzdem war es ein schönes Treffen. Sie erinnerten sich vergnügt an die alten Witze und Streiche: an die Ratte im Kreidekasten vor der Prüfung in Bruchrechnen, daran, wie sie die Angelschnüre der Jungen im Haus am Brunnen verheddert hatten, und daran, wie sie Jakow aufgezogen hatten, der Marina Flieder von einem Baum auf dem Friedhof schenken wollte! Es war schon nach Mitternacht, als sie sich voneinander verabschiedeten, und Anna machte sich einen Spaß daraus, durch die vom Schnee aufgebauschten Gassen zu schlendern. Es war wunderbar, allein durch die Stadt zu gehen und zu wissen, daß die Stadt Moskau hieß. Hier gab es keine Türken oder Deutschen. Es war still, man

hörte keine Schüsse. Tiefste Etappe. Und gemütlich wie eine Schneewehe.
Doch etwas plagte Anna: Waren sie und die neue Rimma einander nun fremd geworden? Sie versuchte, sich einzureden, daß sie keinen Grund hatte, ungehalten zu sein. Schließlich war es uninteressant für sie, daß die Stimme vom Zwerchfell gestützt werden muß. Warum also sollte sich Rimma für ihre Angelegenheiten interessieren? Vielleicht würde das gleiche geschehen, wenn sie Sina begegnete. Vielleicht hatte sich auch Pawel verändert. Sie schüttelte den Kopf und nahm eine Kutsche zur Wohnung, denn sie hätte den Weg ohnehin nicht mehr gefunden. Das Pferd war edel und wirkte so gepflegt wie die Frauen auf Renoirs Gemälden. Anna lächelte. Nach ihrem Gespräch mit Rimma war ihr wieder eingefallen, daß es Dinge wie Renoirs Bilder auf der Welt gab.

»Mandeln! Es riecht nach Mandeln!«
Das hieß, daß sie ihre Masken aufsetzen mußten: die häßlichen Maulkörbe mit den quadratischen Gläsern.
»Pferde nach draußen! Gas! Masken aufsetzen!«
Den Menschen wurde übel – die normale Folge von Angst. Aber es war eine gut eingespielte Truppe, und alle kannten ihre Aufgabe. Die Verwundeten mußten vom Bunker auf den Hügel geschafft werden, denn Gas breitet sich unten – nahe dem Boden – aus. Aber die Deutschen hatten den Hügel mit schweren Granaten unter Beschuß genommen. Nun gut, dann mußte man sich eben hinter dem Hügel verstecken. Gott würde sie nicht im Stich lassen. Die Pferde wurden bereits fortgetrieben, und man hatte die Verwundeten – jedenfalls so viele wie möglich – auf Fuhrwerke geladen. Den Pferden konnte man keine Maske anlegen. Aber wenn sie vergiftet wurden, wie sollten dann

die Verwundeten transportiert werden? Die Lazarettabteilung besaß zwei Automobile – Geschenke der Zarin –, doch die Deutschen nahmen Autos konzentriert aufs Korn, weil sie vermuteten, daß darin hohe Offiziere saßen. Aber die Autos wären jetzt ohnehin nicht durchgekommen, denn der Boden war überall aufgewühlt. Die übrigen Verwundeten, die nicht gehen konnten, mußten getragen werden. Es fehlte an Bahren, aber sie sollten jeden Moment von der »fliegenden Abteilung« gebracht werden. Bis dahin mußte man noch überleben.

Anna wußte, daß sie kräftig war, aber nur die Angst machte es möglich, daß sie ohne Hilfe schwere Männerkörper schleppen konnte.

»Beine! Schlag die Beine unter!«

Aber was konnte er hören, wenn sie unartikulierte Laute durch eine Maske ausstieß? Und wie sollten die Kommandeure durch eine Selinski-Maske Befehle erteilen? Sie rissen die Masken ab, um besser brüllen zu können, und wurden vergiftet.

Die Krankenschwestern schleiften die Verwundeten fort, die noch bei Bewußtsein waren, während sich die Sanitäter um die übrigen kümmerten, denn die schlaffen Körper waren schwerer. Wenn sie die Fuhrwerke erreicht hatten, mußten sie im Laufschritt zurückkehren. Und sie hatten nicht nur die Verwundeten zu versorgen, sondern auch die gerade Vergifteten. Manche hatten sich in Panik die Maske abgerissen, weil sie nicht mehr atmen konnten. Ihre Gesichter waren graurot, und die Adern an ihren Hälsen schwollen an.

»Wo ist Ihre Maske, Schwester?« fragte die Abteilungschefin am Fuhrwerk. Anna schüttelte nur den Kopf: Der da hat sie. Und sie ließ sich am Rad niedersinken, während der Stabshauptmann ohne ihre Hilfe aufgeladen wurde.

»Wie haben Sie ihn rausgekriegt?«
»Ich hab' versucht, nicht zu atmen.«
»Sie müssen wahnsinnig sein!«
Aber sie war durchaus nicht wahnsinnig – ein Wind war aufgekommen und hatte das Gas fortgeweht. Deshalb war es ihr gelungen. Und nun blies der Wind noch stärker. Er schien auf russischer Seite zu sein, denn der gelbgraue Dunst schwebte zurück zu den deutschen Schützengräben. Das geschah ihnen recht. Auch das Feuer konzentrierte sich jetzt in jene Richtung. Die russischen Soldaten griffen nun an – dies war nicht mehr 1915. Aber was für ein gespenstischer Anblick: über viele Kilometer hinweg kein einziges Blatt und kein einziger Grashalm. Alles war gelb und verkümmert. Anna hatte gedacht, daß keine Waffe niederträchtiger sein könne als die neuen deutschen Bomben mit horizontaler Streuung. Aber nun hatten sie sich etwas noch Niederträchtigeres einfallen lassen: Giftgas. Es war unmenschlich, genauso wie die Reaktion der Opfer. Anna, nun wieder in einem gestärkten weißen Kittel, arbeitete seit mehr als einer Woche im Lazarett. Die Front hatte sich nach Westen verschoben, und es war etwas ruhiger geworden. Aber Anna merkte, daß sich die Verwundeten verändert hatten. Sie waren verbissener. Und nicht nur die Verwundeten, sondern auch alle übrigen. Früher hatten sie einfach gegen die Deutschen gekämpft – »Hermann kämpft gegen uns und wir gegen ihn«. Im Hinterland hatten sich die Menschen bei Kriegsbeginn aufgeregt: Deutsche Namen wurden ausgemerzt und deutsche Geschäfte zertrümmert. Aber in der Armee hatte sich nichts dergleichen ereignet. Haß geht aus ohnmächtiger Wut hervor, doch ein Soldat hat ein Gewehr und damit ein Ventil, um sich abzureagieren. Aber das gilt nur so lange, wie Waffen gegen Waffen stehen. Etwas anderes ist es,

wenn Soldaten wie Küchenschaben vergiftet werden. Die gutmütigen Scherze über »Hermann« hörten auf, denn nun war der Gegner zutiefst verhaßt. Bald hieß es, daß auch auf russischer Seite Giftgas verwendet werde, doch Anna versuchte, den Gerüchten nicht zu glauben.
Auch die allgemeine Stimmung hatte sich geändert. Die zuerst eingezogenen Soldaten waren gelassener gewesen und hatten den Krieg als Handwerk betrachtet. Aber wie viele mehr waren seitdem eingezogen worden? Und nun kamen andere Soldaten. Die Erbitterung war gewachsen, und in den Lazaretten lagen immer mehr Nervenkranke. Die Verwundeten wurden häufiger unverschämt, und viele starrten mit stumpfer Boshaftigkeit vor sich hin. Anna wußte kaum etwas über die Propaganda der Sozialisten, aber sie sah selbst, daß die Männer des Kampfes überdrüssig waren.
Hier, im vergleichsweise sicheren Lazarett, kam sie dem Tod näher als je zuvor. Ihr Nachtdienst war geruhsam gewesen, und die Abteilung bot weniger Schwierigkeiten als andere. Alle schliefen, nur ein Mann mit einer zersplitterten Hüfte murmelte in der Ecke am Fenster vor sich hin. Anna saß friedlich an ihrem Tischchen; ihr Rücken war den Patienten zugewandt, damit sie die Männer vom Kerzenlicht abschirmte und deren Schlaf nicht störte. In letzter Zeit hatte sie kaum eine Möglichkeit zum Lesen gehabt, aber der Arztgehilfe hatte ihr für diese Nacht ein Buch von Bunin gegeben. Am meisten liebt er Hunde und Sterne, dachte Anna. Wenn er über sie schreibt, gelingt ihm das Erzählen am besten. Frauen zu schildern fällt ihm schwerer.
In diesem Moment verspürte sie den plötzlichen Impuls, sich umzuschauen. Einen Schritt hinter ihr stand ein hochgewachsener, aufgedunsener Mann im Krankenhaus-

kittel. Völlig lautlos streckte er die Hände nach ihr aus. Nach ihrem Hals. Langsam. Anna erstarrte vor Entsetzen, aber nur eine Sekunde lang. Sie gebot ihm mit einem Blick Einhalt und befahl jäh: »Li-i-nks um!«

Er drehte sich automatisch um, aber Anna gab sich damit noch nicht zufrieden, sondern kommandierte: »Vorwärts marsch ins Bett!«

Dann ging sie zur Tür und rief den Sanitäter halblaut zu sich.

Eine Minute später, als der schläfrige Wassiljew und ein unbekannter, neuer Sanitäter eintrafen, saß der Patient bereits friedlich auf seinem Bett und erzählte Anna von seiner bedeutenden Mission. Es war eine lange Geschichte, deren letzte Einzelheiten der Arztgehilfe Kowalewitsch erfuhr, nachdem Anna abgelöst worden war. Bis zum Ende ihrer Schicht weinte sie wie ein kleines Mädchen in der Küche. Die Oberschwester streichelte ihr übers Haar und gab ihr immer wieder roten Tee zu trinken. Der Rand ihres Glases klirrte gegen ihre Zähne. »Na, meine Liebe, Sie sind wohl unter einem Glücksstern geboren!« sagte Kowalewitsch am nächsten Morgen kopfschüttelnd. »Der Mann ist erst vor kurzem mit einer leichten Gasvergiftung eingeliefert worden, und wir hatten noch keine Zeit, uns näher mit ihm zu befassen. Der arme Kerl ist verrückt, und wissen Sie, was für eine Macke er hat? Er glaubt, einen völlig unschuldigen Menschen opfern zu müssen. Sie schienen ihm eine geeignete Kandidatin zu sein – ich gratuliere. Das Opfer darf kein Blut verlieren, er muß es also erwürgen. Dann sind alle Sünden der Welt gesühnt, und der ewige Frieden zieht ein. Wie sind Sie bloß mit ihm fertig geworden? Später konnten vier Männer ihn kaum bändigen!«

»Ich habe gebrüllt wie ein Feldwebel. Und er hat eine Kehrtwendung gemacht.«

»Es muß wohl ein antrainierter Reflex gewesen sein. Das hat Sie gerettet. Wie sind Sie darauf gekommen, Sie kluges Kind?«
»Das habe ich nur Ihrem Bunin zu verdanken«, sagte Anna lachend. »Haben Sie gemerkt, wie sich die Sinne schärfen, wenn man ihn liest? Ich hatte das Gefühl, mich umdrehen zu müssen, gerade als von den Instinkten eines Hundes die Rede war ...«
Im Lazarett wurden über diesen Vorfall noch lange Witze gemacht, und man nannte sie »Anna die Unschuldige«, um sie von einer anderen Schwester, die ebenfalls Anna hieß, zu unterscheiden.

»Liebe Mama, Papa und Antos! Ich bin jetzt in Petrograd und habe endlich eine Adresse, unter der mich Briefe rasch erreichen. Regt Euch nicht auf, aber ich habe eine winzige Schramme. Ein Schrapnellsplitter hat mir die Haut am Ellbogen abgeschürft, aber es ist kaum zu sehen. Es war mir sogar peinlich, wegen einer solchen Kleinigkeit von der Front weggeschickt zu werden. Ich werde ungefähr einen Monat hier sein und hoffe, dann Heimaturlaub zu erhalten. Wie herrlich es sein wird, Euch alle zu umarmen! Aber zu Weihnachten kann ich natürlich noch nicht kommen. Ich habe ein Geschenk für Antos: ein deutsches Fernglas, das unsere Artilleristen erbeutet und mir geschenkt haben. Übrigens hat man mir auch einen Stanislaw zweiter Klasse verliehen. Er wurde ins Krankenhaus gebracht und mir hier ausgehändigt. Es ist ein sehr schöner Orden mit Adlern darauf. Eure Anusja ist jetzt in Gefahr, vor Stolz zu platzen. Was gibt's Neues von Wladek? Ich sehne mich so nach Euch allen! Und ich würde gern wissen, wie es den Petrows geht. Ihr trefft Euch doch noch mit ihnen? Ich küsse Euch alle, meine Lieben, und freue mich auf unser Wiedersehen. Bald schreibe ich ausführlicher. Ich küsse Euch nochmals und nochmals. Gott schütze Euch.«

Dann folgte die Krankenhausadresse. Nachdem Antos zum Schlafen in sein eigenes Zimmer gegangen war, blieben die Eltern noch lange auf und umarmten einander. Vor den Fenstern stand Nebel, der wie Milchbrei aussah. Und wie immer in nebligen Nächten waren vom Meer Glockenschläge und das ferne Tuten der Dampfer zu hören. Sie sahen, wie die schwarzen, feuchten Zweige an Annas geliebter Platane glänzten.

Es war Dezember 1916.

Kapitel 16

Ach, diese Henrietta! Rimma hatte sie nie ausstehen können, denn sie mußte sich dauernd überall vordrängeln. Sie war so unverschämt wie eine Bäuerin aus Bugajewka, aber sie verdrehte die Augen, nahm eine schmachtende Pose ein und ließ die Lippen beben – o armes Vögelchen! Jakow Borissowitsch, der Studioleiter, war ein sehr kluger Mann und reagierte sensibel auf jegliche Verstellung, aber Henrietta war er nicht gewachsen. Doch diesmal würde es nicht nach ihrem Kopf gehen! Wer hatte je erlebt, daß eine Frau wie sie die Carmen sang? Wie konnte sie mit ihren blonden Locken und ihrem puppenhaften, steifen Gehabe eine heißblütige Spanierin spielen? Rimma hatte sich stets zurückgehalten, doch heute würde sie ihre Meinung vorbringen. Jakow Borissowitsch gab allem Natürlichen den Vorzug, also kam eine Perücke nicht in Frage. Carmen war dunkelhaarig, und damit basta! Der Autor mußte es doch am besten wissen. Rimma hätte auch einiges über Henriettas Stimme sagen können, aber das war vielleicht weniger ratsam. Beide hatten Neiderinnen unter den anderen Mädchen, und Rimma wollte nicht, daß getratscht wurde... Am besten war es, Ljusja vorzuschlagen, denn sie war schwarzhaarig und hatte eine geschmeidige Stimme. Gewiß, ihre Stimme war nicht sehr volltönend, aber dieser Einwand sollte anderen vorbehalten bleiben. Rimma wußte, daß Jakow Borissowitsch auf ihrer Seite war. Aber er mochte keine Auseinandersetzungen, und es war sein Prinzip, sich nach der Meinung des Kollektivs zu richten. Das war seine entscheidende Idee: keine individuellen Sänger auszubilden, sondern ein Kollektiv, damit alle wie Teile eines einzigen Organismus zusammenarbeiteten. Warum also sollte er sich nicht auch diesmal auf die allgemeine Meinung verlassen? Sämtliche Studiomitglieder würden Rimma oder Ljusja wählen. Schenja zum Beispiel unterstützte Rimma stets vorbehaltlos und Waleri auch...

Die anderen würden sich den beiden anschließen, denn man wußte, daß diese Männer Einfluß hatten.

Hätte Rimma denn ahnen können, daß es so kompliziert sein würde, Sängerin zu sein? Zuerst mußte man natürlich Sängerin werden, aber das war noch das wenigste. Genauso wichtig war, daß man die Leute auf sich selbst – niemand anderen – aufmerksam machte. Aber alle anderen hatten das gleiche Ziel. Und es galt, sich zu beeilen, denn das schöpferische Leben eines Sängers ist kurz. Dichter und Schriftsteller haben es gut – sie brauchen nur in ihrem Zimmer zu sitzen und ihre Zeilen zu Papier zu bringen. Wenn sie die Tür fest schließen, kann ihnen niemand die Stimmung verderben. Um einen Chef oder ein Kollektiv brauchen sie sich nicht zu kümmern, und sie haben keine Eile. Werden sie nicht sofort anerkannt, dann vielleicht in fünfzig Jahren. Solange das Manuskript erhalten bleibt, kann sich die Begabung des Autors auch nach seinem Tod noch enthüllen. Wenn Rimma Schriftstellerin gewesen wäre, hätte sie ihre Manuskripte niemals verbrannt – das taten nur verwöhnte Zeitgenossen. Und sie hätte sich auf keinen Fall irgendwelchen Zirkeln oder Verbänden angeschlossen, wozu moderne Dichter neigten. Wo es ein Kollektiv gab, dort kam es auch zu Streitigkeiten. In Rußland war nichts anderes möglich. Aber ein Sänger muß sich dauernd unter das Volk mischen und vor einem Publikum auftreten. Es ist leichter, Menschen aus einem Arbeitszimmer heraus zu lieben: Wenn man einen Helden nicht mag, kann man ihn umwandeln oder einfach unter einen Zug stürzen lassen wie Anna Karenina. Aber was ist, wenn dich ein Dirigent aus dem Rhythmus bringt und wenn du deinen Partner lieben mußt? Liebst du ihn nicht, kannst du das Publikum nicht überzeugen, und deine Stimme verliert ihr Fluidum. Dann sagte Jakow Borissowitsch: So ungefähr. Noch nicht ganz ausgereift. Trübe. Abgenutzt. Forciert. Und er hatte recht.

Rimma warf den Kopf in den Nacken wie Carmen. Ihr flauschiges Kopftuch wurde zu einem grellbunten Seidenschal, und ohne sich einzusingen, begann sie sofort mit ihrer Lieblingspassage, in der sich die Stimme gefährlich durch die Tiefen schlängelt, dann jäh, wie auf sechs Flügeln, in die Höhe schnellt! Die abscheulichen gelbgrauen Tapeten der Hauswirtin klafften auseinander. Das schäbige Zimmerchen war zu klein für ihre Stimme, und der Himmel war nicht mehr der graue Himmel Moskaus mit seinem blaßen Schneeregen, sondern der Spaniens, voller großer Wolken, der die Zunge rauh machte.

Wie kalt es war, wie kalt... Sie hatte ein Zimmer in der Sretenka-Straße, in der ersten Etage, gemietet. Unten hing ein Schild mit der Aufschrift »Schneiderin und durchbrochene Nähte«. Dieses Schild hatte Rimma schon seit langem erheitert, doch nun fand sie es lustiger denn je. Wer könnte in einem so fürchterlichen Winter wie diesem denn Kleidung mit durchbrochenen Nähten bestellen? In ihrem Zimmer stieg die Temperatur nie über zwölf Grad, und die Hauswirtin beschwerte sich dauernd, daß in ganz Moskau keine Kohlen zu bekommen seien – weder für

Geld noch für gute Worte... In diesem Winter war die Kohle im Donbass geblieben; dort schien irgend etwas mit den Eisenbahnen nicht zu stimmen. Überall war es kalt: Sogar wenn sie sich im Studiosaal versammelten, verwandelte sich ihr Atem in Dampf. Nach einer Weile wurde die Luft natürlich durch das Atmen wärmer, und sie fingen an zu singen. Dann lachte Rimma: »Kalt ist's, Herrschaften, wir sollten uns ein bißchen zanken!«

Wie oft hatte sie schlimme Szenen durch einen ihrer Scherze verhindert. Die meisten im Studio liebten sie ihrer Fröhlichkeit wegen. Aber natürlich nicht alle.

Man mußte sich auch in die Lage der anderen Studiomitglieder, besonders der jungen Männer, hineinversetzen. Wer war vom Wehrdienst freigestellt? Studenten, jüngere Söhne und Künstler. Aber kein Künstler ist wie der andere. Schaljapin würde natürlich nie eingezogen werden, denn er sang an kaiserlichen Theatern. Das Studio dagegen bot zwar Zuflucht, doch eine weniger verläßliche. Was die Mädchen anging, so dienten sie der Kunst ganz uneigennützig. Aber auf Männerstimmen konnte nicht verzichtet werden, und man mußte stets irgendwelche Veranstaltungen durchführen, damit das Studio auch weiterhin Zuflucht bieten konnte. Sie gaben Konzerte für Soldaten, in Krankenhäusern und für Kadetten. Für ein solches Publikum mußte das Niveau natürlich gesenkt werden, und wie lästig das war! Wie sollte man im Krieg zu künstlerischen Neuerungen finden? Zum Glück wurden sie nicht gezwungen, an der Front zu singen. Da war Jakow Borissowitsch ganz unerbittlich gewesen.

»Ich erlaube jungen Talenten nicht, ihre Stimmen im Frost zu ruinieren!«

Rimma traf ein wenig verspätet im Studio ein, denn die Straßenbahn war überfüllt gewesen, und sie hatte auf die nächste warten müssen. Im Studio ging alles drunter und drüber, und Schenja stürmte ihr entgegen. »Rimma, haben Sie's gehört? Jakow Borissowitsch ist ein Genie – unglaublich, was er geschafft hat!«

»Was? Wo? Wem? Wohin?« zitierte Rimma irgendeinen Unsinn aus einer Schulgrammatik, und alle brachen in Gelächter aus.

Wie sich herausstellte, ging es um Schaljapins Krankenhaus. Ja wirklich, Schaljapin unterhielt auf eigene Kosten zwei Krankenhäuser: eines in Piter und das andere vor Ort, wie alle wußten. Angeblich waren sie besser als das der Zarin im Winterpalast. Und nun sollte die Studiotruppe im örtlichen Moskauer Krankenhaus auftreten. Und wann? Genau in einer Woche, wenn Schaljapin selbst vor den Verwundeten singen würde! Er wird uns hören! Könnten wir eine bessere Chance haben?

An dieser Stelle ergriff Jakow Borissowitsch das Wort: »Also folgendes, meine Lieben: Wir ändern unser Repertoire, das Programm wird erweitert. Nichts zu Akademisches – davon hält Schaljapin wenig –, aber auch nichts Primitives. Unbedingt irgendein Volkslied, zum Beispiel ›An der Wolga ist eine Klippe‹. Das wäre für Sie, Schenja... Aber wir vergessen die Klassik nicht: wenigstens zwei Arien aus ›Carmen‹. Wir müssen uns beeilen, aber es wird sich lohnen. Nur kein Gezanke, wenn ich bitten darf. Ich kann nicht gleichzeitig elf Carmens auftreten lassen. Dabei käme nur ein Chor heraus...«

»Keine Sorge, Jakow Borissowitsch«, warf Rimma ein. »Sogar Krebse beißen sich, müssen sich keilen, bevor sie verweilen und wieder in die Schlacht enteilen!«

Dadurch entspannte sich die Atmosphäre, und obwohl es nicht völlig ohne Streitigkeiten abging, gab es weniger Schwierigkeiten, als Rimma befürchtet hatte. Würde sie genug Zeit für die Vorbereitung haben? Was für eine Frage! Sie kannte bereits jede Note! Und sie stimmte die Rolle der Carmen an, ohne auch nur auf die Bühne zu steigen. Hier war das Mädchen aus der Zigarettenfabrik. Leidenschaftlich. Stolz. Alle hörten ihr schweigend zu. Sie schaute die anderen nicht an, denn sie wußte: Es war ihre Rolle, und niemand konnte sie ihr wegnehmen!

»Aber sind die hohen Töne nicht ein bißchen matt?« stänkerte Henrietta, die sich letztlich doch nicht beherrschen konnte. Rimmas hohe Passagen waren angreifbar, und Henrietta verlor keine Zeit, die anderen an diese Tatsache zu erinnern. Aber damit schadete sie sich selbst, denn heute gab es keine Schwächen in Rimmas hohen Tönen, nur eine feurige Kraft. Henrietta wurde rasch besänftigt, und Rimma verließ das Studio so glücklich, daß sie sich trotz der wahnsinnigen Preise eine Kutsche nahm. Auf den Sitzen lag eine schwere Pelzdecke, und Rimma konnte sich zum erstenmal an diesem Tag wirklich aufwärmen. Der Schnee war heute so zart und warm. Die Flocken brannten auf ihren Lippen wie Küsse. Und sogar in ihrem Zimmerchen – ob die Hauswirtin geheizt hatte? – war es zu heiß. Ein bißchen kaltes Wasser wäre schön gewesen. Aber sie mußte ihre Stimme schonen und durfte nichts Kaltes trinken. Wenigstens konnte sie etwas Zitrone essen – irgendwo, auf einer Untertasse unter einem Deckel, mußte noch ein Stückchen sein. Aha, dort. Es war ausgetrocknet und zusammengeschrumpft, die gelben Häutchen klebten aneinander. Widerlich. Dann eben keine Zitrone. Vielleicht konnte sie ihre Mutter rufen und sich ein Stück Wassermelone geben lassen… Aber wieso ihre Mutter? Die war doch in Odessa!

Bin ich krank? überlegte Rimma entsetzt. Bloß nicht. Jetzt auf keinen Fall. Dringende Maßnahmen mußten ergriffen werden. Jedes kleine Kind weiß, daß man bei einer Erkältung eine halbe Flasche Kognak mit einer halben Flasche Milch vermischt trinken und sich gut zudecken muß. Das taten alle Sänger. Sie würde ihre Hauswirtin bitten müssen, ihr Kognak zu besorgen... Aber woher denn? Schließlich war der Alkoholverkauf verboten. Aber irgendwo mußte es noch möglich sein... Andere schafften es ja auch. In den Kneipen sollte Alkohol aus Teekesseln eingegossen werden, wenn man zwinkerte. Und Pelzmäntel, viele Pelzmäntel...

Aber nun schauten sie fremde Augen aus dem abbröckelnden Trumeau an. Glühende, fürchterliche Augen.

»Spanische Grippe«, meldete der Arzt der Hauswirtin. »Die halbe Stadt leidet daran. Pflege, Pflege und nochmals Pflege! Ist das Ihre Tochter?«

»Wie kommen Sie denn darauf, Doktor! Meine Untermieterin. Und tut mir leid, ich kann sie nicht hierbehalten. Das soll doch so eine gefährliche Krankheit sein!«

»Hat sie Verwandte?«

»Sie ist nicht von hier, Doktor, und ich weiß nichts von ihrer Verwandtschaft. Manchmal wird sie von einem großen Mann mit Locken besucht. Anscheinend aus ihrem Studio. Aber ich hab' nie danach gefragt.«

»Tja, und jetzt ist es zu spät«, zischte der Arzt.

Rimma schüttelte den Kopf und sang etwas vor sich hin. Sie war Spanierin, ja natürlich! Nun konnte man ihr eine Zitrone geben – direkt vom Baum. Und Kastagnetten. Waren da nicht irgendwelche Schuhe?

»Dann muß sie in ein Krankenhaus für Bedürftige. Ich treffe die notwendigen Vorkehrungen. Jemand wird sie abholen«, sagte der Arzt, um die erschrockene Hauswirtin zu beruhigen.

Rachel hatte beschlossen, heute nicht auf den Markt zu gehen, sondern zu Hause zu faulenzen. Da klingelte es an der Tür. Wer konnte das sein? Jakow war doch bestimmt noch nicht aus dem Gymnasium zurückgekehrt. O Gott, ob man ihn von der Schule gewiesen hatte? In letzter Zeit eckte er dort dauernd an... Während sie zur Tür ging, wogte ihre Brust vor Besorgnis.
»Mama. Mamotschka!«
»Mein Kindchen! Rimma, bist du's wirklich? Ach, von dir ist ja nur noch die Hälfte übrig... Und du hast nie geschrieben oder sonst von dir hören lassen. Mein liebes Kind, laß dich küssen!«
Eine Stunde später saß Rimma, inzwischen mit Tee und Kringeln aus Kattarow gestärkt und in den Schal ihrer Mutter gehüllt, in Rachels Umarmung auf dem tiefen Sofa – in der gemütlichsten, schattigsten, noch nicht verschossenen Ecke. Sie fühlte sich ausgelaugt, aber sie wollte nicht mehr sprechen oder weinen. Ihre Tränen waren vergossen, ihre Geschichte war erzählt, und sie schmiegte sich nur an ihre Mutter, als wäre sie wieder elf Jahre alt wie damals nach dem Pogrom.
Moskau kam ihr nun fern und unwirklich vor: sowohl das Studio als auch das Krankenhaus und sogar Schenja – hatten sie jemals existiert? Und spielte es überhaupt eine Rolle, schließlich konnte sie ihre Stimme doch nicht wiederbekommen. Rimma hatte ihre Stimme für immer verloren. Wozu war sie gesund geworden? Sie brauchte nun niemanden, und niemand brauchte sie – um so besser. Wie glücklich sie in ihrem Fieberwahn gewesen war, als Schaljapin, über ihren Gesang entzückt, sie sofort nach Petersburg eingeladen hatte! Da hatte Rimma alle anderen gern gehabt und sogar Henrietta geküßt. Später stellte sich heraus, daß nichts davon geschehen war, daß sie es sich bloß

eingebildet hatte. Und einen Monat darauf wurde ihr der schwache Trost zuteil, daß von ihrer Stimme doch noch etwas übriggeblieben war. Und vielleicht reichte es für das Theater. Aber was sollte sie im Theater? Das gewisse Etwas, ohne das sie niemals eine große Sängerin werden konnte, war verschwunden, und sie würde nie wieder glücklich sein. Rimma unterdrückte sogar die Freude über ihre Genesung: Das war bloß ein Instinkt. Zumindest ihre Verzweiflung hatte etwas Erhabenes an sich, doch nicht einmal das konnte sie sich bewahren. Das Leben war nun dumm und leer. Egal. Ihre Mutter küßte sie, und es war warm. Nichts anderes war ihr geblieben.

Rachel war beim Anblick ihrer Tochter bestürzt gewesen. Ein Skelett, das reinste Skelett! Und sogar Rimmas Haut war seltsam grau. Wovon mochte sie sich in Moskau wohl ernährt haben? Sie schaute drein wie ein streunendes Kätzchen. Nur ruhig, mein Töchterchen, deine Mama läßt dich nie wieder aus den Augen. Alles wird wieder gut, du brauchst nur ein bißchen mehr zu essen. Und der Blitz soll sie treffen – all die Studios und all die Musik! Rachel hatte bereits ein Kind beerdigen müssen, und nun war auch das zweite halbtot! Um sich abzureagieren, überhäufte sie die Moskauer Hauswirtinnen, die Krankenhäuser, die herzlosen Ärzte und sogar die ihr völlig unbekannte Henrietta mit schlimmen Verwünschungen. Und wie es jede Mutter in Odessa getan hätte, machte sie sich zuallererst daran, ihr Kind wieder aufzupäppeln. Sie fütterte Rimma mehrmals am Tag und duldete keine Widerrede. Kurz, Rachel war die alte geblieben, sie hatte sich nicht im geringsten verändert.

Von ihrem Bruder wurde Rimma allerdings überrascht. Er war gewachsen, breitschultrig geworden und hatte schon fast einen dröhnenden Baß. Seine Hände waren nicht mehr rot, und die Sommersprossen hatten sich verflüchtigt. Jakow war ein junger Mann von ansehnlichem Äußeren und sehr selbstbewußt. Er sprach ruhig und beherrscht und ließ nie einen Gefühlsüberschwang erkennen. War das überhaupt Jakow? Nur sein Lachen erinnerte sie an den kleinen Wildfang ihrer Kindheit. Rimma gegenüber war er fürsorglich und beschützend, als hätte das arme Mädchen keine Ahnung vom Leben. Große Ereignisse spielten sich ab, und sie trauerte wegen solcher Albernheiten. In Wirklichkeit war ihre Erkrankung ein Glück gewesen, denn sonst wäre sie unter diesen liederlichen Theaterleuten unwiderruflich verdummt. Kunst – also wirklich! Wenn sie wieder völlig zu sich gekommen war, würde er sie allmählich auf den richtigen Weg lenken müssen.

Die Zeitungen erschienen immer noch mit weißen Streifen, denn die Zensur war außer Rand und Band geraten. Trotzdem wußten alle Bescheid. In Odessa war es kein Problem, sich ein Exemplar der »Times« zu beschaffen. Man schlug die Titelseite auf, und da stand: »Die Retter Rußlands« mit einem Foto von Felix Jussupow und seiner Frau Irina, den Mördern Rasputins. Außerdem brachte man einen Artikel über den Großfürsten Dmitri Pawlowitsch – er war ebenfalls ein Retter. Selbst diejenigen, die an der Existenz einer prodeutschen Gruppe am Hof gezweifelt hatten, waren nun – da sogar die Großfürsten nicht vor dem Versuch zurückgeschreckt waren, Grischka umzubringen – eines Besseren belehrt. Also hatte Grischka den Deutschen Stürmer wirklich zum Ministerpräsidenten ernannt. Und dieser Schmutzfink hatte sich sogar einfallen lassen, seinen Namen in »Panin« umzuändern. Wen wollte er hinters Licht führen? Aber Stürmer war doch noch im Amt? Genau wie sein Kanzleichef, dieser bezaubernde kleine Jude, der zum Christentum übergetreten war? Und an dem Gerücht, daß die Zarin eine geheime Direktverbindung zu Wilhelm hatte, war bestimmt etwas dran. Oder war es ein Märchen? Auch über Rasputin hatte man gesagt: Nichts als Märchen. Aber dann hat Miljukow in seiner Rede sogar Namen genannt...

»Oje, unsere Gerüchteküche übertrifft sich diesmal selbst«, resümierte Rimma matt, nachdem Jakow die neuesten Nachrichten beim Abendtee auftischte. »Den Pferdedieb haben sie ermordet, und plötzlich sind sie ›Retter‹... Die Großfürsten hätten sich eine höhergestellte Person aussuchen sollen.«

»Meinst du den Zaren?« fragte Jakow grinsend. »Unter keinen Umständen sollte der Zar einfach so getötet werden. Wir werden ihn vor ein Revolutionstribunal des Volkes stellen und ihn dann hinrichten. Diese lächerlichen Attentatsversuche haben wir satt, das sind halbherzige Maßnahmen. Wir müssen dafür sorgen, daß von ihrem Nest keine Spur übrigbleibt.«

»Jakow, was redest du da? Du bist in der Abschlußklasse des Gymnasiums – willst du wirklich, daß dir deine gehässige Zunge eine Vorstrafe einbringt?« fragte Rachel aufgeregt.

»Mama, ich weiß, wo ich was sagen darf«, erwiderte Jakow ruhig.

Welche Selbstsicherheit von diesem Jungen ausging... Und dieses energische »Wir«. Seine Augen funkelten so, daß sich hinter dem »Wir« etwas verbergen mußte. Etwas Großes. Etwas Bedrohliches.

Rimma wartete, bis sie mit ihm allein war, um ihre Mutter nicht zu beunruhigen.

»Na, Brüderchen, erzähl schon. Ich sehe ein, daß ich politisch nicht auf dem laufenden bin. Wer ist ›Wir‹? Der Bund?«

Jakow tätschelte ihr herablassend die Schulter. »Du bist wirklich nicht auf dem laufenden, meine Liebe. Hier, lies das! Ich bewahre die aktuelle Literatur nicht zu Hause auf, aber praktisch jeder zehnte Student hat das Manifest. Man kümmert sich nicht einmal mehr bei Haussuchungen darum. Es ist so verbreitet, daß es ohne Erlaubnis legal geworden ist. Bilde dich. Ich muß jetzt zu ›Marusja‹.«

»Zu welcher ›Marusja‹?«

»Du wirst es schon noch erfahren«, entgegnete Jakow bedeutsam und verließ die Wohnung. Der Junge trug dick auf, aber die Sache war anscheinend ernst zu nehmen. Rimma versenkte sich in die Lektüre.

Iwan Alexandrowitsch ging stets besonnen mit den Bediensteten um. Ein Diener gehörte zur Familie – darüber gab es keine Diskussion. Da war zum Beispiel Dascha: Wurde im Haus wirklich ein Kindermädchen gebraucht, jetzt, wo Maxim, der Jüngste, bereits das Gymnasium beendete? Aber da sie alle vier Kinder aufgezogen hatte und an ihnen hing wie an ihren eigenen, war es undenkbar, sich jetzt von ihr zu trennen. Natürlich wohnte Dascha bei ihnen, und es gab immer etwas für sie zu tun: Nun führte sie Aufsicht über die Köchin, das Stubenmädchen und den Kutscher. War sie Hausverwalterin geworden? Nein, letzten Endes würde sie immer das Kindermädchen bleiben. Für sie war sogar der Hausherr ein unvernünftiges Kind, das man im Auge behalten mußte, damit es seine Mahlzeiten aufaß.

»Noch ein bißchen Grütze, Herr? Aus Preiselbeeren, schön sauer! Wie Sie sich geändert haben, Sie müssen sich nur ansehen. Sie sollten auf die Herrin achten, schließlich sind Sie das Familienoberhaupt. Alle tun das, was Sie ihnen vormachen. Sie sind unser Vorbild! Na, wenigstens ein Löffelchen! Sinotschka, unser kleiner Liebling, wird zurückkommen – Gott ist barmherzig. Ich hab' mich wegen meinem Wassenka so gequält. Aber er ist zurückgekommen, gesund und munter!«

Sie versuchten, Sina mit Hilfe des Städteverbandes ausfindig zu machen, und schickten einen Brief nach dem anderen dorthin. Zwei Antworten mit völlig gleichem Wortlaut trafen ein: Sina sei im Herbst 1915 an Flecktyphus erkrankt, und da sie nicht transportfähig gewesen sei, habe man sie in der Obhut von Einheimischen in Slonim zurückgelassen.

Folglich hatte man sie den Deutschen ausgeliefert! Und was bedeutete »nicht transportfähig«? Und wie sollte man sie nun in Slonim finden? Herrgott, war sie überhaupt noch am Leben? Mehr als ein Jahr war vergangen, und noch immer hatten sie keine Nachricht erhalten.

Maria Wassiljewna machte sich Vorwürfe, weil sie 1915 größere Angst um Pawel gehabt und inbrünstiger für ihn gebetet hatte. Und damals hatte ihre Tochter bereits im Typhusfieber gelegen, aber Maria Wassiljewnas Herz war stumm geblieben! Nun bezahlte sie den Preis dafür, daß ihr Herz nicht bei Sina gewesen war.

Alle versuchten, sie zu trösten, aber sogar Marina und Maxim konnten ihren Schmerz nur für eine Weile lindern. Und Marina war gerade dabei, das Krankenschwesterexamen abzulegen, um in Sinas Fußstapfen zu treten. Maria Wassiljewna schloß einen Pakt mit sich selbst. Ich lasse sie nicht fort! Wenigstens sie soll bei mir bleiben!

»Mamotschka, ich schwöre dir bei allem, was du willst, daß ich nirgendwohin fahre. Ich werde hier bei Dultschin sein. Niemals, niemals werde ich dich verlassen. Keinen einzigen Tag könnte ich ohne euch leben. Wenn Maxim noch im Gymnasium ist, vermisse ich ihn schon, weil ich weiß, daß ich noch bis zum Abend auf ihn warten muß. Gut, was sollen wir Papa zu Weihnachten schenken – was meinst du, Mamotschka?«

Marina war bereits neunzehn Jahre alt, und als einziges der Kinder war sie klein wie ihre Mutter. Sie hatte noch kindliche Augen und ein offenes Herz: Sie war der Familie ergeben und wünschte nichts für sich selbst. Ihre Mutter warf ihr manchmal besorgte Blicke zu, doch nein: Marina hatte keine geheimen Gedanken, sie war tatsächlich am liebsten bei ihrer Mutter. War das gut für das Mädchen? Aber Maria Wassiljewna unterdrückte solche Zweifel. Sie wußte, daß sie ohne Marinas Stimmchen, ohne ihre freudige und bereitwillige Güte das Jahr kaum überstanden hätte. Iwan war deutlich älter geworden. Zwar schien er nicht krank zu sein, doch sein Gang war nun der eines alten Mannes mit steifem Rückgrat. Sie hatte ihn nie so schmerzlich, so verzehrend geliebt wie jetzt. Aber vernachlässigte sie, geizig wie sie war, wegen dieser Liebe vielleicht die anderen? Maxim und Pawlik? Maria Wassiljewna achtete sorgfältig auf ihre eigenen Gebete: Waren sie inbrünstig und aufrichtig genug, kamen sie von ganzem Herzen? Aber dadurch verschlimmerte sich die Lage nur. Sie ertappte sich dauernd dabei, daß ihre Gedanken abschweiften, und mußte wieder von neuem anfangen.

Jakow brauchte nicht lange den großzügigen Aufklärer seiner Schwester zu spielen. Je mehr Rimma über die Russische Sozialdemokratische Arbeiterpartei erfuhr, desto verblüffter fragte sie sich, womit sie bisher ihre Zeit verbracht hatte. Wie hatte sie das alles – trotz ihrer seit der Kindheit gehegten Ziele und Träume – übersehen können? Warum war sie weder in Moskau noch in Kiew den richtigen Men-

schen begegnet? Womit war sie aus Odessa abgereist? Mit der Leidenschaft, den Zaren zu töten und ihr Leben zu opfern. Aber sie war von snobistischer Eitelkeit abgelenkt worden – damit nicht genug, in jenen Kreisen hatte sie sich sogar ihrer provinziellen Naivität geschämt. Politik – pfui, wie vulgär! Man mußte Maeterlinck lesen, und es war eine Schande, Leconte de Lisle nicht zu kennen.
Unterdessen wurde das ganze Land vom Aufbau der feinen, doch hartnäckigen Zukunftsstrukturen verändert. Und welche Kraft diese Strukturen hatten, welche Endgültigkeit! Ihre Ketten und Bande zogen sich unaufhaltsam durch alle Gefängnisse, Universitäten und Fabriken. Auch durch die Presse und die Armee. Inmitten des russischen Chaos hatte sich plötzlich eine flexible, starke Vereinigung mit fester Disziplin und klaren Zielen herausgebildet. Und Odessa war für sie durchaus keine Provinz, sondern eines ihrer wichtigsten Zentren – in viel höherem Maße als Kiew!
Rimma gewann ihr altes Feuer zurück. Nein, das Leben war noch nicht vorbei, es begann gerade erst. Rachel freute sich über ihre Tochter. Es kam eben nur auf eine gute Ernährung an! Rimma war bereits lebhafter geworden, und bald würde auch ihr Körper kräftiger werden. Rachel verwarf den modischen Hang zur Magerkeit. Im Odessa ihrer Jugend hatte man üppige Frauen zu schätzen gewußt – nicht solche, die schon nach einem scharfen Blick auseinanderbrachen. Magerkeit deutete nach Rachels Ansicht entweder auf eine Krankheit oder auf einen schlechten Charakter hin. Und mit beiden konnte man im Familienleben nichts anfangen. Aber Rimma hatte einen guten Charakter: Wie sie mit Jakow lachte, wenn sich die beiden mit ihren kleinen Scherzen vergnügten. Und sie ging liebevoll, ohne böse Launen mit ihrer Mutter um.

Als Jakow meinte, daß Rimma hinreichend vorbereitet war, stellte er sie voller Eifer der Führung vor. Sie gefiel »Fjodor dem Eisenbahner« sehr gut, und bald wurde ihr eine eigene Aufgabe zugewiesen. Das Komitee brauchte Leute mit gutem Gedächtnis, und Rimma war ja stets eine Musterschülerin gewesen.

Kapitel 17

Der breitschultrige Artillerieleutnant, der über die Krestowsk-Insel spazierte, kam sich recht geschniegelt vor. Das Gefühl, endlich makellos sauber gewaschen und rasiert zu sein und ein ebenmäßiges Trottoir unter den Füßen zu haben, ließ seine Schritte leichter werden und verlieh ihm ein heiter-unbeschwertes Aussehen. Ein weiteres bemerkenswertes Attribut war sein goldenes Georgskreuz für alle Ränge. Doch die geübten Augen der Einheimischen sahen in dem Leutnant sofort einen Provinzler.

Weder seine Mütze noch seine Stiefel entsprachen jenen schwer faßbaren Merkmalen des guten militärischen Tons von Petrograd. Der Mützenschirm zum Beispiel hätte ein wenig kleiner und flacher sein können, und die Mütze selbst war nicht ganz richtig geknifft, und seine Sporen hätten etwas leiser und tiefer klingeln müssen. An seinem gebräunten, vom Wind rauh gewordenen Gesicht ließ sich ablesen, daß er Frontkämpfer war, aber damit konnte man natürlich niemanden in der Stadt beeindrucken. Die Menschen hier teilten die Verachtung für die »Stabsdrückeberger« und »Etappenhengste« nicht. Außerdem waren sie der ständig unzufriedenen Frontsoldaten überdrüssig geworden. Das Jahr 1914, als man jeden Soldaten auf Händen trug, war längst vorbei. Nun gab es Zucker nur auf Lebensmittelkarten, die Brotlieferung stockte, Petroleum war knapp – und überhaupt, woran herrschte kein Mangel, außer an Zeitungen? Nach Meinung der Petrograder hatten sich die Soldaten an der Front einmal in den Kopf gesetzt, daß die Bürger hier leben würden wie die Maden im Speck, und dieses Vorurteil nicht wieder aufgegeben. Schön, sie waren die Verteidiger des Vaterlandes, aber was passierte, wenn man sie fragte, wieviel davon sie denn verteidigt hatten? Dann empörten sie sich sofort über die Idioten vom Stab und über die Nachschubpannen. Aber wenn sie ihre Abhängigkeit von der Etappe und vom Stab zugaben, dann sollten sie lieber nicht so große Töne spucken!

Dieser Offizier hatte jedoch eine so feiertägliche Miene aufgesetzt, daß er direkt von der Front gekommen sein mußte. Das Gejammer aber würde später sicher noch folgen.

Pawel stand der Sinn wirklich nicht nach Gejammer. Wenn er den Brief seiner Eltern einen Tag später erhalten hätte, wäre er nach Odessa in Urlaub gefahren. Wohin denn sonst? Aber Anna! Anna war hier in Piter. Er drehte den Brief dauernd um und überprüfte die Adresse des Krankenhauses. Und wenn es ein Irrtum war? Und wenn sie dort nicht mehr lag? Gewiß, er würde sie aufspüren, aber sogar eine Verzögerung von nur einem Tag hätte ihm unermeßlichen Kummer bereitet. Heute. Er mußte sie einfach heute sehen! Da war das Krankenhaus endlich! Und wie typisch für Piter mit seiner Ockerfarbe und seinem Empirestil. Ob es früher vielleicht ein Gymnasium gewesen war?

»Anna Teslenko? Ja, natürlich kenne ich sie. Gestern ist sie entlassen worden«, hörte Pawel von der ersten Person, bei der er sich erkundigte, einer knochigen Schwester mit Pferdezähnen.

Ihm sank der Mut.

»Sie wissen nicht, wo...« stammelte er. Was konnte sie schon wissen, diese herzlose blonde Schnepfe!
»Doch, doch!« lachte die Schwester. »Aber es ist sehr weit von hier, fast im Zentrum! Sie wohnt bei meiner Tante – genau wie ich, wenn ich nicht im Dienst bin. Wir haben Anna überredet, eine Woche lang bei uns zu bleiben, denn sie ist immer noch ziemlich schwach. Schreiben Sie sich die Adresse auf, ach nein, lassen Sie mich, Sie verschreiben sich vielleicht«, setzte sie mit einem schlauen Blick hinzu. »Und was wollen Sie von ihr? Sind Sie mit ihr verwandt?«
Das war reiner Übermut. Dieses wunderbare, sensible Mädchen wußte ganz genau, daß er kein Verwandter war! Und er hatte sie eben noch in seinen Gedanken so respektlos behandelt. Pawel verbeugte sich überschwenglich.
»Wie kann ich Ihnen bloß danken...«
Während er sich entfernte, schüttelte Klawdija den Kopf und lächelte vor sich hin. Ja, das gab es also noch: den Ritter, mit dem Georgskreuz ausgezeichnet, der direkt aus der Schlacht kommt, um seine Geliebte zu suchen... Bestimmt seine Geliebte, denn wen sonst hätte er mit so einem wahnsinnigen Funkeln in den Augen suchen sollen? So etwas kam vor, allerdings nicht in ihrem Fall. Klawdija biß sich auf die Unterlippe und ging in die Verbandstelle.

Eine alte Frau in einem blauen Kleid – sie war so winzig, daß sie nicht einmal an Pawels Schulter reichte – öffnete die dunkle Tür mit dem gravierten Namensschild einen Spaltbreit.
»Was kann ich für Sie tun?«
Pawel erklärte etwas ungeschickt, was sie für ihn tun könne. Sie ließ ihn trotzdem ein und bat ihn zu warten. Pawel nahm gehorsam dort Platz, wo sie ihn hingeführt hatte: an einem spielzeugartigen runden Tischchen mit

gehäkelter Decke. Er war den halben Tag herumgelaufen, und nun, um drei Uhr, brach schon fast die Dämmerung herein. War dies wirklich der Augenblick? Ja, ja, ihre Stimme... Er sprang auf.

»Pawel. Sind Sie's?«

Nadeschda Semjonowna, die Tante jener barmherzigsten aller Schwestern, lächelte nun, wobei winzige Fältchen strahlenförmig von ihrem Mund ausgingen. Sie wollte schnell zum Bäcker gehen, um Weizenbrot zu holen. Pawel werde doch hoffentlich zum Tee bleiben? Offenbar war die Barmherzigkeit ein Familienmerkmal. Wie verlockend es gewesen wäre, den ersten Minuten der Begegnung zuzuschauen. Sie hätte einen Teil des fremden Glücks an sich reißen und sich daran wärmen können – zumal in einer Zeit wie dieser. Dadurch würde das Glück vielleicht nicht getrübt, sondern nur voreilig berührt werden wie der erste Schnee. Und warum nicht? Die beiden waren jung, und es würde ihnen nicht schaden. Aber die weise Nadeschda Semjonowna gab der Verlockung nicht nach und kehrte erst zurück, nachdem sie beim Bäcker Schlange gestanden und noch einen Abstecher gemacht hatte, um ein Stück Halwa mit Sonnenblumenkernen und etwas Pflaumenmus zu besorgen.

Sie waren allein in dieser düsteren kleinen Wohnung, die nach alten Büchern roch. Vor dem Fenster schimmerte ein fahles blaues Licht, das an die Farbe entrahmter Milch erinnerte. Pawel küßte Anna immer wieder die Hände, denn er fürchtete sich, die Augen zu heben. Wenn ihr Gesicht nun nicht das zeigte, was er erwartet hatte – nicht, daß er etwas hätte erwarten dürfen, aber es war so lange, so lange her...

Anna seufzte und küßte seine Stirn. Dummer Kerl! Als hätte sie nicht schon längst gewußt, daß es so kommen mußte. Gerade diese Unvermeidlichkeit, die überhaupt nicht von ihr abhing, hatte sie damals so eingeschüchtert. Aber nun schüchterte sie nichts mehr ein, nun war sie mutig geworden, und wenn Tränen in Annas Augen aufstiegen, dann nur aus Überraschung. Mein armer Liebling – und sogar einen Schnurrbart hatte er!

Beim Abendtee, zu dem auch Klawdija und ein mit ihrer Tante verwandter Infanteriehauptmann erschienen, war es bereits möglich geworden, Anna und Pawel zu betrachten, ohne daß man sich taktlos vorkam. Alles war entschieden, und Pawel, ruhig und strahlend vor Glück, hörte nun den Ansichten des Hauptmanns über die Eröffnung der Duma zu, ohne ein Wort zu verstehen. Doch der Hauptmann ereiferte sich immer mehr: Endlich hatte er einen Neuankömmling vor sich – noch dazu von der Front –, dem er sein Herz ausschütten konnte. Piter, wo der Hauptmann mit seiner Kompanie festsaß, erbitterte ihn. War es wirklich die Aufgabe eines Soldaten, in der Etappe Wachdienst zu schieben?

»Und so was nennen wir jetzt ein ›Ereignis‹. Zuerst wurde gewartet, und alle haben überlegt, was passieren würde, wenn die Duma endlich eröffnet ist. Ob Sie's glauben oder nicht, das Preobraschenski-Regiment wurde zur Bewachung heranbeordert, und man hat Maschinengewehre hinter die Tore gestellt... Aber nichts ist passiert, niemand hat auch nur mit der Wimper gezuckt. Überhaupt kann ich Ihnen sagen, daß jetzt eine Art Erstarrung herrscht. Eine Windstille. Und ich habe das Gefühl, daß uns nichts Gutes bevorsteht. Irgend etwas braut sich zusammen, aber wer weiß, was.«

»Und wovon kann man heutzutage denn noch etwas Gutes erwarten?« fragte Nadeschda Semjonowna und schürzte die trockenen Lippen. »Alle haben sich so daran

gewöhnt, daß es die Hauptsache ist, dauernd unzufrieden zu sein. Und wie sich alle wegen Rasputin aufgeregt haben! Ich bin nicht sicher, ob auch nur ein Hundertstel der Meldungen stimmt…«
»Aber, aber, Tantchen, sind Sie etwa… eine Skeptikerin? – Wenn dies das richtige Wort ist.«
»Siehst du, man vergißt schon die russische Sprache. Mißtrauisch bin ich, Klawdjuschka, mißtrauisch! Nur, warum sagst du das?«
»Also wirklich – die ganze Stadt wußte doch Bescheid, ganz Rußland! Und es gab mehr Einzelheiten als in einem Alptraum. Schließlich ist er mit allen nach Lust und Laune umgesprungen. Er ernannte Minister und entließ sie auch. Und wie hat er die Damen behandelt? Wenn er in einem weißen Kittel auftauchte, mußten sie ihm die Hand küssen. Und sie taten es auch, sogar Gräfinnen. Erinnern Sie, was Sofja Andrejewna uns erzählt hat?«
Nadeschda Semjonowna schnitt ihr das Wort ab: »Wer weiß! Ich war nicht dabei, als er Minister entließ, und ich habe ihm nie die Hand geküßt, und mit mir konnte er nicht umspringen, wie er wollte. Wenn jemand unbedingt verrückt werden will, dann findet er schon einen Weg und auch die nötigen Kumpane. Aber mir ging's um etwas anderes: Jetzt haben sie ihn also ermordet, mit Kugeln durchlöchert und in ein Eisloch geworfen – und das ist genauso schlimm! Warum tut der Zar nichts und bestraft niemanden? Anscheinend will er die Großfürsten schützen, und das wirft man ihm vor. Aber wenn er eine Ermittlung und einen Prozeß anordnet, dann werden die Leute gleich heulen, daß er Rache für Grischka nehmen will. Das kommt also auch nicht in Frage. Und so ist es dauernd! Der Krieg geht weiter, und die Leute beklagen sich, aber gleichzeitig machen sie der Zarin Vorwürfe, weil

sie angeblich mit den Deutschen über einen Separatfrieden verhandelt. Heißt das, daß der Frieden auch eine schlechte Sache ist?«

»Und Sie, Tantchen, sind genauso – mit allem sind Sie unzufrieden!« lachte Klawdija. Sie war weniger häßlich, wenn sie lachte, und das wußte sie.

»Du hast vielleicht recht«, sagte die Tante mit einem Lächeln. »Ich bin eben brummig geworden... Der Samowar pfeift. Er bietet allen noch ein Täßchen an, und die Hausherrin läßt sich weiter über Politik aus. Ei-ei-ei... Pawel, soll ich nachschenken?«

Am selben Abend führte Klawdija ein ernstes Gespräch mit Pawel. »Lassen Sie sich nicht dadurch täuschen, daß Anetschka dauernd lächelt. Sie wissen doch von ihrer Verwundung? Ein Glück, daß sie einen so tüchtigen Chirurgen hatte – er hat ihren Ellbogen gerettet. Wenn er nicht gewesen wäre, könnte sie den Arm nicht beugen. Die Kugel hat fast genau ins Nervenzentrum getroffen! Sie braucht noch mehrere Monate, bis sie ihren Arm wieder richtig bewegen kann, und das ist schmerzhaft! Welchen Zweck hat's also, sie nach Odessa zu schleppen? Sie können sich nicht vorstellen, was sich zur Zeit abspielt: Mal wird in den Fabriken gestreikt, dann bei der Eisenbahn... Nicht wie in alten Zeiten, als nach zwei Tagen alles vorbei war. Ich sage Ihnen, sie macht nur gute Miene zum bösen Spiel. In Wirklichkeit ist sie sehr schwach.«

»Ist... es denn so ernst?« fragte Pawel erschrocken.

»Nun, es könnte schlimmer sein. Aber Sie müssen dafür Sorge tragen, daß sie sich richtig erholt! Alle haben sich an den Gedanken gewöhnt, daß sie Kraft für zwei hat. Aber Sie müßten doch wissen, daß ihr die Dinge nicht immer leichtfallen. Eine lange Reise hätte ihr jetzt gerade noch gefehlt. Meine Tante kann Ihnen ein Zimmer geben – nehmen Sie's! Ihr Urlaub ist wahrscheinlich kurz, oder? Dann verschwenden Sie keine Zeit. Und die Kirche...«, prustete sie los. »Meine Tante findet jemanden, der die Sache beschleunigen kann. Sie ist Expertin und kennt jeden Popen, den es hier gibt.«

Es war eine bescheidene Trauung, an der nur ein paar Krankenschwestern, die mit Anna befreundet waren, Klawdijas Cousin, ein Kadett an der Nikolajewski-Militärakademie, Nadeschda Semjonowna und der Infanteriehauptmann teilnahmen.

»Jesaja, frohlocke!« sang der Diakon mit seinem dröhnenden Baß, und der Kadett hielt die Krone mit steinerner Miene über den hochgewachsenen Pawel. Es war eine schwere Krone, und der Kadett hätte seine steif gewordene Hand gern durch die andere abgelöst, aber er nahm sich auf militärische Art zusammen. Der Hauptmann hielt die andere Krone über Annas Kopf, und Nadeschda Semjonowna wischte sich immer wieder die Augen: Die armen Kinder wurden ohne Eltern getraut, wie Waisen. Sie hatte auch ein Tuch mitgebracht, auf das die beiden treten mußten, und sich sogar die Mühe gemacht, ein Brautkleid mit Schleier zu besorgen. Die beiden waren so aufgeregt gewesen, daß es ihnen nie eingefallen wäre. Gott sei Dank sah das Mädchen gesund aus. Aber sie hatte vor der Trauung nicht geweint – ein schlechtes Zeichen. Denn wer heiratet, muß weinen, damit alles gut wird. Aber was wußten die jungen Leute heutzutage schon... Herrgott, gewähre diesem Paar Glück, denn es gibt schon soviel Kummer auf der Welt! Und nun kam es zu einem Durcheinander mit den Ringen... Wie bei fast allen Trauungen, auch ihrer eigenen, als sie ihren Ring fast hätte fallen lassen. Es war derselbe Ring, den sie heute trug, allerdings als Witwe. Und ihre Hände waren faltig geworden...

Nadeschda Semjonowna wußte nicht, um wen es ihr leid tat: um sich selbst oder um diese jungen Leute, die nicht ihre Kinder waren. Gott hatte ihr keine eigenen Kinder geschenkt, obwohl sie damals nach ehrwürdigem Brauch um Kinderreichtum gebetet hatten. Bitte, Gott, schenke sie diesen beiden! Das Mädchen war gescheit, doch er wirkte etwas naiv. Oder lag das nur an seiner Freude? Er strahlte wie ein Kind vor dem Weihnachtsbaum. Und eines Tages würde vielleicht auch Klawdjuschka heiraten...

Pawel und Anna konnten einfach nicht mehr in der Wohnung sitzen. Schließlich waren sie nicht zu zweit, sondern die aufgeregte Nadeschda Semjonowna mühte sich mit dem Hochzeitsessen ab, der Kadett starrte Pawels Georgskreuz ehrfürchtig an und dürstete offenbar nach Erzählungen über tollkühne Taten. In der Kirche schienen die Gäste gering an der Zahl gewesen zu sein, aber nun füllten sie die Wohnung. Nachdem Anna sich rasch umgezogen hatte, ließ sie sich nur zu gern von Pawel entführen: zu ihrer »Hochzeitsreise«. Natürlich beteuerten sie, daß sie rechtzeitig zum Essen zurückkehren würden.

Es war, milde gesagt, kein ideales Wetter für eine Fahrt durch die Stadt. Der elegante Kutscher trieb sein Pferd immer wieder durch Peitschenschläge an. Der Schnee war feucht und der Himmel dumpf wie im Februar. Man hätte die Laternen anzünden können, doch die Glocken schlugen erst Mittag.

»Pawlik, sieh mal, wie schwarz die Wolken sind!«

»Aha, Giftnattern. Basilisken!«

»Basilisken – genau. Erinnerst du dich an das Igorlied... Nun fehlt uns nur noch eine Sonnenfinsternis. Was für einen Tag wir uns ausgesucht haben, um zu heiraten! Oh, was wird nun aus uns werden?«

»Du hast also Angst? Eine Frau sollte nur vor ihrem Mann Angst haben.«
»Ach, ich fürchte mich so!«
Kichernd drückte sie sich an ihn, und der Kutscher grinste in seinen Schnurrbart. Diese beiden würden jeden Preis bezahlen, den er von ihnen verlangte.
»Wohin belieben Euer Wohlgeboren zu fahren? Geradeaus weiter geht's nicht – da ist die Fontanka. Wenn Sie gestatten, kann ich Ihnen ein Restaurant empfehlen, mit Chambres séparées.«
Von diesem Restaurant, das er »empfehlen« konnte, erhielt der Kutscher eine Provision je nach Zahl und Solvenz der Gäste, die er herbeischaffte. Aber beim Gedanken an eine Mahlzeit lachten die jungen Leute nur auf, denn Nadeschda Semjonowna hatte sie bereits üppig bewirtet, und das Festessen wartete noch auf sie.
»Ich möchte einen Hut mit Trauerfedern«, alberte Anna.
»Wir trauern also schon. Umbringen könnte ich diesen modernen Dichter.«
Sie fuhren zum Warenhaus Gostiny Dwor, und Pawel wartete ergeben, während Anna zwei Dutzend Hüte aufprobierte. Er staunte über dieses inbrünstige weibliche Ritual: wählerisch, absolut ernst und höchstens mit einem Lächeln für den Spiegel!
»Was hältst du denn von dem mit der kleinen Schnalle?« fragte er.
»Du hast keine Ahnung. Der ist für eine alte Lehrerin, eine Französin, eine gräßliche Gouvernante!«
»Und für schlaue Polinnen, die nur Hüte im Kopf haben und ihre Männer um den Verstand bringen, gibt es wohl gar nichts?«
»Ich möchte diesen hier, den violetten! Ich habe zwar nichts, was dazu paßt, aber er steht mir.«

»Ganz wunderbar steht er Ihnen, erlauchteste *paní.*«
»Das hört sich schon besser an!«
Dann fuhren sie weiter, und nun hatten sie eine Hutschachtel bei sich. Je finsterer die Stadt wurde, desto fröhlicher war ihnen zumute. Nur ein Sturm fehlte noch, möglichst mit Blitzen! Da donnerte es in der Ferne.
»Euer Wohlgeboren, der Newski-Prospekt ist gesperrt, dort gibt's wieder Aufruhr«, sagte der Kutscher, der sich zu ihnen umgedreht hatte.
Das war etwas Neues, das man nur in der Etappe fand. Davon hatte der Hauptmann – und nicht nur er – gesprochen: Es war eine unruhige Zeit, und niemand wußte, was ihm bevorstand. Nun konnten sie also nicht durch den Newski-Prospekt fahren, denn von dort waren Schüsse zu hören. Anna verstummte und wirkte wie ein kleines Mädchen mit großen Augen. Seine Frau. An der Front wußte man wenigstens, wen man verteidigte und vor welchem Feind. Aber dies hier war wie 1905 ... Und einen schönen Zeitpunkt hatten sie sich ausgesucht, um auf ihre Landsleute zu schießen.
Am Abend rief man: »Bitter!«, wie es die Tradition verlangte, und die jungen Eheleute küßten einander. Dieser Brauch mit seinem unverhohlenen Spott gefiel ihnen. Und sie empfanden es als angenehme Pflicht, sich an den Gedanken zu gewöhnen, daß sie von nun an Mann und Frau waren. Zum Glück wurden sie nicht dazu aufgefordert, etwas von dem Festmahl zu essen, denn sie wären ohnehin nicht dazu in der Lage gewesen.

»Meine Einzige, meine Einzige!« flüsterte Pawel, und Anna, noch zitternd nach dem erlittenen Schmerz, schmiegte sich an ihn. Wie fest er sie umarmte, denn er vergaß nie, daß er ihr Beschützer war – und trotzdem hatte er ihr weh getan. Es war gar nicht so schlimm gewesen, und sie hatte sich kaum geschämt, aber irgendwie war sie nun eine andere. Eine Frau!

Jetzt überraschte es sie, sich selbst im Spiegel zu erkennen, denn sie hatte geglaubt, daß sie sich auch äußerlich verändern würde – mit jeder Nacht ein bißchen mehr, auf eine unbekannte, doch wunderbare Art. Es war ein süßes Entsetzen, das sie beben ließ und sie zugleich beschwingte.

»Anetschka, Kindchen, wie hübsch Sie geworden sind!« sagte Nadeschda Semjonowna, und ein Lächeln zog sich über ihr faltiges Gesicht. Anna freute sich. Aber würden sie sich wirklich so bald voneinander trennen müssen? Wie konnte das sein? Drei Wochen blieben noch übrig, doch sie schmolzen mit jeder Stunde dahin. Und beide spürten die Stunden mit geschärften Sinnen, als könnten sie dadurch die Zeit verlängern.

Nun merkte Pawel, wie unterschiedlich der Krieg auf sie beide eingewirkt hatte. Natürlich wußte er, daß Krankenschwestern kein leichtes Leben führten, und auch Klawdija hatte ihm einiges erzählt. Bei jeder Gelegenheit stellte er Anna Fragen, damit sie sich aussprechen konnte. Sie hatte soviel durchgemacht, die Arme! Aber all der Schmerz, der Schmutz und das Blut hatten sie auf eine Weise verwandelt, die für ihn unbegreiflich war. Sie schien von alldem nicht beschmutzt, sondern geadelt worden zu sein. Von ihrem ganzen Wesen ging ein Leuchten aus! Nicht vor Freude – nein, es war etwas anderes. Sogar wenn sie weinte, blieb das Leuchten erhalten.

»Es ist so traurig, Pawlik, so traurig! Neben dir liegen tote Männer, und du schleppst einen Vergifteten, der noch atmet. Plötzlich hört er auf, und du kannst nichts tun. Und dann sah ich Igel auf dem Boden liegen. Sie waren irgendwohin mit ihren Jungen unterwegs – und so, im Gänsemarsch, sind sie gestorben, als das Gas sie erreichte. Da habe ich geweint. An tote Menschen hatte ich mich schon gewöhnt, aber nicht an tote Igel.«

Aus irgendeinem Grund hatte er keine Angst um sie, obwohl es fast Gotteslästerung war, keine Angst um sie zu haben! Schließlich war sie schon einmal verwundet worden, und wer fand im Krieg den Tod? Die Allerbesten, dessen war er sich sicher. Man brauchte sich nur sein eigenes Regiment anzusehen – was war davon noch übriggeblieben? Es hatte die besten Männer verloren, und der Nachschub bestand aus »Muttersöhnchen«, wie man in Odessa gesagt hätte. Sie mißtrauten den Offizieren, denn sie hatten sich von den Sozialisten die Ohren vollreden lassen. Deshalb mußten die wenigen zuverlässigen Männer, die es noch im Regiment gab, die dümmsten Befehle ausführen. Nicht alle Befehle waren zwangsläufig dumm, aber man hatte sich daran gewöhnt, von der Führung nichts Gutes zu erwarten. Wie oft war die Armee ins Verderben geschickt worden! Um so erstaunlicher, daß sie überlebt hatte und sogar stärker war als 1915. Aber wie lange noch? Es war kaum zu glauben, daß man keinen besseren Oberbefehlshaber als den Zaren hatte finden können.

»Anusja. Deinetwegen schäme ich mich.«

»Wie meinst du das?«

»Du tust mehr, als von einer Frau erwartet werden kann. Und ich habe keine Ahnung, was ich tun soll.«

»Pawlik, bist du etwa krank? Du bist Offizier, du kämpfst – was ist daran unverständlich?«

»Das meine ich nicht. Natürlich kämpfe ich. Das ist meine Pflicht. Aber ich wollte Rußland verteidigen, und nun merke ich, daß alles zusammenbricht. Es ist schon schlimm genug an der Front, aber hier sieht's noch schlechter aus. Lauter Gauner und Schwätzer – und das will die Regierung sein. Als ich hierherkam, dachte ich, daß es wenigstens einen Hoffnungsschimmer gibt und die Dinge ins Lot gebracht werden können. Aber davon ist keine Rede. Es ist hoffnungslos. Unzählige politische Parteien, aber keine unternimmt etwas Vernünftiges.«

»Und der Zar – hast du die Hoffnung in ihn auch verloren?«

»Der Zar ist noch am konsequentesten von allen. Er hofft auf ein Wunder.« Das war eine Wendung, die Pawel irgendwo gehört hatte. »Aber das kann ich nicht. Ich muß sehen, wie Rußland gerettet werden kann, und dabei mithelfen. Ich habe einen Eid auf den Zaren geschworen, aber auch auf Rußland. Und ich weiß nicht, wie ich es schützen kann.«

»Aber du tust deine Pflicht.«

»Einfach ›seine Pflicht tun‹ und ›seine Pflicht erfüllen‹ – das ist ein Unterschied. Alle anständigen Menschen tun ihre Pflicht, aber wenn sich nun später herausstellt, daß niemand Rußland geschützt hat? Was wäre dann der Sinn von allem?«

»Hör auf, den Hamlet zu spielen!« rief Anna erregt. Sie sprang auf und ging hinüber zum Fenster. »Ich habe das allmählich satt! Ihr alle haltet Rußland für ein Aquarium mit Goldfischen. Es kann jeden Moment zertrümmert werden, und dann ist niemand mehr fähig, es zu reparieren. Aber ich will dir etwas sagen: Rußland ist groß. Und stärker, als du denkst. Es wird nicht verschwinden, sondern überleben! Ich weiß, es kann schlimm werden. Vielleicht werden wir sogar den Krieg verlieren und uns gegenseitig bekämpfen.«

»Das wäre Selbstmord.«

»Und ein sinnloser Selbstmord! Die Schande würde ewig weiterleben. Aber wir werden nicht untergehen, und ich möchte nicht von Rußland in der dritten Person sprechen! Das hat man sich in den Zeitungen so angewöhnt. Man nörgelt über Rußland und das Volk, als hätte man nichts damit zu tun. Wer sind wir denn? Du und ich, wir sind Rußland und das Volk. Kein besonders großartiges Volk, da gibt's nichts zu idealisieren. Wenn wir getötet werden, bleiben andere übrig. Auch sie sind Rußland, und sie werden Kinder heranziehen. Du brauchst dir keine großartigen Missionen für dich ausdenken – ich kenne schon genug Verrückte.«

»Ah, was für ein Ausbruch! Wie eine Wildkatze, und ich hatte mir schon eingebildet, keine Frau zu haben, sondern ein Gänseblümchen.«

»Du kennst mich eben noch nicht. Und überhaupt, wenn ich Genörgel und Verallgemeinerungen höre, möchte ich am liebsten anfangen zu rauchen – wie diese Sozialistinnen.«

»Das schlag dir bloß aus dem Kopf!«

»Aha, da ist die gebieterische Stimme! Das ist besser!«

Pawel lachte und zog Anna auf seine Knie. Manche Dinge würde sie nie verstehen, aber galt das gleiche nicht für ihn selbst? Und nun hatte er sich wieder dabei ertappt, daß er anderen seine Probleme aufbürdete. Er war bedrückt und beunruhigt – warum sollte sie also verschont bleiben? Nein, das kam nicht in Frage!

Er küßte ihren Nacken und vergrub die Nase in ihrem honigblonden Haar. Eben doch ein Gänseblümchen. Und so tapfer.

»Hör zu, Pawlik, du solltest nicht vor dich hin phantasieren. Das kannst du den Dichtern überlassen. Wenn es soweit ist, werden wir schon wissen, was getan werden muß.«

»Ja, ja, mein kluges Mädchen.«

Trotz Nadeschda Semjonownas Warnungen gingen sie häufig in der Stadt spazieren. Ihre Hauswirtin hatte panische Angst, daß Unruhen ausbrechen könnten. Sogar wenn sie sich für Brot in eine Schlange stellte, schien sie nur auf ihre Kreuzigung zu warten.

»Wissen Sie, was auf der Wyborgskaja-Straße passiert ist? Das hat auch mit einer Schlange beim Bäcker angefangen, aber dann haben die Leute einen Polizisten ermordet und Straßenbahnen kurz und klein gehauen, und in der Fabrik in der Schpalernaja-Straße ruht die Arbeit.«

»Nadeschda Semjonowna, das macht doch nichts. Hier in Piter geht eben immer irgend etwas vor. Wir werden Ihnen schon Brot besorgen, da können Sie sicher sein.«

Aber die Straßenbahnen fuhren nicht mehr, obwohl inzwischen seltener geschossen wurde. Demonstranten mit roten Schleifen marschierten durch den Newski-Prospekt, und niemand verjagte sie. Die Soldaten zwinkerten ihnen zu, um zu zeigen, daß sie nicht schießen würden.

Die Sonne lugte nur selten hinter den Wolken hervor, doch sogar das genügte dieser seltsamen Stadt. Das Licht wirkte fast leblos, wie in einem Museum, als käme es von unten oder von der Seite. Dafür fiel es manchmal auf sehr lebendige kleine Jungen, die lärmend auf der Statue Alexanders III. herumturnten, oder auf einen bärtigen Mann mit dem Kneifer eines Redners, der einen umgestürzten Kiosk als Podium benutzte, oder auf Frauen, die nach den Beinen von Kosakenpferden griffen.

Das alles war unwirklich, und offenbar hatte niemand ein Gefühl der Bedrohung. Warum zum Beispiel spielten so viele Kinder auf den Straßen? Gewiß, die Schulen waren geschlossen, wie überhaupt alle Lehranstalten. Wohin sollten Gymnasiasten gehen? Natürlich zu einer politischen Versammlung. Dort konnte jeder seine Meinung äußern, man brüllte und pfiff und genoß die fröhliche Stimmung. Die Eltern ließen ihre Kinder ziehen und fanden sich ebenfalls auf Versammlungen ein. Alles spielte sich auf den Straßen ab. Dort hörte man die neuesten Nachrichten: Das Pawlowski-Regiment hatte gemeutert, und das Moskauer Regiment weigerte sich einzugreifen. Die Duma wurde durch einen Erlaß vertagt, doch sie ignorierte ihn und machte weiter. Nein, sie tagte nicht, man hatte die Abgeordneten nur nicht hinausgelassen. Revolutionäre Truppen hatten den Abgeordneten rundweg erklärt: »Übernehmt die Macht! Das Wolynski- und das Litowski-Regiment sind auf unserer Seite!«

Es kam nicht mehr zu Zusammenstößen – endlich hatten sich die Armee und das Volk miteinander verbündet. Die Gefängnisse waren nach einer Sondersitzung der Duma geöffnet worden. Man hatte die Geheimpolizei zerschlagen, und das Bezirksgericht stand in Brand. Es hatte begonnen! Es hatte begonnen!

Pawel hatte immer gedacht, daß die Revolution einen Führer haben würde, der den Tag festlegte und Befehle erteilte. Aber es war klar, daß alles von allein angefangen hatte. Das hastig gegründete »Komitee zur Wiederherstellung der Ordnung« vertrat die Duma, während der »Arbeiterdeputiertenrat« aus Sozialisten bestand. Aber wer hatte die Macht? Offenbar niemand. Der Zar war an der Front und schwieg. Wem sollte sich Pawel anschließen? Sollte er an die Front zurückkehren? Aber die Hauptereignisse spielten sich zweifellos hier in Petrograd ab. Er beschloß, den Hauptmann aufzuspüren, der mit seiner Kompanie irgendwo außerhalb der Duma Stellung bezogen hatte, aber die Zeit reichte nicht.

Schon am nächsten Tag dankte der Zar ab. Das Ende der Monarchie! Rußland war frei!

Pawel und Anna steuerten wie alle anderen durch das Frühlingsschneegestöber auf die Duma zu. Der erste März war ein bemerkenswerter Tag, denn es schneite, obwohl die Sonne schien. Die Stadt war weiß und golden. Eine fröhliche Menge hatte sich mit roten Fahnen und Schleifen geschmückt. Eine Hochschülerin steckte Pawel eine Schleife an, und in der Nähe schrie jemand: »Der Leutnant ist auf unserer Seite!«
Bevor Pawel wußte, wie ihm geschah, hob die Menge ihn auf die Schultern. Die ganze Stadt schien von Schulkindern bevölkert zu sein, die den Unterricht schwänzten, und Pawel hatte das Gefühl, einer von ihnen zu sein. Zwei Studenten rissen mit lautem Ratschen dreifarbige Fahnen entzwei und trennten die roten Streifen ab. Doch das empörte Pawel. »Aufhören, meine Herren! Unter dieser Fahne wird gekämpft.«
»Sie sind nicht auf dem laufenden, Leutnant, wir haben nun eine neue Fahne. Die Truppen legen den Eid auf die neue Regierung ab!«
Tatsächlich paradierten Soldatenkolonnen unter roten Fahnen an der Duma vorbei. Orchester spielten, Hurrarufe wogten über den breiten Platz. Nun wußte Pawel, wohin er gehörte: nicht zur Menge, sondern zu den Revolutionseinheiten. Ja, er diente noch bei seinem Regiment und würde in zwei Tagen zu ihm zurückkehren. Alles würde ganz anders werden. Wer hätte sich vorstellen können, daß diese Erbitterung, diese allgemeine Reizbarkeit und Ziellosigkeit plötzlich wie durch ein Wunder ein berauschendes Gefühl der Einheit hervorbringen würden? Das war die Revolution also: ein Wunder. Wenn man ihm in diesem Moment gesagt hätte, daß die Menschen von nun an fliegen könnten, hätte er ohne jedes Erstaunen genickt. Und was war mit den Deutschen? Schon unter dem Zaren

waren sie zurückgetrieben worden, also würde man nun mühelos mit ihnen fertig werden! Alle – Soldaten und Offiziere – würden sich ohne die frühere Feindschaft zusammentun. Jetzt würde sich der Schwur verwirklichen, den er als Junge getan hatte: »Immer für das Volk!«

Und wie glücklich alles zusammengetroffen war: Jugend und Revolution und Liebe. Er warf einen Blick auf Annas Gesicht: Spürte sie das gleiche? Aber wie konnte er daran zweifeln, denn von ihr ging ein solcher Glanz, eine solche Begeisterung aus.

»Pawel, es kann doch kein Zufall sein, daß wir an einem solchen Tag zusammen sind?«

»Natürlich nicht, meine einzige, natürlich nicht!«

»Aber laß uns jetzt nach Hause gehen.«

»Was ist los, Liebling? Bist du müde?«

»Nein. Laß uns gehen, ich sag's dir später. Hier ist es zu laut.«

Pawel unterdrückte einen Anflug von Ärger. Sie war eigentlich kein Mädchen, das sich Augenblickslaunen hingab. Vielleicht hatte im Gedränge jemand ihren Ellbogen angestoßen, und Pawel hatte es nur nicht bemerkt. Auf dem Heimweg sah sie sehr nachdenklich aus, und er wurde nervös.

»Geh schon in unser Zimmer, ich komme gleich…« Sie war bereits im dunklen Flur und warf ihm ihren Mantel in die Arme, bevor sie davoneilte.

Ein paar Minuten später betrat sie, frisch gewaschen, das Zimmer und setzte sich nicht wie gewöhnlich auf seine Knie, sondern in den Sessel gegenüber dem kleinen Sofa. Sie betrachtete ihn aus dunkel gewordenen Augen.

»Was ist, Schatz? Spann mich nicht auf die Folter!«

»Pawlik. Jetzt bin ich mir fast sicher. Ich weiß sogar, daß es ein Junge sein wird. Warte nur ab.«

Kapitel 18

Anna hatte genau ausgerechnet, wann die Wehen beginnen würden, und nun blieben nur noch wenige Tage. Sie wohnte immer noch bei Nadeschda Semjonowna und konnte nicht begreifen, daß seit Pawels Abreise erst sechs Monate vergangen waren. Nein, schon ein bißchen mehr... Es kam ihr wie eine Ewigkeit vor. Wenn es auf dieser Welt eine Ewigkeit gab.

Sie hatten verabredet, daß Anna sofort nach Odessa fahren sollte. Da sie ihr gemeinsames Kind erwartete, würde sie den Dienst nicht mehr fortsetzen. Er hatte sich um die Aufgaben eines Mannes zu kümmern, und sie würde Mutter sein. Sie sollte nicht einmal in einem Krankenhaus in Odessa arbeiten. Anna versprach es bereitwillig, denn nun wurde ihr schon bei dem Gedanken an Krankenhausgerüche übel. Aber wie sich herausstellte, war es nicht so einfach, Petrograd zu verlassen. Die Eisenbahn befand sich in den Händen der revolutionären Arbeiter. Niemand konnte abreisen. Es war unmöglich. Nur einige Sonderzüge durften mit Genehmigung irgendeines Komitees fahren. Nadeschda Semjonowna erzählte, sogar die beiden Duma-Abgeordneten Rodsjanko und Gutschkow seien auf dem Nikolajewski-Bahnhof steckengeblieben.

»Es ist unerhört, wer hätte sich so etwas ausdenken können. Sie wollten ja nicht zu irgendeinem albernen Treffen fahren, sondern zur Abdankung des Zaren. Aber die Arbeiter wollten ihnen keinen Waggon geben – und damit basta. Am überraschendsten finde ich, daß man ihn überhaupt zum Abdanken bewogen hat. Warten Sie ein bißchen, bis sich alles beruhigt hat. Im Moment scheinen die Leute überzuschnappen – man wagt sich kaum auf die Straße.«

Sie hatte recht. Jene fröhliche Verbrüderung des ersten Tages hatte nicht länger gedauert als ein Alkoholrausch. Bereits wenige Tage später sah Anna, wie sich ein paar Matrosen auf einen Gardeleutnant stürzten.

»Her mit der Waffe!«

»Du hast nichts mehr zu befehlen, Gnädigster – nun nimm den Säbel ab!«

»Moment, Leute, erst soll er uns mal vorschriftsmäßig grüßen! A-a-ch-tung, wenn das Proletariat mit dir spricht, du adliges Schwein!«

Bevor Anna begriff, was sich abspielte, hatte der Leutnant seinen Revolver gezogen, und die Männer stürzten sich auf ihn. Es gelang ihm noch, zwei Schüsse abzugeben. Anna konnte die Augen nicht abwenden, als sie dem Leutnant den Mantel vom Leib rissen, einen der toten Matrosen darauf legten und den durchschossenen Kopf des Leutnants mit den Füßen bearbeiteten. Sein Kopf schlug schlaff nach links und rechts…

Sie lief nach Hause und konnte ihr Zittern lange nicht unterdrücken. Der Leutnant hatte nicht wie Pawel ausgesehen, doch Pawel hätte genau das gleiche getan – davon war sie überzeugt. Gott sei Dank hatte er noch rechtzeitig abreisen können. Aber wenn so etwas nun auch an der Front geschah? Die Matrosen hatten nicht wie Matrosen ausgesehen; sie hatten sich Patronengurte von Maschinengewehren um den Leib geschlungen und waren sogar – Anna hätte es beschwören können – gepudert gewesen!

Das hatte sie aus irgendeinem Grund stärker entsetzt als alles andere. Oder vielleicht auch nicht. Sie war sich nicht sicher, aber eines stand fest: Sie konnte es nicht ertragen, solche Dinge zu sehen. An der Front hatte ihr der Anblick von Blut nichts ausgemacht. Doch nun schien ihr ein unsichtbares, mächtiges Wesen zu verbieten, Schreie zu hören oder Tote zu mustern oder zuzuschauen, wenn jemand umgebracht oder zusammengeschlagen wurde. Sie durfte nicht wagen, an solche Dinge auch nur zu denken. Ob es der Kleine war, der sich bemerkbar machte? Wie sie sich verändert hatte: Tagelang blieb sie in der Wohnung, um solche Szenen zu meiden, aber wohin hätte sie auch gehen können, da sie doch so häufig die Toilette aufsuchen mußte?

Nadeschda Semjonowna bürdete sich die ganze Last auf. Sie weigerte sich, das Geld anzunehmen, das Anna bei ihrer Kündigung erhalten hatte. »Das wird Ihnen eines Tages noch nützlich sein. Eine alte Frau wie ich braucht nichts mehr.«

Sie beschaffte Milch und Brot von irgendwoher und empörte sich nicht mehr über die Notwendigkeit, dauernd Schlange zu stehen. Klein und dürr, schien sie jünger zu werden und hielt sich aufrechter als je zuvor. Am Smolny-Institut, das sie »mit Auszeichnung« abgeschlossen hatte, war den jungen Damen eine Haltung beigebracht worden, die ihnen ihr ganzes Leben lang, wenn nicht bis zum Jüngsten Tag, gute Dienste leistete.

»Sie sind wie ein Schutzengel, Nadeschda Semjonowna«, sagte Anna verlegen. »Wie können Sie es nur immer noch mit mir aushalten?«

»Anetschka, mein Kind, nur durch Sie wird mir wohl ums Herz, und Sie reden von ›aushalten‹. In diesem Narrenhaus sind Sie die einzige normale Frau. Sie haben geheiratet und erwarten nun ein Kind… Nicht wie all die anderen Mädchen heutzutage, die wie aufgescheuchte Kätzchen an die Front oder zu Versammlungen rennen. Machen Sie sich bloß keine Sorgen… Bald wird sich alles ein bißchen beruhigen, und dann können Sie abfahren. Ich werde herausfinden, wann wir Ihnen Karten besorgen können. Wie wunderbar Ihr Haar wächst. Wissen Sie, wie wir uns die Haare im Institut gebürstet haben? Hundertmal in eine Richtung und hundertmal in die andere. Hier, ich zeig's Ihnen.«

Sie fing an, Annas Haar zu bürsten, und Anna wurde plötzlich an etwas erinnert, das sie auflachen ließ.

»Nadeschda Semjonowna, wissen Sie, wie Sie aussehen? Entsinnen Sie sich an die alte Hexe in Andersens Märchen, die Gerdas Haar bürstet und sie mit Kirschen füttert, damit sie sich nicht auf die Suche nach ihrem Brüderchen Kai macht?«

»Kirschen – schön wär's, aber ich habe immerhin ein paar Rosinen. Und wenn Sie sich einfallen lassen, an die Front zu eilen und Ihr ›Brüderchen‹ zu suchen, dann kann ich auch Kirschen auftreiben. Und ich würde Sie hinter Schloß und Riegel stecken!«

In jenem Sommer erkannte Anna, daß die Revolution etwas Wildes und Absurdes war. Alles wurde zerstört, nichts wurde aufgebaut. Es gab eine Provisorische Regierung und einen Sowjet der Arbeiterdeputierten, und beide behaupteten, die rechtmäßige Regierung zu sein. Und wie demonstrierten sie ihre Ansprüche? Indem sie – der Mode entsprechend im Stehen – mit Autos durch die Stadt fuhren und irgendwelche Gebäude der anderen eroberten. Unterdessen war die Stadt wie gelähmt. Es gab nur zwei Brotsorten: »Sägemehl«, bröckelig und mit harten Körnern, und »Lehm«, dunkel, feucht, mattgrün und so schwer wie Graberde. Eine dünne Scheibe wog ein Pfund. Aber das schlimmste war der Haß, der sich Bahn gebrochen hatte, und die Dämonen, die in der Stadt wüteten, schienen bereit, jede Grenze zu überschreiten.

Es war eine schwierige Schwangerschaft. Dabei war Anna so gesund. Ihre Beine waren schon angeschwollen, als sich das Durcheinander bei der Eisenbahn fortsetzte und die Gerüchte immer alberner wurden: Die Ukraine sei nun unabhängig und deshalb – eine seltsame Schlußfolgerung – plötzlich mit den Deutschen im Bunde.

Jetzt heizte man nur noch Komiteeräume und öffentliche Gebäude. Züge wurden auf der Strecke ausgeplündert. Anarchie war »die Mutter der Ordnung«. Und so ging es bis Oktober weiter. Anna saß fest, daran gab es keinen Zweifel. Zum Glück kannte Nadeschda Semjonowna einen Arzt, denn Anna konnte nicht daran denken, ihr Kind im Krankenhaus zur Welt zu bringen. Dort herrschten Epidemien, darunter sogar Ruhr.

Es war so qualvoll, daß Anna vor Überraschung nicht einmal stöhnen konnte. Sie glaubte fest, daß sie sterben, daß ihr Rückgrat bersten würde, daß ihr Leben vorbei war. Aber dann begann es von neuem und schien kein Ende zu nehmen. Es dauerte länger als ihr ganzes bisheriges Leben, länger als jede Höllenpein. Plötzlich wurde sie von Wut ergriffen; sie krümmte sich wie ein leidendes Tier und spürte keine Schmerzen mehr. Sie hörte nur die Schreie eines anderen Wesens.

Das Kind – ihr Kind – ein Junge! – betrachtete Anna mit erwachsener, weiser Miene, als wisse es viel mehr als sie. Es weinte nicht, sondern musterte sie nur, so daß sich Anna unbehaglich zu fühlen begann. Das Kind schien daran zu zweifeln, daß sie die richtige Mutter war. Aber dann erkannte es sie wohl doch: Es schmiegte sich an ihre Brust, schmatzte müde und schlief ein. Wie nach einer langen Reise.

Am nächsten Tag war der Junge schon ein gewöhnliches – nein, natürlich ein außergewöhnliches – Baby mit einem dunklen Haarflaum und mit blauen, unverständigen Augen. Ihr Erstgeborener. Oleg Pawlowitsch Petrow. Ein kräftiger Junge, der heftig und gierig saugte.

Nadeschda Semjonowna glitt wie auf Flügeln umher: Wenn sie nicht gerade Anna versorgte, umgurrte sie Oleg und küßte seine rosigen Fersen, oder sie zerriß geräuschvoll alte Bettlaken, um Windeln daraus zu machen. Erst eine Woche später erfuhr Anna, daß ein Staatsstreich stattgefunden hatte und die Bolschewiken – ebenjene Matrosen mit den Patronengurten – an der Macht waren. Man hatte die Minister der Provisorischen Regierung verhaftet. Einige seien später – oder sofort? – brutal umgebracht worden. Auch die Kadetten habe man niedergemetzelt. Nun wurde jeder erschossen, den man in die Finger bekam. Nadeschda Semjonowna, die sich ständig Sorgen machte, seit Klawdija an die Front zurückgekehrt war, bekreuzigte sich dauernd. Sie hatte den Eindruck, daß es nirgendwo auf der Welt gefährlicher sein könne als in Petrograd.

Das Feuerholz war verbraucht, denn der Kachelofen hatte es mit unglaublicher Geschwindigkeit verschlungen. Anna wickelte Oleg warm ein und schlang ihren flauschigen Schal um ihn und sich selbst. Die unermüdliche Nadeschda Semjonowna holte einen hünenhaften Burschen herbei, der Gummischuhe und einen stinkenden Schaffellmantel trug. Er stellte einen kleinen Kanonenofen auf: ein dickbäuchiges Ungeheuer mit gekröpftem Rohr. Seine pechschwarzen Flanken paßten nicht zu den Spitzenüberzügen und -vorhängen der Wohnung, doch dafür konnte er mit Zeitungen angeheizt werden, und ein Exemplar der Zeitschrift »Niwa« genügte, um einen Kessel voll Wasser zu kochen. Als die »Niwa«-Bündel verfeuert waren, ging Nadeschda Semjonowna zu ihren Büchern über. Zuerst verbrannte sie die technischen, die ihr Mann hinterlassen hatte. Dann waren die Bände – mit Goldprägung auf dem Einband – aus den verglasten Bücherschränken an der Reihe.

»Nadeschda Semjonowna! Wie können Sie Flaubert verbrennen?«

»Ach, Mädchen, die Golowanows sind schon bei Tolstoi angekommen, und dabei sind sie nur zu zweit. Aber welche Wahl haben wir denn? Oleschenka ist schon seit drei Tagen nicht mehr gebadet worden, wie kann das angehen? Können Sie Feuerholz hacken, Anetschka? Die Nachbarn haben eine kleine Axt, und der Hausmeister hat sich davongemacht. Sehen Sie, ein ganzer Bücherschrank ist leer. Damit können wir einen ganzen Monat heizen, wenn wir ihn ordentlich in Stücke hacken.«

Von einem Monat konnte keine Rede sein, aber der Bücherschrank reichte immerhin für eine Woche. Dann folgten die Nachttischchen mit den lächerlichen Beinen.

»Klawdjuschka hat sich immer darüber lustig gemacht, daß es bei mir wie in einem Möbelladen aussieht«, frohlockte Nadeschda Semjonowna, »aber nun hat sich gezeigt, wie praktisch das war. Die Zimmer sind nun viel geräumiger, finden Sie nicht?«

Ohne Anna ein Wort zu sagen, verkaufte sie allmählich ihre Familienschätze: eine Goldkette mit einem Medaillon, eine Amethystbrosche und eine silberne Kaffeekanne. Etliche Dinge konnten auch gegen Lebensmittel eingetauscht werden – ein stupsnasiger Soldat legte sich sogar

einen abgeschabten Damenmantel für vier Laib Brot zu. Das Mädchen mußte essen, damit ihr, Gott behüte, nicht die Milch ausging! Das einzige, was Nadeschda Semjonowna aufbewahrte, war ein Robbenfellmantel. Sie würde nicht ewig eine Großmutter sein, denn früher oder später mußte Anetschka abreisen. Schon der Gedanke erfüllte sie mit Entsetzen: Anna würde abreisen und ihr Baby mitnehmen – einen so ungewöhnlichen, wunderbaren kleinen Jungen, der schon so listig zu lächeln verstand. Wie würde sie jetzt ohne die beiden auskommen, die doch zu ihrem ganzen Lebensinhalt geworden waren?
Und Annas Eltern? Wo waren diese Eltern, als der Junge geboren wurde? Und eine Steißgeburt war es gewesen. Nachdem Annas Hochzeitskerzen abgebrannt waren, hatte Nadeschda Semjonowna die beiden Kerzen angezündet, die sie von ihrer eigenen Trauung aufbewahrt hatte, aber die Wehen gingen weiter. Das war Brauch bei einer Geburt: Die Hochzeitskerzen wurden vor einer Ikone abgebrannt. Im Grunde war Anna ihre Tochter und Oleg ihr Enkel, denn ohne sie hätten die beiden vielleicht nicht überlebt. In dieser kalten, hungernden Stadt schien der einzige warme Lichtkreis in ihrer Wohnung zu sein und die beiden zu umgeben: Anna stillte den Kleinen, und er – rund und rosig – schmatzte, als hätte die Revolution nie stattgefunden. Aber irgendwann würden die beiden sie verlassen, und es würden nur noch Kälte und Dunkelheit bleiben. Welchen Sinn hatte das Leben dann noch?
Sie unterdrückte diese Gedanken mit grausamer Befriedigung, verkaufte ihren Mantel nicht und bereitete eine Reiseausstattung für Oleg vor. In der Ukraine sollte es reichlich Lebensmittel geben, vielleicht sogar Sahnetorten, wie es hieß. Der Junge, ihr Junge, würde dort nicht umkom-

men. Sie sprach bei allen möglichen Komitees vor: Gab es denn niemanden, der die Stadt verlassen durfte?

Eines Tages kehrte sie aufgeregt von einem ihrer Ausflüge zurück.

»Anetschka, mein Kind, alles wird gut! Eine Schauspieltruppe fährt über Moskau nach Kiew, um Gastspiele zu geben. Die Genehmigung ist schon ausgestellt, und es gibt die Möglichkeit, Sie mit auf die Liste zu setzen. Ich habe mit dem Impresario gesprochen – ein so netter, sensibler Mann, und er versteht alles. Aber Sie müssen zum Kommissar gehen, ich meine zum Kommissar für... Oh, es war ein komplizierter Titel, und nun habe ich ihn vergessen... Jedenfalls müssen Sie seine persönliche Erlaubnis einholen, und er gibt Ihnen dann die Papiere. Anschließend können Sie sich nach Odessa aufmachen.«

»Nadeschda Semjonowna, ich bin keine Akteurin!«

»Ach, wer kümmert sich heute schon darum! Die Stadnizkis meinen, daß ein Korrektor von ›Nowoje slowo‹ als Tanzbär verkleidet mit einem Reisezirkus verschwunden ist. Lachen Sie nicht, er hat sich selbst in ein Bärenfell eingenäht, und auf dem Bahnhof zwangen ihn die Soldaten sogar, für sie zu tanzen, aber jedenfalls ist er entkommen! Und in letzter Minute, denn am nächsten Tag sollte er verhaftet werden. Ich hole ein paar Reisetaschen für Sie. Der Koffer ist zu schwer, und außerdem wird er im Moment gebraucht...«

Sie warf einen zärtlichen Blick in die Ecke, wo der Koffer an mehreren Schnüren hing. Oleg, überaus zufrieden mit seiner Wiege, schlief friedlich darin. Der Rand eines Orenburger Spitzenschals lugte aus dem Koffer, und sie zupfte ihn zurecht.

Jemand hämmerte an die Tür. »Öffnen im Namen der Revolution! Hausdurchsuchung!«

Nadeschda Semjonowna bekreuzigte sich und öffnete die Tür. Vier Männer traten ein. Der erste, ganz in Leder gekleidet und mit zwei Revolvern, schien der Anführer zu sein. Der zweite trug eine Eisenbahnermütze und einen Biberpelz mit Kugellöchern in der Bauchgegend. Sie wurden von einem Matrosen mit träumerisch geweiteten Pupillen und von einem vielleicht elfjährigen Jungen begleitet, der fröhliche Mäuseaugen hatte; er trug eine kurze, pelzgefütterte Jacke und die Stiefel eines Erwachsenen.

»Wir beschlagnahmen Waffen und bourgeoise Wertgegenstände im Namen des Komitees für städtische Armut. Ich empfehle Ihnen, uns die Sachen freiwillig auszuhändigen.«

»Mein Gott, wir haben doch gar nichts!«

»Das werden wir gleich feststellen. Mischutka, fang in der Küche an. Heutzutage verstecken sie ihre Diamanten am liebsten in Teekannen.«

Der Junge durchstöberte die Wohnung, während der erste Mann – der in Leder – Anna verhörte.

»Sie wohnen also hier – mit welcher Berechtigung?«

»Das ist meine Tochter, sie ist Schauspielerin und möchte sich von mir verabschieden, bevor sie auf Tournee geht«, erklärte Nadeschda Semjonowna hastig.

»Nun, der Hausmeister sagt da was anderes. Seien Sie jetzt still, Mütterchen, Sie kommen schon noch an die Reihe.«

Der Junge hatte in der Küche bereits alle Brot- und Marmeladevorräte aufgegessen und wühlte nun in den Schränken. Der Mann im Biberpelz verschnürte die Silberrahmen der Ikonen zu einem Bündel. Die herausgeschüttelten Ikonen lagen nun auf dem Boden herum, und die Männer traten mit ihren Stiefeln auf sie. Der Matrose näherte sich

grinsend dem Koffer. »Habt ihr Waffen unter dem Baby versteckt?«
Anna stürzte zu ihrem Sohn, doch der Matrose hatte ihn schon wie ein Kätzchen mit seiner riesigen Hand, auf die ein Herz und ein Anker tätowiert waren, herausgezogen. Der Junge kramte in dem Koffer, doch der Matrose gab Anna das Kind nicht zurück. Er hielt Oleg zum Licht empor, und Anna sah entsetzt, wie sein Köpfchen wackelte. Er hatte gerade erst angefangen, den Kopf ohne fremde Hilfe aufrecht zu halten.
»Und was bist du für die proletarische Revolution? Ein bourgeoiser Knirps oder ein Offizierspüppchen. Antworte, du Wurm!«
Anna unterdrückte den instinktiven Drang, aufzuheulen und sich in der Kehle des Matrosen zu verbeißen. Er war offensichtlich im Kokainrausch. Eine falsche Bewegung, und wer weiß, was er dem Kind antun würde. Mutter Gottes, hilf!
Oleg drehte sein Köpfchen und bedachte den Matrosen mit einem seligen, zahnlosen Lächeln. Der Matrose lachte plötzlich schallend.
»He, der kleine Schurke grinst! Er gehört zu uns. Was für ein Schnäuzchen! Einer von unseren Kumpeln hat's wohl dieser Schauspielerin besorgt – so was spüre ich. Was meinen Sie, Genosse Kommissar? Hier, Fräulein, nimm deinen Schatz. Wie heißt er? Oleg? Das ist ja toll, ich heiße auch Oleg – wir sind also Namensvettern. Jetzt hör dir meinen revolutionären Befehl an: Daß du dich bloß gut um Oleschek kümmerst. Oder ich kenne keine Gnade! Genosse Kommissar, sollen wir denen nicht was zu fressen dalassen? Damit der Erbe der Revolution gefüttert wird, meine ich.«
»Beruhigen Sie sich, Genosse Korotin«, sagte der Mann in

Leder verächtlich. »Wir haben 'ne Menge Arbeit, und Sie machen sich 'nen Spaß. Mischutka! Hör mit dem Blödsinn auf!«

Die letzten Worte waren an den Jungen gerichtet, der im Flur einen Besen gefunden hatte und ihn nun in den Kristalleuchter schmetterte, der seit einer Ewigkeit nicht mehr funktionierte. Die abgeschlagenen Kristalltropfen stopfte er sich emsig in die Taschen.

Endlich verließen sie, mit allen möglichen Gegenständen beladen, die Wohnung. Zum Abschied gab der Matrose Anna einen schmatzenden Kuß und feuerte mit seinem Revolver an die Decke. Nadeschda Semjonowna schluchzte leise, während sie die Ikonen vom Boden aufsammelte. Und Anna drückte ihr Kind an sich: Nie wieder wollte sie es aus den Armen lassen! Weder bei Tag noch bei Nacht, bis dies alles vorbei war.

Aber schon am nächsten Tag mußte sie den Jungen, nachdem sie ihn gefüttert hatte, in Nadeschda Semjonownas Obhut zurücklassen, damit sie ihren Passierschein auf dem Kommissariat abholen konnte. Ihr war klar, daß sie ihren Sohn verschweigen mußte, denn welche Truppe ging schon mit einem Neugeborenen auf Tournee? Wie sie das beim Besteigen des Zuges, wo man die Passierscheine überprüfte, anstellen sollte, das blieb vorläufig ein Rätsel. Aber irgendwie würde es ihr gelingen – sie mußte einfach fort. Oleg, gescheit wie er war, gab in ihren Armen nie einen Laut von sich. Er war noch so winzig, daß sie ihn unter ihrem Schal in den Zug schmuggeln könnte. Der feuchte Schnee gluckste unter ihren Schuhen, die nun so durchnäßt waren, daß ihre Füße nicht einmal mehr froren. Sie mußte mehrere Stunden in einem ungeheizten Wartezimmer sitzen, während ihre Brüste bereits Milch absonderten. Aus dem Getuschel der nervösen Antragsteller hörte Anna heraus, daß »er« zwar »völlig von Patronengurten bedeckt«, aber kein brutaler Mann sei. Aber außerdem war noch von »ihr« – vielleicht seiner Frau, vielleicht auch nicht – die Rede; sie habe hier den Verstand, und er tue genau das, was sie sich einfallen lasse. Offenbar liebte sie Rubine ihrer revolutionären Farbe wegen, während andere Edelsteine sie weniger begeisterten. Sie sei hier Sekretärin und trage ein Kleid aus Vorhangstoff.

Als Anna endlich an der Reihe war und durch die heilige Tür treten durfte, fand sie sich tatsächlich vor einer schwammigen Frau in einem fliederfarbenen Samtkleid wieder. Hinter ihrem Tisch war eine zweite Tür, und dort saß vermutlich »er«. Die Frau betrachtete Anna schläfrig.

»Papiere?«

Plötzlich schien sie aufzuwachen. Nun blickte sie nicht mehr Anna an, sondern schaute an ihrem Kopf vorbei – nein, sie musterte ihren Kopf! Wieso? Ob ihr Haar zerzaust war? Nein, unmöglich. Dann begriff Anna, daß die Frau ihren Hut anstarrte. Seit langem war es allen gleichgültig, was sie trug, und Anna besaß nur diesen einen Hut – den violetten, den sie zusammen mit Pawel gekauft hatte. Was für ein glücklicher Zufall: Der Hut hatte genau die gleiche Farbe wie der Vorhangstoff der Frau. Anna hatte noch nie jemanden bestechen müssen, und sie wußte nicht, wie sie es anstellen sollte. Wurde erwartet, daß sie etwas sagte? Oder nicht?

Sie nahm den Hut stumm ab und legte ihn auf den Tischrand. Die Frau in dem Vorhangkleid sah ihn beifällig an.

»Aus Paris?«

»Aus Paris«, log Anna leichten Herzens.

Zwei Tage später begleitete Nadeschda Semjonowna ihre beiden Schützlinge bis zum Bahnsteig. Weiter konnte sie sich nicht vorwagen, denn dort standen Soldaten mit Bajonetten. Und noch weiter hinten überprüfte man bereits die Papiere der Reisenden.

»Passen Sie auf sich auf, mein Kind, und auf ihn auch«, murmelte die alte Frau und machte rasch das Zeichen des Kreuzes über Anna, ihrem Schal und ihren Taschen. Zu Hause und unterwegs hatte sie Oleg mit Küssen bedeckt. Und sie hätte es am liebsten auch hier getan, doch es war zu gefährlich, den Schal zu öffnen. Deshalb küßte sie Anna.

»Nehmen Sie sich in acht, bitte... mein Goldkind!«

Plötzlich wurde Anna klar, daß sie abreisen würden und Nadeschda Semjonowna nun sterben mußte. Allein, in einem kalten Zimmer. Ihre Wohnung hatte sie bereits verloren, denn diese war einen Tag nach der Durchsuchung »kommunalisiert« worden, wie man es jetzt nannte. Nadeschda Semjonowna war kurzerhand in das frühere Hausmeisterzimmer verfrachtet worden, während jemand anders in ihre Wohnung einzog. Und man hatte ihr nicht erlaubt, ihre Sachen mitzunehmen, außer einer Garnitur Kleider, einem zweiten Paar Schuhe und ihren Ikonen.

»Nun, du Ausbeuterin, kannst du mit dem Opium des Volkes heizen!«

Diese Frau hatte sowohl Anna als auch ihr Kind gerettet. Und jetzt verriet Anna sie durch ihre Abreise, weil sie ihren Sohn retten mußte. Doch Nadeschda Semjonownas Augen ließen nichts als Freude erkennen: Es war geschafft! Gott sei Dank, sie reisten ab, und bald würden sie in der Ukraine sein, wo es Milch für Oleschek und sogar weiße Brötchen gab! Für sich selbst verspürte sie keinen Kummer. Alles war nun geregelt, und sie hatte keinen Grund, traurig zu sein. Anfangs hatte ihr Egoismus sie gequält, aber dann hatte sie sich besonnen und sich ganz unbeschwert gefühlt. Sie würde in ihr Zimmerchen zurückkeh-

ren und schlafen, schlafen, schlafen. Die geschäftigen Tage waren vorbei. Sie brauchte sich um niemanden mehr Sorgen zu machen. Oleg begann unter dem Schal zu zappeln, und Anna ging, nachdem sie die alte Frau zum letztenmal geküßt hatte, zu ihrem Waggon.
»Nicht umdrehen! Das bringt Unglück!« hörte sie die alte Frau noch mit leiser Stimme flüstern.

Kapitel 19

»Herr, erbarme dich, was hat ein Kind denn hier zu suchen? Ja, ich erinnere mich an unsere Vereinbarung, aber von einem Kind war keine Rede. Natürlich liebe ich Kinder und so weiter, aber das hier ist doch eine Schauspieltruppe. Man wird uns kontrollieren, und seinetwegen wird keiner durchkommen. Schauspielerinnen nehmen ihre Kinder nicht mit auf Tournee, begreifen Sie doch!«

Der rundliche Impresario regte sich derart auf, daß kleine Schweißtropfen auf seiner fleischigen Nase erschienen.

»Wir fahren schon, Gott sei Dank. Von nun an schlage ich mich eben allein durch«, erwiderte Anna besänftigend. »Ich verstehe Sie und werde bestimmt nicht…«

»Aber wie können Sie sich selbst durchschlagen, wenn Ihr Name auf dem Sammelpassierschein steht! Was soll ich sagen – daß eine unserer Schauspielerinnen unterwegs verlorengegangen ist? Ach, diese Frauen – nicht das geringste Verantwortungsgefühl!«

Anna antwortete nicht und begann, Olegs Windeln zu wechseln. Sie hoffte, die schmutzigen bei einem Halt mit Schnee waschen zu können. Gewiß würde der Zug hin und wieder haltmachen. Trotzdem, je seltener, desto besser. Aber wie sollte sie das Kind stillen? Das Abteil war brechend voll, und die Männer… Trotzdem machte sie unter dem Schal, der auch Oleg bedeckte, ihre Brust frei.

Niemand schien Anstoß zu nehmen, also war die Tarnung gelungen.
Unterdessen hatte sich die Truppe immer noch nicht beruhigt.
»Wirklich, Arkadi Iljitsch, ich habe nicht gedacht, daß Sie Fremde mitnehmen. Und ich protestiere!« empörte sich die gewaltige Luisa, Altistin und für komische Rollen zuständig. »Ich kann nicht im selben Abteil mit einem Baby fahren! Das Geschrei und die Windeln … Wie soll man da nachts schlafen? Sie haben uns doch gewisse Bedingungen versprochen …«
»Luisa, mein Pfirsich! Aphrodite meiner Seele! Nur keine Panik. Sie kann das Kind ja schließlich nicht auf den Bahndamm werfen! Ein Baby bringt Glück. Und wegen der Unbequemlichkeit brauchen Sie sich keine Sorgen zu machen. Die ganze Reise wird so unbequem werden, daß Sie diesen Schreihals gar nicht bemerken«, schaltete sich ein kleiner Mann mit ausdrucksvollem Gesicht und hervorstehenden Kiefern ein. Das war der Coupletsänger Schtschelkunow, den alle »Nußknacker« nannten, ein Name, den er sich gefallen ließ.
Die anderen Mitglieder der Truppe waren Raja, Sopranistin und Vortragskünstlerin, Gruscha, ein Zigeunermädchen, das sich mit tragischen Rollen und Wahrsagerei befaßte, und Genrich, Tenor und erster Liebhaber. Die Truppe nannte sich »Theater der neuen Formen«, womit sich offenbar erklärte, weshalb sie zwei Souffleure hatte: einen älteren Herrn mit dem Aussehen eines Advokaten und einen blonden Halbwüchsigen, fast noch ein Kind, der vor Schüchternheit stotterte. Diese beiden schienen ebenfalls niemanden zu kennen, und Anna begriff, daß sie nicht die einzige »Fremde« war.
Raja und Gruscha pflichteten dem Coupletsänger sofort

bei. »Was für ein hübsches Kind! Und man sieht es, ein kleiner Junge.«

»Ach, mein Süßer! Und Grübchen hat er. ›Hänschen klein ging allein‹ ... Gruscha, guck mal, wie er lacht! Das geht schon in Ordnung, meine Liebe... Wie heißen Sie? Anna? Anjutotschka, achten Sie nicht auf Luisa, die macht dauernd Trara, aber sie hat ein gutes Herz.«

»Was soll das heißen – ich ›mache dauernd Trara‹?« fragte Luisa wütend.

»Oh, Sie Unvergleichliche! Möchten Sie, daß ich ihn adoptiere?« meinte der Nußknacker und bleckte die Zähne. »Und Genrich adoptiert ihn auch. Stimmt's, Genrich? Er soll die Kinderrollen spielen. Was macht das schon, daß er noch nicht sprechen kann? Bis wir diese Reise beendet haben, ist er erwachsen, oder mein Name ist Hase«, setzte er unheilschwanger hinzu.

Der Impresario breitete nur seine quadratischen Handflächen aus, und Anna fiel eine Last von der Seele. Ihre Stimmung hob sich, denn die heitere Atmosphäre dieser leichtsinnigen Künstlerwelt steckte sie bereits an.

Den Prophezeiungen des Nußknackers zum Trotz erreichten sie Moskau ohne größere Schwierigkeiten. Der Zug hielt zweimal an, und alle mußten aussteigen. Beim erstenmal befahl man ihnen aus unbekannten Gründen, sich in einen Güterzug zu setzen, und beim zweitenmal standen sie, dicht aneinandergedrängt, für sechs Stunden im Schnee. Dann durften alle wieder einsteigen. Niemand stellte Fragen, und die Passagiere benahmen sich bereitwillig so, als ob diese Zwischenfälle ganz normal seien. Sie wandten sich nicht einmal von den blendenden Laternen ab, mit denen die Soldaten ihnen beim Überprüfen der Papiere ins Gesicht leuchteten, und gaben sich Mühe, nicht zu blinzeln. Von Zeit zu Zeit drangen Schreie durch den

Zug, wenn man in einem der Abteile einen Dieb gefaßt hatte und ihn unter die Räder warf oder wenn die Plätze in den Waggons neu verteilt und die Gepäckstücke von Reisenden hinausgeschleudert wurden. Aber die Truppe blieb zusammen, und da ihr immerhin fünf Männer angehörten, blieb sie von den brodelnden Leidenschaften der anderen Passagiere verschont.
In der Nähe von Moskau wurde der Zug für neun Tage auf einem Nebengleis abgestellt. Es hieß, daß zuerst Truppentransportzüge beladen würden. Außerdem gingen Gerüchte um, daß die Bolschewiken aus der Stadt flüchteten, aber vorher noch alle Bewohner Moskaus erschießen würden. Ein weiteres Gerücht besagte, daß niemand mehr in die Ukraine gelassen werde. Noch viele andere Dinge waren zu hören, denen Anna bereits keine Aufmerksamkeit mehr schenkte. Sie selbst hatte beobachten können, wie einige dieser Gerüchte aufkamen. Es war seltsam, daß es immer noch Menschen gab, die andere erschrecken wollten. Vielleicht fühlten sie sich besser, wenn ihr Nachbar noch mehr Angst hatte als sie selbst. Aber Anna suchte bereits nicht mehr nach Gründen. Die Welt war ohne Zweifel verrückt geworden, sie war aus den Angeln gehoben und riß nun alle mit sich ins Unbekannte. Innerhalb dieses Wahnsinns waren einige komplizierte Systeme wirksam, und Anna durchschaute sofort einen Teil davon. Fragen durften nicht gestellt werden, niemandem. Bestenfalls wurden die Menschen wachsam und wichen Antworten aus. Aber sie konnten auch jähzornig werden. Und man durfte niemanden längere Zeit ansehen, wenn man Wutanfälle vermeiden wollte. Und Gerüchten durfte man keinen Glauben schenken, wenn man nicht selbst verrückt werden wollte.
Endlich fuhr der Zug in den Bahnhof ein. Dort mußten sie

noch einmal umsteigen und ihr Gepäck überprüfen lassen. Man hörte, daß Pelze beschlagnahmt würden, weshalb Luisa hastig die Ärmel von ihrem Mantel abtrennte. Wenn man ihn nicht mitnahm, konnten die Ärmel später wieder angenäht werden. Von mehreren Seiten rannten etliche jüngere und ältere Damen auf den Impresario zu.

»Teuerster, Sie haben doch Requisiten! Legen Sie diese Sachen dazu. Völlig wertlos: Glasperlen, ich schwöre es, Glasperlen!«

Und sie hielten ihm Schals und Blusen mit verdächtig wirkenden, hastig aufgenähten Steinen hin. Anna hüllte sich fröstelnd in Nadeschda Semjonownas Robbenfellmantel. Er hatte zu kurze Ärmel und war ein wenig eng geraten, aber was hätten Oleschek und sie ohne ihn getan? Es wäre schwierig gewesen. Vielleicht würde man ihn nicht beschlagnahmen. Oleschek gewöhnte sich recht leicht an das Nomadenleben. Anna ließ ihn keine Minute aus den Armen, und das mit Recht. Schon ein paar Stunden nach der Abfahrt aus Petrograd hatte der Zug jäh gebremst, da die Weichen nicht funktionierten. Und alles auf den oberen Kojen – Menschen wie Gepäck – krachte herunter. Die mit Eisen beschlagene Truhe einer Frau traf einen pockennarbigen alten Mann am Kopf und riß ihm fast das ganze Ohr ab. Anna verband ihn so gut wie möglich.

Sie knüpfte Oleg mit dem Schal vor ihre Brust, so daß er ständig an ihr hing. Das hatte einen unmittelbaren Vorteil: Sie lernte, seine Bewegungen zu erkennen, bevor eine weitere Windel gewaschen werden mußte. Innerhalb einer Woche gelang es ihr fast immer, die Windel zu retten. Es war einfacher, eine leere Konservenbüchse mit Schnee auszuspülen, und der Inhalt konnte unterwegs aus dem Fenster geschüttet werden.

»Ach, du Knirps! Sieh mal, Gruscha, was für einen Strahl

er losläßt!« meinte Raja belustigt. »Das wird ein Scharfschütze.«
Die Schauspieler, die an das Wanderleben und an rasche Freundschaften gewöhnt waren, schlossen die beiden bereits in ihre Scherze und in ihre Familienbeziehungen ein. Als Luisa entdeckte, daß Anna nur Zwieback und einen Klumpen steinharter Halwa zu essen hatte, hielt sie ihr sogar einige hartgekochte Eier aus ihren eigenen Vorräten hin.
»Sie ziert sich noch! Aber wenn Sie keine Milch mehr haben, wird uns dieser kleine Schreihals das Leben zur Hölle machen – und es ist schon so schlimm genug!« brüllte sie wütend und achtete sorgfältig darauf, daß Anna alles bis auf den letzten Krümel aufaß.
Die Durchsuchung fand im Bahnhofssaal statt, und der Impresario machte sich zur Gepäcküberprüfung durch die Tscheka auf. Was er dort mit den Tschekisten absprach, blieb unbekannt. Aber er konnte sich mit ihnen einigen, und als er zurückkehrte, schien das Leuchten seines kahlen Schädels seine genialen Fähigkeiten zu unterstreichen.
»Anna, meine Gute, was für ein Glück wir haben! Kommen Sie mal eben mit. Nicht drängeln, Madame, diese Bürgerin steht hier in der Schlange – gleich ist sie wieder da!«
Sie gingen zu einer Säule hinüber, und der Impresario flüsterte: »Wissen Sie, was der Kommissar hier sammelt? Dann will ich Sie aufklären: Orden! Schnell, geben Sie mir Ihren Stanislaw, und dann haben wir es blitzgeschwind hinter uns! Warum gucken Sie mich so an? Sie sind doch hoffentlich keine Fetischistin. Und was wollen Sie tun, wenn Sie bei der Durchsuchung gefragt werden, woher eine Nebendarstellerin einen Stanislaw hat?«
Anna war keine Fetischistin. Außerdem wurde dort vorn

jemand fast nackt ausgezogen, und der Schrei einer Frau schrillte durch den Saal. Man trieb eine Gruppe von Menschen, die bei der Durchsuchung festgenommen worden waren, mit Gewehrkolben an die Wand, und wer Widerstand leistete, wurde mit einem Bajonett gestochen. Anna entfernte das Kreuz mit der dunkelroten Emaille und den kunstvollen Adlern vom Futter ihres Mantels und spürte zum letztenmal, wie angenehm schwer es war. Auch der ältere Souffleur hatte eine Medaille »Für Arbeiten im Zusammenhang mit der vorzüglichen allgemeinen Mobilisierung von 1914« hervorgezaubert, und der triumphierende Impresario enteilte in die feuchte Dunkelheit.

Man ließ sie ohne Schikanen durch und rührte nicht einmal ihre Pelzkleidung an. Oleg blieb unbemerkt, und als einziges wurde ein Theaterdegen beschlagnahmt. Man brachte sie in einen Waggon zweiter Klasse und gab ihnen noch dazu einen Passierschein, damit ihr Gepäck im weiteren Verlauf der Reise als Teil der Requisiten behandelt wurde. Die Zugräder ratterten friedlich, während die entrüstete Luisa vergeblich versuchte, die Ärmel wieder an ihren Pelzmantel zu nähen.

»Gruscha, du bist doch Zigeunerin. Wieso hast du keine Zaubernadel?« fragte sie erbittert. Offenbar wäre sie weniger verärgert gewesen, wenn man ihr den Mantel abgenommen hätte. Dann hätten die Tschekisten die Ärmel selbst annähen müssen. Anna half ihr bei der Arbeit, und bald war alles beim alten.

»Aussteigen, wir sind da!«

Dies war bereits der Grenzbahnhof, wo ihnen der gefährlichste Übergang bevorstand. Wer hier nicht in die Ukraine einreisen durfte, würde nicht einmal nach Moskau zurückkehren können – das war bekannt. Solche Passagiere würden nirgendwohin zurückkehren. Anna sprang hinter den anderen auf den feuchten Bahndamm. Ihr Waggon war der letzte und hatte den Bahnsteig nicht erreicht. Im hin und her schwankenden Licht der Laternen funkelten Bajonette, und den Mänteln der Soldaten haftete Hundegeruch an. Das alles war bereits nichts Neues mehr, doch Anna bemerkte plötzlich einen Hund, der etwas Langes, das mit gespreizten Fingern über den Kies kratzte, vom Bahndamm heranschleifte. Eine Hand? Sie mußte es sich eingebildet haben. Aber sie hatte die gekrümmten Finger ganz deutlich gesehen!

Im Bahnhofshäuschen war das Verhör bereits im Gange. Der Kommissar trug nicht nur die übliche Lederjacke, sondern hatte sich auch noch einen Ledermantel übergeworfen. Er sah aus wie Marat und schien das auch zu wissen, denn er versuchte dauernd, den Kopf zu drehen und sein Profil zu zeigen. Auch während er sprach, wandte er den Kopf zur Seite.

»Ein ›Theater der neuen Formen‹ also? Und bitte sehr, mit zwei Souffleuren. Das ist wirklich eine dramatische Neuerung.«

Und dann fing Oleg unter dem Schal an zu weinen.

Genau das hatte der Impresario befürchtet. Aber auch jetzt erwies er sich als so schlau wie ein Fuchs und so sanft wie eine Taube. Er redete auf den Kommissar ein, daß ein Baby unerläßlich für das revolutionäre Repertoire der Truppe sei, denn sie vertrete einen symbolisch-realistischen Stil: Zum Beispiel dürfe sie statt eines Degens ein Stück Pappe mit der Aufschrift »Degen« verwenden, aber eine Puppe anstelle eines Babys sei ganz und gar unzulässig. Er log wie von einer höheren Eingebung beflügelt, bezog sich auf Meyerhold und sogar Tschechow und veranlaßte den Kommissar schließlich zu einem Lächeln.

»Sehr schön. Morgen können Sie eine Vorstellung für das hiesige Proletariat geben. Unter Teilnahme sämtlicher Mitglieder Ihrer Truppe. Wir wissen die Kunst nämlich auch hier zu schätzen. Und übermorgen können Sie weiterfahren – vorausgesetzt natürlich, daß Ihre Vorstellung uns gefällt. Vorläufig werde ich Sie für eine Nacht unterbringen lassen. Eine zweite ist vielleicht nicht nötig, und Sie verstehen schon, bei uns haben sich so viele Leute angesammelt…«

Man führte sie in die Wohnung eines örtlichen Schusters. Seine Frau und er waren außer sich vor Angst. Sie machten rasch und schweigend ein Zimmer für die Truppe frei und geleiteten ihre sehr stillen Kinder in die Küche. Genauso stumm brachten sie einen Kessel mit kochendem Wasser und einen Topf Graupensuppe – und verschwanden. Aus der Küche war danach nicht einmal mehr ein Rascheln zu hören.

»Nicht verzagen, nicht verzagen! Auf in den Kampf, Torero!« summte der Nußknacker und verteilte fröhlich Suppenschüsseln auf dem Tisch.

»Haben Sie eine Idee?« fragte der Impresario finster.

»Wann hatte ich denn jemals keine Ideen? Glauben Sie, daß ich immer Schauspieler gewesen bin? Dann darf ich Ihnen mitteilen, daß ich früher Künstler war! Sie möchten den Unterschied wissen? Lassen Sie mich erklären: Ein Schauspieler lernt seine Rolle von einem Stück Papier, der Künstler dagegen improvisiert dauernd. Für ihn ist das ganze Leben ein Spiel.«

Vom Eisenbahndamm drangen Geheul und vier kurze Knallgeräusche herüber.

»Wenigstens werden die Leute hier erschossen«, sagte Gruscha mit einem bösen Grinsen. »Im westlichen Kordon sollen Offiziere bei lebendigem Leibe verbrannt worden sein. Und wollt ihr wissen, wie? Man hat sie mit Petroleum übergossen, und das war's!«

»Genug von den Schauergeschichten, liebreizendes Wesen! Sie haben gefragt, wie ich Künstler geworden bin?« fuhr der Nußknacker fort, obwohl niemand eine solche Frage gestellt hatte. »Also, ich habe als Badegehilfe, Jockey, Straßenbahnschaffner und Glücksspieler gearbeitet! Nach alledem ist das Theater – nehmen Sie das nicht persönlich – das reinste Zuckerschlecken. Wir kriegen diese Vorstellung schon hin. Ich sehe alles schon vor mir. Und ich garantiere, man wird uns mit Ovationen und revolutionären Schüssen in die Decke verabschieden! Und nur in die Decke!«

Die Truppe faßte Mut, und bis zum Morgen hatte sie sich ein klareres Bild von der Darbietung gemacht. Schon bei der ersten Probe kam die verrückte Hoffnung auf, daß man es schaffen würde. Alle mußten nur im Gedächtnis behalten, daß Unverschämtheit, um mit dem Nußknacker zu sprechen, »Glück ersetzen kann«. Der einzige, der sich überhaupt nicht vor der Premiere fürchtete, war Oleg, wodurch er zum zuverlässigsten Mitglied der Truppe wurde.

In einer Holzbaracke befanden sich eine Bretterbühne und so etwas wie ein Heuboden, der einer Galerie ähnelte. Auch dort quetschten sich Zuschauer hinein. Insgesamt drängten sich ungefähr zweihundert Menschen, die alle bewaffnet waren, im »Theater«. Unter ihnen waren sogar einige Frauen in Offiziersmänteln mit abgerissenen Epauletten und mit Glasperlen an den Hüten. Einige trugen auch Mützen und rauchten Machorka.

»Werte Genossen!« begann der Nußknacker, der den Conférencier spielte, mit einem breiten Grinsen auf seinem Riesengesicht. »Wir möchten Ihnen Szenen aus dem tapferen Ringen revolutionärer Untergrundkämpfer mit dem verfluchten Zarenregime zeigen. Sie sind natürlich über die neue proletarische Kunst auf dem laufenden, aber ich werde vorsichtshalber eine kurze Erklärung dazu abgeben. Dieser Souffleur hier ist die Stimme der bourgeoisen Presse. Und zur Rechten steht ein zweiter, den man geknebelt hat – er ist die Stimme des Volkes unter der gemeinen zaristischen Rechtlosigkeit. Er macht revolutionäre Gesten, die die Helden zu ihren Großtaten beflügeln. Außerdem zeigen wir Ihnen einen zaristischen Gendarmen – den Mann da drüben mit den Schulterstücken aus Papier. Wir bitten Sie, im Verlauf des Stücks nicht auf ihn zu schießen, denn er ist ein Schauspieler von unverfälscht proletarischer Herkunft. Sollten Sie Ihre Leidenschaft nicht im Zaum halten können, dann bitte ich Sie, freundlicherweise in die Decke zu schießen. Und bitte fallen Sie in den Revolutionsgesang ein, mit dem wir die Vorstellung beenden. Danach wird die sowjetische Zigeunerin Gruscha allen Interessierten ihr Schicksal aus den schwieligen Handflächen lesen.«

Ein so unglaubliches Schauspiel hatte noch niemand gesehen – nicht einmal Anfang 1918 und nicht einmal in Rußland. Das Publikum hatte einfach Glück gehabt und begann, sich dessen bewußt zu werden. Genrich stellte einen Arbeiter der Putilow-Werke dar, Anna seine Frau und Oleg seinen Sohn. Ihre Hauptbeschäftigung bestand natürlich darin, bolschewistische Literatur zu verteilen und Dynamit zu lagern. Ihre schurkische Hauswirtin, gespielt von Raja, rief einen Gendarmen zur Durchsuchung herbei. Diesen verkörperte der Impresario höchstpersönlich. Luisa übernahm die Rolle einer revolutionär gesinnten Großmutter, die den Gendarmen schimpflich mit dem Besen aus der Wohnung jagte. Doch zuvor suchte er in der Wiege des Säuglings nach typographischen Lettern, und

der Junge mußte ihm mit erstaunlichem Klasseninstinkt die Uniform durchnässen. Zu diesem Zweck hatte der Nußknacker vorsorglich eine unverschraubte Feldflasche mit Wasser in der Windel untergebracht.
Es war der Höhepunkt des Stücks, und als Oleg, nachdem der Gendarm-Impresario ihn hochgehoben hatte, verständlicherweise losbrüllte, tobte das Publikum vor Entzücken.
»Guck mal, er ist lebendig! Ein richtiges Baby!«
Ein unglaublich großer, dunkler Fleck breitete sich auf der behelfsmäßigen Uniform des Gendarmen aus, er machte ein dümmliches Gesicht, und die Zuschauer lachten höhnisch. Niemand feuerte auf den Gendarmen, er wurde nur mit Salzgurken und einer leeren Flasche beworfen. Da eine Zugabe verlangt wurde, prügelte Luisa noch achtmal mit ihrem Besen auf den Gendarmen ein. Und alle schlossen sich einmütig an, als Gruscha die Marseillaise sang.
Der Kommissar persönlich schüttelte jedem Schauspieler die Hand und räumte ein, daß er ihnen zunächst nicht geglaubt und in der ersten Wut fast geplant habe, sie erschießen zu lassen. Aber sie hätten ihn zutiefst gerührt, und nun sei er bereit, sogar ihr Gepäck durchzulassen. In seinem Gefühlsüberschwang schenkte er ihnen »für weitere Erfolge« sogar ein Paar neue Gendarmen-Schulterstücke, an denen noch die durchtrennten Fäden baumelten. Und er bat Gruscha schüchtern, ihm unter vier Augen seine Zukunft vorauszusagen. Die kluge Gruscha enttäuschte ihn nicht, sondern erzählte ihm genau das, was er hören wollte: Er habe erstaunlichen Erfolg bei den Frauen und werde in spätestens einem Jahr zu einem führenden Befehlshaber der Roten aufrücken.
Die Ukraine! Die Ukraine! Hinter ihnen lagen die Vierzigmeilenzone, die Beschießung des Zuges durch irgendeine

Bande mit Maschinengewehren und die Fahrt in einem Karren mit feuchtem Heu, und da war bereits der Staketenzaun, an dem zwei deutsche Soldaten standen.

»Aussteigen! Ihre Papiere!«

Ihnen wurde mitgeteilt, daß sie zwei Wochen in Quarantäne verbringen müßten. Der Impresario lief geschäftig hin und her, aber anscheinend schmierte er nicht den Richtigen, und ihnen blieb nichts anderes übrig, als die Quarantäne abzusitzen. Es war kalt, aber nicht so unangenehm wie im Güterzug, wo der Wind während der Fahrt durch die Ritzen pfiff. Außerdem waren sie nun im Süden – hier konnte von einem wirklichen Frost kaum die Rede sein!

Anna hatte den Eindruck, daß die Reise nie enden würde. Ewig würde sie die Kälte ertragen müssen, die bösartigen Schreie, die stechende Dunkelheit und die Schüsse, die Schüsse... Und dann nahm sie plötzlich auf dem Kiewer Bahnhof Abschied von der Truppe. Die in Tränen aufgelöste Luisa schenkte ihr einen schwarzen Spitzenschleier, und der Nußknacker steckte Oleg einen Lutscher in der Form eines Hahns ins Händchen. Ja, hier wurden auf dem Bahnsteig tatsächlich Süßigkeiten verkauft! Es gab auch eine Imbißstube, und es roch nach Borschtsch.

Wie im Traum ging Anna durch die sauberen Straßen, wo anständig gekleidete Menschen von einem Geschäft ins andere eilten. Sogar ein Offizier – ein richtiger Offizier – schritt einher und wurde von niemandem beschossen. Und die Sonne schien frühlingshaft... Oleschek sog fleißig an seinem Lutscher – ob ihm das schaden würde? Aber da sie ihn ohnehin mit durchgeweichten Zwiebäcken ernährte, konnte ein Lutscher auch nicht mehr viel Schaden anrichten. Anna war auf dem Weg zum Andrejewski-Hang, zu ihrer Tante Gelja, einer entfernten Verwandten ihrer Mutter. Sie kannte die Adresse, die sie so oft auf Briefumschlägen gesehen hatte. Ob Tante Gelja noch dort wohnte? Und wenn nun jemand anders in ihre Wohnung eingezogen war?

Aber Tante Gelja wohnte noch dort, und als sie Anna erblickte, sprudelten in ihr alle Verwandtschaftsgefühle über, die sie in ihrem eigenen Leben entbehrt hatte. Sie war eine alte Jungfer mit zarter Röte auf den eingefallenen Wangen und sprach überwiegend Polnisch – oder, besser gesagt, jenes russisch-polnisch-ukrainische Gemisch, das in Kiew als Polnisch galt. Anna wurde, genau wie zu Hause, sofort zu Anusja, und Oleg war ein »armes Kindchen«, das »alles versteht«. Er brauche nun Hilfe, um die durchlittenen Erschütterungen zu überwinden.

»Er wird ja bei jedem lauten Geräusch ganz still!«

Dies kam Anna völlig normal vor. Aber sogar sie war den Tränen nahe, als sie erlebte, wie sich die Tante über Olegs erste Launen freute. Es sei ja nur natürlich für ein Kind, launenhaft zu sein … Immerhin sei es noch nicht zu spät. Die Tante verdiente ihren Lebensunterhalt als Hutmacherin, und das offenbar mit großem Erfolg. Also ist an manchen Gerüchten doch etwas dran, dachte Anna. Sie betrachtete geistesabwesend einen Porzellanteller, auf dem ein paar Sahnestücke lagen – die gleichen Kiewer Kuchen, die in Piter zur Legende geworden waren.

»Nach Odessa? Aber mein Kind, dort sind doch Bolschewiken! Hast du etwa auf dem Mond gelebt? Selbst wenn sie demnächst vertrieben werden, sitzt du dort in der Falle! Schlag dir das aus dem Kopf! Der letzte Brief von deiner Mutter ist im September letzten Jahres eingetroffen. Gott weiß, was sich dort abspielt. Warte wenigstens bis Mai – bis dahin ist bestimmt alles ausgestanden.«

Damit saß Anna von neuem fest. Es war ein verworrener

Kiewer Sommer mit Gerüchten über Petljura, mit den Hetmans-Zeitungen, die wie üblich nichts als Lügen zu enthalten schienen, mit Kirschbäumen und prächtigen Parks, in denen sie gefahrlos mit dem Jungen spazierengehen konnte. Wie lustig er nun herumkrabbelte – eigentlich rannte er auf allen vieren, ohne daß seine Knie den Boden berührten. Anna half ihrer Tante bei der Hutmacherei und schickte Brief um Brief nach Odessa. Die Post war unzuverlässig, aber es gab andere Beförderungsmöglichkeiten, die in letzter Zeit immer häufiger wurden. Es hieß, die Zentrale Rada wolle alle noch in Kiew zurückgebliebenen Männer einberufen, und solange es noch nicht zu spät war, reisten viele nach Süden ab.

Aber sie erhielt bis Oktober keine Antwort. Gab es vielleicht niemanden mehr, zu dem sie fahren konnte? Plötzlich kam ein Brief von ihrer Mutter. Ihre Eltern waren am Leben. Von Wladek wollte ihre Mutter berichten, wenn sie sich trafen. Nach den Erzählungen der Petrows sei auch Pawel am Leben, doch davon werde sie ebenfalls später berichten. Anusja solle aufbrechen, denn die Reise sei nun nicht mehr allzu gefährlich. Die Eltern könnten es kaum erwarten, ihren Enkel in die Arme zu nehmen.

Ungeachtet der Proteste von Tante Gelja, packte Anna rasch ihre Sachen. Auf keinen Fall durfte sich das wiederholen, was sich in Piter abgespielt hatte. Schließlich fand sich Gelja mit der geplanten Abreise ab, aber sie dürfe nicht mit nur einem einzigen Köfferchen reisen. Odessa sei ganz und gar ausgeplündert worden, wie man höre. Und heutzutage habe Gelja selten Gelegenheit, Annas Mutter etwas zu schicken. Sie wolle nur eben ein Geschenk aussuchen.

Kiew hatte ihnen beim Abschied einen klaren Himmel und raschelnde Blätter zu bieten. Oleschek, bereits ein Jahr alt und recht stämmig, saß auf Annas Arm und schaute mit

aufgerissenen Augen in die weite Welt. Er streichelte die tränennasse Gelja mit seinem weichen Händchen, und der Zug setzte sich in Bewegung.
»Nach Hause, nach Hause, nach Hause«, ratterten die Räder.
Anna gegenüber saßen zwei Frauen, die sich in schrillem Tonfall zankten. Aus dem Korridor ertönte bereits der Ruf: »Haltet den Dieb!« Als die Lokomotive nach zwölf Kilometern anhielt und die Passagiere erfuhren, daß die Roten den vorhergehenden Zug beschossen und mehrere Menschen getötet hätten, wunderte sich Anna nicht. Wer wunderte sich jetzt noch, wenn es Tote gab? Alle hatten nur einen Gedanken: Werden wir lange hier stehen? Und Anna wußte eines: Wenn sie heil zu Hause eintraf, würde sie nie wieder in einen Zug steigen, solange sie lebte.

Kapitel 20

Morgen! Morgen fangen wir an! Jakow und Rimma schliefen in jener Nacht nicht. Rachel hatte gegrummelt, daß sie das Licht unnötig brennen ließen, und war dann ins Bett gegangen. Die Kinder, die in der Küche zurückgeblieben waren, lächelten einander zu. Das einzige, was sie gemeinsam hatten, waren ihre vom Vater geerbten Augen: dunkelbraun und ein wenig zu eng beieinander. Der 13. Januar 1918 würde in die Geschichte eingehen, dessen waren sie sich sicher. Sie waren nicht in der Stimmung, über die Einzelheiten zu sprechen. Alles war bereits durchgeplant: Rimma würde dem Genossen Tschischikow als Melderin dienen und die Verstärkungen für den Bahnhof koordinieren. Jakow sollte sich im Hauptquartier in Blischnije Melnizy, im Herzen des Aufstands, aufhalten. Gewiß, er war nur für das Nachrichtenwesen zuständig, aber darauf würde es morgen ankommen, wenn ihre Genossen die Bank, das Postamt, das Telegrafenamt und das Stabsgebäude des Militärbezirks besetzten. Und es galt, Verbindung mit den Kriegsschiffen aufzunehmen, deren Matrosen Unterstützung bei der Feuerkorrektur versprochen hatten. Den Hauptbahnhof und den Güterbahnhof von Odessa würden sie mit Hilfe des Überraschungsmoments leicht einnehmen, aber dann mußte die Stellung gehalten werden. Würden die Geschwister morgen abend noch am Leben sein, oder würden ihre Namen auf der Liste der gefallenen Revolutionshelden stehen? Jakow versuchte, sich die Liste vorzustellen: als Schriftrolle mit feurigen Buchstaben. Aber statt dessen sah er einen unglücklichen Schüler – mit Ohren, die an seine eigenen erinnerten –, der sich an der Tafel abmühte.

»Und dann noch Jakow... äh...Goiber...«

»Geiber!« flüsterte jemand aus der ersten Bank.

»Geiber«, wiederholte der Schüler des künftigen Sowjetrußland niedergeschlagen und warf einen verzweifelten Blick auf das Klassenbuch, über dem eine violette Eins hing, die schlechteste aller Zensuren. Jakow schnaubte verächtlich. Er hatte es nie verstanden, sich in eine feierliche Stimmung zu versetzen, schon gar nicht, wenn er sich Mühe gab. Genußvoll brühte er einen kräftigen Tee auf, den seine Genossen im Hafen für ihn besorgt hatten. Er hatte keine Zweifel, doch ihm war ein wenig traurig ums Herz. Maxim und Antos schliefen jetzt in völliger Unwissenheit. Aber sie durften auch nichts wissen.

Dabei hatte es am Anfang solchen Spaß gemacht, gemeinsam die Literatur auszutragen und die Flugblätter zusammenzukleben. Verschwörung war ein verlockendes, gefährliches Spiel, und alle drei begriffen, daß sie mehr riskierten als nur den Abschluß des Gymnasiums. Doch als Genosse Atschkanow Jakow verbot, die anderen in künftige Aktivitäten einzuweihen, mußte dieser ihm recht geben. Für Maxim war das alles bloß Schabernack, und er schloß sich einfach nur seinen Freunden an. Aber als verwöhnter junger Herr konnte er keine festen Überzeugungen haben.

»Die Feinde der Revolution töten? Meine Güte, ist das nicht ein bißchen zu blutrünstig... Deshalb ist die Französische Revolution gescheitert – weil sie zu exzessiv war.«

Eine solche Bemerkung gegenüber dem Genossen Atschkanow konnte nur ein Schwachkopf fallenlassen. Außerdem verriet er dadurch, daß er die Werke Lenins nicht kannte. Maxim war wirklich ein Trottel, wenn auch ein guter Genosse. Jedenfalls bis zu einem gewissen Grad. Er schien seine Begeisterung verloren zu haben und stellte sich sogar zur Kurierarbeit immer seltener ein. Antos war frei von solchen Vorurteilen, aber ihm fehlte es an Selbstbeherrschung. Er interessierte sich nur fürs Schießen und für Heldentaten. Aber die mühselige Arbeit zur Vorbereitung dieser Heldentaten, die analytische Fähigkeiten verlangte, lag ihm nicht. Und überhaupt hielt er es für sinnlos, sich mit der revolutionären Literatur zu beschäftigen; so etwas nannte er Papierkrieg. Ihn bei der alltäglichsten Aufgabe zu begleiten war gefährlich, denn bei seinen romantischen Phantastereien ahnte man nie, was ihm einfallen würde. Und Jakow wußte, daß Antos immer eine Mauser bei sich hatte.

Feiner, trockener Schnee knirschte an den Fensterscheiben, und Rimma öffnete die Lüftungsklappe.

»Sieh dir das an, morgen wird alles weiß sein!«

Wahrscheinlich hatte sie jedoch Unrecht, denn der Schnee blieb nicht liegen, sondern wurde durch den leeren Hof geweht und ließ sich in den Ecken als kümmerliche Häufchen nieder.

Jakow packte Rimma an den Schultern und führte sie zu dem Spiegel im Flur. Unterwegs schaltete er das Licht an.

»Was soll das? Du weckst Mama auf!«

»Sieh mal.«

»Wieso?«

»Na ja, ich kann meiner eigenen Schwester schließlich nicht sagen, wie schön sie geworden ist. Ich möchte dich so wie jetzt im Gedächtnis behalten. Entweder töten sie uns, oder wir werden gemeinsam alt. Aber so wie heute wird es nie wieder sein.«

»Sentimental, Genosse Geiber? Das hätte ich nicht von Ihnen erwartet.«

Aber Jakow merkte, daß auch sie aufgeregt war.

Drei Tage lang wurde überall in der Stadt geschossen. Einheiten ukrainischer Kosaken der Zentralen Rada brachen hin und wieder mit Panzerwagen zum Zentrum durch und wurden zurückgeschlagen. Artilleriegeschütze donnerten, und Fabriksirenen heulten endlos und quälend. Dann wurde es still: Die Bolschewiken hatten die Macht übernommen. Man hielt grandiose Bestattungen der gefallenen Kämpfer ab. Rote Fahnen und schwarze Bänder schmückten die Straßen. Orchester spielten schrille Trauermusik, und überall traten Redner auf. Genosse Tschischikow, hochgewachsen, streng und mit einer Lederjacke bekleidet, hielt eine Rede auf dem Fahrzeug mit der Schnellfeuerkanone, mit dem er den Bahnhof besetzt hatte.

»Genossen! Heute begraben wir die besten Söhne des arbeitenden Volkes. Tod den Feinden der Revolution!«

»Tod! Tod! Tod!« wiederholte die Menge. Die gesamte Rote Garde von Odessa war erschienen. Dazu die Metallarbeiter und die revolutionären Matrosen. Die Spießbürger versteckten sich in ihren Wohnungen. Nun gut, sollten sie sich vorläufig verstecken. Während Genosse Tschischikow sprach, betrachtete Rimma ihn entzückt. Sie stand an seiner Seite, in demselben Fahrzeug, und sie würde die »Internationale« anstimmen.

Am folgenden Tag begannen sie, ihre Feinde zu erschießen. Bis zum Frühjahr töteten sie so viele, wie sie konnten.

»Die Kosaken kommen, Wanda! Diesmal ganz bestimmt! Endlich, mein Liebling!«

Wieder wurde geschossen, und nun war ein Dröhnen vom Kulikowo-Feld her zu hören. Iwan Timofejewitsch, der ein verschlissenes Halstuch trug, war inzwischen nur noch ein Schatten seiner selbst. Er umarmte seine Frau und wirbelte sie durch das Zimmer. Wie hatten sie die letzten Monate überlebt? Ingenieur Teslenko war bei der Eisenbahn gut bekannt und wurde zweifellos den Feinden der Revolution zugerechnet. Wer hatte die Zertrümmerung der Weichen verhindert? Wer hatte die Arbeit der Reparaturbrigaden während des Streiks organisiert? Aber als man ihn verhaften wollte, hielt er sich glücklicherweise bei den Petrows auf, und danach versteckte er sich meistens bei ihnen. Wanda Kasimirowna verkaufte der Frau des Hausmeisters einige Habseligkeiten, Antos konnte, solange die Gewerkschaften noch nicht gegründet waren, als Schauermann ein wenig hinzuverdienen – und sie schlugen sich durch!

»Bist du sicher, daß es die Kosaken sind? Die Leute sprechen von einem österreichischen Korps…«

»Ich würde den Teufel selbst willkommen heißen!« lachte Iwan Timofejewitsch und spähte aus dem Fenster. Lastwagen holperten über das feuchte Kopfsteinpflaster. Sie flohen, sie flohen!

»Wo ist Antos, Wanda?«

»Er holt etwas Brot.«

Wanda Kasimirownas Gesicht wurde immer bleicher, während sie ihren Mann ansah.

»Wie lange ist das her?«

»Eine Stunde.«

Immer wenn es zu Schießereien kam, wurden alle Läden automatisch geschlossen, das wußten sie beide.

Anna konnte den aufgeregten kleinen Jungen kaum auf ihren Knien halten, denn er quiekte dauernd und versuchte, an das Kutschpferd zu gelangen. Waren sie wirklich zu Hause, in Odessa? So vieles war wie früher, und so vieles hatte sich verändert! Die Fassaden waren voll von Kugellöchern, und man hatte zahlreiche Fenster mit Sperrholz zugenagelt. Und da waren die vertrauten Löwenköpfe; einer hatte die Nase verloren. Eine Frau – der eine Fuß steckte in einem Gummischuh, der andere in einem Pantoffel – spazierte dahin. Und zwei Jungen schleppten mühsam einen überschwappenden Wassereimer.

»Sonnenblumenkerne! Heiß und frisch geröstet! Fünfzig Rubel das Glas!« schrie eine fröhliche Frau in einem rötlichbraunen Soldatenmantel.

Der Kutscher fuhr durch die Puschkin-Straße und bog dann in die Deribassowskaja-Straße ein. An der Ecke stand eine Gruppe von Soldaten in deutscher Uniform, und Anna erschauerte. In Kiew waren sie nicht so fehl am Platz gewesen, aber hier in Odessa? Von hier war Pawel in den Krieg gegen sie gezogen. Von den majestätischen Platanen fielen ausgetrocknete, wie geschnitzt wirkende Blätter herunter, und eins landete in der Kutsche. Oleg war sofort fasziniert. Alles, was ihm gefiel, steckte er unweigerlich in den Mund.

»Söhnchen! Das ist Odessa!«

»Jai!« erwiderte Petrow junior heiter.

Anna rang nach Atem, als sie die Treppe hinaufstieg. Wurde Oleg so schwer, oder lag es am Gewicht der Reisetasche? Aber es war wohl kein Wunder, daß sie bei ihrer Heimkehr nach vier Jahren außer Atem geriet. Wer würde wohl die Tür öffnen? Aber nun schien ihr Unglück ein Ende zu haben, denn es war ihre Mutter, die die Tür aufmachte.

»Anusja! Ich wußte, daß du heute kommst. Ich habe von dir geträumt!«
Und nun wurde sie bereits von ihrem Vater umarmt. Er war gealtert, der Arme. Dafür hatte sich Mama, abgesehen von den grauen Haaren, fast gar nicht verändert. Oleg, eingeschüchtert von der Aufmerksamkeit, mit der ihn seine Großeltern bedachten, steckte sich beide Fäuste in den Mund und setzte sich vorsichtshalber auf den Fußboden.
»Und Antos? Wo ist Antos?«

Antos war weit weg. Serko, sein schöner Hengst, stampfte munter durch das Steppengras, das noch vom Nachtfrost feucht war, und der frische Wind erfreute Antos' Herz. Seine Abteilung, die sich fast ohne Verluste verteidigt hatte, würde nun zu Kotowskis Kavallerie stoßen.
»Weine nicht, Marusja, bald wirst du die meine sein!« schmetterte Grizai forsch, die Abteilung fiel ein, und die Pferde tänzelten im Takt. Nicht mehr als ein halbes Jahr konnte vergangen sein, seit Antos in den Straßenkämpfen als Außenstehender verletzt und von den zurückweichenden Rotgardisten mitgenommen worden war. Es handelte sich um einen Irrtum, da ihn jemand für den Schreiber des Kommissars gehalten hatte. Der alte Arztgehilfe Stepan brachte ihn wieder zu sich und wollte sich nicht mit seiner Erschießung abfinden, als sich herausstellte, daß man den falschen Burschen gerettet hatte.
»Ihr kriegt ihn nicht, verdammt noch mal! Der gehört zu uns – das schwör' ich!«
»Was quatscht du da, du Blödmann? Ein kleiner Bourgeois, das riecht man doch! Guck dir mal die festen Stiefel an – genau meine Größe. Rede nicht lange, und schmeiß ihn vom Wagen!«

»Und wenn der kleine Bourgeois nun unsere Sprache spricht! Los, Söhnchen, sag was!«
Antos hatte von seinem Vater natürlich Ukrainisch gelernt. In der Abteilung bediente man sich verschiedener Sprachen, aber etwa ein Drittel der Männer, darunter auch Kommandeur Piwen, waren Ukrainer. Er beugte sich schwerfällig über Antos, runzelte die fast zusammengewachsenen Brauen und fragte: »Familienname?«
»Teslenko«, flüsterte Antos matt.
»He, was ist denn nun los – als wenn ich den Namen nicht kenne! Bei uns in Lyschnja haben wir so viele davon, daß man vier Häuser damit vollstopfen kann! Also wird der Junge in unsere revolutionäre Abteilung aufgenommen. Gebt ihm einen Säbel und ein Pferd – das von Dowbal. Und du, Stepan, behalt ihn im Auge, bis er sich besser fühlt!«
Damit war Antos' Schicksal entschieden. Zwei Monate später zeichnete er sich bei Erkundungen durch größte Verwegenheit aus, und Piwen persönlich schüttelte ihm die Hand. Er konnte sich schon nicht mehr vorstellen, irgendeine andere Aufgabe zu haben, und er hatte den Eindruck, daß sein ganzes früheres Leben eine Vorbereitung hierfür gewesen war. Schließlich hatte er die Roten immer unterstützt, und nun war ihm endlich eine sinnvolle Arbeit anvertraut worden: die Arbeit eines Rotgardisten. Er wuchs noch und war im letzten halben Jahr fast fünf Zentimeter größer geworden.
Der graubärtige Stepan machte ihn zu seinem Schützling, während er sich erholte, und nannte ihn ständig »Söhnchen«. Eines Nachts – die Abteilung hatte sich auf einem Rastplatz niedergelassen – erzählte er Antos, wie Denikins Soldaten seinen eigenen Sohn mit Ladestöcken zu Tode geknüppelt hatten.
»Bis auf die Knochen haben sie ihn geprügelt. Und sie

haben nicht aufgehört, als er schon tot war.« Er sprach leise und ruhig, doch das Lagerfeuer ließ ein anderes Gesicht erkennen. Es war so von Haß verzerrt, daß Antos spürte, wie er selbst davon angesteckt wurde: Bringt die Banditen um – bis auf den letzten Mann. Rottet sie aus.
Eine Woche später fiel Piwen in einem unerwarteten Scharmützel. Antos sah, wie er im Sattel zurücksackte. Blut strömte über seine Kehle, und das Pferd trug den Kommandeur fort in den Sonnenuntergang und in den Tod. Es gab noch weitere Verluste, und mit jedem verhärtete sich das Herz ein wenig mehr: In diesem tödlichen Kampf kannte man nur »sie« und »uns«, und Antos hätte keinen von »ihnen« verschont. Er lächelte nur spöttisch, wenn einer von »ihnen« lebendig gefangen wurde und die Burschen sich, um eine Kugel zu sparen, mit ihren Säbeln vergnügten, bis es sie langweilte, auf die blutigen Klumpen einzuhacken. Er selbst beteiligte sich nicht daran, jedoch nicht aus sentimentalen Gründen. Er bewahrte sich einfach jenen Vorrat an Wut auf, der ihn in jeden Angriff trieb: in jenen glücklichen, ungestümen Flug, in dem die Grenze zwischen Tod und Unsterblichkeit verschwamm.
Die Teslenkos sahen ihren Sohn nie wieder und wußten nicht, wo er sich aufhielt und ob er noch am Leben war. Aber er lebte noch eine Weile: bis zur Eroberung von Perekop. Inzwischen war er bereits Regimentskommandeur, und er starb so, wie er es sich erträumt hatte: mit blankem Schwert und beim Galopp in die Schlacht. Der Kampf flutete weiter, die Rote Kavallerie rückte durch die Krim vor, aber Orlik – ein Brauner, der den lahm gewordenen Serko abgelöst hatte – verharrte immer noch über seinem hingestreckten Herrn und berührte mit seinen weichen Lippen Antos' geöffneten Mund.

Die Karbidlampe stank fürchterlich, und außerdem hatte er dadurch nur eine Hand frei. Die bekannten Durchgänge lagen hinter ihnen, und nun schienen sie sich abwärts zu bewegen. Aber es war ein guter, breiter Korridor, so daß sie nur selten den Kopf einzuziehen brauchten. Jakow freute sich im stillen, denn was er in den Katakomben nicht ausstehen konnte, waren die engen Rattenlöcher, durch die man sich manchmal auf allen vieren hindurchzwängen mußte. Sobald das schwere Gewölbe seinen Rücken berührte, mußte Jakow alle Kraft zusammennehmen, um nicht hysterisch loszubrüllen. Manche konnten überhaupt nicht unter der Erde arbeiten, da sie unter nervöser Atemnot oder Panikanfällen litten. Sie fürchteten immer, bei lebendigem Leibe begraben zu werden oder oben vor einem verschütteten Ausgang zu stehen – und für immer eingesperrt zu sein. Jakow selbst hatte einmal gesehen, wie ein kräftiger Matrose, der zunächst flott vorankam, plötzlich zu winseln begann und seinen Kopf gegen den rissigen Kalkstein schlug. In den Katakomben zu schreien oder gar gegen die Wände zu schlagen war alles andere als ratsam, denn dann konnten sie tatsächlich zusammenbrechen. Vielleicht nicht dort, wo das Lager angelegt war, aber solche Fälle kamen durchaus vor.
Andreika schritt sicher voraus, denn er orientierte sich an den nur ihm verständlichen Markierungen an den porösen Wänden. Jakow hatte nie gedacht, daß sein alter Freund so unverhofft auftauchen würde. Aber was war daran ungewöhnlich? Odessa war ein großes Dorf, da mußte man sich doch immer wieder begegnen. Durch die Revolution war Andreika aus dem Gefängnis befreit worden, wo er eine kurze Haftstrafe wegen Schmuggelei absaß. Nun war er zusammen mit der Revolution in den Untergrund gegangen. Und er erwies sich als überaus wertvoll, da er die

Katakomben unter dem Kujalnik so gut kannte wie Jakow die Koblewskaja-Straße. Allerdings spielte er immer den Dummen, wenn er aufgefordert wurde, eine Karte zu zeichnen. »Mit der Wissenschaft hab' ich nichts zu tun – ich verlass' mich auf mein Gefühl.«

Aber als es nötig wurde, die Untergrundtätigkeit auszuweiten, war er gern bereit, auf geeignete Stellen und sogar auf neue Ausgänge hinzuweisen. Mit seinen schmalen Schultern und seiner biegsamen Gestalt konnte er sich auf dem unebenen Boden völlig geräuschlos vorwärtsbewegen, und Jakow folgte ihm, wobei er stets abzuschätzen versuchte, ob die Druckerpressen in voller Größe durch die Gänge befördert werden konnten oder ob man sie auseinandernehmen mußte. Er hatte den Verdacht, daß Andreika absichtlich Umwege machte und ihn im Kreis herumführte. Aber vielleicht schien es ihm nur so, denn unter der Erdoberfläche verlor Jakow sofort jeglichen Orientierungssinn.

»Da – siehst du das? Kommt das in Frage?«

Jakow war so begeistert, daß er den Atem pfeifend durch die Zähne sog. Es war eine enorme Kammer, in der man sich nicht einmal eingeengt fühlte. Er hob die Lampe höher, um das Gewölbe zu beleuchten. Und trocken war es hier auch: Jakow erspähte einen alten Zeitungsfetzen, hob ihn vorsichtig auf und merkte, daß das Papier kein bißchen feucht war.

»Leuchte mal drauf.«

Es waren die »Börsennachrichten« von 1904.

»Ideal! Genau die richtige Stelle. ›Bruderherz, dafür will ich dir geben bis an die Hälfte meines Königreichs!‹«

»Jetzt sofort oder in Raten?« fragte Andreika geschäftsmäßig, und beide lachten laut. Aber die größte Überraschung stand Jakow noch bevor. Eine kleine Galerie, die er zuerst nicht bemerkt hatte, beschrieb vier Spiralen und stieg steil empor, bis sie in eine andere, etwas kleinere Kammer mündete. Darin war ein schwaches, doch deutliches Rauschen zu hören. Jakow fuhr zusammen, denn plötzlich hatte auch er Angst vor einem Erdrutsch.

»Das ist das Meer, du komischer Vogel! Komm mit!«

Nach ungefähr fünfzig Schritten durch einen engen Korridor stieg Jakow ein frischer, feuchter Geruch in die Nase: ein Ausgang! Und was für ein Ausgang – auf einen Abhang hinaus, der von Ginster bedeckt war. Der Traum jedes Schmugglers! Das Wasser der kleinen Bucht plätscherte friedlich in einem Streifen Mondlicht. Es war also schon dunkel geworden.

Erst auf dem Rückweg entdeckten sie in der kleineren Kammer mehrere Reisetaschen, die sorgfältig an der Wand aufgestapelt waren.

»Sind das deine, Andreika?«

»Nein. Wir scheinen Konkurrenz zu haben. Wer sonst hätte diese Stelle gefunden? Ustinytsch war außer mir der einzige, der sie kannte, und er ist seit zwei Jahren tot.«

Jakow öffnete die obere Reisetasche und pfiff vor sich hin. Sie enthielt einen Lederbeutel mit Goldmünzen, und darunter lagen noch weitere prall gefüllte Beutel.

»Leg das wieder hin, und laß die Pfoten davon!« sagte Andreika streng. »Die Sachen gehören entweder bedeutenden Schmugglern oder Benja Krik selbst und seinen Jungs. Laß uns abhauen. Wenn wir hier geschnappt werden, erschießen sie uns wie Hühner.«

»Wir müssen die Sachen beschlagnahmen. Zum Nutzen der Partei.«

»Aha, hast du eine Waffe bei dir? Wenn nicht, dann laß die Finger von dem Zeug. Am besten verduften wir ganz leise.«

In derselben Nacht brach eine bewaffnete Abteilung zuverlässiger Genossen auf, um das Gold zu beschlagnahmen. Andreika hatte recht gehabt: Die »Knarren« erwiesen sich als notwendig. Die mondhelle Nacht eignete sich gut für das Unterfangen, doch die Besitzer der Reisetaschen erschienen knapp vor dem Ende der Aktion. Wer sie waren, ließ sich nicht feststellen. Aus der Dunkelheit krachten ein paar Schüsse, und sie wurden mit Kugeln in die Gegenrichtung beantwortet. Als alles vorbei war, lagen vier Menschen tot in der kleinen Galerie: drei junge Männer mit eleganten Jacken und gestreiften Hosen und Genosse Ochtinski.

Andreika krümmte sich vor Schmerzen auf dem Boden. Er war in den Oberschenkel getroffen worden, doch zum Glück war es nur ein Durchschuß. Ihn hinauszutragen und zu verbinden war kein Problem, aber was dann? Sie konnten ihn schließlich nicht ins Krankenhaus der Zentralen Rada bringen! Andererseits – warum nicht? Es war nun zur Alltäglichkeit geworden, daß Banditen Menschen auf der Straße überfielen. Aber man würde erklären müssen, auf welcher Straße er angeschossen worden sei und wann. Die Deutschen waren ein gründliches Volk.

Da hatte Jakow eine Erleuchtung. Am Morgen wurde an der Tür der Petrows geklingelt, und Jakow bat die schläfrige Dascha, Maxim zu wecken. Man konnte nicht behaupten, daß dieser sich allzusehr freute, seinen früheren Freund zu sehen. In den beiden Monaten seit der bolschewistischen Machtübernahme hatte Jakow die Wohnung kaum einmal aufgesucht. Es gab eine Unmenge zu tun, und er übernachtete sogar im Hauptquartier. Aber wenn Maxim ihm begegnet wäre, hätte er sich bestimmt ein paar passende Worte einfallen lassen. Und nun war Jakow von ganz allein gekommen!

»Was möchtest du?«
»Maxim, ich habe keine Zeit für Erklärungen. Sei nicht böse, wir sprechen später darüber. Wir müssen jemanden verstecken. Er ist verwundet, verstehst du?«
»Ich will mit den Bolschewiken nichts mehr zu tun haben.«
»Aber er ist kein Bolschewik! Glaub mir – später erzähl' ich dir alles. Erinnerst du dich an Andreika?«
Maxim brauchte mit seinen Eltern nicht einmal zu diskutieren. Wie sehr sie die Roten auch verabscheute, keine liberale Familie konnte einen Verwundeten auf die Straße werfen oder bei den ukrainisch-deutschen Behörden anzeigen, selbst wenn er Bolschewik war.
»Letztes Mal haben wir einen Ukrainer vor den Roten versteckt, und nun ist es genau anders herum… Wen schickt Gott als nächstes?« spottete Iwan Alexandrowitsch.
Die Petrows erinnerten sich sehr gut an Andreika, Maxims Kindheitsfreund: an den zappeligen schwarzhaarigen Jungen, offensichtlich ein Straßenkind, der behutsam und verlegen durch die Zimmer tappte. Um nicht ins Fettnäpfchen zu treten, nannte er alle ihm unbekannten Gegenstände »witzige Dingerchen«, darunter auch Pawels Mikroskop und Sinas dreiteiligen Spiegel. Dadurch waren »witzige Dingerchen« in der Familie zu einer stehenden Wendung geworden.
Feinfühlig vermieden sie es, diesem älteren Andreika Fragen zu stellen, und brachten ihn in Pawels früherem Zimmer unter. Der gute alte Dultschin gab die erforderlichen Anweisungen, wie er zu behandeln und zu pflegen sei. Marina wechselte seinen Verband, Maria Wassiljewna erkundigte sich dauernd, ob er sich langweile, und Dascha nahm ihn, weil er für sie noch immer der vaterlose Junge war, unter ihre Fittiche. Es machte ihr Spaß, ihn mit Mehl-

speisen und Brei zu füttern, und sie schimpfte mit ihm, wenn er aufzustehen versuchte.
Die Stimmung bei den Petrows hatte sich gebessert: Anna, nun ihre Schwiegertochter, war mit ihrem Enkel eingetroffen! Mit Pawliks Söhnchen, das ihm so ähnlich war. Schon vorher hatten beide Familien nahezu verwandtschaftliche Beziehungen gepflegt. Beide wurden von der gleichen Sorge um ihre verschollenen Kinder gequält und verheimlichten sich schon lange keine Neuigkeiten mehr, die sie über die Vermißten erhielten. Bei Gesprächen über Wladek nickten sich alle vielsagend zu. Von Pawel hieß es, er habe sich Wrangels Truppen angeschlossen, was die Familie für sich behielt. Es waren unsichere Zeiten – wer wußte, was die Zukunft bringen würde?
Als die Deutschen hastig die Stadt räumten und allerlei Vorräte mitnahmen, wunderte sich niemand mehr. Ende 1918 schickte es sich in Odessa nicht mehr, verwundert zu sein.

Kapitel 21

»Mantel.«

Ohne ein Wort zog Rachel den braunen, taillierten, pelzbesetzten österreichischen Mantel aus, den ihr Moissei vor langer Zeit geschenkt hatte. Warum hatte sie auch bis in die Dämmerung bei Madame Keguliches herumsitzen müssen? Wohl aus Einsamkeit: Die Kinder ließen sich nur selten zu Hause blicken, denn sie waren so unvernünftig gewesen, sich mit den Bolschewiken einzulassen, und hatten sich nun irgendwo mit ihren Genossen versteckt. Jetzt würde Rachel wirklich ein Gesprächsthema haben. Die Straße war schwarz und verlassen, und selbst wenn sie um Hilfe schrie, würden die Patrouillen auf der Staroportofrankowskaja-Straße sie nicht hören.

»Muff. Räder.«

Was »Räder« waren, begriff Rachel nicht sofort, aber die Tatsache, daß das Scheusal mit dem Pistolenlauf auf ihre Schuhe zeigte, war nicht mißzuverstehen. Also mußte sie auch ihre Schuhe, die noch so gut wie neu waren, ausziehen. Während Rachel sich mit den Schnürsenkeln abmühte, verfluchte sie lautlos, nur die Lippen bewegend, die räudige Hexe, die einen solchen Banditen geboren hatte, samt all ihren Verwandten. Und von ganzem Herzen wünschte sie dem Schurken selbst sieben Lebergeschwüre und daß er im Meer ertrinken möge.

»Und nun 'n Küßchen!«

Rachel berührte mit den Lippen, die sich von den Verwünschungen noch nicht abgekühlt hatten, seine glattrasierte, nach einem Parfümerieladen riechende Schnauze.
»Genau getroffen – kennst dich wohl aus!« verkündete der Räuber charmant und machte sich gelassen in die Dunkelheit auf.
Die Patrouillenmitglieder in der Freiwilligenzone waren nicht allzu erfreut, als sie die vor Entrüstung übersprudelnde Rachel an der Trennungslinie aufhielten. Die Linie bestand aus Wiener Stühlen, die mit einem Tau zusammengebunden waren und von Straßenlaternen beleuchtet wurden.
»Passierschein, Madame!«
»Was ist los mit Ihnen – haben Sie Tomaten auf den Augen? Wie kann eine Frau, der man gerade die Kleidung gestohlen hat, einen Passierschein haben? Auf den Straßen wimmelt es von Räubern, aber die Leute sollen einen Passierschein mit sich rumtragen? Sehen Sie mal, wie ich zugerichtet worden bin!«
Rachel hob den nackten, in einem zerrissenen Strumpf steckenden Fuß ein wenig, damit dieser Idiot mit den Schulterklappen sich selbst überzeugen konnte. Die Männer glaubten ihr bereits, daß der Passierschein in ihrem gestohlenen Mantel gewesen war, und wollten sie durchlassen, aber Rachel ging erst weiter, als sie sich Luft über die Bande gemacht hatte, die sich Stadtverwaltung nannte und zuließ, daß eine anständige Frau am hellichten Tag ihre Kleidung verlieren konnte.
»Ja, wenn Sie am hellichten Tage unterwegs gewesen wären«, gab der junge Offizier matt zurück. »Und man hat Sie in der polnischen Zone überfallen – wieso beschweren Sie sich dann bei uns?«
Rachel war eine Frau mit Sinn für Gerechtigkeit, weshalb

sich der Offizier der Freiwilligenarmee ihre Ansichten über all die Franzosen, Polen, Äthiopier, Griechen und das übrige Gesindel anhören mußte, das einen respektablen Eindruck zu erwecken suche, während es Banditen erlaube, ungehindert durch die Stadt zu streifen. Am Ende räumte er ein, daß vier Behörden sogar für eine Stadt wie Odessa »ein bißchen viel« seien, woraufhin Rachel in Frieden von ihm schied.

Die Petrows und die Teslenkos kamen zusammen, um das Neujahr 1919 zu feiern. Der große Wecker, den Dascha poliert hatte, klingelte, und alle stießen mit ihren Champagnergläsern an. Nun war es sogar möglich, sich Champagner zu organisieren – aus der französischen Zone.
»Ja dann, möge Gott uns ein Jahr gönnen, das freundlicher ist als das letzte!« sagte der Herr des Hauses inbrünstig; er trug einen immer noch sehr ansehnlichen schwarzen Frack. Der Champagner spritzte auf das ein wenig vergilbte Leinentischtuch, und die Frauen sprachen von einem glücklichen Omen. Marina hatte rote Wangen, und sie zog Maxim damit auf, daß es ihn wohl ärgere, nicht mehr der Jüngste der Familie zu sein. Der achtzehnjährige Maxim schürzte auf übertriebene Art die Lippen und tat so, als wäre er schrecklich empört.
»Ja, Oleg hat einen Kreisel gekriegt, und der arme Maxim nichts …«
Als einziger junger Mann der Familie wußte er, daß er – komme, was da wolle – bald zu entscheiden hatte, wie er die Familie schützen und behüten konnte. Jedenfalls fühlte er sich der Aufgabe gewachsen, und es wurde Zeit. Noch ein Jahr zuvor hatten ihn Zweifel geplagt, auf wessen Seite er sich schlagen sollte. War es wirklich so kleinmütig, seine revolutionären Ansichten aufzugeben? Aber

die Monarchie abzulehnen war eine Sache, die Bolschewiken zu unterstützen eine andere. Maxim hatte sie zur Genüge beobachten können, und seit ihrer Machtübernahme konnte er sich sein früheres Verhalten nicht verzeihen. Was hatte er sich bloß gedacht? Er war daran gewöhnt gewesen, immer freundlich im Hintergrund zu bleiben, und das hatte ihm sogar gefallen, denn schließlich brauchte er niemandem etwas zu beweisen. Insgeheim hielt er sich für erwachsener als Jakow und Antos. Jungenhafter Ehrgeiz, sich in Heldentaten zu beweisen, war ihm seit langem fremd, aber er hatte nichts dagegen, wenn die beiden darin Trost fanden. Er war immer der Jüngste und der allgemeine Liebling gewesen, ohne daß man ihn allzu ernst genommen hätte. In Ordnung, damit war er durchaus einverstanden gewesen – bis zu einem gewissen Zeitpunkt. Nun war sein Wille um so stärker geworden. Im stillen hatte Maxim bereits alle notwendigen Entscheidungen getroffen.

Die Familienangehörigen stellten scherzhafte Ermittlungen über die Frage an, von wem Oleschek seine Hartnäckigkeit geerbt habe – von seinem Papa oder seiner Mama? Wanda Kasimirowna schwelgte in Erinnerungen an Annas Starrsinn, doch Dascha ließ Maria Wassiljewna nicht zu Wort kommen.

»Reden Sie bloß nicht davon, daß er immer ›Danke‹ gesagt hat, gnädige Herrin. Da konnte er schon sprechen, aber seinen Charakter hat er – was für ein Schätzchen! – bereits in den Windeln gezeigt. Und er hat seine Händchen nicht geballt, sondern die Daumen durch die Finger gesteckt. Wie, um zu sagen: Das halt' ich von euch.«

Dascha war nun die einzige Bedienstete der Petrows. Das Stubenmädchen war schon vor dem bolschewistischen Aufstand unverschämt geworden, und man mußte sich von ihr trennen – zusammen mit einem Teil des Tafelsilbers, wie sich später herausstellte. Die Köchin hatte plötzlich – mit über vierzig Jahren – einen polnischen Flüchtling geheiratet; es imponierte ihr sehr, daß er zwar nur Schneider war, aber für immer ein *pan* – und sie selbst eine *paní* – sein würde. Die Bolschewiken hatten das Gespann der Petrows requiriert, weshalb ihnen nichts anderes übrigblieb, als auch den Kutscher Fedko zu entlassen. Er machte sich zu seinem Bruder Mykola außerhalb der Stadt auf, um ihm beim Fischen zu helfen.

»Ein Fisch ernährt sich selbst unter jedem Regime, aber ein Pferd kennt nichts als Leid, seit der Zar weg ist.«

Aus dieser tiefsinnigen Sentenz hatte der unermüdliche Dultschin eine ganze Theorie abgeleitet: Das Zarenregime habe vielleicht nur den Pferden genützt, aber wer könne leugnen, daß sich die russische Intelligenzija nun dümmer als ein Pferd benehme?

»Ich höre dauernd, wie schrecklich teuer alles geworden ist«, schwadronierte er. »Nein, antworte ich: Alles ist schrecklich billig geworden, meine Herren! Was ist heute ein Menschenleben wert? Oder Ehre? Oder Würde? Wenn doch jeder Gauner ein Komitee mit einem idiotischen Namen organisieren und jeden Verdächtigen an die Wand stellen lassen kann. Anetschka, nachdem ich Ihre Erzählungen gehört hatte, konnte ich zwei Nächte lang nicht schlafen. Und was sich hier abgespielt hat, ist überhaupt nicht zu beschreiben. Nehmen Sie bloß die Explosionen im August – Sie erinnern sich, Herrschaften? Alle rannten wie Schafe zum Meer, und einer trampelte über den anderen hinweg. Über der Stadt hing ein rotes Glühen, und niemand wußte, was das war. Und niemand wollte es herausfinden. Ich gestehe, daß auch ich wie ein Verrückter geflohen bin, und dann sah ich plötzlich ein Pferd, das man im Stich gelassen und an einen Pfosten gebunden hatte. Es schaute mich fragend an. Was habt ihr guten Leute diesmal angerichtet, schien es zu sagen. Und ich schwöre, daß ich mich geschämt habe. Menschliche Werte sind also sehr brüchig, wie sich gezeigt hat. Aber der Wert der Pferde ist gestiegen – beziehungsweise der Preis von Hafer.«

»Aber ist es nicht schön, gnädige Frau, daß Gott Pawlik davor bewahrt hat, sein Kreuz von der Zarin zu kriegen«, sagte Dascha, die sichtlich fröhlicher geworden war, am anderen Tischende.

»Wie meinst du das, Dascha?«

»Ich wollt's damals ja nicht sagen, aber ich hab' mir seinen Brief nicht umsonst so oft vorlesen lassen. Wenn die Zarin persönlich ihm das Georgskreuz überreicht hätte, wär's doch in seinem Brief erwähnt worden: Sie hat's mir, na ja, eigenhändig verliehen – und weil er das nicht geschrieben hat, hatte ich plötzlich Hoffnung. Ich wußte, unser Liebling wird überleben.«

»Gott weiß, wovon du redest, Dascha.«

»Das kann sein, aber erfahrene Leute haben gesagt: Wenn die Zarin jemandem das Georgskreuz eigenhändig verleiht, dann ist das sein Tod. Eine deutsche Kugel findet die Kreuze bestimmt, denn das sind keine gewöhnlichen Kreuze, gnädige Frau. Die ist durch und durch Deutsche, die Zarin, und mit den Orden hat sie irgendwas Geheimes angestellt. Die Soldaten haben das gewußt – aber was konnten sie machen? Und Pawlik, Sie werden schon sehen, gnädige Frau, der kommt gesund und munter zurück. Aber der Champagner hat's in sich, bin nicht dran gewöhnt. Schmeckt wie Kompott, aber stark ist er…«

Dascha sprach schon mit schleppender Stimme, und Marina legte die Arme um sie und führte sie ins Bett. Wer nach der Polizeistunde das Haus verlassen wollte, brauchte eine Sondergenehmigung, deshalb übernachteten alle Gäste der Petrows auf Sofas und zusammengestellten Stühlen bei ihnen. Gegen Morgen war eine Schießerei zu hören, die sehr lange dauerte. Sogar Oleg wachte auf und krabbelte von der Liege, auf der er geschlafen hatte. Im Zimmer war es stockdunkel, und irgend etwas kratzte am Fenster. Oleg erstarrte vor Angst. Am liebsten hätte er nach seiner Mama gerufen, aber er wußte, daß er leise sein mußte, wenn geschossen wurde. Lautlos stapfte er mit seinen drallen, nackten Füßen über das kalte Parkett. Seine Mutter lag ganz in der Nähe auf dem Sofa. Krampfhaft bemüht, nicht zu ächzen, kroch er zu ihr hinüber und schmiegte sich unter der Decke eng an sie, um möglichst unsichtbar zu werden.

Am nächsten Morgen diskutierten alle Bewohner des Gebäudes über das Ereignis, und Dascha war die erste, die die Nachricht überbrachte: Die schlauen Polen hatten offenbar die festtägliche Sorglosigkeit ihrer Nachbarn ausgenutzt und die Stühle verschoben, die ihre Zone von der Zone der Freiwilligen abgrenzten. Auf diese Weise hatten sie zusätzlich Territorium gewonnen. Die Freiwilligen waren ihnen auf die Schliche gekommen, und dann hatte der Aufruhr begonnen.

»Ich döste nur ein paar Sekunden,
Da war mein Stuhl sogleich verschwunden.
Ein Pole kam und sagt' mir glatt:
Nun isser weg, da biste platt«,

sang der Schusterjunge, und auf dem ganzen Hof wurde schallend gelacht. Niemand wußte, wer das Liedchen komponiert hatte, doch am Abend wurde es bereits in sämtlichen Zonen gesungen, jedesmal mit einigen zusätzlichen Versen. Französische Panzerschiffe ankerten an der Reede. Die Stadtbewohner hatten sich über den ungewöhnlichen Anblick der schwarzen Zuaven mit ihren bunten Turbanen sehr amüsiert. Kaum zu übertreffen waren die griechischen Patrouillen, deren Reiter auf kleinen Eseln saßen. Petljuras Männer, die sich nach dem Abzug der Deutschen zerstreut hatten, waren bereits verschwunden. Aber die drei Wochen, in denen sie ihren Launen freien Lauf gelassen hatten, würden von vielen in der Stadt – besonders von den Besitzern der Juweliergeschäfte – nicht vergessen werden. Immerhin war das von Petljuras Männern angekündigte Pogrom ausgeblieben, denn die jüdischen Viertel befanden sich unter dem Schutz der Diebe. Es hieß, Benja Krik selbst habe seinen Jungs befohlen, Moldawanka vor Gewalttaten zu bewahren. Plünderungen galten jedoch nicht als Gewalttaten – vorausgesetzt natürlich, das Opfer erhob keine riskanten Beschwerden. Die verwöhnten Banditen gingen bei ihren Räubereien höflich vor, machten Witze und begannen Gespräche »über das Wetter«. Sie gestatteten sich sogar einen gewissen Edelmut: Als die gesamte Stadt im Sommer zuvor von unerklärlichen Explosionen erschüttert wurde, waren viele Wohnungen fast zwei Tage lang verlassen gewesen, und das mit weit geöffneten Türen – aber hatte man irgend etwas gestohlen? Keineswegs, denn die Jungs aus Moldawanka hatten ihre eigene Moral. Vorher und nachher verschwand etliches, aber nicht während eines solchen Unglücks.

Die Bolschewiken waren in den Untergrund gegangen, ohne sich allzusehr zu verstecken. In mancher Hinsicht waren sie die gesetzestreuesten Bürger von allen: Jeder Ge-

nosse hatte einen Passierschein für sämtliche Zonen. Nicht umsonst ging der beste Dokumentenfälscher, der legendäre Onkel Schora aus Rostow, seinem Gewerbe in der Rasumowskaja-Straße nach.
Jakow arbeitete inzwischen unter Anleitung des Genossen Lastotschkin. Welch eine herrliche Aktion hatte er auf den französischen Schiffen durchführen können! Natürlich nicht ohne Hilfe der Genossin Jeanne, einer Französin. Aber das Flugblatt mit dem Aufruf an die Einwohner von Odessa hatte Jakow von der ersten bis zur letzten Zeile verfaßt. Genosse Lastotschkin hatte es gelobt und ohne Änderungen gebilligt. Der Plan war erfinderisch, doch einfach: Die Propagandakampagne sollte auf die Franzosen, unter denen es viele Sympathisanten gab, ausgeweitet werden. Gleichzeitig mußte man die klassenbewußten Arbeiter zum Aufstand anstacheln. Und dann würden sie, von den Kriegsschiffen unterstützt, wieder die Macht in der Stadt übernehmen. Die bereits heranmarschierenden Genossen sollten vom Nordwesten her Hilfe leisten. Diese Aktion würde noch klüger sein als die Sprengung des Artillerielagers im vergangenen August: Damals hatte das ukrainisch-deutsche Direktorium sechseinhalbtausend Waggons verloren. Ach, was für eine Explosion – die ganze Stadt hatte gewackelt! Leider waren auch einige Gänge in den Katakomben eingestürzt, aber jedenfalls hatten die Deutschen keine Munition mehr besessen. Es war schade, daß die Genossen die Stadt zu jenem Zeitpunkt nicht einnehmen konnten, denn sobald die Deutschen abgezogen waren, hatte sich die Entente eingemischt.
Aber nun, bevor es nach Frühling duftete und als der Nordostwind noch durch die vereisten Straßen blies, war alles bereit. Wieder einmal. Aber ein einziger Erfolg genügte. Wie die Sonne an diesem Tag strahlte! Und die ganze Stadt

konnte vom Boulevard aus erkennen, wie man die rote Fahne auf der Mirabeau hißte. Los denn, meine Herren Franzosen, zeigt uns, aus welchem Holz ihr geschnitzt seid! Ihr habt's in der Hand, beweist eure Solidarität!

Aber nein, die Franzosen bändigten ihre Aufrührer, und danach griff die Mirabeau nicht mehr ein. Jakow tobte vor Wut, doch Genosse Lastotschkin lachte nur spöttisch.

»Diese Jugend! Ihr wollt nichts als Siege mit Fanfarenstößen. Aber ihr seht nicht, daß wir schon gewonnen haben. Die Franzosen haben jetzt keine Zeit, sich um uns zu kümmern – nur abwarten.«

Tatsächlich eskortierten die Franzosen ihre Aufrührer triumphierend hinunter zum Militärhang und in eine Haftanstalt. Eine Woche später kursierten in Odessa Gerüchte, die Franzosen würden ablegen. Außerdem wurde gemunkelt, daß sich der rote Ataman Grigorjew der Stadt nähere.

»Sie verschwinden! Die Franzosen verschwinden – ganz bestimmt!«

Maxim, der diese Nachricht überbrachte, versuchte ruhig zu bleiben, aber er konnte seine Erregung nicht unterdrücken.

»Mama und Papa, hört mir zu. Es ist Wahnsinn, unter den Roten hierzubleiben. Laßt uns schnell das Nötigste zusammenpacken. Wir brauchen Passierscheine, um an Bord der französischen Schiffe zu gehen, aber ich habe schon Vorkehrungen getroffen. Es gibt Platz für die Freiwilligenarmee und ihre Familien.«

»Und wer von uns ist in der Freiwilligenarmee, Maximka?« fragte die Mutter kopfschüttelnd.

»Ich, Mama. Entschuldige, daß ich es nie erwähnt habe, aber ich habe mich längst dafür entschieden. Und ich bin aufgenommen worden. Es sind schwere Zeiten, und nicht viele treten in die Armee ein. Ich habe mich zu General

Tumanowski persönlich durchgedrängt und ihm gesagt... Aber da gibt's nichts zu diskutieren. Wir müssen heute abend an Ort und Stelle sein.«

»Du, Maxim, hast dich längst entschieden, aber dürfen wir vielleicht auch ein bißchen darüber nachdenken?« erwiderte Iwan Alexandrowitsch zornig. »Du könntest recht haben, aber ich möchte dich daran erinnern, daß ich vorläufig noch der älteste Petrow bin. Marina kommt in einer Stunde. Lauf bitte zu den Teslenkos hinüber, wenn du keine Zeit verlieren willst, und hol sie her! Sie gehören zur Familie, also müssen wir gemeinsam eine Entscheidung treffen.«

Es war ein ungewöhnlicher Familienrat. Alle wußten, daß sie sich an die Entscheidung über ihr Schicksal, die nun getroffen wurde, halten mußten. Ein Zurück gab es nicht. Acht Menschen – das war keine Kleinigkeit. Nein, neun, denn sie konnten Dascha nicht im Stich lassen. Der trübrosige Sonnenaufgang warf seine staubigen Strahlen ins Wohnzimmer der Petrows. Tiefrot schimmerte der Tee in den Gläsern. Oleg rollte unter dem Tisch leere Garnspulen hin und her. Die Erwachsenen schauten einander an. Sie schwiegen, und alle zögerten das Schweigen hinaus, um nicht alles jäh zunichte zu machen. Aber eine Entscheidung mußte gefällt werden, und wenn sie sich an die Illusion der Geborgenheit klammerten, konnten die Dinge gefährlich werden.

»Also, meine Lieben, Maxim hat seine Meinung geäußert. Nun bitte ich jeden von euch, seine Gedanken vorzubringen«, sagte Iwan Alexandrowitsch, der sehr aufrecht, wie mit einem Ladestock im Kreuz, dasaß. Marina warf ihrem Vater einen flehenden Blick zu: Konnte er ihr nicht durch ein Zwinkern oder eine Andeutung verraten, was er selbst dachte? Aber sie begriff, daß er als letzter sprechen würde.

Das bedeutete, daß Marina riskieren mußte, etwas zu sagen, das ihrem Vater nicht gefiel. Sie drehte sich ihrer Mutter zu, aber diese musterte ihren Mann auf genau die gleiche Art wie Marina. Auch sie fürchtete, einen unwiderruflichen Fehler zu machen.

Anna dagegen kannte diese Furcht nicht. Und auch keinen Zweifel. Als Ehefrau und Mutter wußte sie, wie sie sich zu verhalten hatte, und niemand konnte ihr etwas vorschreiben.

»Vielen Dank, lieber Maxim, und Ihnen, Iwan Alexandrowitsch, daß Sie an uns gedacht haben. Am besten wäre es, jetzt abzureisen, solange die Möglichkeit besteht. Aber das kommt für mich und meinen Jungen nicht in Frage. Ich habe solche Reisen mit einem kleinen Kind ausprobiert, und ich möchte meinen Sohn nicht umbringen. Gott hat uns einmal verschont – und das war ein Wunder. Außerdem habe ich Pawel versprochen, hier in Odessa auf ihn zu warten. Ich weiß, wie viele Familien einander für immer verloren haben. Mein Mann ist am Leben, da bin ich sicher, und wenn er zurückkehrt, wird er mich hier finden. Und überhaupt, sollte nicht jemand hierbleiben, damit wir einander später wiederfinden?« Sie wurde verlegen. Ihr letzter Satz hatte irgendwie schwülstig geklungen. Und warum hatte sie sich überhaupt vordrängen müssen? »Entschuldigung...«, setzte sie hinzu und errötete zutiefst.

»Wieso denn?« sagte der älteste Teslenko und strich sich über den Schnurrbart. »Du, Töchterchen, argumentierst ganz richtig, aber was werden wir tun, wenn die Bolschewiken wirklich an der Macht bleiben? Vergiß nicht, daß du die Frau eines Offiziers bist. Deine Mutter und ich werden ohnehin hierbleiben, falls Antos plötzlich auftaucht. Das heißt, wir können Pawel zu dir schicken, wenn er zurückkommt.«

Marina lauschte mit halbgeöffnetem Mund, als diese neuen Komplikationen aus einer Frage erwuchsen, die so einfach gewirkt hatte. Sie sah ein, daß Maxim recht hatte. Die Roten waren wahnsinnig und würden niemanden am Leben lassen. Aber durfte sie Anna widersprechen? Ihre Schwägerin war schließlich Olescheks Mutter, hatte den Krieg erlebt und sich während der Revolution aus Piter hierher durchgeschlagen. Wie konnte Marina ihre eigene Erfahrung damit vergleichen? Nein, sie hatte noch gar nicht gelebt!

»Meine Lieben«, rief sie plötzlich weinend, »laßt uns fahren! Uns alle, bevor es zu spät ist! Wir brauchen ja nicht ans Ende der Welt zu fahren – nicht einmal nach Frankreich, nur nach Noworossisk. Dort sind unsere Leute, die werden uns schützen. Und wir brauchen nicht einmal den Zug zu nehmen – zwei Nächte, und wir sind da!«

»Aber hast du nicht die Portugal vergessen, Marinuschka?« fragte ihre Mutter sanft und streichelte ihre bebenden Schultern.

Die Portugal war ein französisches Lazarettschiff, das die Deutschen während des Krieges, noch unter dem Zaren, torpediert hatten. Damals war ganz Odessa außer sich gewesen, denn niemand auf dem Schiff – weder die Verwundeten noch die Besatzung – hatte überlebt.

»Mama, die Bolschewiken haben kaum Seestreitkräfte, und dies ist eine ganz andere Situation!« warf Maxim hastig ein, aber wie in seiner Kindheit wurde er durch einen Blick seines Vaters zum Schweigen gebracht.

»Also folgendes, meine Lieben«, sagte Iwan Alexandrowitsch gemächlich. »Mascha, mein Schatz, darf ich diese Diskussion abkürzen?«

Maria Wassiljewna nickte nur stumm.

»Maxim und Marina müssen unzweifelhaft abreisen«, fuhr

der älteste Petrow fort. »Ich wage nicht, Anna Vorschriften zu machen, aber ich würde ihr das gleiche empfehlen. Mutter und ich bleiben hier. Es ist möglich, daß diese Banditen die Stadt erobern werden, aber ich glaube nicht, daß es von Dauer sein wird. Und um alte Leute wie uns werden sie sich nicht scheren. Wir haben das letzte Mal zwei Monate unter ihrer Herrschaft überstanden, und mit Gottes Hilfe schaffen wir's auch diesmal. Wenn alles vorbei ist, werdet ihr dann ein Haus haben, in das ihr zurückkehren könnt. Maxim, laß uns in mein Arbeitszimmer gehen! Ich habe dort ein bißchen Geld zurückgelegt. Ihr werdet es unterwegs benötigen. Marina, wasch dich, und hör auf zu heulen – du bist kein kleines Kind mehr! Letzten Endes bist du Krankenschwester, und man wird dich dort brauchen. Das ist alles. Schluß mit den Tragödien – wir wollen Tee trinken. Dascha, du wirst Marina doch im Auge behalten, hoffe ich?«

Dascha weigerte sich strikt abzureisen. Sie wolle hier bei der gnädigen Frau auf Pawlik und ihren Sohn Wassili warten. Die jungen Leute sollten tun, was sie für richtig hielten, aber sie selbst könne sich nicht zerreißen. Und nun müsse sie den Samowar in Gang bringen; er sei ganz kalt geworden, weil sich niemand um ihn gekümmert habe.

Damit war alles entschieden, aber ein gewisses Unbehagen hing in der Luft. Im Grunde ihres Herzens waren zwar alle zufrieden, doch jeder meinte, den günstigsten Ausweg für sich selbst gewählt zu haben. Um dieses Unbehagen zu überwinden, lächelten sie ein wenig fröhlicher als nötig, und ihre Stimmen klangen heiterer, als ihnen zumute war. Die jungen Petrows waren bald mit dem Packen fertig, und alle hatten noch Zeit, gemeinsam ein wenig am Tisch zu sitzen wie früher. Sobald sie aufstanden, mußten sie Abschied nehmen, und deshalb zögerten sie den Moment hinaus. Maria Wassiljewna schaute die Kinder an und kämpfte gegen den Gedanken, daß es vielleicht das letzte Mal war. Ihr breitschultriger, blauäugiger Junge mit den feingliedrigen Händen der Petrows sah so stattlich aus, wenn er seine Gitarre hielt. Marina und er sangen gern Duette, und das taten sie auch jetzt. Aber Maria Wassiljewna war mit den Gedanken schon woanders. Sie betrachtete die beiden immer wieder. Wie würde ihr zierliches, zartfühlendes Mädchen ohne sie auskommen? Aber es gab keine andere Rettung – Iwan hatte recht. Doch es tat so weh! Und warum, warum? Welche grausame Kraft schleuderte ihre Kinder, eines nach dem anderen, aus dem Nest? War es Gottes Wille? Gott hätte so etwas niemals wollen können! Aber sie merkte, daß die Kinder zwar traurig über die Trennung waren, doch nicht so traurig wie erwartet. Ihre Augen funkelten, und Marina lachte so trällernd, als hätte sie nicht eben noch geweint. Sie schaute sich zu ihrer Mutter um, und ihr Lachen erlosch. Dadurch wurde noch deutlicher, daß sie sich bereits auf die Reise freute. Nun tat es ihrer Mutter leid, daß sie Marina nicht etwas länger hatte lachen lassen. Nur ihre Tochter war imstande, dafür zu sorgen, daß allen leichter ums Herz wurde. Vielleicht würde es gutgehen. Vielleicht würde es gut enden.

»Morgen verhangen, Morgen voll Grau,
Felder so traurig, bedeckt nur von Schnee,
In früh're Zeit ganz plötzlich ich schau'
Gedenke vergeß'ner Gesichter voll Weh.«

Die jungen Leute, nun zu dritt, sangen das romantische Lied, das Pawel so gefallen hatte. Ihre Stimmen, die seit langem aneinander gewöhnt waren, klangen sanft und harmonisch. Die Stromversorgung der Stadt arbeitete nur mit halber Kraft, und das gelbe Licht der Lampe fiel auf die Tischdecke, auf Hände und Gesichter. Dascha saß bekümmert in der Ecke: Was war ein Haus ohne Kinder? Ein Händchen zupfte am Saum ihres Kleides. Der Kleine, beleidigt, weil sich niemand um ihn kümmerte, schnaufte seit langem unter dem Tisch. Sie war erleichtert, daß sie ihn hervorziehen und seine Hose wechseln konnte.

Wenn doch alle rasch verschwanden, um ihr nicht das Herz zu brechen!

Und dann waren sie verschwunden.

Kapitel 22

Die Anlegestelle war verlassen, und nur in der Ferne, jenseits des Leuchtturms, lag noch ein einziges französisches Torpedoboot. Das sollte eine »Seeblockade« sein. Auf dem Land begannen unterdessen drei Tage der Gesetzlosigkeit. Darauf hatte der berühmte Benja Krik, der König von Moldawanka, nur gewartet. Wenn manche Banditen bis dahin keine Brillantringe besessen hatten, so blieben sie nun auch den letzten Tölpeln, Helfershelfern und sonstigem Gesindel nicht versagt. Manche zogen allerdings Opale oder Smaragde vor. Doch nicht Benja jagte den Stadtbewohnern Entsetzen ein, denn sie kannten ihn seit einiger Zeit. Dies blieb den neuen, gespenstischen Banden aus den Katakomben vorbehalten. Über sie wußte man so gut wie nichts, wodurch sie noch mehr Furcht auslösten. Anfang März zog Grigorjews Rote Kavallerie in Odessa ein. Die fröhlichen Reiter mit den enormen roten Bändern und Schleifen an den zottigen Pelzmützen ließen ihre Pferde in Richtung Stadtzentrum traben. Ein Blasorchester, das die örtlichen Bolschewiken rasch zusammengestellt hatten, spielte vor der Kathedrale. Die Sonne schaute hinter gemeißelten Wolken hervor und lud zu einem Freudenfest ein. Durch die seit langem nicht gefegten Straßen wirbelte der Frühlingswind allen möglichen Unrat: Mal stieg eine ukrainische Zeitung hoch wie ein Drachen, mal wurde ein Stück Spitzentuch auf einen Laternenpfahl geschleudert.

Sogar leere Patronenhülsen rollten gelb funkelnd umher. Jede Glasscherbe schaffte es, auch den winzigsten Sonnenstrahl widerzuspiegeln und zu vergrößern. Jungen, deren Mütter sie nicht zu Hause festhalten konnten, triumphierten: Sie konnten hinter der Kavallerie herlaufen und »Hurra!« schreien, im Takt mit dem Orchester einhermarschieren oder durch die zertrümmerten Läden und Geschäfte streichen, um kostbare Schätze an sich zu raffen: von zerbrochenen Lebkuchen bis hin zu eisernen Bettknäufen, die man so gut mit Pulver füllen und wie richtige Bomben in die Luft jagen konnte.

Zunächst benahmen sich die Roten zurückhaltend: Die Zeitung »Iswestija« wurde von neuem, nun mit bolschewistischer Orientierung, gedruckt, und natürlich hielt man auf den Plätzen lautstarke Versammlungen ab. Ansonsten ereignete sich jedoch nichts Außergewöhnliches. Insgesamt gab es nicht mehr als tausend Bolschewiken in der Stadt, was jedoch nicht allgemein bekannt war. Die Durchschnittsbürger wußten nicht, wie schwer es solchen Kräften fiel, die Illusion einer selbstbewußten Regierung zu erzeugen. Und Jakow erinnerte sich an den Coupletsänger Chenkin: Dieser hatte, obwohl er allein auf der Bühne war, den Eindruck erweckt, daß dort oben eine ganze Schar agierte. Und wir müssen noch eine Menge lernen, dachte Jakow grinsend. Egal, wir werden's schon schaffen!

»Warum kommen sie nicht zu uns – da draußen ist alles ruhig«, schlug Mykola vor. Er hatte eine Ladung Fische in die Stadt gebracht, und wie gewöhnlich lieferte er seinen Stammkunden einen Teil davon direkt ins Haus. Den Rest hatte er den Basarhändlern für ein paar Kopeken überlassen. Es war schrecklich, wie die Händler nun nicht nur die Fischer, sondern auch die Kunden ausnutzten. Wegen des

Risikos. In einer Zeit wie dieser auf dem Basar zu stehen war kein Vergnügen. Mykola kannte die Petrows seit langem, und sein Bruder hatte sogar für sie gearbeitet. Er hielt sie für etwas verschrobene, aber gute Menschen. Nun überlegten sie, was aus Anna und ihrem Jungen werden sollte. Mykola kannte Anna, die Schwiegertochter der Petrows: Sie war viel freundlicher als die meisten Russen, und wenn sie ukrainische Lieder sang, konnten einem die Tränen kommen. Und sie würde auch im Haushalt helfen. Chiwrja beklagte sich im Frühjahr dauernd, daß es sie »in den Beinen zwackte« – seine Frau wurde eben nicht jünger. Und außerdem aßen diese Städter so wenig.

»Los, Töchterchen, keine Widerrede – mach dich fertig! Wir haben 'ne Ziege, also gibt's Milch für den Kleinen.«

»Und wenn die Roten Verdacht schöpfen und sich erkundigen, was sie bei euch zu suchen haben? Schließlich darf niemand die Stadt ohne Erlaubnis verlassen«, sagte Iwan Timofejewitsch unschlüssig. Aber er widersprach eher der Form halber, denn Mykola war schließlich ein ukrainischer Landsmann. Obwohl er Anna selten begegnet war, hatte er Mitleid mit ihr. Er würde sie verstecken.

»Die kommen bestimmt eher hierher als zu uns. Da draußen gibt's keine Seele, ganz ruhig ist's. Unser Haus, das Meer und die Steppe – das ist alles. Wer soll schon bei uns die Nase reinstecken? Und wenn, dann sagen wir eben, daß sie unsere Tochter ist. Sie kann ja sprechen wie wir.«

Annas Bündel wurden rasch geschnürt, und Mykolas zuverlässiges Boot mit dem geteerten Segel trug sie und Oleg fort von Odessa und allem, was ihr hier zustoßen konnte.

»Genossen, hört doch zu! Ihr dürft's nicht übertreiben. Im Prinzip bin ich für die Idee, aber wenn wir jedem wirklich nur drei Garnituren Hemden und Unterhosen, einen Anzug und ein Paar Schuhe zugestehen, dann werden die Leute auf uns schießen«, erklärte Jakow hitzig.

»Wer? Die Spießbürger? Sie verstehen wenig von Massenpsychologie, Genosse Geiber«, spottete Atschkanow. »Die verstecken ein zusätzliches Paar Unterhosen und werden glücklich sein, wenn niemand sie findet.«

»Der ganze Hafen wird rebellieren! Alle Arbeiter! Glauben Sie etwa, daß ihr einziger Besitz eine Garnitur Wäsche ist? Ich versichere Ihnen, die meisten haben sich gegrapscht, was herumlag, und betrachten es als ihre legale Beute. Schön, dann wollen wir abstimmen!«

Das war ein Fehler, den Jakow sich nicht verzeihen konnte. Selbst wenn er im wesentlichen recht hatte, konnte er in einer Abstimmung gegen den Genossen Atschkanow nur verlieren. Aber es war seine eigene Schuld, denn er hatte diesen Streit vom Zaun gebrochen. Nun würde er also als Schreiber bei der Tscheka in der Maraslijewskaja-Straße hocken und froh sein müssen, wenn man ihn nicht aus der Partei ausschloß. Und andere – diejenigen, die ihre Zunge im Zaum halten konnten – würden die Operationen weiterhin planen.

Rachel hatte immer häufiger den gleichen Traum: Isaak, noch jung, lustig und stark, zügelte sein Pferd mit forscher Gebärde. Und auch sie war jung und rannte leichtfüßig auf seinen Wagen zu – wie damals, als sie nur zu dritt gewesen waren.

»Komm. Laß uns Schimek holen«, sagte Isaak. Sein Hemd war am Kragen geöffnet und enthüllte seinen kräftigen, gebräunten Nacken. Er lachte unablässig, Rachel legte ihm die Arme um den Hals, und dann – es war jedesmal dasselbe – erinnerte sie sich: Wer würde auf Rimma und Jakow aufpassen?

Sobald sie sich daran erinnerte und bevor sie auch nur ein Wort sagen konnte, wich das Lachen aus Isaaks Augen.
»Dann eben ein andermal«, meinte er gleichgültig und trieb das Pferd an. Mit quietschenden Rädern rollte der Wagen durch den weißen Staub, den von Pappeln umsäumten, in der Hitze flimmernden Weg hinunter – und fort in die Steppe. Zu Schimek. Und sie, plötzlich schwerer geworden, blieb zurück und konnte nicht mehr den Mund öffnen und ihn zurückrufen. Bis zum nächstenmal.
Der Tag des »Friedlichen Aufstandes« – jener Tag, an dem das gesamte Eigentum der Stadtbewohner, mit Ausnahme ihrer Unterhosen, zugunsten der Revolution beschlagnahmt werden sollte – war der 13. Mai. Das Ereignis war am Vortag in der Zeitung angekündigt worden, aber man hatte das Blatt klugerweise erst am Mittag ausgeliefert. Es gab Strom in der Stadt, aber die Menschen durften ihn nicht einschalten, weshalb niemand die Zeitung abends lesen konnte. Petroleum und Kerzen waren seit langem vergriffen, so daß man nicht einmal Öllampen benutzen konnte. Die geizigen Städter sollten keine Zeit zur Vorbereitung haben – es war besser, sie zu überraschen. Und wenn jemand nichts von dem Erlaß wußte, geschah es ihm recht. Rachel las überhaupt keine Zeitungen, und an diesem frischen Maimorgen stellte sie sich nichtsahnend in die übliche Schlange am Wasserhahn. Zum Glück gab es auf dem Hof noch Wasser, aber der Druck reichte nicht mehr aus, um es in die Wohnungen zu pumpen. Selbst aus dem Hahn im Hof floß es nun in einem dünnen Strahl. Die Nachbarn warteten bereits, und Rachel bemerkte einige neue Gesichter aus den umliegenden Höfen. Man tauschte Neuigkeiten aus. Wer braucht Zeitungen, wenn es einen Hof gibt?
»Oh, Rachilja, Ihre Kinder sind ja nun ganz bedeutende Personen – warum muß ihre Mutter dann trotzdem immer

noch Wasser ranschleppen?« gurrte Madame Weinsbein, als sich Rachel mit ihrem Eimer hinter sie stellte.

»Madame Weinsbein, ich sehe sie zur Zeit selten, aber ich wünsche Ihnen so viel Segen, wie mir meine Kinder gebracht haben!« erwiderte Rachel würdevoll.

»Die ist eifersüchtig, daß jemand Kinder hat, die's bis zum Kommissar gebracht haben!« ließ sich der Schuster Borja der Lahme aus dem Keller vernehmen.

Rachel wahrte stets ihr Gesicht, aber sie ärgerte sich trotzdem. Die Kinder arbeiteten pausenlos. Aber konnten sie nicht wenigstens zu Hause übernachten? Und wieso mußte jemand, der für die Sowjetmacht wichtig war, praktisch rund um die Uhr schuften? Und was konnte nachts überhaupt getan werden? Ihre Kinder kamen einmal in der Woche vorbei, lieferten ihre Lebensmittelrationen ab – da konnte man ihnen keine Vorwürfe machen, aufmerksam wie sie waren –, gaben ihr ein Küßchen auf die Wange und hatten nicht einmal Zeit, sich zu ihrer Mutter zu setzen. Ganz zu schweigen davon, daß sie Rachel nichts von ihrer Arbeit erzählten. Wie sehr ihr das Herz weh tat – nein, das begriffen sie nicht.

Was für einen Unsinn die Leute unten am Wasserhahn redeten: Angeblich würden die Roten heute kommen und alles mitnehmen. Jemand fragte Rachel, ob es Sinn habe, zu Verwandten in die Vororte zu fahren, aber sie winkte nur ab. Was sich die Leute alles ausdachten! Und sie machte sich zu Madame Keguliches auf. Rachel war seit langem nicht mehr für ihre Besuche bezahlt worden, doch nun brauchte sie das Geld Gott sei Dank weniger dringend. Aber sie hatte die alte Frau liebgewonnen und setzte die Gespräche mit ihr fort. Es war ein vertrauter Spaziergang. Sie sah das Plakat mit der Aufschrift »Sport für alle!« am ehemaligen Haus der Witwe Woskressenskaja. Und da am Tor stand ein Stuhl, auf dem ein Rotarmist zusammengesackt war. Er bewachte das Volkseigentum. Inzwischen waren viele Rotarmisten aus Rußland hierher vertrieben worden. Und Ataman Grigorjew war ein Feind, wie sich zeigte, denn er war mit seinen Reitern zu dem Anarchisten Machno übergelaufen. »Weil er Antisemit ist«, sagte Jakow. »Er wollte keine Juden bei den Sowjets.« Da waren die mit roten Stoffbahnen überzogenen Tribünen von der Demonstration zum 1. Mai. Man hatte den Kalender geändert: Eigentlich war heute der 1. Mai, obwohl man ihn bereits vor fast zwei Wochen gefeiert hatte. Und auch die Uhren hatte man zurückgestellt; nun war es drei Stunden früher als in den alten Zeiten. Sie hatten es eilig. Eine junge, leidenschaftliche Regierung. Ein Lastwagen fuhr vorbei. Auf der Ladefläche saßen ein Student mit rotem Schal, ein paar Mädchen und Matrosen mit Gewehren. Waren sie zu einer Versammlung unterwegs? Und dann kamen immer mehr Lastwagen.

Rachel hörte die Schreie und Schüsse schon aus einiger Entfernung und eilte auf die Lärmquelle zu.

»Was tut ihr? Was tut ihr denn, ihr Hunde?«

Zerzaust und nur mit einem Nachthemd bekleidet, rang Madame Keguliches die Hände über ihrem ältesten Sohn, der bewegungslos auf den Pflastersteinen des Hofes lag. Blut strömte über seinen roten Bart. Die Wohnungstür war weit aufgerissen, und die Matrosen und die Mädchen, die Rachel überholt hatten, trugen allerlei Sachen aus dem Haus. Daunen flogen aus den Unterbetten wie damals in Nikolajew, und aus den Nachbarwohnungen war Gebrüll zu hören. Der ganze Hof schien zu schreien, und es war entsetzlich.

»Hilfe, Leute, die Roten plündern uns aus!«

»Gieß kochendes Wasser über das Biest! Hände weg!«

Wieder krachten Schüsse, aber der allgemeine Lärm ließ sie ganz leise klingen. Ein Pogrom. Dies war ein Pogrom. Rachel verlor fast den Verstand und rannte blindlings davon. Sie suchte jemanden. Der Junge, wo war der Junge? Und nun schrien die ganze Straße und die Stadt und sogar das Meer.
Am Abend kam Jakow erschöpft nach Hause. Er war vernünftig genug gewesen, die Genossen nicht an seine Warnung zu erinnern. Natürlich hatten die Fabriken die Arbeit eingestellt. Alle, sogar die Kommunisten, waren davongelaufen, um ihren Besitz zu verteidigen. Panik hatte die Stadt ergriffen und war in einen Aufruhr übergegangen. Trotz der Drohung, jeden zu töten, der Widerstand leistete, wurde aus fast allen Gebäuden geschossen. Wer in Odessa hatte heutzutage keine eigenen Waffen? Und natürlich mußte die Requirierung abgebrochen werden. Noch kein halber Tag war vergangen, als man aus Furcht, die Kontrolle zu verlieren, den »Friedlichen Aufstand« beendete. Vielleicht war es nun doch ein Vorteil, daß Jakow mit alledem nichts zu tun gehabt hatte. Er verbrachte den ganzen Tag damit, bitter schweigend einige von Fehlern wimmelnde Papiere zu korrigieren. Löffelt es selber aus, Genossen. Habe ich euch nicht gesagt, daß wenigstens die Arbeiter und das Sowjetpersonal von den Haussuchungen freigestellt werden sollten? Man hatte die ganze Aktion ungeschickt geplant und den Dingen einfach ihren Lauf gelassen. Natürlich erfuhr Genosse Sewerny, der Tscheka-Vorsitzende, bereits am Morgen, daß einige Banditen die Bewohner mit Hilfe von gefälschten bolschewistischen Durchsuchungsbefehlen ausraubten. Das Ganze war zu einer »spontanen Massenaktion« ausgeartet, die man hätte vorhersehen können.
Jakow ging am Denkmal von Katharina der Großen vorbei,

das von Kopf bis Fuß in rote Lappen gehüllt und mit Tauen umwickelt war. Neben seinem Ärger setzte ihm noch etwas anderes zu: eine unangenehme Erinnerung, die er nicht so recht einordnen konnte. Dombatsch. Wo war er früher auf den Familiennamen Dombatsch gestoßen? Er konnte den Gedanken nicht loswerden. Der Name hatte auf der Liste der Erschossenen gestanden, die auch sechsundzwanzig Schwarzhunderter enthielt. Jakow hatte die Verzeichnisse zu einem einzigen zusammengefaßt, das in Moskau vorgelegt werden sollte. In seiner Klasse am Gymnasium war kein Dombatsch gewesen, ebensowenig unter seinen Nachbarn. Sein Gedächtnis ließ ihn im Stich – wahrscheinlich war die Erschöpfung daran schuld. Die Blüten der Kastanienbäume standen wie rosige Kerzen bewegungslos in der Abendluft. Kein Hauch wehte, die Luft war frühlingshaft, und Jakow riß sich die Jacke auf. Er würde bei seiner Mutter eine Pause einlegen und mit ihr Tee trinken. In letzter Zeit hatte er sie allzusehr vernachlässigt. Warum sollte er sich den Kopf über diesen Dombatsch zerbrechen, der jetzt ohnehin tot war?

Die Tür stand offen, so daß er seinen Schlüssel nicht hervorzuholen brauchte. Etwas knirschte unter seinem Fuß. Moment, wo waren all die Sachen? Jemand hatte den Tisch umgekippt, und die verstaubte Ecke, wo das Klavier hätte stehen müssen, war leer... Und seine Mutter?

Er fand Rachel auf dem Fußboden in der Küche. Es war schrecklich, sie hier im Zwielicht sitzen zu sehen. Ihr Rücken war zum Fenster gewandt, und sie wackelte mit dem Kopf.

»Mama, Mamotschka, was ist los?«

»Jakow, mein Kind. Wie schön, daß du hier bist. Und Rimma – ist sie am Leben?«

»Mama, was redest du? Ist jemand hier gewesen?«

»Ein Pogrom. Wußtest du etwa nicht, daß es ein Pogrom gegeben hat? Heute hat mir eine Nachbarin auf dem Hof in die Augen gespuckt. Komisch, ich werde ausgeraubt und auch noch bespuckt. Söhnchen, sag ihnen, daß ihr es nicht wart. Ataman Grigorjew hat die Schuld, stimmt's? Oder vielleicht Petljura? Die dummen Leute – haben alles durcheinandergebracht. Aber wo ist Rimmotschka? Ach, ein Gedächtnis wie ein Sieb – ich hab' sie ja bei Madame Dombatsch gelassen.«

Jakow keuchte.

Dann war ein kurzes Rumpeln am Eingang zu hören, und ein Lastwagen rollte in den Hof. Er hielt direkt unter ihren Fenstern an, und Rachel schrak zusammen. Die aufgeregte Rimma kam in die Wohnung gerannt.

»Mama, guten Abend! Jakow, du bist auch hier! Um so besser, du kannst mir helfen. Ich habe zur Belohnung ein paar Sachen gekriegt, und die Genossen haben sie rübergefahren. Laß uns schnell ausladen. Die können nicht lange warten, denn sie müssen noch zu zwei anderen Adressen fahren. Mama, was sitzt du auf dem Fußboden? Ich hab' einen herrlichen Mantel für dich – sieh ihn dir an! Genau das richtige für den Herbst...«

Rachel erhob sich mühsam und schaute aus dem Fenster. Inzwischen war es auf dem Hof ruhig geworden, und am Abend rechnete niemand mehr mit weiterem Lärm. Aber unten wurde eine Tür zugeschlagen, und in die Nachbarfenster drang ein schriller Schrei, der im Hof widerhallte wie in einem Brunnen.

»Du Petljura-Helferin! Du Pogromanstifterin! Sei verdammt, ihr alle sollt verdammt sein! Bolschewikenpack! Denikin-Kanaille! Ich hoffe, du lebst nicht lange genug, um deine eigenen Kinder zu sehen! Mit jedem Tropfen deines jüdischen Blutes sollst du bezahlen!«

Köpfe wurden aus den dunklen Fenstern gesteckt. Madame Geiber – ja, es ist Madame Geiber! Ihr Töchterchen, die Kommissarin, hat der Mutter Diebesbeute gebracht. Aber Mama schimpft sie aus. Hatte Madame Geiber ihre Tochter wirklich verflucht, oder hatten sie sich verhört?

»Madame Geiber! Wiederholen Sie das, es war so angenehm!«

Jakow gelang es, seine Mutter zurück in die Wohnung zu tragen. Sie hörte nicht auf, zu weinen und den Kopf zu schütteln. Rimma stand verstört auf der Schwelle. Sobald sie versuchte, ihre Mutter zu umarmen, schrie Rachel von neuem los.

»Warte, Rimma. Das ist eine Nervenkrise. Bei ihr sind auch ein paar Sachen beschlagnahmt worden, als wir nicht hier waren. Geh erst mal ins andere Zimmer! Sonst fängt Mama dauernd wieder vom Pogrom an. Sie ist verwirrt.«

»Wie ist es möglich, daß man bei uns etwas beschlagnahmt hat? Hast du nicht aufgepaßt? Ich bin erst vor einer Stunde in die Stadt zurückgekommen, weil wir ein paar Künstler aus den Zügen geholt haben. Was ist hier überhaupt passiert?«

»Was hier passiert ist?« rief Jakow wütend. »Es gab keinen Plan, keine Verzeichnisse – nichts! Also wie sollen wir jetzt feststellen, wer Dinge beschlagnahmt und wer sie eingesteckt hat? Vielleicht sind unsere Leute irrtümlich hier gewesen, oder es waren Plünderer. Und dann kommst du mit deiner Belohnung! Los, raus hier! In der Küche ist etwas Baldrian, füll ein paar Tropfen ab!«

Jakow war so außer sich, daß er seine Schwester eine Närrin nannte. Aber sie wußte, daß sie solche Worte nicht verdient hatte, und war nicht gekränkt.

Wie sich herausstellte, hatte Rachel in ihrem Wahn nicht so unrecht gehabt: In der folgenden Nacht meuterten Rotarmisten am Großen Brunnen und machten sich auf, Juden zu töten. Sie zertrümmerten die wenigen noch unversehrten Läden und brachten vierzehn oder fünfzehn Kommissare um – die ermordeten gewöhnlichen Juden zählten sie nicht einmal. Der Spaß griff auf die Steppe über, und die Soldaten zogen mit Laternen und Gewehren los. Sie suchten die Klippen ab und schossen auf alle, die sich ins Meer stürzten. Dieser ganze Pöbel mußte irgendwie zur Ordnung gerufen und im Zaum gehalten werden. Außerdem hatte man den festgesetzten Beitrag von 500 Millionen noch nicht von der Bourgeoisie eingezogen. Wie sollte man das anstellen, ohne Geiseln zu nehmen?

Aber dann besetzte Denikin die Stadt Charkow. Die Revolution war in Gefahr! Die einzige Rettung bot der rote Terror! Die Bourgeoisie sollte in ihrem eigenen Blut ersticken! Sie sollte alle Hoffnung aufgeben, daß Engländer und Franzosen ihr noch beistehen würden. Sie sollte wissen, daß die bolschewistische Regierung mächtig war und die Stadt nicht verlassen würde, ohne vorher alle Klassenfeinde niedergemetzelt zu haben. Die »Iswestija« druckte nun die Zahlen der Erschossenen ohne jegliche Beschönigung und lockerte die Berichte durch Scherze auf: »Der Karpfen liebt es, in saurer Sahne gebraten zu werden.«

Die Maraslijewskaja-Straße, in der die Tscheka ihr Hauptquartier hatte, wurde zu einem gespenstischen Ort. Gerüchte besagten, die schreckliche Ermittlungsbeamtin Ljalka von Germgross drücke die Köpfe von Häftlingen ins Toilettenbecken, um sie dann zu erschießen. Der neue Vorsitzende Kalinitschenko sei noch grausamer als Sewerny. Ein schwarzer Revolutionär namens Johnston ziehe Menschen bei lebendigem Leibe die Haut ab. Außerdem gebe es da noch die junge Dora Jawlinskaja, die von Massenerschießungen fasziniert sei, und die Henker Amur

und Wichman... Damit waren die Gerüchte noch nicht erschöpft. Aber es ist ja schließlich der Zweck des Terrors, den Menschen Angst einzujagen.
Andererseits mußte das Leben der Stadt geregelt werden, und es galt, Kulturarbeit unter den Massen zu betreiben. Da für die Wasserversorgung Energie gebraucht wurde, mußte man die Pfähle der berühmten Anlegestelle abmontieren, auf der Getreide in den Hafen befördert worden war. Zum Glück handelte es sich um eine gewaltige Holzkonstruktion. Feuerholz wurde ja immer gebraucht, und der Hafen war ohnehin blockiert. Ebenso war es notwendig, diejenigen Bürger, die noch kein sozialistisches Bewußtsein besaßen, zum Besuch von Versammlungen zu zwingen und ein paar Künstler zu verpflichten. Sie sollten in den Pausen zwischen den Reden singen und das Publikum unterhalten.
Dieser Tag, der für Rimma so bitter werden sollte, hatte verheißungsvoll begonnen. Auch das Wetter hätte nicht besser sein können. Und zufällig war *er* unter den rekrutierten Künstlern: Jura Morfessi, kein anderer! Der König des Zigeunerliedes, der Liebling der Stadt! Für Rimma war er immer noch der einzige. Gewiß, die Verliebtheit einer Halbwüchsigen konnte nicht ernst genommen werden... Was für eine Dummheit, solche Träume zu hegen – wie konnte sie so überspannt sein? Aber ihr Herz begann zu pochen, sobald sie ihn erblickte. Er war immer noch eine eindrucksvolle Gestalt, seine Augen und sein Haar glichen schwarzem Feuer. Und nun würde er, das Idol ihrer Jugend, öffentlich die Bolschewiken unterstützen! Aber zuerst mußte Rimma eine Rede halten, und er würde ihr endlich zuhören. Ob er sich an die Gymnasiastin erinnerte? Gleichgültig, schließen wir eben von neuem Bekanntschaft, Genosse Morfessi!

Nie zuvor hatte sie mit solcher Leidenschaft gesprochen. Sie hatte das Gefühl, sich nicht an eine gestaltlose Masse, sondern an einen einzigen Mann zu wenden. Und er mußte überzeugt werden: Die Sowjetmacht sei jung, und sie werde wie ein Kind unter Schmerzen und Blut geboren. Aber das sei erst der Anfang eines großartigen Weges, und nach dem Sieg werde es weder Hungersnot noch Gefängnisse, noch den vorübergehend notwendigen Terror geben. Alle würden Brüder werden, und das Leben werde wie eine prächtige Hymne sein.

Sie sah das spöttische Lächeln der Spießbürger nicht und hörte nicht, wie sie flüsterten und stichelten.

»He, wir haben ein Schwesterchen gekriegt!«

»Ihr habt uns doch schon so glücklich gemacht – besser geht's nicht mehr! Und was ist mit dem Roten Haus? Soll das neu gestrichen werden, oder laßt ihr es so, wie es ist – zum Andenken?«

Es war das einzige Gebäude, das die Bolschewiken errichtet hatten: ein neues Gefängnis, noch dazu in roter Farbe.

Genosse Anulow ergriff ebenfalls das Wort. Er erläuterte die zeitweiligen Schwierigkeiten und versprach baldigen Überfluß. Die Menge wurde unruhig. Die Menschen wagten nicht auseinanderzugehen, aber sie applaudierten nicht. Das hier, Genossen, war vielleicht keine Niederlage, aber von einem Erfolg konnte man ganz bestimmt nicht sprechen.

»Und nun wird unser berühmter sowjetischer Künstler Morfessi ein Lied zur Anfeuerung des revolutionären Geistes singen!«

Man führte Morfessi auf die Tribüne. Die Menge merkte auf. Allen war klar, daß er wohl oder übel ein Lied singen mußte. Wenn er die Internationale oder vielleicht die Marseillaise anstimmte, dann bedeutete es, daß er wirklich zu den Roten übergelaufen war. Aber wenn er etwas Altes sang, zum Beispiel »Weit erstreckt sich das Meer«, dann bedeutete es das Gegenteil. Die Zuschauer warteten gespannt darauf, für welche Seite Morfessi sich entscheiden würde. Und er trug ein Zigeunerlied vor:

»Umsonst, mein Junge, gehest du,
Umsonst ziehst du durch Stadt und Land,
Verschleißt vergebens manchen Schuh
Und kehrst zurück in Schimpf und Schand'.«

Und er, der Spitzbube, sang weiter bis zum Ende. Warum auch nicht? Ein Volkslied aus seinem Grammophon-Repertoire. Er hatte den Nagel auf den Kopf getroffen! Oh, wie die Menge lachte, wie sie in den Refrain einfiel! Und was für eine Ovation sie ihm darbrachte – sie war außer sich! Warum auch nicht? Man applaudierte einem sowjetischen Künstler. Die Menschen waren herbeigeholt worden, und nun klatschten sie eben.

Oh, wie Rimma sich danach sehnte, diese Menge triumphierender Kleinbürger zu erschießen. Am liebsten mit Maschinengewehren, damit keiner davonkam. Die Schufte. Ein Messer in den Rücken der Revolution – was für kichernde Fratzen! Rimma hatte Dora nie verstanden: Wie scheußlich es sein mußte, Menschen eigenhändig zu erschießen. Und sogar bei der Tscheka hielt man die Ermittlerin für ein wenig verrückt. Doch nun konnte Rimma sie verstehen. Oder vielleicht nicht ganz? Am liebsten hätte sie über die Köpfe hinweggefeuert, bis alle in ihrer eigenen Pfütze standen. Aber es war unmöglich. Sie mußte lächeln und so tun, als wäre alles in Ordnung. Vor einer Menge von zehntausend Menschen konnte dieser Verräter Morfessi nicht einmal verhaftet werden. Und später würde Dombrowski selbst bestimmt für ihn eintreten. Ihre erste Liebe lag in Trümmern, wurde von blauen Flammen verschlungen – aber Rimma lächelte immer noch und hob stolz den Kopf.

Kommissar Dombrowski, der Kommandant von Odessa, war wirklich ein seltsamer Mensch. Er brachte der faulenden Intelligenzija ganz unerklärliche Sympathien entgegen. Wie Rimma geahnt hatte, setzte er sich tatsächlich für Morfessi ein, und der Halunke kam ohne Bestrafung davon. Später wurde Dombrowski natürlich entlarvt und erschossen, aber Morfessi war außer Reichweite, denn er hatte sich ins Ausland abgesetzt. Aber da hatte Rimma schon kein Interesse mehr an ihm.

Jakow machte eine schwere Zeit durch. Die Krankheit seiner Mutter zog sich hin, und manchmal erkannte sie ihn nicht und nannte ihn Schimek. Er konnte seine Arbeit bei der Tscheka nicht aufgeben, denn das hätte in der jetzigen Krise als Sabotage gegolten. Also stellte er eine Frau ein, die sich um Rachel kümmerte. Immerhin versuchte er nun, zu Hause zu übernachten. Wie verwirrt seine Mutter auch sein mochte, sie lächelte stets, wenn er zärtlich mit ihr sprach, und wurde fast die alte. Dann hörte sie manchmal sogar auf, mit dem Kopf zu wackeln. Und etwas anderes durfte nicht aufgeschoben werden: Er mußte die Petrows besuchen und erfahren, wie sie zurechtkamen. Vor allem, wie es Marina ging. Auch sie konnte wegen ihrer adligen Herkunft in Schwierigkeiten stecken. Und das durfte er auf keinen Fall zulassen.

Er war sich über seine Einstellung zu Marina nie im klaren gewesen, aber er wußte, daß dieses Mädchen etwas ganz Besonderes war. Am liebsten hätte er alle Menschen der Welt geändert, damit sie die richtige Denkweise annahmen. Darunter auch Maxim und dessen gesamte Familie. Schließlich waren es gute Menschen, denen bloß das Gehirn gesäubert werden mußte. Nur an Marina hätte er nichts verändert, obwohl er sie sich nicht als Revolutionärin vorstellen konnte. Doch sie war bestimmt keine Feindin der Revolution, denn sie war der einzige Mensch, den er kannte, der zu keiner Feindschaft fähig war. Um so besser, es genügte, daß sie lachte und mit ihren grauen Augen in die Welt schaute. Jakow wußte, daß er nicht verliebt war – dafür kamen andere Mädchen in Frage. Aber Marina mußte – so, wie sie war – behütet und beschützt werden. Obwohl er in der Partei nun eine weniger wichtige Rolle spielte, konnte er immer noch einiges bewirken. Und es war an der Zeit, den albernen Streit mit Maxim zu beenden. Nicht daß sie sich regelrecht gestritten hätten – sie hatten sich wegen einer Kleinigkeit überworfen. Es war unehrenhaft, auf den ersten Schritt des anderen zu warten, und ehrenhaft, selbst den ersten Schritt zu tun. Am besten sollte er jetzt sofort zu Maxim gehen, sich mit ihm aussprechen und ihm Hilfe anbieten. Schließlich war Jakow für die Familie kein Fremder, schon als kleiner Junge war er dort ein und aus gegangen. Aber einmal war er Iwan Alexandrowitsch begegnet, und dieser hatte so getan, als würde er ihn nicht kennen. Wahrscheinlich wollte er vermeiden, aufdringlich zu wirken.

Aber die Tür der Petrows war versiegelt, und Jakow hatte böse Vorahnungen, als er den Grund herauszufinden versuchte.

»Die Petrows? Die mußten aus der großen Wohnung ausziehen. Da soll ein Volksgericht tagen«, erklärte der Hausmeister, als wäre Jakow gerade vom Mond gefallen. »Jetzt sind sie dort drüben, in der Ecke da auf dem Weg zum Klo.«

Deshalb also war Jakow in letzter Zeit niemandem von ihnen begegnet! Er fand die Tür zum Untergeschoß und klopfte. Die alten Petrows öffneten zu zweit.

»Guten Tag, Iwan Alexandrowitsch! Maria Wassiljewna, guten Tag!«

»Ah, Jakow. Guten Tag. Wollen Sie uns verhaften? Wie nett, wenigstens ist's ein ehemaliger Bekannter.«

Ja, sie redeten ihn tatsächlich mit »Sie« an! Sie waren sehr höflich und musterten ihn wie einen Fremden. Sosehr Jakow sich auch bemühte, das Eis zu brechen – es wollte nicht gelingen. Nein, Marina sei Gott sei Dank nicht in der Stadt. Und Maxim auch nicht. Wo sie sich aufhielten? Natürlich, die Tscheka habe ein Recht auf solche Auskünfte. Aber sie müßten ihm mitteilen, daß sie ebenfalls nicht im Bilde seien. Ob sie Unterstützung oder Schutz brauchten? Nein, vielen Dank. Man habe sie bereits gründlich ausgeraubt – was nun ja Beschlagnahme zum Nutzen des Volkes genannt werde, nicht wahr? Sie besäßen nichts mehr, deshalb werde schwerlich jemand an ihnen interessiert sein. Wer könne etwas mit einem verarmten Ehepaar anfangen? Die einzige Möglichkeit sei, sie als Bourgeois zu Geiseln zu machen, aber auch davor hätten sie keine Angst. Die alten Teslenkos seien vor kurzem erschossen worden. Wenigstens hätten sie Glück gehabt und seien am selben Tag gestorben...

Jakow konnte es nicht länger ertragen. Er rannte beschämt hinaus. Darum also hatten sie ihn wie einen Aussätzigen behandelt! Antos' Eltern, die Jakow immer so freundlich aufgenommen hatten... Waren sie etwa noch lebendig in eine Zeltplane eingeschlagen, aus der Stadt hinaustransportiert, erschossen und in ein Massengrab geworfen worden? Hatten sie dagestanden und einander umarmt, oder was war geschehen? Wie gingen Erschießungen überhaupt vor sich? Jakow wußte es nicht. Schließlich tat er nichts anderes, als Papiere umzuschreiben und zu korrigieren wie ein Häftling. Und er bekam nicht einmal alle Dokumente zu Gesicht. Nur, wie sollte er das den Petrows erklären? Wie konnte er sich damit rechtfertigen, daß er nichts gewußt habe? Außerdem war es seine Schuld, daß er sich nicht früher um die Angelegenheit gekümmert hatte. Aber was hätte er tun können?

An jenem Abend betrank sich Jakow und ging zu Marusja. Nicht zu dem Komitee, das einmal diesen Namen getragen hatte, sondern zu einer Weißnäherin, mit der er befreundet war. Dort war alles ganz einfach. Marusja roch nach gebügelter Wäsche, billigem Parfüm und nach etwas Weiblichem, das seine Nasenflügel weiter werden ließ. Und sie stellte ihm keine Fragen, sagte überhaupt kein Wort, sondern kurbelte sogleich das Grammophon an. Damit die Nachbarn nichts hörten.

Nein, die alten Teslenkos hatten nicht dagestanden und einander umarmt. Ihre Hände waren, wie die sämtlicher Geiseln, mit Draht gefesselt gewesen. Sie hatten sich nur mit den Schultern aneinandergedrängt, als der Lastkahn langsam vom Ufer ablegte und über das pechschwarze Wasser fuhr. Ihre Gruppe sollte nicht erschossen werden, denn da Denikin näher kam, hatten die Bolschewiken bereits begonnen, Patronen zu sparen. Also hatte man die beiden einfach ins Wasser geworfen – mit einem Stein natürlich. In der Bucht gab es reichlich Steine, und man brauchte nicht sparsam zu sein.

Alles in allem hatten sie Glück gehabt. Sie waren nicht gefoltert worden, denn sie standen nicht als Schädlingsfamilie, sondern als Polen in den Listen. In diesen Tagen wurden viele Polen als Geiseln genommen, und deshalb – Wanda Kasimirownas wegen – hatte man auch sie abgeholt. Sie waren nicht lange getrennt, denn die Bolschewiken beeilten sich nun mit den Hinrichtungen, damit Platz für ernstere Anklagen gemacht wurde. Und die beiden hatten im Kahn nebeneinander gesessen – wenn das kein Wunder war! Sie hatten sich sogar einen Kuß geben und einander für alles, für alles um Verzeihung bitten können. Und sie dankten Gott dafür, daß sie ihm gemeinsam entgegengingen. Es war dunkel, und sie konnten die Augen des anderen nicht sehen. Kurz darauf erklang der Befehl, und dann hörte man Plätschern: einmal, zweimal… Eine Frau schrie auf, doch das Geräusch wurde bald vom allgemeinen Schweigen verschluckt.

»Rette, o Herr, Dein Volk…«, stimmte jemand das Kirchenlied an. Also war auch ein Priester unter ihnen. Oder ein Diakon.

Sie hofften, daß die Unterschiede ihres Glaubens nun enden und Gott ihre größte Sünde verzeihen würde: die Tatsache, daß sie einander mehr als alle übrigen Menschen und Dinge geliebt hatten. Mehr als alle Kirchen und alle Polen und alle Ukrainer. Mehr sogar als ihre eigenen Kinder. Ob diese es geahnt hatten?

Aber sie hatten noch Zeit zu beten: für alle drei Kinder.

Kapitel 23

Mykolas Heim war eine geräumige Lehmhütte, die er, wie es sich gehörte, innen und außen mit Kalk getüncht hatte. In ihr stand ein gewaltiger Ofen mit einer Ofenbank, und sie hatte zahlreiche Nischen und Vorsprünge, die ebenfalls getüncht waren. In der Ecke schauten Ikonen aus bestickten Tüchern hervor. Breite Bänke waren an den sauber geschabten Tisch gerückt, und es gab ein Gestell, an dem die Netze an »miesen« Tagen geflickt wurden. In jenem Sommer waren »miese«, stürmische Tage jedoch so selten, daß Mykola seine Netze draußen flickte. Anna wurde rasch klar, wie sie ihm helfen konnte. Der Haushalt war unkompliziert: Anna holte Wasser aus der Zisterne und fütterte einen dürren Hahn, ein paar Hühner und eine Ziege mit abgebrochenem Horn. In der Hütte waltete die bejahrte, rundliche und lachlustige Chiwrja. Sie freute sich darüber, daß sie Anna und das Kind aufgenommen hatten, denn nun konnte sie endlich mit jemandem reden. Mykola war schweigsam und beantwortete Chiwrjas Tiraden gewöhnlich nur mit »Mhm« oder »Aha«. Es ist schön, wenn ein Mann und seine Frau sich nicht zanken, aber es kann auch langweilig werden. Chiwrja war bereits daran gewöhnt, sich mit der Ziege zu unterhalten, die Hühner zu beschimpfen und sogar die Eisentöpfe und Schüsseln anzuschreien – aber das war nicht das richtige.

Nun kam sie wieder in Schwung. Der Junge fühlte sich

bald wie zu Hause, stampfte mit seinen nackten Füßchen auf den Lehmboden und nannte Chiwrja »Oma«. Nach Chiwrjas Ansicht brauchte er besondere Aufmerksamkeit, weil er »zu schüchtern« sei. Bei jedem lauten Geräusch warf er sich in Annas Arme und steckte wie versteinert den Kopf unter ihre Achsel. Chiwrja kannte jedoch eine Kur, denn ihre Großmutter war eine Wunderheilerin gewesen und hatte ihr einiges beigebracht. Sie, Chiwrja, könne sogar »ein bißchen zaubern«. Es mochte eine Sünde sein, aber so habe sie einen prächtigen Fischer dazu gebracht, sie zu heiraten: Man brauche nur den Fußboden zu scheuern und sich den Schweiß mit einem Stück Brot von der Stirn zu wischen. Und dann müsse der Auserwählte das Brot essen. Mykola wußte von alledem nichts, und sie hatten ein glückliches Leben geführt und einen Sohn und eine Tochter aufgezogen. Aber der Sohn war zu den Griechen gegangen, um Matrose zu werden, und hatte sich in Cherson niedergelassen. Und die Tochter hatte einen anständigen Mann geheiratet und war mit ihm nach Konstantinopel gezogen, wo er drei Kaffeehäuser besaß. Deshalb kam Chiwrja die Hütte jetzt leer vor.

Nun jedoch hatte Chiwrja genug zu tun. Zuerst mußte sie dem Jungen die Angst austreiben. Sie wartete, bis der erste Stern erschien, holte dann ein frischgelegtes Ei, zog Oleg das Hemd aus und rollte das Ei über seine Brust und seinen Bauch. Dabei murmelte sie etwas, und Anna wurde es gruselig zumute. Das alles war natürlich Aberglaube, doch sie machte sich trotzdem Sorgen. Auch Oleg war recht still geworden und betrachtete Chiwrja mit runden Augen. Danach machte sie das Kreuzzeichen über dem Jungen, und er brüllte vor Erleichterung los. Chiwrja zerbrach das Ei über einer Schüssel und hielt sie Anna hin. »Schütte das ins Unkraut! Seine Angst ist weg.«

Anna traute ihren Augen nicht: Es war schwer, die Flüssigkeit aus der Schale zu schütteln, und sie konnte Eigelb und Eiweiß nicht unterscheiden. Alles hatte sich zu Kristallen zusammengefügt, so daß in der Schüssel ein Gebilde mit deutlichen Ecken und Kanten entstanden war.

Sie konnte nicht verstehen, warum Oleg danach tatsächlich nicht mehr zusammenzuckte, sobald das Klirren einer Eisenpfanne zu hören war, und daß sogar die Maigewitter keinen Eindruck auf ihn machten. Andere laute Geräusche gab es hier nicht – höchstens das Rascheln des Windes im Gestrüpp und das Rauschen des Meeres. Anna wurde braun und kräftig; ihre Kleider waren vom Duft des Thymians durchdrungen, den Chiwrja in der Hütte trocknete. Oleg trug nur ein Hemd, wenn er draußen herumlief, sich mit dem Hahn zankte und Chiwrja eifrig half, den Fußboden mit ihrem Besen aus Wermutholz zu fegen. Sein Haar wurde von der Sonne gebleicht, die Haut an seiner Nase schälte sich ab, und abends rieb Chiwrja ihn mit saurer Ziegenmilch »gegen Sonnenbrand« ein. Odessa schien fern zu sein, genau wie die übrige Welt. Anna hätte für immer so an dieser stillen Küste leben können. Sie wartete auf den »breiten« Wind, half Mykola, die zitternden Makrelen aus seinem Boot zu laden, und flickte Netze.

Doch sobald man Makrelen fing, mußte man sie verkaufen, denn Nadeln, Salz, Brot, Petroleum und andere Kleinigkeiten wurden gebraucht. Und dann blies der widerliche moldauische Wind, und Mykola machte sich in die Stadt auf, da er nun ohnehin nicht fischen konnte. In jener Nacht kam er nicht zurück, doch Anna und Chiwrja waren unbesorgt. Wenn der »Moldauische« einmal anfing, konnte es drei Tage oder sogar eine ganze Woche lang stürmen. Als Mykola schließlich zurückkehrte, wirkte er niedergeschlagen und sagte kaum ein Wort. Anna konnte seinem

Gebrummel nur entnehmen, daß »die Bolschewiken nun ganz und gar den Verstand verloren haben, wirklich« und daß es schwierig geworden sei, Fisch zu verkaufen. Trotzdem hatte Mykola einige lebensnotwendige Dinge mit nach Hause gebracht. Zur Koblewskaja-Straße war er nicht hinaufgestiegen, da er fürchtete, verfolgt zu werden, und deshalb hatte er nichts Neues über die alten Leute erfahren. So ging das Leben weiter bis August.

»Na, Töchterchen, jetzt kriegen die Bolschewiken was auf die Nase!« meldete Mykola nach einer seiner üblichen Fahrten in die Stadt. »Denikin ist mit seinen Truppen am Großen Brunnen gelandet!«

Mykola selbst erwartete weder von den Weißen noch von den Roten etwas Gutes. Die Weißen mochte er nicht, weil bei ihnen die »verdammten Russen« mit ihren Moskauer Sitten das Sagen hatten: Der Moskauer setze sich dem Ukrainer dauernd auf den Hals, und selbst wenn man ihn auf dem Rücken trage, benutze er noch die Peitsche. Und die Roten waren Hungerleider und richteten jeden zugrunde, der es zu etwas gebracht habe. Sie wollten alle in eine einzige Kommune jagen und die Menschen dann unter derselben Decke schlafen lassen. Unter den Weißen konnte man wenigstens ungehindert seine Fische verkaufen.

Dann brachte er Anna zurück in die Stadt. »Guck dir selbst an, wie's deinen Leuten geht. Und du kannst zu uns zurückkommen, wann du willst.«

Er begleitete Anna zur Koblewskaja-Straße, da er sie mit dem Kind nicht allein lassen wollte. Und seine Befürchtungen waren begründet. Als sie die Gassen vom Hafen hinaufstiegen, herrschte überall Tumult.

»Halt ihn, den Saukerl! Jetzt haben wir dich, du Dreckskommissar!«

»Laßt mich ran an ihn, Leute, ich stech' ihm die Augen aus!«
Nach einem kurzen Heulen drängte sich eine Menschenmenge um einen Körper, der bereits auf dem Boden lag. Alle wollten ihm noch einen Tritt versetzen. Sie hatten die Bolschewiken zusammengetrieben, die nicht rechtzeitig geflüchtet waren, und rechneten nun an Ort und Stelle mit ihnen ab. Anna unterdrückte ein Schaudern, um den Jungen nicht zu erschrecken. Es war widerwärtig, wenn auch begreiflich. Der Kreis der Vergeltung schloß sich von neuem, und so würde es weitergehen, denn niemand konnte den Kreis durchbrechen. Sie hatte es so oft erlebt: Männer – und auch Frauen –, die mit blutigen Händen über einen Platz liefen und etwas Unverständliches schrien. Fast alle trugen selbstgemachte »Hölzchen« an den Füßen – gab es jetzt in Odessa noch andere Schuhe? Und das Klappern der »Hölzchen« auf den Pflastersteinen erweckte den Anschein, daß viele tausend, nicht nur zwei- oder dreihundert Menschen durch die Straßen rannten. Sieh hin, wende dich nicht ab! Du mußt mit diesen Leuten leben.
Anna schaute genauer hin und seufzte vor Erleichterung: Das Rote dort war kein Blut. Anna wußte schließlich, wie Blut aussieht. Offenbar hatte man das Tscheka-Gefängnis zerstört, und da es über Nacht geregnet hatte, waren die Männer nun mit Farbe – roter Farbe – beschmiert. Anna versuchte, nicht zu hören, was sie im Gefängnis gefunden hatten. Es war zu fürchterlich. Eines stand fest: Sie hatten keinen Lebenden mehr angetroffen.
Ein samtiges Summen legte sich über die Stadt: die Glocken der Kathedrale. Und je näher Anna ihrem Haus kam, desto lauter vernahm sie ein Donnern und Jauchzen. Einige schneidige Kavallerieschwadronen ritten unter den Klängen des Preobraschinski-Marsches an der Kathedrale

vorbei. Frauen weinten und stürzten vor, um ihre Steigbügel zu küssen.

»Oberst Tugan-Baranowski! Da, ganz vorn, auf dem Rappen!«

»Wir haben's geschafft! Die lieben Burschen, unsere sind das!«

Aber zu Hause öffnete niemand die Tür, und Anna begegnete auch keinem der Nachbarn, als sie die hallende Treppe hinunterstieg. Nun konnte sie nur zu den Petrows gehen – wahrscheinlich waren ihre Mutter und ihr Vater dort. Doch an der Tür der Petrows war ein seltsames Siegel angebracht. Herrgott, was konnte das sein? Der besonnene Mykola befahl ihr, in einer Ecke zu warten und ganz ruhig zu bleiben, während er Nachforschungen anstellte. Ein paar Minuten später kehrte er zurück.

»Ich habe dir doch gesagt, daß alles in Ordnung ist! Die Bolschewiken haben sie bloß aus der Wohnung geworfen.«

Maria Wassiljewna, in einem geflickten blauen Kleid und mit »Hölzchen« an den Füßen, öffnete die Tür. Sie umarmte Anna und den Jungen und brach ohne ein Wort in Tränen aus.

Diesmal blieben Jakow und Rimma nicht im Untergrund. Mit Denikin war nicht zu spaßen. Die Bolschewiken brachen hastig ihre Zelte ab – zumindest vorläufig mußten sie verschwinden. Die Tscheka stellte Jakow Papiere auf einen anderen Namen aus. Nun war er Russe und hieß Jakow Krasnow. Die Namensänderung sei unbedingt nötig, wurde Jakow mitgeteilt, denn die Weißen rechneten besonders grausam mit den Juden ab, die sie ausnahmslos als Kommissare einstuften. Schließlich gebe es auch unter den Roten Kosaken einige Antisemiten.

»Und was stelle ich mit meiner Nase an?« fragte Jakow mit einem Achselzucken.
Die anderen lachten, und Genosse Jakow Krasnow, Schreiber beim Stab der Vierten Roten Division, zog an die Front des Bürgerkriegs. Auch Rimma erhielt einen neuen Posten: in einem Zug der politischen Abteilung. Aber sie wußten nicht, was aus ihrer Mutter werden sollte. Es war unmöglich, sie mitzunehmen, doch es kam auch nicht in Frage, sie Denikins Spionagedienst auszuliefern. Zum Glück versprach Borja der Lahme, auf Rachel aufzupassen – und Schuster kamen schließlich unter jedem Regime zurecht. Jakow und Rimma ließen all ihr Geld und sämtliche Wertsachen bei ihm zurück. Borja und seine Frau waren anständige, vertrauenswürdige Menschen.

Brigadekommandeur Gorbal hielt wenig von Kommissaren. Überall schnüffelten sie mit ihren bebrillten Nasen herum, und jedes zweite Wort war für sie »Disziplin«. Sollten sie doch an ihrer Disziplin ersticken – dies war nicht die Armee des Zaren, sondern die Rote Kosakenkavallerie! Welche Aufgabe hatte der Kommandostab? Er mußte dafür sorgen, daß Streitkräfte dort eingesetzt wurden, wo sie gebraucht wurden; er mußte Artillerieunterstützung bereitstellen und nötigenfalls die Infanterie vorschicken, damit keine Pferde umkamen. Daß er auch für Verpflegung und Ausrüstung zuständig war, verstand sich von selbst. Da aber nichts davon jemals rechtzeitig erledigt wurde und da man die Brigade hierhin und dorthin – oft gegen zwei- oder dreimal stärkere Feinde – beorderte, war mit Disziplin allein nicht viel auszurichten. Hier waren auch Gefühle gefordert; man mußte ihnen freien Lauf lassen, damit die Männer zu wilden Tieren wurden und ihre Pferde auch: Lauft, meine Lieblinge! Ohne Hemmung, ohne Hindernisse. Und wer versucht, uns Steine in den Weg zu legen, den zerschmettern wir! So konnte man eine Stadt mit nur einer einzigen Brigade erobern. Oder einen Eisenbahnknotenpunkt. Alles konnte man erobern, solange der Kämpfer nicht gequält und seine Freude nicht durch Nörgeleien verdorben wurde.

Deshalb war Gorbal nicht begeistert, als ihm ein Stabsschreiber untergeschoben wurde. Gewiß, er selbst war nicht besonders gut im Schreiben, und irgend jemand mußte schließlich die Berichte an den Generalstab zu Papier bringen. Andererseits, wieso, zum Teufel, brauchte man diese Berichte? Wir kämpfen für die Freiheit, aber was für eine Freiheit ist das, wenn wir von Papier beherrscht werden? Eine ganze Schwadron der dritten Brigade war zu Machno übergelaufen – klar, die Männer hatten ihre Kommissare satt gehabt. Und obwohl dieser Schreiber Krasnow keine bebrillte Nase hatte, gefiel sie Gorbal nicht allzusehr. Deshalb gab er dem Kommandeur der ersten Schwadron einen Wink: Der Genosse sollte nicht ganz bescheiden, sondern in allen Ehren zum Troß geleitet werden. Damit er die typische Wichtigtuerei des Stabs vergaß und schön sanft wurde.

»Wo ist dein Pferd, Bruder?« fragte der Soldat Krysch aus der ersten Schwadron freundlich. Er hatte ein rundes Gesicht, und ein üppiger Haarschopf quoll unter seiner Pelzmütze hervor.

»Brauche ich denn ein Pferd? Man hat mir keins mitgeschickt«, entgegnete Jakow erstaunt, und alle brüllten vor Lachen, denn der Spaß hatte begonnen.

»Sicher, du gehörst zum Troß. Aber trotzdem, das hier ist die Kavallerie, kein Hundeschwanz. Ohne Pferd geht's nicht.«

»Vielleicht geben sie ihm beim Troß Grinja!«
Wieder lachten alle wild. Grinja war ein Ziegenbock, das Maskottchen der Brigade. Er trank sogar Wodka, wenn man ihm welchen gab, und ging mit lautem Meckern und gesenkten Hörnern zum Angriff über, wodurch er die Moral der Soldaten stärkte.
Aber Krysch gab sich noch nicht zufrieden. Er wußte genau, daß niemandem beim Troß ein Pferd zugeteilt wurde. Also mußte man diesen Schreiber zum Narren halten, bevor er dort eintraf!
»Kannst du überhaupt reiten?«
»Ich werd's lernen, wenn's sein muß«, sagte Jakow, der das Spiel nun durchschaute und seine einzige Chance nutzen wollte.
»Sehr gut! Das hör' ich gern! Ruhig jetzt, ihr Teufel – er wird's lernen! Gebt dem Mann ein Pferd, ihr Schurken! Gebt ihm Schiwtschik! Ihr wißt schon, der hat Andrijenko gehört, bevor er starb.«
Der »tote« Andrijenko kam rasch mit breitem Grinsen zurück und führte Schiwtschik, einen Grauen mit weißen Läufen, am Zügel. Nur ein Vollidiot hätte glauben können, daß dieses prächtige Pferd mit Bändern in der frisch gestriegelten Mähne herrenlos war. Aber der Schreiber sah ja tatsächlich wie ein Vollidiot aus. Und als sich Schiwtschik aufbäumte, wich Jakow zurück. »Uii, was für ein Pferd!«
Einige der Männer lagen auf dem Boden, andere hatten sich hingesetzt, um später vor Lachen nicht umzufallen, doch alle machten ein fanatisch ernstes Gesicht. Andrijenko hatte gedankenlos einen Teil des Vergnügens verdorben, denn Schiwtschik war bereits gesattelt. Aber egal: Schiwtschik war ein feuriger Hengst, er vertrug Spaß und würde sie nicht enttäuschen.

»Nimm die Zügel fest in die Hand, und wenn er Scherereien macht, zieh ihm ordentlich eins über!« mahnte Krysch fürsorglich. Er hielt sogar den Steigbügel für den Schreiber, der sich ungelenk, mit dem Bauch zuerst, auf Schiwtschiks Rücken hinaufarbeitete. Mit seiner Lederjacke und seinen hohen, sporenlosen Stiefeln sah er aus wie eine Krähe mit langem Schnabel. Er zappelte mit den Beinen, und sein Fuß verfing sich im anderen Steigbügel.
»Was sind die Zügel? Diese Riemen hier?« erkundigte er sich.
»Genau, genau. Halt sie fest, Bruder! Dieses Ende in eine Hand und das da in die andere. Ach, was für ein kluger Kerl! Lo-os!«
Andrijenko gab Schiwtschik einen Klaps auf die Kruppe: Vorwärts, amüsier dich! Aber Schiwtschik blieb verständnislos stehen.
»Und was soll ich jetzt machen?« fragte der Schreiber naiv, und alle gröhlten wieder.
»Wie ich gesagt habe: Zieh ihm eins über, aber ordentlich!«
Der Schreiber folgte dem Ratschlag, und das Pferd galoppierte davon. Der unglückselige Reiter wurde wie ein Sack auf den Rücken geworfen, hielt sich aber fest und schwankte unbeholfen von einer Seite zur anderen. Ihm blieb nichts anderes übrig, als dem Willen des Pferdes zu gehorchen, und Schiwtschik raste mit ihm auf eine kleine Schlucht zu. Die Männer wußten, daß Schiwtschik am Rand der Schlucht jäh zum Stehen kommen und der Reiter über seinen Kopf hinweg in einen Brombeerbusch fliegen würde. Von dort würde er hinunter in einen Bach rollen und sich entweder abkühlen oder sich den Hals brechen. Vorausgesetzt natürlich, daß er sich bis zur Schlucht an Schiwtschik festklammern konnte. Sie lachten wie kleine Kinder.

Krysch hörte als erster auf zu lachen. Die Mütze flog dem Schreiber vom Kopf, und er streckte krampfhaft die Hand aus, um sie zu packen. Die Mütze schwebte merkwürdigerweise weiter, aber dann erwischte er sie doch irgendwie, der Dreckskerl, und stülpte sie sich wie zum Scherz schief auf den Kopf, wobei er den Zügel von einer Hand in die andere gleiten ließ. Nun merkte Krysch, daß dieser Reiter einige Tricks auf Lager hatte. Er spielte den Clown. Doch wer auf Schiwtschik dazu in der Lage war, konnte mehr, als sich nur im Sattel halten. Und als er sich am Rand der Schlucht zurückwarf – er vergaß nicht, zur Belustigung der Männer mit einer Hand zu zucken, während die andere die Zügel stramm zog –, da wußte Krysch, wer sich hier wirklich amüsierte.

Jakow ritt zu den Männern hinüber und fragte harmlos: »Und wie kommt man wieder runter, Genossen?«

Und nun war wieder schallendes Gelächter zu hören – diesmal über Jakows Witz.

Nicht, daß Jakow nun sogleich von der Brigade akzeptiert worden wäre. Aber Sergei Alexandrowitsch hatte ihm genug beigebracht, um ihm die erste Erniedrigung zu ersparen. Der gute alte Sergei Alexandrowitsch. Jakow galt nun als der »Schreiber mit den Tricks«, und sogar einige seiner Fehler wurden für Tricks gehalten. Einen korrigierte er jedoch sofort, nämlich seine Art zu sprechen. Aus irgendeinem Grund hatte er geglaubt, mit dem einfachen Volk auf leicht verständliche, also simple Art reden zu müssen. Wie sich zeigte, hätte nichts unzutreffender sein können. Man mußte sich verschnörkelt ausdrücken, zum Beispiel nach Gorbals Vorbild.

»Unser teurer Genosse liegt kalt und leblos in unserer Mitte. Sein heißes Herz ist von einer Kugel der Klassenfeinde durchbohrt worden – der Weißgardisten, der Schufte mit goldenen Epauletten, die wir, Genossen, ungeachtet ihrer zahlenmäßigen Überlegenheit und ihres banditenhaften Mutes, gnadenlos ausmerzen werden. Seine alten Eltern in dem sonnigen Dorf Krinitschnaja bleiben nun verwaist zurück. Sein Roß weint blutige Tränen, scharrt den Boden mit dem Huf auf und fordert unerbittliche revolutionäre Rache für unseren kühnen, in der Schlacht gefallenen Kämpfer Terenti Pawlitschenko«, erklärte Gorbal, und eine einzige krachende Salve wurde über das Grab abgefeuert. Solche Reden liebten die Männer, und wer derart unerwartete Wendungen beherrschte, genoß Respekt. Jakow sah bald ein, daß er auf komplizierte Wörter nicht zu verzichten brauchte, denn rätselhafte Begriffe beeindruckten die Soldaten, als wären sie Kinder.

Aber mit der Brigade und dem launischen Gorbal auszukommen war erst der halbe Sieg. Er mußte auch die Kunst der revolutionären Unbarmherzigkeit lernen. Das war theoretisch kein Problem, doch die Praxis konnte Jakow nur mühsam bewältigen. Es fiel ihm schon schwer genug, ein verwundetes Pferd zu erschießen. Man brauchte sich nicht einzubilden, daß ein Schreiber nur Papiere hin und her schob und Artikel für den »Roten Kavalleristen« verfaßte. Im Bürgerkrieg kam eine solche Spezialisierung nicht in Frage. Auf dem Rückzug mußten die Troßmitglieder ihren hoffnungslos Verwundeten den Gnadenschuß geben, damit sie nicht vom Feind geschändet wurden. Wenn man vorrückte und einen Ort oder eine Stadt besetzte, mußte geklärt werden, wer ein Feind war und wer nicht. Die Tscheka würde sich den heimlichen Gegnern widmen, aber zunächst mußte jeder mögliche Widerstand ausgeschaltet werden. In Schitomir konnte Jakow einen Rabbiner dadurch vor der Erschießung retten, daß er ihn am Bart – unter dem Gelächter der Kosaken – durch die

Straße zerrte und ihn dann auf einen Misthaufen warf. Der Rabbiner war vernünftig genug, sich nicht von der Stelle zu rühren. Aber er hatte genug Zeit gehabt, Jakow in die Augen zu schauen – und sein Blick enthielt eine biblisch anmutende, unabänderliche Verdammung: bis ins siebte Glied.

Jakow lernte, sich bei Mord und Vergewaltigung nicht abzuwenden. Er lernte, seine Blutgier in einem unbedeutenden Rahmen zur Schau zu stellen. Zum Beispiel hackte er ein benommenes Ferkel auf einem eroberten Gehöft mit dem Säbel in zwei Teile, feuerte mit seiner Mauser auf die Buntglasfenster einer katholischen Kirche und, was das wichtigste war, prahlte soviel wie möglich mit Einzelheiten. Er hatte eine blühende Phantasie und konnte sich überzeugende Details ausdenken. Das war der einzige Ausweg.

Aber diese Erkenntnis wurde von einer quälenden anderen begleitet: So konnte er nicht leben. Niemals.

Noworossisk, Denikins letztes Bollwerk, nahmen sie mit Leichtigkeit ein. Sie besaßen inzwischen schwere Geschütze und begannen das Bombardement eher, als die Weißen erwartet hatten. Die Weißgardisten, die nicht rechtzeitig an Bord der englischen Schiffe gegangen waren, eilten in panischer Angst zum Hafen und wurden durch die Straßen gehetzt. Das war ein Spaß! Und warum sollten die Kämpfer, nachdem sie bis zum blauen Meer vorgedrungen waren, nicht ihren Spaß haben? Jakow hatte nichts damit zu tun – schließlich war man nicht mehr im Jahre 1919, und ein Schreiber brauchte nicht mehr mit der Kavallerie vorzurücken. Er folgte später mit der Schreibstube des Stabes. Man hatte seiner Abteilung ein gutes Gebäude – hell und mit hohen Decken – zugewiesen. Die Weißen hatten hier ein Laza-

rett betrieben. Natürlich lag alles in Trümmern, aber das Gebäude ließ sich instand setzen.
Jakow fand sie in einem verstaubten Garten hinter dem Lazarettzaun mit den gußeisernen Verzierungen. Dort lagen zwei Frauen mit hochgeschobenen Röcken und entblößten Beinen. Es war besser, nicht hinzuschauen. Jakow hatte so etwas schon früher gesehen. Die Männer hatten sich noch ein wenig amüsiert, bevor sie die Frauen töteten. Von dem Gesicht der einen waren nur die Wange und ein hellblaues Auge übriggeblieben. Aber Marinas Gesicht war nicht verstümmelt – jedenfalls nicht so sehr, daß Jakow es nicht erkannt hätte. Wieso hatten die verdammten Weißen ihre Krankenschwestern nicht evakuiert? Aber wäre eine Frau wie Marina an Bord eines Schiffes gegangen, solange sich noch ein einziger verwundeter Offizier in der Stadt befand? Er brauchte ihr nicht die Augen zu schließen. Sie waren bereits geschlossen. Wie lang ihre Wimpern waren – das hatte Jakow früher nie bemerkt.
In Polen marschierten sie bis zur Weichsel vor und zogen sich dann zurück. Jakow konnte sich immer noch nicht mit diesem Leben abfinden. Frisches, warmes Blut berauschte ihn nicht, und ohne diesen Rausch war er kein Krieger, sondern eine Last – für sich selbst und für seine Kameraden. Wie ein Nüchterner bei einem Besäufnis.
Eine barhäuptige Frau lag in der kleinen Gasse, die mit ihrem Kopfsteinpflaster so anders als russische Straßen aussah. Sie war entweder verwundet oder bereits tot, und in ihrer Nähe trat ein kleines Kind schniefend auf der Stelle. Es war zu verängstigt, seine Mutter zu berühren. Offenbar fürchtete es, seinen Anzug schmutzig zu machen. Sie mußte es davor gewarnt haben. Die Männer ritten weiter, während aus einer Nachbarstraße noch Schüsse ertönten.

Eine Woche später wurde Jakow am Knie verwundet – nicht von einer Kugel, sondern vom Splitter eines Troßwagens, als sie unter Beschuß gerieten. Es war keine schwere Verwundung, aber sie reichte aus für seine Rückkehr in die Etappe. Er lächelte vor sich hin: Auf einen Versager wie ihn wollte das Schicksal nicht einmal eine Kugel verschwenden. Man operierte sein Bein in einem Kiewer Krankenhaus für kommunistisches Personal. Er konnte es immer noch beugen – jedenfalls teilweise –, aber er mußte vorsichtig sein. Damit war der Krieg für ihn vorbei. Als Parteimitglied seit 1916 hatte er eine gute bolschewistische Reputation.
Doch er wollte kein Bolschewik mehr sein. Alle Wege zu einer Parteikarriere standen ihm offen, und er hätte am liebsten jede Möglichkeit ausgeschlagen. Andererseits wäre es Selbstmord gewesen, die Partei zu verlassen. Wer war er überhaupt? Ein Jude? Laut seinen Papieren war er Russe, und ohnehin glaubte er nicht an Gott. Man war auf seine Artikel im »Roten Kavalleristen« aufmerksam geworden und bot ihm einen Posten in Moskau an. Entschuldigung, aber seit seiner Verwundung habe er manchmal Schatten vor den Augen, denn er sei auch am Kopf getroffen worden. Am liebsten wolle er nach Odessa zurückkehren – natürlich nur, wenn es möglich sei. Er werde sich umsehen, sich erholen und eine Aufgabe finden, die seinen Kräften angemessen sei. Seine alte Mutter lebe dort, und die früheren Genossen würden sich an ihn erinnern. Ach so, in Odessa gebe es fast nur neue Genossen. Jakow zeigte Verständnis. (Von den alten Genossen hatten sich manche als Feinde der Revolution erwiesen und waren erschossen worden, während andere, wie Genosse Tschichikow, im Krieg gefallen waren.) Aber trotzdem, wenn man es gestatte, wolle er der Partei in Odessa dienen.

Warum sollte man einem invaliden Bürgerkriegshelden eine so unbedeutende Gefälligkeit abschlagen? Und man schlug sie ihm nicht ab. Auch in Odessa wurden zuverlässige Leute gebraucht, und Genosse Krasnow war ein zuverlässiger Mann.

Kapitel 24

Unter Denikin kehrten die Petrows in ihre frühere Wohnung zurück. Als erstes stürzte Iwan Alexandrowitsch in sein Arbeitszimmer. Ja, es war unberührt. Seine verschiedenen Nippsachen – der Briefbeschwerer aus Malachit oder das silberne Tintenfaß – waren natürlich verschwunden, aber die Möbel standen immer noch an Ort und Stelle. Man hatte geplant, das Haus zu einem Volksgerichtshof zu machen, also wäre es nicht sinnvoll gewesen, den Schreibtisch hinauszutragen. Sollte er doch der proletarischen Macht dienen. Iwan Alexandrowitsch schmunzelte und machte sich an dem rechten Fußgestell seines Schreibtisches zu schaffen. Die Genossen hatten nichts geahnt! Und nun schieben wir das Täfelchen hinter dieser Schublade ganz behutsam heraus... Alle Verstecke waren unversehrt, und das Familienoberhaupt rief mit kräftiger gewordener Stimme nach seiner Frau: Auch Mascha solle herkommen und diese Fügung des Schicksals bestaunen.

So lebten sie sorglos bis Februar 1920. Es gab sogar Milch für Oleg und Zucker anstelle von Saccharin. Aber dann zog Kotowskis Reiterarmee in die Stadt ein, und alles begann von neuem. Mit dem einzigen Unterschied, daß alle nun glaubten: Diesmal wird es lange dauern. Nicht daß sie mit siebzig Jahren gerechnet hätten. Manche hofften, daß das Regime ewig weiterbestehen würde, während andere ihm

höchstens drei Jahre gaben. Iwan Alexandrowitsch war Pessimist und stellte sich auf fünf Jahre ein.
Die Tscheka nahm ihre Arbeit in der Maraslijewskaja-Straße wieder auf, und die Zeitungen prangerten die Greueltaten von Denikins Spionagedienst an: Gefangene seien nachts von Kähnen ins Wasser geworfen und ertränkt worden! Wieder ernannte man klassenbewußte Habenichtse zu Hausverwaltern, und die Petrows wunderten sich überhaupt nicht, als man sie eines Abends aufsuchte.
»Das waren schöne Zeiten unter den Weißen, stimmt's, ihr Ausbeuter? Räumt das Gebäude! Auf Beschluß der Hausverwaltung.«
Diesmal wurden sie nicht wie zuvor ins Untergeschoß gesteckt, sondern in ein Nebengebäude in der Ecke ihres Hofes. Das war ein Glück, denn nun besaßen sie zwei ganze Zimmer im Erdgeschoß und eine eigene Tür! In diesem Quartier hatten früher der Kutscher Fedko und seine Frau gewohnt. Drei Fenster gingen zum Hof hinaus, und es gab einen kleinen Kohlenkeller. Ihre Vorgänger hatten die Kohlen zusammengescharrt und mitgenommen, doch Dascha und Anna kratzten noch dreieinhalb Eimervoll aus den Ecken heraus. In vier bis sechs Wochen brauchte man ohnehin nicht mehr zu heizen, und bis dahin würden sie es noch durchstehen! In der zweiten Nacht machte Iwan Alexandrowitsch einen Raubzug und kehrte triumphierend mit zwei Brettern zurück, die er irgendwo an einem Zaun abgebrochen hatte. Das zweite, fensterlose Zimmerchen, in dem ein Kochherd stand, hatte keine Belüftung, aber dafür konnte man es mit dem Herd aufheizen. Hier schliefen alle – Oleg in der Ecke neben dem Herd. Das etwas größere Zimmer, mit einer Tür auf den Hof, sollte in der Familie noch viele Jahre lang als »Kältekammer«

bekannt sein. Wovon sie leben sollten, war vorläufig unklar, doch Anna als erfahrene Krankenschwester hoffte, Arbeit zu finden.

Aber daraus wurde nichts. Um einen Arbeitsplatz zu ergattern, brauchte man eine Bescheinigung der Hausverwaltung. Und wieso sollte diese der plötzlich aufgetauchten Schwiegertochter jener Bourgeois einen Gefallen tun? Sie hatte früher woanders gewohnt. Und mit wem war sie verheiratet? Ach, mit dem ältesten Sohn der Petrows! Der war als Soldat in den Krieg gezogen, aber, wie man überall auf dem Hof wußte, zum Offizier aufgestiegen. In der Armee des Zaren. Und wo war er jetzt? Aha, verschollen. Was das bedeutete, war ja bekannt. Statt Anna eine Bescheinigung auszustellen, sollte man lieber ihren Lebenslauf untersuchen. Die Hausverwaltung händigte auch die Brotkarten aus, und die Petrows konnten natürlich nicht mit Sowjetrationen rechnen. Nach einigem Zögern gab man jedoch Dascha – als »unterdrücktem Element« – eine Karte.

»Wenigstens das Kind braucht nicht zu hungern!« jubelte sie. Da die Versorgung stockte, wurden nicht jeden Tag Rationen verteilt, aber immerhin konnte der Junge nun ernährt werden.

Das Haus hatte eine Kanalisation, aber ein paar Rohre waren zugefroren, und nun mußten alle Familien die vereiste Toilette auf dem Hof benutzen, die aus drei geborstenen Holzverschlägen bestand. Deshalb oder weil sie so lange in den Lebensmittelschlangen warten mußte, begann Dascha plötzlich zu husten und mußte sich mit Fieber hinlegen. Die Petrows besaßen ein Thermometer, doch damit konnten sie Dascha nicht heilen! Sie wickelten die alte Frau so warm wie möglich ein und brachten sie in Olescheks Ecke unter. Anna lief in der Stadt herum, um irgendein Medikament zu finden. Dultschin war nicht mehr in Odessa; er hatte einen Platz auf dem französischen Schiff Dumont D'Orville erhalten, das eine Gruppe Wissenschaftler und Schriftsteller an Bord nahm. Wie sich herausstellte, waren diese Wissenschaftler und Schriftsteller in erster Linie Geschäftsleute, überwiegend Griechen und Karäer. Trotzdem hatte sich Dultschin eine Passage verschafft und war vor der Abreise rasch vorbeigekommen, um sich zu verabschieden. Aber das Krankenhaus, das frühere Evangelische Krankenhaus, mußte noch vorhanden sein, und dort würde sie bestimmt ein paar alte Bekannte antreffen.

Anna stieß jedoch viel früher auf einen alten Bekannten. Kaum bog sie hinter der Kathedrale ab, als jemand rief: »Anna Wanna, Freude meiner Seele!«

Sie fuhr zusammen, blickte dem Mann mit dem langen Mantel und den roten Abzeichen an den Kragenspiegeln jedoch unerschrocken ins Gesicht. Er lachte.

»Anjutotschka! Erkennen Sie mich nicht? Ich bin seit drei Tagen zurück und wollte Sie gerade besuchen!«

Unter der Helmmütze mit dem blauen Stern verschwanden sein Haar und seine Stirn, aber seine Augen funkelten so fröhlich und schelmisch, daß Anna ihn plötzlich erkannte. »Andreika!«

»Genau. Puh, wie häßlich Sie geworden sind – nichts als Haut und Knochen. Und wie sieht's zu Hause aus? Wie geht's Maximka? Und den Eltern? Erlauben Sie mir, Ihre goldenen Händchen zu drücken! Ich habe erst später gemerkt, wie gut Marina und Sie mir die Verbände gewechselt haben. Bin bei Tscherkassy angeschossen worden. Das war vielleicht eine Schwester: Wenn der Verband angetrocknet war, hat sie ihn einfach abgerissen, daß das Blut floß – das Biest! Und ich mußte immer an Sie denken und daran, wie Sie die Verbände angefeuchtet haben, damit es, Gott behüte, nicht weh tat. Haben Sie es eilig? Wenn nicht, würde ich gern bei Ihnen vorbeikommen und mich in Erinnerung bringen. Ich selbst kann Sie leider nirgendwohin einladen. Habe gerade einen Posten bei Proletkult gekriegt und suche noch ’ne Unterkunft. Aber Sie können sich darauf verlassen, daß ich von Proletkult zur Lebensmittelversorgung versetzt werde, und dann können wir richtig feiern!«

Andreika strahlte so aufrichtige, sorglose Freude aus, seine Miene und sein Verhalten waren so unverändert, daß auch Anna sich freute, ihn getroffen zu haben. Egal, daß er Bolschewik war, noch dazu anscheinend ein hochrangiger. Sie wußte nicht, was »Proletkult« bedeutete, aber wenigstens war er nicht bei der Tscheka.

»Und was machen Sie jetzt – sind Sie beim Militär?« fragte Anna.

»Hab’ ein bißchen gekämpft, aber zu Hause ist’s besser. Ich hatte vielleicht Quetschungen, das können Sie sich nicht vorstellen! Am Ende mußten sie mich entlassen«, erwiderte er mit einem listigen Grinsen. »Und wie geht’s dem Bengel? Wächst er?«

Und da schüttete Anna ihm das Herz aus. Sie erzählte ihm von ihren Eltern, von Maxims und Marinas Abreise und von Dascha. Andreika würde bestimmt nicht mit seiner Pistole auf sie schießen, obwohl sie die Frau eines Offiziers war. Und er würde sie auch nicht zur Tscheka schleppen. Was für ein Bolschewik war er überhaupt? Schließlich hatte er ein gutes Herz. Sie mußte sich einfach alles von der Seele reden, und er verstand es so gut, sie zu trösten.

»Bitte, Anjutotschka, weinen Sie nicht, brechen Sie mir nicht das Herz. Ich halte es nicht aus, Sie so leiden zu sehen. Seit ich von der Front zurückgekehrt bin, habe ich schwache Nerven, und ich kann für nichts garantieren. Jetzt gehe ich zur Hausverwaltung und rede denen ins Gewissen.«

»Das Gewissen ist abgeschafft«, lächelte Anna unter Tränen.

»Dann werde ich ihnen den Teufel mit dieser Pistole hier austreiben! Die habe ich vom Genossen Budjonny selbst. Aus der Hand werden sie mir fressen, das verspreche ich Ihnen. Gehen Sie jetzt nach Hause, in einer halben Stunde komme ich mit einem Arzt nach.«

Andreika fiel in ihr ärmliches Leben ein wie ein Wirbelwind und benahm sich genauso ungezwungen wie früher. Er brachte einen Arzt mit und besorgte irgendwo Milch, Honig und sogar Senf für Dascha. Anna schmierte ein dickes Gemisch auf rechteckig geschnittene Zeitungsstreifen und bedeckte die keuchende Dascha mit selbstgemachten Senfpflastern. Und Dascha kam wieder auf die Beine – nach einer Lungenentzündung in ihrem Alter. Sie bekreuzigte sich, ohne zu wissen, wem sie das Wunder zu verdanken hatte: dem Märtyrer Panteleimon dem Heiler oder dem Bolschewiken Andrei Semjonowitsch? Ein zweites Wunder – eines, das gewiß nichts mit dem heiligen Panteleimon zu tun hatte – war die Bescheinigung von der Hausverwaltung. Andreika war in voller Montur auf deren Sitzung erschienen.

»Was fällt euch verfluchten Kontras ein! Ich wette, unter den Weißen habt ihr wie Mäuse hinterm Besen gehockt, während diese guten Menschen mich versteckt haben!« brüllte er und fuchtelte mit dem Geschenk des Genossen Budjonny herum. »Wer hat mich geheilt, als ich eine Kugel von den Banditen im Leibe hatte? Du etwa, du Schwein? Oder du vielleicht? Nein, sie hat mich gepflegt, mit ihren weißen Händen!«

»Weiße Hände sind ein Überbleibsel aus den Tagen der Bourgeoisie, Genosse. Sie sind nach der Front wohl noch nicht ganz auf dem laufenden«, wagte der widerspenstige Guskewitsch zu entgegnen.

Aber Andreika wandte sich ihm mit der ganzen Raserei eines Kavalleristen zu. »Was, du willst mich belehren? Und wo warst du vor 1917? Als Kantor in der Synagoge? Und nun kriechst du der Sowjetmacht hinten rein? Wir werden dich unter die Lupe nehmen und herausfinden, was für Händchen du selber hast!«

Guskewitsch war kein Kantor gewesen – das war nur Andreikas Methode, die Leute aufs Geratewohl einzuschüchtern. Er betrieb einen kleinen Laden auf dem Neuen Basar. Aber er ließ sich nicht gern an die Zeit »vor 1917« erinnern.

Mit der ersehnten Bescheinigung konnte sich Anna als Krankenschwester bewerben, und sie wurde eingestellt. Vorsichtshalber ließ sie sich von Andreika begleiten, was kein Fehler war.

Anna verdiente nicht genug für den Unterhalt der Familie, aber als Andreika tatsächlich einen Posten bei der Lebensmittelversorgung ergatterte und ihr eine Stelle im Volkskommissariat anbot, schüttelte sie nur den Kopf. Selbst wenn sie sich zu einer solchen Arbeit überwinden könnte, wäre es dumm gewesen, damit die Aufmerksamkeit auf sich zu lenken, denn bei einem Lebenslauf wie dem ihren mußte es früher oder später zu Kritteleien kommen. Und für die Bolschewiken arbeiten? Als Krankenschwester war das etwas anderes – da waren alle Patienten gleich. Allerdings stand Anna mit dieser Meinung allein, denn die Bolschewiken nahmen nur Gewerkschaftsmitglieder in ihre Krankenhäuser auf. Andreika zuckte die Achseln, aber er widersprach nicht. Jeder hat eben seine Eigenarten.

Dascha und Maria Wassiljewna fanden Arbeit bei einem Händler, der Tücher herstellte. Dieser verwegene Bursche reiste mit seiner Ware durch die umliegenden Dörfer und tauschte Tücher gegen Lebensmittel ein. Es war eine unkomplizierte Sache, denn sie brauchten nur Farbmuster auf Stoffstreifen zu drucken. Da es sich um Heimarbeit handelte, konnten sie gleichzeitig auf den Jungen aufpassen. In ihrer Jugend hatte Maria Wassiljewna nicht schlecht gezeichnet, und nun entwarf sie sogar eigene Muster. Dadurch ließ sich mehr Geld verdienen, das sie so dringend brauchten! Ein Ei kostete 1921 bereits sechshundert und eine Flasche Milch fünfzehnhundert Rubel.
Iwan Alexandrowitsch befand sich nun in der zweifelhaften Lage, daß die Frauen ihn ernähren mußten! Früher hatte man die Bourgeois zum Arbeitsdienst gejagt, was bedeutete, daß sie Schnee schaufeln oder Ziegelsteine schleppen mußten, und er hatte das Pensum für die ganze Familie erledigt. In seinen schäbigen Sommermantel gehüllt, mit einem herablassenden Lächeln und seiner unausrottbaren herrschaftlichen Haltung, hatte er Karren vollgeladen, Eis mit einem Brecheisen von der Fahrbahn gehackt und war abends schwankend heimgekehrt, doch erfüllt von der Gewißheit, daß man ihn nun umsorgen, bemitleiden und mit heißen Getränken verwöhnen würde. Jetzt war er vom Arbeitsdienst freigestellt und merkte zu seinem Entsetzen, daß er keine Ahnung hatte, was er tun sollte. Er wußte, daß seine Schwiegertochter ihn niemals als Schnorrer schelten würde – schließlich war er immer noch das Familienoberhaupt, er stahl und hackte das Feuerholz und erledigte überhaupt alle Männerarbeiten – außer einer: der Ernährung der Familie.
Eines schönen Tages erschien auf dem Marktplatz ein seltsamer Mann mit seltsamen Waren. Für das Odessa der

zwanziger Jahre waren ungewöhnliche Verkäufer nichts Seltenes. Neben den üblichen Fisch- und Geflügelhändlerinnen, deren Waren nun Millionen kosteten, zeigten sich hinfällige Greisinnen, die versuchten, zehn Jahre alte Osterkarten und anderen Krimskrams gegen eine Prise Salz einzutauschen. Es gab Kokainhändler, die ihre Ware verstohlen feilhielten, und lärmende verwahrloste Kinder, die Zigaretten verkauften. Und verdächtige Personen schnüffelten Woche um Woche in den Reihen herum, wobei sie immer das gleiche Paar Hosen über den Arm geschlungen hatten. Es gab alle möglichen Menschen auf dem Markt. Aber trotzdem erweckte der hochgewachsene alte Mann mit dem Kneifer und dem abgetragenen Mantel Aufmerksamkeit, denn er war offenkundig von höherem Stand. Geistesabwesend stellte er seinen Koffer ab und ordnete darauf eine Reihe kleiner Holzschiffchen mit Stoffsegeln an. Dann holte er ein blau eingebundenes Buch hervor und vertiefte sich in die Lektüre, ohne von der Stelle zu weichen. Natürlich verkaufte er weder an diesem noch am nächsten Tag etwas. Die Händlerinnen hatten bald keine Lust mehr, ihn zu necken, da er ihnen nie antwortete, sondern nur hochmütig die Lippen zusammenpreßte. Am dritten Tag bescherte Gott, der abgeschafft worden war, dem Markt trotzdem ein wenig Unterhaltung.

»He, Hochwürden, willst du das Buch verkaufen?« Zwei Rotarmisten, die träge über den Markt schlenderten, hatten den alten Mann aufs Korn genommen.

»Nein, geehrter Herr! Nur die Schiffe!«

»Was liest du denn da? Schiffe können wir nicht gebrauchen. Verkauf uns das Buch!«

»Und was willst du mit dem Buch, du Trottel? Du kannst ja nicht mal lesen«, sagte der alte Mann verächtlich.

»Was, ich kann nicht lesen? Schon drei Jahre kann ich's!« erwiderte der blonde Soldat, dem die Hülse eines Sonnenblumenkerns am Kinn klebte, empört. »Hört euch das an, Bürger! Ein Soldat der Roten Armee kann diesem bourgeoisen Gauner kein Buch – die Quelle des Wissens – abkaufen!«
»Mal sehen, was er überhaupt liest!« brüllte der andere Soldat zur Unterstützung.
»Ovid, zu eurer Information«, erklärte der seltsame Herr kühl. »Und ich habe nicht die Absicht, euch Flegeln das Buch zu überlassen. Ihr würdet mit dem Papier doch nur Zigaretten drehen.«
Dieser feine Herr hatte es anscheinend darauf abgesehen, daß ihm eine Kugel verpaßt wurde, bevor sich ein Revolutionsgericht mit ihm abmühte. Er zeigte kein bißchen Demut und nicht einmal einen Anflug von Furcht. Durfte ein Bourgeois heutzutage noch so mit einem Soldaten reden? Und wie unverschämt er war!
»Los, Mitjucha, stopf ihm das Maul mit 'ner Kugel!« sagte der Blonde aufgebracht.
Der andere ließ sich nicht lange bitten und zog sich das Gewehr von der Schulter.
»Fang an zu beten, du alter Sack! Gleich kriegst du 'nen Passierschein in die Hölle!«
Der alte Mann schaute kaltblütig in den Gewehrlauf und wandte sich dann wieder seiner Lektüre zu. Das war eine Frechheit – eigentlich hätte er auf den Knien rutschen und vor sich hin wimmern müssen. Wo blieb denn da der Spaß?
»Onkelchen, der alte Knabe ist doch durchgedreht!« schrie ein verdreckter Junge, und die Händlerinnen pflichteten ihm bei: »Warum laßt ihr ihn nicht in Ruhe? Seht ihr denn nicht, daß der Mann nicht richtig im Kopf ist?«

Das war eine ganz neue Wendung, denn Verrückte rührte man nicht an, und es war albern, sich über sie zu ärgern. Die Soldaten lachten. »Also, dann verkauf uns ein Schiffchen, Alter – vielleicht bringt's uns Glück! Wieviel soll's kosten? Hör dir das an! Er spinnt vielleicht, aber er nimmt's von den Lebendigen!«

»Das ist Handarbeit«, antwortete der alte Mann schulmeisterhaft.

Für die Soldaten ging es nun darum, ihr Gesicht zu wahren. Sie konnten schließlich nicht mit einem Wahnsinnigen feilschen, und außerdem hatten sich viele Zuschauer angesammelt. Dies waren die ersten beiden Schiffchen, die Iwan Alexandrowitsch verkaufte. Danach galt er auf dem Marktplatz als »der verrückte Herr«. Die Leute gewöhnten sich an ihn und prahlten sogar: »Seht mal, was für einen feinen Herrn wir hier haben! Wie unter dem Zaren.«

Er ließ sich von niemandem etwas gefallen, nicht einmal von einem hohen Kommissar. Es war angenehm, einen Mann auf dem Markt zu haben, der sich vor nichts fürchtete, und wenn er jemandem eine Abfuhr erteilte, amüsierten sich alle königlich. Ob seine Schiffchen Glück brachten oder nicht, die Händler machten nur zu gern Reklame für ihn.

Iwan Alexandrowitsch fertigte die Schiffchen abends an – sehr zu Olegs Entzücken. Er behandelte seinen Enkel sehr streng, denn das Kind brauchte eine männliche Erziehung. Und er sprach nur Französisch – Oleg nannte es »Großvaters Sprache« – mit dem Jungen. Dieser begriff, daß er nur dann ein Schiffchen geschenkt bekam, wenn er sich bei seinem Großvater in »dessen Sprache« einschmeichelte, und bald plapperte er recht gewandt auf französisch. Iwan Alexandrowitsch schmunzelte. Er wußte, daß man ihn auf dem Marktplatz für einen Verrückten hielt, aber die Familie war natürlich nicht im Bilde. Wofür sonst konnte man einen normalen Menschen auf dieser Welt halten? Er beabsichtigte nicht, sich wegen dieser Gauner zu ändern. Und wenn er eines Tages wirklich eliminiert würde, wie es jetzt hieß, so könnte die Familie den Verlust verkraften. Nur um den Jungen tat es ihm leid, denn die Frauen würden ihn allzusehr verwöhnen.

Unterdessen ging das Leben seinen Gang: Manche Kirchen wurden in Speicher und Clubs umgewandelt, anderen entzog man ihr Vermögen. Der Patriarch war in Haft, aber noch am Leben. Auf den Straßen marschierten barfüßige Pioniere mit Trompeten und Trommeln. Zum fünften Jahrestag der Oktoberrevolution wurden die Straßen umbenannt. Erwerbslose drängten sich vor dem Arbeitsamt. Die Verhaftungen setzten sich stetig fort, wenn auch nicht mehr mit dem Tempo des »roten Terrors«, da man nun wählerischer geworden war. Konterrevolutionäre wurden mit der Abkürzung »KR« belegt. In diese Kategorie gehörten unverbesserliche Geistliche, Adlige, die sich aufgrund ihrer Herkunft nicht ändern konnten, und die reicheren Bauern auf dem Lande – genau wie Frauen und Mütter von Offizieren.

Aber wie früher wurden an den Straßenecken »heiße Maiskolben« und Krabben in Papiertüten verkauft. Die Menschen tratschten aus jedem Anlaß, und die neue Generation der Kinder schrie unten am Ufer immer noch: »Das Wasser heute – zum Abklappern!«

Was bedeuten sollte, daß es kalt war.

Nachdem Jakow den Arbeitsplatz einige Male gewechselt hatte, nahm er einen Posten als Schullehrer an. Er wohnte mit seiner Mutter zusammen und versuchte, sich so unauffällig wie möglich zu benehmen. Das gutherzige Ehepaar Borja und Rita kümmerte sich um Rachel, und auf dem Hof war sie als »bekloppte Rochl« bekannt. Dabei verhielt sie sich ganz normal, solange niemand mit ihr über Politik sprach. Dann jedoch kreischte sie Dinge, die vernünftige Menschen nicht einmal geflüstert hätten. Sie brachte alles durcheinander und verwechselte Petljura und Trotzki und den erschossenen Zaren Nikolaus. Jakow wollte sie nicht auf den Markt gehen lassen, aber seine Mutter war mit seinen Einkäufen unzufrieden, und letzten Endes fand er sich mit ihrem Wunsch, selbst zu gehen, ab. Damals gab es überall zahlreiche Verrückte, und niemand schenkte ihnen besondere Beachtung. Ein Mann lief zum Beispiel mit einem Messingspucknapf auf dem Kopf herum und sang von »Kornblumen«, oder er kroch auf den Knien dahin und suchte im Staub nach einem Mädchen – »ganz klein ist sie«. Und alle sahen ein, daß es am besten war, ihn in Ruhe zu lassen. Solche Leute waren harmlos, während diejenigen, die plötzlich gewalttätige Ausbrüche hatten, als gefährlich galten. Meistens waren es frühere Frontkämpfer. Sie wirkten normal, bis ihre erschreckend sanften Stimmen plötzlich zu einem wahnsinnigen Heulen ansetzten. Ihre Lippen wurden blau, und Schaum trat ihnen vor den Mund. Manchmal sprangen sie jemandem an die Kehle, und die Menschen schraken vor ihnen zurück. Die obdachlosen Jugendlichen waren einfallsreich genug, diese Chance zu nutzen und eine neue Mode zu entwickeln.

»Tantchen, gib einer Waise mit Syphilis ein bißchen Geld, sonst beiße ich dich, ich bin nämlich Epileptiker«, verkündeten vermummte, vielleicht zehnjährige Kinder mit klaren Augen, und die Tantchen ließen sich fast immer erweichen.

Jakow vertraute dem Schicksal. Es war unwahrscheinlich, daß seine Mutter auf dem Markt oder auf der Straße losschreien würde. Auf schriftliche Parolen, Plakate und Porträts reagierte sie nicht, sondern nur auf die direkte Erwähnung politischer Themen. Er verdiente genug für sie beide, denn als Parteimitglied und Bürgerkriegsinvalide erhielt er zusätzlich eine Rente. Rachel führte den Haushalt. Wie früher betete sie ihren Sohn an, während sie Rimma nie erwähnte, und Jakow vermied es, mit ihr über seine Schwester zu sprechen. Rimma arbeitete in Charkow für die Partei und schrieb ihm hin und wieder. Jakow wußte von ihrem persönlichen Kummer: Genosse Tschichikow war im Herbst 1919 bei Kämpfen gegen die Petljura-Leute schwer verwundet worden. Er starb in Rimmas Armen und wurde in Schitomir beerdigt. Rimma schilderte seinen Tod knapp und sachlich. Sie schien sehr viel zu tun zu haben – zum Glück, denn Arbeit war die beste Medizin.
Auch Jakow wurde durch die Arbeit gerettet. Wenn er die Kinder unterrichtete, fühlte er sich ruhig und ausgeglichen. Schüler unter zwölf Jahren waren ihm am liebsten. Er brachte ihnen geduldig das neue Alphabet und die Internationale bei und achtete darauf, daß keiner um sein Stück Brot mit Marmelade betrogen wurde – dies war die Ration an der Arbeitsschule für Jungen, die man nach irgendeinem Kommunisten benannt hatte. Auf dem Rückweg von der Arbeit stieß er gelegentlich auf einen der Petrows. Diese Begegnungen ließen sich nicht vermeiden, da sie auf demselben Hof wohnten. Wenn sie sich nicht unbemerkt aus dem Weg gehen konnten, verbeugten sich beide Seiten höflich voreinander. Aber meistens huschten sie aneinander vorbei. Andreika hatte kein Verständnis für die Situation und machte mehrere Versuche, sie miteinan-

der zu versöhnen, doch dann gab er es auf. Er mochte diese kleinlichen Streitereien nicht.

Es war bereits 1923, als jemand an die Tür der Petrows klopfte. Iwan Alexandrowitsch, der gerade ins Bett gehen wollte, begab sich in seiner Unterwäsche zur Tür. Wie erstarrt hörten Anna und Maria Wassiljewna einen Schrei, ein abgehacktes, dumpfes Schluchzen und dann eine Männerstimme.

»Papa, mein Guter, entschuldige, daß ich so hereinplatze. Ich konnte euch nicht vorher Bescheid geben.«

Kapitel 25

In jener Nacht schlief niemand in der Wohnung Nummer neunundzwanzig. Sie dachten nicht ans Sparen und ließen die Petroleumlampe bis zum Morgen brennen. Pawel rannte immer wieder zu seinen Koffern hinüber, um Geschenke aus Paris auszupacken, doch dann hielt er plötzlich inne und umarmte Anna oder seine Mutter und seinen Vater. Er hatte keinen Schnurrbart mehr, und seine Lippen wirkten länger und schmaler. Seine recht feinen Züge schienen nicht zu seiner breiten Stirn zu passen. Seine Augenlider waren schwerer, doch sein Blick hatte sich nicht verändert. Die Eltern schauten einander bedeutungsvoll an, denn unter diesem Blick war Anna plötzlich wieder zu einem Schulmädchen geworden.
»Pawlik! Wo sollen wir dich bloß verstecken? Sie erschießen Leute, die aus dem Ausland zurückkehren!«
»Aber Papa, nur wenn man illegal zurückkehrt! All meine Papiere sind in Ordnung – ich habe einen Antrag gestellt und die Genehmigung erhalten. Es war viel leichter, als ich dachte.«
»Was du nicht sagst!«
»Ich bin nicht der erste. Auch Alexei Tolstoi ist zurückgekommen – und er ist sogar ein Graf.«
»Ja, das stand in den Zeitungen. Aber wir hielten es für eine der üblichen Lügen.«
»Natürlich, sie lügen, aber manchmal sagen sie eben doch

die Wahrheit. Man hat mir sogar versprochen, mir bei der Arbeitssuche zu helfen. Anscheinend haben sie ihre Politik geändert.«

»Du verläßt dich also auf ihre Politik! Du bist verrückt, was für ein Risiko!«

»Ich konnte ohne euch nicht leben. Mir blieb nichts anderes übrig. Wenn ihr wüßtet, wie satt ich es hatte, Emigrant zu sein. Egal, darüber können wir später sprechen. Hier ist ein Brief von Maxim.«

Maria Wassiljewna, die sich bis dahin gefürchtet hatte, nach Maxim zu fragen, brach in Tränen aus. »Maximka, mein Kleiner! Er lebt also?«

»Ja, und er ist sogar ein bißchen dicker geworden! Er arbeitet in Paris als Chauffeur. Wir haben einander fast sofort gefunden und uns oft getroffen. Bevor ich nach Marseille umgezogen bin, haben wir uns eine Wohnung geteilt.«

»Und ... ?«

»Nein, Mama. Wir haben sie gesucht – mit Zeitungsanzeigen und allem möglichen. Aber bisher ohne Erfolg.«

»Sie war doch mit Maxim zusammen!«

»Und sie sollten mit demselben Schiff evakuiert werden. Aber was für ein Chaos. Und sie hat im Lazarett gearbeitet, Maxim dagegen für Denikin persönlich. Das ist eine andere Geschichte ... Er vergöttert Denikin wie ein kleiner Junge. Erst war er sein Geheimkurier und dann sein persönlicher Adjutant. Als Heizer verkleidet, ist er in die bolschewistischen Gebiete gefahren. Jedenfalls war er bei seinem angebeteten Oberbefehlshaber, und der wollte erst im letzten Moment verschwinden. Aber reg dich nicht auf, Mama. Viele sind in Konstantinopel gelandet und von dort weiter nach Tschechien oder Jugoslawien gereist. Kein Tag vergeht, ohne daß irgendwo jemand auftaucht. Die Mirkins haben ihre Tochter und ihren Enkel vor kurzem wiedergefunden – in Berlin! Maxim gibt uns Bescheid, wenn er etwas erfährt. Das habe ich mit ihm abgesprochen. Nein, er kommt nicht zurück.«

»Gott sei Dank!« sagte Maria Wassiljewna und bekreuzigte sich.

Sie wollte allein sein, um Maxims Brief zu lesen. Deshalb ging sie ins »warme Zimmer« und nahm einen Kerzenstummel mit, den sie für einen besonderen Anlaß aufbewahrt hatte. Oleg schüttelte den Kopf, wachte jedoch nicht auf. Er schlief genauso wie Maxim als Kind: auf dem Rücken mit nach hinten geworfenen Armen. Maria Wassiljewna war von einem seligen Gefühl der Unverletzbarkeit erfüllt. Ja, Maxim – als einziges ihrer Kinder – war nun in Sicherheit! Auch noch morgen und in einem Jahr und für immer. Gott hatte sie auf vielerlei Art gestraft, aber nicht damit. Nicht mit ihrem blauäugigen Jungen. Das letzte Kind bringt Glück, wie man sagte. Immer wieder küßte sie das beigelegte Foto. Ein prächtiger Mann von dreiundzwanzig Jahren, und es stimmte nicht, daß er dicker geworden war. Er trug Zivilkleidung, denn natürlich hatte er kein Bild von sich selbst in Uniform nach Sowjetrußland schicken können. Sie fiel auf die Knie. In der Dunkelheit war das Bild der Mutter Gottes nicht zu sehen, aber sie wußte, an wen sie sich wandte. Und sie versprach, daß sie nie wieder, was auch kommen mochte, murren oder sich beklagen werde.

»Und wo ist Dascha?« fragte Pawel unterdessen.

»Sie ist gestorben. Im letzten Sommer gab's hier Cholera«, erwiderte Anna, als wäre es ihre Schuld. »Ich konnte nichts tun, denn man brachte sie sofort weg – in Quarantäne. Sonst ist keiner von uns angesteckt worden, aber so viele Menschen sind gestorben. Pawlitschek, du kannst es dir nicht ausmalen! Es war so heiß, und die Wasserleitung war geplatzt, und die Stadt wurde abgesperrt, und du weißt ja, die Brunnen kann man an den Fingern abzählen. Ich habe versucht, sie bei uns im Krankenhaus unterzubringen, aber alle Cholerakranken wurden aus der Stadt gebracht, und ich konnte einfach nichts dagegen machen... Ich weiß nicht einmal, wo sie begraben ist. Oleschek hat so geweint, und er fragt immer noch nach Dascha. Ich sage ihm, daß sie weggezogen ist.«

In Wirklichkeit hatte Anna später herausgefunden, daß kein Grab existierte – man hatte die Cholera-Opfer einfach in Kalkgruben geworfen. Aber sie brachte es nicht übers Herz, Pawel davon zu erzählen. Wie oft hatte sie sich in den Begegnungen mit ihm, von denen sie geträumt hatte, über all ihren Kummer beklagt: darüber, daß Oleschek 1921 durch Unterernährung die Haare ausgefallen waren, daß Iwan Alexandrowitsch mit geschwollenen Beinen und aufgedunsenem Bauch zwei Monate im Bett gelegen hatte und daß es ihr so schwergefallen war, mit einem Eimer und einem Teekessel unten im Hafen Wasser zu holen. Aber nun hatte Anna das Gefühl, von alledem nicht sprechen zu können. Wahrscheinlich war es auch unnötig, denn der Kriegskommunismus war vorbei, die Neue Ökonomische Politik hatte begonnen, und die Lage würde ein wenig besser werden.

Pawel schwieg sehr lange. Dies konnte er sich nicht sofort vorstellen: Die zärtliche Dascha, nach der er sich nicht weniger gesehnt hatte als nach seiner Mutter, war tot. Es mochte ein sündhafter Gedanke sein, aber seine Mutter hatte sich nie ausschließlich mit den Kindern, sondern auch mit vielen anderen Angelegenheiten beschäftigt, während Dascha nur ihnen gehört hatte. Der Blumenduft ihrer Seife, ihre weiche Brust hinter der buntscheckigen Schürze, an der er seinen kindlichen Kummer ausweinte, die Geschenke, die sie ihrem Liebling vom Markt mitbrachte, die kleinen Geheimnisse, die sie miteinander teilten... Dascha verkörperte seine Kindheit, sie war immer dagewesen und hätte auch in Zukunft dasein müssen. Und auch Annas Eltern waren tot, ebenso wie der Rest der Familie, die Pawel als Heranwachsendem jene Ehrfurcht eingeflößt hatte. Aber ihr Tod ließ sich leichter verstehen, denn er konnte ihn vom Standpunkt eines Erwachsenen aus betrachten. Dies waren nicht die Dinge, über die man weinte, sondern über die er in schlaflosen Nächten nachgedacht hatte, wenn er mit trockenen Augen an die Decke einer Pariser Wohnung, an die Balken eines Unterstandes oder empor zum nackten Himmel über seiner erschöpften, zurückweichenden Abteilung starrte.

Aber nun war er der Vater eines fünfjährigen Sohnes. Anna hatte recht gehabt, als sie versicherte, daß ihr Baby ein Junge sein werde. Nun schlief dieser kleine Unbekannte im Nebenzimmer, und Pawel fiel es aus irgendeinem Grunde schwer, zu ihm zu gehen und ihn sich anzusehen. Die Hauptsache war jedoch, daß er es geschafft hatte! Als er die Umstände seiner Rückkehr erklärte, hatte er nur die halbe Wahrheit gesagt. In Paris war es zu einem Gespräch mit Maxim gekommen, von dem er seiner Familie natürlich kein Wort berichtete.

»Glaubst du den Bolschewiken etwa? Sie werden dich erschießen – wenn nicht am selben Tag, dann eine Woche später!« rief Maxim aufgeregt.

»Das könnte stimmen. Ich bin nicht verrückt genug, ihnen zu trauen.«

»Warum tust du es dann? Meinst du, daß du deiner Frau damit hilfst? Oder Mama und Papa? Pawel, ich verstehe dich nicht.«

»Genau deshalb fahre ich zurück. Denn sonst wird man sie

verhaften. Anna auf jeden Fall. Ich habe erfahren, daß man sich besonders auf die Ehefrauen konzentriert. Es gibt viele Fälle dieser Art. Mit den Männern haben sie abgerechnet, und nun sind die Frauen an der Reihe. Und das kann ich nicht zulassen. Sie sollen lieber mit mir kurzen Prozeß machen. Du bist doch auch Offizier – also mußt du mich verstehen. Für dich ist es etwas anderes, du bist nicht verheiratet. Aber ich habe meine schwangere Frau zurückgelassen!«

»Aber vielleicht ist es schon zu spät?«

»Ich hoffe, nicht. Das verhüte Gott.«

Maxim stand auf, machte ein großes Kreuzzeichen über Pawel und umarmte ihn.

Als Oleg seinem Vater am nächsten Tag vorgestellt wurde, erkundigte er sich in sachlichem Tonfall: »Und wie soll ich mit Ihnen reden – normal oder in Großvaters Sprache?«

Oleg, ein kleiner, sonnengebräunter Junge, konnte bereits hundepaddeln und war ungeheuer stolz darauf. Er warf seinem Vater immer wieder kritische Blicke zu: Parfüm kam aus Paris, aber kein Papa. Doch Pawel gelang es, seinen Respekt zu gewinnen, indem er Drachen zusammenklebte. Und dann errang er Olegs Bewunderung durch seine Heldentaten am Strand: Kein anderer konnte so lange tauchen oder so großartig brustschwimmen oder von einem hohen Felsen aus »Schwalben« machen. Pawel fing ein Seepferdchen für seinen Sohn und ließ es austrocknen. Niemand sonst auf dem Hof besaß einen solchen Schatz, und Oleg prahlte damit unablässig vor den anderen Jungen. Die Petrows waren nicht darauf aus, Pawels Rückkehr an die große Glocke zu hängen: Alles mochte legal sein, doch Gott paßte nur auf diejenigen auf, die auf sich selbst aufpaßten. Aber es war unmöglich, das Kind im August zu Hause einzusperren, und sobald

jemand mit ihm einen Spaziergang machte, verkündete Oleg aller Welt stolz: »Jetzt ist Papa bei uns!«
Pawel beschloß, sich nicht im Arbeitsamt nach einer Beschäftigung umzusehen. Nun war die NÖP eingekehrt, und es empfahl sich, mit Hilfe von persönlichen Beziehungen nach einer Arbeit zu suchen. Und er bekam eine Stellung: in Bermans Fotostudio. Schon als Junge hatte er sich für Fotografie interessiert, was sich nun bezahlt machte. Er verstand es, sogar leicht mißratene Aufnahmen »auf Hochglanz zu bringen«, und wenn er heimkam, waren seine Ärmel von den Chemikalien braun gefärbt. Im tiefsten Innern glaubte er nicht, daß es lange gutgehen konnte. Um so glücklicher waren diese Tage und Nächte für ihn und Anna. Da es ein heißer Sommer war, zogen die Eltern mit Oleg in die »Kältekammer«. Pawel war nicht verwöhnt. Zwei Kriege und ein Jahr in der Emigration hatten bewirkt, daß er keine hohen Ansprüche stellte. Trotzdem fiel es ihm nicht leicht, sich an das sowjetische Alltagsleben zu gewöhnen – dazu noch in dem Haus, daß er so ganz anders in Erinnerung hatte. Er mußte sich mit den Petroleumlampen und dem Möhrentee abfinden, der durch Saccharin gerade halbwegs genießbar wurde, und damit, daß Anna im Zuber nur mit Asche, nicht mit Seife waschen konnte. Herrgott, wenn das »ein bißchen leichter« war, wie hatte man dann vorher gelebt?
Es war weniger schlimm, die Wassereimer drei Häuserblocks entlangzuschleppen als jedesmal an der Kathedrale vorbeizukommen, wo er immer das Gefühl hatte, daß ein Vorwurf über ihm schwebte. Der Glaube, den er fast verloren hatte, war im ersten Krieg zu ihm zurückgekehrt. Doch nun hatten sich die Dinge irgendwie verändert: Er wurde von einer unauslöschlichen Mischung aus Schuldbewußtsein und Scham geplagt. Und als er die Kathedrale

seiner Kindheit zum erstenmal seit seiner Heimkehr betrat, fiel ihm auf, daß sie kaum wiederzuerkennen war. Alles, was man hatte entfernen und fortschaffen können, war verschwunden. Außer der wundertätigen Ikone, zu der man ihn als Jungen hinaufgehoben hatte, der uralten »Malteser Dreifaltigkeit« und den Kandelabern war noch etwas anderes, viel Wichtigeres verschwunden – obwohl Pawel es nicht benennen konnte. Oder vielleicht war etwas Unangemessenes hinzugekommen? Er erinnerte sich an seinen Lieblingsengel an der Wand über dem Grabmal von Woronzow, der so strahlend ausgesehen hatte und mühelos zwischen zwei dunklen Figuren aufgestiegen war. Wenn Pawel ihn als Junge angestaunt hatte, schien er selbst fliegen zu können. Nun konnte er nicht mehr fliegen. Nie wieder. Ja, etwas war hinzugekommen und erfüllte die Luft: eine Angst, die den Menschen so vertraut geworden war, daß sie sie nicht einmal mehr wahrnahmen. Aber er war noch nicht damit vertraut, er spürte sie, leistete ihr Widerstand und versuchte, sie nicht in seinen Geist eindringen zu lassen. Der Priester, der den kleinen Oleg getauft und ihm die Kommunion erteilt hatte, war erschossen worden. Und man hatte das Kloster zerstört. Viele, darunter auch die Petrows, zogen es nun vor, zu Hause zu beten. Und das war die geringste ihrer Sorgen. Aber Pawel konnte auch die ganze Stadt nicht wiedererkennen. An jeder Straßenkreuzung schillerten nun idiotische Namen – zum Gedenken an die »Heiligen der Revolution«. Gewiß, keiner sprach diese Namen je aus, nicht einmal die Bolschewiken. Man blieb bei den alten Bezeichnungen und brachte sie auch den Kindern bei. Dies wurde zu einer Art Losung für die wahren Bürger von Odessa, und sie würde es bleiben, solange die Stadt existierte. Doch wie wenige Menschen nun auf den Straßen zu sehen waren. Die Bevölkerung hatte sich fast um zwei Drittel verringert – und so viele Fremde waren zugezogen! Trotzdem wirkte die Stadt halb leer. Pawel, der als ihr Beschützer im Krieg gekämpft hatte, empfand dies besonders schmerzlich. Von seinen früheren Bekannten war kaum noch jemand übriggeblieben, und ihm war nicht danach zumute, neue Freundschaften zu schließen. Er hatte ohnehin keine Zeit dazu.

Die Tatsache, daß man zwei Monate brauchte, um ihn zu verhaften, hatte, wie Pawel später erkannte, nur mit der Saumseligkeit der Tscheka zu tun und damit, daß das Paßsystem erst sieben Jahre später eingeführt wurde. Egal, er war gerüstet. Und er hatte auch Anna nach Kräften darauf vorbereitet. Sie mußte ihm versprechen, daß sie ihn, wenn er nicht erschossen, sondern inhaftiert wurde, auf keinen Fall besuchen oder ihm Geldanweisungen schicken werde. Das Leben des Kindes durfte nicht aufs Spiel gesetzt werden. Was würde geschehen, wenn man auch sie verhaftete – sollte Oleg etwa obdachlos durch die Straßen ziehen? Sollte er in Kesselräumen schlafen und in Zügen um Geld betteln? Anna wollte weder davon sprechen noch daran denken. Aber als die Männer eines Nachts kamen, wußte sie sofort, wen sie abholen wollten. Pawels Sachen brauchten nicht gepackt zu werden, er hatte bereits sein Bündel geschnürt.

»Dies hier, meine Lieben, ist keine Besserungsanstalt! In Solowki gibt's keine Sowjetmacht – wer sich beschweren will, verschwendet seine Zeit! Die Umerziehung fängt sofort an. Willkommen, Quarantäne-Kompanie!« verkündete ein Mann mit Offiziershaltung und pomadisiertem Schnurrbart der Gruppe von Neuankömmlingen. Diese Männer, darunter auch Pawel, konnten nach der Reise im

Schiffsladeraum kaum auf den Beinen stehen. Der frische Seewind hatte ihre Widerstandskraft in Mitleidenschaft gezogen. Nur die Robusteren waren nach der Überfahrt noch am Leben. Alle, die unter Deck gestorben waren, hatte man, kurz bevor das Schiff anlegte, ins offene Meer geworfen.

»Ich grüße Sie, Genosse Rittmeister!« brüllte eine einzelne Stimme forsch.

»Der sibirische Wolf ist dein Genosse«, lachte der Mann und streifte sich sorgfältig ein Staubkörnchen vom schwarzen Aufschlag seines Mantels. »Und wieso hast du erraten, daß ich Rittmeister bin, du Schwein? Also gut: Nur einer hat den Weg der Besserung beschritten, die übrigen sabotieren die Begrüßung ihres Befehlshabers. Saboteure kriegen drei Tage und Nächte Strafdienst. Und du, Dreckskerl, wirst die Kreise zählen – paß auf, daß du dich nicht vertust! Oder ich stecke dich in diesen Haufen, und was sie dann mit dir anfangen, ist nicht meine Sache.«

Strafdienst hieß, Felsbrocken im Kreis herumzuschleppen. Die »Lektion« bestand aus sechs Kreisen pro Stunde, und das zehn Stunden lang. Pawel schaffte es mit Mühe, aber ein Priester, den man noch in seiner Kutte abtransportiert hatte, taumelte bereits nach der ersten Stunde. Als Pawel eine Bewegung machte, um ihn zu stützen, klirrte die Kugel eines Aufsehers gegen den Felsbrocken. Nachdem der Priester zusammengebrochen war, wurde ein Pferd mit leerer Deichsel herangeführt. Man band den bewußtlosen Saboteur daran fest, und der verwegene Rittmeister saß auf und gab dem Pferd die Sporen. Pawel hörte ein schwaches Stöhnen, als sich das Pferd in Bewegung setzte, und das Jauchzen des Rittmeisters.

»'nen Simulanten erkenn' ich noch im Grab!«

Ja, in Solowki gab es wirklich nicht einmal die Macht eines

Sowjet. Für Ordnung sorgten frühere weiße Offiziere, die sich bei den Kommunisten eingeschmeichelt hatten. Für Pawel waren diese Männer noch widerwärtiger als jeder Kommissar. Er glaubte, bereits russische Offiziere gesehen zu haben, die ihre Ehre verloren hatten – nämlich die wenigen, die in der Emigration so weit gesunken waren, daß sie auf den Straßen bettelten. Nun zeigte sich jedoch, daß er keine Ahnung gehabt hatte. Während er Felsbrocken schleppte, den Dauerfrostboden aufhackte, stürzte und sich unter dem Karren hervorarbeitete, an den er mit zwei anderen anstelle eines Pferdes gespannt war, hatte er seine ganzen drei Jahre in Solowki hindurch keinen einzigen Wunsch mehr. Nicht einmal den Wunsch zu überleben. Und vielleicht überlebte er deshalb.

In den ersten Tagen kam ihm der Gedanke, den Rittmeister ins Gesicht zu schlagen oder sich auf einen Aufseher zu stürzen, um allem ein Ende zu machen. Diesen Gedanken teilte er seinem Pritschennachbarn mit.

»Was ist los mit dir, bist du kein Christ?« fragte der Mann verwundert. Er war mittleren Alters und hatte ein seltsam entstelltes Gesicht mit einer zerquetschten Nase und platten, pfannkuchenartigen Lippen. Da ihm die Vorderzähne fehlten, mußte Pawel genau hinhören, um seine Worte zu verstehen. »Weißt du, was Gott über Selbstmord sagt?«

»Wieso Selbstmord? Die würden mich doch erschießen«, gab Pawel empört zurück.

»Nee, nee, wenn du vorher Bescheid weißt, ist es das gleiche. Wem willst du was vormachen? Als unser Erlöser sein Kreuz trug, hat Er sich auch nicht auf die Aufseher gestürzt, und du jammerst rum, nur weil du ’nen Schlitten ziehen mußt! Ihr Offiziere bildet euch alle was ein. Du darfst nicht sündigen, dann wird Gott dir dein Los erleichtern.«

»Und warum sitzt du? Bist du auch ›KR‹?«
»Und ob. Ich hab' gesündigt – hab' nem Komsomolzen die Fresse poliert, als sie unsere Kirche für die Pioniere beschlagnahmen wollten. Tot war er nicht, aber er soll den Verstand verloren haben. Ich hab' mich einfach geärgert, weißt du. Bin selbst Tischler und hatte ordentlich an der Kirche mitgebaut. Der Untersuchungsrichter war sauer, weil ich den Komsomolzen umgehauen hatte. Deshalb haben sie mich aufs Brett gelegt. Siehst du, was sie mit meiner Schnauze angestellt haben?«
»Was heißt ›aufs Brett gelegt‹?« fragte Pawel verständnislos.
»Das weißt du nicht? Na ja, sie binden dich von oben bis unten an ein Brett, und dann heben sie die eine Seite an und lassen los. Oder sie stellen dich aufrecht hin und lassen dich mit aller Gewalt aufs Gesicht rasseln – das ist ›aufs Brett legen‹. Ich hab' mein ganzes Leben mit Brettern gearbeitet, aber auf so eine Idee bin ich nie gekommen.«
Drei Monate später »erleichterte« Gott das Los dieses Nachbarn: Er wurde zusammen mit den übrigen Toten hinter der Frauenbaracke begraben. Pawel dagegen wurde keine »Erleichterung« zuteil.

Nachdem sich Anna von Pawel verabschiedet hatte, wurde sie zu Stein: Sie weinte nicht, aber sie lächelte auch nicht mehr. Wenn sie mühsam die Lippen verzog, um ihrem Sohn den Anschein eines Lächelns zu schenken, erstarrte Maria Wassiljewna das Herz. Bis sich Anna erholt hatte, tat Maria Wassiljewna, was sie konnte, um den Mut der Familie zu stärken, denn sonst hätte niemand überlebt. Und sie bewältigte diese Aufgabe.

Der Winter des Jahres 1923 war kalt und fast schneelos. Der Wind heulte schneidend durch die geraden, zugigen Straßen, und sogar die Jungen verloren das Interesse an ihren »Rutschbahnen«, die sich in schwarze Eisstreifen verwandelt hatten. Die Schule, in der Jakow arbeitete, war geheizt, aber trotzdem saßen die Kinder entweder im Mantel oder in den Jacken ihrer Mütter auf den Bänken. Nicht einmal Jakow selbst legte seinen grünen Wollschal ab. Er hatte es satt, alberne Berichte zu schreiben, und nach jeder Neuerung mußten weitere verfaßt werden. Bald ging es um die komplexe Lehrmethode, dann um die Brigademethode oder plötzlich um die Entdeckung fehlerhafter Schüler – der Teufel wußte, was damit gemeint war. Vorsichtshalber meldete er, daß keiner seiner Schüler »fehlerhaft« sei, und erhielt einen strengen Verweis von seinen Vorgesetzten, weil er die »von oben« angeordneten idiotischen Tests nicht durchgeführt habe. Gereizt und mißgestimmt ging er hinaus in die kalte Vorhalle mit den Porträts von Lenin und Trotzki und rauchte eine Zigarette neben dem Fenster, über dem ein Halbkreis prangte, der wie eine Zitronenscheibe aussah.

»Onkelchen Chef, brauchen Sie vielleicht eine Reinemachfrau«, fragte jemand und zupfte ihn am Ellbogen.

Es war ein Wesen, das bis zur Stirn in einen Schal und eine abgetragene Jacke gehüllt war und vielleicht sechzehn Jahre alt sein mochte. Eine Obdachlose?

»Nein danke«, erwiderte Jakow knapp. Die Schule hatte bereits eine Reinemachefrau, und außerdem würde niemand ein verwahrlostes Mädchen beschäftigen. Eine Stellung konnte man nur beim Arbeitsamt erhalten, vorausgesetzt, man besaß einen Personalausweis der Hausverwaltung. Und selbst wenn ein Arbeitsplatz vorhanden gewesen wäre, hätte sie sich an den Direktor, nicht an einen ge-

wöhnlichen Lehrer wenden müssen. Jakow machte sich nicht die Mühe, dem Mädchen die Situation zu erklären. Aber die dunklen Augen in dem verschmutzten Gesichtchen hatten einen so verzweifelten Ausdruck, daß Jakow in seiner Tasche kramte und ihr ein halbes Brötchen gab. Am nächsten Tag kam sie von neuem und stellte ihm die gleiche Frage. Und am übernächsten ebenfalls.
»Was soll denn das?« rief Jakow erbittert. »Ich hab' dir doch gesagt...«
»Draußen ist es so kalt«, erwiderte das Mädchen naiv. »Werfen Sie mich nicht raus, Onkelchen – ich wärme mich nur ein bißchen auf und gehe dann. Das mache ich überall so. In offiziellen Gebäuden ist geheizt, und wenn es auch keine Arbeit gibt, so kann ich mich wenigstens aufwärmen.«
»Wo schläfst du?«
Bei dieser Frage blinzelte das Mädchen nur, als fürchtete es, sofort von Jakow verhaftet zu werden.
»Wie alt bist du?«
»Gerade achtzehn.«
Entweder log sie, oder das Kopftuch machte es unmöglich, ihr Alter zu schätzen. Und wieso ließ sich Jakow überhaupt auf diese Fragerei ein? Er konnte ihr so oder so nicht helfen, schließlich trieben sich viele Leute wie sie auf den Märkten und in den Bahnhöfen herum. Aber nun betrachteten die großen, dunklen Augen ihn mit solcher Hoffnung, als könne dieser »Onkel« ihr jetzt gleich eine Lebensmittelration, eine Arbeit und eine Unterkunft in der früheren Wohnung von Vera Cholodnaja verschaffen. Jakow verfluchte sich selbst, nahm sie aber mit nach Hause und ließ sie in der Küche auf einer Truhe schlafen. Am nächsten Tag würde er mit Andreika sprechen – vielleicht konnte der sie irgendwo unterbringen. Er hatte gehört, daß im deutschen Konsulat bei der Nansen-Mission Ku-

riere gebraucht würden. Oder möglicherweise ließ sich etwas anderes finden …

Aber Andreika war verreist, und Jakow kam eine ganze Woche lang nicht von der Stelle. Und selbst wenn er Glück hatte, mußte er Papiere für sie ausstellen lassen. Wie sollte er das fertigbringen, wenn er ihr bisher nur ihren Namen – Musja – entlockt hatte? Auf Fragen nach ihrer Herkunft oder ihrem Geburtsort starrte sie bloß erschrocken vor sich hin, und als sich Jakow nach ihren Eltern erkundigte, verlor sie völlig die Fassung.

Da schaltete sich Rachel plötzlich entrüstet ein: »Laß das Mädchen in Ruhe! Sie hat ein jüdisches Herz – was willst du denn noch von ihr? Ein so hübsches Kind – warum bringst du sie zum Weinen?« Jakow pfiff nur durch die Zähne, woraufhin seine Mutter ihn sofort tadelte: »Pfeif nicht im Haus, oder es gibt kein Geld!«

Anscheinend hatte Rachel, während Jakow in der Schule arbeitete, irgendeine Beziehung zu Musja angeknüpft. Er blickte sich in der Küche um. Alles war gewaschen und makellos sauber: Dazu fehlte seiner Mutter die Kraft. An Unordnung hatte er sich gewöhnt, so daß er sie nicht mehr bemerkte, doch Ordnung entging ihm nicht. Aber ein »jüdisches Herz« – wie kam seine Mutter darauf? Musja sah nicht wie eine Jüdin aus, und ihr Haar war hellbraun. Ob es an ihren Augen lag? Aber was machte es schon aus, ob sie Jüdin war oder nicht? Jakow hielt das im Gegensatz zu seiner Mutter für ein veraltetes Vorurteil. Jedenfalls mochte er sie jetzt nicht wieder auf die Straße jagen. Sie konnte vorläufig im Haushalt helfen, und dann würde man weitersehen.

Als Andreika zurückgekehrt war und sich die ganze Geschichte angehört hatte, blinzelte er Jakow verschmitzt zu. »Sieh mal an, du bist gar nicht so blöd! Wo hast du so

’ne Schönheit aufgetrieben? Ach, du Glückspilz!« Jakow schaute seinen Freund verständnislos an. Eine Schönheit? Immerhin, sie hatte sich inzwischen sauber gewaschen. Außerdem hatte Rachel sie gezwungen, ihre alten Lumpen wegzuwerfen, und ihr ein paar Sachen aus der Truhe gegeben, die sie für sich umändern konnte. Andreika lachte auf. »Ach, du Mönch in Teufelshosen! Ich versteh’ schon, mit deinen vierundzwanzig Jahren kannst du keine Mädchen mehr angucken. Du bist ja Invalide – der Bauch tut dir weh! Hör zu, was ist, wenn ich ihr was beschaffe? Trittst du sie mir aus alter Freundschaft ab?«

»Was soll der Quatsch? Wofür hältst du sie denn – für ein Pferd? Ich bitte dich, jemandem zu helfen, und du denkst nur an das eine!«

»Nur mit der Ruhe! Schon gut, kein Wort mehr. Aber ich nehm’ Gift drauf – bestimmt werd’ ich mich noch auf eurer Hochzeit besaufen!«

Jakow zuckte die Achseln. Andreika hatte manchmal wirklich komische Ideen. Aber immerhin hatte er versprochen, etwas zu unternehmen.

Als Jakow am nächsten Tag aus der Schule zurückkehrte, schrubbte Musja den Fußboden im Flur. Und sie sang. Er hatte sie nie zuvor singen hören – und überhaupt ließ sie sich kaum jemals ein Wort entlocken.

»Vor der Stadt, unter der Höh’, da schimmert der tiefe See«, trällerte ihr klares Stimmchen mühelos und ohne zu stocken. Es war, als würde sie nicht den Boden schrubben, sondern in einem Garten spazierengehen. Sie erblickte Jakow und verstummte schuldbewußt. Ihre entblößten Beine, die die Farbe eines geschälten Apfels hatten, standen kräftig und fest – mit nach innen gerichteten Fußspitzen – auf den feuchten Dielen. Ihre Waden waren von einem zarten goldenen Flaum bedeckt, auf dem Tropfen schmutzigen Wassers bebten. Sie merkte, daß er sie beobachtete, und lächelte still in sich hinein.

Rimma, die in ein Sanatorium eingewiesen worden war, kam im Frühjahr nach Odessa. Zum erstenmal seit einem halben Jahr hatte Rachel einen Anfall: Wieder kreischte sie etwas über Pogrome, und Rimma drehte sich um und ging hinaus. Nachdem Jakow seine Mutter einigermaßen beruhigt hatte, lief er auf der Straße hinter seiner Schwester her. Nein, sie war nicht beleidigt. Der arme Jakow, wie konnte er mit einer Kranken leben? Ob er an eine Behandlung gedacht habe? Andererseits, was sollte man in die Krankengeschichte schreiben? Rimma lud ihn ein, sie am Brunnen, in der früheren Villa Renault, zu besuchen.

Die Straßenbahn fuhr an einer vertrauten Strecke entlang: vorbei an Buchsbaumhecken, die nun zu Gestrüpp gewuchert waren, und den Löwenköpfen an der langen grauen Mauer, die Jakow als Kind so gern gezählt hatte. Die Schatten der Platanenzweige waren noch löchrig, denn die Blätter begannen gerade erst zu sprießen. Aber es war schon warm, und Jakow kniff genußvoll die Augen zusammen, während er den Frühlingsduft einsog. Hier, außerhalb der Stadt, war der Duft kräftiger und berauschend.

Er und Rimma tranken billigen Weißwein, aßen Gebäck und lächelten einander an. Rimma, die ein strenges blaues Kostüm trug, wirkte müde und abgemagert. Und diese Schatten unter den Augen... Seine Schwester war kein kleines Mädchen mehr, sondern eine dreißigjährige Frau, die kein einziges ihrer Jahre verbarg. Sie war schroffer geworden und rauchte nun. Aber wie schön, sie wiederzusehen! Die beiden hielten es in der Stille und Leere des Sanatoriums nicht mehr aus und stiegen hinunter zum Meer. Am Strand war kein Mensch, denn die Saison hatte noch nicht begonnen. Das helle Wasser plätscherte träge und wurde erst weiter draußen grün und azurblau. Rimma knabberte an einem Wacholderzweig, den sie unterwegs abgerissen hatte. Sie liebte den herben Geschmack der kleinen Zapfen mit ihrem blauen Belag und den komisch gebogenen Hörnchen. Jakow stellte sich auf einen Stein und steckte die Hand ins Wasser.

»Zum Abklappern!« Beide lachten.

»Also, Jakow, wie geht's dir? Was macht die Arbeit, wie kommst du mit den Genossen aus? Du hast so selten geschrieben, daß ich fast gar nichts weiß. Und der Ton deiner Briefe ist – entschuldige – irgendwie dekadent. Sicher, es ist schwer für dich mit Mama, aber trotzdem...«

»Im Gegenteil, mit Mama zu leben ist ganz leicht. Sie benimmt sich nicht oft so, und ich bin ja auch daran gewöhnt.«

»Aber du hast dich verändert. Ehrlich gesagt, ich konnte dich kaum wiedererkennen. Du bist irgendwie leblos – und das in einer Zeit wie unserer!«

»Du hast recht. Rimma, ich wollte eigentlich nicht davon sprechen, aber wo du selbst angefangen hast... Ich weiß nicht, wie ich weiterleben soll.«

»Du meinst, daß du finanzielle Probleme hast?«

»Nein, davon ist keine Rede. Erinnerst du dich, wie du aus deinem Studio in Moskau zurückgekommen bist? So fühle ich mich jetzt.«

»Aber das war vor einer Ewigkeit! Und du hast mir geholfen, mich zu orientieren, denn du warst ja schon Bolschewik. Vergiß nicht, daß du den richtigen Weg vor mir betreten hast!«

»Aber wenn ich ihn nun für den falschen Weg halte? Wenn nun alles Schöne in der Vergangenheit liegt und nie wieder zurückgeholt werden kann?«

»Du meinst die NÖP? Ich weiß, viele sind damit unzufrieden. Haben wir etwa deshalb im Bürgerkrieg gekämpft, damit sich diese NÖP-Leute den Wanst vollhauen! Du weißt doch selbst, das ist eine vorübergehende Maßnahme, bis wir die Kriegszerstörung beseitigt haben. Aber dann zerquetschen wir sie mit eiserner Hand...«
»Genau davor habe ich Angst: vor der eisernen Hand. Ich bin nämlich nicht aus Eisen. Dserschinski ist aus Eisen, aber ich nicht.«
»Worauf willst du hinaus?«
Jakow versuchte, sich verständlich zu machen, und Rimma schwieg lange. War es möglich, daß ihr eigener Bruder den Genossen Trotzki für einen Schurken hielt? Ausgerechnet jetzt nach Lenins Tod, wo Trotzki die einzige Hoffnung war und sich alle treuen Anhänger der Partei um ihn scharen mußten? War es möglich, daß Jakow den Glauben an die kommunistische Zukunft verloren hatte? War es möglich, daß er sich in einen Feind der Sowjetmacht verwandelt hatte, der seine wahre Identität hinter einem Parteiausweis versteckte? Wenn das der Fall war... Das alles tat ihr so weh, daß sie plötzlich begriff, wie sehr sie ihren törichten Bruder liebte und geliebt hatte und, selbst wenn er solche Ansichten vertrat, immer lieben würde. Sie hätte ihm ins Gesicht schlagen, ihn anschreien mögen, etwas zu tun und nicht mehr so weiterzumachen. Jakow beobachtete eine Möwe, die sich immer wieder anschickte, auf dem Wasser zu landen, sich aber nicht entscheiden konnte, wo. Er hatte den Kopf zurückgeworfen wie ein Blinder.
Es war bereits Abend, und nachdem beide ruhiger geworden waren, sprachen sie über ein Thema, das sie noch nicht angeschnitten hatten.
»Könntest du es denn selber tun? Wenn es für die Revolu-

tion nötig wäre, Anna, Sina oder irgendeine andere deiner früheren Freundinnen zu erschießen? Würdest du persönlich...«

»Nein«, erwiderte Rimma ehrlich. »Ich würde versuchen, sie zu retten. Aber warum nennst du so extreme Fälle? Die Revolution weiß schon, wer erschossen werden muß!«

»Sie weiß es eben nicht! Denn es gibt immer extreme Fälle, und keiner kann etwas dagegen tun, das weißt du auch. Aber darauf will ich nicht hinaus. Auch für dich liegt das Schönste nämlich in der Vergangenheit, und diese Freundschaften sind wichtiger als die Revolution.«

»Unsinn! Du hast schon immer alles auf den Kopf gestellt, Jakow. Und überhaupt reicht's jetzt. Wir streiten uns schon wie Russen!«

Es hatte wirklich wenig Sinn, sich zu streiten. Sie sollten das Beste aus ihrer gemeinsamen Zeit machen. Rimma hoffte, daß Jakow seine Depression überwinden würde – schließlich war er im Krieg verwundet worden. Für sie selbst kam ein Leben außerhalb der Partei nicht in Frage. Sie suchte kein persönliches Glück, denn der einzige Mann, den sie je wirklich geliebt hatte, lag nun auf dem Friedhof von Schitomir unter einem fünfeckigen Blechstern. Sie bewahrte ein Bild von Makar in einem schwarzen Kreppbahmen in ihrem Zimmer auf. Seine fröhlichen Augen lachten sie an – der Revolutionsheld Tschischikow hatte verzagte Menschen nicht ausstehen können.

Jakow machte Rimma mit seiner Frau bekannt. Musja gefiel ihr, denn sie war bescheiden, verträglich und immer gutgelaunt. Als glückliche Ehefrau führte sie ein albernes, billiges Leben, das Rimma nie verstehen konnte, obwohl ihr dieses Glück an anderen stets auffiel. Es war ihr angenehm, daß Musja sich schüchtern ihr gegenüber verhielt. Und sie war so jung... Nein, es gab nichts an Musja auszusetzen. Sie war genau das, was Jakow brauchte. Wenn er sich wenigstens als Mann fühlen konnte, würde er nicht völlig apathisch werden. Aber merkwürdig, daß er nicht wußte, ob Musja Jüdin war oder nicht. Oder täuschte er sein Unwissen nur vor? Egal, wie es aussah, würde Jakow in einem halben Jahr bereits ein Baby verhätscheln. Rimma wußte, daß sie selbst nie Kinder haben würde. Es hatte nichts mit der Verwünschung ihrer Mutter zu tun, und außerdem war ihre Mutter krank gewesen, als sie die Worte ausstieß. Rimma war einfach der Meinung, daß manchen Frauen Kinder beschieden seien und anderen nicht.

Semjon Jakowlewitsch Krasnow wurde genau zum erwarteten Zeitpunkt geboren. Er hatte die braunen Augen seines Großvaters Isaak, und Jakow stellte gerührt fest, daß der kleine Körper von goldenem Flaum bedeckt war. Es tat ihm leid, als der Flaum verschwand. Aber inzwischen betete Jakow seinen erstgeborenen Schreihals bereits aus tiefster Seele an. Rachel beharrte natürlich auf der Beschneidung des Jungen, doch Jakow weigerte sich mit einer Heftigkeit, die ihn selbst überraschte. Abgesehen von dem politischen Risiko, konnte er einfach nicht daran denken, diesem hilflosen Wesen mit den tomatenroten Wangen Schmerz zuzufügen.

Dritter Teil

Kapitel 26

Man schrieb das Jahr 1933, als Jakow, fast ohne zu humpeln, auf den Kiewer Bahnsteig hinunterstieg. Er trug einen grauen Sommermantel und einen weichen Hut mit einem Kniff in der Mitte. Man hätte ihn für einen Parteifunktionär von bescheidenem Rang oder für einen Schriftsteller halten können, jedenfalls für einen intelligenten, in Maßen erfolgreichen Mann. Er sah älter aus als seine vierunddreißig Jahre: Um seine Augen hatten sich bereits Falten eingekerbt, und um seinen Mund lag ein Zug widerwilliger Belustigung. Sein Kinn war ein wenig zu spitz für einen erfolgreichen und zu hoch gereckt für einen sorglosen Mann. In seinem nicht ganz neuen, doch ansehnlichen Koffer waren die üblichen Utensilien eines Geschäftsreisenden: zwei Hemden, ein Rasiermesser, der von Musja gepackte und in eine Zeitung eingerollte Reiseproviant, ein handschriftlicher Vortrag für die Lehrerkonferenz und ein noch ungelesenes Exemplar der Zeitschrift »Ogonjok«. Jakow las Zeitschriften von hinten nach vorn, denn die letzte Seite war humoristischen Beiträgen vorbehalten. Dann arbeitete er sich langsam durch, bis er den Leitartikel erreichte. Leitartikel durften nicht ausgelassen werden, schon gar nicht von einem Arbeiter an der ideologischen Front. In diese Kategorie gehörten auch Schullehrer.
Die Konferenz hätte zu keinem ungünstigeren Zeitpunkt stattfinden können, denn nach einer neunjährigen Pause

würde Musja wieder ein Kind zur Welt bringen, und Jakow wäre lieber zu Hause geblieben. Aber er hoffte, noch vor dem Wochenende zurückfahren zu können. Ein Kiewer Spatz, vom Frühling ermuntert, flog kühn zwitschernd an ihm vorbei und hätte fast seinen neuen Hut gestreift. Jakow grinste und betrat das prunkvolle Bahnhofsgebäude mit seinen Säulen und gemeißelten Weizenähren. Von hier aus mußte er sich zum »Haus des Kolchosbauern« durchfragen, wo die Konferenzteilnehmer übernachten sollten. Er kaufte sich eine Erbsenpastete. Die Verkäuferin schaute ihn mit leeren Augen an, und im Weggehen hörte Jakow hinter sich: »He, Drecksjude!« Er drehte sich um. Nein, die Verkäuferin konnte es nicht gewesen sein, denn sie bediente bereits eine Frau mit einem Schal. Dort, weiter hinten, war eine kleine Schlange. Hatte einer von denen gerufen? Aber war es nicht gleichgültig? Sei mir herzlich gegrüßt, Kiew!

In dem Zimmer, wo man ihn unterbrachte, blieben vier Betten unbenutzt. Nur die beiden am Fenster waren von zwei Neuankömmlingen mit Beschlag belegt worden. Die Männer waren in ein Gespräch vertieft, doch sie verstummten sofort, als Jakow eintrat. Er wußte, was das zu bedeuten hatte. Sein Gruß wurde höflich erwidert, aber ein neues Gespräch kam nicht zustande, obwohl Jakow ein paar harmlose Witze erzählte.

Und an allen vier Konferenztagen hatte Jakow das Gefühl, daß hinter seinem Rücken getuschelt wurde – jenes Wörtchen, durch das er 1905 Bekanntschaft mit dem wirklichen Leben geschlossen hatte. Allerdings hatte er nichts anderes erwartet, denn er war über die nationale Politik auf dem laufenden: In der ukrainischen OGPU – die früher NKWD und davor Tscheka geheißen hatte – arbeiteten viele Juden. Vielleicht bildeten sie keine Mehrheit, doch ihre Zahl reichte aus, um die Aufmerksamkeit der antisemitisch eingestellten Bevölkerung von Kiew auf sie zu lenken. Und wieso sollte jemand die OGPU mögen? Zumal in Kiew, das stärker mit den ukrainischen Landgebieten verknüpft war als Odessa. Über die Ereignisse auf dem Lande liefen nun so schauerliche Gerüchte um, daß sogar Jakow, der von »denen da« das Schlimmste erwartete, ihnen keinen Glauben schenkte. Zugegeben, man hatte die Dörfer ein wenig unter Druck gesetzt, damit sie keine Lebensmittel horteten – darüber hinaus war eine Zeitungskampagne durchgeführt worden. Und überhaupt, da die Kollektivierung einmal im Gange war, mußten Maßnahmen gegen hartnäckige Gegner ergriffen werden. Nun gut, jetzt konnte niemand mehr vom Dorf in die Stadt ziehen: Inzwischen existierte ein Paßsystem, und die Bauern würden schwerlich Pässe erhalten. Aber zu behaupten, daß Dörfer von Truppen abgesperrt würden? Und daß Menschen auf dem Lande verhungerten oder zum Kannibalismus getrieben wurden? Nein, das konnte einfach nicht stimmen. Schon gar nicht in der Ukraine mit ihrer Schwarzerde, auf der Getreide im Überfluß gedieh.

Allerdings wurde sein Paß geprüft, bevor er den Bahnhof verlassen konnte, und ohne einen Paß war es unmöglich, eine Rückfahrkarte zu kaufen. Auf dem Kiewer Heumarkt sah er seit langem vergessene Szenen: Frauen, die mit ersterbenden Stimmen um Brot bettelten. Es waren offenkundig Landfrauen. Und auf dem Heumarkt fanden Razzien zur Überprüfung der Papiere statt. Er wurde in eine dieser Aktionen verwickelt, aber der Milizionär mit den roten Biesen warf ihm nur einen kurzen Blick zu und sagte: »Weitergehen!« Jakow sah unzweifelhaft städtisch aus. Wie alle, die von der Razzia überrascht wurden, verhielt er sich betont unterwürfig; sowohl seine Bewegungen als auch seine Mimik ließen seine Bereitschaft zu unbedingtem Gehorsam erkennen. Doch gleichzeitig kam in seiner Miene auch verständnislose Unschuld zum Ausdruck: Es sei doch klar, daß er mit »solchen Dingen« nichts zu tun hatte. Aber er wolle geduldig warten, bis dieses kleine Mißverständnis ausgeräumt sei. Im nachhinein verringerte sich das Mißverständnis auf eine Kleinigkeit, und später im Hotel und im roten Konferenzsaal mit einer Büste des Parteiführers stieß er unartikulierte Laute durch die Nase aus und krümmte sich bei dem Gedanken an die idiotische, instinktive Freude, die er bei dem Befehl »Weitergehen!« verspürt hatte. Und wie er weitergegangen war: halb zur Seite, halb nach hinten gedreht, um die Bereitschaft deutlich zu machen, daß er sofort zurückkehren würde, falls sie irgendwelche Zweifel hatten und ihn zu sich rufen wollten.

Er war erleichtert, als er die Stadt Kiew mit ihrer gedrückten Atmosphäre, ihren Geheimnissen, ihren Spannungen und ihrem Haß verließ. Was auch geschah, so düster würde Odessa nie sein. Sogar die Straßenbahnen von Odessa, in denen ein explosives Gemisch aus Wutausbrüchen und Spaß herrschte, klangen so operettenhaft und südländisch unbeschwert. In den Kiewer Straßenbahnen dagegen drängten sich die Menschen schweigsam und wirkten erbittert. Die üppiggrüne, von feuchtem Aprillaub beschattete Stadt strahlte soviel aufgestaute Feindseligkeit aus, daß Jakows Nackenmuskeln gegen Abend wie gelähmt waren. Und wer immer für diese Feindseligkeit verantwortlich war, Jakow konnte sich gut vorstellen, an wem man sie, sobald sich die Gelegenheit bot, abreagieren würde. Was dachten sich die schwachköpfigen Juden eigentlich, die unbedingt für die OGPU arbeiten wollten? Hatten sie kein Mitleid mit ihren eigenen Kindern? Dieser

Gauner Kaganowitsch – eine Menge Leute hatte er glücklich gemacht, das stand fest.
Auf der Rückfahrt blieb der Zug plötzlich stehen – nicht an einem kleinen Bahnhof, sondern einfach mitten auf der Strecke. Irgendeine Panne, dachte Jakow zerstreut und schlürfte rötlichen Tee aus einem der Eisenbahngläser. Der Untersatz, verziert mit Schnörkeln und einem Bild des Kreml, war beeindruckend. Der Zug bewegte sich immer noch nicht, und Jakow beschloß, sich auf dem Bahndamm die Beine zu vertreten. Seine Mitreisenden, die in ihre Zeitungen vertieft waren und hartgekochte Eier aßen, zogen die Füße zurück, um ihn durchzulassen.
Bevor Jakow auf den Kies hinuntersprang, hatte er bereits eine Zigarette hervorgeholt, doch er vergaß sie sofort. Ein paar Menschen mit grauen, aufgedunsenen Gesichtern näherten sich – halb gehend, halb kriechend – dem Zug. Sie versuchten kraftlos, den Bahndamm hinaufzuklettern, verloren den Halt und rutschten wieder hinunter. Jakow hörte ein gequältes Stöhnen: »Brot. Brot.«
Jemand hatte sich zum Trittbrett heraufgearbeitet und wollte in den Waggon kriechen. Krallenförmige Finger packten Jakows Ärmel, aber er hatte kein Brot bei sich – es lag in seinem Koffer. Er machte eine Bewegung, um ins Abteil zu laufen und das Brot zu holen, doch da schob ihm eine Frau mit vereiterten Augen – sie war es, die nach seinem Ärmel gegriffen hatte – etwas in die Hände und brach mit dem Gesicht nach unten zusammen. Sie kroch über die Ölflecken auf dem Kies und küßte seinen Schuh.
»Petrik. Das ist mein Petrik. Nimm ihn, Onkelchen, um Jesu willen!«
Jakow war so verblüfft, daß er nicht einmal zurückwich. In diesem Augenblick ruckte der Zug, der Schaffner rannte auf die Plattform und rief: »Türen schließen!«

Der junge Bursche, der am Trittbrett hing, hatte nicht die Kraft weiterzuklettern, und der Schaffner stieß ihn mit dem Fuß hinunter. Im Vorüberlaufen brüllte er Jakow an: »Wollen Sie hierbleiben, Bürger?«

Erst im Innern des Waggons, als der Zug schneller wurde und die Räder wieder geschäftig ratterten, kam Jakow zu sich. Er hielt ein schmutziges Stoffbündel in den Händen, zog den Zipfel zurück und erblickte ein graublaues Gesichtchen von der Größe eines Apfels. Die Augen in dem Gesichtchen waren halb geöffnet und hatten die trübe Bläue eines Neugeborenen. Der winzige Mund schnappte lautlos nach Luft wie der eines Fisches. Jakow wurde von einer Wut gepackt, die er seit langem nicht mehr verspürt hatte. Er kannte das Gefühl und wußte, daß er es nicht unterdrücken konnte. In diesem Zustand der Wut hatte er damals in Polen einen Mann – einen Soldaten seiner eigenen Abteilung – in der schmalen Gasse eines gerade eroberten Dorfes beinahe umgebracht. In diesem Zustand der Wut hatte er auf den Schreibtisch des Ersten Sekretärs von Odessa gehämmert und verlangt, daß eine Kolonie obdachloser Kinder mit Lebensmitteln versorgt wurde. Und in diesem Zustand war er auch gewesen, als er den Direktor seiner Schule anschrie, nachdem dieser den zehnjährigen Raufbold Dozenko von den Pionieren ausgeschlossen hatte. Es kam selten vor, aber wenn es geschah, wußte Jakow nicht, wozu er sich hinreißen lassen würde. Und auch nun wußte er es nicht, aber er war entschlossen, diesen Petrik nicht verhungern zu lassen. Jakow hielt ihn in den Armen – und das Kind würde leben!

Er hatte keine Ahnung, wie er das schaffen sollte. Wenn er das Baby mit ins Abteil nahm, würden alle sofort erraten, was sich abgespielt hatte. Und dann? Jakow würde den ersten niederschlagen, der auch nur den Mund öffnete. Er

mußte das Kind nach Odessa bringen und dann weitersehen.
Jakow umfaßte das nahezu gewichtslose Bündel ein wenig fester und trat ins Abteil. Drei Gesichter blickten zu ihm auf. Er hatte ihnen vorher keine Beachtung geschenkt, denn nach seinen Erfahrungen in Kiew war ihm die Lust vergangen, mit seinen Reisegefährten zu plaudern. Es waren eine junge Frau mit einem Pelz um den Hals, ein älterer, wie ein Buchhalter wirkender Mann mit einem Schnurrbärtchen, das an eine Küchenschabe erinnerte, und eine dicke Frau mit gespreizten Knien und einem käseweißen Gesicht. Sie hatte gerade einen Teil ihres Proviants verschlungen und sich die Krümel noch nicht von den Knien gewischt. Alle drei hatten den Mund zu einem »O« geformt und schauten fragend drein. Wer würde anfangen?
Die Dicke breitete die Arme aus und watschelte seitwärts auf den Gang. Damit hatte Jakow nicht gerechnet – sollte er sie festhalten und bis Odessa nicht loslassen? Und sollte er auch die beiden anderen zwingen, im Abteil zu bleiben? Was sonst konnte er tun? Aber zu spät, das Miststück hatte sich bestimmt davongemacht, um ihn anzuzeigen. Und dann? Würden die Schaffner herbeirennen, ihn fesseln und der Miliz übergeben? Doch er hatte das Gesetz nicht gebrochen, denn ein Baby benötigte keinen Paß. Aber eine Geburtsurkunde. Dieses Kind hätte an einer Brust, die schlaff wie ein Lappen war, sterben müssen – welches Recht besaß Jakow also, sich einzumischen? Kommt nur, und ich werde euch zeigen, welches Recht ich habe!
In diesem Moment kehrte die Dicke zurück und hielt Jakow schweigend ein Milchfläschchen hin. Sie hatte den Daumen auf den Flaschenhals gedrückt, doch Jakow reagierte zu langsam, so daß ihm beim Rütteln des Zuges

etwas Milch auf die Hose schwappte. Die Frau, die stumm zu sein schien, verdrehte bloß die Augen und nahm die Flasche wieder an sich. Irgendwo an ihrer mächtigen Seite holte sie ein Tuch hervor, rollte es geschickt zusammen, steckte es so in den Flaschenhals, daß der Zipfel wie ein Kegel herausragte, und schob es in das Fischmäulchen. Das Baby nieste und versuchte, den Zipfel auszuspucken, aber sie strich mit dem Finger über seine samtige Wange, und der kleine Mund begann unschlüssig zu saugen.

Die junge Frau mit dem Pelz, deren erschrockene Miene sich nicht geändert hatte, wühlte in ihrem Reisetäschchen und zog zwei Handtücher hervor. Und der Buchhalter mit dem Küchenschaben-Schnurrbart pfiff ein albernes Liedchen, als er die Schritte des Schaffners hörte, und stellte sich, die Hände in den Taschen versenkt, in die Tür. Er schaute verträumt aus dem Fenster und versperrte die schmale Abteiltür mit seinem Rücken. Niemand sagte ein Wort – anscheinend hatte Jakow es mit sehr stillen Reisegefährten zu tun. Nur ein Radio spielte, und das sehr laut. Man konnte es nicht abstellen, was Jakow bei Eisenbahnfahrten sonst immer störte. Aber nun erwies es sich als nützlich.

Zur Melodie von »Das Mädchen sagt' dem Soldaten ade« wurde das Kind gefüttert und unter Pioniergesang gewickelt. Sein Nabel war noch nicht verheilt, so daß es höchstens zwei Tage alt sein konnte. Das Baby zappelte schwach mit den Fersen, und die junge Frau mit dem Pelz küßte, ohne lange zu überlegen, ein Füßchen nach dem anderen – so, wie es Musja mit Semjon getan hatte, nur daß sie nicht hinzufügte: »Damit du bald auf den Beinen stehst!«

Während der Reise litt das Baby zweimal an Durchfall, was an der Kuhmilch liegen konnte. Bei der Ankunft in Odessa hatte niemand mehr Hand- oder Taschentücher. Aber die listigen Mitreisenden lächelten, blinzelten einander zu, und der Buchhalter versuchte dauernd, das Baby zu unterhalten, indem er eine Ziege nachahmte.

Jakow konnte ohne weitere Abenteuer heimkehren. Das Kind, das sehr sachverständig gewickelt war, erregte keine besondere Aufmerksamkeit. Nur in der Straßenbahn machte man sich über Jakow lustig: »Ob Papa ihm auch die Brust gibt?« Immer noch gerührt von der rechtswidrigen Güte seiner Abteilnachbarn, ging Jakow die Koblewskaja- und dann die Podbelski-Straße entlang. Sanfte Ruhe erfüllte ihn. Es wurde bereits dunkel, und an beiden Seiten flackerten an diesem violetten Abend plötzlich gelbe Straßenlaternen auf.

»Sch, sch«, sagte Jakow immer wieder zu dem wimmernden Bündel. Sobald er durch den Hofeingang trat, hörte er einen schrillen Schrei. Ihm wurden die Hände feucht: Die Schreie kamen aus seinem Fenster. Musja, Musja, Liebling! Er rannte die letzten Schritte, steckte eine bebende Hand in die andere Tasche und holte seinen Schlüssel hervor. Dann ließ er den Koffer an der Tür zurück und stürmte, ohne das Bündel fallen zu lassen, gerade als das Geschrei verstummte, in die Wohnung. Rachel und Rita, die Frau von Borja dem Schuster, waren über Musjas Bett gebeugt. Jakow sah ihren nach hinten geworfenen Kopf und die Adern an ihrem Hals, die nach der Anspannung immer noch hervortraten. Rita hob etwas Graues und Bewegungsloses an den Beinchen hoch und gab ihm einen lauten Klaps auf das winzige Gesäß. Ein Geschöpf, das einem ausgeweideten Hasen ähnelte, begann zu zucken und loszubrüllen. Es war ein gutes, kräftiges Schreien.

»Ah, da ist der Herr des Hauses«, lachte Rita. »Meinen Glückwunsch, Jakow Isakytsch – Sie haben eine Tochter!«

Musjas Gesicht gewann langsam seine normale Farbe zurück, und Jakow küßte sie auf die feuchte Stirn.

»Ich konnte nicht mehr warten.« Sie lächelte schwach. »Die Wehen haben ganz plötzlich angefangen. Gebt sie mir!«

Rita legte das Kind auf Musjas eingefallenen Bauch und machte sich so geschickt und verständig ans Werk, daß Jakow seine Nervosität vergaß. Alles war innerhalb einer halben Stunde beendet, und das gewickelte Mädchen ruhte bereits an Musjas geschwollener Brust. Rachel begleitete Rita nach Hause, wobei sie immer wieder betonte, wie dankbar sie ihr seien, und dann versicherte sie auch Borja, was für eine wunderbare Frau er habe. Sie weckte den neunjährigen Semjon, der Borja zu Beginn der Wehen anvertraut worden war, und nahm ihn mit.

»Semjon, guck mal, ein Schwesterchen!« sagte sie, als sie den sommersprossigen Jungen mit dem Pionierhalstuch und den vom Schlafen rosigen Wangen ans Bett führte.

»Welche denn?« fragte Semjon vernünftigerweise.

Rachel traute ihren Augen nicht, denn Musja hielt zwei Bündel mit fast identischen, feuchten, schwarzen Haarschöpfen in den Armen.

»Na, Mama, bist du mit Rita verschwunden, bevor alles vorbei war?« meinte Jakow grinsend. »Und warum hast du so lange gebraucht? Unterdessen ist noch ein Junge aufgetaucht!«

Die verstörte Rachel konnte sich nur an den Kopf fassen. Eine Minute lang dachte sie, ihr sei ein Streich gespielt worden, aber was für ein Streich konnte das sein? Sooft sie sich die Augen wischte, es blieben zwei Gesichtchen, die matt dort lagen und sich unbeholfen an Musjas braune Brustwarzen schmiegten.

»Armes Mädchen«, rief Rachel und schickte sich an, die Windeln der zweiten Neuerwerbung zu wechseln.

Aber Musja stieß sie sanft zurück.
»Noch nicht, Mama, sie sollen erst mal saugen.«
Der herbeigerufene Arzt traf erst am Mittag des folgenden Tages ein und bescheinigte die Geburt von Zwillingen, eines Jungen und eines Mädchens. Der Junge war kleiner, was niemanden erstaunte, da er als zweiter geboren worden war. Semjon prahlte in der Schule damit, daß er ein Brüderchen und ein Schwesterchen – Petrik und Manja – bekommen habe. Jakows Augen waren vor Schlaflosigkeit gerötet, wenn er zur Arbeit ging: Falls das eine Schätzchen nicht brüllte, dann heulte das andere. Die beiden schienen so entschlossen, ihr Geschrei nicht zu unterbrechen, wie einst die römischen Vestalinnen darauf bedacht waren, das Feuer nicht ausgehen zu lassen. Musja hatte jedoch genug Milch, und die schlaflosen Nächte gehörten schließlich zu den Freuden des Familienlebens. Am seltsamsten war, daß die Kinder mit ihren braunen Augen, ihren schwarzen Haaren und ihren spitzen Näschen einander tatsächlich ähnelten. Diese Merkmale waren Juden wie Ukrainern eigen, und dadurch wurde es um so leichter, das Geheimnis zu bewahren. Jakow und Musja versprachen einander, daß die Kinder nie etwas erfahren würden, und dieses Versprechen sollte erst mehr als dreißig Jahre später gebrochen werden.

Oleg Petrow war in der Gruppe der Flugmodellbauer zurückgeblieben. Wan Sanytsch hatte echten Kautschuk für die Modelle beschaffen können – eine Leistung, die nur Eingeweihte zu würdigen wußten. Natürlich reichte der Kautschuk nicht für alle aus. Deshalb sollte er nur den Mitgliedern zugeteilt werden, die von der Gruppe für den Gebietswettbewerb ausgewählt wurden. Man hatte die Angelegenheit gründlich überdacht, und Oleg – kein

Wunder bei seinem »Glück« – war lediglich als Ersatzmann nominiert worden. Dabei hatte Wan Sanytsch selbst noch eine Woche zuvor erklärt, daß Olegs Modell wahrscheinlich das beste sei. Aber nun hatte er weder Kautschuk noch die geringste Chance, Ruhm zu erringen. Das heißt, eine winzige Chance blieb noch: Wenn jemand aus dem Team in letzter Minute sein Modell ruinierte und der Ersatzmann einspringen mußte. Aber Oleg verwarf diese Chance erbittert, um sein Gefühl der Kränkung nicht abzuschwächen.

Jedenfalls konnte er nun Tanja nicht zu dem Wettbewerb einladen. Denn wenn sie käme, würde bestimmt niemand ausfallen, und Oleg würde als nutzloser Ersatzmann mit seinem Werk auf einer abblätternden Parkbank sitzen. Obwohl sein Modell rote Sterne an den Tragflächen hatte, würde es auf die Ehre des Fluges im Wettkampf verzichten müssen. Und Tanja in ihrer kurzen braunen Jacke mit dem Komsomol-Abzeichen würde entzückt zusehen, wie seine glücklichen Rivalen ihre kleinen, sorgfältig konstruierten Flugzeuge durch die Luft wirbeln ließen.

Konnte er nicht wenigstens einmal im Leben Glück haben wie andere Leute? Warum konnte er nicht sein wie alle anderen? Wie Borka der Aktivist oder Tanja selbst? Sie war als Klassenbeste in den Komsomol aufgenommen worden, womit ihr Vater nichts zu tun hatte. Er war Steuermann auf einem Frachtdampfer und nicht einmal Kommunist. Sie war ein mutiger, offener, fröhlicher Mensch. Wer ihr in die Augen blickte, begriff sofort, daß sie keine geheimen Gedanken hegte. Aber Oleg war schon fast fünfzehn Jahre alt – und was hatte er geleistet? Der Schriftsteller Arkadi Gaidar hatte mit fünfzehn Jahren bereits ein Regiment befehligt. Das wußten alle.

Angenommen, er würde bei dem Wettbewerb den ersten

Platz belegen, könnte er sich dann vielleicht entschließen, die Aufnahme in den Komsomol zu beantragen? Er spürte in der Handfläche bereits das wuchtige Stück Metall mit der roten Emaille: das begehrte Komsomol-Abzeichen. Er würde ein Loch in seine Jacke bohren und es so sicher befestigen, daß es niemals, niemals verlorengehen konnte. Und selbst wenn er nicht den ersten Platz errang – sollte er trotzdem den Antrag stellen? Man würde ihn aus Gründen seiner Herkunft zurückweisen – oder vielleicht auch nicht: Jedenfalls wäre es vorbei mit dieser albernen Ungewißheit und er würde sich wie ein Mann damit abfinden. Doch da saß er nun und klammerte sich immer noch an die Ungewißheit – ein Jammerlappen, ein Feigling.

Er überquerte die Stroganowski-Brücke. Von hier war das frühabendliche Meer zu sehen. Gleich würde der Leuchtturm aufflackern. Die Oktoberkälte verstärkte sich bereits, doch der Himmel war klar, und das Wetter würde noch ungefähr zwei Wochen anhalten. Am liebsten wäre es ihm gewesen, wenn am Tag des Wettbewerbs Regen mit dem Nordostwind heranfegte. War das etwa eine kameradschaftliche Einstellung? Wenn ich ein guter Genosse wäre, dachte er bitter, würde ich an die Interessen der Gruppe und nicht an meinen persönlichen Vorteil denken. Trotzdem ließ sein Wunsch nach Regen nicht nach.

Oleg trat an die Absperrung und schaute hinunter. Dort hatten sich schon dichte Schatten niedergelassen, und der gewölbte Fahrdamm war kaum noch zu erkennen. Er wußte, daß er sich nicht hinunterstürzen würde, aber es war ein angenehmer Gedanke. Dadurch erhielt der Kummer über sein erfolgloses Leben einen süßlichen Lakritzbeigeschmack.

Und es gab einfach niemanden, mit dem er sich aussprechen konnte! Nun würde er heimkehren, sofort in jene isolierte kleine Welt mit ihren fünf Menschen befördert, um der sechste zu werden. Seine Mutter war schon zu Hause, und er würde ihr wie immer die Hand küssen. Wie unmöglich das in Gegenwart anderer wäre! Ihre Hand würde nach Krankenhauskarbol und häuslicher Wäsche riechen, und irgend etwas, für das noch kein Wort erfunden war, würde ihm Schmerz bereiten.

Er war ein Heuchler – das hatte er zwei Jahre zuvor begriffen, als in der Klasse darüber diskutiert worden war, ob es möglich sei, seine Eltern mehr als Stalin zu lieben. Es war nicht einmal eine Diskussion, denn die Antwort lag für alle – auch für ihn – auf der Hand. Seitdem wußte er, daß er Stalin mehr als alles andere auf der Welt liebte, jedenfalls wenn er sich in der Schule, in seiner Gruppe oder anderswo aufhielt. Aber zu Hause war das Gegenteil der Fall, und das unvermeidliche Porträt Stalins, das in jeder Wohnung hing, rief Abneigung in ihm hervor – wenn auch nur der Dinge wegen, an die es ihn erinnerte. Zu Hause war die Ironie seines Großvaters angemessen, ebenso wie die Haltung seines Vaters, die geradezu herausfordernd weißgardistisch wirkte und Oleg mit einem verbotenen, doch brennenden Stolz erfüllte: So sind wir Petrows eben! Dort, in der Koblewskaja-Straße, war es selbstverständlich, daß man einem zweijährigen Knirps wie seinem Bruder Aljoscha die Märchen von Perrault auf französisch vorlas und daß es so viele Dinge gab, von denen gar nicht oder nur in Andeutungen gesprochen wurde, und daß der Vater nach seiner Rückkehr aus Solowki befohlen hatte, seinen Gefängnissack ganz in der Nähe zu verstauen. Sogar als die Schwärze aus seinem Gesicht verschwunden war und er dem Vater ähnlicher wurde, an den sich Oleg erinnerte, wartete er weiterhin auf eine neue Verhaftung. Alle anderen warteten auch, aber vorläufig taten sie so, als führten sie ein ganz normales Leben.

Papa hatte heute Nachtschicht und war wahrscheinlich schon fortgegangen. Sie würden einander erst am nächsten Tag begegnen. Und dann würden sie über Modellflugzeuge, über den Rundfunk, über Fregatten und Klipper sprechen, aber nicht über das eine. Manchmal träumte Oleg davon, daß sein Vater irgendwann (aus unbekannten Gründen stellte er sich immer vor, daß dieses Gespräch spät abends stattfinden würde) zu ihm sagen würde: »Laß uns miteinander reden, Sohn. Von Mann zu Mann.«
Und sein Vater würde ihm alles erzählen und ihm erklären, was für ein Mann er, Oleg, werden sollte. Es würde nichts ausmachen, wenn sein Vater ihm befahl, an Gott zu glauben oder den Genossen Stalin zu ermorden. Es würde nichts ausmachen, wenn eine Verschwörung gegen die Sowjetmacht geschmiedet wurde und sein Vater ihm den Eid abnahm, an der Verschwörung teilzunehmen. Oder wenn sein Vater gestand, daß er sich schuldig gemacht habe und sich nun von seiner Vergangenheit lossagen wollte. Er hätte Oleg befehlen können, ein wahrer Kommunist zu werden und sogar die Wohnung zu verlassen – all das spielte keine Rolle, solange Oleg ein neues Leben führen konnte, das nicht mehr in zwei Teile gespalten war.
Aber zu einem solchen Gespräch kam es nicht. Entweder hielt sein Vater ihn noch für zu jung oder für nicht vertrauenswürdig. Überhaupt erklärte er Oleg nie etwas – abgesehen von den mathematischen Problemen, die seinem Sohn in der Schule zu schaffen machten. So erzog er Oleg: ohne jegliche Erklärung. Drei Jahre zuvor war Oleg aufgeregt heimgekommen und hatte fröhlich verkündet, daß er zusammen mit den Pionieren die Vesper in der Kirche in der Puschkin-Straße gestört habe. Es war so lustig gewesen, als die ganze Bande ins Halbdunkel mit seiner verbotenen, fremden Atmosphäre und dem Geruch heißer

Kerzen eindrang. Sie hatten dort gejault und waren herumgesprungen – und das alles in dem Wissen, daß dies keine bloße Randaliererei war, sondern ein Beitrag zum erforderlichen Kampf gegen die Religion. Und wie komisch es gewesen war, daß die dummen alten Frauen nur machtlos mit den Fingern gedroht und gezischt hatten, denn deshalb hatte es noch mehr Spaß gemacht, sie zu reizen. Olegs Vater ließ ihn die Geschichte beenden, legte seinen Sohn dann ohne ein Wort aufs Sofa und verprügelte ihn mit seinem Gürtel. Erst als Oleg mit zitternden Beinen aufgestanden war, ließ sein Vater sich zu der Bemerkung herab: »Wenn du ein Mensch geworden bist, wirst du den Grund begreifen.«

Ob er immer noch glaubte, daß sein Sohn den Grund nicht begriffen hatte?

Oleg war bereits in die Koblewskaja-Straße eingebogen, aber er erreichte Nummer vierzig nicht. Man hielt ihn vor Nummer achtunddreißig an.

»Da läuft er rum. Dir werd' ich's zeigen. Gleich kannste gut durchatmen. Aber erst mal mußte dich hinlegen. Damit's bequemer ist. Was habt ihr Schweine mit Murotschka angestellt?«

Das war Witka der »Drache«, der versuchte, seinem ehrenvollen Spitznamen gerecht zu werden. Oleg freute sich – erstens, weil er sein Modell bei der Gruppe zurückgelassen und nun beide Hände frei hatte, und zweitens über die bevorstehende Rauferei. Sich mit dem Drachen zu prügeln, dazu noch vor Zeugen, war eine lohnende Angelegenheit: Auch wenn der Drache siegte, würde Olegs Ansehen wachsen. Und wenn es ihm gelang, den Drachen zusammenzuhauen, würde man noch ein halbes Jahr lang davon reden. Das wußte auch der Drache, aber jemand hatte Murotschka, die beste seiner Tauben, aus seinem Schwarm

fortgelockt. Oleg selbst hatte zwar keinen Taubenschlag, doch er trieb sich manchmal mit Filja herum. Und dieser war der Hauptverdächtige, denn damals züchteten in der Gegend drei Jungen Tauben: der Drache, Filja und Sjuntschik-Schtymp aus der Hafenstraße. Mit Schtymp konnte er später abrechnen, aber da der Drache nun auf Oleg gestoßen war, blieb ihm nichts anderes übrig, als sich diesen vorzunehmen.
Oleg gestattete sich, die Regeln zu mißachten. Normalerweise beschimpften die Gegner einander, bis sie in Weißglut gerieten, und zogen sich dann an einen ruhigeren Ort zurück, um zur Sache zu kommen. Aber Oleg kannte den Drachen und beschloß ohne Skrupel, nicht lange zu fackeln. Er traf den Drachen an der Nase, und das mit voller Kraft. Irgend etwas knirschte angenehm: entweder Olegs Knöchel oder die Stelle, auf die sie getroffen hatten. Der Drache war geblendet und schlug wild um sich, und Oleg merkte, daß er eine Chance hatte. Bei Prügeleien spürte er keinen Schmerz, nur die Wut, die seinen Aggressionen ein Ventil gab. Die Zuschauer lärmten beifällig: Die Bande des Drachens erlebte nicht oft, daß er ins Hintertreffen geriet, und niemand hatte gegen ein solches Schauspiel etwas einzuwenden.
Aber die beiden Kontrahenten waren bereits erschöpft, und als jemand »Abhauen!« rief, wurde nicht lange überlegt, ob es sich um einen falschen Alarm handelte oder nicht. Oleg, der kaum das Gleichgewicht halten konnte, rannte nach Hause. Aus dem Augenwinkel bemerkte er, daß jemand dem Drachen beim Gehen half. Das hatte er davon. Erst am Bogen des Eingangs wurde Oleg von Schmerz überwältigt. Doch von dort waren es nur ein paar Schritte zu dem in Dunkelheit gehüllten Wasserhahn. Die Anspannung war verflogen; schluchzend wusch er sich

das zerbeulte Gesicht und fuhr sich mit der Zunge über die Zähne. Nein, anscheinend war alles in Ordnung. Er hielt sein Taschentuch ins Wasser und drückte es ans Auge. Ein vertrautes Stechen. Das kalte Wasser linderte den Schmerz, und seine Haut straffte sich. Er brachte sein Äußeres so gut wie möglich in Ordnung, indem er sich mit demselben Taschentuch die Jacke abwischte und mit den Fingern die Haare kämmte. Der Drache hatte ihn kräftig an den Unterschenkel, aber wenigstens nicht ans Knie getreten. Der Knochen war unversehrt, und das übrige würde heilen.

Oleg hatte einen eigenen Schlüssel und hoffte, das Waschbecken zu erreichen, bevor ihn jemand aus der Familie bemerkte. Er wurde wegen seiner Prügeleien nie gescholten. »Der Junge geht hinaus auf die Straße, und da kann alles mögliche passieren.« Aber wenn er sich einfallen ließ, in einer schmutzigen Jacke oder mit zerzaustem Haar am Tisch zu erscheinen, so galt das als ungehörig. Sein Vater hatte bei der Rückkehr aus Solowki fast wie ein Leichnam ausgesehen, doch sobald sein Haar wieder gewachsen war, zog er sich einen makellosen Scheitel.

Nach seinem Zusammenstoß mit dem Drachen fühlte sich Oleg besser – wie immer, wenn er mit dem wirklichen Leben in Berührung geraten war. Seine aufkommende Niedergeschlagenheit erschien ihm nun gekünstelt und albern. Wie im Sommer, wenn man sich, benommen von der Tageshitze und vom Tauchen, abends unter einem kalten Wasserstrahl die Füße wusch. Dabei erschienen ihm der Strahl, der Wasserhahn und die Emailleschüssel – so sauber, daß sie aus einem Krankenhaus hätte stammen können – klein und unwirklich. Wirklich war nur das Rauschen in den Ohren, in dem das Meer, die drückende Sonne und der vergangene Tag nachklangen.

Diesmal wurde seine Ankunft zu Hause sofort bemerkt.
»Oleschek, endlich! Großmutter ruft nach dir!«
Ohne auf sein Äußeres zu achten, packte seine Mutter ihn an den Schultern und steuerte ihn ins »warme Zimmer« zum Bett der Großeltern mit den Knäufen am Kopfende. Seine Großmutter rief nicht mehr nach ihm, sondern schaute Oleg geistesabwesend, wie aus der Ferne an. Mit ganz großen Augen und sehr ruhig. Dann, als wolle sie sich an etwas erinnern, runzelte sie die Stirn und bewegte die Hand. Oleg nahm verstört ihre Hand, doch ihre Augen deuteten an, daß sie etwas anderes gemeint hatte, und er ließ sie los. Sorgfältig und streng schlug sie das Kreuzzeichen über ihn und zog die Lippen schwach zum Anflug eines Lächelns zurück. Jetzt erst begriff Oleg, daß sie ihn trotz allem erkannt hatte. Wie unerwartet es auch sein mochte, er wußte, daß sie im Sterben lag und daß nichts dagegen unternommen werden konnte. Großvater wußte es auch, ebenso wie seine Mutter. Aber sie nahm sich Zeit mit dem Sterben, und er setzte sich am Kopfende des Bettes auf den Boden. Er schämte sich, weil er nichts empfinden konnte. Großvater hielt Großmutter nur an beiden Händen und murmelte: »Liebling, Liebling!«
Beeil dich, dachte Oleg, dem es unerträglich war, seinen Großvater in diesem Zustand zu sehen. Und wie zur Antwort auf diesen lästerlichen Gedanken schrie Großvater plötzlich auf und ließ den Kopf auf Großmutter hinuntersinken.
Für Maria Wassiljewna wurde eine Totenmesse zelebriert. Ein echter Pope, in einer Kutte und mit einem Kreuz an einer Kette, sang in jener Kirche in der Puschkin-Straße, die Oleg schon einmal aufgesucht hatte. Und er schwenkte das Weihrauchgefäß, aus dem dichte gelbe Wölkchen hervorquollen. Oleg erkannte den Geruch von irgendwoher,

und er war nicht einmal überrascht. So etwas widerfuhr ihm gelegentlich: Zum Beispiel konnte er sich plötzlich an eine unbekannte Straße erinnern, als wäre er dort schon früher entlanggegangen. Oder eine kleine, zum Meer hinunterführende Treppe, die er nie gesehen hatte, kam ihm bis zur letzten Stufe vertraut vor. In der Kirche waren viele Menschen: diejenigen, die sie einst zu Hause besucht hatten, und diejenigen, die seine Großmutter auf der Straße zu grüßen pflegte, sowie einige völlig Fremde. Den ganzen Gottesdienst hindurch stand sein Vater mit ausdruckslosem Gesicht da. Und sein Großvater versuchte, den Rücken nicht zu krümmen und den verstörten Blick zu konzentrieren. Oleg hätte gern die Hand seines Vaters berührt, aber in der Kirche wagte er es nicht. Er tat es erst später, als der Sarg die Stufen hinuntergetragen wurde. Sein Vater blickte kurz auf und deutete mit den Augen auf seine Mutter. Oleg legte die Hand unter ihren Ellbogen, und sie stützte sich auf seinen Arm, als wäre er ein Mann. So führte der junge Petrow sie aus der Kirche. Es war ihm gleichgültig, ob jemand sie bemerkte. Im Gegenteil, er wünschte sich, bemerkt zu werden. Mochte es in der Schule einen Skandal geben, oder mochte man ihn auf einer Versammlung anprangern. Und wenn Tanja daran teilnahm, würde er sich auch damit abfinden. Unter den Petrows gab es keine Verräter.

Kapitel 27

Jakow hatte Rimma seit zwei Jahren nicht mehr gesehen: seit der Beerdigung ihrer Mutter. Sie war damals nur für zwei Tage gekommen und hatte angespannt und distanziert gewirkt. Jakow wußte, daß die Beerdigung schwierig für sie war – noch schwieriger als für ihn. Und sie hatte sich offenbar darauf vorbereitet, denn sie ignorierte diejenigen, die ungebeten ihr Beileid aussprachen, und achtete nicht auf ihre Blicke. Wäre nicht die tieftraurige, heftig schluchzende Musja gewesen, so hätte Rimma nicht einmal in der Wohnung gewußt, wie sie sich verhalten sollte, denn sie hätte ihren Schutzpanzer nicht aufgegeben. Aber Musja, die in ihrer Einfachheit die komplizierte Geschichte der Familienbeziehungen nicht durchschaute, warf sich Rimma an den Hals, als diese kaum die Schwelle überschritten hatte. Schniefend erzählte sie, daß Jakow bei der Arbeit gewesen sei, als sich Mamotschka (wie sie Rachel nannte) plötzlich ans Herz gefaßt habe und direkt auf den Küchentisch gestürzt sei. Ihre Lippen und ihr Gesicht hätten sich sofort blau verfärbt. Aber Semjon – Gott gewähre seinem Direktor Gesundheit, der ihn wegen irgendeinem Jungenstreich für eine Woche aus der Schule ausgeschlossen hatte – sei zu Hause gewesen und davongelaufen, um einen Unfallwagen zu holen. Doch als der Wagen eintraf, sei es bereits zu spät gewesen. Die Hitze hätte einen – genau wie jetzt – um den Verstand bringen können. Und Mamotschka sei noch am Morgen auf den Markt gegangen und habe zwei Wassermelonen angeschleppt, die ein Dockarbeiter nicht hätte heben können. Wie sollte ihr Herz das aushalten? Und alles sei Musjas Schuld, denn sie hätte Mamotschka niemals allein auf den Markt gehen lassen dürfen.

Jakow beobachtete erleichtert, wie Rimmas Panzer unter dem leidenschaftlichen Wortschwall von Musjas Gejammer dahinschmolz. Musja quälte sich unterdessen mit Beteuerungen, was für ein wunderbarer Mensch Mamotschka gewesen sei, und mit Klagen über »die Bürokraten«.

»Können Sie das glauben, Rimma, drei Tage haben die mit Papieren rumgepfuscht, bevor sie eine Sterbeurkunde ausstellen konnten – und das im August! Aber ohne Urkunde darf man niemanden begraben, deshalb hab' ich zu Jakow gesagt: ›Steck denen was zu.‹ Aber er ist so unpraktisch...«

Irgendwie gelang es ihr, fast taktlose alltägliche Einzelheiten mit unverhohlenem, kindlichem Kummer zu verknüpfen und Rimma auf natürliche Weise in diesen Kummer einzubeziehen. Weiß der Teufel, wie Frauen das fertigbringen. Beide weinten gemeinsam, und Rimma flüsterte dauernd, wie schön Mama in ihrer Jugend gewesen sei und welches Lied – über die Ziege, die Rosinen und die Mandel – sie den Kindern immer vorgesungen habe. Und die beiden weinten von neuem – diesmal jedoch wegen des Liedes.

Aber auf dem Hof, als man den Sarg hinausgetragen hatte und auf die beiden Pferde für den Leichenwagen wartete, während einige alte jüdische Orchestermitglieder träge ihre Instrumente stimmten (sie wußten aus Erfahrung, daß es noch einige Zeit dauern würde) – da war Rimma wieder wie versteinert. Und aus gutem Grund. Die »bekloppte Rochl« war auf dem Hof beliebt gewesen, und es waren viele Menschen erschienen, auch wenn nicht alle dem Sarg bis auf den jüdischen Friedhof folgen wollten. Und natürlich wurde getuschelt – besonders über Rimma: Sie ist also auch gekommen, die verfluchte Tochter. Sie hat sich bloß hergetraut, weil ihre Mutter sie aus dem Sarg heraus nicht mehr beschimpfen kann. Und wie modisch sie sich herausgeputzt hat mit ihren Schulterpolstern. Ein herzloses Geschöpf. Musja dagegen ist nur die Schwiegertochter, aber sie hat so viel geweint, daß ihr Gesicht ganz geschwollen ist.

Nach den Begriffen der Frauen des Hofes – jedenfalls derjenigen, die solche Maßstäbe setzten – hätte Rimma an den Sarg stürzen, sich die Haare raufen und schreien müssen: »Vergib mir, Mamotschka!« Aber Rimma schwieg, was auf dem Hof als Herausforderung empfunden wurde. Rimma weigerte sich offenbar, den Bewohnern ein Schauspiel zu liefern. Die Rufe wurden lauter, als wolle man Rimma zu verstehen geben: Nun fang schon an, sei nicht so stolz. Hätte Rimma nun zu klagen begonnen, so wären dieselben giftzüngigen Weiber zu ihr geeilt, um sie aufrichtig zu trösten, um ihr zuzureden, daß sie keine Schuld habe, daß es ihrer Mama jetzt gutgehe, daß sie Rimma alles verziehen habe und daß es eigentlich gar nichts zu verzeihen gebe, denn so seien die Zeiten nun einmal. In solchen Zeiten führten sich alle auf wie die Wahnsinnigen, und wen könne man dafür schon verantwortlich machen?

Aber nichts davon geschah, und nach einer Weile vergaß Jakow, Rimma im Auge zu behalten. Denn schließlich war er ein Mensch, der seine Mutter zu Grabe trug. Und mit ihr ihre Hände und den weichen Bauch, an den er sich in seiner Kindheit geschmiegt hatte, und die hart gewordenen

Lippen, die ihm einst das Lied von der Ziege vorgesungen hatten.
Rimmas damaliger Besuch hatte sie einander nicht nähergebracht, und nun, im Dezember 1936, saßen sie die halbe Nacht in der Küche und hatten das Gefühl, in nichts einer Meinung zu sein. Es begann ganz harmlos: Jakow liebte es, Witze zu erzählen. Natürlich war dies eine Zeit, in der man sich besser nicht dazu hinreißen lassen sollte. Aber diesen einen durfte seine Schwester doch bestimmt hören. Außerdem war es ein alter, nun fast ungefährlicher Witz.
»Ein kleiner Junge fragt: ›Was ist stärker – Schaschlik oder Knoblauch?‹« konnte Jakow gerade noch sagen, bevor Rimma plötzlich aufbrauste.
»Ist dir überhaupt nichts heilig!« rief sie wütend und versuchte, ihre Stimme zu dämpfen.
»Heilig? Ich dachte, das wäre seit 1917 abgeschafft?«
»Tu nicht so unschuldig – du weißt ganz genau, was ich meine! Du Spießbürger!«
»Ja, ich bin ein Spießbürger! Mit einem Gummibaum und einem Kanarienvogel! Aber dafür habe ich keinen einzigen Menschen getötet und keinen einzigen unglücklich gemacht.«
»Wirklich?«
»Ja, seitdem ich zur Besinnung gekommen bin. Und was davor passiert ist, darüber hast du kein Urteil zu fällen, wie du selbst zugeben mußt. Ein schöner Agitpropzug ist das – mit Maschinengewehren!«
»Und das nennst du: zur Besinnung kommen? Du bist höchstens ein Feind der Sowjetmacht geworden. Dazu noch ein heimlicher. Du hast nicht einmal genug Mumm, um…«
»Nein, habe ich nicht! Wenn du meinst, daß ich mich

selbst anzeigen sollte, dann denk daran, daß ich eine Familie habe. Und überhaupt habe ich nie einen Hang zum Selbstmord gehabt.«

»Daß jemand wie du in einer sowjetischen Schule arbeitet!«

»Und das allein genügt, um den Preis all dieser Dummheiten zu erfahren! Erst heißt's Selbstverwaltung, und Zensuren werden verboten. Dann wird die Brigademethode eingeführt, und das Kollektiv erhält die Zensuren. Dann folgt eine Kampagne gegen dieses oder jenes, und meine beste Schülerin wird von den Pionieren ausgeschlossen, weil sie zu Hause eine Puppe hat! Dann werden alle Märchen aus den Kinderbibliotheken entfernt! Und wie viele Jahre waren Weihnachtsbäume verboten? Und warum ist aus den Lehrbüchern plötzlich der Satz verschwunden, mit dem die Sowjetmacht ihren Kampf gegen den Analphabetismus eingeleitet hat? Du erinnerst dich: ›Wir sind keine Sklaven, keine Sklaven sind wir.‹ Gut, ein Zungenbrecher, aber nicht schlimmer als: ›Mama wäscht frische Wäsche.‹ Nun ist er verschwunden – überleg dir, was das bedeutet. Aber genug von den Lehrbüchern. Ich würde jeden unserer Führer schon allein wegen des Kampfes gegen die verwahrlosten Kinder mit Vergnügen erschießen, wenn mir nicht andere dauernd zuvorkämen!«

»Erstens, die Kampagne richtet sich nicht gegen verwahrloste Kinder, sondern gegen die Verwahrlosung.«

»Was verstehst du denn davon! Du sitzt in Charkow und erteilst Erlasse. Aber weißt du, was mit den Kindern angestellt worden ist, die man in Kiew bei Razzien erwischt hat? Man brachte sie auf ein Feld vor der Stadt – bei minus zwanzig Grad! – und warf sie aus dem Wagen. Ich selbst kenne eines von ihnen, denn ich habe es später in einem Waisenhaus untergebracht. Es war elf Jahre alt und schaffte es, das nächstgelegene Dorf zu erreichen. Aber alle Kleineren blieben dort zum Sterben zurück. Und du hast damals Papiere zur Genehmigung dieses Kampfes unterschrieben und zu deinem Schurken Trotzki gebetet. Und nun betest du zu Stalin!«

»Laß Trotzki da raus! Er war nach Lenin der einzige, der verhindert hat, daß man von der Parteilinie abwich.«

»Aha, du gibst also zu…«

»Die Sache mit Trotzki – das war ein tragischer Fehler. Aber die Partei wird alles ins Lot bringen, davon bin ich überzeugt. Übrigens wäre dieser latente Antisemitismus unter Trotzki nicht zugelassen worden. Du hast dich in deiner Schule – mit Puppen! – vergraben, also rede nicht von Dingen, die du nicht verstehst. Aber wie oft müssen wir sogar auf Gebietsebene gegen den schleichenden Chauvinismus kämpfen!«

»Weißt du, über den Chauvinismus anderer reden meistens Leute, die selbst davon angesteckt sind! Trotzki hat den Juden mit seinem Bolschewismus keinen Gefallen getan. Und wir auch nicht.«

»Wenn das… wenn das so ist, dann können wir beide wirklich über nichts mehr sprechen!«

»Da stimme ich dir zu. Laß uns schlafen gehen. Musja hat ein Bett für dich aufgeschlagen.«

Am folgenden Morgen fuhr Rimma ab, nachdem sie zu Musjas großer Enttäuschung sogar auf das Frühstück verzichtet hatte. Dies hatte Jakow endgültig die Beherrschung verlieren lassen, und er versuchte nicht, sie zurückzuhalten. Er war bereit, sich mit allen Meinungsverschiedenheiten abzufinden, aber durfte die Familie deshalb gespalten werden? Im übrigen, was kann der Zweite Sekretär des Gebietskomitees von Charkow mit einem unbedeutenden Verwandten wie mir anfangen? dachte er bitter.

Die Neujahrsferien, die schönste Zeit des Winters, hatten bereits begonnen. Das Hin und Her mit den Prüfungen und Zensuren war vorbei, die Neujahrsfeier der Schule war recht anständig verlaufen, und Jakow genoß ein paar Tage der gesetzlich genehmigten Erholung vom Unterricht. In den Schulen und sogar im Kreml wurden nun wieder Weihnachtsbäume aufgestellt: für die Kinder. Also hatte auch Jakow wie alle Lehrer einen Weihnachtsbaum zu Hause. Als der Lastwagen eine ganze Fuhre Tannen für die Schulfeiern brachte, hatte der kluge Schulverwalter Silytsch einige ansehnlichere Bäume für das Personal zurückgelegt, bevor er die große Tanne der Schule an ihrem Gerüst anbrachte.

In seiner Kindheit hatte Jakow auf Weihnachtsbäume verzichten müssen (in diesem Punkt war seine Mutter streng), und er empfand den Duft der Nadeln und das zarte Klingeln der zerbrechlichen Glaskügelchen als eine vergängliche Freude, die ihm ohne jeden Grund vorenthalten worden war. Er hatte damals die Petrows besucht, wenn sie ihren Weihnachtsbaum schmückten, einander zum Spaß mit dem Saft von Apfelsinenschalen bespritzten, herumtanzten und Nüsse kauten. Und wie herrlich es gewesen war, die Nüsse zu vergolden und sich in feinen Goldfäden zu verwirren, wenn man den Schmuck einige Tage vor der Feier aufhängte! Er erinnerte sich, wie Marina begonnen hatte, ihn von den Fäden zu befreien, bevor sie ihn plötzlich durchs Zimmer wirbelte, so daß er die auf dem Tisch ausgebreiteten Zeitungen hinunterfegte. Und dann waren sie beide von diesen zitternden Goldfäden gefangen gewesen und hatten Sina und Maxim lachend zu Hilfe rufen müssen!

Nun war er froh darüber, daß seine eigenen Kinder auf all das nicht zu verzichten brauchten, und er teilte ihr Ver-

gnügen. Manja und Petrik, die noch keine vier Jahre alt waren, wiederholten gehorsam das für kleine Kinder und den Weihnachtsbaum geltende Gebot: »Angucken, ja – anfassen, nein.« Aber sie streckten trotzdem die Hände aus, und Musja lachte, als sie den Silberflitter irgendeines Weihnachtsmanns aus Petriks Bett schüttelte. Semjon, der das Vierteljahr mit vorzüglichen Zensuren beendet hatte, erhielt den Fotoapparat, den sein Vater ihm versprochen hatte, und legte das wohlriechende Lederetui sogar am Tisch nicht ab. Bald würde er dreizehn Jahre alt werden – fast der Beginn des Erwachsenenlebens. Jakow hatte seinem Sohn sogar versprochen, ihn dann nicht mehr um zehn Uhr ins Bett zu schicken.
Vorläufig jedoch ging Semjon fügsam ins Bett, sobald seine Eltern auf den Wecker schauten. Erstens würde es nicht mehr lange dauern, und zweitens hatte er eine Methode gefunden, mit seiner Dynamotaschenlampe unter der Decke zu lesen. Da er sie dauernd drücken mußte, wurden seine Hände kräftiger. Niemand konnte ihn sehen. Die Taschenlampe summte zwar, aber seine Eltern dachten wahrscheinlich, es wäre eine Grille im Haus.
»Unsere Grille ist eingeschlafen«, sagte Jakow schmunzelnd, als das Summen von nebenan verklungen war.
»Verdirbt er sich nicht die Augen?« fragte Musja beunruhigt, während sie die Gabeln abtrocknete. Aber sie erwähnte es nur der Form halber, denn sie hatte dieses Thema schon mehrere Male mit Jakow erörtert.
»Nein, es kann ihm nicht schaden. Sei lieber froh, daß der Junge überhaupt liest. Ich habe einen Band Hugo herumliegen lassen. Diebesgut macht mehr Spaß.«
Er zog Musja an sich, und ihr Körper, der etwas fülliger geworden war, lockerte sich für einen Moment, bevor er seine wachsame Spannung zurückgewann.

»Laß mich wenigstens zu Ende abtrocknen, du Verrückter!«
»Kommt nicht in Frage.«
»Dann kriegst du das nasse Handtuch an die Ohren! Wüstling!«
»Meine Dame, ich verschmachte. Gestatten Sie mir, Sie zu umarmen!«
Musja lächelte und legte das Handtuch zur Seite. Da klingelte jemand an der Tür.
»Wer ist dort?« fragte Musja beunruhigt.
»Telegramm, gegen Unterschrift«, war von draußen zu hören.
Im Jahr 1937 brauchte man niemandem zu erklären, was ein Telegramm zu dieser Stunde bedeutete.
»Laß dich von mir scheiden, sag dich von mir los, tu, was du willst – aber rette die Kinder!« sagte Jakow streng und schaute in Musjas verängstigte Augen. Ohne sich zu beeilen, küßte er sie fest – verärgert darüber, daß das alles war, wozu er noch Zeit hatte. Inzwischen wurde ungeduldig an die Tür geklopft, und Jakow ging hin, um zu öffnen.

Als angesehene Person wurde Rimma Isaakowna unter vier Augen, noch dazu im Büro des Ersten Sekretärs, über den Vorfall unterrichtet.
»Wie sich herausstellt, ist Ihr Bruder Trotzkist, Genossin Geiber. Wir wissen, daß er in einer anderen Stadt wohnt und einen anderen Namen hat als Sie. Aber Sie müssen trotzdem irgendwie Stellung nehmen und sich prinzipiell von ihm distanzieren. Sonst könnte es – bei Ihrer Position – unangenehm werden.«
Man hatte also ihre Verwandtschaft mit Jakow entdeckt. Schnelle Arbeit. Was ihre Position anging – damit sollte nur angedeutet werden, daß man sonst kurzen Prozeß mit

ihr gemacht hätte. Ihr war klar, wie sie sich nun von Jakow zu distanzieren hatte: durch einen Zeitungsartikel und eine Rede auf einer Versammlung. Oder durch mehrere Artikel und mehrere Reden. Außerdem mußte sie ihren kriminellen Bruder unbedingt anschwärzen und damit die Anklage bestätigen. Und das, während die Ermittlung noch im Gang war, denn so würde sie Jakow tiefer ins Verderben stoßen.

»Ich... ich bin dankbar für Ihre Anteilnahme. Aber ich muß nachdenken.«

»Worüber denn, Rimma Isaakowna? Aber bitte, denken Sie gründlich nach.«

Genosse Omelnitschenko konnte seine Freude kaum verbergen: Was du dir jetzt auch ausdenkst, Schätzchen, deine Zeit als Zweiter Sekretär ist vorbei. Wir haben lange überlegt, wie wir dir eine Grube graben können, und nun sieh mal zu, wie du da rauskommst.

Für Rimma gab es jedoch nichts, aus dem es »rauszukommen« galt. Und sie hatte nicht die Absicht, es zu versuchen. In aller Ruhe schob sie die Papiere auf ihrem Schreibtisch zusammen. Sie mochte den Geruch neuer Pappordner. Deshalb hatte sie stets einen Vorrat von neuen Ordnern mit schillernden Mustern und festen Papieraufklebern. Am Ende ihres Arbeitstages blieb sie nicht wie gewöhnlich im Büro. Wozu noch? Sie schickte ihren Chauffeur nach Hause und ging voll Vergnügen zu Fuß. Der Schnee war so, wie sie ihn am liebsten mochte: flauschig und jedes Geräusch dämpfend. Nur das kummervolle Klingeln seltener Straßenbahnen ertönte, und in den kleinen Nebenstraßen war es völlig still. Ein gelbes Licht strahlte in einem Fenster – genau wie in einem Lebkuchenhaus. Sie hatte keine Eile. Der Frost war mild, und sie genoß das Wetter.

Rimma wollte an nichts denken: weder an sich selbst noch an ihren Bruder. Plötzlich fielen ihr das Studio und Moskau ein – vielleicht wegen des Schnees. Sie erinnerte sich an die blaugrauen Moskauer Gassen, den frostigen grünen Himmel, die geraden Rauchsäulen, die zum Himmel emporragten und ihn zu stützen schienen.

Vier Tage später wurde sie verhaftet. Sie war des Wartens bereits müde. Es geschah bei der Arbeit, und die Sachen, die sie vorbereitet hatte, lagen in ihrer Wohnung. Ihr Glück schien wirklich versiegt zu sein. Sie hatte angenommen, daß eine Verhaftung im Büro des Untersuchungsrichters stattfinden würde. Und Rimma war bereit: Sie wollte würdevoll, höflich, doch entschlossen auftreten. Wie die Revolutionärinnen früherer Zeiten. Aber die Verhaftung begann damit, daß man sie sofort in ihrem Büro durchsuchte. Man stöberte in den Taschen ihres Kostüms und ihres Mantels und kehrte die Innenseiten nach außen. Und in der »Isolierzelle« des Ermittlungsgebäudes wurde ihr befohlen – welche Schande! –, sich nackt auszuziehen. Sie wagte zu protestieren, doch man teilte ihr leidenschaftslos mit, daß man sie notfalls mit Gewalt ausziehen werde.

»Öffnen Sie den Mund. Vorbeugen. Gesäß auseinander. Haarnadeln entfernen.«

Fassungslos und niedergeschmettert leistete Rimma keinen Widerstand. Sie hoffte nur, daß die Ohnmacht der Erniedrigung sie nicht in Tränen ausbrechen lassen würde. Dann führte man sie in eine Zelle, in der sich bereits fünfzehn Frauen befanden. Alle waren noch so angezogen wie zum Zeitpunkt ihrer Verhaftung, und eine trug sogar ein Abendkleid. In der Zelle stank es. Rimma blickte sich um und entdeckte, woher der Gestank kam: aus einer Art Metallkübel, über dem ein Stück Pappe lag. Das also war die

Latrine, wie man im Gefängnis sagte. Innerhalb der Zelle hatten sich bereits komplizierte Regeln und Beziehungen herausgebildet, aber davon wußte Rimma nichts und wollte es auch nicht wissen – es reichte, daß sie eine Zelle mit einer Gruppe von Verbrecherinnen teilte. Sie sprach mit niemandem, beantwortete keine Fragen und setzte sich schweigend auf die Pritsche, die ihr von der Aufseherin zugewiesen worden war. Plötzlich stieg die Hoffnung in ihr auf, daß sich ihr Fall klären würde. Sie würde nicht lange hier sein, denn die ganze Sache war völlig absurd. Sie – und diese Zelle. Außerdem hatte sie keine Zahnbürste bei sich, überhaupt nichts, abgesehen von einem Taschentuch. Rimma bemühte sich, den Gesprächen nicht zuzuhören und niemanden anzuschauen. Aber von der Pritsche am Fenster drang ein gedehntes Stöhnen herüber, und Rimma sah aus den Augenwinkeln eine ältere Frau, die mit einem kurzen, gemusterten Tuch hantierte.

»Was glotzt du, Neue? Bist du überrascht? Das ist Linda – 'ne Baptistin. Sie ist erst gegen Mittag vom Verhör reingetragen worden«, sagte eine zottige, vollbusige Frau – sie sah wie eine Spekulantin aus –, die Rimmas Blick bemerkt hatte.

Rimma antwortete nicht. Fünf Tage vergingen vor ihrem ersten Verhör, und in dieser Zeit mußte sie sich wohl oder übel mit den Gefängnisregeln vertraut machen. Frauen wurden nach dem Verhör tatsächlich zurückgetragen. Aber nicht alle. Die »Spekulantin« zum Beispiel kam auf eigenen Beinen zurück und schien nicht geschlagen worden zu sein. Drei Frauen in der Zelle isolierten sich bewußt von den übrigen. Sie gehörten zum Parteipersonal, und Rimma kannte eine von ihnen: die frühere Redakteurin einer Ortszeitung. Rimma wurde zur vierten im Bunde. Die anderen verschafften ihr eine Zahnbürste und eine zweite, wenn auch etwas zu große Unterhose. Aber Unterhosen mußten ohnehin an der Hüfte geknotet werden, da die Gefangenen keine Gummibänder besitzen durften und diese aus der Wäsche entfernt wurden. Die drei anderen Frauen zeigten sich freundschaftlich, jedenfalls Rimma gegenüber: Kommunistinnen mußten schließlich zusammenhalten. Jede einzelne war einem Irrtum zum Opfer gefallen, was man jedoch nicht der Partei vorwerfen durfte! Sie würden rehabilitiert und dann entlassen werden. Unterdessen jedoch teilten sie sich ihre Päckchen, Lebensmittel und sogar Zigaretten mit Rimma. Sie selbst erwartete von niemandem ein Päckchen, doch innerhalb ihrer Gruppe gab es kein Privateigentum.

Ihr Herz pochte, als sie hinausgerufen wurde. Man erklärte ihr nicht, wohin sie geführt wurde, aber da sie nicht »mit Sachen« hatte erscheinen müssen, wurde sie vermutlich zum Untersuchungsrichter gebracht. Das saubere Büro hatte nichts Erschreckendes an sich. Und der junge, rotwangige Untersuchungsrichter lächelte Rimma wie eine alte Bekannte an. Sie erwiderte sein Lächeln eifrig und setzte sich, seiner Geste gehorchend, auf einen Hocker, der im Fußboden festgeschraubt war. Auf dem Tisch des Untersuchungsrichters lag ein neuer Aktenordner mit schillerndem Muster. Rimma sah, daß der Ordner bereits mehrere Papiere enthielt.

Sie beantwortete die Fragen nach ihrem Namen, ihrem Geburtsjahr und -ort und ihrem Arbeitsplatz. Dann bestätigte sie, einen Bruder namens Jakow Isaakowitsch Krasnow zu haben.

»Und wie stehen Sie zu der Tatsache, daß Ihr Bruder als böswilliger Trotzkist entlarvt wurde?«

»Genosse Untersuchungsrichter…«

»Es wäre angemessener, mich einfach ›Bürger Untersu-

chungsrichter‹ zu nennen«, korrigierte der Mann am Schreibtisch sanft.
Rimma biß sich auf die Lippe. Wie hatte sie das vergessen können? Vielleicht mußte sie noch dankbar sein, daß er sie nicht angefahren hatte: »Ihr Genosse bin ich nicht« – schließlich war sie eine Verdächtige.
»Bürger Untersuchungsrichter«, begann sie noch einmal, die Korrektur bereitwillig übernehmend, »ich bin sicher, es handelt sich um ein Mißverständnis. Ich sehe meinen Bruder sehr, sehr selten, aber …«
»Sie haben ihn jedoch vor kurzem besucht – genauer gesagt, vor einem Monat.«
»Ja. Und ich weiß genau, welche Einstellung er Trotzki gegenüber hat. Sie ist nicht nur negativ, sondern extrem negativ. Er wird sehr heftig, wenn er über ihn diskutiert.«
»Und mit wem hat er über Trotzki diskutiert?« fragte der Untersuchungsrichter interessiert.
Rimma begriff, daß sie sich verhaspelt hatte. Sie suchte fieberhaft nach einer Antwort, um die Situation zu retten, doch der Untersuchungsrichter ließ ihr keine Zeit.
»Waren Sie's?«
»Ja«, gab Rimma zu.
»Aber wenn er eine negative Einstellung zu Trotzki hat und Sie mit ihm diskutiert haben, dann muß Ihre eigene Einstellung doch wohl positiv sein?«
Das ist es, dachte Rimma. Nun war ihre einzige Meinungsverschiedenheit mit der Partei aufgedeckt worden. Aber vielleicht hatte es sich sogar zum Besten gefügt. Jedenfalls konnte sie nun den nichtsnutzigen Jakow mit seinen vielen Kindern schützen. Ihr braucht einen Trotzkisten? Bitte schön. Sie würde ihnen einen liefern.
»Ja, ich schätze Trotzkis Tätigkeit positiv ein. Sowohl seine praktische als auch seine theoretische Arbeit. Darüber

habe ich mit meinem Bruder diskutiert. Er versuchte, mich umzustimmen.«

»Interessant. Seine eigene Aussage bestätigt nämlich nichts davon. Folgendermaßen: ›Meine Schwester, Rimma Isaakowna Geiber, und ich sprachen über rein familiäre Themen. Hauptsächlich kamen wir auf den Bürgerkrieg zurück und erörterten die Erziehung meiner Kinder. Ich weiß, daß meine Schwester der Partei unverbrüchlich ergeben ist, und habe nie mit ihr über politische Themen diskutiert, da ich ihre Meinung zu jeder Frage im voraus kenne.‹ Seltsam, nicht wahr, Bürgerin Geiber? Er muß also beim Verhör gelogen haben, um Sie zu schützen. Oder lügen Sie, um ihn zu decken?«

»Bürger Untersuchungsrichter, ich bin bereit, meine Ansichten freimütig in schriftlicher Form niederzulegen. Dann können Sie sich selbst ein Bild machen.«

Der Untersuchungsrichter reichte ihr ohne Zögern einen Kugelschreiber und Papier, und Rimma machte ihre Ansichten deutlich. Dadurch zog sich das Verhör in die Länge: Der junge Untersuchungsrichter schaute bedeutungsvoll auf die Uhr und trieb Rimma schließlich zur Eile an, doch sie schrieb weiter.

»Lassen Sie mich alles zu Papier bringen. Sonst ist meine Aussage unvollständig.«

Es wird langsam amüsant, dachte sie. Die Angeklagte schreibt das Beweismaterial gegen sich selbst nieder, während der Untersuchungsrichter sie zurückhalten will. Hatte er es eilig, zu einem Stelldichein aufzubrechen? Nur mit der Ruhe, junger Mann, die Arbeit ist wichtiger. Ihr könnt warten, du und dein Mädchen. Und da die Partei, der sie ihr ganzes Leben gewidmet hatte, so mit ihr umging, brachte Rimma alles zu Papier. Es war der letzte Dienst, den sie der Partei leisten konnte: auf deren Fehler

hinzuweisen. Sie adressierte ihre Aussage auf ungewöhnliche Art, nämlich an den Genossen Stalin. Alle Dokumente mußten in derselben Akte abgelegt werden, da gab es keine Ausnahmen. Wenn dieser Untersuchungsrichter eines unterschlug, würde er in der Patsche sitzen. Denn irgend jemand beaufsichtigte auch ihn. Und sie schrieb alles nieder: daß Jakow aufgrund seines politischen Gespürs kein Trotzkist sein könne, daß die Verdammung des Genossen Trotzki eine Intrige des Kamenew-Sinowjew-Blocks sei und daß die Massenverhaftungen treuer Kommunisten dem Selbstmord der Partei gleichkämen. Schließlich mußte jemand dafür sorgen, daß das Land auf dem richtigen, bolschewistischen Weg blieb!
Der Untersuchungsrichter runzelte die Stirn beim Anblick der Überschrift, aber er widersprach nicht, sondern schickte die Gefangene zurück in die Zelle. Rimma schlief in jener Nacht nicht, denn ihr fielen dauernd andere Dinge ein, die sie hätte erwähnen sollen. Oder sie dachte an andere stilistische Möglichkeiten. Schön, sie war nicht naiv. Dieser Brief würde schwerlich auf Stalins Schreibtisch landen. Aber irgendwann würde jemand die Vernehmungsprotokolle lesen und einsehen, daß sie recht gehabt hatte! In einem solchen Fall war ihr Tod nicht sinnlos, denn sie würde die Interessen der Partei gegen die Feinde verteidigen, die sich sogar in den Kreml eingeschlichen hatten. Entweder aus Aufregung (ein Zittern schüttelte sie) oder aus einem anderen Grund lief sie dauernd zur Latrine. Ob sie sich ihre Blase verkühlt hatte? Es war kalt in der Zelle. Aber das war gleichgültig! Wie angenehm, sich keine Sorgen mehr über den eigenen Körper machen zu müssen!
Zwei Stunden nach dem Aufstehen wurde es endlich grau hinter dem erbsenfarbenen Schirm, der vor dem Fenster hing. Rimma hörte gleichgültig einem Streit zwischen der

Spekulantin, die den Schirm als Maulkorb bezeichnete, und der Kommunistin Klawdija Mironowna zu, die der Spekulantin solche Äußerungen verbot. Es gebe einen offiziellen Begriff, nämlich Schutzschild, und mit jedem anderen würden die Ermittlungsorgane verhöhnt. Klawdija muß es einfach übertreiben, dachte Rimma unbewegt. Sie staunte über sich selbst, denn dieser Gedanke hätte von Jakow stammen können. Aber es spielte keine Rolle. Sie hatte bereits getan, was sie konnte, und brauchte keine weiteren Pflichten zu erfüllen. Nicht einmal der Partei gegenüber.

Rimma war überrascht, als man sie nur zu fünfzehn Jahren verurteilte. Die Untersuchung hatte nicht lange gedauert, und sie war nicht geschlagen worden. Nur schade, daß sie im Frühjahr ins Lager reisen mußte! Man hielt die Frauen dauernd in Bewegung: Sie mußten sich aufstellen, wurden gezählt oder in geschlossenen Waggons weiterbefördert. Aber durch die Risse in den Waggons drang der Frühling mit seinem sanften, sanften Duft ein. Und dieser Duft war kräftig genug, um den Gestank der Waggons vergessen zu lassen und die Sinne zu beflügeln. An einem Haltepunkt war das zarte Rufen eines Kuckucks zu hören, das sogar die Schreie der Häftlinge nach Wasser übertönte. Vielleicht löste dieser Ruf eine Meuterei im Nachbarwaggon aus, bis ein Aufseher einen Schuß abgab und der Lärm nachließ. Rimma wunderte sich nicht, denn der Kuckuck hätte jeden in den Wahnsinn treiben können. Plötzlich spürte sie, wie sehr ihr zum Untergang verurteilter Körper leben wollte. Sie mußte an sich halten, um sich nicht gegen die Holzbretter des Waggons zu werfen. Den anderen ging es offenbar genauso. Jedenfalls beschimpften sie einander, und zwei Verbrecherinnen zerrten einander heulend an den Haaren.

Die Qual dieses Transports im Frühling war schlimmer als der Hunger und die Schrecken des Gefängnisses. Rimma war froh, daß sie kein Gepäck mitgenommen hatte, denn während der Reise wäre ohnehin alles gestohlen worden. Aber diese Desinfektionen an den Haltepunkten, bei denen ein grober Sanitäter den nackten Frauen gleichgültig wie eine Maschine einen mit grüner Seife beschmierten Pinsel zwischen die Beine schob! Und die abscheulichen Hunde, die nach den Nachzüglern schnappten, sobald die Kolonne ins Stocken geriet! Und das schlimmste war der letzte Haltepunkt vor dem Ziel. Der Frauentransport war eingetroffen, und was mit ihnen angestellt wurde, bevor man sie auf die verschiedenen Lager verteilte, das würde Rimma niemandem je anvertrauen können. Sie konnte sich selbst nicht verzeihen, daß sie noch am Leben war. Aber in Kolyma schien das kein Problem zu sein: Wer nicht leben wollte, brauchte sich nur aus dem Licht zurückzuziehen. Andere drängten sich danach. Rimma ließ sich auf keinen Wettkampf mit den anderen ein, um einen Arbeitsplatz im Sanitätsbereich oder in der Küche oder in der Laienspieltruppe zu erhalten, wo es immerhin eine gewisse Überlebenschance gab. Sie staunte nur schweigend: Wollte hier wirklich jemand überleben?
Die Kommunistinnen halfen einander auch hier. Es gab Möglichkeiten, eine der leichteren Tätigkeiten zu erhalten. Aber Rimma war bereits im Herbst mit ihrem unzähmbaren Charakter zum Holzfällen eingeteilt worden. Die Gefangenen häuften Schnee auf die Zeltbahnen, und die verhärtete Kruste speicherte die Wärme im Innern. Nur die Gruppen, die ihr Soll erfüllt hatten, durften sich an den Lagerfeuern aufwärmen. Aber Rimma gehörte zu einer »hoffnungslosen« Gruppe, die die Norm fast nie erreichte. Und entweder wegen der verringerten Rationen

oder wegen der Nähe jener letzten Grenze, hinter der kein Sinneswandel mehr möglich war, rebellierte ihr Körper von neuem. Er sehnte sich nach Sattheit und Wärme, nach Befreiung von den Läusen und, wer weiß warum, nach kleinen Wacholderzapfen zum Kauen. Danach sehnte er sich bis zur Benommenheit, bis zu einem schändlichen Selbstmitleid. Gut, daß ein Aufseher ihr half: Als die Frauen sich aufstellten, stieß er ihr den Stiefel ins Kreuz. Und während sie sich aus dem Schnee aufrappelte, überhäufte er sie mit gemeinen Beschimpfungen.

Danach wurde es leichter. Es war Anfang November, bald würde der wirkliche Frost einsetzen, und dann brauchte sie nicht mehr lange zu warten... Die Kiefern, bedeckt von glitzerndem Rauhreif, und der wunderbare Himmel – so hell, heller als im Süden – waren unglaublich schön. Grün, Rosa und Violett – alle Farben waren vertreten. Mit stiller Zärtlichkeit dachte sie an Jakow und sein prächtiges Söhnchen Semjon zurück, den helläugigen Pionier, der dem Titelbild einer Zeitschrift entsprungen zu sein schien. Und sogar an die beiden verwöhnten Zwillinge. Deren Streiche und ewiges Geheul hatten Rimma verärgert, wenn sie Jakow besuchte. Doch nun kamen die beiden ihr amüsant und liebenswert vor. Und sie erinnerte sich an ihre Mutter – wohlwollend und freundlich, ohne sie wie einst aus ihrem Gedächtnis zu verbannen. Gläubige Menschen waren zu beneiden, denn sie hofften, einander irgendwann wiederzubegegnen. Wie herrlich das wäre! Aber sie wußte zuviel, um sich diesem Glauben hinzugeben.

Bereits vor Ende November fielen Rimma die Zähne aus. Nachdem sie den ersten herausgezogen hatte, betrachtete sie ihn verwundert und hatte den Drang, ihn zu verstecken. Doch dann lächelte sie und warf ihn in den Schnee. Am nächsten Tag begann sie, die Hälfte ihrer

Brotration einem jüdischen Mädchen aus ihrer Gruppe zu überlassen. Es war so winzig, daß man es kaum für neunzehn Jahre alt halten konnte. Ein schwarzäugiges jüdisches Kind, das seiner Mutter entrissen worden war. Zu Hause hatte die Kleine wahrscheinlich nie etwas Schwereres als eine Geige in den Händen gehalten. Trotzdem erhob sie Einwände: »Aber, Tante Rimma, Sie brauchen es doch selbst!«

Eine andere hätte nicht widersprochen. Ein anständiges Mädchen. Wenn es einen Gott gab, würde er wenigstens diese Kleine schützen. Rimma verzerrte die Lippen zu einem Lächeln. »Ich brauche es nicht mehr. Bleib am Leben, Mariam!«

Und beim Anblick dieses Lächelns – Tante Rimmas Lippen waren rissig, ohne daß ein Tröpfchen Blut hervortrat – glaubte auch Mariam ihr schließlich, daß sie es nicht mehr brauchte. Und sie nahm das Brot. Am letzten Tag gab Rimma ihr die gesamte Ration.

Mariam überlebte und heiratete sogar. Ihre erste Tochter nannte sie Rimma. Ihr Mann, ein früherer Lagerarzt und später ein bekannter Gynäkologe in Irkutsk, stimmte gern zu. Es ist ein schöner Name.

Kapitel 28

Pawel wurde im August 1937 abgeholt. Der siebenjährige Aljoscha hörte alles, obwohl sie versuchten, ihn nicht zu wecken. Er schlief erst gegen Morgen ein, da er lange geweint hatte – weniger aus Kummer, denn den fühlte er noch gar nicht, sondern weil er gekränkt war: Sein Vater hatte sich von Oleg, nicht aber von ihm verabschiedet! Und er hatte Oleg gebeten: »Kümmere dich um deine Mutter.«

Doch zu ihm hatte er kein einziges Wort gesagt. Egal, er würde es allen zeigen. Sie würden schon sehen, wer sich besser um Mutter kümmern konnte, Oleg oder er. Aber er würde schweigen, bis Papa zurückkehrte. Und dann würden sich alle schämen.

Am nächsten Morgen nickte er bloß, als Mama ihm mitteilte, daß Vater zu Bauarbeiten in einer fernen Gegend abgereist sei und lange fortbleiben werde. Aber es war eine Überraschung, als er ein paar Tage später gezwungen wurde, die Fabel über die Füchsin rasch auswendig zu lernen, und seine Mutter mit ihm zur Schule ging, um ihn anzumelden. Schließlich hatten seine Eltern noch vor kurzem zu seiner großen Enttäuschung beschlossen, ein Jahr zu warten, bis er acht Jahre alt war. Vorher bestand keine Schulpflicht, und was würde er schon vom Unterricht haben? Aljoscha war vor Entrüstung fast geplatzt: Was ich davon haben werde? Slawka aus dem Untergeschoß war nur ein halbes Jahr älter und würde bereits in die Schule gehen; man hatte ihm eine Uniform, einen Gürtel mit Schnalle, einen Ranzen mit herrlichen Spangen und einen Griffelkasten mit eingeprägter Sowjetfahne, einem Stern und Hammer und Sichel gekauft. Warum also sollte Aljoscha bei den Kleinen im Hof bleiben und sich Slawkas unerträgliche Prahlerei anhören?

Auf der Straße löste er seine schwitzende Hand aus der seiner Mutter: Schließlich war er kein kleiner Junge mehr. Anna lächelte. Ihr Sohn versuchte, größer zu wirken, und reckte sein Köpfchen mit aller Kraft in die Höhe. Sie hätte ihm die Haare kürzer schneiden sollen, aber dazu war noch genug Zeit. Es tat ihr leid um seine blonden Locken, denn an ihnen konnte sie sich nur noch so lange erfreuen, bis er in die Schule ging. Und während sie sich mit Oleg so hatte abmühen müssen, war Aljoscha von Anfang an ein unproblematisches Kind gewesen. Weder die Schwangerschaft noch die Geburt hatten ihr Schwierigkeiten bereitet, und er war fast unbemerkt herangewachsen. Das hatten sie der Anwesenheit seines Vaters zu verdanken. Dabei waren Pawel und Anna stets so beschäftigt, daß sie dem Kind kaum Aufmerksamkeit schenken konnten. Man hatte Anna bereits 1931 von der Krankenschwester zur Pflegerin zurückgestuft, und darüber war sie sogar froh. Man hätte sie auch ohne Umschweife entlassen können. Pawel arbeitete in einer Fabrik als Lastwagenfahrer. Wenn Anna von der Arbeit heimkam, hatte sie oft das Gefühl, daß ihr die Arme abfielen, aber dann wurde sie auf der Schwelle von einem strahlenden, glücklichen Gesicht begrüßt, das einem Engel aus dem Bilderbuch hätte gehören können. Aljoscha war still, mit allem zufrieden und in der Lage, sich selbst zu beschäftigen. Natürlich halfen die Großeltern aus: Solange sie am Leben waren, brauchte Anna sich nicht ständig um den Kleinen zu kümmern. Sie wußte, daß er gefüttert, rechtzeitig ins Bett gebracht und jeden Tag zu einem Spaziergang hinausgeführt wurde. Sie beschimpfte sich selbst als Rabenmutter, doch sie konnte nichts daran ändern – die Arbeit aufzugeben kam nicht in Frage. Später, nach Maria Wassiljewnas Tod, blieb Aljoscha in der Obhut seines Großvaters. Und sie hatte auch jetzt keinen Grund, sich Vorwürfe zu machen, denn es war allein Aljoscha zu verdanken, daß der alte Mann, der nach dem Tod seiner Frau den Mut verloren hatte, noch anderthalb Jahre weiterlebte. Iwan Alexandrowitsch überforderte Aljoscha manchmal – Anna bemerkte es, gebot ihm jedoch keinen Einhalt. Es wäre hartherzig gewesen, den alten Mann des letzten Sinns und Lichts in seinem Leben zu berauben. Kurz vor seinem Tod stellte er Aljoscha auf den Tisch, und der Junge rezitierte seiner Mutter und seinem Vater die letzten Seiten seiner Fibel. Es war eine große Überraschung zu Pawels Namenstag. Mit dreieinhalb Jahren war ihr Sohn bereits so selbständig, daß er sich seine Schnürsenkel binden konnte und alle Feinheiten des Ankleidens beherrschte. Abgesehen davon, daß man ihm das Leibchen auf dem Rücken zuknöpfen mußte.

Anna hatte nicht aus noch ein gewußt, nachdem ihr Schwiegervater gestorben war. Es gelang ihr nicht, Aljoscha in einem Kindergarten unterzubringen. Sie versuchte, den Jungen mit zur Arbeit zu nehmen, doch dies mißlang, da die Oberschwester eine pedantische Frau war und die Rechtswidrigkeit sehr bald entdeckte. Und Anna konnte es sich nicht leisten anzuecken. Schließlich kam ihr Zilja aus ihrem Häuserblock zu Hilfe. Ihr Mann war klein und still, arbeitete irgendwo in einem Straßenbahndepot, und niemand auf dem Hof hätte etwas von ihm gewußt, wenn Zilja nicht unablässig von »meinem Fima«

gesprochen hätte. Er schien jedoch mit einem Überschuß an Energie vom Dienst heimzukommen, denn Ziljas Fruchtbarkeit war im Viertel legendär: Wenn sie mit dem nächsten ihrer Sprößlinge schwanger war, gab sie noch dem letzten die Brust. Zerzaust, lautstark und von unverwüstlicher Gesundheit, tobte ihre ganze Bande von morgens bis abends auf dem Hof herum, während Zilja ein wachsames Auge auf sie hatte. Sie wurde als »Hofmama« anerkannt und teilte großzügig Ohrfeigen an ihre eigenen und an fremde Kinder aus, sobald sich eine Prügelei oder ein gefährlicher Streich anbahnte. Für ein bescheidenes Entgelt erklärte sie sich gern bereit, auch auf Aljoscha aufzupassen, so daß er nicht allein zu Hause bleiben mußte. Der Junge machte auch hier keine Schwierigkeiten und gewöhnte sich rasch ein. Nach ein paar Wochen begann er bereits, mit einem stark jüdischen Tonfall zu sprechen. Aber als er spürte, daß dies seinen Vater verärgerte, grenzte er sein Benehmen zu Hause mühelos von seinem Verhalten auf dem Hof ab. Wenn er sich bei seinem Vater einschmeicheln wollte, sang er französische Lieder, die er von seinem Großvater gelernt hatte, und wischte sich die Nase überflüssigerweise mit dem Taschentuch. Sonst nahm er seinen Ärmel wie jedes normale Kind in Odessa.

Anna hatte keinen Zweifel daran, daß die Schule Aljoscha aufnehmen würde. Zumal Nikolai Iljitsch, dessen Magengeschwür in ihrem Krankenhaus behandelt wurde, immer noch als Direktor fungierte. Aber wie mochte es in einem Jahr aussehen? Alle wurden »weggefegt«, Herrgott, einfach alle. Was sollte aus dem Jungen werden, wenn man auch sie verhaftete? Oleg war erwachsen und hatte einen Arbeitsplatz. Bald würde er eingezogen werden, und sollte Aljoscha dann in ein Waisenhaus gehen? Und nicht einmal in ein gewöhnliches Waisenhaus, sondern in ein Son-

derinternat für die Kinder von Volksfeinden. Es existierten zwar Gerüchte darüber, was dort mit den Kindern angestellt wurde, doch niemand wußte etwas Genaues. Und das war das schlimmste. Anna riß sich zusammen: Sie würde doch nicht etwa ein Angsthase werden? Was man fürchtet, das stößt einem zu. Und ihr Sohn strahlte, hatte eine feierliche Miene aufgesetzt und wirkte schon ganz lerneifrig. Sie durfte ihm den großen Tag nicht verderben. Sie feierten den Tag nicht nur, indem sie eine Schuluniform und einen Ranzen kauften, sondern auch, indem sie an einem glatten Marmortisch im früheren Café Fanconi Platz nahmen und sich ein Eis gönnten. Wenn man schon feiert, dann richtig! Sie würde sich etwas Geld von Nina leihen müssen, die ihr gewiß aushelfen würde, da sie sich im Vorjahr ihrerseits etwas von Anna geborgt hatte.
Als Mutter und Sohn heimkehrten, war bereits ein rosiger Sommerabend angebrochen. Aljoscha konnte natürlich keine fünf Minuten still sitzen. Er rannte davon, um Manja und Petrik seine nagelneuen Schulsachen zu zeigen. Oleg war noch nicht zu Hause. Die Wohnung wirkte sauber, kühl und leer. Anna näherte sich dem grünlichen Spiegel in dem schweren, geschnitzten Rahmen. Pawel hatte ihn der Frau des Hausverwaltungsvorsitzenden abgekauft, nachdem dieser seinen Posten verloren hatte. Anna erinnerte sich an den Spiegel – es war derselbe, der früher im Flur der Petrows gestanden hatte: auch an den steinernen Spiegeltisch mit grauen Adern und wuchtigen gewölbten Beinen. Sina und Anna waren als kleine Mädchen mit Schulhüten vor ihm herumstolziert, und Pawel hatte sie jedesmal aufgezogen, wenn er sie dabei erwischte. Nun zeigte der Spiegel eine erschöpfte Frau mit vielen grauen Strähnen im kurzgeschnittenen blonden Haar. Das Kinn war schwerer geworden, die Enden der Lippen sahen aus

wie zusammengeschweißt und neigten sich bereits nach unten. Vierundvierzig Jahre. Wenn Pawel seine Haft abgesessen hatte, würde sie vierundfünfzig Jahre alt sein. Sie durfte nicht daran denken! Wichtig war nur, daß er überlebte, und dann wäre es egal, ob sie wie eine Siebzigjährige aussah. Anders als beim erstenmal war sie nun der Lage gewachsen. Noch immer schuldete sie Maria Wassiljewna Dank, die sie damals beschämt hatte – ohne ein einziges Wort, wie keine andere es gekonnt hätte. Anna lächelte dem vom Dämmerlicht erhellten Spiegel zu, als könne Pawel sie erkennen. So war es besser.

»Mama, können Petrik und Manja bei uns Tee trinken? Tante Musja ist schon zwei Stunden zu spät!« hörte sie Aljoschas Stimme aus dem Flur, der nun auch als Küche diente.

»In Ordnung. Aljoscha, laß den Primuskocher in Ruhe, ich zünde ihn schon selbst an!« sagte Anna, die aus ihren Gedanken aufgeschreckt war. Sie hatte es gern, wenn Aljoscha die beiden lustigen Fünfjährigen mit ihren großen backpflaumenfarbenen Augen mitbrachte. Es war amüsant zu beobachten, wie ihr Sohn alles ritterlich mit der winzigen Manja teilte. Das bedeutete nach seinen Begriffen, daß alle drei Kinder den gleichen Anteil erhielten und Manja dann noch die Hälfte seines Gebäcks oder seiner Bonbons dazubekam. Er ließ sie sogar immer von seinem Zuckerstück abbeißen, und sie als junge Dame akzeptierte das wie selbstverständlich. Bei einer ihrer üblichen Plaudereien vor dem Schlafengehen erzählte Aljoscha seiner Mutter, daß Manja eine verwunschene Prinzessin sei und in Wirklichkeit Marianna heiße. Anna fühlte sich durch sein Vertrauen geschmeichelt und hoffte nur, ihr kleiner Prinz werde nicht so bald entdecken, daß er Marianna mit einem Kuß von dem Zauber befreien konnte. Es war besser, wenn sie die Kinder ein wenig im Auge behielt. Zum Glück war noch etwas Aprikosenkonfitüre übriggeblieben.

Man hatte sie bereits in die Baracke zurückgejagt, und Jakow, fluchend über den Schmerz in seinem verdammten Knie, war auf seine Etagenpritsche geklettert. Er machte es sich mit Nadel und Faden bequem, indem er ein Bein anzog und das andere still liegen ließ. Häftlinge durften keine Nadeln besitzen, deshalb achtete er besonders sorgsam auf die Nähnadel, die ihm der verstorbene Stjopytsch hinterlassen hatte. Stjopytsch hatte ihm auch beigebracht, wie man eine Nadel vor jeder Durchsuchung verstecken konnte. Wann immer Jakow nun seine Hose flickte, wußte er, daß vor dem Ende seiner Arbeit etliche Bittsteller kommen würden: Die einen wollten, daß er ihnen den Mantel ausbesserte, die anderen hatten einen Riß im Hemd. »Habt ihr vielleicht keine Hände?« knurrte er dann der Ordnung halber, aber natürlich blieb ihm keine andere Wahl, als die Sachen ebenfalls zu flicken.
Aus dem Augenwinkel bemerkte er, daß auf den unteren Pritschen – in der besten, wärmsten Ecke, die ein für allemal von der privilegierten Bruderschaft der Kriminellen belegt war – Aufregung herrschte. Das bedeutete, daß die Diebe mal wieder eine Abrechnung planten: Entweder hatte jemand beim Kartenspiel verloren und seine Schulden nicht beglichen oder das »Gesetz« der Kriminellen gebrochen. Fest stand bloß, daß es im Lauf der Nacht zu Radau und Blutvergießen kommen und sämtliche Insassen der Baracke zu Strafdienst verdonnert werden würden.
Innerhalb des Lagers spielten die Kriminellen eine bedeutendere Rolle als die Gefängnisverwaltung. Es machte ihnen nichts aus, Karten um einen Zahn oder ein Auge eines »Frajers«, wie die nichtkriminellen Häftlinge genannt

wurden, zu spielen, wobei der Verlierer dem betreffenden »Frajer« sofort den Zahn oder das Auge ausschlagen mußte. Das Opfer wußte nicht das geringste von dem Spiel oder seinem »Einsatz«, obwohl es die Folgen zu tragen hatte. Die »Frajer« auszuplündern, besonders die nach Artikel achtundfünfzig verurteilten »Faschisten«, galt als Selbstverständlichkeit. Die Lagerleitung bestärkte die Kriminellen stillschweigend, was jeder wußte. Aber es war unwahrscheinlich, daß die heutige Auseinandersetzung Jakow treffen würde. Er genoß einen Sonderstatus, und der Rädelsführer der Diebe, der den Spitznamen »das Auge« trug, nannte ihn sogar Isakytsch und beschimpfte ihn nicht als Faschisten.

»Isakytsch, sing uns ein Lied über Odessa!«

»Isakytsch, eine Geschichte!« hatten sie ihn bereits während des Transports ständig gedrängt.

Mit dieser Reputation war er im Lager eingetroffen, und nun war es für ihn eine Frage der Ehre, sie aufrechtzuerhalten. Die subtile Kunst, eine fesselnde Geschichte zu erzählen, die die Häftlinge vom Hunger und allem anderen Elend – sogar vom Lager selbst – ablenkte, war keineswegs so einfach, wie man hätte annehmen können.

»Also schön, ich werd' euch erzählen, was mir mal passiert ist!« rief manchmal ein Grünschnabel dazwischen, der seine Erlebnisse für ungewöhnlich interessant hielt. Und dann wurde er zu seiner bitteren Enttäuschung meistens schon nach wenigen Minuten zum Schweigen gebracht.

Jakow widerfuhr so etwas nie. Letztendlich waren die Häftlinge wie Kinder. Eine Geschichte durfte mit allen möglichen Lügen, Übertreibungen und schrecklichen, jedoch unerwarteten Einzelheiten ausgeschmückt werden und sollte nach Möglichkeit lustig sein. Das alles wußte Jakow mit dem untrüglichen Instinkt eines Bewohners von

Odessa, auch wenn er in Nikolajew geboren war. Daneben besaß er eine weitere seltene Eigenschaft: Er hatte die Gabe, sich Witze auszudenken. Im Lager verbreitete er eine endlose Serie von Scherzen über einfältige Aufseher. Und gegen Ende seines Lebens genoß er den süßen Ruhm eines anonymen Künstlers, wenn er von anderen seine eigenen Einfälle hörte, die mittlerweile als Witze über »Milizionäre« in Umlauf waren.

»Warum essen Milizionäre keine eingelegten Gurken?«

»Warum denn nicht?«

»Weil ihre Köpfe nicht in die Dose passen!«

Die Zuhörer brüllten vor Begeisterung, und der Erzähler, berauscht von seinem Erfolg und so jung, daß er Jakows Sohn hätte sein können, fuhr fort: »Warum laufen Milizionäre immer zu dritt herum?«

»Warum denn?«

»Der eine kann lesen, und der andere kann schreiben. Und der dritte soll die beiden Intellektuellen im Auge behalten.«

Jakow schmunzelte dann wie ein Großvater über seine Enkel. Aber das geschah viele Jahre später, und vorläufig war es keine leichte Aufgabe, jeden einzelnen Tag zu überstehen. Die größten Chancen hatte ein Mann, der fröhlich und sorglos war – oder es schaffte, so auszusehen.

Und auch jetzt, kaum hatte Jakow das Garn eingefädelt, kam von den unteren Pritschen die Aufforderung: »Isakytsch, sing ein Lied über Odessa!«

»Mama, Mama, was solln wir tun,
Wenn im Winter bläst 'n Taifun?
Wir haben weder Schal noch Schmalz,
Vielmehr plagt uns 'n rauher Hals!«

Jakow sang mit aufgesetzter Verzweiflung, wobei er den Coupletsänger Chenkin eifrig nachahmte. Aber diesmal konnte er seine Baracke nur mit vier Strophen erfreuen. Das Schloß klapperte, und die diensthabenden Aufseher, umgeben von Wolken aus eisiger Luft, platzten herein. Jakow hatte sich nicht verhört, sie brüllten seine Nummer. »Mit Sachen zum Ausgang!«
Immer noch fassungslos, fand sich Jakow in einem Zugabteil für unzweifelhaft freie Passagiere wieder und gewöhnte sich langsam und zögernd an die Tatsache, daß er selbst ebenfalls ein freier Mann war. Er konnte beim Schaffner Tee bestellen oder aus dem Zug steigen. Er konnte – oh, wie freie Menschen diesen Segen unterschätzten! – zur Toilette laufen, wann er wollte. Jakow hatte kein Wort verstanden, als ihm unbekannte, doch korrekte Genossen in Zivil im Büro des Lagerchefs erklärten, daß sein Fall revidiert worden sei und man ihn unverzüglich freizulassen beabsichtige. Man werde ihm nun die Summe für die Rückreise nach Odessa und eine Geldanweisung von seiner Frau übergeben. Das bedeutete, wie Jakow mit Mühe begriff, daß die verrückte Musja nicht die Scheidung beantragt hatte. Außerdem hatte sie ihm noch Geld geschickt. Sie mußte den Verstand verloren haben! Alles übrige drang nicht mehr in sein Bewußtsein. Nur elf Monate von einer zehnjährigen Haftstrafe abgesessen! Das war ohne Beispiel! Und wer hatte je gehört, daß die Bolschewiken einen Fall revidierten? Man teilte ihm höflich mit, daß er sofort nach seiner Ankunft wieder in die Partei eintreten könne und wohin er seinen Antrag schicken sollte. Darauf hätte Jakow gut verzichten können, aber er wußte, daß ihm keine andere Möglichkeit blieb.
Jakow ahnte nicht, daß dem gewaltigen Strom in die Lager im Jahre 1938, nach der Entfernung des allmächtigen

Jeschow, unerwartet ein bescheidener Strom entgegenlief, der sich aus Entlassungen wie seiner eigenen speiste. Diese Entwicklung dauerte insgesamt ein Jahr, und dann versiegte die Gegenströmung genauso geheimnisvoll, wie sie begonnen hatte. Jedenfalls hatte Jakow das Glück gehabt, von ihr erfaßt zu werden. Und nun kehrte er – wie ein Mann aus dem Reich der Toten – nach Odessa zurück. Die Geldanweisung war erheblich gewesen, und wie sich herausstellte, hatte er eine zu hohe Reisesumme erhalten. Vielleicht war es dumm, den Überschuß auszugeben, vielleicht hatte Musja Schulden gemacht oder ihm ihre letzten Ersparnisse geschickt? Ach, Unsinn! Er würde an seinen Arbeitsplatz zurückkehren, und sie würden sich schon irgendwie durchschlagen. Mit der Unbekümmertheit eines Häftlings kaufte er sich im Leningrader Gostiny Dwor einen anständigen Anzug und einen Hut. Es wäre ihm unerträglich gewesen, zu Hause in einem schäbigen Mantel mit den Spuren seiner abgetrennten Lagernummer und mit dem nicht auszulöschenden sauren Gefängnisgeruch zu erscheinen. Außerdem erstand er ein paar schwere Schokoladentafeln mit dem Ehernen Reiter auf der vergoldeten Hülle.

Der Zug erreichte Odessa am Morgen. Ohne auf den empörten Lärm der Passagiere im Waggon und auf das Pochen an die Toilettentür zu achten, rasierte sich Jakow mit besonderer Sorgfalt, bespritzte sich mit Eau de Cologne und musterte den hellen Streifen einer Narbe an seinem Kinn. Er hatte sie sich bei einem der Transportaufenthalte eingehandelt – und nicht einmal in einem Kampf. Ein unglaublich großes Furunkel war plötzlich angeschwollen, und ein erfahrener Häftling aus demselben Zug hatte es großzügig mit einer rasiermesserscharfen Klinge herausgeschnitten. Ohne Zweifel hatte er kräftig zugelangt. Aber egal: Eine Narbe machte einen Mann nur interessanter. Leider war sein Haar »à la Majakowski« geschnitten, aber wie hätte es innerhalb von elf Tagen wachsen können? Jakow lachte plötzlich und verzog das Gesicht. Er kannte dieses berauschende Gefühl der Rückkehr. Es war das gleiche, wenn der Zug nach einer Dienstreise oder jeder anderen Abwesenheit in den Bahnhof einfuhr. Vom Güterbahnhof war es nur noch ein Katzensprung, und man verspürte den Drang, dummes Zeug zu reden, und erwartete beinahe, von einem Feuerwerk begrüßt zu werden. Dann stieg man aus, und alles war so alltäglich wie immer, und Nieselregen fiel.

»Daß Sie sich nicht schämen, Bürger!« tadelte ihn eine korpulente, verzweifelt in der Schlange wartende Frau zu Recht, als er endlich die Tür der Waggontoilette öffnete. Jakow drückte sich schuldbewußt die Hand ans Herz, blies ein Staubkorn von seiner Jacke und schritt, begleitet von wenig schmeichelhaften Wünschen, in das Abteil, um Regenmantel und Hut zu holen. Später konnte er sich nicht erinnern, wie er nach Hause gekommen war. Dem abergläubischen Brauch seiner Kindheit folgend, verbrachte er die Zeit damit, die Löwen vor den Häusern und auf den steinernen Gartenmauern zu zählen. Und wie in seiner Kindheit schummelte er, indem er die Skulpturen des Löwen und der Löwin aus dem Stadtpark mitzählte, obwohl sie durch das dunstbeschlagene Straßenbahnfenster, an das jemand ein »Glückslos« geklebt hatte, nicht zu sehen waren.

War es richtig gewesen, Musja kein Telegramm zu schicken? Er war ein elender Egoist, der Effekthascherei liebte. Er hatte keine Schlüssel, und wenn nun niemand zu Hause war? Dann würde er, der Mann aus dem Jenseits, im Dezember-Graupelregen vor seiner eigenen Tür herumtanzen müssen! Im Lager hatte er versucht, nicht an Musja und die Kinder zu denken, denn sonst hätte er es nicht ausgehalten. Aber nun stiegen sämtliche Erinnerungen in ihm auf, und ihm fiel Musjas Lieblingswitz ein. Seit 1933 warnte sie ihn jedesmal, wenn er für eine Reise packte – und sei es auch nur zu einem Ausflug mit den Pionieren – mit mürrischer Stimme: »Bring bloß kein neues Bündel mit!«

Aber nicht nur Musja, die sich unter endlosen Tränen sofort an ihn klammerte, war zu Hause, sondern auch Anna Teslenko. Sie hatte natürlich soviel Taktgefühl, sich nach kurzer Zeit zu verabschieden. Aber ihre unerwartete Anwesenheit verstärkte Jakows Unbehagen über seine Rückkehr, die ihm immer noch unerklärlich schien.

Erst später am Abend, als die von den Ereignissen und den Leningrader Geschenken überwältigten Kinder im Bett lagen und Musja ihn nicht länger für ein Phantom hielt und sich an seinen Ärmel klammerte, hörte Jakow die Erklärung: »Anetschka? Sie ist eine unserer Nachbarinnen, Haus Nummer neunundzwanzig! Du kennst sie kaum, aber sie ist eine ganz prächtige Frau. Ich weiß nicht, was ich ohne sie getan hätte! Und ihr Mann ist ein außerordentlicher Mensch. Als sie dich abgeholt hatten, bin ich fast verrückt geworden. Wer würde mir als Frau eines Trotzkisten eine Arbeit geben, und was auf unserem Sparbuch war, weißt du ja selbst. Ich hab' dagesessen und geheult wie eine Idiotin, und Semjon auch, denn er war in der Schule von den Pionieren ausgeschlossen worden. Ich habe die Kleinen zu Zilja gebracht und nur geheult.«

Jakow streichelte ihre Schultern und ihr Haar und erfuhr, wie Musja und Anna einander »über die Kinder kennengelernt« hatten, was für ein intelligenter Junge Aljoscha sei, wie er Manja und Petrik auf dem Hof beschützt hatte, wie

Anna und Pawel ihr sofort Geld geliehen und die Rückzahlung verweigert und sie »zur Vernunft« gebracht hatten – es habe keinen Sinn zu verzweifeln, sie müsse weiterleben. Und was für ein Leben das gewesen war: Andrei Semjonytsch habe ihr zu einem Arbeitsplatz in der Wäscherei – der gleich um die Ecke – verholfen und sei einen Monat später selbst verhaftet worden. Dabei habe sie sich vorher über ihn geärgert, weil er so ungesprächig gewesen sei und es eilig gehabt habe, den Kontakt zu ihr abzubrechen. Wahrscheinlich sei ihm bereits klar gewesen, was geschehen würde, und sie Närrin habe es nicht begriffen. Aber sie sei von der Wäscherei nicht entlassen worden. Nun könne sie ihren Arbeitsplatz nicht mehr wechseln, selbst wenn sie es wolle. Das sei Gesetz. Von alledem könne Jakow nichts wissen! Es gebe heutzutage so strenge Vorschriften: Wer zwanzig Minuten zu spät komme, werde per Erlaß vor Gericht gestellt! Deshalb sei Borjas älterer Sohn verurteilt worden: Schnee habe die Straßenbahnschienen blockiert, aber er mußte bis zur Fabrik nach Marti kommen und habe sich natürlich verspätet! Mehr als zwanzig andere aus der Stadt seien ebenfalls zu spät gekommen, und es habe eine Verhandlung gegeben: einen Schauprozeß. Man habe alle als Saboteure verurteilt. Dadurch sei Rita eine alte Frau geworden – man könne sie kaum wiedererkennen.

Und was Semjon zugestoßen sei! In der Schule habe man ihn aufgefordert, sich von Jakow loszusagen, und eine Versammlung für den folgenden Tag angesetzt. Er sei nach Hause gekommen und habe seine Rede vorbereitet – Ehrenwort! Irgendwie habe man ihm eingebleut, daß sein Vater ein Staatsfeind sei.

»Und dann?« fragte Jakow, der sich bereits darauf gefaßt machte, die Reaktion seines Sohnes loben zu müssen.

»Ich hab' ihm das Handtuch um die Ohren geschlagen. Wag bloß nicht, deinem eigenen Vater Vorwürfe zu machen, du Lümmel! Und er fing an zu zittern und wurde ganz frech: ›In Spanien sind die Kommunisten noch viel schlimmer geprügelt worden!‹ Stell dir das vor! Und dann wollte er weglaufen und hat sich beschwert, daß wir sowieso immer unrecht haben – ganz anders als Tante Rimma! Die würde Verständnis für ihn haben und ihn in Charkow bei sich aufnehmen. Na, ich wollte es ja nicht, aber dann hab' ich ihm gesagt, wo seine Tante Rimma nun ist. Und dann hatte er Tränen in den Augen, und mit den Faxen war's vorbei. Dein Foto hat er überallhin mitgenommen. Und hast du gesehen, wie er sich an dich geschmiegt hat? Das heißt, daß der Junge ein reines Gewissen hat.«

»Und wo ist Rimma?« fragte Jakow, der Angst hatte, Vermutungen anzustellen.

»Ich hab' versucht, es herauszufinden, Jaschenka, aber ich hab' nichts erfahren. Fünfzehn Jahre ohne Recht auf Korrespondenz. Gleich nach dir – ich dachte, du weißt Bescheid …«

Nein, Jakow wußte nicht Bescheid. Und keiner der beiden ahnte, daß Rimma zum Zeitpunkt des Gesprächs bereits nicht mehr am Leben war. Es sollte lange dauern, bis sie es erfuhren.

Am nächsten Tag wartete Jakow, bis Anna von der Arbeit zurückgekehrt war, und klingelte dann an ihrer Tür. Er wußte bereits von Pawels Verhaftung. Sie mochte ihn fortjagen, doch er mußte unbedingt zu ihr gehen und sich bedanken. Für die Hilfe, die sie Musja und den Kindern geleistet hatte. Es überraschte ihn nicht, daß Anna seiner Frau nichts von ihrer früheren Bekanntschaft mit Jakow erzählt hatte. Er selbst hatte nie ein Wort darüber verloren. Ihm war es darum gegangen, seine Selbstachtung zu bewahren, aber welches Motiv hatte Anna gehabt? Sie hatte wahrscheinlich weniger an seine als an Musjas Selbstachtung gedacht und den Eindruck verhindern wollen, daß sie ihm Vorwürfe machte. So war sie immer gewesen: schon 1908 und auch noch 1938. Und nun waren sie als einzige von den Freunden ihrer Kindheit übriggeblieben – wenn man Pawel und Rimma noch mitzählte, waren sie zu viert. Gebe Gott, daß alle vier wirklich noch lebten. Jakow brauchte sich nicht zu schämen... Gestern noch selbst ein Häftling, besuchte er nun die Frau eines anderen Gefangenen. Beim Verhör hatte man ihm vier Zähne ausgeschlagen, und er hatte dauernd vor sich hin gemurmelt: Für Dombatsch, für Dombatsch. Hoffentlich würde sie ihm vergeben: sowohl für Dombatsch als auch für Marina und für den Rabbiner. Und dafür, daß er am Leben und in Freiheit war. Und dafür, daß man ihn wieder in die Partei aufnehmen würde. Wer sonst hatte jetzt noch das Recht, Vergebung zu gewähren, wenn nicht die Frauen der Häftlinge?

Anna, die noch nicht einmal Zeit gehabt hatte, ihren Schal abzulegen, öffnete die Tür. Sie schauten einander in die Augen. Und Jakow begriff, daß sie ihn nicht fortjagen würde. Als er ihre ausgestreckte Hand küßte, zuckte sie nicht aus Feindschaft, sondern aus Verlegenheit zurück. Daran war sie nicht mehr gewöhnt.

Kapitel 29

»Meines Schätzchens Gr-rab ich suchte,
Wiewohl kein Mensch weiß, wo es liegt,
Gebr-rochnen Her-rzens lang ich fluchte«,

sang Petrik und verharrte sorgfältig auf jedem »R«, das er gerade erst richtig auszusprechen gelernt hatte, bevor er erleichtert fortfuhr: »Wo bist du, meine Suliko?«

»Gut gemacht, Söhnchen«, lobte Jakow und unterdrückte ein Lächeln. Es war das erste Mal, daß er dem Text dieses Liedes, das nun allen bis zum Überdruß aufgezwungen wurde, die geringste Beachtung geschenkt hatte. Da sang sein Sohn, noch nicht einmal im Vorschulalter, mit unschuldiger Miene Dinge, die, milde gesagt, nicht unbedingt ins kindliche Repertoire gehörten. Aber er mußte darin bestärkt werden, denn das letzte Liedchen, das Manja und Petrik mit nach Hause gebracht hatten, war das unausrottbare

»Zwei Gauner lachten sich 'nen Ast
Und hüpften aus Odessas Knast«.

Nicht nur daß dieses Lied aus der Unterwelt stammte, sein Gesang war sogar verboten. Kinder erreichten mit zwölf Jahren volle Strafmündigkeit, und diese beiden waren erst sechs Jahre alt. Aber wären sie zwölf Jahre alt gewesen, hätte man sie vielleicht erschossen. Und was geschah mit Kindern, die noch nicht strafmündig waren? Es hieß, daß ein Junge das Wort »Stalin« in den Schnee geschrieben und sein Vater dafür zehn Jahre erhalten habe. Wer weiß, warum. Ob der Junge den Namen neben eine Toilette geschrieben hatte? Nur gut, daß es in Odessa selten schneite. Ach, man mußte die Kinder ständig im Auge behalten!

Petrik, erfreut über das Lob seines Vaters, schwatzte von der Maifeier im Kindergarten, auf der er das Lied singen sollte, denn er könne es besser als jeder andere in seiner Gruppe. Wenn Papa ihm nicht glaube, brauche er nur Xenia Michailowna zu fragen.

Aber als Jakow das Wort »Maifeier« hörte, fiel ihm plötzlich ein, was auf einer anderen Feier geschehen würde, und er lauschte seinem Sohn nicht mehr, sondern nickte nur. Man würde zum Ersten Mai einen Musikwettbewerb unter sämtlichen Schulen der Stadt abhalten. Mit großem Pomp und hochrangigen Parteigästen. Auch einige befreundete Ausländer waren eingeladen worden. Das frühere Sibirjakow-Theater, das nun Ukrainer Theater hieß, hatte elfhundert Plätze! Jakow war für die Teilnahme seiner Schule verantwortlich. Natürlich hatte er das Repertoire hundertmal überprüft: Nichts davon konnte Anstoß erregen. Und zum Repertoire gehörte selbstverständlich auch »Suliko«, das Lieblingslied des geliebten Führers. Mischa Silberg würde es singen, und das Publikum sollte sich anschließen, denn jeder kannte es auswendig. Großartig. Allerdings würden fünfzehn der besten Schulen am Wettbewerb teilnehmen, und alle würden genauso gut vorbereitet sein. Fünfzehnmal – er könnte mit seinem Leben darauf wetten – würde »Suliko« auf der Bühne erschallen. Das war vielleicht etwas übertrieben. Wenn die ausländischen Gäste Russisch verstanden oder sich das Lied übersetzen ließen, dann würden die ausländischen Zeitungen später schreiben, das Lieblingslied sowjetischer Kinder handele vom Grab eines Schätzchens, noch dazu von einem Grab, das nicht zu finden sei. Die Sache konnte schlecht ausgehen.

Andererseits, welcher Schuldirektor würde bereit sein, dieses Lied aus dem Programm zu streichen? Vielleicht konnte Pawel vorschlagen, das Lied am Ende von allen Schulen im Chor singen zu lassen. Er mußte rasch einige Leute anrufen: zuerst seinen Direktor.

»Jakow, hörst du mich nicht? Sag's ihm doch!« vernahm er Musjas gereizt klingende Stimme.

»Aber Mama, das ist nicht für den Abfall, sondern fürs Petroleum!« widersprach Semjon mürrisch.

»Und ich sag' dir, es ist für den Abfall! Marsch!«

Sie hatten Glück, wenn die Müllabfuhr zweimal pro Woche erschien. Der Wagen wurde durch das Läuten eines Glöckchens angekündigt. Die Abfalleimer in allen Wohnungen quollen gewöhnlich über, und die Mieter rannten im Galopp herbei, um die Eimer zu entleeren. Wenn das Petroleum gebracht wurde, erklang ebenfalls ein Glöckchen. Alle, denen kein Elefant aufs Ohr getreten war, konnten die Glocken mühelos unterscheiden. Und Semjon wurde nie zum Petroleumholen geschickt, weil es hieß, daß ein Mädchen aus der Preobraschinskaja-Straße Petroleum geholt habe und verbrannt sei, als ein Randalierer ein Streichholz in ihre Kanne warf. Den Müll hinauszutragen war allerdings Semjons Aufgabe. Der listige Junge behauptete aber jedesmal, daß seiner Mutter – und nicht ihm selbst – jegliches musikalische Gehör fehle.

»Noch ein Wort, und du bekommst meinen Gürtel zu spüren«, drohte Jakow gehorsam, nachdem Musja an seine väterliche Autorität appelliert hatte.

»Abfall! Abfall!« piepste Manjas glückliches Stimmchen vor dem Fenster. Sie rannte gewissenhaft auf dem Hof im Kreis herum und kostete das Vergnügen aus. Der »Onkel« Müllkutscher hatte sie endlich läuten lassen! Früher hatte er das Glöckchen immer den Jungen anvertraut, doch heute waren ihr die richtigen Worte eingefallen: »Mädchen sind besser als Jungen! Die Pilotin Grisobudowa hat im Kreml ihren Orden von Stalin persönlich gekriegt, und ich will auch Pilotin werden!«
Der »Onkel« Müllkutscher hatte belustigt die Augenbrauen hochgezogen und ihr das schwere, laut klingelnde Glöckchen übergeben. Es war ein wenig schmutzig, aber das machte Manja nichts aus.
»Dann lauf schon los... du Pilotin!«
Semjon knurrte über seine verräterische Schwester und rasselte mit den Eimern. Jakow kehrte zu seinen Überlegungen zurück. Was hatte er nur tun wollen? Warum mußte er immer klüger sein als alle anderen? Wenn er nun sofort telefonierte, würde der Eindruck entstehen, er wolle den Gesang von »Suliko« vereiteln. Stalin gefiel es, und der sowjetische Rundfunk konnte es nicht oft genug spielen. Es gefiel allen. Nur Jakow offenbar nicht. Wann würde er endlich zur Vernunft kommen? Konnte es ihm nicht gleichgültig sein, was die bourgeoisen Zeitungen im Ausland über diese Marotte schrieben? Dafür sollten andere die Verantwortung übernehmen. Seine Aufgabe war es, sich um seine Schule zu kümmern. Er würde es so einrichten, daß seine Schüler als erste auftraten. Dagegen sperrten sich alle, weil die Kinder nervös sein würden und auf der Bühne patzen könnten. Also würde man ihm gern den Vortritt lassen. Nichts konnte seine Helden aus der Ruhe bringen. Und dann würden die übrigen, sogar die berühmte Stoljarski-Schule, ihnen nacheifern müssen.

Und wenn sie »Suliko« noch vierzehnmal sangen – sei's drum.
Zufrieden gab er Semjon etwas Geld für Eiscreme, denn er war seinem Sohn dankbar dafür, daß dieser ihn zum richtigen Zeitpunkt abgelenkt und daran gehindert hatte, eine Dummheit zu machen. Aber das erklärte er Semjon natürlich nicht. Der Gerechtigkeit halber mußte er nun auch ein wenig Geld für die Kleinen herausrücken.
Wer seinen Verstand einsetzte, konnte stets über die Runden kommen. Zu jeder Zeit und unter jedem Regime. Er blätterte die »Prawda« rasch durch und schaute sich die Schlagzeilen an. Seine Lesemethode war einfach und wirksam. Aus den Zeitungen konnte man immer schließen, wer auf der Liste stand. Zur Zeit der Kollektivierung hatte man sich die Bauern vorgenommen: Die einen ließ man verhungern, die anderen wurden des Kulakentums bezichtigt und nach Sibirien geschickt. Während der Industrialisierung hatte man Ingenieure eingesperrt und Prozesse gegen »Schädlinge« geführt. Die Festigung der führenden Rolle der Partei – das bedeutete, daß die Kommunisten an der Reihe waren. Die Kräftigung der russischen Armee und Flotte hatte zur Folge, daß man sich den Militärs widmete. Wen man »kräftigen« wollte, den steckte man gewöhnlich ins Gefängnis. Diesem System folgte Jakow auch jetzt, während er sich die Zeitung ansah. Partei und Regierung machten sich Sorgen um den sowjetischen Film... Arme Regisseure!... Jugend, lerne fliegen!... Musterhafte Melkerinnen... Ah, dies klang schon bedrohlicher... Man sorgte sich um das Blühen der Nationalkultur. Wie war das zu verstehen? Nein, wie es zu verstehen war, lag auf der Hand – aber welche Nationalitäten wurden ins Auge gefaßt? Er machte sich einen geistigen Vermerk und fuhr fort. Für die sowjetischen Schulen

schien keine Kampagne geplant zu sein. Vielen Dank wenigstens dafür.

Jakow wunderte sich nicht, als man kurz darauf begann, die Schwarzmeergriechen zu deportieren. Mit einer Mischung aus Erleichterung und Scham über seine Erleichterung entdeckte er, daß Polen und Deutsche ebenfalls deportiert wurden. Zumindest vorläufig wurden die Juden wohl nicht ins Visier genommen. Die Güterzüge fuhren jeweils nachts ab, und aus verständlichen Gründen wurden die Passagiere von niemandem verabschiedet. Nun war die Familie Kostupoulos aus dem Gebäude verschwunden. Als die Schule am ersten September begann, war kein Zeichen von Jakows bester Schülerin, dem Mathematikgenie Lena Antaro, zu entdecken. Semjon verlor seinen Schulkameraden Kostja Basil. Die Bevölkerung der Stadt wurde spärlicher, denn in Odessa hatten immer viele Griechen gewohnt.

Die griechischen Veranden auf den alten Höfen blieben erhalten, und Hausfrauen brieten auf ihnen wie früher Schollen und Sprotten nach griechischer Art. Dort, unter dem Zischen der Primuskocher, dem Gezänk und Gelächter der Frauen, krochen und rannten weiterhin kleine Kinder mit roten, von den Töpfen an ihrem nackten Popo hinterlassenen Kreisen herum. Wilder Wein, so alt wie die Stadt selbst, schlang sich um diese baufälligen Wohnviertel. Im Herbst 1939 wechselte der Wein wie immer die Farbe: von Grün zu Gelbrosa zu Rot zu Violett. Aber einige Noten fehlten bereits im vielstimmigen Höllenlärm der Höfe. Es waren immer weniger Menschen auf den Veranden zu sehen. Im Winter stellte man dort ohnehin nur Fahrräder, Klappstühle und anderen Plunder ab. Aber nun zeigten sich bereits jetzt viel weniger Menschen dort, denn sie hatten sich in ihre Wohnungen zurückgezogen.

Die von den Deportierten zurückgelassenen Zimmer wurden in Sekundenschnelle neu besetzt. Aber man hatte nicht das Gefühl, nun über mehr Wohnraum zu verfügen.

»Flieger in die Höh'n,
Der MGs Gedröhn,
Eisenpanzer roll'n voran,
Unsre Infanterie bricht durch, Pioniere auch,
Und Lafetten rasen an…«,

sang die Klasse 5A kriegerisch. Jakow, der sich erst einen Monat zuvor von seinen Schulabgängern verabschiedet und diese dreißig Kinder übernommen hatte, schlug den Takt. In Ordnung, anscheinend würden sie bei der nächsten Schulinspektion nicht auf die Nase fallen. Es waren Kinder wie alle anderen, sie würden sich schon durchmogeln. Er hatte noch bei keinem eine besondere mathematische Begabung festgestellt, aber die würde er ihnen schon beibringen. Es gibt keine zur Mathematik unfähigen Kinder, nur Erwachsenen fehlt diese Gabe. Sie hatten eine Menge Altmetall gesammelt und ihren Klassenlehrer Jakow Isakytsch nicht enttäuscht. Schon jetzt versuchten die Teufelchen, ihn nicht im Stich zu lassen.
Und Flugzeuge stiegen tatsächlich bereits in die Höhe. Und MGs dröhnten. Die westliche Ukraine hatte ihre Freude über die Wiedervereinigung zum Ausdruck gebracht. Wer keine Freude erkennen ließ, wurde nicht mit der östlichen Ukraine, sondern mit Ostsibirien wiedervereinigt. Die Ostseerepubliken hatten sich der einmütigen Völkerfamilie mit Freuden angeschlossen. Die Zeitungen berichteten, Finnland habe die Sowjetunion angegriffen. Wahrscheinlich hatte die finnische Regierung den Verstand verloren. Aber sie hatte einen guten Zeitpunkt ge-

wählt, denn die Grenzen mußten ohnehin von Leningrad aus erweitert werden.
Anna wußte nicht, ob es ein gutes oder ein schlechtes Zeichen war, daß man keine Eile hatte, Oleg zur Armee einzuziehen. Gewiß, das Wehrpflichtalter war durch einen Erlaß auf zwanzig Jahre erhöht worden, aber Oleg war bereits zwanzig! Und was hatte es zu bedeuten, wenn jemand nicht einberufen wurde? Es bedeutete, daß man kein Vertrauen zu ihm hatte. Es bedeutete, daß man ihn mit anderen »kindlichen Rächern«, den Söhnen und Töchtern von Häftlingen oder Erschossenen, über einen Kamm scheren und in ein Lager stecken würde. Das war um so wahrscheinlicher, als man seinen Aufnahmeantrag für den Flugclub ohne jede Begründung zurückgewiesen hatte. Offenbar gehörte er nicht zu den Jugendlichen, die zur Luftwaffe eingezogen werden sollten. Und als sein Einberufungsbefehl endlich ankam, wurde Anna von einem Entsetzen ins andere gestoßen: Der Befehl war da, aber würde jetzt alles noch schlimmer werden? Was sollte aus dem Jungen werden? Sie hatte das Gefühl, in einen Abgrund zu fallen: Es gab einfach nichts mehr, womit sie ihm helfen oder ihn schützen konnte.
Oleg zog abgetragene Kleidung an, als mache er sich zum Subbotnik auf. Die Armee würde ihm eine Uniform zur Verfügung stellen. Er hatte sich den Kopf geschoren, und Anna blieb das Herz stehen, als sie ihn erblickte: Wie sehr er Pawel glich – mein Gott, wie sehr! Dem Pawel, der aus Solowki zurückgekehrt war – ebenfalls mit geschorenem Schädel. Nur hatte Oleg noch keine männlichen Falten um den Mund. Er besaß bereits Pawels Augen, doch seine Lippen waren jungenhaft weich. Genau richtig, um ein Mädchen zu küssen.
Und ihr Sohn zog in den Krieg gegen Finnland. Wenig-

stens nicht ins Lager. »Daß er nicht getötet wird und selbst niemanden tötet«, betete Anna. Aber ihr Gebet erfüllte sich nicht – jedenfalls nicht der zweite Teil.
Die Kompanie wurde nachts an die Front geworfen, nachdem man eine Leuchtkugel abgefeuert hatte. Oleg, auf Skiern und in einem weißen Tarnanzug, spürte den Frost nicht, denn vor dem Angriff war Wodka an die Soldaten ausgeschenkt worden. Aber in diesem dunklen und verschneiten Wald wußte er nicht sofort, in welche Richtung er schießen mußte. Auch die anderen wußten es nicht, weil niemand von vorn, wo unberührter Schnee lag, auf sie feuerte. Es war undurchschaubar, woher die Schüsse kamen. Doch Ljoschka stieß ein seltsames Stöhnen aus und stürzte zu Boden, genau wie einige der anderen Kameraden neben Oleg. Er raste weiter und rechnete in jeder Sekunde damit, ebenfalls getroffen zu werden. Jemand beobachtete ihn und nahm ihn ins Visier. Und die Tarnung würde den Schützen nicht täuschen. Oleg schwenkte zur Seite und streifte eine breite Tanne – und sogleich pfiffen zwei Kugeln gegen die schneebedeckten Zweige, so daß noch mehr Schnee herabrieselte. Ah, dort war er! Oleg erspähte eine weitere kleine Lawine: Von der Kiefer dort drüben, oder was bewegte sich daneben? Er zielte, zog durch, zuckte zurück und schoß von neuem. Da war der Finne also! Auch in Weiß. Aber aus irgendeinem Grunde war er nicht gestürzt, sondern hing immer noch an dem Baum. Bleib hängen, du Schwein, das war für Ljoschka! Wenn der malerische, unverschämt strahlende Vollmond nicht gewesen wäre, hätte der Angriff für die Kompanie böse enden können. Wahrscheinlich wären sie wie Hühner abgeschlachtet worden. Aber nun war klar, daß die finnischen Scharfschützen auf den Bäumen lauerten. Und von einem schneebedeckten Baum konnte man nicht feu-

ern, ohne daß ein paar Flocken hinunterschwebten. Halt Ausschau und schieß. Ohne zu zögern. Wer zögert, verliert das Leben.

Am Morgen war die halbe Kompanie tot, aber sie hatte den kleinen Wald eingenommen. Es war schrecklich, die eigenen Toten vor sich zu sehen. Oleg machte diese Erfahrung zum erstenmal. Die Sanitäter sammelten die russischen Opfer ein, doch die finnischen Scharfschützen ließen sie im rosigen Frostnebel an den Bäumen hängen. Und das war noch schrecklicher: die im stillen Wald an Ketten baumelnden Finnen. Man hatte sie vor dem Kampf an den Kiefern und Birken angeschmiedet, damit sie nicht zurückweichen konnten. Einige waren noch am Leben, und man hörte hin und wieder ein Schnippen, als träfe ein Fingernagel auf eine Zeitung. Die noch lebenden Finnen wurden von NKWD-Sondereinheiten erschossen.

Als die Feldküche gegen Mittag eintraf, glaubte Oleg, nichts essen zu können. Aber er beschimpfte sich selbst als Waschlappen und zwang ein paar Bissen hinunter. Ljoschka, der Ziehharmonikaspieler, war in die Kehle getroffen worden, er konnte nicht mehr essen. Aber Oleg konnte noch essen und schießen. Und genau das würde er in Zukunft tun.

Olegs Brief war kurz: Er sei gesund und munter, zufrieden mit seinem Dienst und schicke Neujahrsgrüße. Er habe sich dem Komsomol angeschlossen und das Rauchen aufgegeben. Zum Abschluß küsse er seine Mutter und seinen kleinen Bruder Aljoscha und wünsche ihnen alles Glück der Welt.

Und wie hätte Anna nach einem solchen Brief nicht glücklich sein können. Er lebte und war nicht verletzt. Sie war so froh, daß sie am liebsten geweint hätte. Und der Komsomol hatte ihn aufgenommen – ob das bedeutete, daß ihm nach dem Wehrdienst der Weg an die Universität offenstand? Und er hatte das Rauchen aufgegeben, was sie überraschte. Denn Oleg rauchte seit langem: zuerst heimlich, als sein Vater noch zu Hause war, doch dann, nach dessen Verhaftung, in aller Offenheit, und Anna hatte kein Wort darüber verloren. Nun aber ein solcher Entschluß, dazu noch in der Armee... Wollte er damit vielleicht etwas andeuten? Sie hatte keine Ahnung, was das sein könnte. An jenem Abend kamen Musja und Jakow zu Besuch, und sie zeigte ihnen den Brief. Alle drei zermarterten sich das Hirn, fanden jedoch keine Erklärung.

»Ihr bildet euch da zu viele Geheimnisse ein«, sagte Aljoscha schulterzuckend, als er aus der Bäckerei zurückkam. »Das hat nichts Besonderes zu bedeuten. Viele hören dort auf zu rauchen – das weiß ich von Rudik. Wegen der ›Kuckucke‹.«

»Erstens, zuck nicht so mit den Schultern, was sind das für Manieren! Und wieso redest du von Kuckucken?« fragte Anna verdutzt.

»›Kuckucke‹ sind finnische Scharfschützen – so werden sie von den Soldaten genannt. Die sitzen auf Bäumen oder Dächern und können einer Fliege das Auge ausschießen, und im Dunkeln zielen sie auf Zigaretten – weißt du, wie leicht die Glut zu erkennen ist? Wenn sich also jemand eine Zigarette ansteckt, hält der Finne gleich drauf – und krach! Und dort oben ist's im Winter fast immer dunkel, stimmt's, Onkel Jakow? Weil's im Norden ist«, erläuterte Aljoscha seiner Mutter, die sehr wenig von den Angelegenheiten der Männer verstand.

»Du bist ja ein richtiger Militärexperte, mein Lieber«, sagte Jakow anerkennend.

Aljoscha hätte gern noch mehr von seinem Wissen zur Schau gestellt, aber dazu gab seine Mutter ihm keine Gelegenheit. Sie konnte ein solches Benehmen nicht leiden und fuhr ihm immer sogleich über den Mund: »Hör auf zu prahlen!« Andere Mütter hätten genau das Gegenteil getan: Komm, sag ein Gedicht für die Gäste auf, zeig ihnen dein Schulzeugnis – vorausgesetzt natürlich, es gab etwas zu zeigen. Aber bei ihr kam so etwas nicht in Frage. Aber vielleicht war es doch kein Nachteil: Sobald jemand bei Slawkas Eltern auftauchte, wurde er gezwungen, seine Geige hervorzuholen, was ihn bereits zur Verzweiflung trieb. Und in die Schule ging er wie ein Püppchen – mit einem Samtband um den Hals, denn er besuchte keine gewöhnliche Schule, sondern die Stoljarski-Anstalt, die internationale Musikpreisträger ausbildete. Was seinen Eltern Vergnügen bereitete, war für Slawka eine Qual: Er konnte sich nicht einmal prügeln, denn er mußte seine Finger schonen. Und natürlich neckte man ihn auf dem Hof: »Slawotschka, bohr bloß nicht in der Nase, oder du brichst dir den Finger! Und womit spielst du dann Geige?« Es war ein Hundeleben. Ob es überhaupt normale Eltern gab? Solche, die selbst nicht prahlten, aber ihre Kinder nicht daran hinderten. Oleg war jedenfalls ein tüchtiger Kerl. Er kämpfte offensichtlich an der Front, denn sonst hätte er das Rauchen nicht aufgegeben. Vielleicht würde er nicht vergessen, seinem Bruder etwas aus dem Krieg mitzubringen, wenigstens eine nicht abgefeuerte Patrone. Nur mußte er noch sehr lange dienen. Selbst wenn der Krieg jetzt endete, noch zwei Jahre.

Kapitel 30

Die zweite Haftzeit machte Pawel mehr zu schaffen als die erste. Wäre er eher verhaftet worden, so hätte er sich nicht an die Hoffnung gewöhnen können, daß man ihn vielleicht doch nicht abholen würde. Er war ja so viele Jahre in Frieden gelassen worden... Immer wieder rief er sich ins Gedächtnis zurück, daß es jederzeit vorbei sein konnte. Vielleicht erinnerte er sich trotzdem nicht häufig genug daran, oder vielleicht tat er es zu oft. Wie auch immer, die Aussicht auf eine zweite Strafe war ins Reich der abstrakten Ideen zurückgewichen, und er hatte sich bei der Verhaftung schändlich unvorbereitet gezeigt.

Die Lager hatten sich inzwischen geändert. All seinen Greueln zum Trotz glich das Solowki der zwanziger Jahre nun eher einer Erholungsstätte für Pioniere. Damals waren es Menschen gewesen, die die Gefangenen töteten, folterten und verspotteten. Ganz bestimmte Individuen, die man hassen und verachten konnte. Da gab es diesen Schuft und jenen und noch einen. Was konnte schlimmer sein als menschlicher Despotismus und die Abgefeimtheit der Henker? Das Fließband. Eine Maschine. Es gab nicht einmal jemanden, den man hätte ohrfeigen mögen... Alle waren unbedeutende Vollstrecker, die jeweils ihre kleine Aufgabe zu erfüllen hatten. Damals hatte das Verhalten des Rittmeisters zwischen Sadismus und Anflügen von Galgenhumor, die eines Häftlings würdig gewesen wären, geschwankt, unterbrochen von Trinkgelagen, nach denen er sich ausschlafen mußte. Dann hatten die Gefangenen eine Atempause.

Hier kam es nicht zu Atempausen. Genauso wie eine Werkzeugmaschine nicht anhält, wenn eine Hand in den Drehstahl gerät, so blieb auch diese Maschine nie stehen. Sie war nicht einmal als eine besondere Form der Verhöhnung erfunden worden, sondern sie war einfach Tag und Nacht in Betrieb, und sie wurde nicht von Menschen, sondern von Nummern in Gang gehalten. Dabei nahm sie keine Rücksicht auf den Schlaf, die Kleidung und die anderen natürlichen Bedürfnisse der Nummern. Das einzige, was sie nicht vergaß, war der Treibstoff: die Brotration. Denn die Nummern mußten arbeiten und den Plan auf den großen Baustellen des Kommunismus erfüllen. Aber dann galt es, den Plan überzuerfüllen und mit Treibstoff zu sparen. In beiden Fällen mußten gewisse Prozentsätze eingehalten werden, denn die Maschine durfte ihre eigenen Vorgaben nicht verfehlen. Nummern wurden zu Lagerstaub, und die Maschine lieferte dem Fließband neue Nummern, damit der Plan erfüllt werden konnte. Pawel war eine von ihnen, und er hatte die Aufgabe, das eine Ende einer mit Beton beladenen Trage zu schleppen. Wenn er tot umfiel, würde die Trage ihre Bewegung fortsetzen, denn die nächste Nummer würde einfach an seine Stelle treten. Aber Pawel wollte nicht sterben. Er fühlte sich ganz und gar lebendig. Er band Teile von abgenutzten Autoreifen an seine durchgescheuerten Stiefel und kaute Kiefernnadeln, um seine Ration zu ergänzen. Er vernachlässigte keinen einzigen Häftlingstrick und hoffte hartnäckig, die gesamten zehn Jahre zu überleben, durchs Lagertor zu schreiten und zu Anna und den Kindern zurückzukehren. Aber solche Gedanken waren gefährlich. Sie konnten bewirken, daß ein Mann von innen her verbrannte, denn wo Hoffnung ist, ist auch Furcht.

»Du wirst verrückt«, warnte ihn der erfahrene Maurer Trifon aus seiner Brigade. »Werd nicht verrückt, bleib ruhig. Die zweite Haft ist immer die schwerste, aber danach ist's ein Kinderspiel. Glaub mir, beim drittenmal zuckst du mit keiner Wimper. Du bist noch jung, deine ganze Strafe liegt noch vor dir.«

Trifon hatte im Krieg von 1914 als Feldwebel gedient, und nun machte es ihm Spaß, die Neuankömmlinge zu belehren, genau wie damals die unreifen Rekruten. »Blick drein wie ein Adler, geh wie ein Mann! Sogar Fliegen können an Trübsinn sterben!«

Pawel wußte diesen Ratschlag zu schätzen, doch er schämte sich gleichzeitig. Sah er denn aus wie einer, der fremde Schüsseln ausleckte oder um Zigarettenstummel bettelte? Wieso ermahnte Trifon ihn, als lasse er den Mut sinken? Demnach schien er tatsächlich verrückt zu werden. Seine Gedanken konnte er nicht unterdrücken, aber sollte er nicht wenigstens auf sein Benehmen achten? Er stellte sich vor, in diesem Moment könnte Aljoscha – Papas »Äffchen«, wie Anna ihren Sohn lachend nannte – ihn sehen. Und plötzlich wurde er von jugendlicher, fröhlicher Verwegenheit ergriffen: Nur zu, Söhnchen! Blick drein wie ein Adler!

Von jenem Tag an wurde er, ohne es selbst zu wissen, ein wirklicher Häftling. Er hatte eine Chance zu überleben, und wenn nicht, würde er guten Mutes sterben. Seine Mitgefangenen waren sehr interessante Menschen, jeder hatte eigene Lebensweisheiten und manchmal so ausgefallene Ideen zu bieten, daß man ihnen mit Freuden zuhören konnte. Langweilig wurde es nie. Wieso hatte er das vorher nie bemerkt?

Da war zum Beispiel Michail Borissowitsch Kazenko, Pawels Partner an der Trage! Schon recht bejahrt, konnte er sich nur mit Hilfe der Krankenabteilung retten, denn sonst hätte er bei dieser Arbeit kein einziges Jahr überstanden. Er legte sich eine Woche in die Krankenabteilung, kam wieder heraus, arbeitete ein bißchen und ließ sich von neuem einweisen. Aber dazu mußte man mindestens achtunddreißig Grad Fieber haben, sonst zeigte die Arztgehilfin nicht das geringste Interesse. Ein geschwächter Mensch hat jedoch selten Fieber, weil der Organismus dafür seine letzten Kräfte aufwenden muß. Michail Borissowitsch faßte wegen Pawels Arbeitsweise Zuneigung zu ihm. Denn es gab verschiedene Methoden, eine Trage zu schleppen: Ging man bergan, hatte der Hintere die Hauptlast zu bewältigen, ging man bergab, übernahm der Vordere die größere Bürde. Und es gab auch verschiedene Methoden, die Trage zu beladen. Pawel war stärker, weshalb er seinen schwächeren Arbeitskollegen nach dem Lagerkodex entweder verprügeln oder bedrohen konnte, so daß dieser zur »Schinderei« gezwungen war. Er selbst konnte seine Kräfte schonen, um länger zu überleben. Pawel hielt sich natürlich an eine andere Logik und sah es als Pflicht des Stärkeren an, die Hauptlast zu tragen. Aus Dankbarkeit teilte Michail Borissowitsch einige Geheimnisse mit ihm. In der Krankenabteilung arbeite eine lettische Schwester namens Emma, der die Gefangenen leid täten. Sie brauche nur einen Kubikzentimeter Terpentin unter die Haut zu spritzen, und die Temperatur steige auf knapp unter vierzig Grad. Falls Pawel in Schwierigkeiten gerate, sollte er an diese Dinge denken. Aber kein Wort einem anderen gegenüber, sonst sei es mit Emma vorbei.

Wie Pawel aus seinen Erzählungen erfuhr, hatte Michail Borissowitsch vor Beginn der Revolution wohlbehalten in

Wien gelebt. Es war ihm gelungen, sein Geschäft und nicht wenig Geld rechtzeitig von Rußland nach Österreich zu verlagern. Gewiß, dort war auch Krieg geführt worden, aber es war kein Vergleich zu den Verhältnissen in Rußland. Außerdem war er bereits vor Kriegsbeginn mit seiner Familie ausgewandert. Ja, seine Frau und sein erwachsener Sohn waren in Österreich und hatten keinen Grund zur Klage. Denn Michail Borissowitsch war ein Mann mit Geschäftsinstinkt, und dieser Instinkt hatte ihn nur einmal im Leben getrogen: Als man in Rußland die Neue Ökonomische Politik eingeleitet und er sich dort wie ein Dummkopf auf den Privathandel eingelassen hatte. Zunächst hatte er großen Erfolg gehabt: Die Lieferung von Kautschuk wurde geradezu mit Gold bezahlt! Und mit seinen Sprach- und Geschäftskenntnissen war er der ideale Mittelsmann gewesen. Auf seiner ersten Reise hatte man ihn herzlich aufgenommen, dann kam die zweite Reise... Und irgendwann war er nicht mehr zurückgekehrt...

Dennoch erwies sich Michail Borissowitsch zu Pawels Erstaunen als überzeugter Stalinist. Zuerst dachte Pawel, es sei ein Scherz, aber nein, er meinte es durchaus ernst!

»Ach was, der Kommunismus hat damit nichts zu tun, begreifen Sie doch! Und wenn mir die Macht imponiert? Bin ich etwa der einzige? Ich weiß nicht, was Gerechtigkeit ist oder was man dazu essen kann. Ich hab' sie nie gesehen und bezweifele überhaupt, daß es sie gibt. Aber was sehe ich? Die enorme Macht eines enormen Landes – und alles zu dem Zweck, daß ein einziger Mann tun kann, was er will. Sie halten das für einen hohen Preis? Keineswegs! Es ist das erste Beispiel der Weltgeschichte. Reden Sie mir nicht von den Pharaonen – die hätten von so was nicht mal geträumt! Dies konnten sie nicht, das konnten sie nicht, sie durften nicht einmal Gott einen neuen Namen geben.

Er aber kann alles! Verstehen Sie – alles! Will Ihnen das nicht in den Kopf? Dann frage ich mich, wer von uns beiden Russe ist.
Sie fragen sich wohl, weshalb die Menschen ihn lieben: von kleinen Kindern bis hin zu denjenigen, die heute seine Handlanger sind und morgen in der Zelle sitzen? – Die Propaganda, sagen Sie – aber was hat Propaganda damit zu tun? Die hat's immer gegeben, und da wird sich auch in Zukunft nichts ändern. Den Menschen ist einfach nichts lieber als die absolute Macht. Wenn er will, sperrt er dich ein oder schenkt dir die Freiheit. Wenn er will, macht er dich zu einem der besten Schriftsteller oder Sänger. Wissen Sie, was geschehen kann? Heute Häftling, morgen Akademiemitglied!«
»Und übermorgen wieder Häftling?« fragte Pawel schmunzelnd.
»Mag schon sein, und warum auch nicht? So ist das Spiel nun mal, und das sind die Einsätze. Jemand könnte hereinkommen und Ihnen sagen, daß Sie frei sind. Ihr Leben wäre völlig umgewandelt, und in einer Woche könnten Sie Marschall sein – schließlich waren Sie früher Offizier! Es ist eine gewaltige, gewaltige Macht, und wir sind ein Teil davon, im Grunde sind wir – vom Marschall bis zum letzten Häftling – für ihre Existenz verantwortlich! Das genügt, um besoffen zu werden! Bis obenhin!«
»Und dann kommt der Kater?«
»Na und? Sind Sie denn nie betrunken gewesen? Warum gucken Sie mich so an – halten Sie mich für wahnsinnig? Keine Rede, ich durchschaue bloß unsere Zeit. So ist sie nun mal, und sie hat ihren besonderen Zauber. Und auf seine eigene Art ist Stalin ein großer Mann. Er würde keinen einzigen Tag überstehen, wenn er nicht wüßte, wie man den Leuten imponiert. Das versteht er.«

»Da kann ich Ihnen nicht einmal widersprechen«, meinte Pawel achselzuckend.
Sie hatten keine Zeit, die Debatte zu beenden. Den Häftlingen bot sich nur selten Gelegenheit zu langen Gesprächen. Und zwei Tage später verzog sich Michail Borissowitsch erneut in die Krankenabteilung, aber diesmal kam er nicht zurück. Entweder war er gestorben, oder er hatte sich dort – seine große Hoffnung – »festsetzen« können. Nun schleppte Pawel die Trage zusammen mit einem recht aufgeblasenen Grünschnabel aus Rostow. Er merkte, daß der Bursche ständig überlegte, ob sich eine Prügelei lohne. Na schön, es machte Pawel nichts aus, unter die Lupe genommen zu werden. Jedenfalls sorgte er unnachsichtig dafür, daß das Gewicht auf der Trage gleichmäßig verteilt war. Er wußte, daß bei Zusammenstößen immer derjenige siegte, der bereit war, bis zum äußersten zu gehen. Und ein kleiner Ganove konnte sich mit einem früheren Frontkämpfer nicht messen.

»Mama, guck mal! Wie groß sie sind! Können wir sie mit Reis kochen? Ja?«
Aljoscha schüttelte seinen Tagesfang an Muscheln stolz aus der Angeltasche. Sie rochen nach Jod, und an ihren violetten Seiten klebten rötliche, noch nicht getrocknete Algenfäden.
»Riesig sind die! Woher hast du sie?« fragte Anna entzückt.
»Von Station sechzehn. Da ist nämlich so ein Felsen – auf der einen Seite sind sie kleiner, aber auf der anderen – toll! Bloß wenn die Wellen hoch sind, ist's schwer, wieder nach oben zu kommen. Einmal bin ich zu langsam gewesen, und die Wellen haben mich ordentlich an den Felsen geknallt!«

»Du mußt vorsichtiger sein, mein Junge«, konnte Anna nur seufzen. In jenem Sommer war Aljoscha bereits neun Jahre alt, und sie konnte ihn schließlich nicht zu Hause festbinden. Sie hatte ihm erlaubt, allein an den Strand zu fahren, und sich dabei keine allzu großen Sorgen gemacht: Aljoscha hatte ja von Pawel schwimmen gelernt. Abends rieb sie ihm Gesicht und Schultern zum Schutz gegen den Sonnenbrand mit saurer Sahne ein, hörte sich seine fesselnden Erzählungen darüber an, was für gewaltige Grundeln Petka – dem sie nie begegnet war – eingeholt habe, und ahnte, daß ihr einiges von den Abenteuern ihres unabhängigen Sohnes vorenthalten blieb. Sie kochte den Pilau so, wie er ihn am liebsten mochte: zur Hälfte aus Reis, zur Hälfte aus Muscheln.
»Mama, mit allem Drum und Dran!«
Das bedeutete, daß der noch heiße Pilau in die gesäuberten Muschelschalen gefüllt und dann mit der oberen Hälfte zugedeckt werden mußte. Anna arrangierte die dampfenden Muschelschalen auf einer angeschlagenen Schüssel mit Goldrand, und Aljoscha hüpfte an der Tür herum. »Mama, darf ich Manja und Petrik einladen?«
»Meinetwegen«, entgegnete Anna, und ihr kleiner Ernährer rannte mit klappernden Sandalen über den Asphalt des Hofes.
Sie waren nun seit knapp einem Jahr zu zweit, und Anna brauchte sich kaum Mühe zu machen, denn ihre Haushaltspflichten waren nicht mehr der Rede wert. Früher hatte sie sechs Menschen versorgen, deren Bedürfnisse im Kopf behalten und alles rechtzeitig erledigen müssen, was bedeutete, daß sie ohne Unterbrechung gearbeitet hatte. Eine Aufgabe löste die andere ab, und es gab keine Pause, außer wenn sie schlief, und trotzdem blieb das eine oder andere ungetan, so daß sie sich Vorwürfe machte. Nicht

daß ihr die Arbeit mißfallen hätte – es war ein Vergnügen, geliebte Menschen zu versorgen! Aber diese geliebten Menschen hatten das Haus einer nach dem anderen verlassen, ohne daß sie es verhindern konnte. Nun war nur noch Aljoscha übriggeblieben, und sie brauchte sich kaum noch anzustrengen. Für zwei Personen aufzuräumen, zu kochen, zu waschen und zu nähen war eine Kleinigkeit. Wie in ihrer Kindheit hatte sie nun eine Menge Zeit. Aljoscha und sie konnten an Wochenenden ganztägige Ausflüge machen und sich zum Essen Butterbrote mitnehmen. Die beiden spazierten gern durch die Stadt – einfach so, ohne Plan und Ziel. Sie schaukelten gemeinsam auf den Ketten am Woronzow-Denkmal, statteten Aljoschas geliebten kleinen Greifen Besuche ab und liefen die steilen Stufen zum Meer hinunter. Eines Tages fanden sie ein Kätzchen, das in einem Ginsterdickicht miaute, nannten es Mursik und nahmen es mit nach Hause.

Die Arbeit im Krankenhaus ging ihren Gang. Anna wurde als Pflegerin bezahlt, und die Schwestern traten ihr nur zu gern einen Teil ihrer Pflichten ab. Dadurch festigte sich Annas Position, und unersetzlich zu sein hatte manchen Vorteil. Niemand wollte, daß sie die chirurgische Abteilung verließ, und niemand krittelte an ihr herum. Und das, obwohl sie auf den Personalversammlungen schwieg, was nicht gern gesehen war. Jeder sollte – je nach dem Versammlungsthema – die Todesstrafe für Volksfeinde verlangen oder unliebsame Personen kritisieren oder begeistert Beifall spenden. Aber was konnte man von einer ungebildeten Pflegerin schon erwarten! Also drückte man ein Auge zu. Die Arbeit im Krankenhaus kam Anna recht angenehm vor. Sie brauchte nicht rund um die Uhr im Einsatz zu sein wie im Krieg und konnte am Ende des Arbeitstages nach Hause fahren. Wenn sie dort ankam, begrüßte

Aljoscha sie freudig. Und wenn sie in die chirurgische Abteilung zurückkehrte, empfingen die Patienten sie mit einem Lächeln. Ein schönes Leben.

Draußen in der großen Welt, irgendwo in der Ferne, wurde Krieg geführt. Die Deutschen hatten Paris bereits erobert, und Molotow beglückwünschte sie zu ihrem Erfolg – im Namen der Sowjetregierung. Aus Lautsprechern dröhnten Reden und Lieder, die Zeitungen riefen entweder zu irgendeiner Aktion auf oder veröffentlichten Drohungen. Eine gewisse Erwartung lag in der Luft, wie vor einem Sturm.

Unterdessen lebten sie zu zweit weiter in der Koblewskaja-Straße und machten einander Mut. Sie sorgten sich um Pawel, stellten Päckchen für ihn zusammen und freuten sich auf Olegs Urlaub: Er hoffte, im Herbst eine Woche oder zehn Tage freizubekommen. Gemeinsam zählten sie die Tage bis zu Annas Lohntag, und wenn sie eine Staatsanleihe anstelle von Geld bekam, überlegten sie sich gemeinsam, wie sie über die Runden kommen konnten. Welches Recht hatte die Frau eines Häftlings, glücklich zu sein? Wenn sie nicht herzlos war, sollte sie sich um ihren Mann ängstigen und nachts nicht schlafen. Und auch um ihren älteren Sohn sollte sie Angst haben: Der Krieg gegen Finnland war gerade vorbei, aber sie ahnte, daß bald ein neuer beginnen würde. Und sollte sie sich nicht auch Sorgen um ihren jüngeren Sohn machen: Was, wenn er es mit seinen Meeresabenteuern bei Station sechzehn übertrieb? Und was, wenn sie selbst verhaftet wurde? Und wie sollte sie es anstellen, Aljoscha bis zum Herbst ein Paar neue Schuhe zu kaufen? Entsetzlich, wie riesig seine Füße mit einemmal zu werden schienen. Dauernd fehlte es an Geld, aber sie mußte Pawel doch Überweisungen schicken. In diesem Punkt war sie nicht bereit, ihm zu gehorchen. Je

mehr Gründe sie hatte, verängstigt und besorgt zu sein, desto süßer war die unerlaubte Freude über das gemeinsame Leben mit Aljoscha.
Jetzt erst begriff Anna, daß sie Oleg gegenüber zu vorsichtig gewesen waren: Wie gründlich hatten sie sich überlegt, worüber sie mit ihm sprechen konnten und worüber nicht. Wenn er sich nun in der Schule verplauderte? Wenn er dadurch gehindert wurde, Beziehungen zu Altersgenossen anzuknüpfen? Wenn er nun zu jung für solche Gespräche war und sie ihm schadeten – so, wie die Zeiten nun einmal waren? Bei Aljoscha dagegen verzichtete sie auf derartige Überlegungen. Außerdem würde sie ja nicht ewig leben. Sie enthielt ihm nichts vor, und sein verblüffender kindlicher Instinkt half ihm, sich mühelos anzupassen: Er wußte, wo und worüber er zu schweigen hatte. Dadurch blieben ihm Probleme erspart, obwohl Anna sich so sehr davor gefürchtet hatte, ihn in die Schule gehen zu lassen. Wie sich zeigte, waren das unnötige Ängste, denn bestimmt gab es in der Stadt noch andere Familien wie ihre.
»Erinnerst du dich an Papa?« fragte Anna von Zeit zu Zeit, und es erstaunte sie, wie weit er sich zurückentsinnen konnte. Wie alt war er im Mai 1936 gewesen? Doch bestimmt zu jung, um sich irgend etwas einzuprägen. Aber er erzählte ihr, wie Papa Oleg und ihn, als das Donnern begann, an die Ecke geführt und ihnen eingeschärft hatte, das Ereignis nie zu vergessen.
»Du warst damals bei der Arbeit, Mama. Wahrscheinlich hast du es nicht einmal gehört. Dabei hat's so laut gedröhnt – alles war voller Staub, und dann kam der Glockenturm runtergekracht, als wäre er explodiert. Dann ist die große Kuppel eingestürzt, und man konnte überhaupt nichts mehr sehen. Papa hat am ganzen Leib gezittert und

immer wieder gesagt: ›Seht euch das an, und vergeßt es niemals.‹ War das nicht die Kathedrale, wo er sich in dich verliebt hat?«

»Ich weiß nicht, wo er sich in mich verliebt hat. Aber ich glaube nicht, daß es in der Kathedrale war. Jedenfalls sind wir beide dorthin gegangen. Und Oleg ist da getauft worden, genau wie du.«

»Warum hast du sie mir dann nie gezeigt?«

»Sie wurde 1932 geschlossen.«

»Das waren böse Menschen, die sie gesprengt haben, nicht?«

»Ja, sie müssen böse gewesen sein. Oder dumm. Aber Christus hat uns befohlen, über niemanden Gericht zu halten.«

»Und auch niemanden einzusperren, stimmt's? Also ist es falsch, daß Menschen dauernd verurteilt werden?«

»Ja. Aber du solltest mit niemandem darüber reden.«

»Glaubst du denn, daß ich immer noch klein bin, Mama? Laß uns in den Zirkus gehen, wenn er geöffnet wird. Das dauert nicht mehr lange – es geht los, wenn die Ferien vorbei sind. Wir gehen in den Zirkus und kaufen Sahnehörnchen, und Manja und Petrik können mitkommen. Danach sparen wir eben. Wir trinken Tee und essen Zwieback, ja?«

Genau das taten sie, als die Zirkusvorstellungen begannen. Ausflüge wie diesen bezeichneten sie mit dem polnischen Wort *»wycieczki«*. Sie waren unbekümmert, und die Zwiebäcke schmeckten wie Plätzchen, wenn sie mit Zimt getrocknet wurden.

Der Herbst des Jahres 1940 war kalt und setzte früh ein. Aber Aljoscha hatte einen Mantel, der ihm sehr gut paßte. Semjon war seit langem aus ihm herausgewachsen, und Musja hatte ihn zusammen mit anderen nützlichen Sachen im Sofa aufbewahrt. Man mußte den Mantel nur kürzen und die Knöpfe versetzen. Jakow und Musja waren seit langem mit der Familie befreundet, und bei ihr brauchte man sich nicht zu zieren. Schließlich lief auch Petrik mit Schuhen herum, die im Vorjahr noch Aljoscha gehört hatten. Die Kinder verbrachten ihre Tage und Nächte in beiden Wohnungen, wie es sich gerade ergab. Und Anna, die manchmal Nachtschicht hatte, war nur froh darüber.

Kapitel 31

»Wer unterrichtet Kusin – ihr oder ich?« fragte Jakow wütend und zerrte die Angreifer an den Ohren zurück.
Es empfahl sich, Jakow Isakytsch eine ehrliche Antwort zu geben. Denn er ging mit seinen Schülern nicht zimperlich um und teilte auch Ohrfeigen aus.
»Sie, Jakow Isakytsch«, murmelten die Missetäter.
»Und was bildet ihr euch ein – zwei gegen einen?«
»Aber wenn er doch die ganze Klasse runterzieht? Wegen dem verlieren wir den Wettbewerb …«
»Und ich frage euch noch einmal: Wer unterrichtet ihn?«
Jakow hatte wegen des elenden Wettbewerbs Wasser und Blut geschwitzt. Wer dachte sich diese Dinge bloß aus? Aber die kleinen Dummköpfe gaben sich Mühe, was verständlich war, denn nach der Prüfung würde die beste Klasse der besten Schule nach Moskau fahren! Für eine ganze Woche! Und sie würden die Ausstellung der volkswirtschaftlichen Errungenschaften der UDSSR, den Kreml und vielleicht sogar Stalin selbst sehen! Es war bekannt, daß er manchmal vor den Pionieren eine Rede hielt. Die Kinder waren das ganze Jahr hindurch aufgeregt gewesen: Die Zensuren mußten vorzüglich sein, man mußte mehr Altmetall sammeln als alle anderen und bei den Pionierparaden den ersten Platz belegen … Dabei hing es in Wirklichkeit überhaupt nicht von diesen Dingen ab, wer fahren würde. Was hieß »die beste Schule«? Das würde das Volks-

erziehungsamt der Stadt nach eigenem Gutdünken entscheiden, und die Kinder spielten dabei keine Rolle. Es kam einzig und allein darauf an, wie das Amt die Schulleitung beurteilte.

Doch Jakows Klasse, nun bereits im sechsten Jahr, hatte sich abgemüht und war einfach nicht zu bremsen. Beim Altmetallsammeln hatte sie sogar Rohre, die insgesamt vierzig Meter lang waren, von irgendeiner Baustelle geschleppt – ein Vorfall, für den Jakow später zur Rechenschaft gezogen wurde. Außerdem hatte die Klasse einen Spion gefangen und ihn direkt zum NKWD auf der früheren Jüdischen Straße abgeführt. Wie sich herausstellte, war er Architekturstudent und hatte geübt, Vermessungen mit einem Theodoliten durchzuführen. Kusin sollte verprügelt werden, weil er eine Vier bekommen hatte. Wer hatte jemals gehört, daß sich Jungen aus einem solchen Anlaß prügelten? Aber natürlich hatte es so etwas schon gegeben, denn dies war die Makarenko-Methode. Ein sowjetischer Lehrer schlug seine Schüler nicht, doch unter ihnen gab es Aktivisten, die die Ordnung aufrechterhielten. Und wenn ein Übeltäter in einem stillen Eckchen versohlt wurde – was hatte das schon mit dem Lehrer zu tun? Der verprügelte Schüler würde sich wohl kaum beschweren. Angeblich wurden mit dieser Methode beträchtliche Ergebnisse erzielt.

Aber Jakow ließ solche Verfahren in seiner Klasse nicht zu. Er hielt sich lieber an das alte System. Seine Kinder würden noch genug Möglichkeiten haben, zu Halunken heranzuwachsen. Wenn jemand eine Tracht Prügel verdient hatte, dann sah Jakow die Züchtigung als seine Pflicht an – vorausgesetzt natürlich, es handelte sich um einen Jungen. Damit folgte er zweifellos nicht den Vorschriften, aber die Eltern hatten keine Einwände und

waren ihm sogar dankbar. Sie kannten ihre Schlingel und beteten geradezu um einen strengen Lehrer. Auch die Schüler beschwerten sich nicht. Noch kurz zuvor war Korytin – nun ein Riesenkerl – zu ihm gekommen. Wie sehr er als Schüler Jakows Nerven strapaziert hatte, ließ sich kaum beschreiben. Aber irgendwie war es diesem Gauner gelungen, ein Studium an der Mathematischen Fakultät zu beginnen! Und jetzt hatte er mit seiner Baßstimme gedröhnt: »Jakow Isakytsch, die mündliche Aufnahmeprüfung war 'ne Kleinigkeit, aber bei der schriftlichen mußte ich einen Graphen zeichnen. Das wär's, dachte ich, mir wollte nämlich nicht einfallen, ob der Sinus oder der Cosinus symmetrisch gezeichnet wird. Durchgefallen, dachte ich, und dann war es so, als würde mir jemand eine runterhauen: ›Eine ungerade Funktion, du Trottel! Ungerade!‹ Wissen Sie noch, wie Sie mir damals an der Tafel eins auf die Birne gegeben haben?«
Zum Zeitpunkt der Prüfung war seine 6A völlig erschöpft, woran entweder das Pauken oder die Herstellung von Spickzetteln schuld sein mußte. Jakow, der großes Interesse an diesem Genre hatte, sammelte Spickzettel, und im Laufe der Jahre war er Besitzer einer museumsreifen Kollektion geworden. Da gab es Bleistifte mit kunstvoll in die Seiten eingebrannten Formeln, ausgefeilte Konstruktionen aus Stecknadeln und Gummibändern, die automatisch in den Ärmel zurücksprangen, und briefmarkengroße Heftchen, vollgeschrieben mit einer winzigen Schrift, die nur mit dem Mikroskop gelesen werden konnte. Den genialsten Spickzettel hatte er nicht mit nach Hause nehmen, aber immerhin fotografieren können: Vor einem Examen hatte die zehnte Klasse einfach sämtliche Formeln mit gewaltigen Buchstaben an die Decke geschrieben! Welcher Lehrer schaute schließlich nach oben? Und die

Gauner hatten vortreffliche Zensuren erzielt. Da sie Jakow Isakytsch' Schwäche kannten, legten sie jedoch später ein Geständnis ab – damit er ihr Vergnügen teilen konnte. Aber erst, nachdem die Prüfungsergebnisse veröffentlicht worden waren.

Jakows Vasen und Gläser waren in diesen Tagen übervoll von Rosen und Pfingstrosen, denn es war Brauch, zu den Prüfungen Blumen mitzubringen. Deshalb verabscheute Semjon solche Düfte von Kindheit an: Pfingstrosen bedeuteten Prüfungen.

Zum Entzücken der 6A führten die komplizierten Berechnungen des Volkserziehungsamtes dazu, daß ihre Schule als beste ausgewählt wurde. Und welche Klasse die beste der Schule war, das lag auf der Hand. Jakow hatte also das »Glück«, mit seiner Meute zu einer Pionierversammlung nach Moskau fahren zu müssen. Die Reise würde ihn eine Woche seiner Ferien kosten, und wie es aussah, sollte er dafür nicht einmal einen Ausgleich erhalten. Es war doch eine solche Ehre! Also gut, er konnte es nicht ändern. Und wenn er die strahlenden Gesichter sah, was blieb ihm dann anderes übrig, als ebenfalls zu lächeln? Aber er nutzte diesen Moment, in dem sie bereit waren, ihm das Blaue vom Himmel zu versprechen, und nahm ihnen ihr »Pioniersehrenwort« ab, daß sie eiserne Disziplin wahren und engelhaften Gehorsam zeigen würden.

Am 19. Juni brachen sie auf: dreißig Schulkinder mit roten spanischen Pilotenmützen, jedes in voller Pionieruniform, begleitet von der Pionierführerin Sonja und Jakow Isakytsch. Sie winkten ihren Müttern, die auf dem Bahnsteig letzte Mahnungen riefen, gewissenhaft zu. Es kam zu einer kurzen Balgerei darüber, wer die oberen Liegen benutzen durfte, dann tranken sie unglaubliche Mengen Tee, gesüßt mit Eisenbahnzucker aus flachen Paketchen, und

füllten den ganzen Zug mit pausenlosem Gesang, der mühelos das Radio übertönte.
Sie waren gerade unterwegs zum Roten Platz, als die Lautsprecher zu dröhnen begannen. Alles auf den Straßen stockte, sogar der Verkehr. Und die Fußgänger standen ganz still. Jakow sah, wie sich seine Schüler in diesem Schweigen und in der bedrohlichen Stimme aus dem schwarzen Lautsprecher auflösten, bis nur noch ihre Augen zu erkennen waren: enorme Augen auf dünnen Beinchen.
»Eine Meldung über alle Sender... Heimtückischer Überfall durch Hitler-Deutschland... Am zweiundzwanzigsten Juni, um vier Uhr morgens...«
Und die Musik – wie hatten sie nur die Zeit gefunden, das Lied zu komponieren?

Erheb dich, riesig' Land,
Erheb dich, kämpfe wacker...«,

drang es wellenförmig aus einem Lautsprecher nach dem anderen. Dann erreichten sie den Roten Platz. Alle anderen strebten auch dahin, so daß sich dort bereits eine Menschenmenge angesammelt hatte. Sie standen alle da und warteten. Und alle waren aus irgendeinem Grunde überzeugt, daß Stalin gleich erscheinen würde. Er würde herauskommen und verkünden, daß man den Angriff siegreich abschlagen werde. Oder vielleicht war der Sieg bereits errungen worden! Seit vier Uhr morgens! Schließlich hieß es in Filmen und Büchern, daß die Sowjetunion blitzartig auf jeden Überfall reagieren und den Feind innerhalb von Stunden zurückwerfen könne. Aber nun herrschte ein ganz anderes Gefühl. Jetzt hatte man es nicht mehr mit Büchern, sondern mit der Realität zu tun. Mit

einer großen und schrecklichen Realität. Und Stalin ließ sich immer noch nicht blicken.
Erst nach drei Tagen hielt er eine Rede, und später auch im Rundfunk. Mittlerweile wurden bereits die Namen der aufgegebenen Städte gesendet. Und die Liste dieser Städte wuchs ständig. Nach der anfänglichen Aufregung wurden die Kinder sehr gehorsam, und Jakow brauchte sich kaum anzustrengen, damit sie sich nicht aus der Gruppe und seinem Blickfeld entfernten. Sie blieben ohnehin so dicht in seiner Nähe wie möglich, und er begriff, daß sie alle in Moskau festsaßen. Es gab keinen Passagierverkehr mehr, denn alle Eisenbahnstrecken waren voll von Militärzügen. Auch telefonisch konnte Jakow Odessa nicht erreichen. Er erkundigte sich bei verschiedenen Behörden, was er mit den Kindern anfangen solle. Elf Mädchen und neunzehn Jungen – die Woche ging ihrem Ende entgegen, und was dann? Herrje, in Odessa mußten alle außer sich sein vor Sorge! Er versuchte, nicht an Musja zu denken. Tüchtig wie sie war, würde sie die Lage schon meistern. Aber wie würden sich die Eltern seiner Schüler verhalten?
Es gelang ihm nur, die Kinder in einem Erholungsheim außerhalb von Moskau unterzubringen, wo man sie verpflegte und ihnen befahl zu warten. Man würde später Maßnahmen treffen, doch vorläufig konnte sich niemand um sie kümmern. Briefe nach Odessa wurden geschrieben und in den Briefkasten geworfen. Danach konnte man nur abwarten. Jakow hielt eine kurze Ansprache und erklärte, daß die ganze Klasse für den Krieg mobilisiert worden sei. Als Pioniere hätten sie nun die Pflicht zu arbeiten, zu arbeiten und zu arbeiten. Er hoffte, daß seine Worte sie daran hindern würden, weinend nach ihren Müttern zu verlangen. Aber sie waren keine kleinen Kinder mehr, sondern bereits zwölf und dreizehn Jahre alt. Jakow versuchte,

sie ständig zu beschäftigen. Wie es nun vorgeschrieben war, verklebten sie sämtliche Fenster kreuzweise mit Papierstreifen – für den Fall von Luftangriffen. Außerdem mußte darauf geachtet werden, daß die Verdunkelung eingehalten wurde: kein einziger Lichtstrahl durfte zu sehen sein! Im Erholungsheim waren noch weitere in Moskau gestrandete Gruppen untergekommen, zum Beispiel aus Ternopol und einem anderen Ort. Aber sie, die Pioniere aus Odessa, mußten natürlich die Besten sein.

Pawel saß in einem Truppentransportzug und hatte den gleichen schwarzen Mantel an wie all die anderen Häftlinge, die noch am Vortag im Lager gewesen waren. Man hatte ihnen wasserdichte Stiefel und Feldmützen ausgehändigt. Vorläufig ohne Sternchen. Ihre Waffen würden sie später erhalten, nachdem sie den Eid abgelegt hatten. Das würde geschehen, sobald sie ihr Ziel erreichten. Bis dahin reisten sie unter Bewachung. Pawel traute seinen Ohren nicht, als man sie antreten ließ und ihnen die Neuigkeiten mitteilte. Da war sie, die Wendung des Schicksals, von der sein seltsamer Arbeitskollege gesprochen hatte! Nun schien es Pawel, als habe Michail Borissowitsch dies alles Wort für Wort vorausgesagt. Damals hatte Pawel die Bedeutung nicht verstanden. Erst später erfuhr er von den aufgegebenen Städten. Er stellte sich die Karte vor, und ihm wurde bewußt, wie rasch sich die Front verschob. Wenn es so weiterging, was würde dann in einem Monat aus Odessa werden? Aber am Anfang war ihm nur soviel klar: Es war soweit. Männer würden wieder Männer sein. Wie lange hatte man sie gelehrt, das zu vergessen! Sich vor ihrem eigenen Schatten zu fürchten, wenn sie in Freiheit waren. Sogar ihren eigenen Namen zu vergessen, wenn sie im Lager saßen. Aber nun war man auf sie angewiesen. Der

Schnurrbärtige selbst hatte sie »Brüder und Schwestern« genannt!
Er wußte, daß die »Schwarzmäntel« in die gefährlichsten Frontbereiche befördert wurden und praktisch dem Tode geweiht. Trotzdem war es ein Hoffnungsstrahl. Wenn er umkommen würde, dann wenigstens nicht auf erniedrigende Weise als Häftling, sondern als Soldat. Im Kampf für Rußland. Mit ihrem eigenen Gesindel würden sie später abrechnen, und diesmal mit der Waffe in der Hand! Im Moment war es so leicht, all das zu verdrängen. Vorläufig gab es nur einen einzigen Feind: die Deutschen.
»Also dann, Männer, zermalmen wir die Hunde?« wurden sie freundlich von einem Offizier mit großen Rauten an den Aufschlägen begrüßt, als man sie auf irgendeinem Nebengleis ausgeladen hatte.
»Wir zermalmen sie!« brüllten alle Passagiere des Zuges. Und die hastig aufgestellten Reihen der »Schwarzmäntel« nahmen den Ruf auf: »Hurra-a-a! Wir zermalmen sie!«

Musja traf eilige Vorbereitungen für Semjons Abreise. Ein Jahr zuvor hatte er sich um den Eintritt in die Militärakademie beworben – allerdings erst für die Zeit nach Schulabschluß. Viele andere Jungen stellten damals ebenfalls einen Antrag. Semjon war erst siebzehn Jahre alt, aber nun hatte es keinen Zweck mehr, noch länger zu warten. Er würde sich – noch vor der Einberufung – bei der Militärakademie in Moskau melden, und dann würde man alle direkt an die Front schicken. Wer wird schon nachprüfen, ob jemand ein Jahr zu jung ist? dachte Semjon. Gott sei Dank, daß die Akademie in Moskau ist, also recht weit von der Front entfernt. Die Kämpfe kommen Odessa immer näher, aber Moskau wird man niemals aufgeben, dachte Musja. Semjon konnte stolz darauf sein, daß sie ihm ohne jeden Widerspruch geholfen hatte, seine Sachen zu packen und seine Papiere herauszusuchen. Nicht wie andere Mütter, die, sobald ihr Sohn zum Militär ging, in Geheul ausbrachen, als wäre er bereits tot.

Semjon teilte die Habseligkeiten seiner Kindheit zwischen Petrik und Manja auf. Wie kläglich diese früheren Kostbarkeiten ihm nun, da er erwachsen war, erschienen! Das Angelgerät gab er Petrik, und Manja erhielt die Dynamotaschenlampe. Die Briefmarken gingen an Petrik und die griechische Münze mit dem Haupt der Medusa an Manja. Den Fotoapparat sollte seine Mutter verkaufen, denn auf die Familie kämen schwere Zeiten zu. Er küßte Musja und die Kleinen und warf sich den Beutel wie ein echter Soldat über die Schulter. Musja begleitete ihn nicht zum Bahnhof, denn er hatte keine Fahrkarte. An Ort und Stelle würde er sich etwas einfallen lassen – schließlich fuhren immer noch Güterzüge nach Moskau. Irgendwie würde er sich dorthin durchschlagen.

Sie hatten so hastig gepackt, daß einige Sachen und Papiere noch auf dem Boden herumlagen. Musja ließ sich schwer aufs Sofa sinken und legte die Arme um Petriks und Manjas Schultern. Nun waren ihr nur noch die beiden geblieben. Aber wie konnten Kinder so etwas verstehen? Die beiden hüpften schon wieder wie besessen herum – sie wollten unbedingt auf den Hof. Aljoscha spielte dort draußen mit Slawka Krieg, und das war etwas, das sie verstehen konnten. Aber von Achtjährigen war nichts anderes zu erwarten.

Als Anna aus dem Krankenhaus zurückkehrte, fand sie Musja weinend in der Wohnung vor, die von der Sommerdämmerung in Halbdunkel getaucht war.

»Ich habe solche Angst, Anetschka, solche Angst!« schluchzte sie, während Anna sie umarmte und ihr Trost zusprach. Zu zweit ließ sich alles besser ertragen, und während sie Anna zuhörte, begann sie zu glauben, daß Jakow zurückkommen, daß Semjon vorläufig in Moskau studieren und daß sie selbst und die Kinder den Krieg irgendwie überstehen würden.

Am Abend, nachdem sie die schwarzen Vorhänge sorgfältig zugezogen hatten, legten Anna und Musja die Kinder alle zusammen in das breite Bett mit den Knäufen. Dann setzten sie sich an den Tisch in der »Kältekammer«. Der Tee hatte sich abgekühlt, aber ihnen war nicht danach zumute, das Wasser im Kessel von neuem kochen zu lassen. Hinter der geschlossenen Tür waren Kichern und gedämpftes Plumpsen zu hören: Anscheinend war eine Kissenschlacht im Gange. Manja und Petrik übernachteten nur zu gern bei den Petrows, und sie waren begeistert darüber, daß Tante Anna sie heute mit zu sich genommen hatte. Hinter der Tür kreischte jemand, und dann wurde darüber debattiert, ob es unfair sei, eine Sandale zu benutzen.

»Musja, weißt du, ob sie sich die Füße gewaschen haben?« überlegte Anna laut, und der Lärm verstummte wie durch Zauberei.

Musja, die ihr Lachen unterdrücken mußte, meinte: »Nein, ich glaube nicht.«

»Ach, die kleinen Lümmel! Ich scheuche sie jetzt sofort aus dem Bett.«

Aus dem »warmen Zimmer« ertönte überzeugendes Schnarchen.

»Schon gut, wenn sie schlafen, dann laß sie lieber in Ruhe.«

Müde nach dem heißen Tag, schliefen die drei Kinder tatsächlich bald ein. Sie hatten große Pläne für morgen, denn heute hatten sie einen Weg in die Katakomben gefunden, direkt von ihrem Hof aus. Um die Dynamotaschenlampe auszuprobieren, waren sie in jene stille Hofecke gelaufen, in die kaum jemand ging, es sei denn, um sein Bedürfnis zu verrichten. Dort, wo es stets dunkel und recht gespenstisch war, führte ein enger Pfad zwischen den hohen Häusern hindurch. Von oben schrie dauernd jemand: »Wu-uh! Wu-uh!« Es war das Gurren der Tauben, das von den Wänden widerhallte. Aber die älteren Jungen beteuerten, es seien keineswegs Tauben, sondern die alte Galja, die sich vor fünf Jahren in ihrem Zimmer aufgehängt hatte. Dort, neben der Hoftoilette, befanden sich Keller, in denen Kohle und alles mögliche Gerümpel lagerten. Und als die Kinder die Taschenlampe anknipsten, entdeckten sie etwas, das sie vorher nie bemerkt hatten. Sie schoben ein paar Bretter zur Seite und stießen auf eine dunkle Grube, aus der jedoch kein Kellergeruch, sondern ein erschreckender Luftzug aufstieg.

Die Katakomben! Jakow hatte erzählt, daß man sich dort leicht verirren und für immer verschwinden könne. Außerdem hätten griechische Piraten und Schmuggler in ihnen zahllose Schätze versteckt. Die Katakomben seien so groß und verworren, daß sich niemand hundertprozentig in ihnen auskenne. Die Freunde krochen natürlich nicht hinein, sondern stellten die verschimmelten Bretter sorgfältig wieder an ihren Platz und stahlen sich davon, bevor jemand auf sie aufmerksam wurde. Jakow hatte seinerzeit eine Karte der Katakomben angefertigt, und die Kinder wußten, daß die Karte seit dem Bürgerkrieg außer Reichweite zwischen alten Büchern im Zwischengeschoß verwahrt wurde. Wenn sie sich die Karte nun verschafften, könnten sie sich gründlich und ohne Eile auf einen Vorstoß ins Innere vorbereiten. Sie könnten einen Kompaß herstellen, indem sie eine Nadel magnetisierten und an einen Faden hängten. Außerdem müßten sie etwas zu trinken und zu essen mitnehmen. Jakow hatte gesagt, daß die Katakomben im Krieg unersetzlich seien! Aber natürlich nur, wenn man sich in ihnen zurechtfand. Morgen würden sie ohne Wissen ihrer Mütter Erkundungen anstellen.

Die beiden Frauen – eine etwas älter als die andere – blieben sitzen und lauschten den Geräuschen der Nacht. Ein Flugzeug brauste vorbei... Nein, kein Grund zur Unruhe. Das Summen kam vom Meer her, denn der Hafen war nun Tag und Nacht in Betrieb.

»Zilja, bei euch ist Licht zu sehen!« schrie jemand auf dem Hof.

»Und wie ist es jetzt?« rief Zilja zurück.

»Nun ist's auf der anderen Seite!«

Dann wurde alles still – anscheinend hatte Zilja ihre Vorhänge ordnungsgemäß zugezogen. Nur das Ticken der blechernen Wanduhr und das schwache Summen der Mücken waren zu hören. Meine Güte, sie mußten sogar durch die Verdunklung ins Zimmer gedrungen sein. Musja machte es sich mit dem Kater Mursik auf dem Sofa bequem. Es war schwül, und Anna knipste das Licht aus, um Vorhänge und Fenster zu öffnen. Aus dem winzigen Vorgarten unter den Fenstern wehte der Duft von Levkojen und Tabakpflanzen herein. Die »Schönheit der Nacht« blühte noch nicht; sie mußte gegossen werden, doch Anna konnte sich nicht dazu aufraffen.

Nun flüsterten sie leise, um die Kinder nicht zu wecken. Niemand konnte hören, worüber. Vielleicht darüber, daß sie Grieß kaufen mußten, solange er noch angeboten wurde? Oder über ihre Männer – wo sie waren und was die Zukunft bringen mochte? Oder über Olegs letzten Brief, den er noch vor dem Krieg geschrieben hatte? Oder viel-

leicht über etwas ganz anderes, zum Beispiel die Geburt ihrer Kinder oder die Hüte, die sie früher getragen hatten. Wer weiß schon, worüber Frauen reden, wenn sie unter sich sind?
Sommernächte sind kurz und – im Süden – dunkel. Wie einst in den Zeiten vor der Elektrifizierung hob das Mondlicht die noch warmen Steineinfriedungen und Wände matt hervor, glitt über die Schatten der Weinreben auf den Veranden und verwandelte die ausgebreiteten Blätter einer Akazie in Palmwedel. Kurz vor der Morgendämmerung begann das Blattwerk zu murmeln, dann fuhr ein Seufzen durch die Zweige, und hier und dort quietschten Wetterhähne. Der »breite« Wind war gekommen.
Aljoscha lächelte im Schlaf und drehte sich auf die Seite, wobei er Petrik fast aus dem Bett gestoßen hätte. Anna tastete im Dunkeln nach der Decke und zupfte sie zurecht. Unter ihrem Fuß klirrte eine Blechdose mit Schätzen, die eines der Kinder zwischen den Sandalen zurückgelassen hatte. Aber niemand wachte auf. Die drei atmeten gleichmäßig, so daß sich das kleine Zimmer mit wohliger Wärme füllte.
Was wird aus ihnen werden, Herrgott, was wird aus uns allen werden?
Anna wußte es nicht. Sie verharrte einen Moment lang, als warte sie auf eine Antwort. Aber lohnte es sich, die Antwort zu kennen?
Sie bemerkte, daß es für Musja und sie eigentlich schon zu spät war, um sich noch hinzulegen. Und so ging sie hinaus in den Flur, um Tee zu kochen.

LJUDMILA ULITZKAJA

1943 im Ural geboren, wuchs Ljudmila Ulitzkaja in Moskau auf. Dort arbeitet sie seit Anfang der Achtziger Jahre als freischaffende Autorin und Publizistin. Mit der Erzählung »Sonetschka« gelang ihr 1992 international der Durchbruch – im November 1996 erhielt sie dafür den »Prix Médicis«. »Diese Autorin ist eine Offenbarung. Sie ist der Tschechow eines um hundert Jahre älter gewordenen Russlands.«
Le Nouvel Observateur

MEDEA UND IHRE KINDER

Ende April beginnt für Medea Mendez, geborene Sinopli, die »Familiensaison«. Von überall her kommen die Nachfahren des alten Griechen Sinopli auf die Krim. Medea, seit langem verwitwet und kinderlos, ist zur Urmutter des Familienclans geworden, die im Stillen über das wilde Treiben der jungen Menschen wacht. Und auch in jenem Sommer wird Medeas Haus zum Schauplatz der Leidenschaften.

»Das Buch ist großherzig, tragisch, durchtrieben und amüsant, ... die Kritik wird es als Erzählwunder preisen.«
DIE ZEIT

Nr. 92001

SONETSCHKA
und andere Erzählungen

Ljudmila Ulitzkaja erzählt vom Leben und vom Alltag einiger bemerkenswerter russischer Frauen und Mädchen: von der großen Leserin Sonetschka, der jungen Bronka mit ihrem geheimnisvollen Liebhaber, von den »zarten und grausamen Mädchen« der gleichnamigen Geschichten. Einfühlsam und poetisch schildert die Autorin ungemein lebendige Menschen – Menschen, die mit erstaunlicher Kraft den Widrigkeiten des Lebens begegnen und sich in einer unglücklichen Welt Augenblicke des Glücks erkämpfen.

Nr. 92016

OLGAS HAUS
Erzählungen

Zwölf Geschichten haben sich in Olgas Haus versammelt – geschrieben mit Ljudmila Ulitzkajas ganzer erzählerischer Meisterschaft und dem unvergleichlichen Charme einer Autorin, die ihre Figuren wirklich liebt und versteht.
»Manchmal, wenn man Glück hat, entsteht aus der Begegnung mit der Lektüre ein Liebesverhältnis. Der Leser (...) will nur weiterlesen, vergisst dabei sich selbst, weint, lacht, lebt mit den Personen der Geschichte. So sieht das schönste Leseerlebnis aus, und ein solches Erlebnis beschert uns Ljudmila Ulitzkaja in den zwölf Erzählungen ihres Bandes Olgas Haus.« FAZ

Nr. 92063